une Meute d'Orages et d'Étoiles

olivia wildenstein

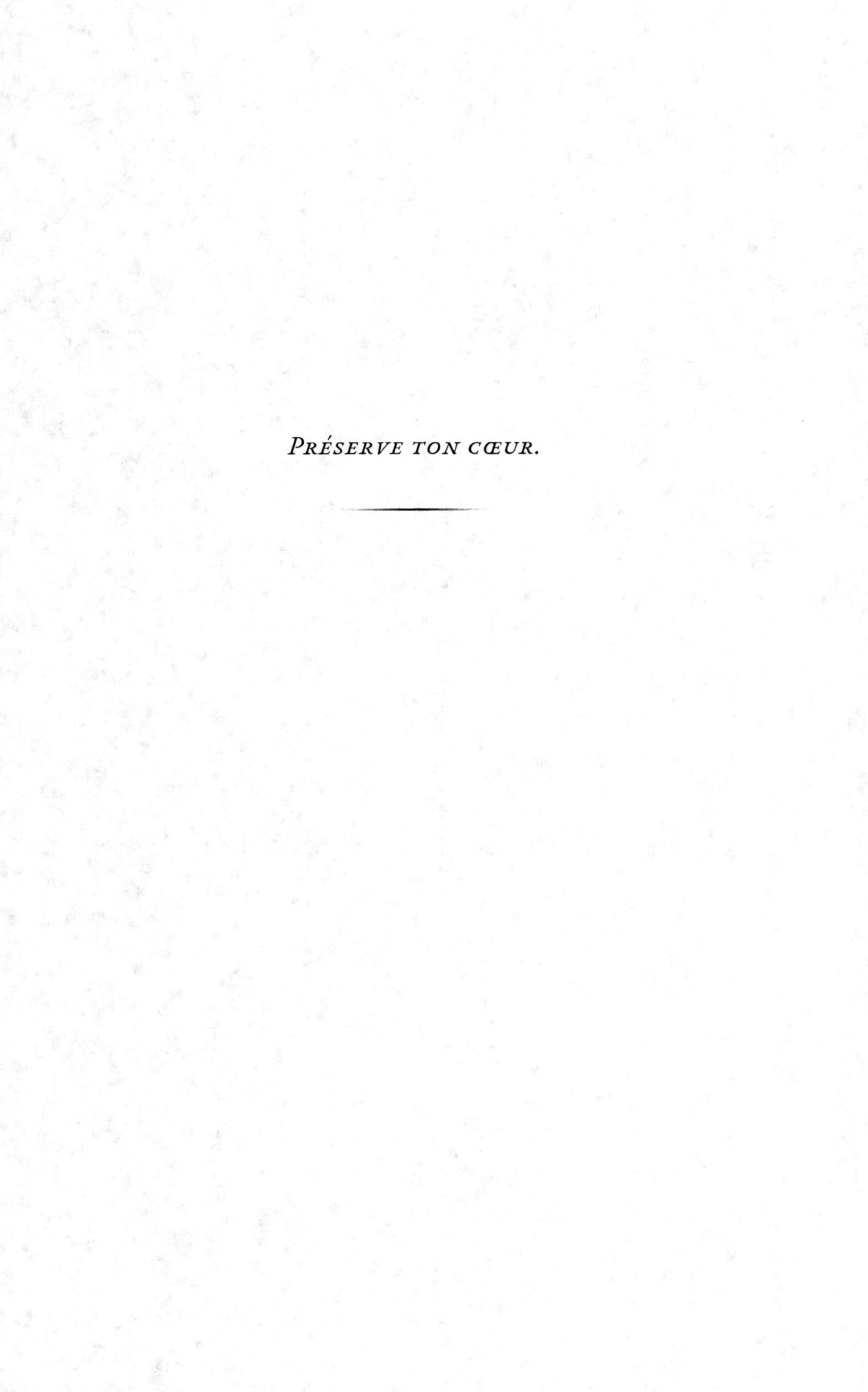

Préserve ton cœur.

Prologue

18 MOIS PLUS TÔT

Mon odeur préférée est celle de la nature au printemps, quand le vent ploie les branches des pins, que la pluie adoucit la terre et que le soleil réchauffe nos fourrures. En seconde place, non loin derrière, il y a celle des vacances d'été. Plus de week-ends passés à potasser pour les examens. Plus de courses de la meute manquées pour cause de devoirs à finir. Plus besoin de se lever à l'aube pour arriver avant la première sonnerie.

Grant fit vrombir sa toute nouvelle moto pour franchir les portes du camp. J'enveloppai mes bras autour de son torse et renversai la tête en arrière. Le soleil de plomb se déversait à travers la visière de mon casque et léchait mes épaules et cuisses nues tandis que le vent se mêlait à mes longs cheveux.

Grant accéléra lorsque nous atteignîmes le bout de la route privée et tournâmes, tellement penchés sur le côté que nos corps étaient parallèles à l'asphalte. Je lâchai un petit cri de surprise. Ce n'était pas le premier voyage de Grant sur sa bête vrombissante, mais pour moi, c'était le premier.

— C'est normal ? criai-je par-dessus le bruit du moteur et du vent.

— Qu'est-ce qui est normal ?

— Qu'on soit aussi penchés.

— Oui, ma belle ! Complètement normal.

J'essayai d'apaiser mon pouls qui battait aussi vite que les ailes des pies que j'avais accidentellement effrayées quelques jours plus tôt. Les pauvres avaient à peine aperçu mon loup qu'elles s'étaient envolées de la carcasse de cerf qu'elles mangeaient. Et dire que j'étais plutôt maigrichonne par rapport aux autres lycanthropes. Qu'auraient-elles fait si notre alpha, Cassandra Morgan, les avait surprises ? Seraient-elles mortes sur le coup d'une crise cardiaque ? Les *oiseaux* pouvaient-ils avoir une crise cardiaque ?

Un autre virage sur la route inclina nos corps et annihila mes réflexions.

Je pressai mes cuisses contre celles de Grant et le serrai si fort que mes avant-bras écrasèrent ses tablettes de chocolat. Malgré tout mon amour pour la vitesse en fourrure, je n'en étais pas fan sous forme humaine. Surtout quand je ne contrôlais pas.

Quand il redressa la moto, je criai :

— Hé, tu pourrais ralentir un peu ?

Grant tourna la tête et articula le mot *déstresse*. Il y avait peu de chances que je déstresse, surtout s'il ne regardait pas la route. J'aurais voulu plaquer mes paumes de chaque côté de son casque orange vif et rediriger son attention vers la route, mais il était hors de question que je le lâche, alors je hurlai plutôt :

— Regarde où tu vas !

Il ricana en tournant enfin la tête.

Quand la route redevint une ligne droite, mes épaules se détendirent. Pas ma poigne, en revanche. Tant que l'engin grognait et que le vent frappait nos corps, je m'accrocherais au corps de mon copain comme une plante grimpante à son support.

De nouveau, il tourna le guidon mortel et nous penchâmes dangereusement vers le bas jusqu'à ce qu'il le tourne de nouveau dans l'autre sens. J'aurais vraiment aimé qu'il ralentisse, mais puisqu'il ne le faisait pas, j'écrasai ses côtes et fermai les yeux. Ne pas regarder se révéla encore plus effrayant, alors je jetai un coup d'œil par-dessus son épaule au moment où nous penchions sur le côté.

— Grant, allez. Juste un peu moins vite.

Il caressa mon avant-bras, sûrement pour me rassurer. À la place, cela fit bondir mon cœur. Je voulais que ses deux mains soient sur les poignées, là où je pouvais les voir.

Au moment où je lui dis en grinçant des dents, le pneu avant passa dans un nid-de-poule et resta bloqué. La main de Grant s'écarta aussitôt de mon bras, mais trop tard. Le guidon tourna sur le côté et la moto dérapa, quitta la route et dépassa la bande d'arrêt d'urgence.

Son casque orange fut ballotté. Je ne vis rien d'autre. Jusqu'à l'arbre. Que j'aperçus juste avant l'impact.

La collision arracha mes bras de Grant et m'envoya en l'air. J'atterris avec un claquement si fort que je crus que ma tête casquée s'était séparée du reste de mon corps et que ma colonne vertébrale s'était brisée. Mes sens s'affaiblirent, puis se réaffirmèrent quand le tonnerre résonna dans mes oreilles.

— Nikki !

Grant semblait à un kilomètre de distance. J'essayai de me redresser, mais mes jambes ne voulaient pas bouger. Je clignai des paupières pour y voir plus clair, mais tout demeura un mélange flou de gris.

Et l'odeur... Par Lycaon, l'odeur.

Je sentis mon estomac se retourner en sentant le kérosène et la chair en feu. La sensation s'empira quand je compris que c'était ma chair qui s'enflammait. Des bras m'attrapèrent aux aisselles et me tirèrent loin du tas de métal.

— Ma jambe, gémis-je.

Grant me fit rouler pour éteindre les flammes. L'herbe épaisse et le sol humide refroidirent ma peau grillée, mais cela ne fit rien pour la douleur.

— Mon téléphone est mort, Nik.

Grant retira son tee-shirt moulant et le jeta sur le côté.

— Je vais courir pour aller chercher de l'aide.

Son short suivit le tee-shirt. J'écartai ma bouche du sol de la forêt.

— Ne... Ne me laisse pas ici.

— Je reviens très vite.

Il tomba à genoux et se changea en loup.

— S'il te plaît, Grant, croassai-je. S'il te plaît, ne pars pas.

Mais il partit quand même.

Un

PRÉSENT

Mon téléphone coincé entre mon oreille et mon épaule, je cherchais mes clés de voiture dans mon sac. *Argh!* J'avais besoin d'un meilleur système. J'avais tellement de trucs inutiles, du paquet de mouchoirs à deux – non, trois – baumes à lèvres, de la petite monnaie, des tampons et des écouteurs qui s'emmêlaient toujours.

Des pochettes. J'allais m'acheter un million de pochettes.

— Où est-ce que je peux m'acheter des pochettes?

— Des pochettes? bredouilla Adalyn.

— Oui, avec des fermetures éclair, pour ranger des trucs.

— Chérie, je sais ce qu'est une pochette. Je me demandais juste comment on était passés d'une fille tuée dans les bois par un loup...

Elle souffla ce dernier mot, même si les sèche-cheveux dans le fond étaient au maximum et que je doutais que ses clients puissent entendre, surtout que l'âge moyen à Fourrure de loup était de soixante-dix.

— ... à des pochettes.

Je posai mon sac de courses à mes pieds.

— Parce que je ne trouve pas mes clés.

À bien y penser, maman m'avait acheté un grand porte-clés avec une cerise en cuir et en fourrure de lapin pour faciliter la chose.

— Et si je demandais à mamie de te faire un collier en perles avec quelque chose pour les accrocher ? Tu ne perdrais plus tes clés.

— Très drôle, Ad, mais je ne me trimballe pas avec mes clés autour du cou. Ma vie amoureuse craint déjà assez comme ça.

Je commençai à sortir mes affaires de mon sac et à les placer sur le capot de ma Jeep. La voiture avait appartenu à quatre de mes frères avant de me revenir, mais j'avais une voiture, alors je ne me plaignais pas.

— Nate a dit si c'était l'un d'entre nous... ou un vrai ?

— Il n'a rien dit.

Okay, ça devenait ridicule. Je sortis mon bloc-notes et le juchai sur le capot, puis plissai les yeux à l'intérieur de mon sac.

— Merde, elles ne sont pas là.

— De quoi ?

— Mes clés. Suis un peu.

Je retournai mon sac et le secouai.

— Tu n'as pas trois porte-clés dessus ?

Je grognai, comme Niall quand il était tombé sur une mouffette, il y a deux étés. Au lieu de laisser la pauvre créature tranquille, il l'avait approchée et provoquée. Il sentait si mauvais que nos trois frères l'avaient flanqué à la porte à l'heure des repas pendant une semaine entière et que nos parents avaient confirmé d'un air contrit qu'il devrait manger dehors. J'avais apporté mon assiette sur le porche et avais mangé avec lui malgré l'odeur.

— Tu as vérifié les poches de ton manteau ?

Je clignai des yeux, puis tâtai mon manteau d'hiver noir et, bingo !

— Tu es un génie, Adalyn.

— Je vais quand même te trouver ce collier.

Je levai les yeux au ciel tout en commençant à tout ranger dans mon sac.

— Attention. Je suis en charge de ton enterrement de vie de jeune fille. Si tu me refiles un collier porte-clés, je t'abonne à une box de godes et je la mets au nom de Nash.

Adalyn éclata de rire.

— Perverse.

— J'ai grandi avec quatre frères, tu sais. Dont un que tu épouses.

— Je sais. J'ai hâte.

Je fis mine d'avoir envie de vomir, même si au fond, le jour où Adalyn et Nash se sont mis ensemble était le plus beau jour de ma vie avant d'être devancé par celui où ma première couverture de livre s'était vendue mille dollars.

— À plus, *chica.*

— À plus, Nikki.

Je jetai mon téléphone dans mon sac, sortis mes clés de ma poche et me préparai à déverrouiller ma voiture – à une époque, on pouvait l'ouvrir à distance, mais ça, c'était avant Niall – quand quelqu'un tapota mon épaule. Mon pouls s'affola, je refermai les doigts sur mes clés et fis volte-face.

Un gars coiffé d'une casquette de baseball, malgré le soleil couché depuis une heure, tenait un tampon.

— Tu as laissé tomber ça.

Même si son visage était dans l'ombre, sa virilité splendide ne m'échappait pas – un nez droit, des yeux sombres, une bouche pleine, une mâchoire ciselée, une barbe rasée du matin, un cou musclé. Le genre de gars que je dessinais sur mes couvertures de livres. Grand, mystérieux et obscènement beau.

Puis, mon regard tomba sur quelque chose qui anéantissait mon désir. Au moins, ma peur disparut aussitôt. Il avait un porte-bébé attaché à son torse. Non pas que je n'aime pas les enfants, mais en général ils impliquaient une femme.

Ses narines se dilatèrent légèrement tandis qu'il agitait le tampon emballé. *Ah oui !* La raison pour laquelle il m'avait approchée.

— Merci.

Je le lui pris des mains et le fourrai dans mon sac. De toutes les choses qui auraient pu tomber... J'avais *vraiment* besoin de pochettes. Attends. Pourquoi est-ce qu'il reniflait l'air ? Seuls les métamorphes font ça. Ou les pervers, mais il ne me semblait pas en être un.

J'inhalai profondément : du musc, de la menthe, l'odeur d'un loup. Comment avais-je pu ne pas voir qu'il était un métamorphe ?

— Quelle meute ?

Si seulement je possédais l'odorat aiguisé de mon frère Nolan. J'aurais pu dire aussitôt à quelle meute appartenait cet homme. Il recula, comme pour atténuer son odeur. J'étais tentée de dire « c'est toi qui m'as sentie en premier », mais j'avais dix-neuf ans. Je pouvais passer pour une fille de dix-huit, mais j'étais mature et imperturbable et...

— La tienne.

J'arrêtai d'énumérer mes qualités – la liste était un peu ambitieuse de toute façon – pour regarder de nouveau le gars.

— Tu viens de Boulder alors ?

Je connaissais tous les loups-garous d'ici, mais il y a quinze mois, notre meute avait été annexée par une autre, plus petite, quand notre alpha Cassandra Morgan avait perdu un duel contre un mâle arrogant nommé Liam Kolane. Je ne l'avais jamais rencontré parce que j'étais coincée à l'hôpital quand tout s'était produit. Et quand il était venu à quelques reprises à Beaver Creek pour courir avec nous à la pleine lune, j'avais pris trop de Sillin pour me transformer alors que j'étais de retour à l'hôpital à cause d'une infection.

J'avais une sérieuse relation d'amour-haine avec ce médicament. D'un côté, il permettait à mes os de se ressouder en empêchant la transformation, mais il fragilisait ma magie qui, en retour, ralentissait ma guérison surhumaine. Dix-huit mois après l'accident de moto, je n'étais toujours pas de retour à mon état normal.

— Quelque chose comme ça.

Il recula de nouveau, puis se retourna et entra dans le supermarché.

Je coulai un regard à son dos élancé et musclé, ses épaules carrées qui menaient ensuite à une taille mince et des fesses vraiment canon. Je veux dire, la plupart des loups, surtout les jeunes, étaient tout en muscles, mais cet homme était le meilleur spécimen sur lequel j'ai posé mes yeux.

Il a un gosse, Nikki, me rappelai-je, vu que j'avais visiblement écarté cette information.

J'avais vraiment besoin de briser ma période inopportune de célibat.

J'entrai dans ma voiture, plaçai mon sac sur le siège passager et sortis de ma place quand un frisson m'envahit. Je fixai la façade allumée du supermarché.

Le bébé n'avait pas fait un seul bruit. Et si c'était un accessoire ? Et si je venais de croiser le chemin d'un tueur ? Je me jetai sur le bouton de verrouillage, expirai quand le clic résonna et composai le numéro de mon frère aîné Nate. En tant que bêta, il connaissait tous les Boulder et saurait qui était ce gars. Je tombai sur le répondeur. Je ne pris pas la peine de laisser un message puisque Nate serait à la maison pour manger. Tous les sept – enfin neuf maintenant avec les fiancées de mes frères, Adalyn et Bea –, nous étions si proches que nous partagions des repas plus souvent que nous ne mangions séparément. Surtout que mon père et Nolan étaient les meilleurs cuisiniers de tout Beaver Creek.

Sur le chemin du retour, je me surpris à jeter un coup d'œil à mon rétro intérieur plus d'une fois. Ma théorie s'enracinait en moi, tellement que mes ongles se transformèrent en griffes et restèrent ainsi jusqu'à ce que je dépasse le portail du camp et remonte la route sinueuse et enneigée bordée d'habitations en bois éclairées.

Être entourée d'un millier de loups et d'une grande clôture surmontée de piques calmait mes nerfs agités.

J'étais en sécurité.

En sécurité.

Deux

J'entrai chez moi, accrochai mon manteau au crochet prévu à cet effet et posai mes clés sur la console. Oui, j'avais dix-neuf ans et je vivais toujours chez mes parents.

Juste avant l'accident, je m'apprêtais à emménager avec Niall dans son chalet à deux chambres au bord de l'étang, mais mes déplacements étaient difficiles et j'étais restée à la maison. Non pas que maman et papa m'auraient laissé partir faible et inutile comme j'étais.

Mes parents étaient du genre à être aux petits soins. Papa nous abreuvait d'histoires et de plats, maman nous accordait son temps et sa douceur. Je n'avais pas toujours apprécié combien ils nous aimaient et tenaient à nous, surtout quand j'essayais de me rebeller pendant mon adolescence. Entre eux et mes *quatre* grands frères, ma période de rébellion avait rapidement pris fin.

J'avais pourtant essayé et j'avais déjà coché se baigner nu, avoir une gueule de bois et se teindre les cheveux en violet sur ma liste.

Me baigner nue n'était pas particulièrement subversif – les loups n'étaient pas vraiment pudiques puisqu'ils devaient se dénuder avant de se transformer – mais à treize ans, ça me semblait très classe.

La gueule de bois et les cheveux violets avaient eu lieu en même temps. Adalyn et moi avions déterré une bouteille chez elle et un kit de teinture restant du salon de grand-mère Reeves. Bourrée à cause de la tequila, j'avais teint ses cheveux en bleu clair et elle avait teint les miens en violet. Cette nuit-là, ça nous avait semblé être une super idée, tout comme l'alcool fort. Ça n'était pas si terrible, surtout après que sa grand-mère avait reteint les trous que nous avions laissés, mais mes frères ont passé les semaines suivantes à nous menacer de teindre nos fourrures de louves en violet et bleu pour que nos deux formes soient accordées.

Je glissai le sac de courses sur le comptoir, puis embrassai les joues piquantes de papa.

— Ça sent super bon.

— Merci ma chérie.

L'îlot était rempli de plats, certains cuits, d'autres crus. Au milieu du chaos, Nolan pinçait avec expertise la pâte brisée pour le dessert.

Je déposai mon sac sur l'une des hautes chaises rangées sous l'îlot.

— S'il te plaît, dis-moi que tu vas la faire à la cerise.

Nolan leva les yeux vers moi, de la farine sur la mâchoire.

— À la cerise ? Pourquoi est-ce que je cuisinerais une tarte à la cerise à l'automne ?

Là où Nate, Niall et moi avions hérité des yeux bruns de maman, les jumeaux avaient eu les mirettes bleues de papa. Totalement injuste. Surtout vu comme leurs cils étaient sombres et incurvés.

Je lui donnai un coup d'épaule.

— Parce que tu aimes ta petite sœur à la folie.

— D'accord, c'est à la cerise.

— Oui !

J'attrapai une bouteille d'eau dans le frigo et m'apprêtais à leur demander comment je pouvais aider quand je me souvins de la fille décédée et de mon besoin urgent de parler à mon frère policier de ce métamorphe à casquette de baseball.

— Nate est là ?

— Il aide maman à mettre la table, répondit papa en chauffant de l'huile dans une poêle.

La cuisine se remplit d'une odeur riche. Je me dirigeai vers la salle à manger attenante où Nate ouvrait une bouteille de vin rouge.

— Nate, le meurtrier...

— Nikki, ma chérie. Pas de conversations sur des meurtres ce soir.

Maman me fourra un tas de serviettes dans les mains que je pliai et glissai sur les assiettes.

— Désolée, maman, mais je veux juste savoir : c'était un vrai loup ou un métamorphe ?

Nate se frotta les tempes et lâcha un soupir las. Il avait des cercles noirs sous les yeux.

— On ne sait pas encore. Mais ne t'inquiète pas, dit-il avec un sourire rassurant. J'ai les meilleurs pisteurs sur l'affaire.

Si c'était le cas, alors pourquoi mon frère Nolan préparait une tarte à la cerise au lieu d'écumer les bois ?

— Je crois que je sais qui c'est.

Les doigts de mon frère sur la bouteille de vin devinrent blancs.

— Quoi ?

Maman lâcha une fourchette qui claqua bruyamment sur une assiette.

— Qu'est-ce que tu veux dire par « tu sais qui c'est » ? Comment tu le saurais ?

— En sortant du supermarché, je suis tombée sur...

La sonnerie retentit et je sursautai. Nous n'entendions jamais le son de notre sonnerie. Nos voisins frappaient, mais personne ne s'embêtait à sonner. Maman et Nate échangèrent un regard. Je haussai un sourcil.

— Pourquoi ça a sonné ? On attend quelqu'un ?

— Oui. Un invité très spécial.

Maman lissa sa jupe en denim qui, malgré ses cheveux aux mèches argentées, lui donnait l'apparence d'une ado. Surtout qu'elle était grande et élancée et que son visage n'était pas très ridé. J'avais hérité de sa taille, mais pas de sa silhouette.

Je les suivis hors de la salle à manger.

— Donc je suis tombée sur ce métamorphe et je pense qu'il est peut-être...

— « Il » ?

Nate s'arrêta dans le couloir, laissant maman accueillir notre invité. Je fronçai les sourcils un bref moment.

— Oui. *Il*. Attends. Vous pensiez que c'était une louve ?

Il tritura un ongle à son pouce, une terrible habitude qu'il n'avait jamais réussi à abandonner.

— Nous n'avons encore aucune piste. Continue...

— Eh bien, il a dit qu'il faisait partie de la meute, mais *moi*, je ne l'ai jamais vu. Et puis, la coïncidence est grosse. Le meurtre se produit ce matin et soudain il y a un nouveau loup en ville ?

La porte s'ouvrit et maman accueillit la personne de manière exagérée. Puisque j'avais toute l'attention de mon frère, je me concentrai sur lui. Je jouerais les bonnes hôtesses dans une seconde. D'abord, je voulais raconter ma rencontre avant d'oublier un détail.

— Il portait une casquette de baseball. Je veux dire : qui porte une casquette la nuit, hein ? Et il avait un porte-bébé sur le ventre, mais je crois que c'était juste un leurre.

— Nikki, commença Nate.

— Je sais que je ne suis pas policière, mais c'était vraiment très louche. Je doute qu'il y ait eu un vrai bébé là-dedans.

— Nikki.

— Et il était grand, genre un mètre quatre-vingt-dix et des yeux sombres, mais peut-être qu'ils étaient sombres à cause de la casquette.

— Nicole, grogna Nate.

Je sursautai.

— Quoi ?

Il fit un geste de la tête vers notre invité.

— D'accord, je vais dire bonjour, mais s'il te plaît, note tout. En fait, et si je te dessinais un portrait de... ?

Je me tournai enfin et le mot *lui* mourut sur ma langue. Je fixai notre invité qui me fixait aussi. Ma bouche était entrouverte, sous le choc. Les siennes étaient relevées – il était amusé.

Ses doigts s'approchèrent du porte-bébé et il défit une sangle, puis une autre avant de soulever un enfant – un vrai – et de le tendre à ma mère, dont les doigts s'agitaient comme ceux d'une droguée.

La plupart des mères métamorphes avaient deux, parfois trois louveteaux. Ma mère en avait eu cinq. Elle en voulait plus, mais la nature avait décidé que je serais sa dernière. Maman prit l'enfant dans ses bras et le berça un peu quand il commença à pleurer.

— Liam, je ne pense pas que tu aies rencontré ma dernière, Nicole.

Je restai immobile tandis que le gars dessanglait le porte-bébé de sa taille, retirait sa casquette et les suspendait tous les deux au crochet près de la porte. Maman parlait à ce gars en utilisant son prénom ? Qui... ? Oh. *Oh !* Je levai ma main jusqu'à ma bouche.

Je mesure un mètre quatre-vingt-douze. Juste au cas où tu comptais me dessiner précisément.

Mes yeux s'écarquillèrent et mes cils touchèrent carrément ma peau.

***Tu parlais bien de* moi, *non* ?**

Oh... Grand... Lycaon. Venait-il de parler dans ma tête ? Seuls les partenaires d'accouplement et les alphas pouvaient le faire et puisque nous n'étions pas des partenaires – je me serais souvenue d'avoir couché avec un homme comme lui –, cela ne laissait plus que...

— Tu es le nouvel alpha ?

J'avais entendu dire qu'il était jeune et beau, mais la beauté de l'homme avait de quoi éclipser *toutes les couleurs de l'été.* Beau ne suffisait plus, d'ailleurs.

— Plus si nouveau maintenant.

Liam sourit et ce sourire réchauffa tellement mon sang que j'eus peur de me transformer ici et maintenant. Ou de me liquéfier.

— Excuse ma petite sœur, Liam.

Nate passa devant moi et tendit le bras. Liam l'attrapa et le lui serra. Oui. Pas la main, le bras. J'imagine que c'était plus viril.

— Elle pensait que tu étais le tueur.

— Nicole Raina Freemont, tu ne pensais quand même pas une chose pareille, siffla ma mère.

Le visage du petit bonhomme dans ses bras se chiffonna. Elle embrassa sa tempe.

— Pardon, bébé. Il n'y aura plus de cris ce soir.

Elle commença à fredonner une chanson d'Adele et le bébé s'adoucit, puis cligna des paupières.

C'est un vrai. Ce n'est pas un leurre.

Je reportai mon regard sur Liam, dont les yeux sombres brillaient. À mes frais. J'imagine que je l'avais mérité.

Maman se tourna vers Nate.

— Tu peux appeler le reste de la famille pour savoir où ils sont ?

Il sortit son téléphone de sa poche et entra dans le salon pendant qu'elle disparaissait dans la cuisine, me laissant seule avec Liam Kolane.

Liam Kolane, putain.

Je grimaçai.

— Je m'excuse d'avoir tiré des conclusions hâtives.

— Je ne suis pas vexé, Nicole.

Il marcha vers moi et me tendit la main.

— Nikki. Nicole, c'est uniquement quand j'ai fait quelque chose de mal. Et quand j'ai fait une très grosse bêtise, le deuxième prénom et le nom de famille sortent aussi.

Un sourire troubla la ligne droite de sa bouche.

Je glissai ma main dans la sienne et la serrai. Sa poigne était forte, sa paume chaude et ses doigts calleux à la perfection. Oui, c'était possible. Avant que je ne commence à les caresser, j'arrachai ma main.

— Nikki ?

Oh merde. Avait-il dit quelque chose pendant que je m'imaginais caresser ses doigts ?

— Euh ? Quoi ?

— Je te demandais comment allait ta jambe.

— Ma... ? Hum. Tu sais pour ma jambe ?

— Ta famille m'a dit que tu avais eu un mauvais accident de moto.

— Il y en a des bons ?

— Pardon ?

— Tu as dit « un mauvais accident ». Ça existe les bons accidents ?

Ses sourcils se tordirent comme s'il n'arrivait pas à décider comment prendre ma remarque. Eh bien, maintenant j'avais rendu les choses gênantes. Je glissai mes mains dans les poches arrière de mon jean skinny.

— Peu importe. Ma jambe va très bien. Merci.

Il baissa les yeux sur elle, ce qui me fit chanceler d'un pied à l'autre.

— Alors tu as un petit garçon. Il a quel âge ?

Super transition, Nikki.

— Neuf mois.

— Il est très mignon.

Liam ne répondit rien, mais je ne lui avais pas posé de question.

— Alors, qu'est-ce qui t'amène à Beaver Creek ?

— Je prévoyais un voyage ici pour surveiller l'avancée de la construction, mais ce crime a précipité ma visite, expliqua-t-il en se frottant le cou.

Ressentait-il de la culpabilité pour ne pas être venu à Beaver Creek plus souvent ?

— Les cabanons se propagent comme des champignons. Les Watt sont très efficaces.

Les deux cents et quelques loups à Boulder déménageraient bientôt tous au camp, dès que de nouvelles maisons s'érigeraient. J'avais entendu que nombre d'entre eux n'étaient pas ravis et avaient demandé à ce que *nous* soyons relocalisés à Boulder, mais Liam avait décidé que déraciner deux cents était plus simple que mille.

Nate sortit du salon.

— Désolé, Liam. Les deux derniers Freemont sont en chemin. Tu veux boire une bière ? Du vin ?

Il fit un geste vers la porte de la cuisine.

— Je veux bien une bière.

Liam se tourna et suivit Nate, mais s'arrêta dans l'entrebâillement et jeta un coup d'œil par-dessus son épaule. Dès qu'il disparut de ma vue, je renversai la tête en arrière et passai mes doigts sur mon nez.

Cet homme, mon alpha, avait en toute courtoisie ramassé mon tampon et moi, je l'avais accusé sans aucune courtoisie de meurtre. Je ne pensais pas avoir fait une très bonne première impression.

Tout en jouant avec le bout de mes cheveux, je me préparai à entrer dans la cuisine et à prétendre que je n'étais pas une grande tarée. Je veux dire : d'habitude, j'étais plutôt une personne réfléchie. Je ne tirais pas des conclusions absurdes comme quoi de beaux gosses faisaient semblant de transporter des bébés pour pouvoir agresser des femmes sans qu'elles s'inquiètent.

Un sourire forcé aux lèvres, j'entrai dans la cuisine. *Reprends-toi.* Je pouvais le faire.

J'étais une femme adulte. Ou du moins, j'avais l'âge légal pour boire de la bière. J'avançai droit vers le frigo, essayant de minimiser mon boitillement. En attrapant une bouteille dans la porte, ma nuque me picota. Quand je me tournai, je repérai l'enfant de Liam qui me lorgnait. Ses yeux verts s'écarquillèrent quand je sortis mes griffes pour décapsuler la bière.

Eh oui, la dame a ses petites combines.

Je bus une gorgée au moment où la porte d'entrée s'ouvrit et se referma. Les deux Freemont manquants arrivèrent avec Adalyn. J'allais mener ma meilleure amie hors de la cuisine pour lui parler de l'homme du moment et lui demander si elle savait qu'il venait, mais elle posa sur l'îlot une poche rose à rayures estampillée Victoria's Secret.

— Ton cadeau d'anniversaire est enfin arrivé.

Elle sourit pendant que je restai bouche bée, horrifiée. Mes parents étaient là. Notre alpha – qui se trouvait être un étranger complet – était là. Niall posa une autre poche sur le comptoir.

— Et ça, c'est de ma part.

Son sourire immense plomba mon estomac. Niall vivait pour m'embarrasser.

— La vendeuse a dit qu'on s'amusait beaucoup avec ça.

Il m'adressa un clin d'œil. Je fis tourner ma bière dans mes mains, mourant peu à peu de l'intérieur.

— C'est ton anniversaire ? demanda Liam.

— C'était la semaine dernière, répondit Adalyn en repoussant une mèche décolorée derrière son oreille. C'est cool de te revoir à Beaver Creek, Liam, même si on aurait préféré de meilleures circonstances.

— Oui.

Il but une longue gorgée de sa bière.

— Hum. Je vais juste... emporter ça dans ma chambre.

Je posai ma bière et allai chercher les deux poches de cadeaux, mais sans le vouloir, je les renversai et leur contenu s'éparpilla dans la pièce – un soutien-gorge en dentelle rouge vif et sa culotte assortie de la part d'Adalyn et un...

— Tu as acheté une balançoire sexuelle à notre sœur ? C'est quoi ton problème ?

Nate fusilla du regard Niall qui éclata de rire.

— Niall, le reprit maman sèchement.

Je rangeai tout dans les poches, les joues en feu.

— Du calme, maman. C'est juste pour rire.

Quand je me redressai, mes poches dans les mains, je sifflai :

— Niall, la prochaine fois que tu pues à cause d'une mouffette, tu mangeras tout seul sous le porche.

Nash s'esclaffa avant de lâcher :

— Ou il se balancera à ta balançoire.

Adalyn lui donna un coup de coude dans les côtes pendant que je lui lançai mon meilleur regard noir. Il ne devait pas être si intimidant, car ses yeux bleus brillaient autant que ses dents blanches.

— Il y a aussi des bonbons dedans.

Niall esquissa un geste vers son cadeau, un grand sourire aux lèvres. L'avantage de mon haut niveau de gêne était que je me fichais que Liam remarque mon boitillement. Adalyn me suivit hors de la cuisine et dans l'escalier jusqu'à ma chambre.

— Joyeux anniversaire ?

Je jetai les poches sur mon lit et me laissai choir à côté d'elles. À cause de mes nerfs à vif, au lieu de grogner, j'éclatai de rire si fort que je tombai la tête en arrière sur ma couette rose. Je n'aimais même pas le rose, mais maman était si excitée à l'idée d'avoir une fille que j'avais eu *tout* en rose.

Entre deux éclats de rire, je résumai :

— D'abord, j'accuse notre alpha de meurtre, puis il assiste aux premières loges à l'unboxing le plus gênant de toute ma vie. Il va croire que je suis cinglée.

Le sourire d'Adalyn oscilla.

— Rembobine. Meurtre ? Pourquoi as-tu accusé Liam de meurtre ?

Après lui avoir raconté ce qui était arrivé, ses yeux bleus, qu'elle avait soulignés d'un trait d'eye-liner comme à son habitude, scintillèrent aussi sauvagement que ceux de mon frère. Lycaon, ces deux-là allaient faire des bébés magnifiques.

Elle s'allongea et tourna la tête vers moi.

— Au moins, il n'est pas près d'oublier ta rencontre.

— Ha ha ! ironisai-je en retirant mes mains de mon visage. Tu savais qu'il venait ?

— Nash m'avait dit qu'il viendrait peut-être, mais je ne savais pas que ce serait ce soir.

— Le dîner est prêt ! nous appela maman.

Je soupirai, me redressai et suivis Adalyn jusqu'à la salle à manger où tout le monde était déjà assis. Pour une raison ou pour une autre, je n'avais pas vu le lit pour bébé dans le coin, mais cette fois-ci, je le remarquai tout comme les deux sièges vides à la table. L'un entre Niall et Liam. L'autre entre les jumeaux. Adalyn se dirigea droit vers celui entre mes frères, ce qui me laissa la chaise entre le frère que je voulais le moins voir à l'heure actuelle et notre alpha.

Je m'assis et Niall sourit.

— Qu'est-ce que vous faisiez là-haut toutes les deux ?

— D'après toi, on sortait mes nouveaux cadeaux pour les tester, bien sûr.

Je lui lançai un sourire crispé, le même que j'avais esquissé quand j'avais enfilé ma brassière ce matin en espérant me motiver à faire du sport – en vain.

Liam, qui buvait une gorgée d'eau, s'étouffa. Des fossettes apparurent aux joues de Niall.

— Excuse mes frères, priai-je Liam tandis que les plats commençaient à circuler sur la table.

— Il n'y a rien à excuser, ils sont marrants.

— À l'évidence, ce n'est pas toi qui dois vivre avec eux.

Il eut la bonté de sourire.

— J'aurais aimé avoir des frères et sœurs, mais la plupart des métamorphes n'ont pas le bonheur d'avoir autant d'enfants que tes parents.

Il prit des haricots verts dans son assiette, puis me tendit le plat pour que je me serve et je me rendis compte combien c'était étrange : mon alpha dînait dans ma salle à manger et me brandissait des haricots verts. Non que se réunir devant des carcasses d'écureuil aurait été plus normal.

— Ils sont liés, expliquai-je. Génétiquement encouragés à perpétuer l'espèce.

— J'ai entendu dire.

Il regarda le lit où son fils essayait d'attraper un des loups en peluche du mobile qui tournait au-dessus de sa tête. Même si je n'avais aucun souvenir de mes jours en tant que bébé, je me souvenais de ce mobile.

— Comment il s'appelle ?

Liam me regarda de nouveau.

— Storm[1].

— Le premier Storm que je rencontre. Très poétique.

— Sa mère voulait l'appeler Albert, comme son père. Je ne pouvais pas lui faire ça.

Ses lèvres esquissèrent un sourire, mais il y avait un peu de tristesse derrière ses moqueries.

Même si je n'avais jamais rencontré Liam, je connaissais son histoire. Pas juste celle de son ascension jusqu'au titre d'alpha, mais aussi celle de sa paternité. Pas les détails, bien sûr, juste les grandes lignes : ce n'était pas prévu, elle n'était pas louve et elle était morte pendant l'accouchement prématuré.

Étant bêta, Nate était allé à Boulder pour les funérailles.

— Alors vous avez tous un prénom qui commence par un N ?

— Comme vous êtes observateur, monsieur Kolane, le taquinai-je avec un sourire.

Papa, installé à la gauche de Liam intervint :

— Ça n'était pas voulu pour les trois premiers. Quand Meg et moi nous en sommes rendus compte, on a décidé que ce serait une tradition.

Niall se pencha par-dessus moi.

— Putain, tu verrais les économies qu'ils font sur les trucs gravés avec nos initiales.

— Niall, ton langage, le reprit ma mère.

Mon frère leva les yeux au ciel et Liam souriait de nouveau avec sympathie.

— Vous allez poursuivre la tradition, Adalyn et toi ? demanda-t-il à Nash.

— Je laisse la décision à Ad.

— Intelligent, commenta papa en lui adressant un clin d'œil.

Au fur et à mesure de la soirée, je me détendis. Puis, Nate reçut un appel et puisque nous ne répondions jamais au téléphone à table et qu'il s'excusa pour y répondre, je sus que c'était lié à l'affaire. À moins que cela ait un rapport avec sa fiancée, Bea, qui était absente depuis un moment maintenant.

Quand je l'entendis dire « J'arrive tout de suite », j'en déduisis que ce n'était pas Bea.

Liam ne s'était pas levé, mais lui aussi observait Nate attentivement. Il avait sorti son fils du lit avant le dessert et le petit bonhomme était désormais endormi contre le torse de son père.

Nate plongea une main dans ses cheveux, les hérissant sur sa tête. Il regarda Liam et lâcha un soupir de mauvais augure.

— Que s'est-il passé ? demandai-je.

Mon père secoua la tête pour empêcher mon frère de répondre.

— Papa, on est tous des adultes ici.

Il me lança un regard et, même si je savais qu'il m'avait toujours vue comme sa petite fille, ce soir, je voulais qu'il me voie comme l'adulte que j'étais devenue.

— S'il te plaît, ne nous laisse pas dans le noir.

— Nikki a raison, approuva Niall qui se balançait sur les pieds arrière de sa chaise. Épargne-nous les détails gores, mais mets-nous au parfum pour les grandes lignes.

Nate soutint le regard de papa.

— La fille dans la morgue a disparu.

— « Disparu » ?

Le morceau de tarte à la cerise qu'Adalyn avait pris tomba de sa fourchette sur ses genoux.

— Quelqu'un a kidnappé le corps ? reprit-elle.

Nolan écrasa sa serviette en boule et se leva.

— Je vais chercher ma veste.

Nate tendit la main.

— Ralentis, Nolan.

Il regarda Liam, ce qui me laissait supposer que notre alpha communiquait avec lui via la pensée.

— Allez, tous les deux, les coupai-je en enroulant une mèche de cheveux entre mes doigts. Que se passe-t-il ?

Nate pinça les lèvres.

— La victime... Elle s'est levée et est partie.

— Redis ça ? bafouilla Nash, ses yeux bleus écarquillés comme ceux de son jumeau.

— Alors elle n'était pas morte ? demanda Adalyn. C'est une bonne nouvelle, non ?

Liam déplaça son fils endormi vers son épaule opposée et fixa Nate qui, après un moment, secoua la tête. Notre alpha s'écarta de la table et se leva.

— Appelle le médecin légiste et dis-lui qu'on arrive.

— Une morgue n'est pas un endroit pour un bébé, intervint maman en se tamponnant la bouche de sa serviette. Laisse Storm avec nous. Il est en sécurité ici.

Le jeune père sembla à la fois réticent et soulagé.

— Tu es sûre, Meg ? Il est tard.

— Je suis sûre.

Après avoir embrassé la tête de son fils, Liam déposa Storm dans les bras ouverts de ma mère, ce qui réveilla aussitôt l'enfant.

— Merci.

— Ce n'est rien, répondit mon père en agrippant l'épaule de Liam. Tu viens juste de faire de ma femme la plus heureuse de tout le Colorado.

— Oh oui. C'est bien vrai.

Elle frotta son nez contre le crâne de Storm pendant qu'il essayait d'attraper son annulaire, fascinée par les vœux de mon père, qu'elle avait fait tatouer le jour de leur mariage : *Tu es mon soleil, mon souffle, mon chez-moi.*

Il portait ses vœux à elle sur son doigt : *Tu es ma lune, mon étoile, mon bonheur sauvage.*

Certaines meutes portaient des bijoux; la nôtre tatouait l'emblème des relations, car beaucoup de bijoux se perdaient avec les transformations.

— On ne devrait pas être partis plus d'une heure, maman, lui apprit Nate. Deux maximum.

— Ne t'inquiète pas pour nous. Faites attention à vous.

— On le fera. Papa, Nolan, merci pour le dîner. Désolé de ne pas pouvoir rester pour ranger.

— On s'en charge, répliquèrent Nash et Nolan en même temps.

Ils ne partageaient plus de liquide amniotique, mais ils semblaient partager un cerveau.

Je me levai et commençai à empiler les assiettes, observant Nate et Liam du coin de l'œil. Il y avait quelque chose que ces deux-là ne nous disaient pas. Liam me surprit à les regarder et, même s'il tenta de sourire, la tension sur ses traits n'apaisa en rien les poils qui se hérissaient sur ma nuque.

À ma grande surprise, ma louve griffait pour sortir de ma peau et être libérée alors qu'elle n'avait pas montré sa présence depuis longtemps. D'accord, mes ongles et crocs pouvaient s'allonger et mes poils s'épaississaient occasionnellement, mais je ne m'étais pas transformée complètement depuis l'accident. Principalement parce que j'avais peur que cela abîme mon genou.

Vu qu'il n'y avait nulle part où fuir, pas avec un métamorphe dérangé en liberté, essayer de me transformer ce soir était hors de question. L'assassin n'avait peut-être pas réussi à tuer la fille, mais il avait essayé.

J'espérais que c'était un solitaire, car sinon, cela voulait dire que c'était quelqu'un de notre meute.

Quelqu'un de ce même camp.

Trois

Je restai éveillée avec maman et papa jusqu'à ce que Nate et Liam reviennent enfin, bien après minuit. Ils parlaient à voix basse quand ils entrèrent dans la maison.

Ils semblèrent presque surpris de voir qu'aucun de nous ne dormait. S'attendaient-ils vraiment à ce que nous soyons partis nous coucher sans savoir ce qui se tramait ?

Maman et papa avaient regardé un documentaire ; je m'étais attelée à une nouvelle commande. D'habitude, je ne travaillais pas aussi tard, mais j'avais essayé de me concentrer sur la télé, puis de lire un livre et mon esprit s'y refusait. L'art était la seule chose qui pouvait à la fois me distraire et me détendre.

— Alors ?

Je posai ma tablette sur le canapé. Maman éteignit la télévision.

— Nikki, je ne crois pas que ce soir soit…

— Je ne vais *jamais* dormir si je ne sais pas ce qui se passe.

Papa tendit la main et me caressa gentiment le poignet.

— Maman a raison.

Nate se frotta le nez. Soit il était très fatigué, soit très stressé. Peut-être les deux.

— Liam va organiser une réunion de meute et mettre tout le monde au courant demain matin.

— Dis-moi juste *un* truc... C'était un métamorphe ou un vrai loup ?

Nate soupira.

— Pas aujourd'hui, Pomme de pin.

Il était vraiment obligé d'utiliser ce méprisable surnom ? Je laissai couler vu tout ce qui se passait.

— Je ne demande pas un récit détaillé. Je veux juste savoir.

— C'est un métamorphe.

Liam prit le porte-bébé et l'attacha, puis alla chercher dans le lit son petit garçon qui avait dormi tout le long de son absence. Pendant qu'il l'installait contre lui, son regard dériva brièvement vers ma tablette allumée avant de revenir vers moi.

— Merci d'avoir gardé Storm.

— Quand tu veux, Liam, quand tu veux, affirma mon père. Nate, tu lui montres son chalet ?

Mon frère hocha la tête.

— Il est prêt ?

J'avais entendu de Niall, qui travaillait pour l'entreprise des Watt, que le mur en plâtre et le toit étaient construits, mais qu'il ne pensait pas que c'était habitable.

— Non, pas son chalet définitif. Liam dormira dans le vieux chalet d'Alex.

Je plissai le nez.

— J'espère que vous avez désinfecté l'endroit.

— Nicole, me gronda doucement ma mère.

— Quoi ? Alex Morgan était horrible.

Il t'a fait du mal ?

Je sursautai en entendant la question silencieuse de Liam. Nate lui avait-il raconté l'histoire ? À moins que sa rencontre avec le détestable fils de notre ancien alpha lui ait permis de tirer ses propres conclusions. Je pris trop de temps à secouer la tête et un muscle se contracta à la mâchoire de Liam.

En vérité, Alex avait essayé une fois. J'avais quatorze ans, il m'avait coincée dans les bois quand nous étions tous les deux en fourrure et je n'ai jamais été aussi effrayée de ma vie. Niall et Nate étaient arrivés et lui en avaient collé une. S'ils ne m'avaient pas cherchée, s'ils n'étaient pas arrivés à ce moment… Je frémis.

— Il a été nettoyé dans les moindres recoins, Liam, intervint ma mère.

Il me regardait toujours, alors je n'étais pas sûre qu'il l'ait entendue.

— Et j'ai préparé tout ce dont tu as besoin pour le bébé.

Il détourna enfin le regard.

— C'est vraiment gentil.

— J'y ai déposé à manger, mais passe pour le petit déjeuner, l'invita papa. On se lève tôt et il y a toujours un repas chaud sur la table.

— Et mes frères se demandent pourquoi je n'ai jamais déménagé ? commentai-je avec un clin d'œil.

Même si j'adorais la cuisine de mon père, ce n'était malheureusement pas la véritable raison de ma cohabitation prolongée. Ils le savaient. Je le savais. La seule personne qui ne le savait pas, c'était Liam.

Papa enveloppa un bras autour de mon épaule et m'attira contre sa silhouette immense. Ses muscles s'étaient ramollis un peu avec l'âge, mais il était toujours aussi costaud. Il embrassa ma tempe.

— Je vais me coucher. Ne reste pas éveillée trop longtemps, Pomme de pin.

Argh! Ma famille devait vraiment arrêter avec ce surnom avant que quelqu'un ne pose des questions sur son origine humiliante.

— Bonne nuit Liam, Nate.

Papa partit dans le couloir. Pendant un moment, quand je n'étais pas confinée à l'hôpital, j'avais occupé la chambre de mes parents puisque c'était la seule au rez-de-chaussée. J'étais récemment retournée dans ma chambre à l'étage.

Ma mère ne suivit pas mon père. Elle s'inquiétait sûrement que, dès que sa porte serait close, j'embêterais mon frère et mon alpha pour plus de détails. Elle avait bien raison.

Alors qu'il sortait, elle interpella notre invité :

— Hé Liam, j'étais sérieuse au sujet de ma proposition de garder le petit pendant que tu es là.

Liam posa sa casquette sur sa tête et je compris que c'était sûrement une façon de déguiser son identité. Il ne devait pas avoir fait part de sa présence ici au reste de la meute.

— Je crois que je risque de devoir accepter ta générosité.

Mes nerfs étaient déjà sensibles, mais je me crispai encore plus en l'entendant. Clairement, ce n'était pas une affaire vite résolue.

— Quand tu veux.

Ma mère posa sa main sur mon bras qui s'était raidi comme si mes os s'étaient soudés. Quand la porte d'entrée se referma, elle murmura :

— Nikki, va te coucher. Tout ira bien.

— Il y a quelque chose qu'ils ne nous disent pas, répliquai-je.

— Je suis sûre que ce n'est rien.

Ah ! Elle l'avait senti elle aussi !

— Une fille a été attaquée par un métamorphe. Elle a été déclarée morte, puis elle sort de la morgue sur ses deux pieds ?

Ma peau picota, mon loup en ébullition en dessous.

— À moins que les zombies soient réels, je...

Je plaquai ma main sur ma bouche.

— Tu crois que c'est un zombie ?

— Je ne pense pas que c'était un zombie. Maintenant, laisse ton imagination surproductive se reposer et va dormir.

Je fixai la porte d'entrée. Je ne prévoyais pas de ressortir pour de bon, mais maman dut le craindre, car elle me guida vers l'escalier et resta sur place jusqu'à ce que j'aie monté la dernière marche. Après avoir refermé ma porte, je marchai jusqu'à ma fenêtre et scrutai les haies dépourvues de feuilles soutenant la grande clôture éclairée par la lune.

J'étais en sécurité.

En sécurité.

Alors pourquoi est-ce que je me sentais en danger ?

Quatre

De nouveau habillée en tenue de sport – avec un peu de chance, j'arriverais à traîner mes fesses à la gym aujourd'hui –, je vidai ma deuxième tasse de café et me servis une gaufre que mon père avait sortie du grill. J'engloutis le rectangle doré de pâte, puis tendis la main pour en prendre une autre quand la voix de Liam retentit dans ma tête, faisant bourdonner encore plus mon cerveau nerveux.

Bonjour, Boulder. Certains d'entre vous ont peut-être eu vent de mon arrivée hier soir. Vous connaissez probablement la raison de ma venue, même si ce n'est pas la seule. Le caractère urgent de l'attaque lupine prendra le pas sur tous les autres problèmes jusqu'à ce que l'affaire soit réglée. Retrouvez-moi près de l'étang dans une heure pour que mon bêta et moi puissions en parler avec tout le monde. Votre présence n'est pas optionnelle.

Je regardai l'heure sur l'écran de mon téléphone : neuf heures. Dix heures semblaient dans une éternité. Je m'assis devant l'îlot et la porte d'entrée s'ouvrit, laissant passer trois de mes frères. Nate était sûrement déjà avec Liam. À moins qu'il soit sur la route puisqu'il passait la plupart de ses nuits chez Bea. Ils avaient parlé de déménager au camp, mais elle s'inquiétait d'être la seule humaine.

Quand mon frère lui avait dit ce qu'il était – ce que nous étions –, après leurs fiançailles, sûr que c'était là la femme avec qui il voulait passer sa vie, elle était devenue si nerveuse qu'elle avait refusé de venir chez nous pendant des semaines. Ça avait causé une dispute entre Nate et Bea parce que la famille est très importante pour nous les Freemont. Maman, toujours diplomate, avait fini par clore le gouffre qui s'agrandissait entre nous en allant chez Bea pour discuter avec elle. Je ne savais pas ce qui s'était dit, mais ce soir-là, Bea était revenue dîner chez nous, sa peur remplacée par quelque chose de nouveau : la curiosité.

— Nikki, tu peux me passer le sirop d'érable ? demanda Niall en se frottant les yeux.

Il n'était pas du matin et était souvent grognon au possible. Bien entendu, ça nous avait poussés à mettre en pratique des manières des plus créatives pour le réveiller : lui hurler dans les oreilles, sauter sur lui sous forme de loup, souffler dans une bonne vieille corne de brume ou lui jeter un seau d'eau glacée.

Puisque j'étais pleine d'adrénaline et de caféine, je renversai par inadvertance la bouteille et le sirop ambre et collant se déversa sur le bois jusqu'aux genoux de Niall. Il s'écarta si vite de l'îlot qu'il réussit à tomber dans un grand fracas.

Devant l'évier, papa bondit vers lui, laissant la grille du gaufrier cliqueter contre l'évier en métal au moment où maman surgissait dans la cuisine. Tous deux se précipitèrent vers Niall qui s'était déjà redressé. Il se frotta le dos du crâne en grognant, emmêlant ses cheveux bruns déjà rebelles.

Nolan regarda par-dessus le bord de l'îlot.

— Ça va ?

— Mec, c'était du sirop d'érable, pas de l'argent en fusion, commenta Nash entre deux rires.

Bien sûr, Nolan et moi rîmes à notre tour. Papa sourit, attrapa la chaise et la remit droite. En revanche, maman n'esquissa pas un sourire. Même s'il en fallait bien plus pour blesser un loup – comme une moto en feu –, quand l'un de ses bébés se faisait mal, elle s'inquiétait. Elle l'aida à se remettre sur pied, puis attrapa un pack de glace dans le fraiseur.

Les yeux de Niall brillaient, bien ouverts maintenant.

— Allez-y, riez.

Il roula en boule sa serviette et la trempa dans son verre d'eau avant de frotter la tache sur son jogging gris. Tout en pressant le pack de glace contre l'arrière de son crâne, il attrapa la bouteille de sirop, en badigeonna ses gaufres, retira les fils collants s'échappant de la bouteille pour les lécher et dégusta son petit déjeuner.

— Ils vous ont raconté ce que le médecin légiste avait dit? demanda Nolan. J'ai essayé d'appeler Nate hier soir, mais il n'a pas répondu.

Je me sentis de nouveau glacée.

— Non. Ils ont juste confirmé que c'était un métamorphe.

— De notre meute?

— Ils n'ont pas précisé.

Mes frères débattirent là-dessus pendant que j'aidais à débarrasser l'îlot et à ranger les assiettes dans le lave-vaisselle.

Je pensais que l'heure s'éterniserait, mais très vite, maman frappa dans ses mains et s'écria :

— C'est l'heure d'y aller !

J'attrapai un sweat et l'enfilai sur mon débardeur gris, puis mis mon manteau d'hiver. Même si mon sang de métamorphe était plus chaud que celui d'un humain, l'hiver restait très froid à Beaver Creek.

Nous n'optâmes pas pour la voiture ni pour la route principale et nous nous enfonçâmes dans la neige jusqu'aux chevilles, slalomant entre les logements en bois parsemant la colline. Dix minutes plus tard, nous rejoignions la congrégation lycanthrope.

Le grand terrain de pelouse sur lequel avait été construit le camp avait appartenu à Aidan Michaels, le cousin de Cassandra Morgan. Un homme aussi détestable que le fils de l'ex-alpha Alex. La seule dans la famille que je tolérais était l'aînée et unique survivante : Lori. Nous n'étions pas amies, ni amicales l'une avec l'autre, et pas parce qu'elle avait plutôt l'âge de Nate que le mien, mais parce qu'elle avait peu de personnalité. Du vivant de sa mère, Lori évoluait dans son ombre. Et celle de son bon à rien de frère. Après le duel, Lori était revenue en paria qui errait dans la gigantesque maison de sa mère comme un spectre.

Au bout d'un moment, il y avait eu des rumeurs comme quoi elle était morte. Nate, qui était en charge des métamorphes de notre région, y avait rapidement mis fin. Il avait également donné une amende aux jeunes loups qui jetaient des œufs sur ses fenêtres ou urinaient autour de sa maison.

J'écumai les visages autour de l'étang, cherchant celui de Lori. Viendrait-elle aujourd'hui ou ouvrirait-elle ses fenêtres pour écouter depuis l'intimité de chez elle ? Puisque le bruit portait et que sa maison était perchée sur la colline comme la nôtre, elle entendrait probablement le discours de Liam depuis là-bas.

Et en effet, un visage aussi menu qu'un cyprès et pâle comme la neige fraîche se tenait entre les vitres brillantes d'une fenêtre ouverte.

Adalyn, qui avait retrouvé ma famille pendant qu'on descendait la colline, nous guida vers l'un des larges rochers que nous utilisions comme plongeoir l'été puisqu'il dominait la partie la plus profonde de l'étang. Sa grand-mère et sa sœur Grace, âgée de seize ans, s'y étaient assises avec quelques autres. La plupart des anciens avaient apporté des chaises pliables confortables. Les plus jeunes s'étaient laissé tomber dans la neige épaisse recouvrant la craie qui donnait à la crique la limpidité d'une piscine.

Même si je détestais profondément l'homme qui avait acheté ce terrain, j'étais la première à admettre qu'il était époustouflant. Après son décès et celui de Cassandra, Lori avait hérité de la parcelle. Son passe-droit pour garder la vie avait été de la donner à son nouvel alpha.

Je n'étais pas vraiment intéressée par l'immobilier, mais l'une des premières actions de Liam comme alpha avait été de créer un compte où il avait placé toutes les propriétés de la meute avant de rendre ses deux bêtas fiduciaires et toute la meute comme bénéficiaires pour que les terres appartiennent à tous. Cette première décision avait apaisé la colère de ses détracteurs et l'inquiétude de ceux qui trouvaient qu'il ne méritait pas le titre d'alpha.

La deuxième action qu'il avait réalisée était de créer une bourse scolaire pour que ceux qui voulaient poursuivre leurs études en dehors du camp puissent aller à la fac de leur choix sans contracter un prêt étudiant.

De l'autre côté de l'étendue en forme de lune, la porte de l'ancien chalet d'Alex s'ouvrit. Le chahut mourut aussitôt et tous les yeux se tournèrent vers Liam et Nate. Notre alpha avait renoncé à sa casquette de baseball, mais mon frère en portait une qui plongeait son visage dans l'ombre. Nate s'appuya contre les murs en bois de l'habitation et croisa les bras, tirant sur sa veste en cuir marron.

Contrairement à mon frère, Liam s'avança sur le ponton jusqu'à la rambarde en bois à laquelle il s'agrippa. Ses cheveux entouraient son visage bronzé en vagues noires.

Adalyn me donna un coup d'épaule et chuchota :

— N'oublie pas de respirer, chérie.

— Ha, ha!

Elle sourit.

La philosophie de vie de mon plus jeune frère était de sortir avec des filles moins jolies que lui. Non que Niall ait déjà eu une relation de longue durée, il n'était pas un expert là-dessus. Pourtant, en observant le physique parfait de Liam, je sus que baver devant lui était aussi futile que d'essayer d'attraper des mouches avec un filet à papillons.

— Où est son fils?

Adalyn plissa les yeux, mais même s'il n'était pas immense, l'étang était trop grand pour qu'on puisse voir dans le chalet.

— Peut-être qu'il dort?

— Bonjour, Boulder!

La voix de Liam résonna dans la vallée, ricochant sur la surface d'eau, la couche de neige et chacune des pierres.

— Je suis content d'être de retour à Beaver Creek malgré les circonstances de ma visite.

Son regard glissa sur le millier de visages qui le fixaient et se posa brièvement sur notre rocher. Je ne délirais pas assez pour croire qu'il s'était arrêté dessus à cause de moi, mais ça n'empêcha pas ma louve de ronronner. Heureusement, le son ne franchit pas le mur de mes lèvres.

— Hier, une randonneuse a été attaquée dans les bois à quelques kilomètres du camp. La police accuse une créature sauvage, mais il y avait des éclaboussures d'essence partout. Les animaux ne couvrent pas leurs traces. Seuls les humains le font.

Son regard encercla la foule comme s'il cherchait le coupable et mon cœur partit en vrille.

— Et hier soir, le médecin légiste a informé Nate que la victime s'était relevée et était sortie de la morgue. La police croit qu'elle a été déclarée morte à tort et nous voulons que cela reste ainsi, mais le médecin légiste jure qu'elle n'avait pas de pouls. Il y a deux heures, un couple en raquettes a informé la police qu'une fille nue correspondant à la description de la victime errait dans la forêt.

Liam s'arrêta et, même par-delà l'étendue d'eau nous séparant, je remarquai qu'il inhala profondément. Mon frère, lui, resta aussi immobile que les planches fauves de bois derrière lui.

— Selon le couple, la fille avait des crocs inhumains et des touffes de fourrure sur le corps, et pas des poils, de la fourrure. Ce qui nous amène à penser que nous avons affaire à un demi-loup.

J'eus la chair de poule.

— Nous cherchons de quelle meute elle peut venir. Une fois que nous aurons établi cela, nous serons capables de comprendre le crime qui a été perpétré sur le territoire des Boulder. *Votre* territoire.

Liam fit les cent pas le long du ponton comme un loup qui rôde le long d'une falaise en montagne.

— Jusqu'à ce qu'on ait appréhendé cette fille et le solitaire qui l'a atta-quée, je demande à ceux d'entre vous qui n'ont pas de travail ou de cours à l'extérieur du camp de ne pas sortir. Nos meilleurs pisteurs vont passer au peigne fin les montagnes. Avec un peu de chance, d'ici ce soir, on aura arrêté la demi-louve et son agresseur et vous pourrez reprendre vos vies normales.

— Ma sœur et moi voudrions prendre part aux équipes de recherches!

La voix appartenait à mon ex, Grant. Liam s'immobilisa et s'agrippa de nouveau à la rambarde.

— J'apprécie votre élan et votre envie d'aider et je regarderai avec joie vos candidatures à rejoindre la chasse. Les volontaires qui ont plus de dix-huit ans, venez au chalet et nous discuterons de la façon dont vous pouvez nous aider.

Des murmures s'élevèrent. Tellement que Liam délivra ses derniers mots directement dans nos esprits.

Boulder, quoi que vous fassiez, ne paniquez pas. Le métamorphe sera attrapé et la demi-louve trouvée. Maintenant, profitez de votre journée et encore une fois, s'il vous plaît, restez calmes et à l'intérieur du camp.

— Et si le coupable est l'un d'entre nous? cria quelqu'un.

— Alors cette personne sera traînée en justice, mais ne vous entre-accusez pas!

Je fronçai les sourcils, me demandant pourquoi il insistait dessus avec autant de force, puis un regard rapide vers la foule me le fit comprendre. Beaucoup de têtes s'étaient tournées vers la maison de Lori.

Pauvre Lori.

— La demi-louve n'est pas de notre meute, ce qui nous pousse à croire que l'agresseur non plus.

Liam lâcha la rambarde, puis pivota et se retira dans sa maison, mon frère sur ses talons.

— Je vais aller chercher Storm, entendis-je ma mère dire à mon père.

Elle se retourna et traversa la marée de corps. Nash commença à la suivre, mais Adalyn l'attrapa par l'ourlet de son jean.

— Bébé, tu vas où ?

— Je ne resterai pas assis toute la journée.

Adalyn inspira et il s'accroupit.

— Je serai en sécurité. Je ne lâcherai pas Nolan.

— Nolan est un pisteur.

Une ombre passa sur le visage de Nash. Il détestait que son odorat ne soit pas aussi développé que celui de son jumeau et détestait encore plus qu'on le lui rappelle. Il se redressa.

— Je ne suis pas inutile, Ad.

Elle sauta sur ses pieds et attrapa sa main.

— Ce n'est *pas* ce que je voulais dire.

— Hum, hum.

Je sentais les prémices d'une dispute et me levai. Comme ces deux-là se réconciliaient toujours, je n'étais pas inquiète. Et puis, ils étaient de véritables partenaires *et* avaient consommé le lien, donc il n'y avait pas de séparation dans leur avenir.

J'époussetai la neige sur mon legging noir, cherchant ma famille dans la foule. Papa se dirigeait vers ses deux meilleurs amis de l'autre côté de l'étang et Niall trottinait vers la maison de Liam, sans doute pour offrir ses services. Son odorat n'était pas aussi développé que celui de Nolan, mais c'était un coureur incroyablement rapide.

Je me mordis la lèvre, voulant aider, sans même être sûre de pouvoir me transformer. Je serais probablement plus une gêne qu'un atout. Pourtant, je voulais faire quelque chose. Je contournai le lit rocheux, essayant de rattraper ma famille. Le temps que j'atteigne l'autre rive, une longue file de volontaires s'était formée. Je ne restai pas à l'arrière et marchai jusqu'à l'avant. Parce que mon frère était bêta, notre famille avait certains privilèges, et l'un d'eux était d'avoir un accès plus rapide à l'alpha.

— Hey, Nikki.

Je m'arrêtai au son de la voix de mon ex. Grant Hollis se tenait avec sa sœur aînée Camilla à l'avant de la ligne, ses cheveux blonds coupés si près de son cuir chevelu qu'il semblait presque chauve. Quand nous sortions ensemble, ils lui arrivaient aux épaules.

— Tu ne vas pas sortir, hein ?

Son regard tomba sur ma jambe et je me hérissai. J'allais lui dire que je n'étais pas invalide quand maman sortit de la maison, le porte-bébé et Storm avec elle.

— Viens.

Elle attrapa mon bras, mais j'enfonçai mes bottes et regardai à l'intérieur du chalet.

Liam était debout à côté de Nate et Avery, le mâle aux cheveux fauves qui avait failli devenir son bêta après le duel. La seule raison pour laquelle mon frère avait été nommé était qu'Avery était sur le point d'être papa et avait informé Liam qu'il ne serait pas en mesure de donner toute son attention à ce travail.

Comme Liam regardait dans notre direction, je l'interpellai :

— Je veux aider.

— Bien. Parce que j'ai besoin de ton aide, fit maman en essayant de me détourner d'eux.

— Je voulais dire avec la recherche.

— Tu peux te transformer à nouveau ? demanda Grant.

Sa sœur passa ma jambe en revue, grimaçant comme si j'étais minable pour une métamorphe. Nous n'avions jamais accroché, même quand je sortais avec son petit frère. Ça devait être à cause de son manque total d'empathie et de gentillesse.

— Oui.

Je tendis la main et sortis mes griffes.

— Je voulais dire, complètement, ajouta-t-il.

— Oui, mentis-je.

— Nikki, on y va, siffla maman.

Cette fois, quand elle tira sur mon coude, j'acceptai de bouger.

— Je voulais *vraiment* aider, grommelai-je.

— Tu ne penses pas que garder un enfant en sécurité, c'est *vraiment* aider ? Si notre alpha ne s'inquiète pas, il pourra mieux se concentrer sur la chasse.

— Storm t'a toi. Il n'a pas besoin de moi. En plus, je ne connais pas la moindre chose sur les bébés.

— Il est temps que tu apprennes.

— Il est temps ? Je viens d'avoir dix-neuf ans. Les enfants ne figurent pas dans mon avenir proche.

— Mais tes frères auront bientôt des bébés et la famille s'entraide.

Je regardai Storm, dont les mains potelées étaient pressées contre la poitrine de ma mère. Il tournait le cou autant que possible dans le porte-bébé. Le baby-sitting n'était pas du tout la façon dont j'avais envisagé de passer ma journée. Je pinçai les lèvres.

— Je sais ce que tu fais.

— Ce que je fais ?

— Depuis l'accident, tu me dorlotes. Ma jambe va bien.

— Ta jambe va mieux, mais elle ne va pas encore bien.

Le ton de maman avait pris en véhémence, faisant sursauter le petit bonhomme attaché à elle. Elle caressa l'une de ses mains.

— Et si elle ne devenait jamais mieux que ça ?

— Je n'y crois pas une seconde. Darren a dit que nous devions l'amputer et elle a guéri. Puis il a dit que tu pourrais ne jamais en retrouver l'usage, mais tu l'as fait. Donc je sais que ça ira mieux, mais forcer dessus n'aidera pas. Au contraire, ça pourrait empirer.

Maman élevait rarement la voix, ce qui ne voulait pas dire qu'elle était incapable de s'exprimer avec passion de certaines choses. J'avais appris très jeune que les mots prononcés placidement pouvaient avoir autant d'impact que les mots hurlés.

— Et puis, deux de mes fils seront déjà sur le terrain. Connaissant les deux autres, ils vont convaincre Nate de les laisser être utiles. Puis-je au moins garder un de mes enfants en sécurité ?

Ce furent les minces rides qui encadraient ses yeux chocolat, cette inquiétude maternelle palpable, qui finirent par m'apaiser.

— Bien, soupirai-je.

Puis, bras dessus, bras dessous, nous grimpâmes la colline enneigée jusqu'à la maison. À l'intérieur, j'enlevai mon manteau d'un coup d'épaule et maman sortit Storm de son porte-bébé.

— Tu peux le tenir une seconde pendant que je défais ça ?

— Hum.

Je regardai Storm qui me répondit en soutenant mon regard. Je n'avais jamais tenu de bébé avant. Les bébés sont cassables. Je ne voulais surtout pas casser celui-là.

— Nikki ?

Je tendis les bras et l'attrapai sous les aisselles, le faisant pendre dans les airs.

— Chérie, ce n'est pas un caleçon sale. Tiens-le contre toi.

Je l'approchai de moi.

— Pose-le sur ta hanche et garde une main sur sa croupe, l'autre sur l'arrière de sa tête.

— J'ai peur de le faire tomber.

— Tu ne vas pas le faire tomber.

Maman repositionna ma prise jusqu'à ce que l'enfant soit bien perché sur ma hanche. Il était beaucoup plus lourd qu'il n'en avait l'air.

Maman détacha le porte-bébé et se retourna pour le suspendre, puis au lieu de me soulager de ma charge, elle disparut dans la cuisine.

— Tu as oublié Storm.

— Je ne l'ai pas oublié. Je vais lui faire du lait.

— Qu'est-ce que je suis censée faire avec lui ?

— Occupe-toi de le distraire.

— Comment ?

— Raconte-lui une histoire, entendis-je depuis la cuisine. Tu as beaucoup d'imagination.

Je baissai les yeux vers Storm. Il m'observait avec une intensité inquiétante qui lui faisait froncer le front, accolant presque ses deux sourcils. Je me creusai la tête pour trouver une histoire adaptée à son âge. Peut-être une histoire de dragons. Ou de loups. Il aimait sûrement les loups.

Il tendit la main et saisit l'un des cordons de mon sweat à capuche, son attention focalisée sur la corde grise.

— Oui, c'est probablement une bonne idée de s'accrocher, bonhomme. Je n'ai aucune idée de ce que je fais.

Il esquissa un sourire timide. Je comptai huit dents.

— Tu es plutôt beau gosse, n'est-ce pas ?

Un coin de sa bouche se releva un peu plus comme s'il me lançait un clin d'œil coquin.

Je ris, ce qui fit briller ses yeux verts.

— Tu vas être un bourreau des cœurs. Je peux déjà te le dire.

Au fond de mon esprit, je pensais *tout comme ton père* bien que je n'aie aucune idée de si Liam était un bourreau des cœurs. Tout ce que je savais, c'est qu'il avait eu le cœur brisé le jour où la mère de Storm était morte.

Dire que Storm ne connaîtra jamais sa mère. Mon Dieu que c'était triste. Je ne pouvais pas imaginer un monde sans ma mère. Comme s'il avait senti la tournure tragique de mes pensées, le sourire de Storm disparut et il redevint M. Sérieux.

— Quand j'étais petite, mon histoire préférée, c'était *Robin des Bois*. Tu veux l'entendre ?

Sa petite bouche resta fermée.

— Ah oui ! Tu ne peux pas encore parler.

Il ne fit pas de bruit pendant que mes lèvres racontaient la version métamorphe de Robin des Bois. Ses yeux s'agrandirent à chaque moment clé, ce qui me faisait penser qu'il comprenait ce que je lui disais. Même si ce n'était pas le cas, il était un bien meilleur public que tous mes frères réunis.

— Tu racontes si bien cette histoire.

Maman était appuyée contre le cadre de la porte, un biberon de lait à la main. Dès que Storm vit son repas – ou peut-être l'avait-il senti –, il commença à se tortiller.

Maman s'avança vers nous, mais au lieu de me relayer, elle me tendit le biberon. J'étais tellement surprise que je le tins hors de portée de l'enfant qui pleura. Grosses larmes de crocodile et tout le tintouin. Je glissai la tétine en silicone dans sa bouche, ce qui le fit sursauter, et j'eus peur de l'étouffer, mais il saisit le biberon des deux mains et engloutit le contenu comme un homme affamé.

— Tu te sens mieux, petit homme ?

— Tu devrais t'asseoir avec lui.

Je me rendis compte que j'étais toujours debout dans l'entrée. Et on dit que les femmes sont capables de faire plusieurs choses à la fois.

J'allai m'asseoir sur le canapé.

— Pourquoi je l'ai toujours dans mes bras ?

— Parce que ce ne serait pas très gentil de le poser par terre maintenant, non ?

— Je veux dire, pourquoi *tu* ne le prends pas ?

— Parce que j'ai une cuisine à nettoyer et une lessive à faire, expliqua-t-elle en posant un torchon sur son épaule. Si tu préfères qu'on échange…

— Non, c'est bon.

Elle commençait à se retourner quand je bafouillai :

— Mais qu'est-ce que je fais maintenant ? Il faut lui faire faire son rot ?

— Pas à neuf mois. Quand il aura fini de boire, il fera sûrement une sieste.

Et c'est ce qu'il fit. Il s'endormit en restant accroché à son biberon. J'allai vers le berceau pour le coucher, mais au moment où je le mis dedans, ses paupières s'ouvrirent en même temps que sa bouche, alors je le gardai dans mes bras jusqu'à ce qu'il se rendorme.

Au lieu de le remettre dans le berceau, j'enlevai mes bottes et m'étalai sur le canapé, puis levai les jambes et laissai le bébé de Liam dormir sur ma poitrine pendant que je m'assoupissais moi-même.

Cinq

Dormir ensemble avait dû créer un lien entre Storm et moi, car après son réveil, il me lança toute une série de sourires. Maman rapporta des caisses de vieux jouets qu'elle conservait dans un état parfait, mais même si elle s'assit et joua avec lui, elle n'arrêtait pas d'avoir besoin d'aller faire quelque chose, faisant de moi la gardienne principale.

Maman était le genre de personne qui mettait tout de côté et était à cent pour cent disponible quand quelqu'un avait besoin d'elle, ce qui m'amenait à penser que ses allées et venues étaient orchestrées. La raison probable : m'emprisonner grâce au bébé. Si j'étais coincée à faire du baby-sitting, je ne pouvais pas me frayer un chemin hors du camp. Ma mère était intelligente. Certains pourraient même dire diabolique.

— Bon. Quand je dis go…

J'étais à quatre pattes à côté de Storm, positionnée comme une louve. Le bébé éclata de rire et je souris.

— Tu crois que c'est drôle. Attends un peu que je te fasse mordre la poussière. Donc, comme je disais, Storm, quand je dis GO…

Il éclata de nouveau de rire.

Ah. C'était le mot qui le faisait rire.

— Tu aimes vraiment beaucoup le mot *go*.

J'insistais exprès dessus. Il rit si fort qu'il bascula vers le tapis.

— Oh là, petit homme. Ça va ?

Après m'être assurée que tout allait bien, je gloussai. Il devint sérieux.

— Go.

Il éclata de rire, agita les bras et les jambes comme s'il faisait le dos crawlé.

— Tu es un sacré personnage, hein ?

Visage sérieux.

— Go.

Le rire qui lui échappait était hypnotique. Pas étonnant que maman n'ait jamais voulu arrêter de faire des bébés.

— On va jamais récupérer cette balle si tu ris chaque fois que je dis le mot.

— Tu parles de cette balle ?

La voix de Liam me fit relever la tête si vite que mon cou craqua. Il était accroupi et jonglait d'une main à une autre avec la balle en plastique rouge.

Je m'assis sur mes talons, Storm se retourna et rampa à une vitesse impressionnante, son gène dormant de loup déjà fort. Il agrippa les cuisses de son père et se redressa, répétant une litanie de « papapapapapa ».

Liam le prit dans ses bras et se leva.

— Toi aussi, tu m'as manqué, p'tit gars.

Je me relevai et frottai mes paumes sur mon legging.

— Salut.

— Salut.

Liam me lança le sourire calme et sérieux d'un homme qui a subi beaucoup et s'est endurci. Je me demandais si, avant la mort de son ex, avant le duel, il avait été nonchalant et imprudent à balancer des sourires carnassiers comme mes frères.

— Salut.

Attends. Je ne l'avais pas déjà salué ? Merde. Le rouge me monta aux joues et je grimaçai.

— J'ai déjà dit ça, non ?

Son sourire s'agrandit.

— Tu peux le redire si tu veux. Je ne garantis pas que tu auras autant de gloussements de ma part que de la part de celui-là quand on dit le mot *go*.

Storm plaqua sa paume sur le cou de son père pour obtenir son attention. Je souris, toujours un peu gênée.

— Il semble avoir un truc avec ce mot.

— Visiblement, c'est que quand c'est toi qui le dis.

Il posa ses doigts longs et puissants sur le dos de Storm. Il avait les mains fermes, de celles qui gardent en sécurité les autres.

— On dirait que toi et Storm avez passé un super moment à jouer.

Liam indiqua de la tête l'exposition de jeu.

— Oh, oui.

Et maintenant, il fallait que je passe un super moment à ranger. Je m'agenouillai et commençai à mettre les jeux dans les boîtes. Son fils toujours dans les bras, Liam se pencha et m'aida à réunir les balles en plastique ayant échappé à la bouée gonflable qui avait servi d'enclos.

— Je ne me suis jamais occupée d'un enfant, mais ce n'est sûrement pas ce que tu veux entendre vu que je viens de passer la journée entière avec ton fils. Bref, je n'ai pas de point de comparaison, mais Storm est vraiment mignon. Et drôle. Et enthousiaste. Okay, j'ai l'air d'une tarée. Je te jure que je ne suis pas tarée. Enfin, pas *trop*.

En vérité, on était tous un peu sauvages. Cela allait de pair avec le fait d'être à moitié loup.

Liam fronça les sourcils et une petite ride apparut sur son front. Quand Storm réfléchissait, il faisait la même tête, ce qui me menait à penser que Liam évaluait les risques qu'il prenait en confiant son fils aux Freemont.

Je me mordis l'intérieur des joues pour ne plus dire de trucs bêtes, fermai un livre d'images et le rangeai dans la boîte des livres.

— Je sais que tu voulais sortir aujourd'hui, finit-il par dire.

Okay, peut-être qu'il ne pensait pas à ma santé mentale.

— Vous les avez attrapés ?

— Le demi-loup, oui. Pas le solitaire.

Il passa une main dans ses cheveux, délogea une ronce qui s'était sûrement coincée quand il était en fourrure. Il regarda par la fenêtre d'où le soleil déversait une lumière orange et rose. Tout ce que je pensais, c'était : *quand est-ce que le soleil a commencé à se coucher ?* La dernière fois que j'avais regardé l'heure, il était quatorze heures.

— Il me semblait bien t'avoir entendu, Liam.

Maman émergea du sous-sol en portant un panier rempli d'une pile de linge plié menaçant de s'écrouler.

— Tout le monde va bien ?

Par tout le monde, elle voulait surtout dire mes frères.

— Oui. Ils ont dit qu'ils viendraient manger. À part Nate.

— Il est avec la demi-louve ?

Maman fronça les sourcils.

— Vous l'avez attrapée ?

— Oui. Grâce à Nolan.

Maman posa le panier de linge.

— Et ? Est-ce qu'elle… ? Était-elle… ?

— Elle est en vie ?

Je ne pensais pas que maman allait y arriver, mais c'était la question importante. Je veux dire, j'étais sûre que mon frère allait bien ou Liam en aurait parlé.

— Elle est en vie.

Mon cœur battit un peu plus fort. On aurait des réponses bientôt. Peut-être qu'ils en avaient déjà.

— Avez-vous trouvé pourquoi elle a été attaquée ? Sait-elle qui est le loup qui l'a agressée ?

— Elle est toujours coincée entre deux états de transformation, elle ne peut pas parler. On lui a administré du Sillin, alors elle ne devrait pas tarder à retrouver sa forme humaine.

La mention du Sillin me fit grimacer. Je repoussai les souvenirs de ces mois interminables au lit.

— Où la gardez-vous ?

Il indiqua de la tête la direction du bunker, un bâtiment en ciment à quelques kilomètres du camp qui était à moitié enterré dans une montagne. Même s'il y avait aussi des étagères pleines de vivres non périssables, Cassandra en avait transformé une partie en prison pour métamorphes avec quatre cellules en argent. Elle y avait enfermé Niall une fois pour ne pas avoir respecté l'une de ses règles idiotes. Cela avait rendu fous mes parents et avait cimenté leur haine envers elle.

— N'y pense même pas, Nikki, murmura maman.

— Je n'allais pas y aller.

Du moins, pas au milieu de la nuit avec l'agresseur de la demi-louve toujours en liberté.

— À moins que vous ne vouliez de l'aide pour l'interroger ? Je suis douée pour faire parler les gens.

— Nikki…

La voix de maman contenait un léger grognement.

— Personne ne sortira du camp ce soir, Meg.

Liam baissa le menton légèrement et me fixa par-dessus la tête de son fils, dont les paupières s'étaient fermées, laissant voir ses longs cils sur ses joues pâles.

— N'est-ce pas, Nikki ?

Je détestais qu'on se ligue contre moi.

— Bon Dieu, je suis curieuse, pas imprudente. Bon, j'ai du travail à faire.

J'attrapai les jouets en mousse éparpillés et les mis dans leur boîte, puis fermai le couvercle.

— Tu veux rester manger avec nous ? proposa ma mère à Liam pendant que je sortais ma tablette de dessous l'un des magazines de cuisine de papa. Ça devrait être prêt dans une demi-heure.

— C'est très gentil, mais je crois qu'avec Storm, on va rentrer et s'arrêter là pour ce soir.

— Attends ici une seconde alors.

Elle fila dans la cuisine et ouvrit des tiroirs.

— Si tu ne peux pas venir dîner, le dîner vient à toi, marmonnai-je.

J'ai dit un truc qu'il ne fallait pas ?

Je pressai mes lèvres l'une contre l'autre, me demandant si je ferais mieux de parler ou de laisser tomber.

On ne peut pas changer si on ne sait pas ce qu'il faut changer.

Je serrai ma tablette contre ma poitrine.

— Quand je dis que je ne vais pas faire quelque chose, je ne le fais pas. De même, si je dis que je vais faire quelque chose, ça sera fait.

Très bien. Je ne mettrai plus en doute tes intentions.

— J'apprécierais.

Il frotta sa joue contre la tête de son fils, le marquant de son odeur. Papa et maman agissaient de même tous les soirs quand on était petits.

— Quand elle sera humaine, je te le dirai et on pourra y aller tous les deux.

Voilà qui apaisait mon agacement.

— Je te jure que je suis une bonne interrogatrice. Demande à mes frères. J'arrivais à les faire avouer toutes leurs bêtises.

Il sourit.

— Tu sembles les avoir au doigt, c'est sûr.

— L'avantage d'être le bébé de la famille, répondis-je dans un sourire.

En chemin vers l'escalier, je m'arrêtai auprès de Liam pour passer une phalange sur la joue douce de Storm.

— Dors bien, petit homme.

Caresser son fils n'était pas un stratagème pour m'approcher de Liam, mais maintenant que j'étais près, je ne pouvais m'empêcher de sentir l'odeur enivrante de la terre et du vent qui lui collait à la peau. Et cela me fit quelque chose... à moi et à mon loup. Cela lui donnait envie de sortir en liberté et de courir dans la nature. Demain... Demain, j'essaierais de me transformer, même juste pour faire le tour du camp.

Je reculai.

— Bonne nuit, Liam.

— Bonne nuit, Nikki.

Là où son odeur avait eu un effet sur le loup, le timbre rauque de sa voix eut un effet sur l'humaine. Ma peau se constella de chair de poule, le rythme de mon cœur accéléra et altéra mon odeur. Il ne fallait pas être un pisteur pour le remarquer, mais il fallait être habitué à mon odeur habituelle. Puisque nous n'avions pas passé beaucoup de temps ensemble, avec un peu de chance, il ne verrait pas le changement subtil.

Je m'éloignai pour atténuer l'attraction et en oubliai ma démarche inégale que Liam pourrait remarquer. Je détestais accorder autant d'importance à ce dont j'avais l'air avec. Je pensai à Ness, à la cicatrice sur son visage et à son œil aveugle. Je ne l'avais vue que deux fois, pendant ses visites pour voir le chantier de construction, avec son partenaire, mais elle avait été source d'inspiration. Comme j'aurais aimé posséder une partie de son assurance. Surtout que, contrairement à elle, je pouvais camoufler ma cicatrice.

Je me laissai tomber dans mon lit et traçai du doigt la partie déformée de peau qui traversait ma jambe comme un ruisseau façonné dans de la cire fondue. Sur ma tablette, je pouvais retirer les défauts d'un coup de stylet. Qu'est-ce que je ne donnerais pas pour pouvoir atténuer ma cicatrice, la flouter avec ma peau !

Tu aurais pu avoir une jambe en moins, Nikki.

J'attendis que cette idée fasse son chemin en moi, efface cette superficialité entêtante, mais elle resta ancrée comme de la mousse sur un rocher, comme ma peau ruinée sur mon muscle et mon os.

Six

À l'aube, j'enfilai un jogging et, pieds nus, descendis les marches qui craquaient.

— Nikki? demanda mon père depuis la cuisine.

Je franchis le palier. Il était devant le four à touiller quelque chose dans une grosse casserole.

— Ça devrait bientôt être prêt.

Le sel du bacon, l'amidon des pois et l'odeur caractéristique de la tomate firent grogner mon estomac.

— J'ai hâte.

— Où tu vas?

— Courir.

Il posa la cuillère en bois.

— Pas hors du camp, hein?

— Promis.

Papa baissa les yeux vers ma jambe, puis mes pieds nus.

— En fourrure?

— Je vais essayer.

— Tu es sûre que ton corps est prêt à supporter la transformation?

— C'est ce que je vais découvrir. Ça te dérange si je me change à l'intérieur?

— Vas-y, j'ouvrirai la porte.

— Merci papa.

Je retirai mon débardeur et me plaçai dans l'entrée. Je le jetai sur la console près de la porte et glissai mes pouces dans la taille de mon jogging au moment où la porte d'entrée s'ouvrait.

Je me figeai. Une brise d'air froid me heurta, me donnant la chair de poule et faisant pointer mes tétons. Je plaquai un bras sur mes seins et repris mon débardeur, couvrant ma poitrine du tissu pendant que le mot *merde* tournait en boucle dans mon esprit. La nudité ne me gênait pas si je n'étais pas la seule à être nue.

J'affichai un grand sourire, même si je mourais de gêne à l'intérieur.

— Vous êtes réveillés tôt tous les deux.

Face à moi, dans le porte-bébé, Storm s'agitait avec excitation tout en lâchant des bruits de joie. Liam se racla la gorge.

— Quelqu'un est tout content de te voir.

— Bonjour Liam, le salua mon père en posant un bras autour de mes épaules. Le petit déjeuner est presque prêt.

Une porte s'ouvrit derrière nous.

— Bonjour !

Maman passa devant moi et remarqua la façon dont j'étais vêtue.

— La prochaine fois, peut-être que tu peux mettre ton tee-shirt avant d'ouvrir.

— Maman, sifflai-je.

— Nikki allait essayer de se transformer, répondit papa.

— Je m'en suis doutée, Jon.

Elle tendit les bras et Liam détacha son fils pour le lui confier.

— Bonjour, mon beau, fit-elle.

Elle frotta son nez contre son crâne avant d'ajouter à mon intention :

— Ne cours pas en dehors du camp.

— Je sais. Je sais. De toute façon, je n'arriverai peut-être pas à me transformer.

Maman échangea un regard avec papa.

— Si tu y arrives, ne cours pas trop longtemps, d'accord ?

— D'accord.

Je passai à côté de Liam, du moins essayai, mais nous voulûmes tous les deux avancer du même côté.

— Ne bouge pas cette fois, d'accord ?

Sa pomme d'Adam tressauta et il hocha la tête. Je dépassai son corps immobile. Avant de contourner la maison, je demandai :

— Et Liam, tu vas maintenant au bunker ?

Il secoua la tête.

Je serai toujours là à ton retour.

Contente de ne rien louper, je sortis. La neige crissa sous mes pieds nus. Je me cachai derrière un épais buisson, me déshabillai et tombai à quatre pattes.

S'il te plaît, s'il te plaît, s'il te plaît, fonctionne.

Pendant un long moment, rien ne se produisit. Je tirai et tirai sur la corde invisible qui me liait à mon autre moi jusqu'à ce qu'elle sorte à la surface. Après un grand coup, je l'accueillis.

Mes os se déboîtèrent, mes tendons se raccourcirent et mes traits se reconstruisirent. Une épaisse fourrure brune et blanche sortit de mes pores, partout sauf sur ma cicatrice qui était proportionnellement plus petite sous cette forme-là. Une fois la transformation complétée, je m'étirai et lâchai un long cri de joie.

Les odeurs, les bruits, les couleurs... Tout s'intensifiait et augmentait mon pouls déjà frénétique. Je trottai tranquillement vers les branches nues de la haie bordant la clôture, puis augmentai ma vitesse jusqu'à ce que les bâtons en métal, plus fins que les troncs, et le sol couvert de neige se mélangent. Un os de ma patte arrière craqua, mais je continuai à pousser mon corps. Je ne me remettrais jamais si je ralentissais chaque fois que c'était dur.

Ma respiration s'envolait en nuages de lait qui humidifiaient mon long museau et ma fourrure. J'inhalai l'air délicieux, expirai sous l'effort, ce qui aidait à réduire la douleur autour de mon articulation raidie. Quand j'atteignis le verger aride, je ralentis. Je me dis que c'était pour absorber les odeurs et regarder les progrès des nouvelles résidences sur la colline toute proche, mais au fond, c'était parce que la douleur devenait trop insistante.

Je repérai la trace d'un écureuil et le suivis jusqu'à un épicéa bleu en périphérie du verger. Je contournai la base pleine d'aiguilles de l'arbre, tendis le cou, puis me rappelai qu'un petit déjeuner chaud m'attendait dans le four et laissai le rongeur vivre un jour de plus.

À mi-chemin sur le retour, je croisai trois autres loups. L'un était Grant et les deux autres, ses deux meilleurs amis, Jared et Cane. Les yeux verts de Grant tombèrent sur ma patte qui tremblait. Bordel. Je plaquai ma patte au sol et un éclair de douleur la traversa, menaçant de me faire gémir.

— Tu peux te transformer de nouveau, commenta-t-il.

— Tu espérais que je perdrais cette capacité ?

— Ne sois pas comme ça.

Je passai à côté de lui, le regard rivé sur la grande maison en bois ayant appartenu à Alaric Weathers, notre alpha quand nous étions des Tremulas, et qui était maintenant à son frère et ses enfants.

Retransforme-toi et je te porterai sur le retour.

C'est ça, comme si j'allais laisser mon ex jouer les héros.

Tu me lâcheras à mi-chemin pour partir, alors non merci.

Je fis volte-face et coupai à travers le camp, choisissant le chemin le plus court pour rentrer.

Même si ma jambe tremblait, je forçai ma patte à se poser sur le sol chaque fois. Grant aurait pu me rattraper, mais il était assez intelligent pour ne pas me pourchasser. Quand j'atteignis le buisson derrière ma maison, je transpirais tellement que l'idée de remettre des vêtements était révoltante, mais je n'allais pas arriver cul nu alors que Liam était là. Je les enfilai donc et le tissu glissa sur ma peau moite. Une main appuyée contre les planches du mur extérieur, je marchai jusqu'à la porte et entrai, chancelante comme une personne ivre. Je heurtai Nate qui accrochait sa veste en cuir à un crochet du porte-manteau près de la porte.

— Nikki, hoqueta-t-il. Que s'est-il passé ?

Je me redressai et repoussai ses mains.

— Rien.

Ses yeux bruns, aussi ambre que les miens étaient gris, aperçurent mes boucles soufflées par le vent et mon pied rougi.

— Tu t'es transformée ?

— Oui.

Je grinçai des dents et boitai jusqu'à l'escalier.

— Je vais te chercher de la glace.

— Pas besoin. Je vais bien.

Nate marcha jusqu'à moi.

— Tu ne vas *pas* bien.

Je m'agrippai à la rambarde et me forçai à monter un pied après l'autre avant que la chaleur derrière mes paupières ne coule et révèle ma douleur. Une fois dans ma chambre, je fermai la porte à clé, titubai jusqu'à la baignoire, allumai l'eau, pris une double dose d'antidouleurs extra-forts – notre métabolisme absorbait rapidement les médicaments humains – et retirai mes vêtements.

Même si l'eau gelée donnait la sensation d'être dans un lit d'aiguilles, je respirai malgré le picotement et massai ma jambe jusqu'à ce que les muscles cessent d'avoir des spasmes, puis me levai et savourai une douche chaude. Une demi-heure plus tard, j'enfilai un haut blanc épais et un jean skinny et la douleur s'affaiblit jusqu'à devenir un petit écho. J'attachai mes boucles lavées en chignon avant de descendre.

— Tu y es allée trop fort, n'est-ce pas ?

Maman était dans l'entrée, Storm sur sa hanche et un jeu musical dans la main. Je touchai les boucles duveteuses du bébé en passant devant eux.

— Rien qu'un bain froid ne puisse résoudre.

Storm tendit les bras vers moi. Je le laissai agripper mon doigt et déposai un bisou sur sa main.

— Je te jure que ça va.

J'embrassai la joue de ma mère. Elle laissa tomber. Pour l'instant.

— Je meurs d'envie d'un petit déjeuner.

Je retirai mon doigt des mains de Storm et sa lèvre supérieure disparut dans une moue.

Maman fit claquer sa langue et tapota le bout de son nez.

— Et si toi et moi, on allait lire un livre, bébé ?

Elle l'emporta dans le salon pendant que j'allais dans la cuisine. Je me dirigeai droit vers la cafetière et me servis une tasse, m'appuyai contre le comptoir et bus une grande gorgée. Nate et Liam étaient assis à l'îlot. Même s'ils avaient arrêté de parler quand j'étais entrée, il y avait de la tension dans l'air.

— C'est quoi cette ambiance ? Quelque chose est arrivé à la demi-louve ? finis-je par demander puisque leur silence était inquiétant.

— Je t'ai sorti un pack de glace.

Nate indiqua de la tête le pack enveloppé dans un torchon sur l'îlot. Je pinçai les lèvres avant de marmonner un « merci ». J'espérais vraiment que la raison de leur silence n'était pas ma présence. Je posai mon café pour attraper un bol et me servis des haricots frits. Je glissai une cuillère à l'intérieur, puis me hissai sur un tabouret et posai le pack de glace sur le côté de ma jambe.

— Elle s'est retransformée ou pas encore ?

Nate étira son cou d'un côté à l'autre, dans une série de petits craquements.

— Pas encore. Le docteur lui donne une dose plus forte de Sillin. Il nous appellera quand elle sera de nouveau humaine.

Je me servis un verre d'eau.

— Et son agresseur ?

Nate fixait par la fenêtre au-dessus de l'évier l'étang qui scintillait comme de l'essence au cœur de la vallée.

— Les pisteurs suivent différentes pistes, mais il y a beaucoup d'odeurs et de sentiers dans la zone. J'ai peur qu'on ne fasse pas beaucoup de progrès avant que la demi-louve ne parle.

— À quel point est-ce probable que l'attaquant soit de la meute ?

Liam posa son café.

— On penche toujours plus pour un solitaire, même si on n'exclut pas les Boulder.

Un coup à la porte me fit regarder vers l'entrée. Les sourcils froncés, Nate descendit de son tabouret pour voir qui était là.

— J'aurais sûrement dû faire ça ce matin, commenta Liam en inclinant la tête vers la porte d'entrée.

— Ça aurait pu être pire.

Il fronça les sourcils et j'explicitai :

— Tu aurais pu arriver trente secondes plus tard et me voir entièrement nue.

Il ne sourit pas – visiblement mon autodérision n'était pas son truc –, mais je remarquai que son attention se trouvait au-delà de mon épaule. Je jetai un coup d'œil derrière moi, mais personne ne se trouvait dans l'entrée du salon.

— Elle va bien, entendis-je Nate dire.

Quelqu'un avait-il vu mon excursion honteuse dans le camp ?

— Je peux la voir au moins ?

Ma bonne humeur se flétrit au son de la voix de Grant.

— Elle se repose. Et si tu l'appelais plus tard ? Si elle veut te parler, elle répondra.

Quand la porte se referma et que Nate revint sans Grant, j'articulai « merci ». Le jour où mon ex avait rompu avec moi dans ma chambre d'hôpital, il était devenu persona non grata pour les Freemont. Même Niall, qui était proche de lui avant, avait pris ses distances.

Le téléphone de Nate vibra sur l'îlot. Il décrocha. Écouta.

— Augmente le dosage alors. J'arrive.

Il prit ses clés et rangea son téléphone sous l'œil attentif de Liam. Quand Nate secoua la tête, je compris qu'il répondait à une question. Je posai la cuillère.

— Que se passe-t-il ?

— Elle ne se retransforme pas. Pourtant, Darren dit qu'il lui a donné assez de Sillin pour éradiquer son gène de loup.

Je sais que c'était une façon de parler. Heureusement, le Sillin ne pouvait pas altérer notre génome.

— Peut-être que le Sillin utilisé était périmé ?

— Peut-être. Je vais aller vérifier. On se voit au dîner, Pomme de pin.

Il me serra l'épaule en passant devant moi.

— Ou avant.

Il fronça les sourcils.

— Avant ?

Je haussai les épaules.

— Si elle se transforme, Liam a dit que je pouvais venir aider pour l'interrogatoire.

Nate jeta un coup d'œil dans la direction de notre alpha.

— Ce n'est pas une bonne idée.

— Je suis une adulte, Nate. Une qui peut aider.

— Je sais que tu veux aider, mais tant qu'on ne comprend pas à quoi on a à faire, je préfère que tu restes tranquille.

Je jetai le pack de glace sur l'îlot.

— Vous pensez tous que je suis complètement inutile.

— Nikki, je ne...

— Si, tu le penses. Comme tout le monde.

Nate se passa la main sur le visage. La peau sous ses yeux était marbrée de tant d'ombres que je me sentis presque mal de me disputer avec lui, mais j'avais besoin que tout le monde cesse de prendre des gants avec moi.

— Grant a proposé de me porter jusqu'à la maison. On t'a déjà proposé de te porter chez toi, Nate? C'est humiliant, je ne suis pas infirme, par Lycaon.

Il soupira et passa un bras autour de mes épaules pour me serrer fort contre lui et je le laissai faire même si je ne lui rendis pas son étreinte.

— Je sais que tu es forte, mais tu as failli mourir, Nikki, chuchota-t-il contre mes cheveux mouillés. Ce n'est pas quelque chose qu'on oubliera, d'accord? Mais je te promets que je ne pense pas ça de toi.

Il s'écarta et, dans ses yeux fatigués, je vis qu'il était sincère.

— Et Grant est un putain d'abruti. Tu as intérêt à ne pas te remettre avec.

— Pas d'inquiétudes là-dessus. Mon genou s'est fait écraser, pas ma fierté.

Nate me fixa un moment de plus, et malgré mes plaintes, j'étais reconnaissante d'avoir son attention indéfectible.

Après son départ, je regardai de nouveau Liam.

— Désolée pour le drama Freemont. Je suis un peu susceptible au sujet de mes points faibles.

Il bougea sur son tabouret.

— Quels points faibles?

J'avais entendu des rumeurs dire qu'il était arrogant et froid, mais ce n'était pas comme ça que je le voyais. Si je devais décrire Liam Kolane, j'utiliserais les mots *bienveillant* et *observateur*.

— Tu ne devais pas une course à mon fils?

J'étais contente qu'il change abruptement de sujet.

— Je crois bien, oui.

— Tu retardes parce que tu penses que tu pourrais perdre?

Cela m'arracha un rire.

— Plus sérieusement, c'est possible. Storm est remarquablement rapide pour un si petit corps.

J'engloutis le reste de mes haricots pendant que Liam buvait son café, puis descendis de mon tabouret. Dès que la plante de mon pied entra en contact avec le carrelage gris et blanc de la cuisine, la douleur traversa mes os. S'il le remarqua, Liam ne dit rien. Il ne regarda même pas ma jambe. Il se contenta de se lever et de me suivre dans le salon.

En voyant son père, Storm faillit se jeter des genoux de maman. Elle l'aida à descendre et il rampa à toute vitesse vers Liam.

— Alors, interdiction de te trouver sur la ligne d'arrivée, sinon je vais perdre, c'est sûr.

Liam prit son fils dans ses bras.

Aïe. Et moi qui pensais que je serais plus motivant qu'une balle en plastique inanimée.

Ses yeux brillèrent d'amusement tandis que les miens s'écarquillaient sous le choc. Je me frottai la clavicule.

— Je voulais dire...

— Je sais. Storm, tu te rappelles que je t'ai dit que c'était impoli de battre les femmes ? Oublie ce que j'ai dit et montre à Nikki comment les Kolane font en compétition, d'accord ?

Il se pencha et posa Storm au sol avant de se lancer dans un discours plus long pour le préparer.

Je ricanai et secouai la tête. Je surpris maman qui m'observait.

— Je vais voir ce que fait ton père, dit-elle en se levant. Appelle-moi quand tu dois partir, Liam. Et Nikki, les Freemont ne perdent *jamais*.

Elle m'adressa un clin d'œil. Je souris et me mis à quatre pattes.

— Quelle pression on subit, Storm. Prêt ?

Liam recula, le sourire aux lèvres.

Si quelqu'un m'avait dit que je ferais une course contre un bébé vers mon alpha, je lui aurais demandé quelle racine il avait mangée pendant la pleine lune. J'imagine que c'était adapté, vu ce qui se passait par ici. La vie à Beaver Creek n'avait jamais été ennuyante, mais là, c'était autre chose. *Des demi-loups. Des meurtriers tout proches.* Qu'est-ce qui viendrait ensuite ?

Comme si j'avais prié pour plus d'agitations, Adalyn et Nash entrèrent dans la maison au bout d'une demi-heure de jeu avec les deux Kolane. Pas moyen de décrocher un rendez-vous galant, mais pour les rendez-vous jeu, j'étais une championne.

Les joues d'Adalyn étaient roses malgré le temps frais.

— Liam, Nate essaie de t'appeler depuis un moment.

Je me redressai d'un coup.

— Pourquoi ?

Nash passa sa main dans ses cheveux courts et hérissés.

— La demi-louve vient de mourir.

— Pour de vrai cette fois, ajouta Adalyn.

Liam se figea tant que c'en était étrange. De mon côté, je vibrais tellement mon cœur battait fort.

— Qu'est-ce qui s'est passé ?

— Nate pense que ça pourrait être dû à ses blessures suite à l'attaque. Qu'il y avait peut-être une hémorragie interne qu'ils n'ont pas repérée.

Tous les tendons du cou et des bras de Liam se crispèrent. À son visage, les formes anguleuses de ses os ressortaient. Doucement, il posa Storm sur le tapis à côté de lui, puis se leva au moment où maman apparaissait dans le salon.

— Désolé Meg.

Ses lèvres avaient à peine bougé.

— Arrête donc de t'excuser, tu veux ?

Elle se pencha par-dessus Storm qui avait écarquillé les yeux tout comme moi. Il était tellement bien réglé sur son père et ses humeurs qu'il avait senti l'alarme s'élever. Notre alpha pivota et partit.

— Attends. Je viens avec toi, fit Nash en disparaissant à sa suite.

Je ne savais pas si c'était à cause de la porte qui se refermait ou le hoquet lâché par Adalyn, mais papa apparut soudain sur le palier en peignoir. Il regarda maman. Adalyn me regardait, moi. Storm nous regardait tous.

— Tu crois vraiment qu'elle s'est vidée de son sang ou que l'agresseur est revenu finir le travail bâclé ?

Ma voix trépidait d'anxiété. Papa frotta une serviette sur ses cheveux mouillés qui, comme ceux de maman, étaient parsemés de cheveux blancs.

— Ne tirons pas de conclusions hâtives.

— Nolan et Avery sont au bunker, cherchant des odeurs non familières. Alors j'imagine qu'on saura bien assez tôt, conclut Adalyn en s'écroulant sur le canapé à côté de moi.

Elle avait dit bientôt, mais il nous fallut attendre des *heures*.

Sept

J'essayais de ne pas m'inquiéter, mais celui qui avait dit « pas de nouvelles, bonnes nouvelles » n'était pas un métamorphe. Dans notre monde, le silence n'est jamais bon présage. La nature ne se tait jamais quand quelque chose d'agréable s'apprête à se produire.

Avec Adalyn, nous essayâmes tout de même de nous distraire en parlant de cet imbécile de Grant, de son incroyable mariage à venir cet hiver, du motif de son tatouage de vœux, d'à quel point Storm était adorable. Pourtant, l'attente plana au-dessus de nous comme un nuage épais. Nous avions échafaudé tant de théories du complot que maman leva les yeux au ciel et nous poussa à sortir de la maison. Nous étions descendues à Rivage, seul bar-restaurant ouvert par papa il y a dix ans, qu'il tenait quotidiennement avec l'aide de Nolan désormais.

Après plusieurs chocolats chauds surmontés de chamallows gluants, nous reçûmes enfin un message de Nash disant qu'ils rentraient à la maison. Nous nous levâmes et montâmes d'un pas lourd la côte. Mon genou craquait si fort qu'à un moment Adalyn finit par l'entendre. Elle insista pour qu'on ralentisse et moi sur le fait que tout allait bien.

L'odeur de fumée de cheminée embaumait la soirée et le croissant de lune qui déclinait éclairait le ciel, même s'il était zébré de nuages.

Nous arrivâmes à la maison au moment où des pneus de voiture crissaient sur la route. Je frottai la neige de mes bottes avant de les retirer à l'entrée et d'accrocher mon manteau. Des portières s'ouvrirent et claquèrent quand quatre grands corps descendirent de la Mercedes noire et brillante de notre alpha.

J'essayai de déchiffrer l'expression de Liam, mais les phares de la voiture étaient trop vifs. Je reculai pour le laisser passer. Il soutint mon regard une seconde et je frémis.

— Meg, ils sont rentrés.

Papa sortit de la cuisine en essuyant ses mains sur le tablier que je lui avais offert il y a deux Noëls, celui qui disait : *M. Beau-Gosse cuisine.*

Niall, qui était venu avec moi faire les boutiques ce jour-là, avait suggéré que j'achète celui estampillé : *J'aime avoir le cul à vif et la bite fatiguée.* Je lui avais coulé un regard noir. Notre père avait un super sens de l'humour, mais il restait notre père. Niall avait fini par acheter l'autre tablier pour Nolan qui avait secoué la tête devant l'humour malicieux de notre frère.

Maman émergea de sa chambre avec Storm, propre et en pyjama, qui pépia en voyant son père. L'air perdu dans ses pensées, Liam ne tendit pas de suite la main vers lui.

— Qu'est-ce qui s'est passé ?

Je regardai Adalyn. Son air bouche bée m'indiquait qu'elle avait déjà eu les informations de la part de Nash via leur lien d'accouplement.

La mâchoire de Liam tressauta plusieurs fois comme s'il retenait un bâillement. Je ressentis un besoin des plus étranges : celui de tendre la main pour la poser sur son bras et le réconforter. Heureusement, je me réfrénai. Je doute qu'il veuille être touché, surtout par une fille qui était toujours une étrangère. En vérité, il ne me semblait pas être quelqu'un qui aime le contact, même avec des non-étrangers.

Il fixa son fils et le silence s'étira, inconfortable. Enfin, ses épaules se détendirent et il délivra ma mère de l'enfant qui se tortillait.

— On a un autre demi-loup sur le dos.

Je hoquetai.

— Un autre... Qui ?

Liam posa son regard sur moi.

— Le médecin légiste.

— Le médecin légiste ? s'exclama ma mère en regardant mon père aussi sidéré qu'elle. C'est un métamorphe ?

Liam ferma les yeux et respira l'odeur de son fils. Quand il les rouvrit, ils brillaient d'une lueur ambre jaune.

— Non. Du moins pas avant de se faire mordre.

Les bûches qui craquaient dans le foyer devinrent le seul son de la maison. Maman s'approcha de mon père qui enveloppa un bras autour de sa taille et l'attira à lui.

— Tu veux dire que... qu'on peut faire des loups-garous ?

— Pas des loups, maman, la contredit Niall en dénouant ses bottines. Des demi-loups.

— Je ne comprends pas, dit maman.

— Quelqu'un mord les humains et je ne sais pas comment, mais ces humains se transforment maintenant en demi-loups.

Nolan posa un bras qui sentait le loup, la neige et le feu autour de mes épaules. J'imagine qu'il avait passé beaucoup de temps en fourrure.

— Je croyais que mordre ne transférerait pas notre magie ? m'étonnai-je.

— Normalement, non.

Liam passa ses doigts dans les boucles douces de son fils.

— Où est le médecin légiste ? demandai-je.

— Au bunker. Avec sa femme qui a appelé les flics quand il l'a mordue. Nate a réussi à être le premier sur les lieux. Il est avec eux en ce moment.

— Merde, murmurai-je.

Maman devait être vraiment choquée, car elle ne me gronda pas.

— C'est fou, commenta Adalyn.

— Tu crois que c'est pour ça que la première demi-louve a été mordue ? lâchai-je. Pas pour un règlement de compte, mais parce que le loup voulait changer son patrimoine génétique ?

Liam déglutit.

— Ça commence à ressembler à quelqu'un qui essaie de créer une nouvelle espèce.

— Il faut vraiment qu'on trouve le métamorphe zéro.

On fronça tous les sourcils et Nash ajouta :

— Vous savez... comme dans *Patient Zero* ?

Niall retira son manteau.

— On dirait que ton voyage va être ni court ni agréable.

Liam soupira et, même si je savais que c'était mal de se réjouir qu'il reste, mon cœur fit une souplesse arrière. Je m'appuyai contre Nolan, espérant que personne ne remarque mon pouls frénétique. Heureusement, ils étaient tous trop absorbés par le fait qu'un métamorphe ait réussi à créer des loups, ce qui aurait dû attirer toute mon attention aussi.

Après le dîner, une fois la source de ma déconcentration partie avec son enfant, je tournai et retournai enfin tout ce qui s'était passé dans ma tête.

Une chose se démarquait des autres : le métamorphe zéro ne visait pas les loups, mais les humains. Ce qui voulait dire que sortir du camp n'était plus risqué.

Huit

J'avais travaillé jusque tard le soir pour finir une commande, alors j'avais manqué le petit déjeuner. Papa était parti à Rivage et maman était allée se promener dans le camp avec Storm, me laissant seule à la maison. C'était si rarement calme ici que c'en était bizarre. Je n'arrivais pas à savoir si j'appréciais ou pas. D'un côté, c'était plutôt relaxant. De l'autre, c'était un peu solitaire.

Je passai au micro-ondes les restes de saucisses et d'œufs brouillés et appelai Adalyn pour découvrir ce que faisaient les autres. Elle était au salon de coiffure avec sa grand-mère, vu qu'elle avait tiré la même conclusion que moi – que ce n'était pas dangereux pour les métamorphes. Liam et Nash étaient au bunker, Nolan travaillait avec papa et Niall... Eh bien, probablement évanoui dans le lit d'une fille.

Le plus jeune de mes frères était comme ça, un vrai Casanova. Nash l'avait été aussi, jusqu'à ce que le lien d'accouplement se crée entre lui et Adalyn. Maintenant, il avait rejoint le rang de mes deux autres frères qui étaient très sérieux au sujet de leurs relations amoureuses. Surtout Nolan. Je ne l'avais jamais vu avec quiconque.

— On mange ensemble ce soir à Seoul Sister ? proposai-je.

Seoul Sister, le bar-restaurant de la famille de Bea, était l'un des endroits les plus populaires en ville et servait de la nourriture sud-coréenne et américaine toute l'année. Ce n'était pas le cas de la plupart des restaurants de la région qui fermaient à la minute où la neige fondait.

— Il faut vraiment que je sorte.

— Tu veux dire qu'il faut que tu arrêtes de penser à une certaine personne?

— Je ne pense vraiment plus à Grant.

— Je ne parlais pas de Grant, chérie.

L'assiette que je lavais me glissa des mains et claqua bruyamment dans l'évier en métal.

— C'est aussi évident?

— Pour moi oui, mais je te connais par cœur.

Je grimaçai.

— Mes frères aussi me connaissent par cœur.

— Tes frères sont des garçons.

— Tu crois que maman sait?

— Hum. Oui. Ta mère savait que j'avais un faible pour Nash avant même que *je* le sache.

— Merde.

Adalyn rit doucement.

— Je dois finir la permanente de Mme Mofett. Je viens te chercher à dix-neuf heures.

— Rendez-vous pris.

Je rinçai mon assiette, la posai sur le séchoir, puis regardai le ciel pâle. Il allait neiger. Je pouvais sentir l'humidité dans mes os. Surtout dans mon genou.

J'allumai ma tablette pour travailler quand la porte s'ouvrit.

— Je suis là, appelai-je, m'attendant à maman et Storm.

Oh, comme j'avais tort.

Mon regard remonta les jambes de Liam, son tee-shirt noir et sa veste en cuir noir. Lycaon, ce mâle était une œuvre d'art.

— Bonjour, Nikki.

Même sa voix était de l'art.

— Bonjour.

Je me raclai la gorge et me concentrai sur l'écran lumineux, espérant qu'il n'avait pas remarqué que je l'avais reluqué.

— Storm est sorti avec maman.

Que ma mère sente que j'aie un crush était embarrassant. Que mon crush lui-même le remarque était un tout autre niveau de gêne.

— Des nouvelles ?

Je me mordis la lèvre tout en retravaillant la posture de mon personnage. Il ne répondit pas et je levai la tête. Il étudiait ce que je dessinais.

— La femme du médecin s'est changée la nuit dernière.

— Complètement ?

— Non. Pas complètement.

Une autre demi-louve.

— Le médecin légiste est de nouveau sous forme humaine ?

Liam secoua la tête.

— Le Sillin n'a pas d'effet sur lui.

Je posai mon stylet.

— Pourquoi d'après toi ?

Il s'appuya contre l'îlot.

— Une nouvelle espèce ? Ou c'est trop tôt ? On n'a pas encore compris *comment* ils ont été créés. Je veux dire : on sait qu'ils ont été mordus, mais de nombreux humains ont été mordus au fil des années et aucun ne s'est jamais transformé.

Avait-il déjà mordu un humain ? Moi, jamais. Mais après tout, on ne mordait que les humains qui savaient qui nous étions et s'apprêtaient à nous envoyer les flics. Je me rappelai soudain que la mère de Storm était humaine et que Liam l'avait donc sûrement beaucoup mordue puisque cela augmentait le plaisir sexuel.

Penser à lui en train de mordre son ex donnait à mon loup envie de grogner... et à mon moi humain aussi. Pathétique. J'étais tellement pathétique. Liam avait le droit de mordre qui il voulait. Et puis, la mère de Storm était morte. Être jalouse d'une femme morte, c'était nouveau pour moi.

— Ça va ?

Je suis jalouse de ta partenaire morte. Était-elle ta partenaire d'ailleurs ? Ta véritable *partenaire ?*

— Oui. Impec.

Impec ? Ce mot était vraiment sorti de ma bouche ? Je ne savais même pas qu'il faisait partie de mon vocabulaire.

Il fronça les sourcils. Je méritais bien ce regard : je me comportais bizarrement, je parlais bizarrement.

— Je pensais juste au pauvre médecin et à sa femme. Où s'est passée l'attaque déjà ?

Je revenais à un sujet qui ne me rendait pas territoriale sans raison ; ça me semblait plus sage.

— À environ cinquante kilomètres à l'est d'ici. Pourquoi ?

— Je me demandais juste quelle était la zone que je devais éviter, mentis-je.

Il baissa un peu la tête.

— Tu ne prévois pas d'y aller par hasard ?

Je tressaillis et cognai mon genou à l'îlot.

— Quoi ?

— L'odeur des gens change quand ils mentent.

— Tu es en train de dire que tu peux sentir le mensonge ?

Il croisa les bras.

— Je peux sentir une grande variété d'émotions. Ça fait partie du job.

Et merde.

— *Pratique.*

Je croisai les bras moi aussi, espérant que cela bloque mon odeur. Les yeux bruns de Liam devinrent ambre et sauvages.

— Pourquoi veux-tu aller sur la scène de crime ?

— Parce qu'il va neiger.

Il regarda par la fenêtre.

— Je sais que les meilleurs pisteurs de la meute sont dehors, mais je me disais que peut-être... (Je haussai les épaules.) Peut-être que je repérerais quelque chose qu'ils n'ont pas vu.

— Quitter le camp...

— Le métamorphe zéro essaie de changer la nature humaine. Puisque je suis déjà un loup, je pense qu'on peut se dire que je ne fais pas partie de ses cibles.

— On ne connaît pas encore les intentions de la personne, Nikki.

Je me levai, glissai mon téléphone dans la poche arrière de mon jean et passai devant lui.

— Où tu vas ?

— Dehors.

Liam me suivit dans l'entrée où je mettais mes bottes avant d'attraper ma veste.

— Tes frères m'avaient dit que tu étais têtue.

— Moi ? Têtue ? Ils ont dû me confondre avec leur *autre* sœur, commentai-je en souriant.

Il ne rit pas du tout. Il n'était vraiment pas facile à amuser.

J'attrapai mes clés de voiture.

— Laisse tes clés. On prendra ma voiture.

— *On ?*

— Soit je viens avec toi, soit je dis à Lorna de ne pas ouvrir la grille.

Il tapota sur sa tempe pour me rappeler à quelle vitesse il pouvait communiquer avec notre gardienne.

— Sérieux, Liam. Va avec ton fils.

— Mon fils est en sécurité.

— Moi aussi.

— Oui et j'ai bien l'intention que ça reste comme ça.

Je soupirai.

— Tu ne vas pas me lâcher, c'est ça ?

— Tous les membres de ta famille m'affronteraient en duel si je te laissais partir seule.

— Ne dis pas ça.

Je frémis à l'idée d'un autre duel. Bien sûr, je n'avais pas vu celui de Liam et Cassandra, mais je connaissais les détails techniques d'un duel entre alphas : c'était un combat à mort qui se terminait par la dégustation du cœur du perdant pour absorber son lien à sa meute.

— Tu te rends compte que ça fait sept ans que je sors toute seule ?

— Ça ne me gêne pas de rester ici à discuter de ton indépendance, mais je pensais que tu voulais voir la scène de crime avant la neige.

— Je ne vais pas gagner ce débat ?

— Ce n'est pas un débat.

Il ouvrit la porte et indiqua sa voiture noire. J'avançai jusqu'à elle.

— Qu'est-ce que c'est alors ?

Il ouvrit ma portière.

— C'est moi qui te rappelle que je suis ton alpha, et qu'en tant qu'alpha, ma priorité est la sécurité de mes loups.

Je lui jetai un coup d'œil et montai en voiture.

— Tu me jures que ce n'est pas à cause de mon genou ?

— Promis juré, Nikki.

Il semblait honnête, mais je me demandais si c'était vrai. Après tout, les autres avaient quitté le camp. D'autres encore le quitteraient. Allait-il tous les suivre?

Il démarra et j'envoyai un message à maman pour l'informer que je partais avec Liam. J'appelai ensuite Bea pour réserver une table à Seoul Sister, mais tombai direct sur le répondeur. Je composai donc directement le numéro du restaurant et réservai pour deux à dix-neuf heures trente.

Liam me glissa un regard quand je raccrochai.

— C'est quoi Seoul Sister?

— Un restaurant en ville.

Il me regarda de nouveau.

— Quelle partie de « il y a un loup fou en liberté » tu n'as pas compris?

Je me hérissai.

— Oh, j'ai compris.

Je posai mon coude à la fenêtre et plissai les yeux devant le sol tapissé de neige et la forêt gris-vert.

— J'ai déjà quatre frères, Liam. Je n'en ai pas besoin d'un cinquième.

Neuf

Neuf

Un ruban de police entourait cinq grands pins, isolant la scène de crime. La neige était tassée par des traces de pas, de pattes ou de pneus neige et était striée de touches de jaune, brun et rouge. Mon estomac se fit lourd en sentant l'odeur métallique du sang et la puanteur de l'essence.

Les yeux de Liam ne cessaient de virer du brun à l'ambre jaune avant de s'assombrir de nouveau. J'aurais presque préféré qu'il se transforme et se débarrasse de son humeur revêche. Quand je lui avais dit que je n'avais pas besoin d'un cinquième frère, j'avais eu droit au silence, ce qui était encore supportable dans la voiture, mais maintenant, cela allait me rendre folle. Je n'aimais pas que les choses s'enveniment et c'était le cas ici.

Je cassai une branche d'un arbre tout proche, puis passai sous le ruban. Ma nuque me picotait pendant que j'avançais dans la neige piétinée. Je m'accroupis et reniflai, repérant différentes odeurs : celle de mes frères, de Liam et même de Grant. Je l'avais reconnue parce que ce fumet avait flotté autour de moi pendant deux années complètes. Je ne considérais pas que c'étaient des années gâchées – j'avais beaucoup appris sur moi-même, sur les relations, sur la vie –, mais la manière dont cela s'était terminé me faisait regretter d'avoir tant donné à quelqu'un d'aussi peu sérieux.

Tout en trifouillant la neige autour du sang, je posai la question qui me trottait dans la tête depuis un moment :

— La mère de Storm était ta partenaire d'accouplement ?

Pendant un long moment, Liam ne répondit pas. Peut-être qu'il ne me le dirait pas. Je pourrais toujours demander à Nate.

— Non.

Je fronçai les sourcils et regardai par-dessus mon épaule.

— Juste ta femme alors ?

Il avait les bras croisés et ses manches en cuir étaient si tendues que je m'inquiétais que les coutures ne tiennent pas.

— Nous ne nous sommes jamais mariés.

— Comment ça se fait ?

Un brin de vent ébouriffa ses cheveux.

— Comment ça se fait que toi et Grant, vous n'êtes plus ensemble ?

— Parce qu'il m'a larguée après l'accident.

J'avançai vers l'un des arbres, le seul duquel des bouts d'écorce avaient été arrachés.

— Aucun homme de vingt ans en bonne santé ne veut d'un boulet attaché à son pied.

Silence. Puis :

— C'est comme ça qu'il t'a appelée ?

— Non. Lycaon, non. Tu as vu mes frères ? Ils l'auraient castré s'il avait prononcé ces mots-là, expliquai-je en haussant une épaule. Pour sa défense, le docteur venait d'annoncer qu'il fallait m'amputer la jambe.

— Et en quoi *ça*, ça excuse son départ ?

J'approchai mon nez de l'écorce et reniflai, mais tout ce que je sentais, c'étaient la sève et l'essence.

— Ça ne l'excuse pas, mais ça le rend plus compréhensible.

— Il n'y a rien de compréhensible à tourner le dos à quelqu'un quand les choses deviennent dures.

— Voilà pourquoi tu es alpha et pas Grant.

Je continuai à fourrager dans la neige avec mon râteau improvisé. La neige commença à tomber, ses épais flocons s'amassant comme du duvet d'oie.

— Tu as fini ? fit Liam avec impatience.

Même si je ne l'avais pas traîné ici, je soupirai et jetai mon bâton, puis fis marche arrière vers lui, évitant la zone la plus gore, puis soulevai le ruban pour passer en dessous. Mon genou décida que c'était le moment opportun pour devenir grognon et me laissa tomber à quatre pattes.

Super. Pas du tout la honte.

L'air autour de moi se réchauffa et l'odeur musquée et mentholée de la peau de Liam devint plus forte à mesure qu'il s'avançait vers moi.

Je grimaçai, surtout de douleur, un peu de honte.

— Il y avait une zone verglacée.

S'il sentit mon mensonge, il ne fit aucun commentaire et se contenta de tendre la main pour m'aider. Je fermai les doigts, écrasant au passage de la neige.

— Ça va.

Je poussai pour me mettre à genoux, grimaçant quand mon articulation m'envoya un éclair de douleur dans le mollet et la cuisse. J'époussetai mes paumes et repérai alors l'éclat de quelque chose dans la neige : une fine chaîne en or. Je la ramassai, dévoilant un petit bracelet avec plusieurs petites breloques.

— Tu as cassé ton bracelet ?

Je fixai le bijou cassé, le loup émaillé, la citrine en forme de cœur et la petite pâquerette gravée et mon cœur s'arrêta avant de repartir.

— Ce n'est pas le mien.

Je m'assis sur mes talons et relevai la tête.

— Mais je sais à qui il appartient.

Dix

— À qui est-il ?

La neige tombait désormais si fort que les flocons me frappaient les yeux et me brûlaient avant de fondre le long de mes joues.

— Bea. Nate l'a fait faire pour son anniversaire l'année dernière.

Liam s'accroupit.

— Tu es sûre ?

— Je suis allée chez le bijoutier avec lui. Je l'ai aidé à choisir les breloques. Tu crois que Bea est en danger ? Qu'elle a été attaquée ?

Je frottai mes cils couverts de neige. Liam pinça les lèvres.

— Non. Tout le sang appartenait à la même femelle. Celle qui est morte.

Je soupirai en me levant.

— Peut-être que Nate devait le faire réparer et qu'il est tombé de sa poche.

— Peut-être.

Il me tendit la main et j'y déposai le bracelet.

— Ce n'était pas le bracelet que je voulais, Nikki.

Je fronçai les sourcils. Il le rangea quand même dans sa poche, puis retendit sa paume.

— Ta main.

— Ma... main ?

Il posa son regard sur ma jambe. Je reculai, tâchant de garder un air neutre et de ne pas tressaillir.

— Il y avait de la glace.

Je me tournai un peu abruptement et mon genou cria. Une main se referma autour de mon coude et, malgré mon entêtement, je repoussai ma fierté et laissai Liam me guider dans la forêt dense de pins jusqu'à sa voiture. Je ne savais pas si les alphas avaient le sang plus chaud que les métamorphes normaux, mais même à travers mon manteau d'hiver et mon pull épais crème, je sentais la chaleur de sa peau, entre le feu et le soleil.

Il ouvrit ma portière et ne me lâcha pas jusqu'à ce que je sois installée sur le siège passager, puis contourna la voiture et monta. Il tourna la clé dans le contact et activa les essuie-glaces, mais il ne fit pas demi-tour et se contenta de fixer la terre blanche.

— On devrait rentrer, rappelai-je. La neige tombe de plus en plus.

Liam cligna des paupières, mit sa ceinture et commença à rouler.

Une fois sur le chemin de la maison, je sortis mon téléphone de ma poche.

— Tu veux que je l'appelle ?

— C'est déjà fait.

— Déjà ?

Il tapota sa tempe.

Oh !

— Quelle est la portée de ton super moyen de communication d'alpha ?

Son pare-brise commençait à se couvrir de vapeur. Il appuya sur le bouton de climatisation.

— Quatre-vingts kilomètres.

Ça expliquait pourquoi il ne communiquait pas par l'esprit quand il était à Boulder. Dans six mois, cela changerait.

— Pareil pour ton GPS de loup ?

Un autre cadeau donné aux alphas était le pouvoir de localiser géographiquement leurs loups. La terminologie lui arracha un demi-sourire :

— « Mon GPS de loup. » Oui.

Nous rentrâmes en silence, mais contrairement à l'aller, c'était un silence relaxant ; nous étions tous deux plongés dans nos pensées. Les miennes étaient sûrement plus agréables que les siennes, vu les traits crispés de son visage.

Il activa son clignotant quand nous atteignîmes la longue route qui menait au camp. Qu'il ait repéré le virage était un miracle vu la visibilité atroce. J'imagine qu'il avait prévenu Lorna de notre arrivée, car le portail était déjà ouvert quand nous arrivâmes.

— Niall me disait que vous étiez censés emménager ensemble à la fin de ton lycée. C'est toujours d'actualité ?

Des flashs de l'accident me firent fermer les yeux un court instant – le métal froissé, la peau calcinée, l'essence en feu, le maudit casque fluorescent de Grant.

— L'accident a un peu mis en pause tous mes projets de vie, mais hé ! je me suis remise. Et pendant que j'étais coincée au lit, j'ai appris à dessiner numériquement et, maintenant, je peux en vivre.

Sans compter que je m'étais débarrassée d'un petit ami inutile.

— Dans l'ensemble, j'ai gagné plus que j'ai perdu.

Il s'engagea dans l'allée et se gara à côté de ma Jeep.

— Tu es du genre verre à moitié plein alors ?

— Plutôt : tant que j'ai un verre, je le remplis.

Cela me valut un sourire. Pas très grand ni très long, mais il effaça un peu du stress que Liam portait comme une aura.

— Bonne philosophie, madame Freemont.

— Eh bien merci, monsieur Kolane.

Je tendis la main vers la poignée, mais il toucha mon avant-bras.

— Attends.

Sa portière se referma. Avant que je ne puisse dire que je n'avais pas besoin d'aide, il ouvrit ma portière.

— Tu sais...

— Que tu vas bien ? Je sais. Je t'ai entendue les cent premières fois où tu l'as dit. Mon ouïe est un des autres sens qui s'est amélioré quand je suis devenu alpha.

— Dommage que ta compréhension de l'anglais n'ait pas progressé, lançai-je malicieusement.

Il me sourit.

— Je te ferai dire que ma compréhension de l'anglais est parfaite, tout comme ma compréhension du langage corporel. Tu favorises ta jambe non blessée et grimaces quand ton pied touche le sol.

Je regardai sa main tendue.

— Cassandra Morgan disait que prendre la main de quelqu'un favorisait la codépendance.

— Elle disait aussi qu'elle était montée au pouvoir sans tricher. Je n'essaie pas de te faire te sentir faible, mais ne t'attends pas à ce que je reste en arrière pendant que tu *essayes* de ne pas tomber. Ce n'est pas dans mon ADN.

Ses yeux s'étaient faits sombres, à moins qu'ils apparaissent ainsi à cause de la blancheur de notre environnement.

J'enroulai mes doigts sur son avant-bras au lieu de sa main et sortis avec prudence.

— Je suis contente que tu ne lui ressembles en rien.

Il me coula un regard en coin.

— Tu as d'étranges façons de le montrer.

Une fois devant la porte, je lâchai son bras. S'appuyer sur lui dehors était une chose ; à l'intérieur de la maison, mes parents me mettraient au lit jusqu'à la fonte des neiges.

L'odeur de café fraîchement préparé et des bûches qui craquent apaisèrent le nœud dans mon estomac. Je retirai mes bottes, contente qu'elles n'aient pas de lacets, puis accrochai mon manteau. Après avoir retiré ses chaussures lui aussi, Liam posa sa veste par-dessus mon manteau, et même s'il n'insista pas pour être ma béquille, il accorda son pas au mien pendant que je boitais jusqu'au salon.

Storm se tortilla dans les bras de maman, babillant plein de « papa ». Elle le libéra sur le tapis et il rampa vers Liam qui s'était déjà accroupi.

— Ils disent qu'on va avoir un mètre de neige dans la soirée, annonça maman en agitant la main vers la fenêtre. La saison de ski va commencer plus tôt cette année.

Liam embrassa la tempe de Storm.

— C'est bon pour le commerce.

Puisque la meute possédait et faisait fonctionner toutes les remontées mécaniques, c'était une bonne nouvelle, en effet.

— Nate est là ?

J'essayai de distinguer un autre battement de cœur dans la maison, mais le mien battait si vite que je distinguais à peine les trois autour de moi.

— Non. Pourquoi ?

Je levai la main jusqu'au cou de Storm, caressai sa peau qui, un jour, grandirait et perdrait sa douceur.

— Il devait nous retrouver.

Ne parle pas du bracelet à ta mère.

Ce n'était pas mon intention.

— Je vais me servir de l'eau. Tu en veux, Liam ?

— Pourquoi tu ne t'assieds pas ? demanda-t-il en montrant le canapé. J'irai.

Je pressai mes lèvres l'une contre l'autre.

— Je dois aller prendre ma tablette que j'ai laissée…

— Nikki, ton jean est tout mouillé. Viens t'asseoir près du feu pour te réchauffer.

Ma mère passa entre nous.

— J'allais justement chercher du lait pour Storm, je te rapporte de l'eau et ta tablette.

Liam baissa la tête.

— Après toi.

Je soupirai, mais marchai jusqu'au canapé au plus près du feu et m'installai pendant que Liam s'asseyait sur le tapis à côté d'une pile de blocs de construction. Il commença à les empiler, puis Storm frappa la tour. Les blocs s'écrasèrent et le petit tapa dans ses mains. Même si j'avais un million de choses déplaisantes en tête, je souris.

— Lucas l'appelle le Destructeur.

— J'aime bien. C'est un bon nom de superhéros.

Je descendis du canapé et allai construire une tour avec les blocs qui étaient tombés vers moi.

— Lucas, c'est l'autre bêta, c'est bien ça ?

— Oui.

— Vous êtes proches tous les deux ?

— Il est ce qui ressemble le plus à un frère pour moi.

Maman revint avec deux bouteilles d'eau et ma tablette.

— Et voilà.

J'ouvris une bouteille et commentai :

— Tu as oublié le lait de Storm.

— Je me suis rappelé qu'il en avait bu il y a une heure. Je suis bête.

Je soupirai et elle s'assit sur le canapé à côté de moi avant d'attraper un des magazines de mariage d'Adalyn.

— Je n'arrive pas à croire que le mariage est le mois prochain, fit-elle en feuilletant plusieurs pages. J'espère que tu pourras venir, Liam.

— C'est quand ?

— Au solstice d'hiver.

Il fronça les sourcils et j'ajoutai :

— C'est l'anniversaire de leur lien d'accouplement.

— Ah ! le fameux lien d'accouplement qui apparaît *magiquement* le plus long ou le plus court jour de l'année.

J'ajoutai un autre bloc.

— Je crois comprendre que tu n'es pas fan de l'idée.

— Je ne pense pas que la magie devrait être un facteur dans nos choix.

Était-ce au sujet de Ness ? J'avais entendu qu'ils avaient eu un truc avant qu'elle ne trouve son véritable partenaire.

— Un lien d'accouplement ne fait que révéler au grand jour notre compatibilité, expliqua maman en tournant une page. Le corps ne peut pas se lier sans le consentement du cœur.

Liam regarda son fils ramper jusqu'à moi.

— Storm le Destructeur est en liberté, murmurai-je en étudiant l'enfant.

Il grimpa sur mes genoux et, avant qu'il ne puisse frapper ma tour, je le chatouillai. Il referma ses bras sur ses côtes et rit si fort qu'il serait tombé à la renverse si je ne l'avais pas tenu. Dès que j'arrêtai les chatouilles, il tendit le bras.

— Oh non, pas ça.

Je le décalai sur le côté avant que ses doigts ne touchent ma tour et le chatouillai de nouveau. Cela devint un jeu. Dès que j'arrêtais, il tendait la main, me provoquait avec ses doigts écartés en me regardant et attendait. Neuf mois et déjà aussi intelligent.

— Je me demande quand Nate et Bea vont sauter le pas.

La voix de maman m'arracha à ma contemplation.

— Je pensais qu'ils se marieraient avant Nash et Adalyn.

La porte d'entrée s'ouvrit.

— Nate ? appela maman.

Storm gigota sur mes genoux, demandant mon attention. Même si mon regard glissa vers l'entrée de la pièce, je repris notre jeu.

— Désolé... Quel temps !

Nate frotta ses cheveux pour retirer la neige, puis avança vers maman et se pencha pour embrasser sa joue avant d'ébouriffer mes cheveux.

— Qu'y a-t-il, Liam ?

Il tendit les mains au-dessus du feu. Liam posa le bloc qu'il faisait tourner et glissa sa main dans sa poche.

— J'étais sur le lieu de l'attaque avec ta sœur.

— Nikki, hoqueta ma mère, tu y es allée ?

— Je m'excuse, Meg. J'imagine que tu ne voulais pas qu'elle le voie. Bref, pendant que nous y étions, elle a trouvé ça.

Liam sortit le bracelet et le montra en hauteur.

— Apparemment, c'est à Bea.

Le bracelet frémit comme un organisme vivant. Nate le fixa encore et encore, son visage se vida de ses couleurs jusqu'à ce que son teint rivalise avec mon pull en laine au col en V. Maman laissa tomber son magazine sur le tronc coupé qu'on utilisait comme table basse.

— Nate, mon cœur, qu'est-ce qui se passe ?

Les mains de mon frère commencèrent à trembler.

— Juste après l'appel pour l'attaque, Bea, elle a rompu avec moi.

Le volume de sa voix s'était affaibli et on entendait à peine ses mots.

— Elle a arraché son bracelet. Sa bague aussi.

Il sortit son portefeuille, l'ouvrit et, au bout de deux tentatives infructueuses, en sortit une bague sertie d'un diamant.

— Je voulais te demander... si tu pouvais la ranger dans le coffre-fort.

Maman bondit sur ses pieds et avança jusqu'à mon frère.

— Oh, Nate.

— Le bracelet a dû... glisser de ma poche... quand j'étais...

— Chut.

Maman prit dans ses bras son fils qui faisait une tête de plus qu'elle et, pourtant, semblait si petit à ce moment-là.

— C'est rien, mon cœur. Chut.

Elle caressa les cheveux noirs de Nate.

Je croisai le regard de Liam par-dessus la tête de Storm. Je ne savais pas si c'était le soulagement de savoir que Bea n'avait pas été blessée ou le reflet des flammes à côté de nous, mais ses yeux semblaient plus brillants.

J'avais mal pour mon frère qui avait le cœur brisé, mais je me réjouissais que Bea ne soit pas blessée. Si elle avait été attaquée... Je me forçai à ne pas penser à quelque chose d'aussi sombre et déprimant.

Je chatouillai Storm avec un enthousiasme renouvelé.

— Je suis désolée pour Bea, Nate.

— Moi aussi, Pomme de pin. Moi aussi.

Pourquoi tout le monde t'appelle Pomme de pin ?

— Aucune raison.

Je pressens que la raison est très intéressante.

Souriait-il ? Je lui jetai un bloc de construction qu'il attrapa avec aisance.

J'adorerais l'entendre.

— Jamais de la vie.

Storm détruisit ma tour et son jeu éclipsa la tristesse de mon frère. Sa mission accomplie, il retourna vers son père.

Je compris soudain qu'il valait sûrement mieux éviter Seoul Sister. J'envoyai un message à Adalyn dans lequel j'expliquais dans les grandes lignes ce qui s'était passé et lui demandais d'annuler, car je ne voulais pas risquer de tomber sur Bea alors que mon frère était dans la même pièce.

Cette nuit-là, nous finîmes par rester à la maison. En partie à cause du temps et en partie à cause de Nate. Quand un Freemont souffrait, tous les Freemont restaient à ses côtés pour le tirer de sa douleur.

Adalyn et moi fixâmes une sortie le lendemain soir, juste toutes les deux. Si le blizzard se levait, on irait en ville – Seoul Sisters n'était pas le seul endroit où traîner en tant que célibataire de moins de trente ans. S'il continuait à neiger, on irait à Rivage – pas l'idéal vu qu'il y aurait plein de métamorphes et que je les connaissais tous.

Onze

L e temps ne se dégagea pas, alors nous optâmes pour Rivage.

En entrant, le nouveau barman, un garçon du nom de Sasha, au visage constellé de taches de rousseur, qui était dans ma classe en terminale, fit un geste en direction d'Adalyn. Elle s'assit au bout d'une grande table près de la cheminée géante où des jarrets de volaille et d'agneau rôtissaient sur des pics, faisant tomber des gouttes de gras dans des plats remplis de patates coupées.

Je posai mon manteau sur le siège à côté d'elle et regardai la pièce bondée – quelques places restaient à d'autres grandes tables et quelques autres le long du bar. Le restaurant élégamment construit avec du bois de noyer fonctionnait comme un club : les résidents du camp payaient un tarif à l'année qui fournissait un salaire à l'équipe – Nolan, papa et cinq autres personnes. En contrepartie, l'abonnement ouvrait l'accès à deux repas par jour. Tout le monde n'y mangeait pas deux fois, mais la plupart prenaient au moins un repas par jour ici. L'alcool était en supplément, seule source de profit de toute l'opération. Papa ne l'avait pas fait pour l'argent, mais pour l'amour de la nourriture et de la vie en meute.

— Que faisaient les gens avant que papa ait l'idée d'ouvrir cet endroit ?

— Ils mangeaient chez eux ?

Adalyn sourit à un couple assis à notre table.

— Les bébés sont pour quand, Wren ?

La métamorphe à la peau noire, qui était brièvement sortie avec Nate pendant son adolescence, caressa son immense ventre.

— Le mois prochain, mais on m'a dit que les jumeaux arrivaient souvent en avance.

— Deux invités de plus à mon mariage.

Adalyn frappa dans ses mains avec autant d'excitation que Storm quand il voyait son biberon de lait.

J'étais maintenant familière de la plupart des réactions du petit gars, ayant passé plus de la moitié de mon après-midi à le babysitter avec maman pendant que Liam s'occupait des demi-loups dans le bunker. Même si je mourais d'envie de savoir s'ils avaient fait des progrès pour trouver le métamorphe zéro, j'étais partie avant que lui ou Nate ne rentre.

Nolan franchit la porte battante près du bar, les manches noires de son uniforme de cuisinier roulées jusqu'aux coudes. Il s'accroupit près du feu et trancha des morceaux d'agneau sur un plateau. Quand il nous repéra, il nous adressa un clin d'œil.

Après avoir salué nos voisins, je me penchai vers Adalyn.

— Tu as demandé à Sasha de nous garder quatre places vacantes autour de nous pour parler en privé ?

— Non. Je lui ai dit de les garder pour les célibataires. Il a juré qu'il le ferait.

J'attrapai un pichet d'eau et remplis nos deux verres, me demandant quel célibataire pourrait venir ce soir. Adalyn se leva.

— Tu veux boire quoi ? Je vais chercher la première tournée.

— Une bière.

Elle hocha la tête, puis alla se frayer un chemin parmi les métamorphes assis au bar.

— Comment va ton genou ? demanda une voix oh ! si familière derrière moi.

Je regardai par-dessus mon épaule. Comment avais-je pu ne pas voir que Grant était assis à la table d'à côté ? Et comment *Adalyn*, avec sa vue perçante, avait-elle pu le louper ? Il se balançait sur les pieds arrière de sa chaise. Je n'étais pas assez méchante pour souhaiter sa chute.

— Très bien.

— Je suis venu après...

— Je sais.

Je me mordis la lèvre et ajoutai :

— Merci. D'être venu vérifier que j'allais bien.

Il sourit. Je n'avais pas voulu qu'il le prenne comme une ouverture. Je commençai à me retourner, mais il demanda :

— Tu as quelque chose de prévu pour ce week-end ?

Ses yeux verts brillaient dans la pièce faiblement éclairée qui semblait encore plus sombre à cause des chutes de neige dehors.

— Trouve-toi ta propre *date*, Grant. Nikki est le mien ce soir.

Adalyn me fourra une bouteille de bière froide dans les mains en fusillant du regard mon ex. Si j'étais déçue de la façon dont ça s'était terminé, Adalyn, elle, était carrément furieuse à ce sujet.

Le sourire de Grant disparut, et son air mécontent accentua le caractère ovale de son visage.

— Toujours agréable de te voir, Adalyn.

Elle lui fit un doigt d'honneur et me tendit sa bière.

— À la fin des poids morts sur notre dos.

— Ad, murmurai-je.

Je voulais tuer leur dispute dans l'œuf avant que l'un deux ne se transforme et se jette à la gorge de l'autre.

— Oups. J'ai volé ton toast, Grant.

— Va te faire foutre, Reeves.

Les conversations autour de nous moururent et je crus que c'était à cause d'Adalyn et Grant, puis je remarquai que les gens regardaient par-dessus ma tête. Je suivis leur regard et tombai sur Nash, Niall et Liam.

— Dehors. On ne veut pas de bons à rien dans ton genre ici, grogna Nash d'une voix tendue.

Grant grommela tandis que les pieds de sa chaise retombaient sur le sol en carrelage.

— On avait fini de toute façon.

Il se leva, adressa un signe de tête à Jared et Can qui n'avaient pas l'air d'avoir fini, mais se levèrent par solidarité. Avant de partir, sa paume se referma sur le barreau du haut de ma chaise et il se pencha vers moi pour murmurer :

— L'animosité que j'ai pour tes frères et Adalyn ne change pas ce que je ressens pour toi, Nik.

Je voulus lui dire que ce qu'il ressentait pour moi n'avait pas d'importance puisqu'on ne se remettrait pas ensemble, mais je détestais le drame en public, alors je mordillai ma lèvre inférieure jusqu'à ce qu'il parte et que le bruit reprenne.

Nash m'observa tout en s'asseyant à côté d'Adalyn et je sentis la question derrière ses iris azur : considérais-je l'idée de me remettre avec Grant? Je secouai la tête.

— Dieu merci.

C'était Niall. J'imagine que le plus jeune de mon frère avait compris la question de Nash et ma réponse silencieuse. Nous étions tous si connectés que, même sans lien d'esprit comme Nash et Adalyn, nous pouvions souvent déduire ce que les autres pensaient.

Niall s'assit à côté de Nash et commença de suite à discuter avec sa voisine, une femelle de l'âge de Nate. Liam s'installa à côté de moi.

— Nate vient aussi?

— Il est rentré plus tôt, répondit Liam.

— Chez mes parents ou chez lui?

— Chez lui. Il vit mal la rupture.

— Lui et Bea sont ensemble depuis trois ans, presque quatre.

Une part de moi espérait toujours que leur relation était sauvable. J'avais hésité à lui envoyer un message aujourd'hui, mais au bout du compte, j'avais décidé de ne pas m'en mêler. Du moins, pas encore.

Adalyn posa sa bouteille de bière déjà vide sur la table au moment où Sasha venait prendre notre commande.

— En fait, va falloir vous trouver d'autres sièges, les gars. Ceux-là étaient réservés. Hein Sasha?

Le rouge monta dans le cou de Sasha, puis sur sa mâchoire et ses joues, une couleur qui rivalisait avec ses cheveux.

— Hum. Eh bien...

Son regard se posa sur Liam. Dire à mes frères d'aller ailleurs était déjà difficile, mais son alpha... inconcevable.

Avant qu'il perde la tête, je le sortis de là :

— C'est bon, Ad.

Elle soupira faiblement.

— Dès que le temps se sera calmé...

— Qu'est-ce qui se passera dès que le temps se sera calmé ? l'interrogea Liam.

— Rien, m'enquis-je.

Nash haussa un sourcil. Ce n'était pas vraiment un secret que j'étais en chasse de quelqu'un pour rebondir. Connaissant mes frères, tant que ce n'était pas Grant, ils seraient heureux. Attends... De toute façon, ça ne serait pas rebondir avec Grant, non ?

Nash posa son bras sur la chaise d'Adalyn tout en commandant à manger et des boissons. Quand Sacha partit, il nous demanda :

— Alors, vous les réserviez pour qui ces places ?

Faisant tourner ma bouteille de bière entre mes paumes, j'éludai la question avec une autre :

— Où est Storm ?

— Avec maman.

Nash sourit et ajouta :

— Liam a insisté pour le ramener chez lui, mais maman l'a pour ainsi dire poussé jusqu'ici en lui disant que Storm était bien et à l'aise entre elle et papa, que Liam devrait aller se détendre comme c'était vendredi soir et tout.

— Va falloir que vous commenciez à faire des petits loups, commenta Niall en désignant Nash et Adalyn alors que je ne pensais pas qu'il faisait attention à nous. Ou maman va souffrir d'un manque terrible quand Liam partira avec Storm.

Adalyn rit.

— Oui. On est pas encore prêts pour un enfant. On savoure encore la phase d'entraînement.

— On perfectionne notre technique.

Nash se pencha et déposa un baiser humide sur Adalyn qui se tortillait pour lui échapper.

Je levai les yeux au ciel au moment où Sasha revenait avec nos verres.

— Vous avez fait des progrès sur le métamorphe zéro ?

— En ce moment, on retrace tous les endroits où a été la fille et tous les gens avec qui elle a eu des interactions, me répondit Liam.

Il prit l'une des six bouteilles fraîches de bière sur la table et s'appuya contre sa chaise.

— Mais elle était à Beaver Creek ces deux derniers mois, alors ça fait beaucoup d'endroits et de gens.

Même si ses jambes étaient écartées, ses épaules étaient crispées sous son tee-shirt noir à col en V. Son malaise venait du fait qu'il ne se sentait pas à sa place ou de la complexité nouvelle de l'affaire ?

Quoi ? Le mot surgit comme un élastique qui claque.

— Rien.

Je renversai ma bière pour boire, puis la reposai. Ma mère n'aurait pas pu suggérer à mes frères d'emmener Liam en ville ? Il me fixa un peu plus et je lui rendis son regard, car je ne voulais pas me laisser intimider par sa mauvaise humeur.

La voisine de Niall, Lena, se pencha au-dessus de la table et se lança dans une conversation avec Liam sur la qualité de vie à Boulder par rapport à Beaver Creek.

***Comment va ta jambe* ?**

La voix de Liam s'éleva de nouveau, moins agressive cette fois. Je fronçai les sourcils, car son attention était sur Lena et ce qu'elle lui disait, qui visiblement requérait beaucoup de battement de cils. Note à moi-même : garder les yeux ouverts quand on flirte.

— Elle est comme neuve, répondis-je sans savoir s'il m'entendrait.

Adalyn haussa l'un de ses sourcils nets et noirs.

— Qu'est-ce qui est « comme neuve » ? À part ton hymen, bien sûr.

— Adalyn, bafouillai-je en lui lançant un regard des plus menaçants.

Nash, toujours son meilleur soutien, éclata de rire. Je lui fis un doigt d'honneur et il s'esclaffa encore plus bruyamment.

— Qu'est-ce qui est si drôle ? demanda Niall en se détournant de la conversation de Lena et Liam.

Avec un peu de chance, Liam avait été trop concentré sur Lena pour entendre la raillerie ridicule de ma meilleure amie.

Je remontai les manches de mon cardigan jaune moutarde.

— Le thème de l'enterrement de vie de jeune fille d'Adalyn.

Niall passa ses mains dans ses cheveux noisette ondulés.

— Je ne savais pas qu'il y avait des thèmes.

— Pas souvent, mais Adalyn m'a suppliée qu'on fasse un thème SM.

Niall fronça les sourcils. Il regarda Adalyn, puis Nash et plissa le nez.

— Tu aimes ce genre de truc ?

Adalyn sourit, mais je ne savais pas si c'était à cause de ma vengeance ou de la réaction de Niall.

— J'ai trop hâte.

Nash sourit et secoua la tête pile quand son jumeau arrivait avec un plateau de viandes succulentes et de patates grillées. Sasha, lui, apportait un chariot d'assiettes et d'ustensiles.

— Bon appétit, les gars, nous souhaita Nolan avec un geste grandiloquent de la main au-dessus du repas.

— Merci Nolan, le remercia Liam en posant un avant-bras sur la table. Vous cuisinez tous dans la famille ?

— On connaît les bases.

Je me servis une cuisse de poulet dodue, puis retirai mon cardigan, réchauffée par le feu tout proche et la chaleur de la nourriture.

— Mais Nolan et papa sont les seuls à avoir des compétences en cuisine de malade, l'informa Niall en se servant trois tranches très épaisses d'agneau.

Je passai la main devant Liam pour attraper une fourchette et un couteau, et mon bras effleura le sien par inadvertance.

— Tu sais cuisiner ?

Mon alpha déglutit, même si sa bière n'était pas près de sa bouche et qu'il n'avait pas mangé un seul morceau.

— Je peux chauffer du lait et faire bouillir des pâtes, alors ça suffit à Storm.

Après avoir descendu un verre d'eau, il se servit, attaqua son assiette et mangea son plat en un temps record.

Tu me fixes encore.

Je glissai une patate dans ma bouche et pris mon temps pour la mâcher. Après avoir déglutі, je pointai de ma fourchette l'établissement en bois.

— Tout comme au moins trente autres métamorphes.

Il ne regarda pas autour de lui pour vérifier et se contenta de prendre sa bière pour boire une gorgée.

Mais toi, pourquoi tu me fixes ?

— J'essayais de décider si tu mourrais de faim ou si tu étais pressé de rentrer.

Nash, Niall et Adalyn s'étaient lancés dans une discussion sur Bea et Nate. Ils parlaient présentement des chances qu'ils avaient de se remettre ensemble.

— J'ai sauté le déjeuner, avoua finalement Liam à voix haute. Tu espérais que je libère le siège que tu gardais pour ton *ami* ?

Je ricanai.

— Tu ne gênes pas, Kolane. Avoir mes frères autour n'est pas propice pour se faire de nouveaux *amis*, de toute façon.

Ma bonne humeur ne l'atteignit pas et il ne fit que passer ses yeux sombres et ambre sur mon visage en buvant de petites gorgées de sa bière. Je posai mes avant-bras sur le bord de la table et m'avançai.

— J'ai compris.

— Et qu'est-ce que tu as compris exactement ?

— Je te fixe et c'est intrusif.

Et pourtant, je le faisais toujours. Je détournai le regard.

— Oh, regarde. Il ne neige plus, enfin !

Liam regarda l'étang éclairé par la lune. ***Ça ne me dérange pas que tu me fixes, Nikki.***

Nos yeux se croisèrent une milliseconde avant que les miens volent vers le feu derrière lui. Cela ne le dérangeait peut-être pas, mais moi si, car je n'avais jamais été aussi fascinée par un mâle avant.

L'idée me fit penser à l'EVJF d'Adalyn. Je n'allais pas mettre à exécution ma menace, mais il fallait qu'on parle logistique puisque le plan de base était de le faire à Seoul Sister. Il nous faudrait trouver un autre endroit et probablement supprimer l'adresse mail de Bea de la liste des invités.

Au moins, penser à la soirée m'empêchait de penser à Liam. Je restai très sensible à sa présence l'heure suivante, passée assis l'un à côté de l'autre, mais je ne le regardai plus. J'en étais fière et je méritais sérieusement une caresse dans le dos, car son corps, son odeur... Son aura entière était magnétique. Au point où je me demandais si un lien d'accouplement ne s'était pas développé entre nous. Mais Adalyn m'avait expliqué que la sensation était comme avoir une corde qui reliait ton nombril à celui de ton promis, et le mien semblait tout à fait libre.

Mon attraction pour mon alpha était purement hormonale.

Bordel.

Et moi qui espérais pouvoir blâmer la magie.

Douze

En rentrant du supermarché avec le lait maternisé que maman m'avait envoyée acheter, je passai devant Seoul Sister. Espérant que je n'étais pas en train de mettre ma patte où je ne devrais pas, je me garai et entrai à l'intérieur. J'espérais trouver Bea, mais je tombai sur son frère Miles. Il était debout près de la porte d'entrée, son téléphone coincé entre son oreille et son épaule, en train de taper sur sa tablette de réservation.

— Salut, murmurai-je. Bea est là ?

Miles leva un doigt, échangea quelques mots de plus avec son interlocuteur avant de raccrocher et de me consacrer toute son attention.

— Bea n'est pas là. Elle a des maux de ventre, elle a dû choper un truc.

Oui, ou elle est en pleine rupture. Était-ce bon signe qu'elle ne l'ait pas dit à son frère ?

— Je peux t'aider ?

— Hum.

— Si c'est au sujet de l'enterrement de vie de jeune fille d'Adalyn, j'ai quelques questions pour toi.

— Ah oui ?

Merde.

— Pourquoi tu ne t'assis pas ? Je vais nous préparer deux cafés et on pourra parler des derniers détails.

J'étouffais sous l'effet de la gêne. Je devais annuler la fête, pas prendre un café pour en discuter. Miles avança jusqu'à la machine à café élégante derrière le bar et je retirai mon manteau et m'installai.

L'odeur des grains de café se mêla à celle du pain qui cuisait et se propageait dans tout le restaurant en brique et en bois.

J'envoyai un message à Nate : *C'est bizarre si on fait quand même l'EVJF d'Adalyn à Seoul Sister ?*

Ça n'avait pas à être bizarre, non ?

Les omoplates de Miles se rejoignirent sous le tissu de son tee-shirt blanc qui contrastait avec sa peau olive et lisse. Il n'avait pas de sang métamorphe, et pourtant, qu'il neige ou qu'il vente, le gars portait un tee-shirt à manches courtes. Ça mettait plutôt bien en valeur ses biceps. Je posai mes coudes sur le bar et nichai mon menton dans mes mains pendant qu'il glissait une tasse à l'endroit prévu dans la machine avant d'en placer une deuxième.

Nan, Nikki. Ne commence pas. Il a failli intégrer ta famille. Peut-être qu'il finira par le faire pour de bon.

Je reportai mon attention sur les luminaires en cage d'oiseaux de bronze dans la pièce, dont chacune contenait une espèce aviaire différente. Apparemment, c'étaient ces lumières qui avaient réuni les parents de Bea et Miles. Mme Park les avait créés pour un joli hôtel à Seoul dans lequel M. Park avait séjourné. Il s'était tant amouraché des lumières, uniques en leur genre, qu'il avait demandé à rencontrer l'artiste.

Mon téléphone bipa et je baissai les yeux.

NATE : *Pas bizarre. :)*

Le soulagement m'envahit. Non seulement je n'avais *pas* à changer d'endroit, mais je n'avais pas à trouver d'excuses sur pourquoi ça ne pouvait pas se faire ici.

Je dénouai mes doigts et répondis : *Merci. Comment ça va ?*

NATE : *J'ai connu mieux.*

MOI : *Tu es au bunker ?*

NATE : *Oui.*

Je décidai d'y passer en rentrant et de vérifier qu'il tenait le coup. Je retournai mon téléphone, Miles s'assit à côté de moi et son genou heurta le mien, toujours légèrement douloureux.

— Désolé. Je crois que j'ai cogné ta mauvaise jambe.

Il passa sa main sur mon genou.

— Ce n'est rien.

Je souris, puis mon sourire mourut car il n'avait toujours pas retiré sa main. Je changeai ma jambe de côté, ce qui chassa sa main.

— Alors, de quoi avons-nous besoin de parler ?

— Du repas. Vous voulez un plateau de hors-d'œuvre plus des entrées à partager ?

— Oui.

Il le griffonna sur une feuille de papier remplie de l'écriture de Bea. Le bruit de la mine était le seul son du restaurant.

— D'accord. Et Bea a écrit quelque chose au sujet d'un gâteau.

Il sourit en lisant ce que sa sœur avait écrit.

— De la forme d'un pénis, c'est ça ?

Je m'enfonçai dans ma chaise.

— Oui ?

Ses yeux chocolat brillants de malice croisèrent les miens.

— Quelle saveur ? Vanille ou chocolat ?

Je me raclai la gorge.

— Vanille avec un glaçage rose.

Il nota, toujours un sourire aux lèvres.

— Et les ballons. Tu les veux toujours dorés avec écrit « future mariée » ? D'autres formes ? Peut-être pour s'accorder au gâteau ?

Je posai mes paumes sur mes joues en feu.

— Parler de ça était beaucoup moins gênant avec ta sœur.

Il releva les yeux de sa liste. Cette fois, un rire lui échappa. Il s'adossa à sa chaise.

— Attends que je demande à maman de m'aider avec le glaçage du gâteau.

— S'il te plaît, ne le fais pas. Je viendrai le faire moi-même.

Il sourit.

— Détends-toi, Nikki. On est presque de la même famille.

— Parler de pénis avec toi n'en est pas moins bizarre.

Je posai mes mains sur le bar, puis les plaçai sur ma tasse et bus. J'avais déjà chaud et une goutte de transpiration perla sur ma lèvre supérieure.

— Si tu veux, on peut parler de seins.

Je ricanai.

— C'est bon. Mais j'apprécie l'effort pour l'égalité des genres dans nos discussions.

Quand nous eûmes fini notre liste, nous parlâmes quelques minutes du restaurant, un sujet agréable et sans problème. Il était venu une fois à Rivage avec Bea. En général, les humains qui n'étaient pas impliqués dans une relation sérieuse avec un membre de la meute n'étaient pas autorisés à entrer dans le camp, mais mon frère étant bêta, il avait pris des libertés avec les règles.

Je finis mon café et descendis du tabouret.

— Appelle-moi si tu as besoin d'autre chose. Sinon, je t'enverrai un message la semaine prochaine.

— Pour le glaçage du gâteau-pénis.

Tout en souriant, il se leva et attrapa mon manteau. Je grimaçai, ce qui agrandit son sourire. En parlant de sourire, le sien était vraiment beau – des dents blanches entourées de lèvres pleines. Je dus le fixer un poil trop longtemps, car il haussa les sourcils.

Liam avait raison... J'avais vraiment un problème pour lorgner les gens.

La simple pensée de Liam, de son visage anguleux et son corps, affaiblit l'attractivité de Miles.

Je glissai mes bras dans le manteau qu'il me tenait.

— À la semaine prochaine.

— Ou plus tôt. Si tu as envie de sortir de chez toi maintenant que la neige s'est arrêtée. Il y a toujours une place pour toi à Seoul Sister.

— J'ai bien besoin de sortir de la maison, alors je risque de venir.

— Évite juste les bois, d'accord ?

Je fronçai les sourcils.

— J'ai entendu qu'ils n'avaient pas encore trouvé le loup. Celui qui a tué la fille.

Mon front se détendit.

— Oh. Je serai prudente.

Tout en conduisant pour aller au bunker, je me demandais si le métamorphe zéro était toujours dans les environs. S'il était malin, il quitterait la ville avec une meute entière à sa recherche. J'espérais un peu qu'il était toujours là parce que je voulais cruellement avoir le fin mot de l'histoire.

Les routes avaient été salées et déneigées, mais je redoublai quand même de prudence. Plus d'une fois, mes pneus dérapèrent sur une zone de neige tassée et perdre le contrôle me rappelait l'accident. Je passai les quinze minutes suivantes à respirer pendant les accès de panique qui comprimaient ma cage thoracique.

Après m'être garée, je marchai péniblement jusqu'à la large porte de métal et frappai. Niall vint m'ouvrir.

— Nikki, qu'est-ce que tu fais ici ?

— Je voulais voir comment allait Nate.

— Tu ne veux pas être ici.

— En fait, si.

J'essayai d'entrer, mais il me bloqua le chemin.

— Sérieusement.

— Sérieusement, je veux rentrer.

Je pressai mes doigts sur son épaule et le poussai.

— Je n'ai pas peur des demi-loups.

Il soupira, mais me laissa passer.

Les tubes fluorescents qui traversaient le plafond rectangulaire laissaient s'échapper une lumière blafarde sur les étagères en métal pleines de boîtes de conserve et sur les barreaux en argent des cellules à l'autre bout. Je m'enfonçai dans l'espace tout bétonné, mes semelles en caoutchouc crissaient et j'attirais l'attention des quatre métamorphes du site : Nate, Liam, Avery et... Qui était ce quatrième mâle ? J'imagine qu'il était de la meute, sinon il ne serait pas ici.

J'entendis Avery demander à Nate :

— Qu'est-ce qu'elle fait là ?

— Je passais par là.

Je m'arrêtai près de Nate et serrai sa main, puis me tournai vers l'homme aux yeux bleus debout près de Liam, dont les cheveux noirs étaient rassemblés en chignon à la nuque.

— Je ne pense pas qu'on se soit rencontrés. Moi, c'est Nikki.

— Ah ! La fameuse petite sœur.

Même si ses bras restèrent croisés, un sourire en biais apparut sur son visage, rehaussant ses sourcils. Je remarquai que l'un des deux était barré par une vieille cicatrice.

— « Fameuse » ?

Je regardai Nate, puis Niall, me demandant lequel de mes frères avait révélé des histoires sur moi à un étranger.

— Je ne savais pas que ma réputation me précédait. Et tu es ?

— Lucas.

— Ah ! Le fameux meilleur ami.

Son sourire s'agrandit.

— Liam t'a raconté combien j'étais incroyable, je présume.

— En effet. Je ne savais pas que tu venais pour aider.

Je lâchai la main de mon frère et me tournai vers les cellules.

— Nikki, ne...

Nate essaya d'attraper mon épaule, mais j'esquivai et avançai vers la première cellule. Blottie au milieu se trouvait une créature aux jambes et bras garnis de fourrure argentée, mais avec des pattes à la place des mains et des pieds. Des crocs crochus et jaunes jaillissaient de ses lèvres roses entièrement humaines, un peu trop sur un visage qui ne l'était pas du tout, malgré la faible quantité de fourrure parsemant ses petites joues et son museau allongé.

Le demi-loup plissa ses yeux bleus et grogna. Même si le son hérissait les poils de mes bras, je ne reculai pas ni ne détournai les yeux, car je ressentais plus de la pitié que de la crainte.

— C'est la première fois que tu en vois un ?

Liam avait marché jusqu'à moi et nous étions désormais épaule contre épaule. Enfin, plutôt épaule contre biceps. J'agrippai mes coudes.

— Oui.

Un tintement sourd sur les barreaux d'argent suivi d'un hurlement perçant me fit pivoter. Une seconde créature plus petite gémissait, sa fourrure brune obscurcissant ses pattes avant. Mon rythme cardiaque décéléra pendant que la compassion prenait le pas sur mon angoisse.

— Ils ont réussi à se retransformer ?

— Non. Chaque fois qu'on leur donne du Sillin, ils le vomissent.

Liam baissa le menton et plissa les yeux. Vers moi.

— Quoi ?

Tu passais par-là ?

Je raffermis ma prise sur mes coudes.

— Oui. Je passais par-là. Je suis allée en ville chercher du lait pour Storm.

Ses narines se dilatèrent comme pour sentir si je mentais.

— Le sac de courses est dans la voiture, si tu ne me crois pas.

Je te crois.

Étrangement, sa voix était crispée.

— Alors, qu'est-ce qui ne va pas avec ton nez ? Tu as déjà un rhume des foins ?

Tu sens le mâle humain.

Mes sourcils se haussèrent. C'était au sujet de Miles ? Je jetai un coup d'œil à Nate, occupé à discuter de quelque chose avec les trois autres.

— Je me suis arrêtée à Seoul Sister pour parler à Bea, murmurai-je, mais elle n'était pas là. Il y avait son frère par contre. Je n'ai plus le droit de fraterniser avec les humains maintenant ?

Mon regard était rivé à celui de Liam.

— Jusqu'à ce qu'on attrape le criminel, tu seras plus en sécurité si tu n'interagis qu'avec la meute.

Je lâchai aussitôt mes coudes.

— Vous pensez que le responsable pourrait être humain ?

J'avais dû parler un peu trop fort, car les autres regardaient maintenant dans notre direction.

— On ne fait que suivre plusieurs pistes. Merci d'avoir acheté du lait pour mon fils.

Je hochai la tête et, soudain, le lait maternisé acheté me donna une idée.

— Avez-vous essayé d'écraser le Sillin et de le mélanger à de l'eau ?

— Oui.

— Et de l'injecter par intraveineuse ?

— Ça a tué la première victime.

Je mâchouillai l'intérieur de ma joue.

— Donc on est coincés avec rien ?

Jusqu'à ce qu'on trouve quelque chose.

— Et le sang de Lori ? Il contient des traces de Sillin. Peut-être qu'ils pourraient absorber ça.

— Tu veux dire qu'on pourrait le leur faire boire ?

Lucas s'avança et s'accroupit pour examiner dans la cage du demi-loup brun qui avait tendu son long cou et hurlait.

— Je ne déteste pas l'idée de Nikki.

Je plissai le nez.

— Je pensais plutôt à une injection.

— Ils ont l'air d'apprécier le sang. On leur a donné des steaks crus l'autre jour. Ils ont léché tout le sang sans manger la viande, raconta Avery, soudain intéressé par la conversation.

Je déglutis, légèrement nauséeuse.

— On parle de sang humain, pas de sang animal.

— Du sang est du sang pour un animal, rappela Lucas.

Je levai les yeux vers mes frères. Niall agitait la tête de haut en bas, mais Nate était devenu aussi pâle qu'un linge.

— Nate ? Ça va ?

Liam jeta un regard par-dessus son épaule à mon frère.

— Bonne idée, fit Nate en frottant sa barbe qui s'était épaissie. Chez Lori.

J'imagine qu'il répondait à une question que nous n'avions pas entendue.

— Lucas, va aider Nate, demanda Liam en indiquant mon frère.

Mon frère tressaillit au niveau de l'un de ses yeux.

— Lori n'aime pas les Boulder pure souche, Liam, alors avec tout mon respect, on a plus de chance qu'elle coopère si j'y vais seul.

Lori n'aimait pas grand monde, Boulder pure souche ou pas. Liam serra la mâchoire.

— Emmène Niall avec toi. Au cas où elle te cause des soucis.

— Elle ne me causera pas de soucis. Et puis, Avery est resté debout toute la nuit. C'est le tour de garde de Niall.

Nate et Liam s'observèrent droit dans les yeux et Nate finit par baisser la tête d'un cran. Avant que la tension ne puisse s'aggraver, j'esquissai un geste vers mon frère et annonçai :

— J'irai avec Nate. J'allais rentrer de toute...

— Non.

Liam et Nate avaient parlé à l'unisson.

— Pourquoi pas ? Lori ne me déteste pas.

Nate remonta la fermeture éclair de sa veste en cuir.

— Maman sera fâchée si elle apprend que nous t'avons impliquée.

— Tu ne m'impliques pas. Je m'implique toute seule.

J'entendis quelqu'un ricaner derrière moi. Pas Niall qui était aussi protecteur que le reste de mes frères. Pas Liam qui semblait rarement amusé par ce que je pouvais dire ou faire. Pas Avery qui était beaucoup trop sérieux pour ça. Il ne restait donc que Lucas.

— S'il te plaît, Nik.

Nate passa une main sur son visage hagard. Son ton implorant combiné aux cernes noirs sous ses yeux me fit céder.

— Très bien.

Il m'adressa un maigre sourire avant de marcher d'un pas lourd vers la sortie.

— Je reviens dans une heure.

Les gonds épais de la porte crissèrent quand il l'ouvrit. Une fois qu'elle se referma, je pivotai vers les autres. Avant que je puisse ouvrir la bouche, Liam dit :

— Tu devrais rentrer à la maison. Je ne veux pas que mon fils ait faim.

Je pinçai les lèvres. J'arrivais à comprendre un sous-entendu. Surtout quand il n'était pas subtil.

L'intention est bonne, pensai-je. *Ils essaient tous de t'épargner.*

Pourquoi est-ce que je ne m'en réjouissais pas alors ? D'accord, j'étais une artiste et pas une policière, mais j'étais de la meute et la meute donnait un coup de main.

— Au moins, envoie-moi un message si mon idée fonctionne, grinçai-je avant de me retourner et de sortir du bunker aussi sereinement que possible.

Treize

—Quel petit chanceux ! Il a des bulles et une assistante de bain.

En entendant la voix de Liam, je pressai les jouets en plastique que j'avais remplis d'eau et envoyai le jet pile dans l'œil de Storm au lieu de son torse que je visais à la base.

— Pardon, Storm. Ton père m'a fait peur.

Storm était bon perdant. Il tressaillit un peu, cligna des yeux beaucoup, mais ne pleura pas. Il pleurait rarement pour de bon. Il n'y avait que quand il avait faim qu'on l'entendait à l'autre bout du camp.

Je remplis la méduse et appuyai dessus, envoyant un petit jet d'eau chaude sur le torse de Storm. Il poussa un cri perçant, frappa l'eau avec ses paumes ouvertes, ce qui éclaboussa mon débardeur.

— Je te proposerais bien de te donner le bain, Liam, mais ça rendrait les choses bizarres entre nous.

Liam s'immobilisa de manière non naturelle. Visiblement, le dire à voix haute était déjà bizarre. *Bien joué, Nikki.* Je me concentrai sur Storm, si innocent et heureux. Un jour, il perdra cette innocence, mais pas sa joie de vivre avec un peu de chance.

— Et puis... je suis toujours fâchée que tu m'aies renvoyée pour nourrir ton fils qui ne pourra jamais mourir de faim en compagnie de mes parents, même s'il le voulait.

Appuyé contre le cadre de la porte, il esquissa un sourire.

— Ça a marché.

— Ça a mar… Le sang de Lori ?

La méduse glissa de mes mains pleines de savon et atterrit bruyamment dans l'eau du bain.

— Ils sont à nouveau humains ?

Il hocha la tête. Cela mit de côté mon agacement.

— Et ?

— La transformation les a mis K.O., alors je n'ai pas grand-chose à raconter. On les garde enfermés jusqu'à ce qu'on soit sûrs qu'ils ne se retransformeront pas.

Il s'écarta de la porte et vint s'asseoir sur le bord de la baignoire.

— Tu vois… Je suis plus qu'une assistante de bain compétente.

Je pris de l'eau dans mes mains jointes et la fis ruisseler le long de la colonne de Storm. Il lâcha plusieurs couinements joyeux, puis ses doigts se refermèrent autour de son jouet, ce qui envoya un jet d'eau dans mes yeux. Je hoquetai et il éclata de rire, un rire si contagieux que je l'imitai aussitôt.

— Tu vas payer pour ça, bonhomme.

— Tu menaces mon fils ?

Liam semblait amusé, mais je levai les yeux vers lui pour vérifier l'expression de son visage. Il tendit la main et prit un jouet qu'il dirigea vers moi. J'eus juste le temps de lever mon bras pour dévier le jet d'eau. Gardant le bras devant mon visage, je plongeai mon autre main dans le bain jusqu'à ce que mes doigts se referment sur un jouet flottant. Je le sortis de la baignoire et me vengeai, touchant Liam à l'oreille.

Le sourire qui avait point à sa bouche se transforma en rire. J'étais si étonnée de le voir produire un son aussi joyeux que je baissai ma garde et l'observai.

Il leva ses longs doigts et essuya le côté de son visage. Même s'il ne le fit pas au ralenti, mon esprit décéléra le geste et y ajouta de la musique sexy. Il plongea la main dans l'eau et m'arrosa, mettant fin à mon examen obscène.

Oh, Lycaon, c'était pour ça qu'il avait fait ça ? J'attrapai la serviette que j'avais préparée pour Storm et tapotai mon visage.

— J'avais peur que tu aies jeté le bébé avec l'eau du bain.

Maman se tenait sur le palier avec un tube de crème et le pyjama de Storm.

— Je vais mettre ça sur ton lit.

Storm leva la main comme pour montrer à ma mère son petit canard. Elle lui sourit, puis lui babilla des choses pendant que je fixais mon regard partout autour de moi, sauf sur Liam.

— Je vais réchauffer son lait. Je me demande qui s'amuse le plus ici, commenta-t-elle en regardant ma salle de bain inondée.

— Les Kolane se lient contre moi, feignis-je de grogner. Si l'un de mes frères est libre, envoie-le-moi.

Maman secoua la tête en souriant.

— Je vais voir ce que je peux faire.

Une fois qu'elle fut partie, j'installai la serviette de Storm sur le tapis de bain et me levai.

— Il est temps de quitter le parc aquatique.

Je tendis les mains pour le prendre quand Liam se leva.

— Je m'en occupe, Nikki.

Sa voix était redevenue sobre et grave. Il n'y avait plus l'éclat que notre bataille d'eau avait éveillé.

Il se pencha et je fus prise d'un élan de spontanéité ou de folie. Je plongeai les mains sous l'eau et les relevai d'un coup, éclaboussant son visage et son cou.

Je me levai tout sourire alors qu'un ruisseau mousseux dégoulinait de son cou avant d'être absorbé par son tee-shirt noir.

— Tu ne devrais pas baisser ta garde près de moi, Kolane. J'ai peut-être l'air faible, mais j'ai été élevée par des loups.

Il releva la tête et me regarda. Mon cœur, qui battait déjà très vite, implosa quand ses yeux commencèrent à luire.

— Tu planifies ta vengeance ?

L'éclat jaune de ses prunelles et le sourire diabolique à ses lèvres s'intensifièrent.

— Je devrais être inquiète ?

— Terrifiée.

Le mot roula sur sa langue comme le tonnerre qui précède les prodigieuses tempêtes d'été, celles qui font trembler le ciel et enfler les torrents, qui vous trempent jusqu'à l'os et vous revigorent jusqu'à la moelle.

Ses narines se dilatèrent délicatement et je déglutis, car j'imagine qu'il ne sentait pas le savon que j'avais frotté sur Storm. J'essuyai mes mains sur mon jean et passai à côté de lui.

— Je vais chercher son pyjama.

Dès que je fus hors de sa vue, je posai mes paumes sur mes joues chaudes et fermai les yeux. Je devais sérieusement me ressaisir avant de faire quelque chose que je regretterais.

Comme draguer mon alpha.

J'inhalai vivement, ouvris les paupières et attrapai le téléphone que j'avais posé sur mon lit. J'envoyai un message à Adalyn lui demandant où elle était et amenai le pyjama et la crème de Storm.

— Je dois retrouver Adalyn pour un truc au sujet de EVJF.

Je coupai ma respiration dans une tentative désespérée pour ralentir mon pouls déchaîné.

— Tu seras là pour le dîner ?

Son regard passa sur ma gorge, sur le point qui palpitait sous ma peau.

— Je pense que ta famille a peut-être besoin d'une pause, sans moi.

Je ne savais pas ce qu'il en était de ma famille, mais *moi*, j'avais bien besoin d'une pause. J'avais l'air plus tarée que les demi-loups qui se jetaient contre leurs barreaux en argent.

— Et, Nikki...

Il essuya sa paume mouillée sur son tee-shirt d'un geste calme et lent.

— Je m'excuse pour la façon dont je t'ai renvoyée chez toi, mais j'essayais d'apaiser tes frères.

Je regrettais presque qu'il se soit excusé, car c'était plus simple d'éviter une brute qu'un homme décent.

— Je sais, fis-je en tapotant mes doigts contre la porte. Bon, passe une bonne nuit.

Je descendis l'escalier en lisant la réponse d'Adalyn, fouillai dans mon sac pour trouver mes clés de voiture et mon portefeuille, puis m'échappai de ma maison et du loup séduisant qui se trouvait là-haut.

Quatorze

dalyn verrouilla la porte en verre.

— Je suis enfin toute à toi. Qu'est-ce qui t'arrive ?

Je tournais sur le fauteuil dans le salon de coiffure où je m'étais assise vingt minutes plus tôt. Je jetai le magazine de mode qu'Adalyn m'avait mis entre les mains pour me distraire pendant qu'elle finissait la coupe au carré de sa dernière cliente.

— Je craque pour notre alpha.

— Quoi ?

Adalyn plaqua sa paume contre sa poitrine comme si elle était surprise, mais son immense sourire me disait qu'elle savait déjà et qu'elle trouvait cela extrêmement amusant.

L'envie de lui jeter une brosse à cheveux à la figure était forte.

— Ce n'est pas drôle, Ad. Et le pire, c'est que je crois qu'il le sait.

— Bien sûr qu'il le sait.

Je blêmis.

— Je veux dire, même Nash a dit que tu te comportais bizarrement et il ne remarque jamais ce genre de truc.

— Voilà. Je quitte la ville.

Elle leva les yeux au ciel. Elle avait opté pour un trait d'eye-liner qui se terminait par une virgule.

— Tu ne quittes *pas* la ville.

— Je ne peux pas rester.

— Bien sûr que si.

Je m'adossai au fauteuil en cuir rembourré, renversai ma tête en arrière et fermai les paupières.

— Il est célibataire et sexy et toi aussi.

— Il est veuf et c'est notre putain d'alpha.

— Ma belle, tu n'es pas la seule fille dans la meute à le dévorer du regard.

— C'est censé me remonter le moral ?

— Oui.

J'ouvris les yeux.

— Et en *quoi* ?

— Il ne fait pas *une seule seconde* attention aux autres, mais il ne te quitte pas des yeux.

— C'est parce que je n'arrête pas de me comporter en groupie amourachée et que je suis la petite sœur de son bêta.

Elle sourit.

— Ne te moque pas de moi, grommelai-je. Tu es censée être ma meilleure amie. Une meilleure amie qui me *soutient*.

— Je ne me moque pas.

— Tu souris.

Elle brancha un lisseur, puis retira l'élastique que j'avais mis dans mes cheveux pour donner son bain à Storm.

— Qu'est-ce que tu fais ?

— Je vais te donner l'air un peu moins femme des cavernes et un peu plus femme fatale.

Je me fixai dans le miroir.

— Et ensuite, toi et moi, on va se faire la soirée qu'on était censées avoir hier soir.

— Je ne peux pas sortir comme ça.

— Ma chérie, tu es très belle. Maintenant, détends-toi et laisse faire ma magie.

Une demi-heure plus tard, non seulement Adalyn avait apprivoisé ma crinière brune en boucles brillantes, mais elle s'était aussi attaquée à mes yeux avec son eye-liner, faisant ressortir les cercles foncés autour de mes iris marron. Ça n'avait rien de magique, et pourtant, ça l'était un peu quand on pensait combien une chose aussi simple me redonnait confiance en moi.

Elle coiffa son carré blanc et j'envoyai un message à maman pour lui dire que je mangeais avec Adalyn. Elle me demanda où. Puisqu'elle n'était pas du genre à me fliquer, j'imagine qu'elle était toujours inquiète pour le métamorphe zéro.

— On va où ?

— Hum. Seoul Sister est le plus simple. Mais c'est bizarre peut-être ?

Elle étalait un soin sur ses pointes.

— J'y suis allée aujourd'hui pour les derniers détails de ta soirée et c'était normal, mais sûrement parce que Miles ne sait pas encore que Bea et Nate ont rompu.

— Il ne sait pas ?

Je secouai la tête.

— Allons-y alors.

J'envoyai un message à Miles lui demandant si sa proposition était toujours valable. Quand il répondit oui, je lui dis de me garder deux sièges au bar et envoyai notre destination à maman.

J'aidai Adalyn à nettoyer le salon, nous nous couvrîmes et partîmes à Seoul Sister qui brillait comme un phare dans la nuit noire et peignait en doré la neige sur le trottoir. J'ouvris la porte et essuyai mes bottes. Des notes de *soul* retentissaient dans l'air chaud. Dans quelques heures, l'endroit serait animé de rythmes endiablés et beaucoup plus fréquenté, mais à l'heure du repas, même un samedi soir, la foule était plutôt disciplinée.

Miles venait justement dans notre direction quand nous entrâmes et il sourit.

— Deux fois en vingt-quatre heures. Ça doit être mon jour de chance.

Il se pencha et déposa un bisou sur ma joue. Je me figeai, car il ne m'avait jamais embrassée sur la joue avant. J'attendis de voir s'il saluerait Adalyn de la même façon, mais il se contenta de lui adresser un sourire et attrapa deux menus.

Pendant que nous le suivions jusqu'aux places qu'il nous avait réservées, Adalyn me pinça la taille et haussa les sourcils. Je savais qu'elle pensait : *C'était quoi ça ?* Puisque je n'en savais rien, je haussai les épaules.

Avant de partir, Miles tapota ses doigts sur le bar pour avoir l'attention du barman.

— C'est OK pour leur carte d'identité. Sers-leur ce qu'elles veulent, c'est pour moi.

Je me tournai vers lui tout en enlevant mon manteau pour le poser sur mon siège.

— Miles, tu n'as pas à...

— Ce soir, vous êtes mes invitées, m'interrompit-il avant de m'adresser un clin d'œil. Je vous retrouve tout à l'heure.

Une fois parti et notre commande de deux vodkas orange passée, Adalyn siffla :

— Miles ?

Je glissai une mèche de cheveux derrière mon oreille, m'émerveillant de sa douceur.

— Parler de ton gâteau en forme de pénis nous a rapprochés.

— Pardon, quoi ?

— Voilà, j'ai vendu la mèche. Oui, il sera de cette forme la semaine prochaine.

— Et j'ai très hâte, mais ce n'est pas ce sur quoi je m'étais arrêtée.

— Tu t'es arrêtée sur *quoi* alors ?

Elle se rapprocha très près et siffla :

— Le *rapprochement*. Nikki, ce n'est pas une bonne idée.

Je me hérissai.

— Mon Dieu... Je n'ai pas dit que j'étais intéressée.

— Bien, parce que tu ne peux pas te lancer là-dedans. Pas avant un an du moins.

Je haussai un sourcil et elle ajouta :

— Et seulement si Bea et Nate ne se remettent pas ensemble, sinon ça rendra les choses bizarres pour tout le monde.

— Honnêtement, je n'ai même pas considéré l'idée. Je te le jure.

Je voulais me frapper la tête contre le comptoir. À la place, je pris ma vodka et en sifflai la moitié. Elle ne répondit pas, alors je regardai dans sa direction. Elle tapait quelque chose sur son téléphone.

— Désolée. Je répondais juste à ton frère qui s'inquiète toujours. On dirait pas qu'on a un lien « anti-autre pénis ».

Je ricanai devant ce terme, même si c'était vrai. Un lien d'accouplement empêchait les relations sexuelles avec un autre que son partenaire.

— J'aimerais avoir un partenaire. Tout serait tellement plus simple.

Elle retourna son téléphone pour me consacrer toute son attention.

— Seulement si tu aimais la personne à qui tu étais liée.

— Mais je ne consommerais pas le lien avec quelqu'un que je n'aimerais pas.

Je refermai mes lèvres autour de ma paille et bus une autre gorgée de ma délicieuse boisson. Le fait que je ne sente même pas l'alcool m'interrogeait sur sa présence.

— Plus sérieusement : tu veux que je cherche à savoir si Liam est intéressé ?

J'avalai de travers et toussai, puis frappai mon poing contre mon torse.

— Tu n'as pas intérêt.

— Je n'allais pas lui poser la question directement. J'allais demander à Nash de lui tirer les vers du nez.

— Et mon frère n'est *pas* subtil.

— Et si je demandais à Nolan ? C'est le plus subtil des Freemont, après ta mère.

— Je préfère boire de l'urine de cerf.

Elle secoua la tête.

— Tu exagères tellement.

— S'il te plaît, Ad. S'il te plaît, ne fais rien ou je quitte vraiment la ville.

— D'accord, je ne dirai rien.

Elle fixa son verre avec tant d'intensité que mon estomac se remplit de glace.

— S'il te plaît, ne me dis pas que c'est déjà fait.

— Je te jure que non.

— Tu le jures ?

Elle fit une croix sur son cœur.

Je soupirai profondément, puis racontai à Adalyn la situation avec les demi-loups et mon idée brillante. Quand nous eûmes terminé notre apéritif, le barman déposa deux nouveaux verres de vodka devant nous et Adalyn plissa le front.

— Okay, ne me tue pas.

— Pourquoi je te tuerais ?

Je me sentais si joyeuse et détendue qu'il n'était plus question de savoir s'il y avait de la vodka ou non dans mon verre.

— Eh bien, hum, j'ai plus ou moins dit à Nash où nous étions au cas où il voudrait nous rejoindre pour un verre.

— On devait être toutes les deux, mais j'aime mon frère, alors ça ne me gêne pas.

Je regardai par-dessus mon épaule, suivant le regard d'Adalyn. En voyant que mon frère n'était pas seul, je tournai la tête vers elle et sifflai :

— Tu as invité Liam ?

— Pas exactement. J'ai juste dit à Nash de mentionner que nous étions de sortie au cas où Liam voudrait se joindre à nous.

Elle posa sa main sur mon genou et le pressa.

— Mais je peux dire un truc ? Il serait à la maison avec son fils s'il n'était pas intéressé.

— Peut-être qu'il est juste intéressé par l'idée de sortir de la maison, grognai-je.

— Continue de te dire ça.

Elle descendit de son tabouret quand les gars arrivèrent jusqu'à nous, enroula ses bras autour du cou de Nash et l'attira à elle pour un baiser langoureux. J'esquissai un sourire éclatant et me tournai vers Liam, car siffler mon verre en prétendant qu'il n'était pas là aurait été immature.

— Je pensais que tu faisais profil bas ce soir.

Le bruit avait augmenté et rivalisait désormais avec le pouls tambourinant dans mes oreilles.

— C'était le plan.

— Qu'est-ce qui l'a changé ?

— Ton frère. Il m'a dit d'arrêter de me comporter en vieux et, ensuite, Lucas a dit qu'il voulait décompresser avec le petit et soigner son cœur blessé.

— « Son cœur blessé » ?

— Lui et sa copine sont... en froid.

— Merde. Désolée pour lui.

Je croisai les jambes et agitai le pied. L'alcool, qui avait fait taire mes angoisses un peu plus tôt, les intensifiait désormais. Au-dessus de la tête de Liam, je repérai Miles se frayant un chemin dans la foule de plus en plus dense.

— Je vous ai trouvé une table au fond. Je vous transfère vos entrées là-bas.

Nash se pencha sur le comptoir en tendant une carte de crédit.

— Je paie pour la table.

— Pour la famille, c'est cadeau de la maison.

Miles m'adressa un sourire qui remplit d'acide mon estomac.

Oui. Vraiment, il ne fallait *pas* se lancer là-dedans. La demi-seconde où j'avais été intéressée était due à mon célibat.

— La famille ? dit Nash, sa carte toujours tendue. Tu ne sais pas ?

Adalyn dut crier quelque chose dans son cerveau, car ses yeux s'ouvrirent en grand et il fit volte-face vers elle.

Miles fronça les sourcils.

— Je ne sais pas quoi ?

— Qu'ils se marient *après* nous.

La réponse nulle de mon frère me fit presque rire, car la triste réalité restait que, pour l'instant, il n'y aurait plus de mariage.

Miles cligna des yeux, puis ricana.

— Tout le monde le sait. Avec Nikki, on s'occupe du glaçage du gâteau en l'honneur de ta future femme la semaine prochaine.

Son regard se riva au mien. Je descendis du tabouret et pris mon manteau, mon sac et mon verre avant de passer devant Liam.

— Alors, où est cette table ?

Nous avançâmes vers elle et il parla dans mon esprit : ***Il a l'air terriblement excité à l'idée de faire le glaçage du gâteau avec toi.***

Mes omoplates se raidirent. Était-ce de la jalousie ou du dégoût ? Je regardai par-dessus mon épaule, croisai le regard acéré de Liam, puis en fus détournée quand je faillis rentrer dans le dos de Miles. Liam tendit la main et me retint par la hanche pour éviter la collision.

Tu devrais regarder où tu vas. Tu ne voudrais pas renverser ta jolie boisson orange sur le tee-shirt blanc de notre gentil hôte.

Sa voix était pleine de sarcasme.

— *Je* ne voudrais pas, mais pas sûre que, *toi*, tu sois contre.

Il eut un sourire en coin, confirmant qu'il aurait été ravi que je tache le tee-shirt de Miles. Il lâcha ma hanche et ses doigts éraflèrent ma cuisse. Mon regard tomba sur la peau qu'il avait brûlée à vif sans faire attention. Je levai les yeux vers les siens, incandescents.

— Dommage que tu aies un invité et que j'habite toujours chez mes parents.

Son sourire disparut et ses pupilles noires empiétèrent sur l'ambre.

Venais-je de faire des avances à mon alpha ?

Glissant ma paille entre mes lèvres, je me retournai et pris place à notre table de quatre, fermai les yeux et vidai mon verre. En qui mon célibat m'avait-il transformée ?

Quinze

Une minute après nous être assis, le téléphone de Liam sonna. Son expression n'était pas détendue jusque-là, même avant que j'admette vouloir rentrer avec lui, mais là, sa mâchoire était si crispée qu'on aurait pu utiliser l'arête de ses os pour tailler du bois. Ses yeux dérivèrent jusqu'à mon frère qui inspira d'un coup.

Nash s'éloigna de la table.

— On s'en va, les filles.

Mon cœur bondit jusque dans ma gorge.

— Pourquoi ? Qu'est-ce qui s'est passé ?

Liam raccrocha et fourra son téléphone dans sa poche. ***Rien qui nécessite que tu t'inquiètes.***

— Adalyn et moi sommes de la meute aussi. Ne nous laisse pas comme ça dans le noir.

Le murmure agacé quitta mes lèvres avant que je ne puisse me demander si je devais m'adresser à mon alpha ainsi. Les tendons dans le cou de Liam se raidirent tandis qu'il baissait les yeux vers moi.

Le médecin légiste et sa femme se sont échappés du bunker.

— Comment ? Oh ! lâchai-je en plaquant ma main contre ma bouche. Ils ne sont pas sensibles à l'argent.

Il hocha très légèrement la tête, sortit un paquet de billets de la poche

105

arrière de son jean et jeta trois cents dollars sur la table. Je regardai les billets vert et crème tomber sur le bois verni, me levai et attrapai mon manteau.

— Liam, tu n'as pas besoin de...

Laisse un gars te payer le resto et il s'attendra à quelque chose en retour.

Je mis mon sac à mon épaule.

— Si on suit ta logique, maintenant c'est envers toi que j'ai une dette.

— Je suis ton alpha, Nikki. Tu ne me devras jamais rien.

Il poussa sa chaise sous la table et indiqua la porte. Une fois dehors, Nash tira Adalyn vers sa voiture – une Audi bleu marine qu'il avait achetée avec une bonne quantité de ses économies.

— Nikki, tu as ta voiture, hein ?

Je hochai la tête.

— Au coin de la rue. Je vous retrouve au camp.

Je commençai à avancer dans la neige tassée. Quand je sentis une présence à côté de moi, je repoussai une mèche de cheveux loin de mes yeux.

— Tu y seras plus vite si tu vas avec eux, Liam.

— J'en suis conscient, fit-il en regardant la rue sombre.

Je commençai à chercher mes clés à mi-chemin vers la voiture pour qu'on puisse partir vite, mais bien sûr mon porte-clés choisit ce moment pour jouer à cache-cache.

Comme je ne regardais pas où j'allais, ma bottine se prit dans un monticule de neige. Je hoquetai tandis que la gravité m'aspirait, puis hoquetai encore en sentant une main agripper mon bras et m'empêcher de tomber face contre le sol.

Au lieu d'une ligne plate, les lèvres de Liam esquissaient un sourire.

— Dis-moi que tu es plus stable sur quatre pattes ?

Un nuage passa devant les étoiles, peignant l'homme qui me soutenait toujours de nuances de gris argenté et de noir brillant.

— Nikki ?

Je sortis de ma transe et retirai mon bras de sa poigne.

— Hum. Oui.

Ça n'était pas convaincant. Je baissai les yeux vers mon sac au moment où la torche d'un téléphone éclairait l'intérieur.

— Bonne idée.

La lumière se refléta sur mon porte-clés en forme de cerise. Je m'en emparai et menai Liam là où j'avais garé ma voiture, devant Fourrure de loup.

Je glissai la clé dans la serrure et tournai.

— L'ouverture centralisée ne fonctionne pas ?

— Pas depuis que Niall a roulé sur la clé. Mais ça ne marchait déjà pas très bien quand Nash et Nolan avaient hérité de la voiture après Nate.

J'ouvris les portes et avant de monter, je lançai :

— Tu es suffisamment un homme pour accepter qu'on te conduise, hein ?

Il me lança un sourire narquois.

— Ça dépend. Tu conduis mieux que tu ne marches ?

Je souris.

— Oui.

Il tint ma portière.

— En fait, tu as bu combien de verres ?

Je me mordis la lèvre. Même avec mon métabolisme de loup, je ne devrais probablement pas conduire. Pas avec la neige au sol et très peu de nourriture dans mon estomac. Je lui fourrai la cerise poilue dans les mains et contournai la voiture à l'avant.

Pendant que je m'attachais, Liam démarra la voiture.

— Il n'y avait pas quelqu'un qui surveillait les cellules ?

Il sortit du parking, le regard rivé sur la route.

— Liam ?

Le tableau de bord illuminait son profil et soulignait sa pomme d'Adam proéminente. J'eus la chair de poule.

— Ce n'était pas le tour de garde de Niall ?

Liam me jeta un coup d'œil, puis se concentra sur la route.

— C'est lui qui a appelé. Il va bien. Tes parents sont avec lui.

— Pourquoi est-ce que mes parents... ?

Je ne pouvais même pas finir ma phrase, car il n'y avait qu'une raison pour laquelle ils seraient avec mon frère.

— Que lui est-il arrivé ?

— Le médecin a fait mine d'avoir un arrêt cardiaque. Niall est entré et a été pris au dépourvu. L'homme a refermé la porte sur lui et a libéré sa femme. Pour sortir, Niall a dû toucher la serrure en argent.

Je refermai les doigts sur ma ceinture de sécurité et la serrai.

— Il n'a pas été mordu ou quoi que ce soit ?

— Non.

Ma respiration, jusque-là coincée dans ma poitrine, s'échappa d'un coup.

— Il est toujours au bunker ?

— Non, il est à la clinique du camp.

Liam tourna sans mettre de clignotant et roula trop vite sur la route déneigée. Comme la dernière fois, la porte s'ouvrait déjà à notre arrivée.

— Alors, c'est quoi le plan ?

Liam haussa un sourcil.

— Le plan ?

— Le médecin et sa femme sont en liberté. Même s'ils sont sous forme humaine, j'imagine que tu ne veux pas les voir traîner à Beaver Creek.

— J'ai cinq pisteurs qui écument les bois. Dès que je t'aurai déposée, ils seront six.

— Sept.

— Nikki, grogna-t-il.

Quand ma maison apparut, je tendis la main vers ma poignée. Liam appuya sur le bouton de verrouillage, puis prit la route qui descendait vers l'étang.

— Qu'est-ce que tu fais ?

Il ne dit rien et se contenta de conduire jusqu'à ce que son chalet apparaisse. La porte était ouverte et Lucas se tenait là, pieds nus, portant uniquement un jogging.

— Tu veux aider ? demanda-t-il avant de sortir de la voiture.

— Oui.

Je descendis et le suivis dans la maison. Les yeux pâles de Lucas brillaient comme des néons.

— Storm est endormi.

Liam jeta sa veste sur le canapé, puis s'accroupit et défit les lacets de ses bottines.

— Comment va ta jambe ? Assez bien pour courir toute la nuit dans une neige épaisse ?

Mon cœur bondit un instant, puis ralentit peu à peu. Je voulais dire oui, mais ça aurait été mentir.

— Non.

— Alors tu pourrais rester avec Storm pour qu'avec Lucas, on puisse tous les deux y aller ?

Je regardai Lucas par-dessus mon épaule, les bras croisés devant son torse élancé et musclé, parsemé de poils noirs. Je n'avais aucun doute sur le fait qu'il serait beaucoup plus efficace que moi.

Je soupirai, laissai tomber mon sac et retirai mon manteau.

— Bien sûr.

Liam fit un signe de tête à Lucas qui sortit de la maison.

— Y a-t-il quelque chose que je dois savoir sur la routine de nuit de Storm ?

Ses doigts s'arrêtèrent sur l'ourlet de son tee-shirt noir en V. Allait-il se déshabiller devant moi ? Même si la crainte tambourinait dans ma poitrine, la zone de son ventre qui apparaissait entre l'élastique de son caleçon et son tee-shirt relevé ouvrait toute une série de sentiments qui troublait ma respiration.

Je déviai le regard et me concentrai sur l'orchidée posée au milieu de sa table basse en bois.

— Il se réveille encore une ou deux fois dans la nuit. Pas besoin de lui donner du lait ou de changer sa couche, mais il aime avoir de la compagnie.

Quand sa ceinture cliqueta, je déglutis et passai les mains dans mes cheveux pour cacher mes joues brûlantes. Quelle ironie qu'on m'ait accordé mon vœu : rentrer avec Liam et qu'il se déshabille. Dommage, je n'avais pas ajouté une petite pancarte : *sauf pour une chasse avec des lunatiques assoiffés de sang.*

— Ils sont à pied, alors ils n'ont pas pu aller très loin. Je ne devrais pas rentrer tard.

— Pas de problème.

Je cherchai dans mon sac mon téléphone, puis me rappelai l'avoir glissé dans la poche de mon manteau.

J'entendis le bruissement du jean de Liam, tendis la main et attrapai mon manteau, puis trouvai mon téléphone. J'écrivis un message à Niall pour lui demander comment il se sentait, puis à ma mère pour lui dire que j'étais chez Liam à babysitter Storm pour qu'elle ne s'inquiète pas. Je me concentrais sur mon écran de téléphone pour éviter la tentation de regarder Liam et tous les mots devenaient flous et se mêlaient jusqu'à ressembler à des traînées de fumée.

— Merci, Nikki.

La voix de Liam était comme l'appel d'une sirène, mais j'y résistai. J'étais vraiment impressionnée par moi-même. Surtout quand l'air porta jusqu'à moi son odeur de vent et de musc. L'odeur de Grant avait-elle affolé mon cœur de la même façon ? Le fait que je ne m'en souvienne pas semblait indiquer que *non*.

Les paumes de Liam frappèrent le sol et ses os craquèrent, transformant l'homme en une monstrueuse créature noire qui rendait mon alter ego à deux couleurs aussi mignon qu'un lapin.

Un hurlement retentit devant le chalet.

Liam recula, ses griffes cliquetant sur le sol en bois, puis se retourna et bondit dehors avec une grâce presque féline. J'allai fermer la porte derrière lui, mais finis par m'appuyer contre le bois à la place et admirer les deux loups massifs qui remontaient en courant la colline, se fondant dans les ombres avant de réapparaître, telles des taches d'encre sur la neige éclairée par les étoiles.

La vue des autres en fourrure enthousiasma mon propre loup qui s'agita.

— Pas ce soir.

Comme pour s'assurer qu'elle n'émergerait pas sans mon consentement, une douleur sourde traversa mon genou, nous rappelant toutes les deux que nous n'avions pas prévu de nous transformer dans le futur proche. Je fermai la porte un peu plus fort que nécessaire.

Pourquoi m'étais-je employée à une stupide course autour du camp ? J'aurais dû marcher. Ou trotter. Quand je revins sur le canapé, deux messages apparurent à l'écran.

MAMAN : *Tu veux que je vienne te relayer ?*

MOI : *Non. Je gère. Occupe-toi de Niall.*

Je changeai pour la conversation avec Niall.

NIALL : *Je vais bien. Je t'aime aussi, Pomme de pin.*

Ma poitrine me comprimait. Pas parce que je ne pensais pas que Niall m'aimait. Je savais que oui. Mais mon frère aurait répliqué quelque chose de drôle et incongru, ce qui me menait à croire qu'il n'était pas en forme.

MOI : *Je viens te voir dès que Liam revient.*

J'attendis et attendis sa réponse. Enfin, deux mots apparurent : *T'inquiète.*

Oui. Comme si c'était quelque chose que je pouvais contrôler. Quand vous aimez quelqu'un, vous vous inquiétez.

J'allais envoyer un message à Adalyn pour voir si elle voulait venir me tenir compagnie quand un petit cri résonna dans la maison silencieuse. Je posai mon téléphone et retirai mes bottines. Je n'avais jamais visité le chalet du vivant d'Alex Morgan. Même s'il était plus grand que les autres chalets autour de l'étang, il possédait un schéma similaire : une cuisine ouverte et un salon, puis un couloir qui menait aux chambres. Contrairement à chez Niall, il y en avait trois.

Je suivis le bruit des pleurs de Storm dans la plus petite chambre où un berceau en bois se trouvait au bout d'un grand lit. J'étais inquiète qu'en me voyant, ses pleurs s'intensifient – je veux dire, il s'attendait sûrement à son père ou Lucas –, mais ses petites lèvres se refermèrent aussitôt. Je tendis la main vers le berceau et repoussai doucement une mèche de cheveux bouclés qui s'était prise dans ses cils mouillés.

— Je sais, je sais. Encore moi.

Il ne fit pas un bruit et resta à m'observer, ses petits poings se desserrant à ses côtés.

— Ton cocon a l'air vraiment agréable. Dommage qu'ils n'en fassent pas à ma taille.

J'écartai une nouvelle mèche de son front chiffonné.

— Alors, comment ça se passe ? Est-ce qu'on discute un peu et tu te rendors ? Je dois chanter ?

Les quelques fois où je l'avais fait dormir étaient après son lait, et puisque Liam m'avait dit que Storm ne mangeait pas la nuit, je ne savais pas trop quoi faire.

Caressant le côté de son visage, je chantai *Twinkle, Twinkle, Little Star*, mon répertoire étant un peu limité. Il garda les yeux grands ouverts au lieu de s'endormir.

— Ce n'est pas un concert, petit homme. Tu es censé dormir.

Il couina, puis battit des jambes et ses bras.

Je ris, puis fredonnai une autre chanson. Il se réveilla encore plus et je tapotai son nez.

— Merci d'être un public aussi génial, mais il faut vraiment que tu fermes tes beaux yeux et te détendes.

Il couina. Je souris. Je ne parlais pas le langage bébé, mais j'étais sûre qu'il refusait mon conseil de fermer les yeux. Sentant qu'il n'était pas près de se rendormir, je cherchai une chaise dans la pièce pour m'asseoir. Il n'y en avait pas, alors j'allai vers la cuisine en prendre une. Dès que je fus hors de sa vue, Storm lâcha un cri si strident que son père l'avait probablement entendu dans les bois.

— Je suis là, Storm.

Il continua à se tordre en criant. Je retournai à ses côtés et le pris dans mes bras. Il arrêta instantanément de crier.

— Tu sais exactement comment avoir ce que tu veux, hein ?

Il se contenta de me fixer, puis leva son pouce à sa bouche et attrapa une mèche de mes cheveux en même temps. J'essayai de la retirer de son poing, mais il s'y accrocha, puis fit une chose très étrange. Il approcha la mèche bouclée de son nez et la frotta contre ses narines dilatées. Ses paupières s'abaissèrent encore et encore, comme si Adalyn avait mis de la mélatonine au lieu d'un soin. Quand ses cils inférieurs se collèrent à ses cils supérieurs, ses doigts commencèrent à lâcher prise. J'essayai de libérer mes cheveux, mais il referma aussitôt la main et ouvrit les yeux.

— Très bien. Garde mes cheveux. J'en ai beaucoup de toute façon.

Je déposai un baiser sur son front. Ensuite, j'arpentai dans le chalet et fredonnai jusqu'à ce que ses doigts se dénouent et que ses joues cessent de bouger, signe qu'il ne suçait plus son pouce.

Je le posai doucement dans son lit. Après l'avoir lâché, je n'osais pas bouger et m'inquiétais qu'au moindre geste, il se réveillerait. Je commençai à me retourner quand un petit sanglot s'échappa de lui.

J'abandonnai l'idée de quitter la pièce, me blottis au pied du lit et passai mon doigt à travers les barreaux pour caresser sa paume ouverte. Il attrapa mon doigt et se positionna sur le flanc malgré sa couverture encombrante.

Lentement, ses paupières se firent lourdes. Cette fois, quand il me lâcha, je ne bougeai pas. Je m'accrochai à cette toute petite créature pleine de tempérament, me sentant protectrice envers lui, même si je ne devais le protéger que pour la nuit.

— Qu'est-ce que vous me faites, vous, les Kolane ? murmurai-je.

Je regardai sa gigoteuse s'élever et s'abaisser au fil de ses respirations. Ses doigts touchèrent les miens comme pour s'assurer que je ne l'avais pas abandonné. Il écarta de nouveau les doigts quand il sut que non.

— Je ne te laisserai pas, jusqu'au retour de ton papa.

Et je ne le fis pas. Mon index était toujours niché dans sa main quand un souffle chaud passa sur mon front et me réveilla en sursaut.

Seize

J e me redressai si vite que la pièce sombre tourna.

Chut. C'est juste moi. Liam était accroupi à côté du lit, son regard lumineux rivé au mien qui papillonnait.

Aucune lumière ne filtrait à travers les rideaux tirés.

— Quelle heure est-il ? murmurai-je en frottant mes paumes contre mes yeux.

Deux heures.

J'ouvris la bouche pour poser une question quand Liam posa un doigt sur mes lèvres. Même si mon cerveau n'était pas au top de ses performances, je compris que les conversations devaient se faire dehors. Je me décalai vers le côté, me levai doucement et partis dans le couloir. Même si Liam faisait une cinquantaine de kilos de plus que moi, ses pas étaient tout aussi silencieux. Mes yeux me donnaient l'impression que quelqu'un avait frotté du sable dessus.

— Je peux utiliser tes toilettes avant d'y aller ? murmurai-je.

Liam indiqua la porte à l'autre bout du couloir et je disparus à l'intérieur. Au début, je comptais juste aller aux toilettes, puis je repérai mon reflet et passai plus de temps à retirer les traces de mon mascara qui avait coulé qu'à faire pipi. Une fois débarrassée de mes airs de mouffette, je bus de l'eau pour hydrater ma gorge et rincer le restant du goût de vodka orange de ma langue.

Quand j'eus fini, mes yeux étaient rouges et gonflés, mais au moins mes cheveux étaient toujours jolis. Lucas et Liam étaient tous les deux dans la cuisine à boire cul sec des bouteilles d'eau. Liam avait remis ses vêtements, mais Lucas était toujours torse nu, juste en jogging. Un bleu fleurissait sur son pectoral gauche et son épaule, juste sous les pointes de ses longs cheveux noirs. Je m'appuyai au comptoir en granite.

— Tu t'es pris un arbre ?

Lucas regarda sa peau violette et sourit.

— Pas loin. Une voiture.

J'ouvris grand les yeux.

— Ils essayaient de faire démarrer une vieille fourgonnette quand on les a trouvés.

— Alors ils étaient toujours humains ?

— Malheureusement. Non que leur physique de demi-loup soit plaisant, mais leurs parties génitales passaient plus inaperçues en fourrure.

Je grognai devant ce manque de respect.

— Contente que vous les ayez trouvés.

— Tu en doutais ?

Lucas écrasa sa bouteille vide et la jeta dans la poubelle sous l'évier, puis tapota le côté de son nez.

— Liam a oublié de te mentionner que j'ai l'odorat le plus fin de tout le Colorado ?

— On a été trop occupés à parler de ton ego.

J'ajoutai un sourire pour être sûre que Lucas savait que je plaisantais.

— Aïe.

Il frotta son pectoral non blessé comme si je l'avais physiquement blessé, puis sourit en passant devant moi pour rejoindre le couloir.

— Je sais pas pour vous les gars, mais il faut dormir pour être beau. Attention dans les bois, Nikki, si le loup y est, il te mangera.

Il regarda par-dessus son épaule, par-delà ses mèches lisses mouillées de sueur, et nous adressa un sourire carnassier.

— À moins qu'il se contente de te mordre.

Je fronçai les sourcils avant de comprendre son allusion. Les joues en feu, je m'écartai du rebord en pierre et avançai vers la porte.

— Il est... *drôle,* celui-là.

Liam ne sourit pas. Passa juste sa main dans ses cheveux, les décoiffant encore plus. Il était beau quand il était soigné, mais aussi quand il ne l'était pas. Je mis mes bottes et mon manteau, puis me tournai pour attraper mon sac.

— Alors, ils sont de nouveau au bunker ?

Liam enfila ses bottines à même ses pieds nus sans s'embêter avec les lacets.

— Oui.

— Tu y retournes ?

— Pas ce soir.

— Tu portes toujours des chaussures pour aller te coucher ?

Il attrapa son manteau et ouvrit la porte.

— Je t'accompagne juste jusque chez toi.

— Ce n'est vraiment pas nécessaire. Ma voiture est juste dehors, Liam.

— Je ne veux pas que tu t'endormes au volant. Et puis, je voulais voir comment allait Niall.

— Et Storm ?

— Lucas est là.

Il prit mes clés de voiture de la poche de son manteau et me les tendit. La Jeep était toujours déverrouillée, alors je montai et fis vrombir le moteur qui cracha dans le froid. Ce serait probablement son dernier hiver.

Liam monta sur le siège passager.

— Tu t'es blessé aussi ?

Je m'écartai du trottoir et avançai sur la route en zigzag qui remontait la colline.

— Non. Lucas a pris le plus gros.

Il resta silencieux après ça. Deux minutes plus tard, nous étions garés devant ma maison. Je coupai le moteur et il m'arrêta :

— Nikki, attends.

J'arrachai mon regard de la fenêtre en demi-cercle du salon, qui brillait faiblement.

— Tu es une fille pleine de douceur, Nicole Raina Freemont.

— Merci ?

Oui, c'est sorti comme une question.

— Trop douce pour moi.

Mon estomac devint aussi froid que quand Adalyn et moi nous étions lancé le défi de manger de la neige lors de notre premier hiver en fourrure.

— Okay.

— Et trop jeune.

Je me hérissai. De quoi est-ce qu'il parlait ?

— Trop jeune pour quoi ?

Il fronça les sourcils.

— Pour moi.

— J'ai dix-neuf ans.

— Exactement. Tu es encore une ado, tu n'as même pas été à la fac.

— J'ai un travail. Je n'ai pas besoin de la fac.

Il essaya de tendre la main pour toucher mon bras, mais je le retirai hors de sa portée.

— Nikki, ne le prends pas mal. Je suis désolé si je t'ai malencontreusement fait penser que je pourrais être intéressé.

Waouh ! *Frappe-moi dans le cœur à nouveau, pourquoi pas après tout ?*

— C'est compris. Parfaitement compris.

Je chancelai hors de la voiture et avançai jusqu'à ma maison avant même que Liam ait touché sa portière. Après avoir retiré mes chaussures, je me rendis dans le salon où maman était blottie dans un fauteuil à lire un livre. Niall était allongé sur le canapé et je crus qu'il dormait, mais ses yeux marron croisèrent les miens au-dessus de la couverture tirée jusqu'à ses épaules.

— Salut, Pomme de pin.

Repoussant le déplaisir amer ayant suivi les mots de Liam, je m'agenouillai aux côtés de mon frère. Ses mains étaient bandées et on lui avait recousu une grande plaie sous son œil.

Je dus avoir l'air sur le point de pleurer car il dit :

— J'ai entendu dire que les filles adorent les cicatrices sur le visage, alors je suis allé m'en faire une. T'en penses quoi ?

Je secouai la tête, mais souris, puis me léchai les lèvres, car une larme les avait touchées.

— Je suis contente de voir que ton sens de l'humour a fait son retour.

Une autre larme coula. Niall leva une main vers mon visage, mais grimaça.

— Niall, tu dois reposer tes mains, le gronda maman.

Il la posa sur son torse au moment où la porte s'ouvrait. J'imaginais que c'était Liam, me levai et déposai un bisou sur le front de mon frère.

— Demain, toi, moi, la télé et le canapé, toute la journée. Ça te tente ?

— Ça semble putain de génial comme plan.

— Niall, le reprit maman.

— *Fantastique*, je veux dire.

Il fit un clin d'œil qui dut tirer sur sa plaie, car il grimaça aussitôt.

Je pivotai, passai à côté de Liam sans un regard pour lui et montai l'escalier, mes émotions en fouillis.

Maman disait toujours que la lune amplifiait les émotions pour nous, les métamorphes. J'espérais qu'elle avait raison. J'espérais qu'à la lumière du jour, je serais capable d'y voir clair dans mes sentiments chaotiques et de chasser ceux qui étaient superficiels, ceux qui malmenaient douloureusement mon ego. Ce n'était pas parce que Liam me prenait pour une enfant que j'en étais une.

Dix-Sept

Je réussis à éviter Liam toute la première moitié de la semaine en passant la plupart de mes journées terrée dans ma chambre ou dans le salon de coiffure avec Adalyn. Ce qui était génial avec mon travail, c'est que je pouvais le faire littéralement n'importe où. J'acceptai plus de missions que je n'en avais jamais eues parce que travailler occupait mon esprit et me faisait oublier mon ego blessé et le fait que le métamorphe zéro n'avait pas encore été attrapé.

Je voyais quand même Storm quotidiennement. Ce n'était pas parce que je n'étais plus fan du père que je n'étais plus fan du fils.

Trop douce. Comment Liam avait pu faire une insulte de quelque chose qui aurait dû être un compliment? Il s'intéressait uniquement aux connasses?

— Et trop jeune, marmonnai-je à Storm.

Je l'aidais à mettre des formes animales sur un panneau qui produisait un petit bruit chaque fois qu'il plaçait la forme au bon endroit.

Maman était partie chercher des ingrédients de dernière minute pour le repas de Thanksgiving que papa et Nolan préparaient à Rivage; voilà comment je m'étais retrouvée assise sur mon tapis à rayures roses et beiges, dos à mon lit, avec Storm qui applaudissait joyeusement devant moi. La sonnerie retentit. Puisque Liam ne l'utilisait pas, je pris l'enfant dans mes bras, le positionnai sur ma hanche et descendis.

Je fus surprise de trouver Lucas debout sur notre palier à essuyer la boue de ses bottes.

— Je viens chercher mon Petit destructeur.

Il n'avait pas neigé depuis la tempête, mais comme l'air était sec, la terre était restée belle et blanche. Dorée à ce moment-là puisque le soleil descendait derrière les montagnes.

— Entre. Je dois aller chercher son manteau dans la lingerie. Nous avons eu un petit problème de vomi.

Lucas pencha la tête d'un côté puis de l'autre en entrant et sa petite queue-de-cheval se balança comme la queue d'un loup.

— Jolie maison.

— Merci. C'est celle de mes parents. (Je me mordis la lèvre supérieure.) Tu le savais déjà probablement.

Il me sourit, mais ce n'était pas condescendant. Plutôt un sourire amusé.

— Oui. On m'a dit.

Mon lieu de vie encourageait sûrement Liam à croire que j'étais une enfant. J'étais vraiment prête à avoir mon propre logement. Pas pour le bien de Liam, mais pour le mien. Peut-être que ce soir, j'en toucherais un mot à Niall pour voir si cette seconde chambre pouvait toujours être la mienne.

J'avançai vers l'escalier qui menait au sous-sol, Storm toujours sur ma hanche. Lucas me suivait.

— Tu peux attendre ici si tu veux.

— J'aime visiter des maisons.

— Vraiment ?

Comme je manquais grandement de confiance en moi, j'avais pensé qu'il me suivait pour s'assurer que je ne mette pas en danger ma précieuse cargaison. Mais s'il avait vraiment été inquiet, il m'aurait sûrement proposé de porter Storm ?

— J'ai commencé à dessiner les plans pour ma future maison avec ma copine. C'est agréable de voir ce qu'il y a à l'intérieur. Parfois, ça donne des idées.

— Alors, ça va mieux entre vous deux ?

— « Mieux » ?

Merde. Je n'étais peut-être pas censée savoir que sa relation était en péril. Trop tard. J'appuyai ma main sur la rambarde en descendant les marches.

— Liam a dit que vous vous étiez disputés.

— Ah oui ? Notre alpha est une vraie commère.

Une fois en bas, je regardai par-dessus mon épaule.

— Ah bon ?

Il ricana.

— Mais non. Le mec est une tombe. Je suis même surpris qu'il ait parlé de ma vie privée.

En me dirigeant vers le sèche-linge et la machine à laver, je lui tendis Storm.

— En parlant de vie privée, je ne t'ai pas vu dans le coin depuis plusieurs jours.

— J'ai eu beaucoup de travail.

J'ouvris le sèche-linge et en tirai le petit manteau bleu de Storm, puis remis bien ses manches. Lucas frotta la tête de Storm avec son nez.

— Ah, les femmes !

Je plissai les yeux.

— Quoi, les femmes ?

— Vous êtes un vrai puzzle.

Je ricanai.

— J'espère que ce n'est pas ce que tu as dit à ta copine.

— Nan, j'ai fait pire. (Il soupira.) Elle va peut-être ne jamais revenir avec moi.

— Vous n'êtes pas partenaires d'accouplement ?

— Il n'y en a pas beaucoup dans notre meute. Juste Ness et August de notre génération.

— Vraiment ? Comment ça se fait ?

Il adoucit un épi sur la tête de Storm.

— Sûrement parce qu'on a éliminé les filles avec notre racine qui sélectionne les genres. Tu as entendu parler de ça, non ?

— Oui, j'ai entendu.

Je pris l'un de ses petits poings et le glissai dans la manche.

— Alors, qu'est-ce que tu as fait ?

Il tourna Storm pour que je puisse faire passer son autre bras.

— Je te dirai si tu me dis pourquoi tu nous évites vraiment.

— Qu'est-ce que ça peut te faire ?

— Juste par curiosité.

Mon cul, curiosité.

— Oublie. Ta vie amoureuse ne me regarde pas.

— Ma copine est enceinte.

Lucas fronça les sourcils, pas dans ma direction, mais vers le sol.

— Le bébé est une fille.

— Et tu ne voulais pas d'enfants ?

— Ce n'était pas prévu, mais je ne pouvais pas être plus content. Storm m'a fait découvrir que j'avais la fibre paternelle.

— Alors c'est *elle* qui ne voulait pas de bébé ?

— Tu n'as pas entendu ? Le bébé est une *fille*. Les Boulder d'origine ne peuvent pas avoir de filles.

J'eus un mouvement de recul.

— Il n'est pas de toi ?

— C'est ce que j'ai dit, même si je voyais mal Sarah me tromper. Je veux dire, notre vie sexuelle est...

— Je ne te connais pas assez pour entendre parler de ta vie sexuelle.

Il sourit, mais se renfrogna rapidement.

— Je lui ai demandé un test de paternité.

— Aïe.

— Elle m'a dit de me faire foutre puisque je ne la toucherais plus jamais, elle a pris ses affaires et est partie. La semaine dernière, j'ai reçu un e-mail au réveil avec les résultats du test. Le bébé est le mien. Alors je rampe. Je lui achète des fleurs. De la lingerie. Des talons aiguilles. Elle adore les jolies chaussures. Je lui ai même acheté une petite robe pour bébé, rose à frou-frous, et qu'est-ce qu'elle fait ? Elle dépose tout devant ma porte.

— *Waouh !* J'aimerais pas être à ta place, là.

— *Je* ne veux pas être à ma place.

Je le guidai vers le rez-de-chaussée, non pas que le sous-sol ne soit pas assez agréable pour une conversation à cœur ouvert avec sa lumière basse et son odeur de lingerie.

— J'ai vraiment merdé, mais pour ma défense, je ne pensais pas que je pouvais avoir une fille.

— Tu as essayé de lui parler ?

— Elle ne décroche pas.

— Et en personne ?

— Elle refuse de sortir de chez Ness et Ness ne me laisse pas entrer. Elle dit de laisser à Sarah du temps et de l'espace. Qu'elle la travaille au corps, mais ça devrait pas être à *moi* de faire ça ? C'est moi qui ai merdé. Et puis elle porte *mon* enfant. Je veux faire partie de sa vie. De leur vie.

— Elle vient ce soir ?

— Non. Elle passe Thanksgiving avec sa mère et son frère. Elle a dit à Ness de m'informer que, si je me pointais, elle n'emménagerait pas au camp cet été, ni jamais.

— Elle a le choix ?

— Oui et non. Elle est encore à la fac, donc elle a une excuse pour rester là-bas.

— Tu as essayé de lui envoyer un e-mail ou une lettre ? Peut-être que si tu déposais tes sentiments sur le papier...

— C'est un truc de fille, ça.

Je posai mes mains sur mes hanches.

— Peut-être que c'est un truc de fille, mais les filles aiment les belles paroles.

— Je suis un homme d'action, pas de parole.

— Eh bien, tes actions ne donnent pas grand-chose, alors essaie avec des mots.

Il se gratta le menton qui avait sérieusement besoin d'être rasé.

— Mais qu'est-ce que je dis ? Mon lit est terriblement froid depuis que tu es partie et je veux voir ton ventre et tes seins grossir ?

Storm regardait dans le vide en suçant son pouce.

— Hum, *non*. Là, en gros, tu es en train de lui dire que le sexe te manque et que...

— Le sexe me manque.

— Et que tu as hâte qu'elle prenne du gras.

Il haussa son sourcil troublé d'une cicatrice.

— Du gras ? Je parlais de son ventre et de ses seins. Merde, ses seins vont devenir énormes.

Je le fixai un long moment, car je n'avais jamais vu quelqu'un d'aussi rustre et, pourtant, j'avais vécu parmi des métamorphes qui étaient plus en contact avec leur côté animal que leur côté humain. D'autant plus que j'avais *quatre* frères.

— Lycaon, tu n'as vraiment aucun filtre.

— Je suis un fervent défenseur de l'honnêteté. Et c'est qui, Lycaon?

— Le dieu de tous les loups, expliquai-je en fronçant les sourcils. Tu ne le vénères pas toi aussi?

Il secoua la tête.

— Les Boulder vénèrent la lune et leur alpha, certainement pas un homme imaginaire.

— Lycaon n'est pas un homme, c'est un dieu et il n'a pas de genre.

J'allais ajouter qu'il n'était pas imaginaire, que de nombreux textes évoquaient notre dieu, mais je n'étais pas d'humeur à débattre.

— Écoute, je ne suis pas une experte en relations, mais il faut qu'elle se sente aimée puisque, bien sûr, tu l'aimes pour autre chose que le sexe.

Un ange passa.

— N'est-ce pas?

— Putain, bien sûr.

J'expirai avec soulagement.

— Alors je dois écrire une jolie lettre de merde?

Je penchai la tête.

— Bon, pour commencer, ne parle pas d'« une lettre de *merde* ».

Il esquissa un sourire en coin.

— Tu ne pourrais pas l'écrire pour moi par hasard?

— Il faut que ça vienne du cœur et de *toi*.

— Mon cœur n'est pas vraiment poétique.

— Et si tu essayais d'écrire quelque chose et que tu me le montrais ce soir au dîner? Après, je t'aiderai à l'améliorer.

Son sourire s'agrandit.

— Ça me semble bien, P'tit morceau.

— Euh, c'est Nikki.

Il me tapota la tête. Pour de vrai.

— Quand j'aime bien une personne, je lui donne un surnom.

— D'accord... mais P'tit morceau?

— Ça sonne bien.

— Ça sous-entend que j'ai peu d'importance, comme une babiole.

— Si les babioles ont peu d'importance, pourquoi tout le monde en a, hein? Mais si vraiment tu n'aimes pas « P'tit morceau », je peux t'appeler Amochée.

— Non, surtout pas.

— Alors, c'est vendu pour P'tit morceau. Donc tout est bon entre nous ?

Je haussai un sourcil.

— Avant ce surnom, tout était bon.

— Je le savais !

Il claqua des doigts, ce qui réveilla Storm.

— Pardon, Petit destructeur.

Il caressa la tête de Storm, ce qui le berça.

— Qu'est-ce que tu savais ? demandai-je alors que Lucas posait la main sur la poignée.

— J'avais peur que tu ne viennes plus à cause de moi, mais maintenant, je sais que c'est Liam que tu évites.

Je pinçai les lèvres.

— Tu ne veux toujours pas en parler ?

— Nan.

Il ouvrit la porte.

— Il a eu une année difficile, Nikki.

— Il n'est pas le seul.

Ses yeux tombèrent sur ma jambe.

— C'est vrai.

Je finis par soupirer.

— Tout va bien entre nous deux, Lucas.

— Je vois ça, fit-il avec sarcasme. Bon, on se voit ce soir. Je te ramènerai mon cœur, toi, ramène ta plume magique.

Je n'aimais peut-être plus beaucoup Liam, mais je devais admettre que son bêta était sympa. Il manquait de tact, mais cela ajoutait à son charme nonchalant. Plus important, il semblait être un bon ami. Un qui, malgré ses propres problèmes, faisait attention aux autres.

Après son départ, j'allai me préparer pour le repas de Thanksgiving de notre meute. J'avais entendu dire qu'environ une douzaine de Boulder d'origine viendraient cette année, ce qui donnerait une grosse réception. Même si les plus nombreuses familles mangeaient chez eux, les célibataires, couples sans enfants et anciens seraient là ce soir. Je me demandais si Lori se montrerait.

L'année dernière, elle était venue à Rivage, mais elle n'était pas restée longtemps. Nate, toujours gentleman, l'avait escortée jusque chez elle, ce qui avait aussitôt rendu Bea jalouse. Elle n'avait pas parlé à mon frère de tout le repas. Ils avaient fini par se rabibocher, cela dit.

Je n'avais pas vu l'ombre de mon frère aîné en presque une semaine. J'imagine que l'affaire le tenait occupé.

À moins que ce soit Bea?

Dix-Huit

L'ensemble de lingerie rouge qu'Adalyn m'avait offert à mon anniversaire sortit de mon tiroir. Tout comme mon pantalon en cuir noir moulant que j'accordai à un débardeur au tissu doux qui suivait mon corps comme une seconde peau. Le tissu noir était assez transparent pour révéler la forme et la couleur de mon soutien-gorge, mais assez décent pour que je le porte à une réunion de famille.

Malheureusement, les doigts magiques d'Adalyn n'avaient pas touché mes cheveux, alors je les attachai en queue-de-cheval haute. Avant de partir, j'appliquai du mascara sur mes cils et du rouge à lèvres écarlate sur mes lèvres pour aller avec ma lingerie en dentelle. Je fixai mon reflet dans le miroir à côté de la porte. Je n'avais pas l'air vieille, mais je n'avais pas l'air d'une enfant.

Je glissai le rouge à lèvres dans la poche de mon manteau et pris la route dégagée menant à l'étang pour éviter l'épaisse couverture de neige sur la colline. En marchant, je croisai plusieurs autres métamorphes, des amis que je n'avais pas vus depuis longtemps, car la plupart de mes pairs étaient à la fac. Quand nous atteignîmes le restaurant de la meute, je marchais avec Farrah, une des ex de Niall — est-ce qu'on pouvait parler d'ex pour une histoire d'un soir ?

Comme la plupart de ses autres conquêtes, elle en pinçait toujours pour mon gigolo de frère.

— Je perdrais mon temps si je lui proposais une date avec moi ?

Je retirai mon manteau et le posai sur un des porte-manteaux près de la porte.

— Il n'a jamais eu de relation, mais j'imagine que le pire qui puisse arriver est qu'il te mette un râteau.

Aurais-je préféré que Liam me dise non plutôt que de se trouver des excuses ? Serait-ce mieux passé ? Mes yeux passèrent en revue la petite foule qui s'était déjà regroupée autour des dix grandes tables, toutes décorées de minuscules citrouilles et de bougies festives senteur cannelle qui devaient brûler depuis un moment, vu l'odeur très forte dans la pièce.

— Tu pourrais lui demander pour moi ?

Farrah me prit le bras tandis que mon regard croisait celui de notre alpha, assis au bar à côté de Lucas et d'une colonie de femelles. La plupart s'extasiaient devant Storm, sûrement pour pouvoir se rapprocher de Liam. Était-ce mesquin de ma part d'être contente que le bébé ne soit pas à amuser la galerie pour le fan-club de Liam ? Il était fermement calé contre le torse de son père.

— Alors ? Tu veux bien ?

Je regardai les yeux verts de Farrah qui papillonnaient sous ses cils noirs épais.

— Pardon. Je veux bien quoi ?

— Demander à Niall.

Je me mordis l'intérieur de la joue.

— Bien sûr.

— Merci Nikki. Tu es la meilleure.

Elle m'embrassa la joue avant de sautiller vers une des tables. Je me mordis encore, car j'étais sûre que la réponse de Niall ne serait pas *intéressée*. Farrah était trop douce pour mon... *Non.* Je ne venais *pas* de penser ça. *Maudit sois-tu, Liam Kolane, de polluer ainsi mon cerveau.*

Agacée par lui comme par moi, je me dirigeai vers la cheminée où traînaient Niall, Nash et Adalyn.

— Comment va ma petite sœur préférée ?

Niall noua un bras autour de mes épaules après que je me fus assise à côté de lui. Je levai les yeux au ciel.

— Ta seule sœur surtout.

— Profite de ce statut. Le mois prochain, j'aurai deux sœurs.

Niall esquissa un sourire à fossettes à Adalyn qui posa une main sur sa poitrine en lâchant un ah ! avant de se blottir contre Nash. Elle était perchée sur ses genoux même s'il restait plein de places sur la banquette incurvée en cuir.

— C'est trop gentil, Niall.

Elle lui souffla un baiser avant que son regard ne tombe sur moi et s'illumine.

— Tu portes mon cadeau !

— Oui.

Niall fit la moue.

— Pourquoi tu ne portes pas *mon* cadeau ?

— Les *sex-toys* sont plus difficiles à accorder à une tenue, lâchai-je pince-sans-rire.

Nash sourit et Niall éclata de rire.

— Attention. Tu ne veux pas que ta plaie se rouvre, le prévins-je en regardant la peau abîmée sous son œil. Ça fait toujours mal ?

— Non. J'aimerais pouvoir en dire de même pour mes mains. Elles me font encore un mal de chien. Saleté de barreaux en argent.

Avant qu'il ne puisse repenser à la nuit de son attaque, j'embrayai sur le sujet de notre emménagement. Il soutint mon regard avec ferveur.

— La chambre est toujours à toi. Tu me dis quand et je t'aide à déménager.

— Demain ?

— C'est parti.

— Tu en as parlé à maman et papa ? demanda Nash en caressant encore et encore le bras d'Adalyn.

Apparemment, le besoin de se toucher ne s'estompait jamais chez les véritables partenaires.

— Non. J'attendais de savoir si j'avais toujours un endroit où vivre. Sans rapport, Niall, j'ai croisé Farrah en venant.

— Qui est Farrah ?

Je lui frappai le bras.

— Tu es horrible.

Puisqu'il ne souriait pas, je me rendis compte qu'il était sérieux.

— Attends. Tu ne te souviens vraiment pas d'elle ?

Il se désigna du doigt.

— Je suis victime d'une commotion cérébrale, je te rappelle.

J'écarquillai les yeux d'inquiétude. Nash rit.

— Ne le crois pas. Il se tape juste trop de femmes pour tenir le compte.

— Tu viens de me foutre les jetons, sifflai-je.

— Désolé, Nik. Alors, c'est laquelle Farrah ?

— Des cheveux noirs. Des yeux verts. Presque ma taille.

— Hum. Je ne me rappelle jamais la couleur des yeux et j'ai été avec beaucoup de brunes.

— Avec une frange.

— Ah.

Je voyais bien qu'il associait le nom à la nuit en question.

— Donc, qu'est-ce qu'elle a Farrah ?

— Elle voudrait te proposer une *date* avec elle.

Il fronça les sourcils.

— Mais elle m'a demandé de tâter le terrain pour savoir si tu serais intéressé par une relation avant.

— Nan.

Je ne voulais pas apporter de mauvaises nouvelles, mais j'imagine que c'était mieux que se faire rejeter par la personne directement.

— Je peux te demander pourquoi pas ?

— Parce que je ne veux pas être lié.

— Alors ça ne vient pas d'elle ?

— Non. Elle est chouette. Et sexy. S'il fallait que je sorte avec quelqu'un, ça serait peut-être elle.

— Niall a peur qu'un jour il soit piégé par un lien d'accouplement, commenta Adalyn en jouant avec un bouton de chemise de Nash. Alors il profite de son indépendance sexuelle.

— Imagine ça, Niall, fit Nash en serrant Adalyn dans ses bras. Du sexe avec la même personne pour le... restant... de... ta... vie.

— Mec, tu vas me rendre anxieux.

Je ris pendant que Niall se tournait pour voir Farrah.

— Elle est intéressée pour une autre nuit par hasard ? Mes mains ne sont pas au top, mais ma bouche fonctionne très bien.

Je grimaçai.

— Beurk, Niall. Et pour savoir si elle est intéressée ou pas, va lui demander toi-même.

— Je pense que je vais le faire. À plus.

Il se leva.

— Est-ce que je veux vraiment vivre avec un play-boy pareil? demandai-je tout haut.

L'attention de Nash et Adalyn s'était focalisée sur un point au-dessus de ma tête. Je me tournai, espérant que ce soit Nate, mais non, c'était l'autre bêta. Et à côté de lui, notre seul et unique alpha. Lucas sortit un bout de papier de sa poche et se laissa tomber à côté de moi.

— Tu as rapporté ta plume magique?

— Juste là, fis-je en tapotant ma tempe.

Liam s'assit de l'autre côté, de sorte que j'étais entre eux deux.

— « Ta plume magique »?

Je ne répondis pas. À la place, je tournai mon attention vers Storm qui s'écarta du torse de son père et tendit les mains vers moi. Je levai un doigt et il l'attrapa dans son poing potelé, puis il se tortilla jusqu'à ce que je le prenne des genoux de Liam.

Adalyn m'observait prudemment. Elle m'avait dit de faire attention à mon lien avec Storm, mais qu'étais-je censée faire? Repousser froidement un bébé? Peu importe combien ce serait douloureux quand Liam s'installerait avec quelqu'un ni *doux* ni *jeune*, mon cœur n'était pas assez dur ou mis à mal pour éviter l'affection. Lycaon, j'espérais qu'il ne choisirait pas quelqu'un de trop dur. Storm méritait un peu de tendresse dans sa vie.

Une fois le bébé positionné sur mes genoux, j'indiquai de la tête le papier de Lucas.

— Tiens-le-moi que je puisse lire.

Lucas l'exhiba fièrement. Il avait écrit cinq lignes, dont trois mentionnaient une partie du corps de Sarah qu'il aimait vraiment.

— C'est profond, non?

— Il y a... *matière* à travailler, corrigeai-je gentiment.

— D'accord. C'est de la merde.

— Mais non, Lucas. Je te jure que non. Mais peut-être que tu devrais te concentrer sur ce qu'elle te fait *ressentir*. Et pas juste sexuellement.

Il esquissa un sourire narquois.

— Puisque vous n'êtes pas de véritables partenaires, pourquoi vous êtes-vous choisis ?

Storm tira sur la bretelle de mon soutien-gorge. J'essayai de retirer sa main, mais il avait une poigne de fer. Il finit par lâcher et la bretelle claqua contre ma peau.

— Aïe, murmurai-je.

Je le chatouillai, ce qui bien sûr l'incita à recommencer sa danse. Ou plutôt son geste tirer-lâcher.

— Un homme comme je les aime. Toujours attaquer par le soutien-gorge.

Lucas attrapa la main libre de Storm et lui fit un check, ce qui attira son attention une fraction de seconde avant qu'il ne s'intéresse de nouveau à ma bretelle rouge.

— Et dire que j'ai fait de toi son parrain.

La voix de Liam s'enroula autour de mon cou, me donnant la chair de poule. Il était assez proche pour voir la réaction de ma peau s'il regardait. Avec un peu de chance, il ne le ferait pas et, s'il le faisait, il l'attribuerait au courant d'air glacé qui traversa Rivage au moment où Ness et August arrivèrent avec quelques autres métamorphes n'habitant pas au camp.

— Ton gang de Boulder est arrivé.

J'embrassai le front de Storm, puis le tendis à son père, ajoutant un petit aïe quand ses doigts lâchèrent ma bretelle. Il partit d'un petit rire et je me levai.

— Je vais voir si papa a besoin d'aide. Lucas, on peut travailler sur ta lettre après le dessert.

Il la replia et la glissa dans son jean légèrement large.

— Tu déchires, P'tit morceau.

— P'tit morceau ? entendis-je Adalyn demander pendant que je me détournais.

Ma nuque picota sous le poids d'un regard, sûrement celui de Liam. Il devait être froissé que je ne lui ai pas montré le respect dû à un alpha. Si j'avais agi ainsi avec Cassandra Morgan – prétendre qu'elle n'était pas là alors qu'elle était assise à côté de moi –, j'aurais été envoyée au bunker pour qu'on m'apprenne les bonnes manières.

Peut-être qu'il me parlerait de mon comportement plus tard, mais je doutais que mon silence m'amènerait dans une cage d'argent. Malgré toutes les rumeurs sur son insensibilité, le temps passé avec lui m'avait montré qu'il n'était pas moralement rigide comme son prédécesseur, même pas vraiment froid.

Je regrettais presque qu'il ne soit pas plus comme Cassandra. Cela aurait permis de mettre fin à mon attraction beaucoup plus facilement. Ce qui était la raison de ma prise de distance.

Loin des yeux, loin du cœur.

Dix-Neuf

Ni Lori ni Bea ne vinrent à Thanksgiving. Nate était là en revanche. Je pus le prendre rapidement dans mes bras avant qu'on soit recrutés pour aider à transporter les plateaux de nourriture au bar qui avait été reconverti en buffet pour la soirée.

Avant d'aller vers la table de notre famille qui était aussi celle de l'alpha, des bêtas et Boulder d'origine, j'arrêtai mon frère en le tenant par le bras.

— Tu vas bien ?

Il posa son plateau de butternuts coupées en dés qu'il avait rapporté de la cuisine entre un grand bol rempli de purée verte et une grille parsemée de trucs farcis à l'herbe.

— Juste fatigué.

— À cause de l'affaire ou de ta rupture ?

— Les deux. Ça a été deux semaines difficiles.

Je serrai son bras, regrettant de ne pas pouvoir le décharger d'un peu de son stress.

— Tu as des pistes sur le métamorphe zéro ?

— Tu n'as pas entendu ? Lucas a confirmé que c'était un mâle de la meute du Glacier.

L'expression de Nate irradiait d'un tel soulagement qu'il me contamina.

— Liam est censé y aller ce week-end pour leur parler des frontières et d'une punition appropriée pour avoir blessé des humains sur un territoire de meute.

— « Blessé » ? Le loup a tué une femme...

— Techniquement, il n'a fait que l'infecter. *Nous* l'avons tuée avec notre dose de Sillin.

— On aurait pas eu à lui en donner si elle n'avait pas été une demi-louve.

Nate posa ses paumes sur mes épaules.

— Je suis d'accord avec toi. Toute cette situation est pourrie, mais cela veut dire que Beaver Creek est à nouveau sûr. C'est la seule chose qui compte.

J'imagine qu'il avait raison, mais comme il l'avait dit, cette situation était pourrie.

— Et le médecin légiste et sa femme ? Ont-ils été relâchés ?

Nate soupira.

— Pas encore.

— Pourquoi ? Je pensais qu'ils étaient de nouveau humains ?

— Ils l'étaient, mais ça n'a pas duré.

Mon cœur trébucha dans mon thorax.

— Ils sont de nouveau des demi-loups ?

Mon frère hocha la tête. Cette situation était bien plus que pourrie.

— On sait comment le métamorphe zéro a transformé la première fille en demi-loup ?

— C'est ce que Liam va découvrir ce week-end.

— Tu pars avec lui ?

— S'il me le demande. Pour l'instant, il a uniquement prévu de partir avec Lucas.

Mon regard se dirigea vers Liam, entièrement concentré sur la fille assise face à lui à table – May Weathers. Je ressentis l'envie pressante de revenir sur son invitation à l'EVJF d'Adalyn. Celle-ci n'aurait pas d'objection puisqu'elle n'était pas une fan de May, mais papa m'en parlerait puisque c'était la fille de son meilleur ami.

Pendant des années, papa avait essayé de nous rapprocher, mais May était sans gêne et égocentrique, le genre de personne en manque d'attention constant, toujours dans la réclamation, qui rappelait à quiconque l'oubliait qu'elle avait été la nièce de l'alpha des Tremulas et, donc, qu'elle était de la royauté en termes de meute.

— Profite de ta soirée. La meute a beaucoup de choses à célébrer.

Nate essaya de sourire, mais ça sonnait faux.

— Je suis vraiment désolée pour Bea.

— Oui. Moi aussi.

Ses yeux noirs brillèrent de larmes et je me dressai sur la pointe des pieds pour le serrer dans mes bras. Il posa ses mains dans mon dos et son menton barbu sur mon épaule.

— Merci, Pomme de pin, murmura-t-il d'une voix rauque. J'avais vraiment besoin d'un câlin.

Je souris contre sa chemise en flanelle.

— Si tu continues à m'appeler Pomme de pin, c'est le dernier câlin que tu auras de moi.

Il rit tout bas et je me sentis heureuse pour la première fois depuis que Liam m'avait dit qu'il n'était pas intéressé le week-end dernier. Ma famille était en sécurité. Ma meute était en sécurité. Tout allait pour le mieux. À part ma vie amoureuse, mais ça se résoudrait en un rien de temps. Bon, peut-être pas pour ma vie amoureuse, mais pour ma vie sexuelle au moins.

Nate se dirigea vers un bout de la table et moi l'autre. Les dix tables avaient été agrandies pour recevoir les cinq cents et quelques métamorphes prévus. Rivage ressemblait à un vrai hall de banquet.

Adalyn m'avait gardé une place entre elle et un Boulder d'origine nommé Dexter, un cousin lointain de Matt Rogers, également présent. Tous deux étaient musclés et travaillaient pour August, assis à quelques sièges de là en train de jouer avec la queue-de-cheval blonde de sa partenaire.

Même si je jetai un coup d'œil à la table des célibataires où Niall avait élu résidence, j'optai pour ma meilleure amie et le Boulder.

— Salut, lançai-je à Dexter avec un grand sourire qu'il me rendit. Je ne sais pas si tu te souviens de moi. Nikki Freemont.

Ses yeux gris-bleu brillèrent sous des mèches brunes qui semblaient rejetées sans prétention sur le côté, même si cela avait dû prendre du temps.

— Je n'oublie jamais celles qui sont jolies.

Soudain, son front se plissa et son regard alla jusqu'au milieu de la table, vers Liam. Alertait-il les mâles pour les éloigner de la petite sœur de son bêta ? Il n'avait pas intérêt.

Nolan avança jusqu'à la table et déposa un des trente chapons grillés à côté de mon assiette, puis essuya ses mains sur un torchon de cuisine jeté sur son épaule pendant que papa installait une autre volaille devant Liam.

Je me penchai et inhalai la vapeur s'échappant de l'oiseau.

— À l'odeur, ça a l'air délicieux.

— J'espère que ça le sera aussi au goût. Avec papa, on est aux fourneaux depuis deux heures du matin.

Sasha apporta un autre chapon et nous apprit fièrement :

— J'ai fait la purée de fèves.

— Tu as écossé les fèves, corrigea Nolan en souriant.

— Bon, bon. J'ai *aidé* à faire la purée de fèves.

Sasha sourit puis tous deux retournèrent en cuisine pour apporter le reste tout en parlant :

— J'en ai quand même écossé beaucoup. Il faut que quelqu'un invente une machine pour le faire.

— Tu pourrais le faire. Tu es doué pour bricoler.

La voix de mon frère s'estompa quand mon père frappa dans ses mains pour attirer l'attention de la meute. Debout à côté de Liam, il commença par remercier Lycaon pour le repas abondant que nous allions partager et pour le cadeau d'un alpha fort et généreux qui régnait avec équité et calme.

Papa n'aurait jamais osé critiquer Liam, surtout en sa présence, mais je me demandais s'il en rajoutait ou s'il l'appréciait vraiment à ce point. Je veux dire, objectivement, Liam était plus calme et plus juste que Cassandra, mais il n'était à la tête de la meute que depuis un peu plus d'un an. Il n'avait pas réellement prouvé sa valeur jusque-là.

— Et enfin, j'aimerais le remercier lui et chaque pisteur ayant travaillé sans relâche, jours et nuits, pour découvrir la source de notre angoisse. Je suis heureux d'annoncer, au nom de Liam, que nous avons enfin résolu cette affaire.

Papa raconta avec une grande précision ce que Nate m'avait déjà dit.

Des applaudissements retentirent dans l'endroit caverneux. Savoir que l'affaire était résolue était réconfortant, mais cela semblait mal d'applaudir alors qu'une innocente était morte et que deux autres avaient été infectés. Une fois qu'ils seraient guéris – soit définitivement humains, soit complètement loups –, je me réjouirais pour de vrai.

J'observai Liam, curieuse de voir comment il réagissait à ces compliments. Ses épaules étaient raidies et ses yeux rivés sur son fils, présentement logé dans les bras de maman. Il y avait des chances qu'il ne le récupère pas avant la fin du repas.

Une fois que papa eut clos sa prière, tout le monde trinqua avec du vin, de l'eau ou de la bière. Je me tournai vers Nash.

— Et les demi-loups alors ?

— J'ai entendu dire que le sang de Lori perd de son efficacité, répondit Dexter à sa place. Tu préfères quel morceau, Nikki ?

— Une aile, s'il te plaît.

Je tendis mon assiette et il me servit avant de se prendre une cuisse gigantesque et de passer le plateau à Nash.

— Je n'arrive pas à croire qu'un Glacier soit venu ici. D'habitude, ils ne s'aventurent pas hors de l'Alaska, commenta Nash.

Il servit Adalyn, puis lui-même et tendit le plateau à August.

— Peut-être que la fille était sa copine ? suggéra Matt.

— Cela expliquerait pourquoi il était sur nos terres, mais pas pourquoi il l'a attaquée, répliqua Nash en mangeant. Tout le monde sait que le territoire d'une meute est sacré.

Ness se pencha en avant et posa ses coudes sur la table.

— J'étais sûre que ce serait un solitaire.

Une mèche libre de ses cheveux dorés cascadait sur son visage, voilant sa joue blessée.

— Comment vous croyez qu'il l'a transformée en demi-louve ? demanda la fiancée de Matt.

— En la mordant.

Lucas avait assuré cela avec tant de certitude que cela éveilla de petits feux chez les gens attablés autour de lui. La copine de Matt repoussa ses cheveux bruns et bouclés en arrière.

— Je croyais que mordre ne permettait pas de transférer votre magie.

Lucas posa un bras sur la chaise de Ness.

— Normalement, non, mais on a affaire à un Glacier spécial, Amanda.

Une bretelle de mon soutien-gorge glissa sur mon épaule. Je la remis en place de mon pouce.

— Félicitations pour avoir résolu cette affaire.

Lucas se redressa légèrement.

— On a eu beaucoup de chance.

Les opinions firent rage autour de la table sur la façon dont le métamorphe zéro avait transféré notre gène. Défectueux ou non, aucun loup, à ma connaissance, n'avait jamais réussi à le transmettre à un humain. Nate regarda dans notre direction avant de se faire embarquer dans une discussion de son côté de la table. Au milieu des diverses théories de complot, je pris mon assiette et me dirigeai vers le buffet. Quand je revins à la table, je demandai à Nolan, qui venait de s'asseoir à côté d'Amanda, où il avait caché la sauce aux canneberges.

— J'ai dû l'oublier dans le frigo.

Il retira sa veste de chef noire et la posa sur le dossier de sa chaise.

— Je vais aller la chercher.

— Non, tu as été debout toute la journée. Assieds-toi. Je vais y aller.

Je traversai la longue et joyeuse file de métamorphes qui attendaient leur tour pour accéder au buffet, puis franchis la porte à rabat.

J'aurais dû demander quel frigo, vu qu'il y en avait quatre. J'ouvris le plus grand en premier et, après un rapide examen des étagères, je trouvai un bol rempli de quelque chose de rouge et brillant.

— Bingo, murmurai-je en tendant la main à l'intérieur.

En fermant le frigo, je poussai un petit cri, car Liam se tenait juste là, derrière la porte du frigo. Miraculeusement, je ne fis pas tomber le bol.

— Pour quelqu'un de si grand, tu es terriblement discret.

— Pourquoi est-ce que tu m'évites ?

— Si je t'évitais, Liam, alors je ne serais pas là à discuter avec toi.

— Tu es là parce que je t'ai coincée.

— OK, très bien. Je t'évite. Content ? Tu peux me laisser passer s'il te plaît ?

Il ne bougea pas d'un pouce. Je soupirai.

— Je suppose que je vais prendre le chemin le plus long.

Je commençais à me tourner quand un éclair de courage me traversa et me poussa à demander :

— Pourquoi est-ce que tu t'en soucies ? Tu as besoin de l'attention de *tous* tes métamorphes à tout moment ?

— Je n'ai pas besoin de l'attention de tous les métamorphes, mais ton frère est mon bêta, Nikki. Je préfère ne pas couper les ponts avec les membres de sa famille et j'ai l'impression que te rejeter a brûlé un pont.

— Ce n'est que de la fumée, pas un feu. Tout va bien entre nous, Liam.

Je pivotai afin de contourner l'îlot de taille industrielle.

— Si tout allait bien, grogna-t-il, tu n'essaierais pas de t'échapper.

Je m'arrêtai.

— Je ne m'échappe pas. Je fais le tour pour ne pas avoir à donner des coups de coude à mon alpha. Tu préfères te prendre un coup de coude ?

— Qu'est-ce qui te fait croire que je ne te laisserai pas passer ?

Je serrai le bol de sauce si fort que, s'il n'avait pas été en bois, il se serait cassé.

— Peut-être parce que je te l'ai déjà demandé et que tu n'as pas bougé la première fois.

— Redemande-le-moi.

Oh grand Lycaon, quel genre de jeu était-ce ?

— J'ai un chemin parfaitement adéquat pour sortir d'ici sans avoir à te demander quoi que ce soit.

— Pourquoi fais-tu tout ce que tu peux pour m'éviter ?

— Bon sang. Tu es têtu.

Je me retournai, fonçai vers lui et dépassai son imposant gabarit en lui adressant un coup d'épaule au passage.

— Content ?

Avant que j'atteigne la porte, il ordonna :

— Reste loin de Dexter. C'est un mec bien, mais c'est un joueur.

Je m'arrêtai encore. J'étais à deux secondes de lui dire qu'à table, il était assis en face de la version féminine de Dexter, mais je retins mes mots, car cela aurait montré que je l'avais observé.

Il s'approcha de moi, son odeur prenant peu à peu le dessus sur le goût aigre-doux de ce que je tenais contre ma poitrine.

— Au moins, il n'est pas découragé par ma *jeunesse*.

Les pupilles de Liam se dilatèrent, approfondissant les teintes brunes de ses iris.

— Je croyais que tout allait *bien* entre nous, mais tu es toujours en colère.

— Je ne suis pas en colère, je suis embarrassée. Je t'ai fait des avances, Liam, et tu as refusé catégoriquement.

J'appuyai mes doigts sur la porte, mais pour une raison folle, peut-être parce que j'étais exceptionnellement amère d'avoir été forcée de revivre mon moment de honte inégalé, j'ajoutai :

— Plus j'y pense, plus Dexter et son *jeu* sont attirants en ce moment.

Je sortis en courant de la cuisine, le teint sûrement aussi flamboyant que la sauce que je déposai sur la table.

— Ho !

Dexter me regarda en clignant des yeux.

— Qu'est-ce que les canneberges t'ont fait ?

— Rien.

Je m'assis si brusquement que mon coccyx heurta un barreau du dossier de ma chaise, ce qui m'arracha des jurons à voix basse.

— À l'évidence.

Ses yeux s'adoucirent d'un sourire tandis que ceux d'Adalyn se dirigeaient vers la porte de la cuisine.

Son genou tapa dans le mien.

— Pause toilettes ?

— Plus tard, grommelai-je.

— Dis-moi juste quand.

Il fallut un moment à mes battements de cœur pour s'accorder à un rythme plus régulier. Pendant une seconde, j'envisageai de flirter avec Dexter, mais son odeur ne me plaisait pas. Comme s'il avait senti que je pensais à son odeur, il prit une longue bouffée d'air et son front brûlé par le soleil se creusa.

— Merde.

Je fronçai les sourcils.

— Quoi ?

Il se concentra sur sa nourriture.

— Alors, j'ai entendu dire que vous aviez tous de grandes soirées prévues pour samedi.

— En effet, approuva Adalyn, les yeux brillants comme deux saphirs. Si vous restez à Beaver Creek pour le week-end, j'espère que vous vous joindrez à nous.

— Vous rejoindre pour quoi ? demanda Amanda.

Adalyn but une gorgée de sa bière.

— Nos enterrements de vie de jeune fille et de garçon.

— Oh, comme c'est amusant !

Amanda regarda Ness qui posa sa fourchette et tapota sa bouche en jetant un coup d'œil à Lucas.

— Peut-être qu'on pourrait essayer de revenir.

Lucas se raidit parce que, clairement, elle voulait dire avec Sarah.

August dut dire quelque chose à Ness à travers leur lien, car elle leva le visage vers lui. Elle se mordit la lèvre et grimaça. Il se pencha et l'embrassa pour chasser sa grimace. Même s'ils ne se roulaient pas des pelles, je regardai Liam pour voir sa réaction. Il avait les yeux rivés sur eux. Avait-il toujours un faible pour elle ?

— Je n'ai rien de prévu ce week-end. Peut-être que je vais me joindre à ton enterrement de vie de jeune fille, fit Dexter.

Il attrapa un morceau de pain de maïs et épongea son assiette. Adalyn sourit.

— Tu veux dire : l'enterrement de vie de garçon ?

— Nan. Je voulais dire : l'enterrement de vie de jeune fille.

Matt ricana tandis qu'Amanda levait les yeux au ciel.

— Je doute que les filles veuillent de toi dans les parages, Dex.

Il étudia mon regard comme s'il cherchait à savoir si c'était vrai. Je m'appuyai au dossier de ma chaise.

— Tu es le bienvenu à la fête des filles...

— Qui sera bien plus amusante que celle des garçons, ajouta Adalyn.

— Mais dans ce cas-là, tu devras participer à tous nos jeux, terminai-je avec un sourire taquin.

Dexter sourit et noua son bras autour du dossier de sa chaise.

— Ah oui ? De quel genre de jeux parlons-nous ?

Mon sourire s'élargit alors que je l'imaginais en train de choisir des cartes dans mon jeu de défis rose.

— Hé, P'tit morceau.

Lucas apparut soudainement devant mon visage.

— Je suis prêt à travailler sur ma lettre.

Je fronçai les sourcils.

— Là, *maintenant* ?

— L'inspiration vient de me frapper et j'ai besoin d'en parler.

— Quelle lettre ? intervint Ness.

— Celle que tu apporteras à ma chérie ce soir.

Lucas attrapa mon assiette.

— Laisse-moi t'aider, proposa-t-il.

C'était vraiment à propos de sa lettre ou c'était pour intervenir ? En soupirant, je cédai et le suivis jusqu'aux banquettes. Après s'être assis, il sortit sa feuille de papier pliée. Je piquai une courge rôtie et la mâchai en lisant les points qu'il avait ajoutés en bas. Ce n'étaient pas des lignes complètes, mais au moins, il m'avait donné quelques éléments supplémentaires sur lesquels travailler.

Quand je levai les yeux pour lui demander un stylo, je le surpris en train de regarder Liam par-dessus son épaule.

— Dexter semble vraiment sympa, commentai-je.

Ma voix était montée très haut dans les aigüs sur cette dernière partie. J'attendis une réaction de sa part.

— Il l'est, mais il n'est pas fait pour toi.

Lucas repoussa une mèche de cheveux noirs de ses yeux.

— Et si toi et Liam, vous me laissiez me faire ma propre idée sur qui est fait pour moi?

Il noua ses doigts ensemble et indiqua le papier d'un signe de tête sans même réagir à mon commentaire.

— Alors, que penses-tu de mes ajouts?

J'étais sur le point de lui dire que j'étais sérieuse quand l'assise de la banquette ploya à côté de moi.

Vingt

—**B**on, laisse-moi voir cette lettre d'amour que je rapporte.

Ness remonta les manches de sa veste en soie rouge et prit le papier sur mes genoux.

— N'abusons pas, Fury. Ce n'est pas une lettre d'amour, c'est une lettre de désir.

— Fury ?

— Pour Nick Fury, expliqua Lucas. Le fondateur des Avengers.

Je haussai un sourcil et il ajouta :

— Il porte un cache-œil super cool ?

— Alors comme ça, tu as eu le droit à un surnom toi aussi ? demanda Ness en souriant.

Je ne pouvais m'empêcher de me dire que c'était étrange d'être assise si près de quelqu'un qui avait aidé à changer la destinée de notre meute.

— Apparemment je remplissais les critères.

Pendant que je glissais quelque chose dans ma bouche, Ness me rendit la lettre.

— C'est toi qui as écrit ça, Lucas, ou c'est le travail de Nikki ?

— Tout est de Lucas.

— Alors, t'en penses quoi, Fury ?

— Ça réchauffe le cœur.

— C'est... bien ça ?

— Oui, c'est bien, confirma-t-elle en se penchant et tapotant sa cuisse.

Il se redressa un peu, légèrement fier.

Alors que les conversations autour de nous atteignaient des niveaux ridicules, Ness et moi avons transformé la liste de déclarations sincères de Lucas en une lettre qui se lisait comme un poème, mais qui avait toujours l'air d'avoir été écrite par un gars. C'était étonnamment amusant et, plus d'une fois, nous avons ri quand quelque chose de très inapproprié sortait de la bouche de Lucas. Satisfait, il leva son poing pour un check que Ness et moi fîmes tour à tour.

— Et, Lucas, tu lui manques vraiment, mais ne t'avise pas de lui dire que je t'ai avoué ça ou elle va encore mettre de la sauce piquante dans mon mascara.

Je grimaçai.

— Aïe.

— Oui, aïe.

Les yeux de Lucas brillèrent en entendant l'aveu de Ness. Ou à cause des pitreries de sa petite amie ?

— Le secret sera bien gardé.

Il nous fit un salut à deux doigts avant de s'aventurer à nouveau vers la table. J'allais me lever pour aider à débarrasser les assiettes jetables et recyclables quand Ness posa une main sur mon poignet.

— On peut parler ?

Mon cœur se catapulta contre mes côtes. Allait-elle me dire de rester à l'écart de Liam ? Ou de Dexter ? Ou peut-être de ne pas me mêler de la dispute entre Lucas et Sarah ?

— Bien sûr.

Je me réinstallai dans le canapé et repliai une jambe sur l'autre.

— Nous déménageons ici cet été et je voulais savoir comment les choses fonctionnent dans le camp.

Oh !

— Eh bien, nous fonctionnons comme une ville, mais notre moyen d'échange n'est pas monétaire. Il y a une petite épicerie à l'entrée principale, une clinique équipée comme un hôpital et une école qui va de la maternelle à la fin de l'élémentaire directement sur place. Pour le collège et le lycée, on sort du camp ou on utilise l'enseignement en ligne. Idem pour l'université pour ceux d'entre nous qui y vont.

— Tu as l'intention d'y aller ?

— Non, répondis-je en me mordant la lèvre inférieure. Je suis graphiste et je gagne bien ma vie avec ça. (Je haussai les épaules.) Peut-être que j'irai dans quelques années. J'ai entendu dire que tu t'étais inscrite. Comment ça va se passer une fois que tu seras ici ?

— Nous gardons nos maisons à Boulder, donc Sarah, Amanda et moi allons faire la navette. On passera la moitié de la semaine là-bas. De longs week-ends ici.

Elle suivait de la main les coutures de la banquette en daim.

— Qu'est-ce que tu étudies ?

— Le commerce avec une spécialisation en comptabilité. J'aime les chiffres.

Je gémis.

— Je déteste les chiffres.

— Je m'occuperai de tes impôts et tu pourras peindre quelque chose de fabuleux pour notre nouvelle maison en retour.

— Tu parles comme un vrai résident de la communauté.

Elle sourit.

— Je peux te demander quelque chose à mon tour ?

Elle se tourna un peu plus vers moi.

— Bien sûr.

Je baissai la voix pour l'interroger :

— Ça t'est arrivé de vouloir le titre ?

Elle fronça ses sourcils noirs.

— « Le titre » ?

— Celui d'alpha, murmurai-je.

Ses sourcils s'adoucirent et elle se détendit.

— Non. J'ai même refusé d'être l'un de ses bêtas. Trop de politique et de stress.

— Mais tu l'as défié quand tu as emménagé à Boulder ?

— Je voulais juste une place dans la meute et ces abrutis ne m'auraient pas laissé prêter serment.

Elle jeta un coup d'œil affectueux à *ces abrutis*. Je suivis son regard. Liam et August regardaient dans notre direction, enfin dans celle de Ness.

Elle reporta son attention sur moi.

— Ne laisse jamais les portes verrouillées ou les fenêtres barricadées t'empêcher d'entrer. Il y a toujours un accès sur le toit, conclut-elle avec un clin d'œil. C'est la leçon que j'ai apprise quand je suis retournée à Boulder.

— C'est un bon conseil. Merci au fait. D'avoir tué Cassandra.

— Ne me remercie pas. C'était un travail d'équipe. J'ai peut-être planté le croc qui l'a tuée, mais Liam l'a vidée de son énergie et August m'a ramenée d'entre les morts.

Elle frotta un point sur sa clavicule et ses yeux se voilèrent comme si elle était de retour dans l'arène où elle a perdu la vie.

— C'est le jour où j'ai appris ce que ça signifie d'être une meute. On n'est jamais seul.

— Quand même, tu es une source d'inspiration.

— Waouh. Vraiment ?

— Oui, vraiment. La plupart des filles du camp veulent être comme toi quand elles seront grandes : féroce et tenace.

Je me penchai et murmurai :

— Certaines, comme May là-bas, veulent juste être toi pour attirer l'attention de notre alpha sans avoir à sacrifier sa vie pour cela.

Ness rit.

— Et toi, Nikki ?

— Et moi ? demandai-je lentement.

— Te sacrifierais-tu pour ton alpha ?

Et moi qui pensais qu'elle allait me demander si je voulais l'attention de notre alpha.

— J'espère que c'est le genre de femme que je serai, mais je suppose qu'on ne peut le savoir avant que la situation ne se présente. Avec un peu de chance, ça n'arrivera pas.

— C'est drôle.

— Qu'est-ce qui est drôle ?

— Que tu aies un doute, expliqua-t-elle en se levant. Parce que moi, je n'en ai pas : c'est exactement le genre de femme que tu es.

J'inclinai la tête.

— Comment ? Tu ne me connais même pas.

— Appelle ça un pressentiment.

— J'espère que tes tripes ont raison.

— Elles ont toujours raison.

— Oh, vraiment ? fis-je en me levant. Tes tripes sont peut-être un peu prétentieuses alors.

Elle rit.

— Tu veux savoir ce que mes tripes me disent d'autre ?

— Qu'elles veulent goûter les tartes aux noix de pécan et au potiron, la tarte aux cerises, *et* le cheesecake à la vanille ?

— Je crois que ce sont tes tripes qui parlent là, Nikki.

Je posai ma paume sur mon estomac qui grondait d'avance.

— Alors dis-moi, qu'est-ce que tes tripes te disent d'autre ?

Elle se pencha en avant et murmura :

— Que tu es ce que nous attendions tous.

Je reculai un peu la tête. Avant que je ne puisse lui demander ce que cela signifiait exactement, elle retourna voir August, les broderies blanches *Boulder Babe* dansant sur la soie rouge de sa veste. Elle se jucha sur les genoux de son partenaire et passa ses bras autour de son cou et il referma ses bras sur elle. Bien qu'ils soient beaux ensemble, les voir était aussi déprimant.

Je jetai un coup d'œil à Adalyn qui riait à gorge déployée à quelque chose que Dexter venait de dire, ses doigts liés à ceux de Nash. Je ne savais pas ce que Ness voyait en moi, mais si elle me regardait maintenant, elle verrait une femme pleine d'envie. Je comptai tout ce pour quoi j'étais reconnaissante – ce qui était approprié compte tenu de ce que nous célébrions – jusqu'à ce que le poids de la convoitise se retire de ma poitrine.

Alors que le bonheur s'infiltrait en moi, brûlant toutes les choses sombres, mon regard fit le tour de la pièce et je jure que l'air était plus chaud et l'atmosphère plus gaie. C'était incroyable comme le monde entier pouvait changer quand vous transformiez votre façon de le regarder.

Même lorsque j'aperçus Liam – actuellement debout devant le buffet, son fils dans les bras, entouré de quelques métamorphes bavards –, mon cœur ne plongea pas ni se serra. Mais il s'arrêta avant de battre la chamade lorsqu'il me surprit en train de le fixer.

Je souris, j'en avais assez de me sentir gênée d'avoir marché sur une branche. D'accord, la branche s'était cassée et la chute avait fait mal, mais il était temps que je me relève et m'éloigne.

Et c'est ce que je fis.

Je partis sans me retourner.

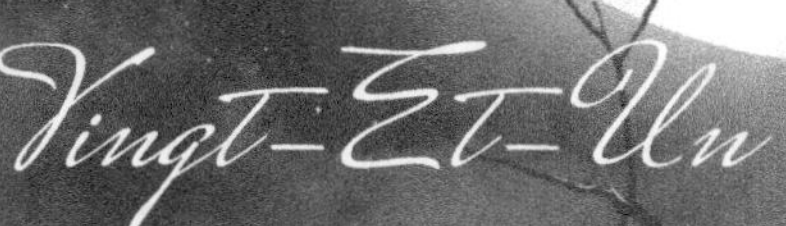

Vingt-Et-Un

Je passai tout mon vendredi à déballer mes affaires et faire de la deuxième chambre chez Niall la mienne. Maman, papa, Adalyn, Nash, Nolan et Niall m'aidèrent à trimballer sac en toile et cartons remplis de dix-neuf ans de trucs, suivant la devise des Freemont : *Un pour tous et tous pour un*. Le seul membre de la famille non présent était Nate, mais aucun d'entre nous n'avait voulu l'embêter après avoir été témoin de son niveau de fatigue.

Quand j'avais parlé de mon envie d'emménager avec Niall au petit déjeuner, j'avais craint que mes parents essaient de me dissuader, mais au contraire, ils soutinrent que c'était merveilleux, que ce serait bien pour moi et leur fils sauvage. Ils pensaient sûrement que je pouvais apprivoiser Niall. Pensée vaine. Je doutais qu'un lien d'accouplement apprivoise mon frère.

Le jour suivant, pour être sûre que maman et papa ne se sentaient pas délaissés dans leur grande maison, j'allai chez eux prendre le petit déjeuner et restai le midi. Je n'avais pas besoin de m'inquiéter qu'ils se sentent seuls vu que Liam avait déposé Storm un peu plus tôt. Ils se relayaient pour le divertir : pendant que papa lui préparait de la nourriture pour bébé faite maison, maman rampait dans le salon et lui lisait des livres. Je me demandai brièvement si je devais leur rappeler que ce n'était pas leur petit-fils, mais pourquoi gâcher leur plaisir actuel ?

La famille était tout pour eux deux et quand quelqu'un n'en avait pas, ils leur en fournissaient une. Ils l'avaient fait pour Adalyn, sa petite sœur et leur grand-mère après la terrible avalanche qui avait étouffé les parents de ma meilleure amie. Ils avaient essayé de le faire pour Lori quand elle était revenue du duel sans mère ni frère, mais elle n'avait pas été aussi réceptive. Probablement parce qu'elle était une femme adulte.

— Ma chérie, tu peux apporter ça chez Lori ?

Papa désigna trois Tupperwares remplis à ras bord des restes de Thanksgiving.

Comme c'est bizarre, je pensais justement à elle...

— J'ai demandé à Nate de le lui apporter, mais il est tellement distrait en ce moment.

Papa lâcha un soupir ; il souffrait à l'évidence pour son fils.

— Bien sûr. Laisse-moi finir avec ce petit bonhomme.

Les yeux brillants, papa fixa Storm comme s'il se rappelait l'un d'entre nous dans sa chaise haute. Il cligna des paupières et le coin de ses yeux se plissa d'un sourire gentil.

— Il a de l'appétit, ça, c'est sûr. Ça me rappelle Niall. Ce garçon mangeait plus que les deux jumeaux combinés.

Je raclai les restants de carottes écrasées du bol et fis zigzaguer la cuillère comme un avion jusqu'à la bouche grande ouverte de Storm tout en lâchant des effets sonores. Je le laissai jouer avec sa cuillère pendant que j'emportais le bol vide dans l'évier. Papa humidifia des serviettes en papier.

— Je crois qu'un bain va peut-être être à l'ordre du jour. Meg ? appela-t-il en détachant Storm. Je t'en donnerais bien un moi-même, mais c'est le grand plaisir de ma partenaire.

Il le porta jusqu'à la fenêtre et désigna une mésange de la taille d'une main qui sautait sur une branche d'un bouleau tout proche.

Dès que les yeux de Storm se posèrent sur l'oiseau, il tendit la main pour l'attraper. Papa lui raconta alors comment les mésanges avaient gagné leur nom anglais – *chikadee* – à cause de leurs appels reconnaissables.

— *Chick-a-dee-dee-dee-dee*, reproduisit papa.

Il expliqua à son audience captivée que le nombre de *dee* augmentait selon le prédateur.

— Il faudra que tu les écoutes quand tu les verras en fourrure. Ils chantent beaucoup de *dee* d'un coup.

Je ramassai les Tupperwares, me rappelant toutes les fois où papa nous avait raconté cette histoire ainsi que tant d'autres fascinantes sur le comportement animal.

Maman montait l'escalier depuis le sous-sol quand je mis mes chaussures et mon manteau.

— Bonne journée, mon cœur. Amuse-toi bien ce soir, mais fais attention. Ne conduis pas si tu bois. Appelle-nous, on viendra te chercher.

— La petite sœur de May ne boira pas. Elle a promis de faire le taxi pour nous.

— D'accord. Bien.

Elle m'embrassa la joue.

Le trajet à pied jusqu'à la grande maison de Lori prit au total cinq minutes. Réussir à ce qu'elle réponde quand on sonne prit deux fois plus de temps. Contrairement à nous, elle gardait sa porte fermée à clé. J'allais laisser les contenants en plastique sur son palier quand j'entendis enfin des bruits de pas et le glissement d'une pièce en métal. La recluse insaisissable aux cheveux roux plissa les yeux devant le soleil se réfléchissant avec la neige, ses lèvres aussi dénuées de couleur que le restant de son visage.

— Salut. Papa envoie de la nourriture.

Ses yeux violets tombèrent sur les boîtes empilées dans mes mains. Je les lui tendis jusqu'à ce qu'elle les prenne.

— Tu nous as manqué à Thanksgiving.

Elle n'avait jamais été bruyante et effrontée comme Alex ou sa mère, mais elle était devenue particulièrement silencieuse depuis son retour de Boulder comme si quelqu'un avait baissé le volume de sa voix.

— Ça va? Tu as l'air un peu pâle.

— Je suis devenue un distributeur humain de sang.

Je grimaçai, ayant oublié cela.

— Désolée.

— Pourquoi?

— C'était mon idée.

Elle me regarda une seconde qui devint une minute entière avant de hausser les épaules.

— Je suis contente d'aider.

Non seulement elle était blême, mais je voyais que son corps maigre était devenu de simples os recouverts de peau. Je notai mentalement de dire à mon père de mettre en place des livraisons quotidiennes de nourriture ou, comme ma voiture, elle ne tiendrait pas l'hiver.

Je commençai à me tourner quand je lui dis :

— On fête l'enterrement de vie de jeune fille d'Adalyn à Seoul Sister ce soir. Au cas où tu aurais envie d'un changement de décor.

Elle me lança un sourire chétif.

— Je ne crois pas que j'aie l'énergie de sortir ce soir, mais merci.

La culpabilité m'envahit en voyant combien j'étais soulagée qu'elle ait refusé l'invitation.

Lycaon, j'étais une personne horrible.

Vingt-Deux

Ma tenue rangée dans mon sac – Adalyn avait insisté pour que toutes les filles se préparent à Fourrure de loup –, je partis en direction de Seoul Sister pour aider Miles à dresser la touche finale pour la fête.

À la dernière minute, je fis un détour par l'appartement de Bea. Je ne savais pas si elle serait chez elle, mais j'avais décidé de tenter ma chance et garai la Jeep à côté de l'entrée de son immeuble. J'étais sur le point de sonner à l'interphone quand quelqu'un sortit. Il me tint la porte ouverte et je me glissai à l'intérieur.

Je faillis faire demi-tour en arrivant à son appartement au deuxième étage, mais le souvenir du visage de mon frère au cœur brisé m'encouragea à enfoncer mon index sur la sonnette. J'attendis, me balançant d'un pied sur l'autre, espérant pouvoir peut-être la convaincre de reréfléchir à sa décision sur Nate, ou au moins la faire sortir ce soir. Personne ne vint et je collai mon oreille contre le bois, cherchant un battement de cœur. La porte de l'autre côté du couloir cogna contre quelque chose, me faisant sursauter.

— Je peux vous aider, jeune fille ? demanda un homme âgé aux cheveux blancs.

La culpabilité me tenaillait même si je n'avais rien fait de mal.

— J'espérais pouvoir parler à Bea Park.

— Mlle Park est absente depuis un moment.

Elle était rentrée chez ses parents ? C'est ce que j'aurais fait, mais Bea n'était pas aussi proche d'eux que moi. Je doutais que beaucoup de gens soient aussi proches de leurs parents que nous, les Freemont.

— Elle vous a dit où elle allait ?

— Non, mais son petit ami m'a donné la clé de sa boîte aux lettres et m'a demandé si je pouvais récupérer son courrier en son absence. Un jeune homme sympa, celui-là. Un bon flic aussi d'après ce que j'ai entendu.

— En fait, c'est mon frère.

— Ah ! Je pensais bien avoir détecté une ressemblance.

Je supposais que nous nous ressemblions un peu puisque nous avions la même couleur de cheveux, etc.

— Vous avez une idée d'où elle est allée ?

— Il a dit qu'elle rendait visite à des proches en Californie, mais je ne sais pas où exactement. Votre frère le saura probablement.

Je hochai la tête.

— Je vais le lui demander. Merci Monsieur.

— Je vous en prie.

En remontant dans ma voiture, j'essayai d'appeler le portable de Bea, mais tombai directement sur la messagerie vocale. J'imagine qu'elle filtrait les appels de ma famille. Je soupirai et démarrai le moteur avant de me diriger vers Seoul Sister. Peut-être qu'elle serait là après tout.

Mais ce n'était pas le cas.

Miles, lui, y était. Il examinait l'inventaire des boissons avec la barmaid derrière le bar. La rangée de petites lampes en forme de cages d'oiseau suspendues au-dessus du comptoir mettait en valeur son visage fraîchement rasé.

— Je suis juste venue déposer quelques trucs, expliquai-je en soulevant mon énorme sac.

— Vas-y. Je suis à toi tout de suite.

Il m'indiqua d'un signe de tête les cinq tables qu'il avait rapprochées au fond du restaurant sous le mur de miroirs auquel il avait scotché les ballons dorés *FUTURE MARIÉE*.

En traversant le restaurant, je sortis de mon sac le paquet de confettis en forme de bagues de fiançailles, le déchirai et saupoudrai son contenu sur les cinq tables. Je disposai ensuite les onze gobelets *Team mariée* en or rose et le gobelet blanc *Mariée* – une décoration collector. J'ajoutai des pailles en forme de pénis étalées en éventail sur les tables et gonflai la bouée géante en forme de bague de fiançailles.

Au moment où Miles arrivait, je mettais en place une grosse pile de cartes de défis. La curiosité m'avait poussée à regarder le jeu. Si certains défis étaient ennuyeux – *bois si tes cheveux sont attachés en queue-de-cheval, chante la chanson de ton choix à cinq gars sans rire, danse avec le pire danseur (choisi par tes amis)* –, la plupart étaient plutôt osés : *demande un préservatif à un étranger, embrasse un gars au hasard, discute des mérites des sex-toys avec la personne choisie par tes amis.*

Ce soir serait une soirée mémorable. Ou à oublier selon les cartes que j'aurais. Miles observa les tables.

— On dirait que tout est prêt.

Bien que son expression soit nonchalante, il semblait distant, les bras croisés devant son tee-shirt blanc.

— Il ne reste plus qu'à s'occuper du glaçage du gâteau.

Ah oui ! Le gâteau. Je remis mon sac à mon épaule.

— Je te laisse me guider.

Il m'emmena dans la cuisine, puis me fit passer par un escalier étroit qui menait à un sous-sol. Il aurait pu être un merveilleux décor pour un film d'horreur avec son éclairage tamisé et son carrelage jaune aux murs et au sol.

— Je nous ai installés dans la cave.

Il entra un code et la porte émit un bip.

Des projecteurs encastrés se mirent en marche, déversant des rayons jaunes sur les étagères en bois remplies de bouteilles poussiéreuses. Au-dessus de l'arôme humide et boisé du vin bouché s'élevait une autre odeur qui me donnait l'eau à la bouche : celle de la pâte sucrée. Sur une table, une création de forme phallique de plusieurs couches était posée à côté d'un grand bol en verre rempli de glaçage rose.

Miles lâcha la porte qui bipa en se refermant. Ma peau devint un peu moite, et pas à cause de la fraîcheur de la pièce refermée.

— Pourquoi ça a fait bip ?

— C'est le mécanisme de verrouillage.

Il me présenta la spatule posée sur le bol de glaçage.

— Hum... On sort comment, du coup ?

— Il y a un clavier numérique derrière ce tonneau de vin, expliqua-t-il en montrant de la tête un vieux tonneau en bois entouré de quatre bandes métalliques brillantes. Mes parents ont des bouteilles d'une valeur de deux mille dollars ici, alors ils ont renforcé la sécurité l'année dernière.

Je déglutis, n'étant toujours pas à l'aise à l'idée d'être enfermée dans une cave souterraine avec un type qui n'était pas de la famille.

— On peut laisser la porte ouverte ? Je suis un peu claustrophobe.

Miles pinça les lèvres.

— Papa va me tuer si la température de l'air varie trop.

— On peut sortir le gâteau alors ? Je suis désolée, je...

— Tu n'as pas à t'expliquer. La cuisine est déjà occupée. Je vais ouvrir la porte, mais faisons vite, d'accord ?

En moins de trois minutes, j'étalais le glaçage rose sur le gâteau d'Adalyn et je passai une minute de plus à le lisser.

— Tu as un sérieux talent, meuf.

Miles sourit en voyant les gouttes inégales de glaçage rose. Je ris et suçai les traces de beurre sucré sur le bout de mes doigts.

— Ça a l'air d'avoir été fait par un enfant, mais bon, c'est divin.

Son sourire vacilla et l'un de ses yeux tressaillit. Je me penchai et ramassai mon sac par terre, puis saisis le bol. La spatule en métal claqua contre le verre.

— Mission accomplie. Maintenant, nouvelle mission : les vêtements et les cheveux.

Le regard de Miles se posa sur le manche en bois de la spatule, dont il s'empara.

— Tu mets du glaçage sur ton pull.

Je lâchai le bol.

— Je dois aller chercher le gâteau ?

— Non. Laisse-le ici pour qu'il prenne.

Il indiqua la porte pour que je le précède. J'enlevai le casier à vin cassé qu'il avait utilisé pour bloquer la porte, puis la lui tins. Après avoir monté les marches, il déposa le bol dans l'un des éviers profonds de la cuisine et me raccompagna dans la salle du restaurant.

Les décorations festives me rappelaient notre bal semi-formel de fin de lycée chez Seoul Sister. J'avais dansé toute la nuit avec Adalyn et Bea parce que Grant ne dansait pas comme la plupart des autres métamorphes masculins présents. Même les hommes humains préféraient boire des bières et traîner avec leurs amis.

Une semaine après la fête, Grant et moi avions eu l'accident qui avait mis fin à mes jours de danse, et pourtant j'étais là, dix-huit mois plus tard, debout sur deux jambes, sur le point de passer une nouvelle nuit à danser.

Je soupirai.

— Dommage que Bea ne vienne pas ce soir.

Il s'appuya contre la porte vitrée du restaurant et croisa ses avant-bras musclés. Sa peau nue n'avait même pas la chair de poule. Comment cet homme n'avait-il jamais froid ?

— Tu ne saurais pas si elle est enceinte par hasard ?

Mes lèvres s'écartèrent de surprise.

— Enceinte ?

— Problèmes d'estomac. Clouée au lit. En quarantaine dans les montagnes.

Pouvait-elle être enceinte ? Un cœur brisé était plus probable, mais, et si mon frère ne nous avait pas dit toute l'histoire ?

— Nate n'a rien dit ?

— Non, mais il n'est pas du genre à parler de sa relation.

Je me mordillai la lèvre.

— Tu as dit qu'elle était dans les montagnes ?

— Oui. Dans la cabane de chasse de la grande tante Mary. Bea a hérité de l'endroit parce qu'elle était la préférée de Mary.

Je sentais du ressentiment. Mais après tout, le favoritisme dans une famille n'est jamais de bon augure.

— Tu pourrais me donner l'adresse ?

— Il n'y a pas d'adresse. Mais je peux t'envoyer les coordonnées GPS. Ou on peut y aller ensemble demain ? Je comptais y aller après manger. Elle continue à m'envoyer des messages disant qu'elle va bien, qu'elle va un peu mieux chaque jour, mais ça fait trois semaines, et je commence à m'inquiéter.

Il se palpa la nuque.

— Bref, j'ai besoin de vérifier qu'elle va bien.

— Demain, ça me va.

Mes mots libérèrent la tension qui se trouvait sur son visage. J'espérais qu'il ne pensait pas que demain serait une sorte de rendez-vous ou autre. Je décidai de ne pas préciser au cas où ce n'était pas là ce qu'il pensait.

J'espérais vraiment que ce n'était pas ce à quoi il pensait.

Sur le chemin du salon de coiffure, je tentai d'appeler Nate. Cela sonna deux fois avant qu'il décroche. J'étais presque surprise qu'il ait répondu, non que mon frère ait l'habitude de bloquer mes appels.

— Hé, dis, j'étais avec Miles tout de suite et il est vraiment inquiet pour Bea.

— Nik, tu ne tombes pas vraiment au bon moment.

— Dis-moi juste un truc. Pourquoi il ne sait pas que vous avez rompu ? Bea ne l'a pas dit à sa famille ?

Un gémissement profond se fit entendre à l'autre bout du téléphone. J'imagine qu'il était au bunker.

— Elle n'a rien dit, oui. Elle voulait se remettre sur pied avant de partager la nouvelle. Alors, ne dis rien à Miles. Elle l'appellera quand elle se sentira prête.

— C'est entre toi et Bea, Nate.

J'allais lui parler de notre plan d'aller lui rendre visite le lendemain, mais me mordis la lèvre. Il nous demanderait sûrement de ne pas y aller et, au fond, je voulais voir Bea. Elle ne faisait peut-être plus partie de ma famille, mais je tenais toujours à elle.

— Je dois vraiment y aller. Je t'aime, Pomme de pin.

Je commençai à dire « Moi aussi je t'aime », mais il raccrocha avant que je ne puisse le faire. À mon arrivée à Fourrure de loup, tout le monde était déjà là.

Adalyn cria quand elle m'aperçut. Pendant que je sortais son écharpe blanche *future mariée*, elle trottina vers moi dans une robe courte blanche avec des talons aiguilles très hauts, une flûte de champagne en plastique dans les mains. La plupart des filles portaient des robes et talons ce soir. J'avais apporté une jupe aussi, plissée et noire avec des bretelles intégrées, que je n'avais pas portée depuis l'accident, trop complexée par mon genou.

Puisqu'Adalyn avait expressément demandé à ce que toutes ses demoiselles d'honneur soient habillées en rose – sa couleur préférée –, j'avais déterré un haut rose de mon placard que maman m'avait acheté quand j'étais au collège, juste avant que je ne commence à m'acheter mes propres habits et écarte cette couleur en particulier. Il exposait mon ventre, mais s'accordait joliment à la jupe et les bottes en daim qui montaient jusqu'à mes cuisses. J'avais essayé toute ma garde-robe la veille et décidé d'opter pour un look très écolière sexy. En d'autres mots, ma tenue était parfaitement adéquate.

Même si, en voyant tous les sequins, la soie et le satin autour de moi, je me demandais si ma sélection n'était pas un peu trop académique. Oh tant pis ! Je vidai mon champagne en une gorgée, puis allai me changer dans la salle de bain.

Quand je sortis, Adalyn insista pour me maquiller pendant que sa grand-mère lissait mes cheveux. Trente minutes plus tard, entre mon maquillage smoky et mes cheveux longs jusqu'à la taille et très brillants, je ne me sentais plus comme une bonne petite élève.

Nous prîmes un shot en groupe avant de partir. May essaya de se frayer un chemin au milieu, mais mamie Reeves la poussa vers le côté et positionna Adalyn, sa sœur et moi entre le reste des filles.

— Je n'arrive pas à croire que tu te maries dans un mois, murmurai-je entre la photo trente-deux et la trente-quatre. Dix-neuf ans et mariée.

Ce n'était pas inhabituel d'être marié aussi jeune dans la meute, surtout pas quand un lien d'accouplement s'était développé, mais ça semblait quand même incroyablement jeune.

— Je sais.

Elle vibrait d'excitation et moi, je tremblais d'émotion. Dire que c'était uniquement son enterrement de vie de jeune fille. Dans quel état j'allais être au mariage ?

— Hé, pas de larmes, murmura-t-elle pendant qu'on rangeait l'appareil.

Je reniflai.

— J'espère que le maquillage est waterproof.

— Oh, Nikki.

Elle me serra fort contre elle.

— On est presque des sœurs, murmura-t-elle contre mes cheveux. Comme on l'a toujours rêvé.

Je hochai la tête, la gorge toujours nouée. Adalyn me relâcha et frappa dans ses mains.

— Tout le monde est prêt ?

Un torrent de « oui » s'abattit et les filles sortirent tour à tour. Adalyn noua son bras au mien et nous nous émergeâmes dans le froid hivernal.

Vingt-Trois

La soirée commença plutôt calmement, mais une fois que le dîner fut retiré, que les lumières furent tamisées et que la musique s'éleva à un volume étourdissant, Adalyn distribua les cartes de défis. Nous en avions cinq chacune. Quatre des miennes n'étaient pas trop horribles, mais je tombai sur une qui rendit mes joues aussi éclatantes que le haut bustier néon de Gracey.

Après avoir lu les mots sur ma carte, Adalyn éclata de rire.

— Demande son caleçon à un gars. Ça, je demande à voir.

Je lui donnai un coup de coude.

Gracey piocha le *demande un préservatif à un gars*. Même si elle n'avait que seize ans, elle était encore moins gênée que sa sœur, ce qui voulait dire qu'elle ne ressentait *aucune* honte.

May gémit.

— J'ai eu *embrasse le barman*, mais c'est une fille.

— Je le prends, proposa sa meilleure amie Savannah.

— Quelqu'un veut échanger avec moi ?

J'espérais me débarrasser de ma carte du caleçon, mais à la place, Adalyn me déroba ma carte *commande une boisson avec un accent étranger* et la remplaça par *embrasse un mec au hasard*.

— Hé ! J'aimais bien celle-là.

Elle la glissa dans son tas.

— Mes lèvres appartiennent à ton frère.

— Tu aurais pu échanger avec May, marmonnai-je.

— Qu'est-ce qu'elle aurait pu échanger avec moi ?

Les cheveux blonds de May passèrent sur son épaule et agitèrent ses boucles d'oreilles très longues et brillantes.

— Ma carte *embrasse un mec au hasard*.

— Oh. Oui, donne, donne.

May agita ses doigts et je tendis la carte rose. Adalyn repoussa mon bras avant que je puisse donner mon défi.

— C'est moi la mariée. Celle-ci est pour Nikki.

— Bouh ! bouda May.

À voix basse, Adalyn ajouta :

— Tu voulais un truc d'un soir. Cette carte, c'est ton ticket pour ça.

— Je suis sûre que la carte du caleçon m'aiderait aussi bien.

La petite sœur de May grogna.

— Pourquoi ai-je accepté d'être la conductrice désignée déjà ? J'ai besoin d'alcool pour ça !

— Okay, les filles, écoutez-moi, annonça Adalyn en levant son verre de champagne. Vous avez une heure pour accomplir tous vos défis.

— Que se passe-t-il si on manque de temps ?

Adalyn sourit, faussement effarouchée.

— Eh bien… vous perdez votre place à mon mariage.

Les filles bondirent sur leurs pieds.

— Heureusement que je suis la sœur du marié. Tu ne peux pas te débarrasser de moi, même si j'échoue.

— Je peux choisir une autre demoiselle d'honneur.

Je la fixai.

— Tu n'oserais pas.

Elle trinqua avec mon verre.

— Tu es sûre ? Je n'ai peur de rien. D'ailleurs, il faut que j'aille me commander un autre *verrrre*.

Je me demandais quel accent c'était censé être. Elle me tira de ma chaise pour que je me lève et tapota ses ongles manucurés sur mes cartes.

— Tic-tac, ma belle. Tic-tac.

Argh !

— Je n'aurais jamais dû acheter ces cartes.

— Tu plaisantes ? Elles sont le clou de la soirée. Je veux dire...

Elle désigna May qui se trémoussait derrière un gars de manière décousue. Adalyn leva son téléphone et enregistra sa petite danse. May surprit Adalyn à la filmer et lui fit un doigt d'honneur, mais elle affichait un si grand sourire que je doutais qu'elle soit vraiment en colère.

Je relis mes cartes, les paumes moites de sueur, puis scannai la foule, cherchant ma première victime. Quand mon regard se posa sur un regard noir et familier, je restai bouche ouverte.

— Pourquoi Liam est là ?

— Il est là ? Où ça ?

Adalyn agita la tête d'un côté de l'autre jusqu'à le repérer, assis au comptoir à côté de Lucas.

— Oh. Je pensais que ces deux-là... Ces trois-là, corrigea-t-elle en voyant Dexter qui avançait vers Liam et Lucas, seraient à l'enterrement de vie de jeune garçon. Je sais que Nash les a invités.

Elle se tourna vers moi et ordonna :

— Ne les laisse pas te détourner de ta tâche.

— T'inquiète. Okay. Je peux le faire.

Je bus une gorgée de champagne.

— Oh oui.

Elle me poussa légèrement vers un brun debout à côté de la table la plus proche de la nôtre.

— Il te regarde depuis qu'on est arrivées.

Je posai mon verre rose, le cœur tambourinant.

— Utilise la carte du caleçon sur lui.

Adalyn repoussa le voile de mariée à clipser que je lui avais trouvé.

— Tu viens avec moi ? S'il te plaît ?

Elle hocha légèrement la tête, glissa son bras au mien et me tira vers lui.

— Ça ne compte pas si c'est moi qui demande par contre, dit-elle avant qu'on l'atteigne. Salut. Je te présente Nikki. Elle a quelque chose à te demander.

Je tirai sur le col de mon débardeur, mais il était juste sous ma clavicule, donc c'était inutile.

— Salut, Nikki. Moi, c'est Jake.

Il tendit sa main et je la serrai, mais quand mes doigts lâchèrent prise, les siens ne se desserrèrent pas.

Adalyn sourit.

— Je reviens tout de suite, chantonna-t-elle en s'éloignant.

— Bon, on joue à un jeu...

Je retirai mes doigts des siens.

— Oui ?

Je commençais à jouer avec une de mes bretelles.

— Et il faut que je récupère le caleçon de quelqu'un. Y a moyen que tu acceptes de te séparer du tien ?

Son regard croisa le mien et se fit malicieux.

— Je te donne le mien si tu me donnes ta culotte.

— Hum... Hum...

Qu'est-ce que j'étais censée répondre à ça ? C'est l'hiver, alors je ne porte pas de culotte ?

— Ça semble équitable.

Dans une seconde, j'allais commencer à hyperventiler.

— J'ai entendu dire que tu avais besoin d'un sous-vêtement, P'tit morceau.

Je fis volte-face et découvris Lucas, debout, les yeux plissés sur le pauvre Jake.

— Bon, je suis venu sans caleçon ce soir – j'aime pas qu'on me presse les couilles, sauf quand c'est ma copine –, mais Liam a un caleçon très mignon, je suis sûr qu'il te le confiera si tu demandes gentiment.

Lucas posa son bras sur mes épaules et m'éloigna de Jake.

— Tu peux me payer en bières. J'adore vraiment trop ça.

Avant que je puisse trouver la localisation de mes cordes vocales, il me prit mes cartes des mains et ricana en les lisant.

— C'est marrant ce jeu que jouent les filles. Regarde-moi ça, Liam.

Il tendit mes cartes à notre alpha pendant que je restais figée, un peu perplexe, car tout ça n'allait pas être sans stress avec les mâles de la meute autour. Je jouai de nouveau avec mes bretelles.

— Je pensais que tu plaisantais pour l'EVJF, Dexter.

— Je ne plaisante jamais.

Il m'adressa un grand sourire en passant en revue ma tenue jusqu'à ce que Lucas lui donne un grand coup dans les côtes. Son attention dériva alors vers May qui se trémoussait près de moi.

Tout en bougeant, elle tendit son avant-bras où était inscrit le numéro de quelqu'un.

— Je vais tellement recycler cette carte pour un rancard plus tard. Salut les gars. Vous venez vous joindre à la fête ?

— On est venus s'assurer que vous rentriez saines et sauves, oui, commenta Lucas.

Adalyn se détourna du bar avec une boisson orange dans les mains.

— Et un de fait. Plus que quatre. Nik, où est le caleçon du mec ?

— Je l'avais presque jusqu'à ce que celui-là se pointe, me plaignis-je en désignant Lucas du pouce.

L'homme exultait de fierté face à cette intervention.

— Le gars suggérait un échange. Je protégeais l'innocence de ma camarade de meute.

— Je peux protéger ma propre innocence, merci bien.

J'étais soulagée qu'il soit intervenu, mais est-ce que je l'admettrais un jour ? Nan.

— Et puis, j'étais peut-être intéressée par l'échange.

Le regard de Liam se posa sur moi.

— Bref, j'ai toujours besoin du caleçon d'un mec et puisque Lucas n'en porte pas...

— Beurk. Comment ça peut être confortable dans un jean ? demanda Adalyn en buvant à sa paille.

— Il a dit qu'un de vous aurait peut-être un caleçon qu'il accepterait de me donner.

Le regard de Dexter alla de Lucas à Liam.

— Malheureusement, je suis dans le même bateau que Lucas, alors je ne peux pas t'aider.

— Sérieux ? s'étonna May en regardant leur entrejambe. Les fermetures éclair vous irritent pas ?

— Okay. Je crois que c'est le moment pour moi de partir, fit Adalyn avant de se mêler à la foule.

— Et toi Liam ? demanda May. Tu es anti-caleçon ?

Liam me tendit mes cartes.

— Non.

J'attendis qu'il propose son caleçon. Quand le silence s'étira, je glissai mes cartes dans la ceinture de ma jupe et me tournai pour partir quand je pensai à quelque chose.

— Vous n'êtes pas censés être en Alaska ?

Le regard de Liam coula vers moi. Il regardait mes yeux et, pourtant, il semblait sonder mon âme.

— On part demain matin.

— Tu espérais qu'on manque toutes les festivités ?

Lucas prit une bière et s'appuya au comptoir, les coudes sur le bois, comme installé pour le spectacle.

— Oui, avouai-je, impassible.

— Fais comme si on n'était pas là, ordonna Liam.

Il posa la semelle en caoutchouc de ses chaussures sur le barreau du bas de son tabouret et but lentement, très lentement, une gorgée de sa bière.

Oui... comme si c'était possible. La pièce était bondée, sombre et bruyante, et pourtant, tout ce que je sentais, voyais et entendais, c'était lui. Je devais vraiment partir et rester loin, car cela ruinait tous mes efforts pour oublier mon crush.

May transféra son poids sur une jambe pour faire ressentir la hanche opposée.

— Hé, Liam. J'ai besoin d'un gars pour me chanter une sérénade. Tu connais des chansons peut-être ?

— Désolé, May. Je ne chante pas, mais Dex, par contre...

Lucas frappa le dos de Dexter en riant.

— Personne ne le surpasse.

Dexter s'esclaffa, mais fit plaisir à May en beuglant une chanson qui blessa mes tympans et nous fit tous sourire. Pourquoi Liam ne pouvait-il pas être drôle comme lui ? Pourquoi devait-il être aussi taciturne ? Dexter avait peut-être eu une vie plus facile, mais la capacité de lâcher prise et faire l'idiot n'était pas un superpouvoir. Juste un état d'esprit.

Heureusement, après le refrain suivant, Dexter arrêta de chanter.

— Impressionnant, hein ?

Je souris.

— Y a pas un os musical dans ton corps, hein ?

— Aïe, fit Lucas en secouant la main comme s'il avait été brûlé.

— Je ne peux pas être doué dans tous les domaines.

Derek m'adressa un clin d'œil qui se transforma en grimace.

— Je savais pas que je devais demander la permission, fit-il avant de descendre sa bière. Je vais aux toilettes.

May suivit sa retraite.

— Qu'est-ce qui se passe ?

— Les frères de Nikki nous ont demandé de garder un œil sur elle, expliqua Lucas.

— Quoi ? m'exclamai-je bouche bée. Tu plaisantes ?

Mes frères ne me feraient jamais ça. Si ?

— Ça craint, commenta May en me lançant un regard compatissant. Je suis contente de ne pas avoir des frères aînés autoritaires.

Je croisai les bras.

— Depuis quand est-ce que les alphas reçoivent des ordres des autres ?

Liam s'appuya en arrière.

— Garder la paix dans la meute nous est important, c'est tout, P'tit morceau. Ne le prends pas personnellement.

— Comment je pourrais ne pas le prendre personnellement ? Vous m'empêchez d'accéder à tout sexe masculin.

— Techniquement, ils bloquent les mecs qui veulent t'approcher, corrigea May avant de cacher mes yeux de la paume. Calme-toi, miss.

— Eh bien, ils ne peuvent pas bloquer tous les mecs de ce resto, grognai-je.

Liam pencha la tête sur le côté et sourit. *Souris !* Pensait-il que c'était une sorte de challenge tordu ?

— Restez... loin... de... moi.

Je fis volte-face, plus déterminée que jamais à prouver à ces abrutis que personne ne me contrôlait. J'aperçus une cible facile – Miles – et jouai des coudes jusqu'à lui.

Je doute que Nate apprécie que tu demandes au frère de Bea de te donner son caleçon.

Je me retournai pour fusiller Liam du regard, contente de voir qu'il ne souriait plus.

Sérieux, Nikki, laisse.

Je comptais utiliser la carte du shot sur Miles, mais l'intervention de Liam me fit presque changer d'avis. Je tapotai son épaule et expliquai mon défi : demander à un gars de me payer un shot que je devais boire sans utiliser les mains.

— Tu crois que tu pourrais m'aider ?

— Avec plaisir.

Il me guida vers le comptoir, une main en bas de mon dos. À mon passage devant Liam, sa colère était si palpable qu'elle semblait déborder de son corps. Lucas secouait la tête comme pour me prévenir de ne pas le faire.

Après avoir bu mon shot de tequila sous la supervision amusée de Miles, je me penchai en avant et glissai une mèche de cheveux derrière mon oreille.

— Je pourrais mettre la clé sous la porte pour avoir servi de l'alcool fort à des filles qui n'ont pas l'âge légal.

Je me mordis la lèvre.

— Désolée, je ne voulais pas te causer de problèmes.

Il esquissa un sourire lent.

— Je pense que j'ai déjà des problèmes.

Je parcourus du regard la pièce sombre. Y avait-il des policiers sous couverture ici ? Ou était-ce sa barmaid qui pouvait le signaler ?

— Je dois retourner à la porte, mais si tu as d'autres défis pour lesquels tu as besoin d'aide, viens me trouver.

Sa main toucha mon épaule nue, s'attarda, puis glissa le long de mon bras. Le poids de ses doigts disparut et il s'éloigna.

Des applaudissements retentirent derrière moi tandis que Savannah se penchait au-dessus du comptoir pour embrasser langoureusement la barmaid. Ses yeux brillaient quand elle s'écarta.

— Plus qu'une carte et c'est bon. C'est teeellement drôle.

Elle leva la main pour un check auquel je me pliai.

Je tendis le cou d'un côté puis de l'autre, essayant de me détendre pour profiter du jeu aussi tout en cherchant ma prochaine victime avec qui il me faudrait prendre un selfie. Je repérai deux gars contre un mur, nerveux et agités, habillés de tee-shirts moulants et pantalons kaki. *Pas des habitués des soirées.*

Pendant qu'ils suivaient Savannah des yeux, j'avançai vers eux.

— Salut.

L'un des gars releva les verres carrés de ses lunettes sur le haut de son nez et déglutit avant de lâcher un :

— Salut.

Et dire que j'étais une des personnes les moins intimidantes au monde.

— Alors, j'ai des défis à accomplir et l'un d'entre eux est de prendre une photo avec un mec au hasard. Ça vous dit de participer ?

Il tira sur le col de son tee-shirt et son cou s'empourpra.

— Oui, d'accord. Bien sûr.

— On peut utiliser ton téléphone ? J'ai laissé le mien à ma table.

Il hocha la tête et sortit son téléphone de la poche de son jean. Il lui fallut se contorsionner pendant plusieurs secondes pour cela. Après avoir ouvert l'application de l'appareil photo, il leva le téléphone. Sa poigne tremblait un peu, puis beaucoup quand je m'approchai de lui.

Un bras agrippa mon épaule et un visage apparut entre moi et le mec à lunettes. Il prit la photo au moment où Lucas s'ajoutait.

— Ça te gêne de la reprendre, mec ? demanda Lucas. Je crois que j'ai fermé les yeux.

Argh !

— Quelle partie de « restez loin de moi » tu comprends pas ?

— Je prends mon job de bêta très au sérieux, P'tit morceau.

Je jetai à Liam le regard le plus noir de ma vie ; il semblait amusé – ou peut-être content ? Je repoussai Lucas et me dirigeai vers Adalyn pour lui demander si elle savait quelque chose.

— Je doute qu'ils aient demandé à Liam et Lucas de te babysitter, affirma-t-elle en regardant vers le comptoir derrière moi. Je veux dire, tes frères sont protecteurs, mais que je sache, ils n'ont pas eu d'autre réunion depuis...

— D'autre réunion ? Quelle réunion ?

— Oh merde ! lâcha-t-elle en plaquant sa paume sur sa main. Je n'étais pas censée te le dire.

— Eh bien, c'est dit maintenant.

Elle soupira.

— J'imagine que ce n'est plus important. Bref, à tes quinze ans, tes frères ont tenu une réunion avec les autres mâles éligibles de la meute et leur ont dit qu'ils n'avaient pas intérêt de t'approcher.

Mes yeux faillirent surgir hors de leurs orbites.

— Et tu savais ?

— Bien sûr que non. Je les ai entendus en parler il y a quelques semaines.

Mes doigts étaient serrés si fort en poings que mes ongles gravaient de petits croissants dans mes paumes. Si je ne me calmais pas, mes griffes allaient jaillir.

— Calme-toi, commença Adalyn en nouant ses mains autour de mes poignets. Ne te transforme pas. C'est dans le passé.

— Apparemment, pas tant que ça s'ils me font surveiller.

— Je ne pense vraiment pas que c'est eux.

— Alors pourquoi est-ce que Lucas se pointe chaque fois que j'approche un gars ?

— Parce qu'il suit des ordres.

— Tu viens de dire que mes frères...

— Pas les ordres de tes frères.

Je fronçai les sourcils, puis compris.

— Tu crois que Liam est derrière tout ça ? Il n'est même pas intéressé !

Elle haussa un sourcil.

— Ma chérie, il est intéressé.

— Tu as loupé nos conversations sur la fois où il m'a repoussée ?

— Je n'ai pas manqué le moindre mot de nos multiples conversations sur le sujet, mais je suppose que, soit il t'a repoussée parce qu'il pensait que c'était mieux de ne pas fréquenter la sœur de son bêta, soit il a changé d'avis.

Je retirai mes poignets de ses doigts.

— Eh bien maintenant, c'est moi qui ai changé d'avis.

Je respirais aussi fort que l'après-midi où Adalyn et moi avions croisé un ourson noir et que nous avions entendu sa mère renifler dans les sous-bois tout proches.

— Et je vais m'assurer qu'il le comprenne.

Je sortis ma carte du baiser de mon tas et la retournai.

— Hum, Nik ?

— N'essaie pas de m'arrêter.

— Je ne le fais pas, mais...

Elle leva les yeux vers un point au-dessus de ma tête. Je me retournai.

— Je te jure que je te refais la face si tu ne...

Je perdis le fil de mes pensées en voyant que ce n'était pas Lucas.

Si je ne fais pas quoi ? Si je ne reste pas assis à te regarder jouer ton petit jeu ?

Je relevai le menton.

— Mes frères ne t'ont rien demandé, hein ?

Les veines à la gorge de Liam devinrent si apparentes qu'elles semblaient sur le point d'exploser.

— Adalyn, tu peux nous laisser seuls ?

— Uniquement si c'est ce que veut Nikki.

Meilleure... amie... au... monde.

— Il vaut mieux qu'elle reste. Pour ton bien. Au cas où le besoin irré-pressible de plonger mes griffes dans une certaine partie tendre de ton anatomie me submerge.

Je lui lançai un sourire mauvais qui fit rétrécir ses pupilles.

— Il n'y a rien de tendre dans cette partie de mon anatomie.

Mon ventre se réchauffa soudain. À cause du combo alcool et agacement.

— Cool pour toi. Maintenant, cesse de te mêler de mes affaires.

Je frappai son torse de ma carte. Il me la prit des mains et la lut, puis la jeta par-dessus son épaule.

— Hé. Qu'est-ce qui te prend ?

— Considère que c'est fait.

Je croisai les bras.

— Ce serait tricher et je ne triche pas.

Il fit un pas en avant et se saisit de l'arrière de ma tête au moment où ses lèvres s'écrasaient sur les miennes. Je hoquetai, prise par surprise par le baiser de Liam. Mon cœur explosa, puis palpita très vite, et mes bras retombèrent.

J'agrippai son tee-shirt noir, voulant le repousser, mais je ne tirai pas ni ne le poussai, m'y accrochant juste de toutes mes forces tandis que sa bouche entrouvrait la mienne. Une voix dans ma tête me dit d'arrêter ça, quoi que ce soit, mais une autre plus forte me criait de ne pas bouger un seul muscle. Enfin, à part ma langue. Y avait-il des muscles dans la langue ?

Pendant que je réfléchissais à l'anatomie faciale, Liam noua un bras à ma taille et attira mon corps contre le sien, ce qui eut le mérite de m'intéresser à *son* anatomie. Je dus gémir, car je sentis la forme de sa bouche changer en un sourire.

Merde, merde, merde.

Je regagnai enfin mes esprits et le repoussai, ce qui me fit tomber en arrière puisqu'il était un putain de monolithe impossible à bouger. L'effet désiré fut comblé, cela dit : nos lèvres se séparèrent comme deux bandes de scratch.

— Qu'est-ce que c'était que ça ? haletai-je.

— Je ne voulais pas que tu t'en veuilles pour avoir triché.

Il observa l'une de mes bretelles et passa ses doigts dessous, les faisant glisser sur ma chair ultra-sensibilisée.

— Comme c'est aimable.

Visiblement, même mes cordes vocales étaient devenues hyper sensibles, vu comme ma voix était aiguë.

— J'essaie.

— Tu vas essayer d'aider les autres avec leurs défis ?

Sa main se referma sur ma taille, se posant dans le creux de mes reins pour me garder proche de lui.

— Non.

Je déglutis, essayant de calmer mon cœur battant. Une bataille perdue d'avance puisque son odeur avait infiltré mon corps.

— Et qu'est-il arrivé au « tu es trop jeune et trop douce » ?

— Tu l'es toujours. C'est valable pour les deux.

De nouveau, j'essayai de me libérer, mais la poigne de Liam était ferme. Il baissa le visage.

Un coup d'un soir, c'est toujours d'actualité ?

Je déglutis encore et arrêtai de m'agiter. Bien sûr, c'était pour ça qu'il m'avait embrassée. Pour avoir le sexe que j'avais proposé. Ce n'était pas le début d'une relation. Pourquoi est-ce que je pensais à une relation d'abord ? Surtout avec un père célibataire qui se trouvait aussi être mon alpha ? Cela ne mènerait qu'à une montagne de complications et je voulais m'amuser sans problèmes, à l'horizontale comme à la verticale.

— Je ne pense pas que cela serait une bonne idée, Liam. Je veux dire...

Je me léchai la lèvre. Une fois. Deux fois.

— Tu es vraiment vieux. Et plutôt ronchon, assénai-je l'air impassible.

D'accord, il y avait une part de vérité dans la deuxième partie, mais évidemment pas la première. Vingt-trois ans ne plongent pas un homme dans la vieillesse. Pourquoi je me parlais à moi-même comme un barde élisabéthain ?

Liam me fixa pendant une minute complète sans parler ni cligner des yeux.

— Je n'arrive pas à savoir si tu plaisantes ou si tu es sérieuse.

— Les deux.

Il ne se détendit pas.

— Pourquoi ce changement ? Il y a une pénurie de femmes vieilles et cruelles ?

Il cligna enfin des paupières. Puis... Puis il rit. Et comme lors du bain de Storm, je fus transportée par sa bouche et le son qui s'en échappait, par la légère rougeur de sa peau après notre baiser.

Fuis, me criai-je. *Ça ne peut pas bien se terminer.*

Je ne m'écoutai pas.

— Si j'avais su que tu prendrais la douceur aussi mal, j'aurais trouvé un autre adjectif.

— La partie sur la douceur m'allait bien. C'est l'adverbe le précédant qui est mal passé. Tu ne me connais même pas. Je suis peut-être une connasse violente.

— Mon fils ne serait pas aussi charmé par toi si tu étais folle et mauvaise.

Il leva la main vers ma joue et glissa ses doigts sur ma nuque.

Rentre avec moi ce soir, Nicole.

C'était bizarre de l'entendre m'appeler Nicole et pas Nikki, mais d'une certaine façon, mon nom complet me vieillissait. C'était peut-être son but.

— J'ai toujours besoin d'un caleçon après tout.

L'amusement perla à ses lèvres, adoucit les lignes dures de son visage. Le bras à ma taille glissa et ses doigts effleurèrent l'arrière de ma cuisse nue, juste sous l'ourlet de ma jupe. Le contact dura une seconde à peine, mais l'effet perdura.

Je me raclai la gorge.

— Oh, attends. Je ne peux pas utiliser le même mec pour tous mes défis.

J'attendis de voir ce que ma règle bidon lui ferait, attendis de voir combien il me voulait. Si cela correspondait un tant soit peu à combien, moi, je le désirais.

Si les ténèbres devaient être personnifiées, elles seraient Liam Kolane ; ses yeux se firent aussi noirs qu'une nuit sans lune.

Putain, qu'est-ce que tu racontes ?

Je souris.

— Tu essayais de me faire réagir, c'est ça?

— Non. J'essayais de décider si tu valais le coup que je quitte la fête d'Adalyn. Merde! Adalyn.

Je tournai la tête là où elle se trouvait avant.

— Elle est repartie à votre table quand tu as commencé à gémir.

Les joues rouges, je frappai le torse de Liam.

— Je n'ai pas fait ça.

— Oh... si, tu as fait ça.

Il m'adressa un sourire si mauvais que cela agita mon loup sous ma peau qui voulait sortir et se frotter contre ses jambes.

Et je peux t'assurer que je vaux la peine que tu quittes cette fête.

— Attention, ton côté « alphabruti » ressort.

— Ah oui?

Ses narines se dilatèrent tandis qu'il inspirait longuement.

Ton odeur me souffle que tu apprécies mon côté « alphabruti ».

Je tentai de renifler l'air, mais tout ce que je sentais était lui et les aisselles sans déodorant d'un gars pas loin, mais surtout Liam.

— Prête à partir ou tu veux rester avec les filles un peu plus longtemps ?

Je repoussai une mèche de cheveux, regardant dans la direction de notre table. Tout le monde, y compris Dexter et Lucas, nous regardait bouche bée. Je plaçai Liam entre moi et eux.

— Merde, ils nous ont vus.

Il fronça les sourcils.

Et ?

— Et j'aurais préféré que personne ne nous remarque. Maintenant, je vais être considérée comme l'une de tes groupies d'alpha.

— Une de mes groupies d'alpha ?

Il semblait honnêtement stupéfait.

— Ne me dis pas que tu n'étais pas au courant que tu avais un fan-club ? Tu pourrais choisir n'importe quelle fille dans ce bar et elle te suivrait. Enfin, à part Adalyn.

Je ne savais pas. Et je te choisis, toi.

— Ce soir. Demain, tu choisiras peut-être quelqu'un d'autre, d'où le fait que je préférerais que notre partie de jambes en l'air reste méconnue.

Le dire à voix haute me fit me demander si j'étais faite pour les coups d'un soir. Peut-être qu'il fallait un gène. Cela dit, Niall en avait hérité, c'est sûr ; peut-être que je l'avais eu aussi.

— Pourquoi tu ne pars pas en premier et je te retrouve au camp dans vingt minutes ?

Je garerai la voiture devant, annonça-t-il en commençant à se tourner. *Tu as cinq minutes.*

Je posai une main sur ma hanche.

— Oh vraiment ? Et si je ne suis pas dehors dans cinq minutes ?

Il me lança un regard à la fois terrifiant et excitant. Terriblement excitant. *Dans ce cas-là, je viendrai te chercher et tout le monde saura qu'on rentre faire l'amour.*

Oh par Lycaon.

— Je vois que tu ne t'inquiètes plus de ce que vont penser mes frères.

Tu préfères que je leur demande leur consentement ou seul le tien est important ?

— Non, je ne veux surtout pas qu'un seul d'entre eux sache qu'on rentre faire... ça.

— Baiser.

— Oui, *ça*.

Souriant un peu sauvagement, il recula. ***Tes cinq minutes ont commencé, Nicole***. Et sur ces mots d'adieu, il pivota sur ses Timberlands fauves et sortit d'un pas lourd pendant que j'utilisais une de mes précieuses minutes à fixer, pleine d'excitation, la bête dans le lit de laquelle je m'apprêtais à aller.

Vingt-Cinq

Quand j'allai saluer Adalyn, elle me prit à part, l'inquiétude tordant son visage en forme de cœur.

— Tu es sûre de ça ?

— Oui. Non.

Je plaçai mon sac à mon épaule et zieutai la porte, m'attendant à ce que Liam revienne en furie à l'intérieur d'un moment à un autre, car j'avais largement dépassé le temps qu'il m'avait donné.

— Je ne sais pas.

— Mon cœur, si tu ne le sens...

— Il faut que je le sorte de mon organisme.

Elle ricana.

— Tu te rends compte que tu t'apprêtes à le faire *entrer* dans ton organisme ?

Ha ! Ha !

Elle soupira, me prit dans ses bras, faisant claquer mon énorme sac contre son corps.

— Si tu as des doutes, à n'importe quel moment, dis-lui de s'arrêter et rentre chez toi.

Je hochai la tête.

— Et Nikki, merci pour ce soir. C'était parfait.

Et ça l'avait été. Après l'avoir lâchée, je me faufilai dans la foule jusqu'à heurter Miles à la sortie.

— Tu pars déjà ?

Je touchai mon ventre et plissai le nez.

— J'ai mal au ventre.

Son regard dériva vers mon ventre nu.

— J'espère que ça ira mieux. Mais si ça ne va pas, appelle-moi et on annule notre visite.

Notre... ? Ah oui ! Bea.

— Je suis sûre que je me sentirai mieux demain. On se retrouve à treize heures ? Quatorze heures ?

— Treize heures, c'est bien. Je passerai au camp te chercher.

— Je peux te retrouver ici plutôt.

— On se tient au courant demain. Bonne nuit, Nikki.

Il allait se retourner, mais il se pencha pour me serrer contre lui d'un bras. À la seconde où son corps s'écarta du mien, je m'échappai. Même si je ne portais ni manteau ni collants, je ne sentais pas le froid s'enrouler autour de ma peau exposée en marchant vers la voiture noire de Liam qui patientait au bord du trottoir.

Après être montée sur le siège passager et m'être attachée, je regardai Liam et lui découvris un air renfrogné.

— Je sais, je sais... J'ai pris plus que les cinq minutes que tu m'avais données.

— Pourquoi tu sens encore le frère de Bea ?

Son ton dur me fit me hérisser. Qu'est-ce qu'il pensait exactement ? Que je m'étais frottée à un autre homme pour l'énerver ?

— Je suis tombée sur lui en sortant.

Mais je ne pouvais pas laisser ça passer, alors j'ajoutai :

— Tu vas exiger que je me douche en arrivant chez toi ?

Ses paupières frémirent.

— J'aurais juste à remplacer son odeur, mais peut-être qu'une douche sera bien.

Mon agacement disparut aussi soudainement qu'il était apparu, remplacé par un désir si fort que l'odeur devait embaumer toute la voiture. Ses narines se dilatèrent et le coin de sa bouche se releva. Oui. Il le sentait.

Je tirai sur la ceinture qui vibrait sur mon cœur battant.

— Je n'ai jamais fait ça, au fait.

— Fait l'amour ?

— Non, ça, c'est déjà fait. Je veux dire le... truc d'un soir, expliquai-je avec un mouvement de main en l'air.

Je l'observai. Son attention était sur la route qui devenait progressivement plus sombre tandis qu'on quittait le centre de Beaver Creek.

— Tu le fais... beaucoup ? En fait, ne réponds pas. Je préfère ne pas savoir.

Pendant plusieurs minutes, aucun de nous ne parla. Mais le silence me fit craquer.

— Ça rendra les choses bizarres demain ?

Il serra les mains sur le volant.

— Ça n'a pas à rendre les choses bizarres, mais si tu...

— J'ai besoin de te faire sortir de mon organisme, Liam, répétai-je parce que c'était vrai.

Il haussa les sourcils.

— Et tu crois que coucher avec moi va réussir ça ?

— Tu t'es comporté comme un con avec moi ce soir et, pourtant, je suis assise là, avec toi, parce que je n'arrive pas à penser à quelque chose d'autre qu'à toi. Nul, hein ?

Je tournai la tête jusqu'à ce que ma joue gauche soit pressée contre l'appui-tête en cuir.

— Bref, j'espère que ce soir pourra détruire le piédestal sur lequel je t'ai mis pour que je puisse de nouveau te voir comme un mâle beau, normal – enfin plus ou moins normal.

— Waouh !

Il semblait vraiment vexé.

— Tu es fâché que j'aie dit que tu étais beau et *plus ou moins* normal ?

— Non. Je suis abasourdi que tu penses que coucher avec moi sera *à ce point* décevant.

Je redressai la tête.

— Je n'ai jamais dit ça.

— Détruire mon piédestal ?

Je tournai une mèche de cheveux sur elle-même.

— Oh. Ce que je voulais dire, c'est... Je vais arrêter de parler. Je suis sûre que ça sera chouette.

— « Chouette » ?

Il articula le mot comme si c'était la chose la plus insultante qu'on lui ait jamais dite. Je me mis à sourire. Au moins, ça détendait mes nerfs agités.

Il tendit la main et la posa sur ma cuisse. Aussitôt mes nerfs s'agitèrent de nouveau si fort que je m'attendais à ce qu'ils créent des vagues dans l'air.

— Ça sera plus que *chouette*, Nicole.

Il n'avait vraiment pas aimé cet adjectif.

Quand sa main glissa sous ma jupe, je retins ma respiration et ne la repris plus. Ses doigts étaient si proches de là où je les voulais. *Si* proches.

— Respire. Je ne veux pas que tu t'évanouisses avant qu'on arrive chez moi.

Je lui lançai un regard noir et soupirai.

— Ça fait *longtemps*.

— Combien de temps ?

Sa paume dériva vers mon genou et y resta.

— Dix-huit mois.

— C'est long.

— Et toi ?

— Ça fait un moment aussi.

Je doutais que notre mesure du temps soit la même.

— Comme quoi : deux semaines ?

— Plutôt le dernier Nouvel An.

J'écarquillai les yeux.

— Vraiment ?

Au moment où je le dis, je réalisai que Storm était né à cette période. Enfin, un mois plus tard.

— Merde, je ne voulais pas te rappeler...

— Ce n'était pas avec Tamara.

La chair de poule à mes cuisses disparut. Même si je me dis que je ne devais pas le juger, la question jaillit avant que je ne puisse la ravaler :

— Tu l'as trompée ?

Il retira sa main, la reposa sur le volant et tourna sur la route menant au camp.

— Pour tromper quelqu'un, il faut être avec déjà.

Je fronçai les sourcils.

— Je ne veux pas que tu me prennes pour un connard, alors je vais te dire juste ça, mais je ne veux pas rediscuter de mon passé. Tammy et moi, on a essayé de faire fonctionner notre relation le premier trimestre de sa grossesse, mais elle était constamment sur mon dos parce que je ne passais pas assez de temps avec elle. Elle détestait que la meute passe en premier et cette colère a suppuré, contaminant tout dans notre relation. Quand elle m'a demandé de choisir entre elle et les Boulder, je lui ai dit que je ne pouvais pas choisir.

Un nerf se durcit à sa mâchoire.

— Elle a dit qu'être alpha avait fait de moi quelqu'un d'autre, quelqu'un qu'elle ne reconnaissait pas, quelqu'un qui était trop difficile à aimer.

Le portail du camp s'ouvrit, pourtant Liam n'appuya pas aussitôt sur la pédale d'accélération et attendit devant, perdu dans le souvenir morose dans lequel je l'avais plongé.

Prise de remords, je me mordis la lèvre.

— Pardon d'avoir aussitôt imaginé que tu l'avais trompée.

Liam ne répondit pas. Il fit avancer la voiture et dépassa le portail, puis la maison de mes parents. Les fenêtres noires me firent regarder l'horloge digitale sur son tableau de bord : une heure du matin.

— À quelle heure tu dois récupérer Storm ?

Il garda les yeux sur la route en longeant l'étang.

— Tes parents ont proposé de le garder pour la nuit et demain.

— À cause de ton voyage ?

— Oui.

Ses phalanges blanchirent et restèrent ainsi même quand il se gara devant son chalet et éteignit le moteur. Je défis ma ceinture.

— Tu as des doutes, non ?

Il lâcha enfin son volant et passa une main dans ses mèches brunes.

— Je mentirais si je te disais que non.

La déception me traversa et je soupirai.

— D'accord. Au moins, comme ça, tu peux rester sur ton piédestal.

Je tentai de garder l'air fier. Un sourire apaisa enfin la ligne dure de sa bouche.

— Nicole Raina Freemont, tu signeras la mort de mon ego.

Je ris.

Il sépara mes deux mains que je tordais l'une contre l'autre. Il glissa sa main dans la mienne, nos regards se croisèrent et nos respirations s'apaisèrent. Je ne suis pas sûre de combien de temps nous passâmes assis dans le noir, sans bruit, mais cela sembla durer à la fois une éternité et quelques battements de cœur.

— Tu doutes de tes doutes ?

Ça avait du sens ?

— Oh, et pis merde.

Il posa ma main sur le panneau de commandes central et sortit de la voiture.

Ça voulait dire quoi « et puis merde » ? Ça voulait dire qu'il était partant ou pas ? J'allais ouvrir ma portière, mais Liam me prit de cours. Il l'ouvrit d'un coup et tendit sa main. Quand je fus descendue, il noua ses doigts aux miens, ferma la portière et me mena dans son chalet.

J'imagine qu'il était partant.

Vingt-Six

Liam lança ses clés de voiture sur le comptoir de la cuisine et nous conduisit dans les couloirs sombres menant à sa chambre. Je lâchai mon sac par terre, comprenant que mon abstinence de dix-huit mois allait prendre fin, et pas grâce à un mec au hasard, mais grâce à mon alpha.

Mon alpha qui avait passé presque un an sans sexe. De n'importe quel autre homme, j'aurais pensé que c'était un mensonge, mais Liam était en charge d'une minuscule personne et d'une gigantesque meute de loups-garous. Il n'avait probablement pas l'énergie ni le temps pour du sexe.

Une fois sa porte de chambre fermée, la réalité me rattrapa. Il lâcha ma main pour fermer les rideaux. J'admirai son allure fluide et gracieuse de là où j'étais, plantée comme un arbrisseau au milieu de sa chambre.

Quand le bout de ses chaussures heurta les miennes, je tendis le cou. Ses mains glissèrent le long de mes bras, puis sur mon dos et enfin, autour de mon cou.

— C'est un rituel bizarre de préliminaires des Boulder ça ?

— Je m'assure juste que tu ne sens qu'un seul mâle.

Son acte territorial exalta le côté primitif en moi.

— Peut-être que je devrais te marquer aussi, alors. Pour te débarrasser des traces des autres femelles.

— Je ne sens que mon fils et toi.

Il prit mes paumes et les plaça sur ses pectoraux.

— Mais vas-y, marque-moi de ton odeur.

Ses mamelons se durcirent quand je passai mes mains sur son torse, puis sa taille musclée, avant de remonter sur les kilomètres de muscles, tendons et os qui formaient son dos. Je fermai les yeux en poursuivant ma lente exploration de son corps, le gravant dans ma mémoire.

— Tu peux regarder, tu sais.

Sa voix grave était aussi enivrante que l'odeur se dégageant de sa peau.

— Je mémorise ton corps pour pouvoir le dessiner demain, murmurai-je les paupières toujours scellées.

Il se raidit et j'ouvris les yeux.

— Je te donnerai un autre visage pour préserver ton anonymat.

Après un moment, il fit remarquer :

— Il n'y a pas vraiment d'anonymat vu que toute la meute m'a déjà vu nu.

Mes mains s'immobilisèrent. Pour une raison ou pour une autre, j'avais oublié ce détail.

— Sauf moi.

— Sauf toi.

Ses mains glissèrent sur la partie de peau nue entre mon haut et la ceinture de ma jupe. Il pressa son front contre le mien.

— Est-ce que tu sais que le matin où tu m'as ouvert la porte, seins nus, tourne en boucle dans ma tête ?

— Un des dix moments les plus embarrassants de ma vie, à égalité avec mon déballage de cadeaux d'anniversaire involontaire.

Ses yeux brillèrent.

— Tu l'as utilisée ?

— Quoi ? Ma balançoire sexuelle ? Tu n'écoutais pas quand je parlais de mon abstinence de dix-huit mois ?

— Toute seule, je voulais dire.

— Je suis sûre que ce n'est pas fait pour une utilisation en solo, mais je l'ai emportée dans mes cartons au cas où...

Je me tus avant de suggérer de la tester ensemble parce que c'était un coup d'*un* soir, ce qui voulait dire que, le matin venu, Liam et moi irions chacun de notre côté.

— Tu as déménagé ?

— Oui, j'ai quitté ma maison pour vivre avec Niall. Je suis à six portes de chez toi maintenant. Ma marche de la honte sera courte et pas trop honteuse.

— Quand est-ce que c'est arrivé ?

— Vendredi. Quand tu reviendras d'Alaska, je te ferai visiter mon paradis de trente mètres carrés. Si ça te dit, bien sûr.

La soirée commençait tout juste et j'étais déjà triste qu'elle se termine. Avec un peu de chance, il serait un amant médiocre.

— D'où vient cette moue ?

— Je ne fais pas la moue.

Il passa son pouce sur ma lèvre inférieure comme pour prouver qu'elle était surélevée par rapport à ma lèvre supérieure.

Je soupirai.

— J'espère que tu seras un très mauvais coup.

Son pouce se figea et il cligna des paupières.

— Mais pourquoi tu voudrais ça ?

— Parce que, si tu es bon, j'aurais peut-être envie de le refaire, ce qui mettrait à mal tout le but de cette nuit.

Il se figea complètement, ayant probablement de nouveau des doutes... pour la troisième fois.

— Tu es incroyablement honnête.

Je plissai le nez et regardai le fauteuil en daim marron dans le coin.

— L'un de mes nombreux défauts.

Il prit mon menton entre ses doigts et tourna ma tête vers la sienne.

— L'honnêteté n'est pas un défaut Nikki. Et pour tes autres défauts, il faudra que tu me les dises parce que je n'en ai pas encore trouvé un seul.

Je levai les yeux au ciel.

— Attends de voir mon genou broyé. C'est *vraiment* moche.

— Peut-être que je devrais m'inquiéter de ce que tu vas penser de mon corps alors.

Je fronçai les sourcils.

— Qu'est-ce qui ne va pas avec ton corps ?

Il lâcha mon visage, se saisit de l'ourlet de son tee-shirt noir et l'enleva. Il le lança sur le fauteuil et ma mâchoire se décrocha, car l'homme devant moi était spectaculaire. Si spectaculaire que je doutais que le peindre rende justice à ses abdos sculptés, à sa peau bronzée et au duvet de poils noirs qui s'épaississait avant de s'étioler sous son nombril.

Il pivota et je hoquetai. Une myriade de cicatrices zébrait son dos comme des rails. Toutes étaient vieilles, guéries; la peau était blanche et tirée comme celle sur mon genou, sauf que sur Liam, ça ne gâchait pas sa beauté. Ça ne faisait que rendre le mâle encore plus fascinant en racontant l'histoire d'un survivant.

Je tendis la main et suivis les bords doux d'une cicatrice qui s'enroulait sur son épaule. La peau blessée se constella de chair de poule.

— Que t'est-il arrivé?

Une pause. Puis :

— Cassandra Morgan et son sang empoisonné d'argent, voilà ce qui m'est arrivé.

J'inspirai et mes doigts s'arrêtèrent sur la plus vilaine cicatrice.

— Elles proviennent toutes du duel?

Sa peau avait dû être en lambeaux. Il se retourna.

— Elles te dégoûtent?

Je secouai la tête. Il passa ses mains calleuses sur ma taille.

— Je t'ai montré les miennes, à ton tour?

La glace emplit mon estomac.

— Mon soutien-gorge est beaucoup plus intéressant que ma cicatrice.

Il lâcha un petit rire que je sentis sur mon nez.

— Tu te rends compte que je vais te déshabiller entièrement très bientôt?

Ses ongles courts firent le tour de ma taille jusqu'à mon nombril, provoquant un frisson dans tout mon corps.

— Mais je vais accepter ton offre.

Ses doigts touchèrent mes bretelles et les abaissèrent avant de se poser sur l'ourlet de mon haut.

— Je peux?

Je baissai la tête et le cou en même temps et levai les bras.

Il remonta le coton rose lentement, effleurant du bout rugueux de ses doigts les muscles secs de mon ventre, puis mon soutien-gorge en dentelle rouge et mes seins.

— Putain, tu es magnifique.

— Vraiment? Je veux dire...

Je soufflai de l'air par le coin de ma bouche, enlevant une mèche de cheveux qui était tombée dans mon œil.

— Fin voilà quoi.

Est-ce que je venais de dire « Fin voilà quoi »? Ouah... Ça ne le convaincra pas que je suis une femme mûre.

— Il faut vraiment que je me trouve du scotch.

Les joues rouges, je marmonnai :

— Ça sonnait coquin.

Un rire jaillit de lui. Combiné à la sensation de ses paumes sur moi, le son me fit frissonner de nouveau.

— Liam, et si tu m'embrassais pour que j'arrête de parler?

— J'aime que tu parles.

Ses yeux sombres brillaient d'un riche jaune ambré. Il pencha mon cou et passa son nez sur le côté, respirant mon odeur.

Je devins de la pâte à modeler entre ses mains. Quand il s'avança, pressant tout son corps contre le mien, je devins encore plus fondante. Est-ce qu'on employait ce mot pour ça? Sinon, il fallait le faire, car mes os semblaient se ramollir et se remodeler pour s'adapter à son magnifique corps.

Je n'avais jamais eu d'orgasme pendant le sexe. Enfin, sauf quand Grant me mordait, mais pas pendant les préliminaires ou l'acte lui-même. Et pourtant, les crêtes dures du corps de Liam s'enfonçant contre moi généraient cette palpitation aiguë et frénétique entre mes jambes que je soupçonnais capable de céder sous l'effet d'une simple pichenette.

Je ne me souvenais même pas d'une seule fois où j'avais été dans un état pareil pour Grant. Je touchai la ceinture de Liam, la détachai et déboutonnai son jean. Avant que je puisse descendre sa fermeture éclair, il attrapa mes poignets et les maintint à distance.

— Tu ferais mieux de me laisser habillé ou ça va se terminer beaucoup trop vite.

Sa voix était aussi épaisse que ce qui se trouvait derrière sa fermeture éclair.

— Alors on aura qu'à le refaire. Ce n'est pas contre les règles des aventures d'un soir, non?

Il esquissa un sourire en coin.

— C'est même obligatoire.

Il lâcha mes poignets et reposa une main sur l'arrière de ma tête. Avant de capturer mes lèvres, il ajouta :

— Surtout quand on veut préserver son piédestal.

Je ramenai mes mains sur sa colonne vertébrale et plaquai mes lèvres contre les siennes, chaudes et accommodantes.

— Que le premier round commence.

Pendant un moment, aucun de nous ne bougea ; nous restâmes simplement debout, bouche contre bouche, battement de cœur contre battement de cœur. Puis Liam écarta mes lèvres et y plongea sa langue, m'embrassant par à-coups doux et mesurés, complètement différemment du baiser partagé à Seoul Sister. Mon cœur perdit forme, devenant aussi flou et léger qu'un nuage qui disparaît.

Alors que je faisais glisser mes paumes au centre de son dos, les muscles et les cicatrices sous les doigts se contractèrent et se réalignèrent comme si son corps se préparait à se transformer. Je pris sa lèvre inférieure dans ma bouche et il émit un son guttural, plus animal qu'humain. Mes crocs s'allongèrent à mesure que notre baiser s'intensifiait, que sa bouche ravissait la mienne et j'entaillai sa lèvre inférieure humide. Il grogna et écrasa sa bouche contre la mienne.

Le goût épicé de son sang recouvrit ma langue et je l'avalai. Sa poitrine vibra d'un profond grognement. Je déversai davantage de venin dans son système sanguin – il aurait fallu un autre mot, car « venin » sonnait mortel –, son épaisse bosse s'enfonça contre mon bas-ventre et il pressa ses doigts contre mon cuir chevelu. Soudain, ses deux paumes se posèrent sur mes fesses et il me souleva. J'enroulai mes jambes autour de lui, mes sous-vêtements tellement mouillés que je laissais probablement une tache humide sur les muscles de son ventre.

Ici et maintenant, je décidai que j'adorais les aventures d'un soir.

Pas de premier rancard gênant.

Pas besoin de discuter du futur.

Juste du plaisir charnel à l'état pur.

Nikki, qu'est-ce que tu me fais ?

Sa voix rauque fendit mon esprit embrumé d'excitation.

Puisque je ne pouvais pas parler dans son esprit et que parler à voix haute m'obligerait à lâcher sa lèvre, je décidai de rester silencieuse jusqu'à ce qu'il ait un orgasme ou m'écarte.

Il opta pour l'option deux et me jeta sur le lit, mouvement qui déracina mes crocs.

— Putain, grogna-t-il. Putain.

Il passa le dos de sa main contre sa bouche, tachée de sang.

Le cœur battant comme la queue d'une truie sur le sable, je me redressai sur mes avant-bras.

— Pardon. Je pensais... Je pensais...

La chaleur qui avait envahi le bas de mon corps submergea le haut également, rendant ma peau écarlate. Je n'avais jamais rencontré un métamorphe qui n'aimait pas être mordu, mais peut-être que les alphas trouvaient cela dégradant. Merde. J'aurais peut-être dû demander avant de penser automatiquement qu'il apprécierait.

— Pardon ?

Il indiqua son pantalon et la tache sombre qui y avait éclos.

— Tu m'as carrément fait jouir. Et je n'ai jamais joui comme ça.

La crainte d'avoir brisé une règle importante de la meute se dissipa enfin, en même temps que mon rougissement.

— Vraiment ? Pourquoi ?

Il se frotta la mâchoire.

— Parce que je n'ai jamais été avec une louve.

— Sérieux ?

— J'en ai embrassé une, une fois, mais ça n'a jamais eu... ce résultat-là, commenta-t-il en regardant son pantalon.

— Eh bien, c'était un privilège de t'initier aux plaisirs des crocs.

Il passa sa langue sur sa lèvre inférieure guérie et déboutonna son jean.

— Et *toi*, tu aimes te faire mordre ?

— C'est le seul moyen qui me donne un orgasme, alors oui. Beaucoup.

Il fronça les sourcils, retira ses bottes, puis son pantalon et son caleçon d'un geste fluide. Je remarquai une nouvelle cicatrice, de la taille d'une pièce, mais profonde, juste sous sa hanche. Je n'étais pas une experte en mutilation, mais ça ressemblait à une plaie causée par balle.

— Que veux-tu dire, c'est le seul moyen de te donner un orgasme ?

Son sexe remontait, épais et veineux. Et dur.

— Hum, quoi ?

Il sourit parce que, bien sûr, il savait ce qui m'avait déconcentrée et répéta sa question.

— Je n'ai jamais eu d'orgasme d'une autre façon.

— Content de l'entendre.

Je haussai un sourcil.

— Pourquoi ça te rendrait content ?

— Parce que maintenant, *je* vais pouvoir t'initier aux jeux sans crocs.

Mon visage me chauffait et la sensation s'exacerba quand il se pencha, releva ma jupe et fit glisser ma culotte sur mes jambes, puis par-dessus mes chaussures, m'exposant à lui.

— Si j'étais toi, je ne perdrais pas mon temps...

— « Perdre mon temps » ?

Il émit un claquement de langue en écartant en grand mes jambes. Il s'installa à genoux entre elles.

— Liam...

— Quoi ?

— Tu... Tu n'as pas besoin de...

— Je n'ai pas besoin de faire quoi ?

Il approcha sa bouche si près de moi que je pouvais sentir le souffle de ses mots.

— Ça ?

Il me lécha longuement et lentement, les yeux brillants. Les muscles de mes jambes tressaillirent. Le son humide était presque aussi enivrant que la sensation de sa langue douce.

Je retins mon souffle en le regardant m'observer. Pendant qu'il léchait et me taquinait, m'embrassait et me lapait, il ne détourna jamais les yeux. Mes cuisses commencèrent à trembler et un nœud familier de chaleur se créa dans mon bas-ventre.

Il avait dû me mordre, mais sa bouche continuait à se mouvoir, sa langue me titillait toujours, sa barbe frottait encore l'intérieur de mes cuisses. Si ses crocs avaient percé ma peau, sa bouche serait immobile. De ses longs doigts, il entoura mes cuisses et me tira à lui, faisant glisser mon corps vers lui jusqu'à ce que j'étouffe son visage. Je tressaillis devant sa brutalité, devant la violence de ses coups de langue et de ses baisers bouche ouverte. Là où Grant avait goûté, Liam dévorait.

Ma colonne vertébrale se cambra tandis que la chaleur et la férocité de sa langue allumaient sous ma peau des flammes qui léchèrent à leur tour ma moelle et gonflèrent mes muscles. Mon cœur se distendit et se serra, émettant un trillion de battements. Je gémis et m'enfonçai. Contre sa bouche. Dans la couette. Dans cette sensation de lâcher-prise où chaque nid de tension et chaque terminaison nerveuse de mon corps implosait.

— Hum. Regarde ça. Tu peux jouir avec du sexe oral.

Il y avait une telle arrogance dans son ton, et pourtant, je ne pouvais même pas lui en vouloir parce que ça avait été spectaculaire. Une fois que mes battements de cœur devinrent réguliers, je répondis :

— J'imagine que oui.

Il embrassa mon clitoris, puis se leva. Ses muscles faisaient enfler sa peau brunie.

— Tu sais ce que j'ai très hâte de sentir ?

— Non. Quoi ?

— Sentir ton corps jouir autour de ma queue quand je serai plongé en toi.

Quelle obscénité ! Sa bouche était si obscène. Et brillante. Il se lécha les lèvres.

— Putain, tu as bon goût. C'est à la hauteur de ton odeur.

Je laissai un bras tomber sur mon front, me laissant aller à l'après-coup de la jouissance. Tellement incroyable. Tellement mieux que de se faire plaisir toute seule.

— Je vais commencer à faire ça plus souvent.

— Écarter tes jambes pour moi ?

Il posa un genou de chaque côté de mes hanches, ouvrant l'emballage d'un préservatif. Je ne savais même pas où et quand il l'avait pris.

— Je voulais dire : avoir des aventures d'un soir.

Ses doigts se figèrent.

— Quoi ?

— Rien.

Il se concentra sur le préservatif, le déroulant sur son corps dur.

— Je ne suis pas en chaleur. Au cas où... tu sais... tu voudrais le faire, peau contre peau.

— Mon ex n'était pas en chaleur non plus, et pourtant j'ai réussi à la mettre enceinte.

Oh !

Il m'attrapa au niveau de ma cage thoracique, me souleva plus haut sur le lit, puis se saisit d'une de mes jambes et fit glisser ma botte. Quand il prit mon autre pied, mon cœur monta dans ma gorge et j'essayai de me dégager.

— Attends, Liam...

Trop tard. Le daim glissa et révéla ma cicatrice. Je grimaçai. Le petit sillon habituel entre ses sourcils apparut.

— S'il te plaît, ne regarde pas. Ça va tuer ton érection.

Il étudia la chair mutilée, passa son pouce sur l'espace cireux de peau cicatrisée et abaissa sa bouche, l'embrassant de haut en bas. Et bien qu'il ait probablement fait preuve de gentillesse envers mon genou pour me mettre à l'aise, des larmes s'accumulèrent dans mes yeux.

Doucement, il posa ma jambe et installa une paume de chaque côté de mon visage. S'il perçut la lueur des larmes, il ne les mentionna pas. Au lieu de cela, il amena sa bouche vers la mienne, m'embrassant avec la même douceur que celle dont il avait fait preuve avec ma cicatrice. Il aligna le bout de son sexe avec mon intimité humide.

Tu es tellement sexy, putain. Son compliment me réchauffa le cœur et les membres, les ramollissant une fois de plus. ***C'est valable pour*** tout ***ton corps.***

Il frôla mon cou de son nez, inspira profondément et s'enfonça en moi, arrachant l'air de mes poumons. Je haletai pour respirer, puis criai son nom. Il recouvrit ma bouche et m'embrassa fort, presque aussi fort que les coups de reins qu'il me donnait.

Je ne savais pas si c'était sa façon de me montrer qu'il ne me considérait pas comme fragile ou si c'était simplement sa façon de faire l'amour, mais j'appréciais son rythme brutal, car il me faisait me sentir normale. Et désirée.

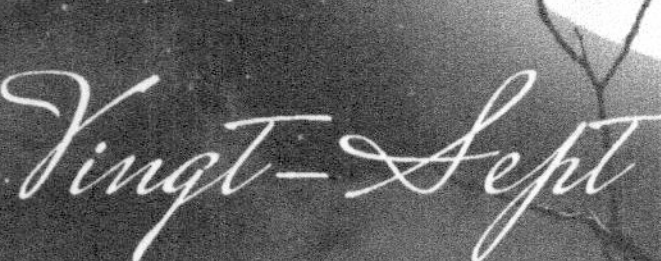

Nous étions allongés dans un tas de membres en sueur, essoufflés quand Liam s'adoucit à l'intérieur de moi. Je passai ma main le long de son torse ciselé, suivant les bosses et renfoncements de chaque abdo, puis cette cicatrice de la taille d'une pièce.

— Qu'est-ce qui s'est passé cette fois-là ?

— Une balle en argent.

Je levai les yeux vers les siens.

— Je n'arrive pas à croire que tu aies survécu à une balle en argent.

— Le docteur me l'a très vite retirée.

Je passai mes doigts sur d'autres parties de son corps qui ne seraient pas entachées de mauvais souvenirs.

— Merci au fait.

Il tressaillit entre mes jambes.

— Pourquoi ?

— Pour ce soir.

Il roula au-dessus de moi, se retirant dans la manœuvre, et se dressa sur ses genoux pour retirer le préservatif.

— Je n'ai pas réussi à te faire jouir pendant l'acte.

Il fit un nœud et jeta le préservatif au sol, puis baissa son corps jusqu'à ce que son sexe collant soit pressé contre moi et que ses avant-bras encadrent mon visage.

— Ce qui m'embête vraiment.

J'écumai les profondeurs brunes dans ses yeux.

— C'était quand même bien ? demandai-je.

Il frotta sa mâchoire piquante sur ma joue transpirante.

— C'était bien plus que bien. Ton corps est fait pour ça.

Mon ego va grimper en flèche avec ça.

— Quel beau parleur ! C'est mignon.

— Il n'y a rien de mignon dans mon corps.

— Tu as plusieurs os mignons, mais ton secret est sûr avec moi – tu as assez de femelles qui se jettent sur toi.

— Tu es la seule femelle qui se jette sur moi.

— Hum.

Je poussai ses pectoraux pour l'éjecter de moi.

— Je ne me suis pas jetée sur toi.

Il sourit.

— Okay, d'accord, si.

Il glissa une mèche de cheveux derrière mon oreille.

— Tu te rends compte que tu pourrais claquer des doigts et presque tout le monde s'allongerait ici et te laisserait les rênes libres ?

Toujours un sourire aux lèvres, il s'appuya sur un bras et passa ses phalanges sur ma poitrine, suivant la forme d'un sein avant de toucher mon mamelon dur.

— Je m'assurerai d'essayer.

Mon estomac se serra. Je ne voulais pas qu'il essaie. Pourquoi lui avais-je mis cette idée en tête ? Je m'extirpai de dessous lui.

— Je peux prendre une douche avant de partir ?

Le ciel était toujours sombre sous les rideaux, mais l'aube poindrait au-dessus de Beaver Creek bientôt, mettant fin à notre nuit ensemble.

Sa réponse mit du temps à venir. Tellement que je le regardai par-dessus mon épaule. Il était sur le côté, une main glissée sous sa tête, le front ridé, son membre mou, mais toujours épais et long.

— Vas-y.

J'allai dans la salle de bain attenante carrelée et entrai aussitôt dans l'immense douche entourée de parois en verre. Une fois que l'eau coula sur les carreaux gris métal, je me glissai sous le jet, fermai les yeux et levai la tête. L'eau me faisait l'effet de la soie sur mon corps, me dépouillant de la sueur, mais probablement pas de l'odeur de Liam. En me savonnant, je pensai aux différentes façons d'éviter mes parents jusqu'à ce que je sente ma propre odeur, *sans* le sexe. Même s'ils ne me jugeraient pas, je préférais qu'ils ne le découvrent pas.

Merde. Et si Liam passait chez eux quelques heures avant de partir pour l'Alaska ?

Les cheveux dégoulinants, la peau chaude, je retirai une serviette du sèche-serviette et m'en entourai. Quand j'émergeai de la salle de bain, Liam était vêtu d'un jogging et d'un autre tee-shirt noir.

— Je ne pensais pas que tu serais du genre pyjama.

Il sourit.

— Je ne suis pas du genre pyjama, c'est sûr.

— Alors pourquoi es-tu habillé ?

— Je pensais que te ramener chez toi nu me vaudrait quelques haussements de sourcils si quelqu'un venait à être debout à traîner.

Oh ! Je m'accroupis et attrapai ma culotte, puis la glissai sous la serviette.

— Tu n'as pas besoin de me raccompagner, Liam.

J'enfilai ma jupe et mes bottes, puis plissai les yeux dans la pièce sombre pour trouver mon soutien-gorge.

Je m'aperçus que Liam le faisait osciller à son index.

— C'est ça que tu cherches ?

Je m'en emparai, puis jetai la serviette sur le fauteuil.

— Tu vas passer chez mes parents avant d'aller en Alaska ?

Après avoir réussi à mettre en place mon soutien-gorge, je levai les yeux. Les pupilles de Liam s'étaient aiguisées en deux fentes minuscules et noires, cerclées d'iris brillants.

— Liam ?

Lentement, il leva les yeux et déglutit.

— Quoi ?

— Chez mes parents. Tu vas y passer ?

— Non. Pourquoi ?

Le soulagement m'envahit.

— Je voulais juste éviter que mes parents sachent qu'on a couché ensemble.

— Tu regrettes de m'avoir séduit, Nicole ?

Je levai les yeux au ciel.

— Je ne t'ai pratiquement pas séduit.

Sans se presser, Liam remonta la bretelle de mon soutien-gorge qui avait glissé de mon épaule.

— Tu m'as sorti de ton organisme ?

Nan. Il n'avait fait que s'enraciner plus profondément. Malgré mon honnêteté habituelle, j'optai pour un mensonge.

— Oui. Je peux enfin avancer.

Je me redressai et allai jusqu'au fauteuil, au pied duquel reposait mon haut. Je le ramassai et l'enfilai, puis attrapai la serviette et la pliai. L'eau coulait de mes cheveux sur mon haut, collant le coton rose à ma peau.

J'avançai d'un pas lourd jusqu'à la porte, ramassai mon sac à main et me tournai pour dire à Liam qu'il n'avait pas besoin de me ramener ; mais au lieu de mots, un hoquet muet s'échappa de mes lèvres, car il était juste derrière moi et, quand je dis ça, je veux dire *juste* derrière moi. Le bout de mon nez effleura sa barbe rasée.

— Admets-le. Tu es à moitié lynx.

Il baissa la tête et le coin de ses yeux se plissa un peu.

— Je suis *cent pour cent* loup.

Il passa sa main derrière moi et je crus qu'il allait m'attirer à lui et admettre qu'il voulait une autre nuit. Mais ce n'était pas moi qu'il attirait à lui, mais la porte. Et pas une fois pendant les cinq minutes qu'il nous fallut pour marcher jusque chez moi, il ne fit allusion à l'idée de réitérer l'expérience.

Devant ma nouvelle porte d'entrée, il demanda :

— Alors tu vis ici avec Nate ?

Je fronçai les sourcils. Avais-je dit Nate et non pas Niall ? Ça arrivait parfois que je confonde mes frères.

— Non, avec Niall. Nate vit sur la colline, indiquai-je en montrant du menton la maison en bois à trois étages avec une vue imbattable sur l'étang brillant. Tu n'es jamais allé chez lui ?

— Il ne m'a jamais invité.

— Vraiment ? m'étonnai-je avant de me mordre la lèvre. Il vivait avec Bea hors du camp avant, alors je ne crois pas qu'il considère cette maison comme chez lui.

Sûrement la raison pour laquelle il n'avait pas invité Liam.

— Maintenant qu'ils ont rompu, par contre...

— Tu l'aimais vraiment beaucoup ?

— Oui. C'est toujours le cas. J'espère secrètement qu'ils se remettront ensemble.

Liam parcourut des yeux les fenêtres sombres du chalet de Nate. Les rideaux n'étaient pas tirés, sûrement parce qu'il était toujours à l'EVJG.

— Bon, fis-je en ouvrant ma porte déverrouillée, merci pour ce soir.

Je refermai mes bras sur ma taille pour me protéger du froid et attendis qu'il dise quelque chose. N'importe quoi. Même « bonne nuit » ou « passe une bonne journée », mais il me salua en silence.

Peut-être que j'aurais dû lui demander s'il regrettait notre nuit, mais je craignais trop sa réponse.

— J'espère que ça se passera bien en Alaska, ajoutai-je en claquant des dents.

Il indiqua ma maison.

— Je ne veux pas que tu attrapes froid.

J'imagine que notre nuit ensemble n'avait pas miraculeusement conduit Liam à me faire confiance avec les affaires de meute. L'homme était aussi opaque que faire se peut, et quelques heures nue et entremêlée à lui ne l'avaient pas rendu plus facile à lire. À quoi je m'attendais ? Je pensais que ce peau-à-peau nous mènerait à des discussions à cœur ouvert ? Je ne regrettais toujours pas ma nuit, mais je regrettais les limites des aventures d'un soir. Malgré mes dires sur l'idée d'en refaire, je désirais une connexion plus profonde, un amant qui ne pénétrait pas seulement mon corps, mais aussi mon cœur et mon âme.

Le cœur lourd de déception, j'entrai et m'apprêtai à fermer quand il me coupa :

— Attends.

L'espoir se fraya une place au milieu de la déception. Allais-je avoir une invitation à le refaire ou un baiser d'au revoir ? Je prendrais même un dernier regard. À la place, j'obtins un bout de tissu noir.

— Je t'ai promis mon caleçon. Il est propre. Je me suis dit que tu ne voudrais pas de celui que je portais ce soir.

Je refermai mes doigts sur le tissu doux.

— Il me manque quand même un défi. Je devais parler à une personne au hasard au téléphone pendant cinq minutes.

Il tâta les poches de son jogging.

— J'ai laissé mon téléphone chez moi, alors je ne peux pas t'aider, mais connaissant Niall, il aura sûrement des contacts intéressants dans son téléphone.

Il recula.

— Bon, à plus.

À plus ?

Les fils d'espoir s'accrochèrent à ces deux mots et se brisèrent.

Vingt-Huit

Je parvins à grappiller quelques heures de sommeil avant que mon téléphone ne sonne à l'heure que j'avais paramétrée pour me préparer et retrouver Miles. Après avoir aspergé mon visage d'eau froide, je m'habillai chaudement et montai la colline vers l'entrée du camp où une Land Rover vert forêt m'attendait face à la grille.

Puisque le frère de Bea était au téléphone, je murmurai un rapide « salut » et m'attachai. Il m'adressa un sourire, puis fit demi-tour et descendit la route en pente. Ses pneus disposaient de chaînes, alors j'essayai de ne pas m'inquiéter de sa vitesse. Je me raisonnai : Miles était né ici après tout. Conduire sur la neige faisait autant partie de son ADN que son héritage sud-coréen. Pourtant, je mourrais d'envie de lui dire de se calmer sur la pédale d'accélérateur.

Surtout en passant dans la zone où Grant et moi avions eu l'accident. L'arbre, comme mon genou, portait la marque de ce qui s'était passé. Je détournai les yeux, serrant mes cuisses qui avaient commencé à trembler.

— Désolé. C'était maman. Elle veut que je convainque Bea de rentrer et si je n'y arrive pas, elle veut se résoudre au kidnapping de sœur.

On en viendrait sûrement à ça si Bea se noyait dans la dépression.

— C'est pour ça que tu me permets de venir ? Pour avoir un complice ?

— Pour quelle autre raison je te demanderais de venir ?

Il sourit avant d'indiquer mon estomac.

— Ça va mieux aujourd'hui ?

Il me fallut une milliseconde pour me rappeler le mensonge que je lui avais servi quand j'avais quitté Seoul Sister.

— Beaucoup mieux, même si quelques heures de sommeil en plus ne m'auraient pas fait de mal.

Je soupirai et décrispai mes phalanges blanches sur mes cuisses.

— Ne m'en parle pas.

Après mon retour chez moi, il m'avait fallu des heures avant de réussir à pousser mon corps et mon esprit au sommeil.

— À quelle heure vous avez fermé ?

— Cinq heures. Tes amies étaient déchaînées hier soir. Surtout cette May.

— Ah ! Cette May.

Il détourna le regard de la route enneigée.

— Tu ne l'apprécies pas ?

— Pas vraiment. Pourquoi surtout elle ?

— Elle et son amie, celle qui a embrassé ma barmaid, ont passé les deux dernières heures à danser sur le comptoir. Je vais peut-être devoir les embaucher pour un divertissement futur.

— Ah ! Je suis sûre que ses parents seront ravis.

Ses yeux brillèrent.

— Tu t'es quand même amusée, hein ?

— Oui. C'était parfait. Enfin, presque. Si Bea avait été là, ça aurait été parfait.

Il soupira, puis se tut quand on arriva à une bifurcation. Après quinze minutes de silence pensif, je tournai le bouton de la musique et m'installai pour le restant de la route. Je dus m'endormir, car je ne me rappelle rien jusqu'à être secouée d'un côté à l'autre. Quand ma tête heurta la fenêtre, je saisis la poignée au-dessus de la fenêtre.

— Tu ne plaisantais pas en disant que le chalet était isolé.

La route sur laquelle nous étions était étroite et sombre, bordée de tant d'arbres que le soleil ne pénétrait pas. Elle n'avait jamais été déneigée ou salée, et pourtant des traces de pneus aplatissaient la neige.

— On y est presque.

J'étais contente de l'entendre parce que les secousses hérissaient ma louve qui mourait d'envie d'une terre ferme. Je la repoussai. Miles ne me semblait pas du genre à être émerveillé par notre existence. Il serait plus probablement du genre à nous voir comme des prédateurs dangereux et s'impliquerait avec entrain dans la demande de notre annihilation.

Un point miel apparut entre les grands troncs et s'agrandit jusqu'à former un chalet adapté à une poupée qui ne pouvait pas avoir plus d'une chambre. Alors que nous nous approchions, je repérai le frémissement d'un rideau en dentelle à l'une des fenêtres.

Miles gara la voiture près d'un chemin étroit qui semblait avoir été créé n'importe comment, puis sortit. Je me détachai et descendis, les muscles de mes jambes mous et douloureux après mes activités nocturnes.

— On venait souvent ici pour pêcher sous la glace dans le lac.

Il indiqua de la tête une grande étendue brillante qui bordait la maison.

— Je suis tombé dedans une fois quand j'avais huit ans. Bea m'a repêché.

Il recouvrit ses yeux pour cacher l'éclat du soleil.

— Tu as dû avoir peur.

— C'était terrifiant, confirma-t-il en frissonnant comme s'il avait glissé sur la glace encore. Et *vraiment* froid.

En louve, j'avais sauté dans des ruisseaux de montagnes peu profonds, mais pas sous forme humaine. Je baissai mes yeux douloureux sur le chemin. Au milieu de grandes empreintes de bottes, je remarquai la forme distinctive de pattes. Des grandes empreintes de pattes. Je les recouvris en marchant sur l'une d'entre elles avant que leur taille démesurée n'inquiète le pauvre Miles plus que c'était déjà le cas.

Je reniflai l'air, essayant de détecter l'odeur de Nate – qui d'autre rendrait visite à Bea en fourrure? – mais l'air froid dissimulait le reste. Même le mélange eau de Cologne et herbe grillée de Miles était moins prononcé à l'air libre que dans la voiture.

— Putain, entendis-je Miles souffler.

Aussitôt, un grognement résonna dans les arbres, amplifié par le lac tout proche.

Je tournai la tête vers le bruit. Un loup gris aux yeux bleu arctique apparut entre les clôtures des troncs, le cou baissé et les crocs découverts. L'animal était immense et clairement pas naturel. J'essayai de lier la fourrure à un visage, mais je ne me souvenais pas d'un loup entièrement argenté avec de tels yeux bleus. Instinctivement, je tendis le bras et me plaçai devant

Miles. Bien sûr, je ne me dis pas que cela semblerait bizarre que *moi*, je le protège *lui*.

— Ne t'inquiète pas, Nikki. J'ai rapporté mon flingue.

Ces mots à voix basse pulsèrent contre ma nuque, me donnant la chair de poule.

— Non. Pas d'arme à feu. Le loup ne nous fera pas de mal.

Quand Gris grogna de nouveau, Miles murmura :

— Je ne sais pas quel documentaire sur la nature tu as regardé, mais les animaux grognent quand ils se sentent menacés.

Le déclic métallique d'un pistolet me fit me retourner.

— J'ai dit pas d'arme à feu, Miles ! Range ça.

— Tu as perdu la tête ?

— Je te jure qu'il est inoffensif.

Mais une pensée me donna la chair de poule. Et si ce métamorphe venait de la meute du Glacier ? Et s'il essayait d'attaquer Miles et de le transformer et...

Qu'est-ce que tu fous ici, Nikki ?

Mes omoplates se raidirent et mon regard vola jusqu'au loup noir gigantesque aux yeux ambre, m'observant de derrière la maison.

Alors le loup gris était Lucas...

Retourne dans la voiture et va-t'en.

L'ordre de mon alpha résonnait jusque dans mes os et, pourtant, je n'arrivais pas à bouger. J'enroulai la main autour du poignet de Miles, le forçant à baisser le pistolet.

— Range-le, s'il te plaît.

Il n'en fit rien, mais il ne chassa pas ma main.

— Il y en a deux maintenant, Nik. À moins que le deuxième soit un ours.

Fais rentrer ce putain d'humain dans sa voiture.

Je voulais grincer que je faisais de mon mieux puisque visiblement il se passait quelque chose ici, mais je ne pouvais pas parler à un loup sans attirer l'attention de Miles.

— On devrait retourner à la voiture.

— Ma sœur est ici. Et si ces bêtes parvenaient à entrer et l'attaquaient ?

— Je suis sûre qu'ils n'y arriveront pas. Ils sont sûrement de sortie pour une promenade, lâchai-je déstabilisée et en colère.

Surtout en colère. Et l'Alaska alors ?

— Les loups ne se *promènent* pas.

— Ces deux-là le font sûrement.

Je tirai sur son bras, mais il refusait de bouger.

— Allez, Miles. S'il te plaît.

Le grognement monta crescendo. Je voulais hurler à Liam et à Lucas de se calmer, car Miles était déjà dans tous ses états.

— Ils bougent. Mets-toi derrière moi, Nikki.

Avant que je ne puisse le calmer, il me tira derrière lui et leva le pistolet, visant la tête du loup noir.

— Miles, putain, écarte ce pistolet ! MAINTENANT !

Mon cri le fit tressaillir et son bras fit un bond.

— Putain, mais qu'est-ce qui te prend ?

Il retira la sécurité du pistolet.

Je plongeai vers son épaule et le frappai avec mes griffes. Il hurla de douleur et abattit son pistolet sur ma tempe. C'était sûrement un réflexe, mais bordel, ça faisait mal.

Il ramena l'arme vers Liam.

— Fuis ! gémis-je.

Mais l'idiot chargea Miles à la place.

Le coup de feu retentit. Liam percuta Miles et le renversa, m'emportant au sol avec lui. Même si la neige adoucit ma chute, le dos de mon crâne heurta quelque chose de dur et tranchant et le monde pâlit.

Je clignai des yeux, mais ma vision déjà fragmentée se fissura encore plus comme si la parka sombre en duvet d'oie de Miles s'infiltrait dans mes cornées.

Des battements de cœur rapides résonnèrent dans mon crâne. J'essayai de démêler les motifs devant moi, de distinguer Liam, mais tous les bruits se mélangeaient jusqu'à devenir une palpitation sourde qui finit par disparaître entièrement.

Je me réveillai brusquement dans un lit inconnu, deux yeux rivés sur moi et un mauvais tambourinement à l'arrière de ma tête et à mes tempes.

— Qu'est-ce que c'était que ça, Nikki ? Qu'est-ce que tu foutais avec Miles Park ?

Les tendons dans le cou de Liam étaient vrillés comme des cordes. Je n'étais vraiment pas d'humeur à ce qu'on me crie dessus.

— Déjà de retour d'Alaska ?

J'essayai de tourner la tête pour voir mon environnement, mais la douleur qui bourdonnait dans mon crâne m'immobilisa. Je posai mes doigts tremblants sur mon front. Un pack de glace était posé contre ma tempe gauche. J'essayai de le repousser, mais Liam se pencha en avant sur sa chaise en osier, installée près du lit, et repoussa ma main.

— Tu as besoin de la glace.

Sa voix était un poil plus douce.

— La balle. Est-ce qu'elle… ? Tu es blessé ?

Du sang séché tachait le dessous de son menton. Le sien ? Le mien ? Celui de Miles ?

— Non.

Je relâchai mon souffle.

— Et Miles ? Il est… vivant ?

De nouveau, je regardai les murs en bois nus – l'un caché par une armoire imposante, un autre disposant de deux petites fenêtres et un troisième doté d'une porte.

Liam pinça ses lèvres, celle inférieure légèrement bouffie après ma morsure.

— Il est en vie.

— Où est-il?

— Pourquoi ça t'importe?

Je restai bouche bée devant lui avant de plisser les yeux.

— Pourquoi, toi, tu t'en *fiches*? A-t-il fait quelque chose qui te cause du mal à toi ou à la meute?

— Tu n'as pas répondu à ma question. Que faisais-tu avec lui?

— Et tu n'as pas répondu à la mienne. Pourquoi n'es-tu pas en Alaska?

— Parce que le loup qui a commencé tout ceci n'est pas en Alaska. Elle est ici, à Beaver Creek.

— Elle?

La peur se déversa en moi comme les eaux du glacier. Était-ce Lori? Mais si c'était Lori, pourquoi Liam était dans le chalet de Bea?

Je jetai un coup d'œil autour de moi. C'était là qu'on était? Dans le chalet de Bea?

— Pourquoi étais-tu avec Miles? répéta-t-il.

Miles était-il impliqué avec ce loup? Était-ce pour ça que Liam était aussi intéressé par le fait que je sois avec lui?

— On est venus rendre visite à Bea. Voir comment elle allait. Je ne comprends pas. Miles est impliqué là-dedans? Et Bea?

Peu importe de quoi on parlait précisément.

Un pli se forma entre ses sourcils.

— Tu es vraiment venue lui rendre visite?

— Oui! Pourquoi tu crois que j'étais avec lui? Tu pensais qu'on cherchait un endroit où coucher ensemble?

Un nerf se tendit à sa mâchoire. Merde. C'était *exactement* ce qu'il pensait.

— Peux-tu s'il te plaît m'expliquer ce qui se passe? Parce que je suis plus qu'un peu flippée, là.

Une porte se referma quelque part dans la maison et j'entendis des bruits de pas à l'extérieur de la chambre. Quand la porte s'ouvrit, j'essayai de me redresser, mais la douleur lancinante me cloua au matelas comme un papillon de collection. Je réprimai un grognement.

— Salut, P'tit morceau. Content de te voir réveillée. Tu nous as fait une belle frayeur tout à l'heure quand tu as réussi à trouver le seul rocher aiguisé de tout le chemin pour y écraser ton crâne.

Lucas était appuyé contre le cadrant de la porte, entièrement nu. Liam se leva, cachant la vue de son corps.

— Mets des vêtements. Et fais-lui un autre pack de glace.

— Oui, oui, chef.

Il s'écarta de la porte.

— On est dans le chalet de Bea, n'est-ce pas ?

Liam se tourna et croisa ses bras gonflés de muscles et d'agacement. Dire que quelques heures plus tôt, ils étaient enroulés autour de mon corps nu.

— Oui.

— Elle est là ?

— Oui.

— Et Miles ?

— On l'a déposé à quelques kilomètres de là.

Ça semblait mauvais.

— « Déposé » ?

— Lucas a placé sa voiture dans un fossé.

Ma mâchoire se décrocha.

— Vous avez simulé un accident ?

— Dans sa tentative d'échapper aux loups enragés, expliqua lentement Liam, Miles est parti un peu trop vite.

— En me laissant derrière ?

— Il craignait pour sa vie.

— Mais pas pour la mienne ?

— Tu penses vraiment qu'un homme qui frappe une femme s'inquiète autant du bien-être des autres ?

Je pinçai mes lèvres l'une contre l'autre.

— C'était un accident.

— Vraiment ?

Je voulais *vraiment* que ça le soit.

— Il ne croira jamais qu'il est parti sans vérifier comment allait Bea.

— Bea lui a envoyé un message pour dire qu'elle partait en voyage hors de l'État. Oh, et tu lui as envoyé un message après ton réveil où tu étais très en colère qu'il t'ait abandonnée.

Je grinçai des dents. Tant de mensonges. Après un silence tendu, j'ajoutai :

— Il fallait vraiment que tu lui fasses avoir un accident ?

— Liam lui a injecté assez de venin pour le plonger dans les vapes, mais il fallait qu'il oublie et rien de mieux qu'une petite commotion cérébrale pour ça.

— Ne prends pas les accidents à la légère, Liam, grognai-je. Ils sont sérieux, Liam. Il pourrait souffrir de lésion cérébrale et...

Dans ma tête, j'étais de nouveau sur le côté de la route, la jambe écrasée sous la moto enflammée.

— J'ai dit qu'il irait bien et je ne mens pas.

— Vraiment ? Et ton voyage en Alaska, c'était quoi ? Une vérité ?

Il baissa le menton, m'adressant un regard noir qui aurait dû m'intimider venant de mon alpha, mais qui apaisa un peu ma frustration grandissante.

— Tu as dit que Bea était là. Où ça ?

— Dans le salon.

— Je veux la voir.

Ses biceps se contractèrent, rehaussant légèrement ses épaules. Frustrée, je lâchai un grognement.

— Je ne pars pas tant que tu ne m'auras pas dit ce qui se passe.

Il ricana. Pour de vrai.

— Tu ne pars pas avant que je parte parce que tu n'as pas de voiture.

Nous nous fusillâmes du regard jusqu'au retour de Lucas, habillé d'un jogging et d'un sweat à capuche noir, un sac à congélation rempli de neige à la main.

— Ne fais pas attention à lui, P'tit morceau. Liam se conduit comme un con quand il s'inquiète.

Liam dut lui parler dans l'esprit, car Lucas sourit malicieusement en relevant ma tête pour glisser le pack de neige en dessous. Les larmes me montèrent aux yeux en sentant la brûlure affreuse et la palpitation encore pire.

— Où est Bea ?

Lucas posa le pack dégelé sur la table de nuit.

— Enchaînée au mur du salon.

Enchaînée ?

— Pourquoi est-ce qu'elle... Elle a été mordue par le demi-loup aussi ?

Lucas échangea un regard avec Liam qui hocha la tête, sûrement pour l'autoriser à m'offrir cette explication qu'il m'avait refusée.

— Elle a été mordue, et ton frère l'a cachée ici et l'a enchaînée.

— Parce qu'il avait peur qu'à cause de nous, elle fasse une overdose de Sillin... murmurai-je.

Je comprenais enfin pourquoi mon frère avait l'air de quelqu'un qu'on avait traîné sur un champ de mines.

— Non. Parce qu'il avait peur que Liam ordonne de mettre fin à sa vie.

Je regardai soudain Liam, dont les bras étaient fermement croisés devant son torse de fer.

— Pourquoi est-ce qu'il ferait ça ?

Comme aucun d'entre eux ne parla, je refermai les doigts sur la couette.

— Par Lycaon, qu'un de vous crache le morceau ! S'il vous plaît.

— Bea est le métamorphe zéro.

La voix de Liam était si basse que je faillis ne pas entendre. Des grésillements résonnèrent dans mes oreilles.

— Quoi ? Je croyais... Et ce mâle de la meute du Glacier ?

— On ne voulait pas effrayer ton frère. On avait peur qu'il déplace Bea s'il repérait nos suspicions.

Seule ma tête reposait sur un sac de neige, et pourtant mon corps semblait en être recouvert.

— Comment est-ce possible ?

— Apparemment, Lori Morgan l'a mordue, et son venin inhabituel a transformé Bea. Ou plutôt, à moitié. Puis, Bea a continué et a mordu la randonneuse qui a fait une overdose au Sillin, mais si tu me demandes mon avis, je me demande si elle n'a pas fait une *overdose* à cause de ton frère.

L'indignation électrifia mon corps.

— Mon frère ne tuerait jamais quelqu'un.

— Les gens font des choses questionnables au nom de l'amour, P'tit morceau. La fille était le lien qui nous manquait pour remonter à Bea. Le seul...

— Mon frère n'est pas un tueur.

Nate était gentil et juste. Il ne ferait *jamais* de mal à quelqu'un d'autre. Liam décolla enfin ses molaires.

— On le saura bien assez tôt. Il est en chemin avec des poches du sang de Lori.

Cela expliquait sa pâleur. Elle ne fournissait pas du sang pour deux demi-loups, mais pour trois.

— Comment tu le sais ?

— Elle a appelé Lucas pour l'en informer.

— Tu vois, ces deux-là avaient un marché, expliqua Lucas. Il garde pour lui le fait que sa morsure peut transmettre notre gène et elle joue le rôle de la gentille poche de sang.

Dans quoi mon frère s'était-il fourré ?

— Nate essayait de transformer Bea en louve ?

Lucas leva les yeux vers Liam.

— Selon Lori, avec qui j'ai discuté ce matin, Bea est venue la voir après que ton cher frère a partagé avec elle un secret de meute bien gardé qu'il avait découvert quand lui et Lori se fréquentaient.

J'écarquillai les yeux.

— Mon frère a été avec Lori ?

Lucas haussa un sourcil.

— Tu ne savais pas ?

— Non. Non, je ne savais pas. Quand ?

— Il y a quelques années.

Je pressai mes paumes contre mes yeux. Tout ça était tellement fou.

— À quel point est-ce que mon frère a des problèmes ? demandai-je sans oser retirer mes mains et regarder notre alpha.

— Il ne risque pas sa vie..., commença Liam. Mais il risque l'expulsion de la meute.

Mes mains retombèrent.

— Tu viens de dire qu'il n'avait pas forcé Lori à mordre Bea.

— Non, mais il a menti et m'a caché un secret dangereux.

— Pour protéger quelqu'un qu'il aimait !

La colère prenait le pas sur l'inquiétude. Les deux mâles restèrent silencieux un long moment.

— La meute et notre alpha passent avant tout, Nikki, rappela Lucas. Nous avons passé un serment.

— Nate essayait de la protéger, croassai-je.

— « La » ? De laquelle tu parles ?

— Des deux. Il essayait de les protéger toutes les deux.

Liam pencha la tête sur le côté comme pour me voir sous un nouveau jour, un qui me peindrait comme traîtresse et non comme suivante docile.

— Ce qui a coûté trois vies humaines, Nicole.

— Le médecin et sa femme sont morts ?

— Non, admit Lucas. Mais ils le seront sûrement si on ne trouve pas un moyen de les guérir parce qu'on ne peut pas les laisser courir en liberté et créer une nouvelle espèce de métamorphe, n'est-ce pas ?

Un moteur de voiture vrombit à l'extérieur. Je déglutis, un nœud dans la gorge.

— Si tu le bannis, Liam, toute ma famille partira.

Liam, qui avait commencé à se tourner, s'arrêta.

— C'est une menace ?

— Non. Ce n'est pas une menace, juste un fait. Les Freemont restent unis pour le meilleur comme pour le pire.

Il m'observa un long moment, durement. J'essayai de revoir l'homme à qui j'avais donné mon corps pendant la nuit, celui qui m'avait généreusement offert le sien en retour, mais je ne trouvai qu'un étranger. C'était comme si nous n'avions jamais été intimes.

Je me forçai à ne pas détourner les yeux en premier, mais la froide intensité de son regard m'effrayait et me blessait, alors je fis courir mes yeux vers la fenêtre qui donnait sur la forêt et observai les conifères briller au loin, me demandant ce que deviendrait mon frère, ma famille entière.

Liam serait-il juste et clément ou se révèlerait-il aussi impitoyable que son prédécesseur ?

Trente

—Qu'est-ce que... Lucas ?

La voix stupéfaite de mon frère fit tressauter mon cœur. Je surveillai de nouveau la porte de la chambre, mais je ne voyais rien d'autre que le corps de Liam. Déterminée à sortir du lit souillé de Bea, j'appuyai mes paumes sur la couverture et repoussai la douleur qui me donnait l'impression que ma tête éclatait en milliers de petits éclats.

La pièce oscilla quand je m'assis et glissai ma jambe sur le côté du lit. Je me concentrai sur ma respiration jusqu'à ne plus me sentir attachée à un manège. Une fois que le sol sous mes pieds cessa de tourner, je me levai et avançai d'un pas.

Ma tête.

Ma pauvre, *pauvre* tête.

Je portai une main vers la plaie, principalement pour m'assurer que mon cerveau ne dépassait pas. Mes doigts me revinrent collants de sang, mon estomac se souleva et ma vision se troubla.

Je chancelai, tendant mes mains pour ne pas m'écraser au sol. Je heurtai finalement un corps à côté duquel le bois paraîtrait sûrement comme de la mousse.

Liam passa un bras sous mes aisselles, me redressant et m'attirant contre lui.

Qu'est-ce que tu essaies de faire exactement ?

— Je dois aller voir mon frère.

J'esquissai un geste vers la porte, les doigts trempés de sang. La bile remonta dans ma gorge à cette vue et odeur. Je refermai ma mâchoire. Je ne vomirais pas. Je tiendrais bon. Une fois mes intestins en place, je murmurai :

— Tu peux me lâcher maintenant.

Liam marmonna quelque chose que je ne compris pas, car le sang palpitait dans mes oreilles.

— Nikki ?

Mon frère se tenait sur le pas de la porte. Sa mâchoire se parsema de rouge.

— Qu'est-ce que vous lui avez fait ?

Merde. Je n'avais pas pensé à ce à quoi je ressemblerais.

— Ce n'est pas... Ils n'ont pas...

Il traversa la pièce d'un pas lourd et essaya de m'arracher à la poigne de Liam, mais notre alpha dut aboyer quelque chose dans sa tête, car les doigts de Nate se figèrent à un cheveu de mon corps. Il déglutit.

— C'est vrai ? Tu es tombée ?

— Oui.

Il plissa les yeux sur Liam, les sourcils froncés.

— Quelqu'un t'a *poussée* ?

— Non.

Il persista à fixer Liam.

— Je jure que c'était un accident.

Il passa une main sur son visage, sur sa barbe grise, et lâcha un profond soupir.

— Passons à l'interrogatoire directement, Kolane.

Liam hocha la tête.

— Dans le salon. Maintenant.

La réticence ralentit le repli de mon frère, mais ne l'arrêta pas. Quand Liam pivota vers le lit, je campai sur mes positions.

— Non.

— Quoi, non ?

— Je ne retournerai pas au lit. Je vais dans le salon.

— Tu dois t'allonger.

— Non, ce que je *dois* faire, c'est être auprès de mon frère.

Un souffle lui échappa.

— Me laisser être là pour lui est le moins que tu puisses faire avant de nous bannir de la meute.

— Je ne vais bannir personne de la meute.

Son grognement me heurta, sauvage et chaud comme une langue de feu contre mon front glacé. Je levai le menton et plongeai mon regard dans le sien.

— Je voulais dire : avant que tu ne *suggères* que nous quittions la meute.

Sa mâchoire tressaillit au même moment que chaque muscle dans le bras sanglé autour de moi.

— Très bien.

Il me prit dans ses bras et me souleva.

— J'aurais pu marcher, marmonnai-je.

Et j'aurais pu t'attacher au lit. J'aurais probablement dû faire ça hier soir. Ça m'aurait épargné une tonne de problèmes et un gigantesque mal de crâne.

J'entrouvris la bouche sans bruit tandis qu'il nous manœuvrait dans le couloir très étroit.

— Tu es tellement un « alphabruti ».

Je n'ai jamais prétendu être quoi que ce soit d'autre, ma chérie.

— Ne m'appelle pas « ma chérie ».

Il me lança un sourire narquois en entrant dans une pièce remplie de meubles désaccordés allant d'un canapé en velours côtelé vert bouteille à des chaises en osier, une table pliable en métal et un coffre miteux en bois surmonté de piles de livres abîmés. Il y avait de quoi se qualifier pour participer à une téléréalité de rénovation de décoration.

Un petit gémissement détourna mon attention du décor. Enchaînée au mur par un épais collier se trouvait Bea. Ou plutôt, un animal qui avait ses cheveux épais et acajou, ses joues marquées et ses yeux miel. Le reste de ses traits n'étaient pas les bons ; ils étaient allongés, dotés de fourrure et ridés. Ses oreilles étaient pointues comme celles d'un loup, mais localisées à l'endroit des oreilles humaines.

Tu es sûre que tu ne veux pas retourner au lit ? murmura dans mon esprit Liam.

Je hochai la tête.

Il me posa sur le canapé avec tant de douceur qu'on aurait dit qu'il tenait

Storm dans ses bras et non moi. Puis, comme pour se rattraper d'avoir dit que je lui apportais des problèmes et un mal de crâne, il glissa des oreillers sous mon dos et mes omoplates.

Bea avait toujours eu des formes. Maintenant, ses côtes ressortaient sous les touffes de fourrure présentes sur son ventre et les os des hanches. Quant à son teint, il était cireux. Avait-elle consommé quelque chose d'autre que du sang ces dernières semaines ? Mon estomac se révolta à sa vue, mais je soutins son regard doré et vitreux.

Mon frère s'assit sur le rebord du canapé et enfouit son visage dans ses paumes. Je touchai son genou pour lui rappeler que j'étais là. Juste là.

Il inspira longuement, puis laissa tomber ses mains, en posa une sur les miennes et serra mes doigts.

— Comment l'avez-vous découvert ?

Liam s'assit sur l'accoudoir d'une autre monstruosité en velours côtelé, d'une nuance de marron très laide qui aurait dû être interdite.

— Ta sœur nous a conduits ici.

Je levai les yeux si vite que j'eus l'impression que ma tête retombait encore sur des rochers.

— Vous m'avez suivie ici ?

— Pas tout à fait.

Lucas se tenait dans le coin de la pièce comme s'il essayait de ne faire qu'un avec les ombres. Il s'en sortait plutôt bien.

— Le bracelet de Bea sur la scène de crime, rappela Liam en nouant ses doigts ensemble. Ça m'a fait réfléchir et j'ai appelé Lucas pour partir un peu en reconnaissance.

J'enfonçai mes dents dans ma lèvre inférieure.

— Avais-tu prévu de partager l'effet du venin miraculeux de Lori avec quelqu'un d'autre que ta fiancée, Nate ? demanda Liam en faisant craquer ses articulations. Ou tu ne me faisais pas assez confiance pour me donner cette information ?

Mon frère joua avec un ongle cassé jusqu'à ce qu'il se mette à saigner.

— Je n'avais même pas l'intention d'en parler à Bea.

Bea, qui était assise sur ses pattes arrière, se coucha sur le ventre et pleurnicha.

Nate regarda dans sa direction et grimaça.

— Quant au fait de le partager avec toi, Liam, Lori m'a supplié de ne rien dire puisqu'elle n'avait jamais mordu personne avant, mais elle a promis qu'elle te le dirait une fois que tu ne serais plus en deuil.

— Je n'étais pas en deuil quand j'ai pris la tête de la meute et je ne suis plus en deuil depuis plusieurs mois maintenant, alors quand exactement Lori avait-elle prévu de donner cette information et comment pouvait-elle en connaître l'effet si elle n'avait jamais mordu personne ?

— Alex, il n'était pas aussi discipliné, et Lori a dû *nettoyer* ses erreurs.

Je pris une grande inspiration.

— Combien d'erreurs a-t-elle nettoyées ?

— Beaucoup trop, soupira Nate. Mais heureusement, leur venin ne peut transmettre le gène que pendant les pleines lunes et quand ils sont en fourrure.

— Lori t'a dit ça pendant vos conversations sur l'oreiller ? l'interrogea Lucas placidement. Ou tu étais toi aussi dans le comité de nettoyage ?

Mon frère redressa la tête et me regarda.

— C'est bon, Nate, le rassurai-je en serrant son genou. On m'a dit et je ne porte aucun jugement. À propos des conversations sur l'oreiller.

Sa pomme d'Adam rebondit.

— J'ai merdé, Liam. Je t'ai trahi. J'ai trahi la meute. J'ai trahi ma fiancée.

Sa voix se brisa sur ce dernier mot, puis ses yeux rougirent et, pour la deuxième fois de ma vie, je vis des larmes glisser sur les joues de mon frère.

— Est-ce que quelqu'un d'autre est au courant du venin puissant de Lori ? demanda Liam.

— Personne d'encore vivant.

Même si ma tête me lançait à chaque mouvement, je me rapprochai de Nate et entourai de mes bras son dos voûté.

— Oh, Pomme de pin, j'ai vraiment tout gâché.

— Nous trouverons un moyen de réparer ça, chuchotai-je.

— Je ne pense pas qu'il y ait un moyen de réparer ça.

— La pleine lune est ce vendredi. Peut-être que ça aura un impact positif sur leur condition.

C'était logique puisque la lune affectait notre magie de métamorphose. Les anciens de la meute, qui ne pouvaient plus se transformer à volonté, n'avaient aucun mal à se transformer en fourrure lorsque la lune était ronde et brillante.

Mon frère cligna des yeux vers moi.

— Je n'ose pas espérer...

Tout en frottant son dos en cercles lents, je cherchai dans l'expression de Liam une lueur d'optimisme, mais les coins de ses lèvres étaient inclinés vers le bas.

Mon frère inspira, le souffle rauque.

— Quels sont vos plans pour Bea... et pour moi ?

— Bea doit être amenée au bunker. Son frère...

Liam me regardait comme si j'avais comploté pour le piéger avec Miles.

— Il était sur le point de lui rendre visite aujourd'hui. S'il la voyait dans cet état... Tu sais comment ça se terminerait pour lui.

Mon frère se crispa et hocha la tête.

— « Comment ça se terminerait » ?

Je craignais que la réponse soit la mort, mais j'espérais – je le faisais beaucoup ces derniers temps – que ce ne soit pas le cas.

— Pas bien, répondit Lucas de manière énigmatique.

Liam soupira.

— Quant à toi, Nate, tu vas devoir te retirer en tant que bêta.

Nate déglutit et hocha de nouveau la tête.

— Je comprends.

J'attendis que Liam ajoute une autre punition parce qu'une rétrogradation de poste ne pouvait pas être sa seule réprimande. N'est-ce pas ?

Quand il se leva sans rien ajouter, je fronçai les sourcils.

Tu sembles déçue par mon verdict, Nikki.

— Juste agréablement surprise par ton indulgence.

Il fit glisser ses paumes sur ses cuisses en jean.

— Nate, tu comprends que si la pleine lune ne l'aide pas, nous devrons prendre des décisions difficiles.

Il hoqueta dans un sanglot et ma poitrine déjà comprimée se serra encore plus. J'envoyai une prière silencieuse à Lycaon pour qu'il répare l'erreur de Lori.

Comment avait-elle pu accepter de la mordre en sachant comment ça allait finir ?

— Bea a vraiment demandé ça ?

Nate tourna ses yeux bruns pensifs vers moi et esquissa un si léger signe de tête que je le pris presque pour un tremblement.

— Pourquoi Lori n'a pas refusé ?

— Bea a menacé de la dénoncer. Comme la réputation de Lori dans la meute est déjà mauvaise, elle a accepté.

Je regardai Bea en état de choc. Avait-elle vraiment eu recours au chantage pour obtenir ce qu'elle voulait ? Elle tourna la tête vers le mur et retroussa son museau au moment où quelqu'un frappait au chalet. Je sursautai et le mouvement m'irrita le crâne.

C'est Darren. Tu as besoin de points de suture.

Lucas se décolla du mur et se dirigea vers la porte qu'il ouvrit en grand. Le métamorphe qui avait aidé ma mère à l'accouchement, pour moi comme pour tous mes frères et sœurs et la plupart des membres de ma génération, entra dans la pièce, ses fins cheveux blonds hérissés autour de son visage. Il avait dû être prévenu de ce qu'il allait trouver, car la pitié creusa les rides qui encadraient ses yeux et sa bouche.

— Désolé. Je suis venu aussi vite que j'ai pu.

Il s'approcha de moi.

— Comment ça va, petite ?

Bien mieux que la moitié des gens dans cette pièce.

— Pas trop mal.

Liam s'accroupit en face de Bea. Je me demandai s'il parlait dans son esprit, puis me rappelai qu'elle n'était pas liée à lui. La compassion et la fatigue avaient dompté son expression furieuse. Avait-il dormi après m'avoir déposée ? Probablement pas.

Tout en déployant son corps massif, il regarda mon frère.

— Nate, tu trouveras la voiture de Miles à environ un kilomètre sur la route. Signale l'accident et suis l'ambulance jusqu'à l'hôpital. Ne quitte pas Miles jusqu'à ce qu'il se réveille. Je veux savoir exactement ce dont il se souvient.

Mon frère se leva, repoussant ma main posée sur son dos.

— Et nous lui avons envoyé un message depuis le téléphone de Bea pour lui dire qu'elle était hors de l'État. En Californie, puisque c'est ce que tu as dit à son voisin.

Donc Liam a aussi visité son immeuble... Je ne savais pas pourquoi cela me surprenait.

— Assure-toi de t'en tenir à cette histoire. Nous ne voulons pas que sa famille devienne suspicieuse.

Liam se dirigea vers le mur et tira sur la chaîne, la décrochant d'un coup sec comme si elle était en plastique et non en métal.

— Lucas, transfère Bea au bunker.

Il tendit les maillons à son bêta qui tira sur la chaîne comme si c'était une laisse, forçant Bea à se lever.

— Attendez.

Nate sortit une clé de sa poche.

— Voilà, fit-il en levant la main.

— Je ne vais pas la laisser partir libre.

Nate soupira.

— Je sais. Tu ne devrais probablement pas.

Lucas empocha la clé.

— Attends.

Nate disparut dans la chambre et revint avec la couverture en polaire que j'avais tachée. Il l'enroula autour de la forme rabougrie et nue de Bea.

— Elle est tellement plus calme que les autres.

Au moment où je le disais, ses narines se dilatèrent et ses lèvres caoutchouteuses se rétractèrent. Elle fouetta sa tête sur le côté, passant son museau le long de la tache de sang.

Quand de la bave coula de ses crocs, Lucas enroula la chaîne deux fois de plus autour de sa main.

— Elle réagit à l'odeur du sang de Nikki !

Le regard de Bea se tourna vers moi. J'aspirai l'air, la peur clouant mon coccyx au canapé. Le métal s'entrechoqua quand elle bondit, poussant mon frère sur la table basse de fortune et bousculant Lucas en avant. Liam se jeta devant moi.

— Bea, calme-toi ! cria Nate.

Liam rugit et empoigna son cou allongé, la soulevant du sol.

Elle poussa un hurlement d'étranglement et frappa son bras levé, passant ses ongles jaunes recourbés sur sa peau, le griffant au sang. Liam resserra ses doigts et ses articulations devinrent aussi blanches que la neige.

— Liam, ne la tue pas, croassa Nate. S'il te plaît. Aie pitié.

Je fixai tour à tour mon alpha et mon frère, les lèvres tremblantes d'envie de seconder la demande de Nate. Mais je ne pouvais pas parler. Je pouvais à peine respirer. Quand les bras de Bea retombèrent, quand sa tête pencha et que ses paupières se baissèrent, j'entrouvris la bouche et inspirai une bouffée d'oxygène.

— Elle n'est pas morte, même si elle devrait l'être.

Liam la jeta à Lucas comme si elle n'était rien de plus qu'une poupée de chiffon qui avait perdu son rembourrage.

— Merci.

Les yeux injectés de sang de Nate suivirent le bêta aux cheveux noirs pendant qu'il sortait Bea du chalet.

— Merci, chuchota-t-il encore avant de sortir lui-même d'une démarche hésitante.

— Et si elle attaque Lucas ? murmurai-je.

— Il a un pistolet tranquillisant dans la voiture. Je lui ai dit de l'utiliser.

— Tiens, Liam.

Le murmure d'une fermeture éclair attira mon attention sur Darren qui fouillait dans son sac en nylon pour trouver de la gaze stérile et de l'alcool. Non pas que nous puissions avoir des infections.

— Occupe-toi d'abord de Nikki.

Darren tourna délicatement ma tête, écarta mes cheveux et appliqua la gaze qu'il avait imbibée sur la plaie. Alors qu'il tapotait l'endroit sensible, je fermai les yeux et les doigts, essayant désespérément de contrôler mon pouls qui s'emballait.

L'air s'agita, épaissi d'un parfum de menthe et de vent, puis un courant chaud parcourut l'air vif du chalet. J'entendis un craquement de genou et quelqu'un enveloppa mes poings serrés dans ses mains. Je jetai un coup d'œil à travers mes cils.

Liam était accroupi à côté de moi, son visage si proche du mien que je pouvais sentir son souffle. Bien que la tension parcourût ses traits, il dégageait tant de chaleur et d'énergie calme que je me détendis progressivement.

— J'aurai besoin de points de suture, Darren ?

— Ça dépend de la vitesse à laquelle tu veux guérir.

Je gardai mon regard braqué sur celui inflexible de Liam.

— Aussi vite que possible.

— Alors ça sera des points de suture.

Je déglutis.

— Je vais t'administrer un anesthésiant, ma belle. Tu ne sentiras rien.

J'essayai d'être courageuse. Qu'était une petite blessure à la tête à côté de tout ce qui se passait ?

— Tu peux aller avec eux, Liam. Darren pourra me ramener à la maison.

— Ils n'ont pas besoin de moi.

Les mots *je n'ai pas besoin de toi non plus* se trouvaient sur le bout de ma langue, mais ils ne sortirent pas parce, que même si je n'avais pas besoin de lui, j'appréciais qu'il reste.

— Je suis désolée de t'avoir traité d'« alphabruti », murmurai-je.

— On m'a traité de bien pire, Pomme de pin.

Il avait sorti ce surnom avec une bonne dose de sarcasme. J'étais sur le point de lui dire de ne pas m'appeler comme ça quand la pointe d'une aiguille me piqua le crâne.

— Alors, parle-moi de ton surnom infâme. Comment tu l'as eu ? demanda-t-il à haute voix.

Je serrai les dents, puis expirai.

— Pas de réponse sans réponse de ta part.

Si exigeante, madame Freemont. Il poussa un autre soupir et son souffle glissa entre mes lèvres entrouvertes.

— Bien. Mais toi d'abord.

Mon crâne s'était agréablement engourdi. J'aurais aimé que l'engourdissement s'étende à ma tempe. Je veux dire, c'était dans la zone.

En fronçant le nez, j'admis :

— Comme tu le sais, je suis la plus jeune de la fratrie. Après la première transformation de Nolan et Nash, j'étais très jalouse.

Darren toucha l'arrière de ma tête.

— Laisse-moi commencer en rappelant que j'avais huit ans à l'époque et que j'étais extrêmement crédule.

Je me léchai les lèvres parce que ce n'était pas moins mortifiant onze ans plus tard.

— Niall ne s'était pas encore transformé non plus, mais il insistait sur le fait qu'il était proche. Il m'a convaincue que manger une pomme de pin activerait mon gène de transformation plus tôt.

Darren pouffa.

— Oui, ouais. Moque-toi de moi, docteur.

Liam sourit. Un sourire franc qui me rendit mon souffle.

— Ne me dis pas que tu es tombée dans le panneau ?

— La tête la première.

— J'avais dû t'administrer des laxatifs assez puissants, se rappela Darren.

Je voulus me retourner et lui faire une grimace, mais ses doigts maintinrent ma tête fermement en place.

— Il fallait que tu partages cette dernière partie ? Qu'est-il arrivé à la confidentialité docteur-patient ?

— Ça ne s'applique pas aux alphas, expliqua Darren. Heureusement, Nicole en a mangé une toute petite.

Tout le sang de mon corps convergeait dans mes joues.

— J'ai changé d'avis. Laisse-moi me vider de mon sang.

Liam fit claquer sa langue.

— Il serait sans meute *et* sans travail s'il faisait ça.

Je fronçai légèrement les sourcils. Liam plaisantait-il ou était-ce une menace réelle ? Je savais qu'il avait le pouvoir de priver Darren des deux, mais il ne le ferait pas, n'est-ce pas ?

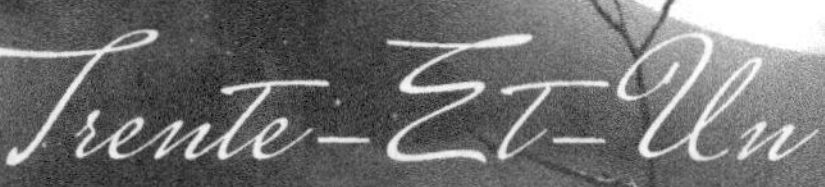

— C'est fini.

Darren coupa le fil après son dernier point, puis arrosa les bras de Liam d'alcool. Après les avoir nettoyés, il écarta son arsenal et se leva du canapé.

— L'un de vous deux a besoin qu'on le ramène au camp ?

Liam passa ses paumes sur les coupures qui restaient de l'attaque de Bea.

— Non, ça ira pour nous. Ma voiture n'est pas garée très loin.

Darren coula un regard vers moi, sûrement curieux au sujet de ma relation avec notre alpha qui avait non seulement tenu mes mains, mais aussi déclaré que je rentrerais avec lui sans me demander mon avis sur la question. Sans parler de la lèvre enflée de Liam qu'il avait examinée plus d'une fois.

Je ne fis pas une scène tant que Darren était toujours là, mais dès son départ, quand Liam et moi quittions la maison, je commentai :

— Je ne voulais peut-être pas rentrer avec toi.

Le soleil était encore si éclatant qu'il me brûlait les yeux. Liam, qui enfilait sa veste en cuir, s'arrêta net, le col mal mis. Lentement, il l'aplatit.

— Je pensais que je n'étais plus un « alphabruti » ?

— Tu aurais pu me demander ce que *je* voulais.

— Tu veux que je rappelle Darren ?

— Non.

— Tu aurais préféré rentrer avec lui ?

J'observai Liam en coin.

— Peut-être.

Il pinça les lèvres.

— Tu peux marcher ou tu veux que j'aille chercher la voiture ?

— Je peux marcher.

— Puis-je suggérer que tu te tiennes à moi ?

— Tu peux le suggérer.

— Tu le feras ?

— Non.

Il grogna et le bruit ricocha sur le lac gelé.

— Puisqu'on est toujours ensemble, je veux la réponse que tu me dois.

Il se renfrogna.

— Vas-y.

Le cœur battant un peu plus vite, je me lançai :

— Tu détestes les liens d'accouplement parce que Ness a choisi son véritable partenaire au lieu de toi ?

— Ma désapprobation ne découle pas d'une affection non réciproque. Oui, Ness et moi avions quelque chose. Quelque chose de très bref qui a pris fin parce que je me suis comporté comme un con avec elle.

Il déglutit – la douleur, l'agacement ? Je ne le connaissais pas encore assez pour le savoir.

— Au bout du compte, je l'aurais perdue au profit d'August, alors c'est sûrement une bonne chose qu'on ne soit pas allés plus loin. Non seulement ils étaient magiquement liés, mais ils avaient un passé ensemble. Tu ne peux pas rivaliser avec ça.

J'accélérai l'allure pour suivre ses grands pas.

— Tu l'apprécies ?

— Qui ? August ?

Je hochai la tête.

— Notre relation s'améliore, mais il ne m'a jamais réellement fait confiance sur le fait que je n'avais plus de vue sur sa copine.

— Et c'est le cas ?

Il me lança un regard sombre.

— Ils sont partenaires d'accouplement. Une fois le lien consommé, il n'y a plus moyen de s'interposer entre eux.

— Et s'ils ne l'avaient pas consommé ?

— Je n'aime pas les « et si ». Quel but y a-t-il à réfléchir à des choses qui ne se sont pas passées ? Je préfère me concentrer sur le schéma actuel. Je n'ai pas eu *la* fille, mais j'ai eu la meute, puis j'ai eu un fils sans avoir la mère. Je me suis fait à l'idée que tu ne peux pas tout avoir et je suis satisfait de ce que j'ai.

— C'est un point de vue de merde.

— Pardon ?

— De penser que le bonheur qui vient a un prix.

— C'est le cas.

— Non, c'est faux. Le bonheur n'est pas une transaction, c'est un état d'esprit. Tu devrais essayer. Enfin, tu ne verrais probablement pas le bonheur même s'il te frappait en plein visage.

La ligne droite de sa bouche s'adoucit.

— Si ce n'est pas à cause de Ness, pourquoi est-ce que tu détestes les liens d'accouplement ?

Son regard passa sur les troncs d'arbre nous cachant du soleil.

— À cause de mon père.

J'attendis qu'il entre dans les détails.

— Sa véritable partenaire l'a rejeté et il a traité ma mère comme un prix de consolation sans valeur.

— Oh.

J'avais entendu dire que son père était un homme terrible. Selon les rumeurs, il avait tué sa femme. Même s'il était tentant d'en apprendre plus, Liam semblait assez affecté comme ça.

Quand nous arrivâmes à sa voiture, il m'ouvrit la portière passagère, la referma derrière moi et s'installa au volant.

— Tu peux me déposer au salon de coiffure d'Adalyn ? Je dois récupérer ma voiture.

— Je ne pense pas que tu devrais conduire.

Je levai les yeux au ciel.

— Darren ne m'a pas opérée ou ouvert le crâne, Liam. Et puis, il n'y a pas long à faire.

— S'il te plaît, va la chercher quand tu te sentiras mieux. Ou encore mieux, je demanderai à Lucas de te la ramener quand il aura fini au bunker.

La simple mention du bunker me retournait l'estomac.

— Mes parents savent pour Bea ?

— Je ne leur ai rien dit.

— Ça va les détruire. Ils l'adorent.

Je posai mon coude sur l'accoudoir et regardai le paysage pâle défiler.

— Qu'est-il arrivé à tous les gens qu'Alex a mordus ?

— D'après toi ?

— Ils n'ont pas donné sa chance au moindre d'entre eux ?

— Il faudra demander à Lori, mais je suppose qu'ils étaient tous tués sur-le-champ ou la rumeur se serait propagée au sujet de ces capacités clandestines.

— Tu crois que la pleine lune les retransformera en humains ? Ou complètement en loups ?

— Je ne me ferais pas trop d'espoirs si j'étais toi.

Mon optimisme se flétrit comme un raisin. J'étais si déçue que je ne pus articuler un seul mot pendant des kilomètres. Ce n'est qu'en arrivant au camp presque une heure plus tard que je réussis à reprendre la parole.

— Maintenant que l'affaire est réglée, tu vas retourner à Boulder ?

— Oui. Mais après la course de la pleine lune quand le destin des demi-loups sera décidé.

Les avoir lui et Storm dans les parages me manquerait. Même Lucas et son blabla sans réflexion me manqueraient.

Je regardai Liam et nos regards se croisèrent. Pouvait-il voir ce qui me traversait l'esprit ? Lycaon, j'espérais que non. Comme ce serait embarrassant de m'être attachée en deux semaines. D'accord, nous avions passé un montant de temps exorbitant et avions été proches, mais quand même...

— Ton chez-toi te manque ? finis-je par demander.

Son attention se reporta sur la route.

— Mon chez-moi, c'est Storm et la meute.

Je mordillai ma lèvre inférieure.

— Alors tu te sens déjà chez toi ici ?

— Oui.

Une chaleur me réchauffa le ventre tandis qu'il conduisait jusque chez mes parents. Il se gara et dit avant de sortir :

— Tu veux que ce soit moi qui leur apporte la nouvelle ou tu veux le faire toi-même ?

— Je le ferai.

J'inspirai profondément, me préparant à briser le cœur de mes parents. Avec un peu de chance, Nate m'avait devancée. Ils ouvrirent la porte d'entrée avant même qu'on l'atteigne, le visage aussi pâle que le lait que Storm avalait.

— Vous savez ?

Maman passa Storm sur son autre hanche.

— Nate a appelé. Il est toujours à l'hôpital avec Miles, mais il allait se rendre au bunker. Ton père était sur le point d'aller le retrouver, mais je voudrais... si tu n'as plus besoin de moi, Liam...

Sa voix se brisa.

— Bien sûr. Merci d'avoir gardé mon fils aussi longtemps.

Liam tendit les bras vers Storm qui lâcha son biberon et s'agita vers son père, un sourire plein de bave aux lèvres. Malgré les larmes remplissant ses yeux, maman reproduisit le sourire de Storm.

— Je t'en prie. Nous avons passé la meilleure soirée pyjama au monde. J'espère que vous vous êtes amusés tous les deux malgré...

Elle déglutit. J'inspirai un peu trop d'air et commençai aussitôt à tousser. Liam resta parfaitement opaque, répondant que cela avait été une pause très appréciable et qu'il ne pouvait les remercier assez pour leur générosité.

Je savais que c'était ridicule, ne serait-ce que de s'inquiéter que mes parents découvrent l'étendue de notre *amusement*, mais pouvais-je m'en empêcher ? Nan. Surtout que la marque était inscrite en plein milieu du visage de Liam. Heureusement, ils s'imaginaient que Liam s'était amusé ailleurs.

Maman aida Liam à habiller Storm de son petit manteau court.

— Pourquoi s'est-elle fait ça ? À elle, à son frère, à ses parents...

Je n'avais pas pensé à Miles depuis un moment, mais maintenant, je m'inquiétais pour lui et pour son petit accrochage mis en scène.

Papa attira maman à lui et lui embrassa la tempe.

— Il y a peut-être un moyen de renverser le procédé, Meg.

La lèvre inférieure de maman commença à trembler.

— Oh, maman.

J'attrapai une de ses mains et la serrai. Elle me serra en retour.

— Ta tête, mon cœur. Allons à l'intérieur et...

— Ma tête va bien, maman. Je te jure. Va voir Nate. Il a besoin de vous en ce moment.

— Tu es sûre ?

— Oui.

Je la serrai encore une fois. Elle se tourna vers Liam, les yeux brillants. Après quelques secondes, elle murmura :

— Merci, Liam.

Elle embrassa ma joue, caressa doucement la peau enflée autour de ma tempe et partit vers leur minivan.

Pendant qu'ils reculaient sur la route, je demandai à Liam :

— Pourquoi elle t'a remercié ?

— Parce que je lui ai promis que je ne te quitterai pas des yeux jusqu'à ce qu'ils reviennent.

J'eus un mouvement de recul qui mit à mal toutes mes blessures à la tête.

— Mais pourquoi proposerais-tu cela ?

— Pour qu'elle ne s'inquiète pas pour toi et puisse se concentrer sur Nate.

— Liam, je ne mens pas quand je dis que je me sens parfaitement bien. Je te le jure.

Je refermai la porte d'entrée et retournai à la voiture.

— J'ai promis à ta mère et je suis un homme de parole.

— J'appellerai Adalyn.

Je cherchai mon téléphone dans ma poche. Avant que je ne puisse le sortir, Liam me tendit Storm.

— Ça te dérange de me le tenir pendant que je conduis ?

Storm sourit et couina comme l'un de ses jeux de bain. Je repoussai une mèche auburn rebelle de ses yeux verts et souris. Je me demandai si le bonheur de tous les bébés était contagieux ou si le fils de Liam avait un pouvoir de métamorphe secret.

Je ne pris pas la peine de nous attacher, mais le tins aussi fermement que lui s'accrochait à son biberon.

— Tu te rends compte à quel point c'est ridicule de me babysitter ?

— Tu t'es évanouie. Les commotions cérébrales sont sérieuses. Même pour nous.

Je fis la moue.

— Tu ne semblais pas du tout inquiet pour les commotions cérébrales il y a une heure quand tu en as causé une à Miles.

Il me lança un regard noir qu'il n'étaya pas de mots. Pas besoin. Je soupirai ; j'étais conscience que causer un accident était la meilleure des deux mauvaises solutions.

— Merci de ne pas l'avoir tué.

Mon estomac grogna si fort que le son fit peur à Storm. Liam sourit.

— Et si je te préparais un repas, même si c'est un peu tard ?

Il fixa le soleil qui était si bas à l'horizon qu'il était juste au-dessus du mont Gold Dust Peak.

— Je pensais que tu ne savais pas cuisiner ?

— Je peux faire bouillir des pâtes, tu te rappelles ?

Une fois chez lui, j'installai Storm sur le tapis du salon pendant que Liam apportait un panier débordant de jeux avant de se rendre à la cuisine.

— Je pensais que ça serait gênant, mais étonnamment, ça ne l'est pas. J'aurais dû faire confiance à l'expert en aventures d'un soir.

Il se raidit.

— Ce n'était que pure spéculation. Je n'ai jamais passé de temps avec une fille avec qui j'avais... couché, expliqua-t-il tout en rabaissant le levier du robinet et posant la casserole sur la cuisinière.

Il se frotta la nuque. Avais-je mis Liam mal à l'aise ?

— Si seulement elles avaient su qu'une petite commotion était la clé pour avoir ton attention après le matin.

Les yeux de Liam croisèrent enfin les miens. Il secoua la tête en surprenant mon sourire, mais me le renvoya en plus discret.

Storm escalada mes jambes et secoua son hochet si près de mes cornées que je clignai des yeux.

— Tu veux que je te regarde toi. Compris.

J'attrapai un autre hochet dans la corbeille à jouets et le secouai au rythme d'une chanson pop vieillotte. Storm frappa dans ses mains, puis se rappela son propre instrument et joua en arrière-plan. Nous avions terminé trois mélodies quand la porte d'entrée s'ouvrit.

— Eh ben, si on est pas bien là ?

Un courant d'air froid accompagnait la voix de Lucas.

— Comment va tout le monde ?

Lucas repoussa ses cheveux longs en arrière.

— Ils pleurent.

Une bonne dose de sympathie s'entendait dans sa voix. Il marcha jusqu'à la table à manger pour huit personnes et se laissa tomber devant le grand saladier de pâtes que Liam venait de poser.

— Comme c'est gentil de m'avoir préparé à manger, Liam. Qu'est-ce que vous mangerez tous les deux ?

Il réussit à attraper une fourchette de pâtes avant que Liam ne lui retire le saladier.

— Je ferai une autre fournée, mais les dames d'abord, Lucas.

— C'est bon. Je peux attendre.

Je me levai et me penchai pour attraper Storm. Lucas engloutit sa bouchée.

— Je plaisantais, même si je pourrais sûrement manger tout un paquet. Ça a été une journée éprouvante.

J'installai Storm dans la chaise haute, puis m'assis à côté de lui. Pendant que Liam allait mettre une autre casserole à chauffer, je partageai trois assiettes avec la première tournée de pâtes.

— Tu t'es bien disputé avec ta copine ou c'était une histoire pour que personne ne trouve ta présence prolongée à Beaver Creek louche ?

— Malheureusement, ça, c'est vrai.

Il s'avachit dans sa chaise, faisant crisser les barreaux. Même si je n'étais pas heureuse qu'il se soit disputé avec sa copine, j'étais contente qu'il ne m'ait pas menti.

— Ness lui a donné ta lettre ?

— Oui.

— Et ?

— Et elle m'a répondu par e-mail en me demandant si j'avais commencé à consommer des crottes de cerf.

Il sourit.

— Merde. Désolée.

— Tu plaisantes, P'tit morceau ? C'est la première fois qu'elle répond. Grâce à toi, ma queue est à un pas de plus de la rédemption.

Liam ricana.

— Alors, comment était *ta* nuit ?

Lucas désigna Liam et moi en agitant ses sourcils. Ma mâchoire se teinta de rouge, mais cela ne chassa pas mon sourire. Je me concentrai pour couper une pâte en minuscules bouts pour Storm et lâchai impassible :

— J'ai connu mieux.

Lucas rit.

— Oh, ça calme.

Liam s'inclina sur son siège.

— Avec *Grant* ?

Même si le sexe avec Grant n'avait jamais été mauvais, Liam savait y faire avec l'anatomie féminine.

Storm frappa son plateau en plastique, demandant plus de pâtes. Même si mes parents l'avaient probablement nourri plus qu'assez, je me pliai à son appétit. Il était presque seize heures après tout.

Liam joua avec les dents de sa fourchette.

— J'imagine qu'on va devoir prévoir un *round two* alors.

Mon cœur s'emballa d'un coup. Pour éviter d'avoir l'air avide, je protestai :

— C'est contre les règles des aventures d'un soir.

— Heureusement que je peux modifier les règles de la meute.

— Les aventures d'un soir sont un truc humain.

— Je déclare que les plans cul doivent durer au moins deux nuits pour être considérés comme aventures.

Tantôt Lucas riait, tantôt il engouffrait sa nourriture.

— Un repas *et* un spectacle à regarder, parfait.

— J'ai une commotion cérébrale.

Je ne jouais pas la difficile à avoir, je ne faisais que m'assurer de ne pas être trop facile. Aucun loup ne voulait que sa proie s'allonge et demande à être mangée.

Pourtant...

Mais quel esprit tordu ! Il y a un bébé à côté de toi et *le meilleur ami de Liam.*

— Quand ta commotion sera passée.

— J'y réfléchirai.

— Merde, lâcha Lucas.

Liam s'avachit encore plus dans sa chaise, mais pas en signe de défaite. Non, il le fit de sorte que ses genoux heurtent le mien. Je ne déplaçai pas le mien sur le côté, car j'aimais le voir tendre la main vers moi, même si c'étaient en fait ses genoux.

Storm frappa son plateau et Lucas en fit de même.

— Tu as raison, Petit destructeur. Où sont nos pâtes ?

— Elles cuisent dans la casserole.

Liam indiqua de la tête la cuisine et Lucas se leva.

Si tu n'es pas intéressée, je laisse tomber.

— Ne laisse pas tomber, indiquai-je en plaçant d'autres bouts de pâte devant son fils.

Même si je ne pensais pas que Liam ait pris ma réticence au sérieux, ma réponse apaisa les rides au-dessus de son nez et éclaira ses yeux sombres. Je m'en réjouissais. Sans parler qu'un *round two* signifiait qu'il avait apprécié la nuit, sinon il ne l'aurait pas suggéré. C'était sûrement le fait de l'avoir mordu et pas mon expertise au lit, mais je prenais n'importe quelle raison qu'il avait pour vouloir encore de moi.

Lucas déposa la nouvelle casserole de pâtes chaudes sur la table et, au même moment, on frappa à la porte d'entrée. Liam se leva et la porte s'ouvrit en grand.

Adalyn se précipita à l'intérieur, suivie de Nash et Nolan.

— On a entendu la nouvelle à Rivage.

Ses yeux bleus étaient entourés de rouge, leur conférant le même effet phosphorescent que lorsqu'elle était en fourrure. Elle se laissa choir dans une chaise libre, attirant mon frère à côté d'elle. Nolan s'appuya au comptoir de la cuisine, les bras croisés pendant que son jumeau fixait Liam, tendu.

— Lori doit payer pour ça. Il faut qu'elle meure.

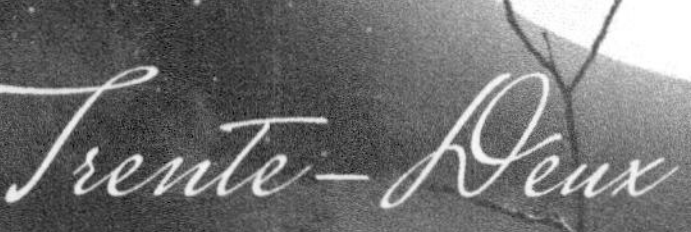

Trente-Deux

J e m'étouffai avec ma bouchée de pâtes et postillonnai, me saisis de mon verre d'eau pour avaler la bouchée.

— Bea a demandé à être mordue, Nash.

Nolan haussa un sourcil.

— Tu défends Lori ?

— Oui. Comment peux-tu, ne serait-ce que suggérer que Liam la tue ?

— Elle peut créer des demi-loups, Nikki ! s'agaça Nash. Elle est un danger pour l'humanité.

— Elle ne l'a jamais fait avant.

— Laisse-moi deviner… Elle t'a dit que c'était sa première fois ?

— Non. Je le tiens de Nate et je lui fais confiance. Tu devrais le faire aussi.

Les bras croisés de Nolan se crispèrent.

— Notre frère a eu une relation avec Lori. Il t'a dit ça ?

Je regardai Liam, espérant que ses pensées ne s'alignaient pas sur celles de mes frères.

— Non, mais je l'ai découvert.

— Bien sûr qu'il essaie de la protéger, insista Nash.

Adalyn enroula sa main autour de l'avant-bras de Nash.

— Lori a grosso modo tué Bea. Pourquoi tu la protèges ?

— Parce que Bea lui a fait du chantage pour la forcer.

Nash grommela.

— *Nate* t'a dit ça aussi ?

— Et alors ? Tu parles d'éliminer une personne de la Terre parce que tu as peur qu'elle puisse commettre un crime.

La colère me traversait de toute part.

— Qu'« elle *puisse* » ? Lori a commis un crime.

Je repoussai mes cheveux en arrière. Adalyn hoqueta.

— Qu'est-il arrivé à ta tête ?

— Je me suis cognée.

— Tu t'es « cognée » ? répéta Nash.

Nolan s'écarta du comptoir et marcha jusqu'à moi.

— À quoi ?

Je fermai les yeux une seconde.

— Ce n'est pas important.

— Un flingue, répondit Liam.

Je lui lançai un regard noir. Fallait-il qu'il partage ça *maintenant* ? Mes frères étaient déjà assoiffés du sang de quelqu'un. Maintenant, ils allaient demander le sang de deux personnes.

Nolan se figea.

— Un flingue ?

— Oui, un flingue. Est-ce qu'on peut se concentrer sur le principal problème maintenant ? Votre soif de sang...

— Le flingue de qui ? grinça Nash.

Ses doigts s'étaient refermés en un poing serré, si fort que ses phalanges étaient devenues blanches et que de la fourrure brune en sortait. Ainsi que sur ses avant-bras. Adalyn agrippa les deux côtés de son visage, le forçant à la regarder. Lentement, la fourrure rentra dans ses pores.

Storm, dérouté par la colère électrifiant l'atmosphère du chalet, couina et tendit ses mains vers mon assiette de pâtes. Je coupai deux pâtes de plus sur son plateau.

— J'allais rendre visite à Bea avec Miles ce matin et on est tombés sur Liam et Lucas en loups. Miles a flippé et a sorti un pistolet.

— Et il t'a frappée avec ?

Nash jaillit de sa chaise. Et dire qu'Adalyn avait réussi à le calmer.

— Je vais le *tuer*.

Nolan fit craquer ses phalanges.

— J'irai avec toi.

Je reportai mon regard vers notre alpha.

— Liam, arrête cette folie !

Il haussa un sourcil comme s'il appréciait l'impétuosité de mes frères. Il trouvait cela probablement pratique vu qu'il n'appréciait pas Miles. Grognant un peu, je me tournai de nouveau vers mes frères.

— C'était un accident. Personne ne tuera personne. Ni Miles ni Lori. Et puis, Lucas a déjà causé un accident de voiture à Miles. C'est assez.

Leur regard bleu identique coula vers Lucas. Après avoir écouté le petit récit du bêta, Adalyn plissa les yeux vers ma tempe gonflée.

— Je ne comprends toujours pas comment frapper quelqu'un peut être un accident.

— Je me trouvais sur son chemin. J'essayais de l'empêcher de tirer sur Liam pour que *celui-ci*, insistai-je en indiquant notre alpha de la tête, puisse fuir.

Liam redressa les épaules.

— Tu t'attendais vraiment à ce que je recule ?

Je clignai des yeux.

— Je ne me trouvais pas dans un danger mortel.

Storm caressa son plateau. Au lieu de lui donner une pâte, je me levai pour remplir un de ses biberons d'eau. Il ne serait probablement pas très content, mais plus de nourriture gênerait son estomac.

Quand je passai devant Adalyn, elle se tourna sur son siège.

— Pourquoi est-ce que tu excuses ce que Miles a fait, Nikki ? Au bout du compte, il t'a *frappée*. Ce n'est *pas* rien.

Je me rendis à la cuisine et commençai à bousculer les casseroles à la recherche des biberons de Storm. J'en trouvai un à sécher près de l'évier.

— Je sais, mais au fond, je vais bien et pas lui.

D'accord, ma tête était douloureuse, mais elle guérirait. Comment Miles allait-il guérir ? Et je ne parlais pas de l'accident de voiture, mais aussi de la perte de sa sœur. Parce qu'il la perdrait si l'on ne trouvait pas un moyen de la sauver.

Je laissai l'eau couler encore et encore jusqu'à ce qu'elle soit froide, puis positionnai le biberon sous le jet d'eau. En revissant le couvercle, je me retournai.

— Est-ce qu'on peut se concentrer sur Bea maintenant, s'il vous plaît ?

Je revins à table et tendis à Storm le biberon sous le regard observateur d'Adalyn.

— J'ai conscience que ce que peut faire Lori est dangereux, mais tant qu'elle ne l'utilise pas avec malveillance, elle ne mérite pas la mort. Hein, Liam ?

Tous les yeux se tournèrent vers lui, y compris ceux de son fils.

Storm leva le biberon et en but une gorgée avant de baver la plupart de ce qu'il avait pris. Il plissa le nez, mais but encore comme s'il s'attendait à ce que le liquide se transforme magiquement en lait. Comme ça n'arriva pas, il tendit la main et laissa tomber le biberon.

Juste comme ça.

Je souris, imitée par Nolan qui s'accroupit pour le ramasser. J'étais contente qu'au moins un de mes frères se soit calmé, même si ce n'était que temporaire. Liam détacha son fils de sa chaise et le prit dans ses bras.

— À moins que vous ne trouviez une preuve que Lori a menti en affirmant que c'était la première fois qu'elle transformait quelqu'un, elle restera une Boulder pour le restant de sa vie. Compris ?

Il caressa de sa grande main le dos de son fils, de haut en bas.

— Compris, marmonna Nash.

Les pieds d'une chaise crissèrent et Adalyn ajouta :

— Tu vas avoir une mutinerie sur le dos, Liam.

— Et où te trouveras-tu quand cette « mutinerie » commencera, Adalyn ?

Je regardai mon amie, son maquillage sombre et ses joues couvertes de taches de rousseur. J'attendis qu'elle dise « avec toi ». Mais elle n'en fit rien. À la place, elle déclara :

— Avec Nash.

— Nash, Nolan, de quel côté serez-vous ?

— Du côté de la justice, dirent-ils en même temps.

Neuf mois à partager le même sac amniotique leur avaient donné un lien digne de ceux des partenaires.

Nash rangea sa chaise sous la table.

— Si je trouve une preuve...

— Si tu trouves une preuve, apporte-la-moi.

La voix sèche de Liam fit tressaillir mon frère. Mon regard croisa celui d'Adalyn. Elle se mordit la lèvre en guise d'excuse. Je n'étais pas en colère contre elle, mais un peu déçue qu'elle saute d'emblée sur le train *éliminer Lori* sans preuve concrète.

— Et toi, Pomme de pin ? De quel côté te trouveras-tu si on trouve des preuves d'un autre crime ? m'interrogea Nolan.

— Du côté de la justice aussi, mais je pense toujours que votre énergie serait mieux dépensée si vous cherchiez une solution pour les demi-loups.

Les yeux bleus de Nash s'attardèrent sur moi, et même s'ils brillaient d'agacement, ils contenaient tout de même beaucoup d'affection. Une affection qui, avec un peu de chance, étancherait son envie de crucifier Lori. Il soupira, s'approcha et déposa un baiser sur ma tempe indemne.

Quand il recula, Nolan se pencha et me serra dans ses bras.

— Liam, tu ferais mieux de parler à la meute avant que quelqu'un ne décide de faire justice soi-même. Tout le monde est plutôt agité.

Liam serra la mâchoire, puis sa voix résonna dans nos esprits : ***Boulder, nous nous retrouverons ce soir à vingt heures à Rivage pour évoquer les nouveaux éléments de l'affaire des demi-loups. Si quelqu'un, qui qu'il soit, se comporte mal d'une quelconque façon, il recevra une punition adéquate.***

Nash noua ses doigts à ceux d'Adalyn.

— On vous verra ce soir.

Il la tira vers la porte et elle articula silencieusement : « Désolée. » Je me demandai ce pour quoi elle s'excusait. D'avoir choisi Nash et pas notre alpha ? Je ne lui en voulais pas.

Nolan les suivit dehors, puis referma la porte sur le monde fou dans lequel nous vivions, où un métamorphe avait un venin assez puissant pour faire muter le génome humain.

Des doigts effleurèrent mon épaule, détournant mon attention de la porte close. ***Ça va ?***

Je tendis le cou.

— Tu crois qu'elle l'a déjà fait ?

Le torse de Liam s'immobilisa comme s'il était fait d'argile et pas de chair.

— Non.

Je soupirai. Lucas s'écarta de la table.

— Je vais chercher mon téléphone et j'y cours.

Je fronçai les sourcils. Quand il eut disparu dans le couloir, je demandai :

— De quoi il s'agit ?

— Je veux que Lucas soit chez Lori jusqu'à la réunion.

Storm avait la tête blottie dans le cou de son père et les paupières fermées.

— Tu crois que quelqu'un pourrait vraiment essayer de lui faire du mal ?

Il posa sa joue contre la tête de son fils.

— Nous sommes des créatures au sang chaud.

Adalyn avait bien parlé d'une mutinerie.

— Tu devrais profiter de la sieste de Storm pour te reposer aussi, suggérai-je en désignant le bébé de la tête.

— Cela irait à l'encontre de ma promesse de te surveiller.

— Comme tu le vois, je vais bien.

— Et si tu venais faire la sieste avec nous ?

Mes joues rougirent d'un coup.

— J'imagine bien la tête de mes parents s'ils nous trouvaient ensemble au lit, même entièrement habillés.

— On leur enverra un message pour leur dire de ne pas venir te chercher.

Je baissai la voix au cas où Lucas reviendrait :

— Je ne suis vraiment pas en état pour un *round two*.

— Ce n'est pas ce que je sous-entendais, Nikki. Je parlais vraiment de dormir. Et puis, je garderai Storm entre nous pour prouver que je n'ai aucune mauvaise intention.

Il caressa le dos de son fils, ses doigts recouvrant l'entièreté de sa cage thoracique.

— J'aurais bien besoin d'une sieste.

Son visage n'afficha pas un sourire, mais ses yeux brillèrent de plaisir. Lucas revint alors.

— Soyez sages.

Je levai les yeux au ciel. Une fois la porte fermée, Liam tendit sa main. J'enroulai mes doigts autour des siens et, ensemble, nous nous rendîmes dans sa chambre.

J'étais surprise de découvrir le lit fait. Ce n'est pas que j'avais imaginé Liam étant bordélique, mais je me demandais quand il avait eu le temps de ranger, vu la journée qu'il avait eue. Il paramétra une alarme sur son téléphone, parla à Nate, puis à mes parents, plaça Storm au milieu du lit et s'allongea. J'attrapai une serviette dans sa salle de bain et la glissai au-dessus des oreillers, puis m'installai sur la couverture et me roulai en boule de mon côté.

Liam posa sa main sur ma hanche.

— Juste au cas où tu convulses.

Je n'étais pas sûre que ce soit sa raison pour me toucher, mais je n'allais pas m'en plaindre.

— Qu'est-ce que Nate a dit ?

— Que Miles pouvait à peine le regarder dans les yeux tant il était embarrassé de t'avoir abandonnée.

— Donc il ne se rappelle pas ?

— Heureusement pour lui, on dirait bien.

Son pouce traça des arcs lents sur ma hanche, ma peau se hérissa en chair de poule et mes yeux papillonnèrent.

— Bien, murmurai-je.

Je ne pensais pas vraiment m'endormir, mais je devais être très fatiguée, car la prochaine chose que j'entendis fut l'eau de la douche couler. Le ciel était noir et le visage de Storm était blotti contre ma poitrine.

Il s'agita et les commissures de ses lèvres se tournèrent vers le bas comme s'il s'apprêtait à pleurer. Mais ensuite, sa bouche reprit une forme neutre, s'entrouvrit pour laisser s'échapper de profondes respirations. Je lissai ses boucles humides, puis passai mon nez sur son front, me demandant de quoi il pouvait rêver.

— Tu as eu une journée fatigante toi aussi, hein ? murmurai-je.

Ses cils papillonnèrent, mais il n'ouvrit pas les yeux.

— Tu parles dans ton sommeil, fit une voix rauque derrière moi.

Je grimaçai en regardant par-dessus mon épaule. Liam était là, une serviette nouée autour de sa taille, révélant des abdos définis et luisants, couverts de bleus. L'un d'eux était particulièrement menaçant. J'imagine qu'il l'avait hérité de son altercation avec Miles.

— Qu'est-ce que j'ai dit cette fois ? Rien de trop mortifiant, j'espère.

— Juste que j'étais le meilleur coup que tu aies jamais eu.

Je levai les yeux au ciel.

— T'aimerais bien, ouais.

Selon Adalyn, avec qui j'avais eu d'innombrables soirées pyjama, rien de ce que je disais ne faisait sens.

Liam s'assit sur le bord du lit à côté de moi, creusant le matelas.

— En effet.

Son odeur s'échappait de sa peau, puissante et enivrante, et elle s'intensifia quand il se pencha au-dessus de moi pour caresser la joue de Storm. Son avant-bras griffé par Bea effleura ma poitrine et fit pointer mes tétons. Je n'étais pas sûre que cela ait été intentionnel. Jusqu'à ce que son regard croise le mien et que je voie ses pupilles, dilatées par le désir.

Je retins ma respiration.

Sa tête descendit vers la mienne.

Lentement.

Si lentement.

L'air s'épaissit, son odeur tourbillonna, transformant mon cœur en tambour. Quand nos bouches furent à quelques centimètres l'une de l'autre, l'alarme de son téléphone résonna, arrachant Storm à son sommeil paisible dans un cri à vous briser les tympans. Avec un soupir, Liam s'assit et prit son fils d'une main, puis se leva et parla directement dans l'oreille du petit jusqu'à ce que ses pleurs faiblissent.

Je roulai pour descendre du lit et pressai ma tempe. La bosse était moins dure, mais elle était toujours sensible et enflée.

— Je devrais rentrer et aller me doucher.

Je pliai la serviette qui était légèrement tachée de sang.

— Si tu me laisses une minute pour m'habiller, je viens avec toi.

— Pas de convulsions, ce qui veut dire que mon cerveau va bien, annonçai-je en marchant vers la porte. Tu devrais aller à Rivage en avance.

Même s'il n'était pas particulièrement apaisé par mon insistance à rentrer chez moi pour me doucher et me changer, il ne protesta pas. Sûrement parce que je puais le sang séché et ressemblais à un cadavre désarticulé. Je ne m'étais même pas rendu compte à quel point j'avais l'air d'un rongeur écrasé avant de voir mon reflet dans le miroir de ma salle de bain. Comment avait-il pu avoir *envie,* ne serait-ce que de m'embrasser ? Un mystère.

Je m'assurai de corriger le tir avec beaucoup de shampooing, ce qui me picota le cuir chevelu – je n'aurais jamais gardé mes cheveux incrustés de sang ce soir de toute façon – et une bonne couche de correcteur.

La sieste m'avait revigorée et le temps que j'aille à Rivage avec Niall, je me sentais capable d'affronter n'importe quel métamorphe assoiffé de sang.

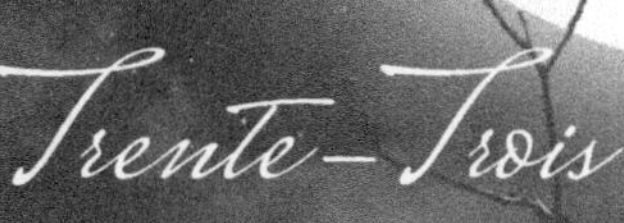

La majorité de la meute était déjà présente quand Niall et moi arrivâmes. J'avançai vers la table que ma famille avait colonisée, complétée par Lucas, Storm et Lori. Au milieu de la pièce, Liam discutait à voix basse avec quelques métamorphes agités. Le père et la sœur de Grant faisaient partie du petit lot de mécontents. Ils n'arrêtaient pas de lancer des regards noirs à Lori, assise entre Nate et Lucas.

— Comment va ta tête, Pomme de pin ? demanda mon père en me voyant arriver.

Il agita la jambe, faisant bouger Storm comme s'il montait à dos de cheval.

— Beaucoup mieux, papa.

— Tu ne dis pas ça pour m'épargner, hein ?

— Non. Je te jure.

Comme s'il avait entendu l'inquiétude de mon père, Darren marcha vers nous avec sa femme et écarta mes cheveux propres pour voir les points.

— Ça a tenu et tu ne saignes plus. Comment va ta tempe ?

— Beaucoup mieux aussi.

Je souris pour le rassurer.

Pendant qu'il échangeait quelques mots avec mon père sur le vin à coupler à de l'agneau rôti et que sa femme s'émerveillait devant Storm, une voix familière demanda :

— Qu'est-il arrivé à ta tête ?

Je me tournai dans ma chaise et découvris Grant qui me fixait dans mon dos.

— Rien. Je suis juste tombée.

— Il t'a fallu des points, Nikki, alors ce n'est pas rien.

Malgré tous ses défauts, Grant n'avait jamais été sans compassion. Même les lâches pouvaient être attentionnés.

— Je te jure, ça va.

Je regardai la pièce pour voir si tout le monde était arrivé et surpris Liam observant Grant comme s'il pouvait percer un trou dans son crâne.

S'il vous plaît, asseyez-vous tous qu'on puisse commencer.

La voix tendue de Liam résonna, mettant fin au bruit ambiant.

Les chaises raclèrent le sol. Les métamorphes les plus jeunes s'installèrent en tailleur par terre. D'autres s'appuyèrent au mur ou au comptoir ou les uns aux autres. La dernière fois qu'on avait été à Rivage avec toute la meute, nous étions encore des Rivière. Nous avions rapidement adopté notre nouvel héritage avec avidité. Mais après tout, la plupart d'entre nous n'avaient jamais aimé être des Rivière.

J'étais née une Tremula, et six ans auparavant, Cassandra Morgan était arrivée au camp avec sa meute chétive et avait défié notre alpha. Le combat avait duré quelques secondes, pourtant je me rappelais la bataille gore dans les moindres détails. Ainsi que celles qui avaient suivi, car de nombreux Tremula l'avaient défiée. *Tous* avaient perdu la vie. Le père de Grant avait voulu se battre, mais sa grand-mère, une femelle plutôt effrayante, avait baissé sa patte.

Je n'avais aucun doute sur le fait que, si le père de Grant avait eu dix ans de moins, il aurait défié Liam. Apparemment, il avait poussé ses enfants à le faire, mais aucun ne possédait les aspirations politiques de David Hollis. Camilla était trop introvertie et Grant trop irresponsable. Je veux dire : le gars ne pouvait pas me gérer, moi et mon genou cassé ; comment aurait-il pu gérer une meute et tous les problèmes qui allaient avec ?

— Beaucoup d'entre vous m'accusent de trahison.

Liam avança dans le mince espace qui restait entre les corps.

— Mon intention n'a jamais été de vous tromper, mais de tromper le ou les responsables pour gagner du temps et les attraper. Même si vous avez le droit d'énoncer votre opinion sur ma manière de gérer l'affaire des demi-loups, la prochaine fois, faites-le de manière respectueuse.

Je tendis la main vers le centre de la table, attrapai le pichet d'eau et me servis un verre. Storm lâcha un petit couinement et tendit la main vers mon verre. Je le penchai vers ses lèvres déjà entrouvertes. Il prit une gorgée avide, se laissa surprendre et cracha tout, pas ravi du goût, exactement comme un peu plus tôt. Je gloussai, mais un regard menaçant de maman me calma et me poussa à me concentrer sur Liam qui venait d'informer la meute de ce qu'avaient fait Bea, Lori et Nate.

— Tu peux le prendre une minute, chuchota papa en me donnant Storm.

Il se leva et avança à grands pas parmi la meute dense pendant que je plaçai le fils de Liam sur mes genoux et le laissai jouer avec l'épaisse natte qui retombait sur mon épaule.

— Elle l'a demandé, mon cul, oui, grogna Camilla. Les Morgan sont tous répugnants et complètement timbrés.

Je lui lançai un regard noir qu'elle ne vit pas, trop occupée à fixer la pauvre Lori qui s'était avachie un peu plus dans son siège, son visage mince désormais rouge.

Nate se pencha vers elle et murmura quelque chose à son oreille. Elle tourna la tête vers lui. Même si la peur n'avait pas complètement quitté ses traits, ce qu'il avait dit lui fit redresser l'échine.

— Dommage qu'elle ne soit pas revenue de Boulder dans un sac comme le reste d'entre eux.

Cette fois, je me tournai dans ma chaise et sifflai :

— La ferme, Camilla. Lori n'a rien à voir avec sa mère et son frère.

Grant fronça les sourcils.

— Je croyais que tu aimais Bea.

— Je l'aime, mais c'est ce qu'elle a demandé.

— Être un demi-loup ? Tu es vraiment tombée aujourd'hui ou quelqu'un t'a frappée parce qu'on t'avait retourné le cerveau ?

Soudain, Grant grimaça et ses yeux s'allumèrent de fureur.

Nikki, arrête de répondre aux provocations de ton abruti d'ex et de son abrutie de famille.

Le grognement de mon alpha détourna mon attention des Hollis. Lucas se balança sur sa chaise.

— J'arrive pas à croire que tu sois sortie avec ce crétin, P'tit morceau.

— Les bêtas étaient respectueux à mon époque, monsieur Mason, grinça le père de Grant. Ils ne se promenaient pas en balançant des insultes gratuitement.

Je haussai les sourcils.

— Je respecte les gens respectables, Hollis. Votre fils n'est pas...

— Lucas !

L'ordre de Liam était clair et fort même s'il n'avait rien ajouté, du moins pas à voix haute.

Le père de Grant leva haut le menton, pensant que Liam était de son côté. J'aurais souri si cela avait été drôle, mais ça ne l'était pas. Pas une seconde. C'était stressant et agaçant comme regarder le feu consumer la mèche d'un bâton de dynamite.

Storm tira sur ma tresse épaisse. Je ne pensais pas qu'il faisait ça pour attirer mon attention, mais je le surveillai tout le long de la réunion. Surtout après le retour de mon père avec une longue croûte de pain. Pendant que Storm bavait joyeusement sur le pain, je l'observais comme un faucon, repêchant les morceaux que je jugeais trop gros pour sa gorge étroite.

— Boulder, ne vous montez pas contre moi !

Le ton passionné de Liam attira les regards de tous vers lui.

— Travaillez *avec* moi. Aidez-moi à trouver des solutions pour que les trois demi-loups redeviennent ce qu'ils étaient ou pour les aider à accomplir une transformation complète d'ici la pleine lune de vendredi. Celui qui m'apportera une solution pourra gagner le titre et la responsabilité de bêta.

Le père de Grant donna un coup de coude à ses enfants, communiquant ouvertement son désir que l'un d'entre eux relève le défi.

— Et si on les forçait à quitter le Colorado ? La distance pourrait finir par les empêcher de se transformer, suggéra quelqu'un.

— Apparemment, cela a déjà été essayé par le passé avec les humains qu'Alex Morgan a mordus. Ils sont restés des demi-loups, même loin de la meute. Mais le plus gros problème n'est pas leur apparence extérieure. C'est leur nature sauvage et leur capacité à transmettre le gène défectueux. Les demi-loups de *naissance* ne sont pas violents par nature et leur corps ne rejette pas la nourriture humaine. Les demi-loups *créés* se nourrissent exclusivement de sang.

— Donc en gros, ce sont des vampires ? demanda un enfant de dix ans assis par terre.

— En puissant, poilu et moche apparemment, lança un préadolescent.

— Les vampires n'existent pas, siffla quelqu'un d'autre.

— Peut-être devrions-nous renommer cette nouvelle espèce, Liam ? proposa une femme assise deux tables plus bas.

— Cette nouvelle espèce ? Ils sont trois... À moins que d'autres aient été autorisés à vivre ?

Je reconnus la voix d'Avery même si je ne pouvais pas le voir dans la foule.

— Non. Les autres cas ont tous été traités, répondit Nate avant de déglutir.

— Utilise juste le vrai mot, Freemont, répliqua David Hollis. Tués. Les autres ont tous été *tués*.

— Il y a des enfants dans la foule, David, riposta mon frère.

David plissa les yeux.

— Les louveteaux grandissent vite.

— C'est déroutant de les considérer comme des demi-loups puisque les demi-loups ne sont pas une menace pour les humains, commenta Adalyn.

Les yeux de sa sœur s'illuminèrent.

— Oh ! on pourrait les appeler des « loups-vampires » ?

Un chœur de « j'aime bien » et de « oui » retentit.

Liam soupira.

— Les rebaptiser ne nous aidera pas à les guérir.

— Que se passe-t-il quand ils se nourrissent de sang ? Se retransforment-ils en humains ? demanda quelqu'un.

— Seulement quand ils se nourrissent du sang riche en Sillin de Lori, répondit Liam. Le sang animal les calme, mais ne leur permet pas de se retransformer en humains.

— Et le sang humain ? interrogeai-je.

— Du sang humain ? On ne peut pas leur donner du sang humain, Nikki. Tu peux imaginer le genre de sauvages qu'ils deviendraient s'ils y prenaient goût ? protesta Avery.

Il jaillit de la foule, son enfant d'un an endormi contre son épaule. Lucas arrêta de se balancer sur les pieds arrière de sa chaise, les faisant retomber dans un clac.

— Ça pourrait les aider à se retransformer.

— Le sang de Lori les aide à se retransformer.

Une mèche de cheveux auburn tomba dans les yeux d'Avery. Il la repoussa.

— Darren, tu as analysé le sang de Lori, non ? insistai-je.

— Oui.

— Peux-tu mesurer la quantité exacte de Sillin dans son sang ?

— Il me faudra un nouvel échantillon, mais oui, je peux obtenir une lecture assez précise.

— Peut-être que si nous arrivions à reproduire son sang...

— Ça aidera Lori, mais pas les loups-vampires, intervint Apple, la sœur d'Avery. Nous devons trouver une solution qui les enferme à nouveau dans leur forme humaine.

— Lucas. Darren, ordonna Liam en indiquant de la tête la porte.

Lucas se leva.

— On y va, Morgan.

Coincée entre Nate et Lucas, Lori traversa la mer de métamorphes qui s'écarta autour d'elle comme si l'air qu'elle respirait était toxique.

De nouvelles questions s'élevèrent à l'intention de Liam pendant que Storm démolissait son morceau de croûte, étalant des poignées de pain sur mon débardeur blanc – qui n'était plus si blanc que ça. Rivage commença à se vider et, bientôt, il ne resta plus qu'une centaine de métamorphes.

David Hollis se leva enfin avec sa femme, son fils et sa fille, qui me lança un sacré regard noir.

— Combien de temps avons-nous pour trouver une solution pour les loups-vampires ?

Jusqu'à vendredi.

David hocha la tête.

Je restai jusqu'à la fin de la réunion et tout le dîner que Nolan et papa étaient allés préparer avant que les questions-réponses ne commencent.

Les métamorphes restants harcelèrent Liam et ce, même lorsqu'il se dirigea vers notre table et s'installa dans le siège que papa avait laissé vacant. Il tendit les bras et je lui remis Storm. Visiblement fatigué de discuter de l'affaire, il congédia les autres, promettant des réponses après le dîner.

J'attrapai une serviette de table sur le plateau au milieu et la trempai dans l'eau avant de tamponner mon pauvre débardeur.

— Rappelle-moi de ne pas porter de blanc près de Storm.

Ses lèvres, qui étaient restées vissées vers le bas pendant toute la réunion, se redressèrent enfin.

Tu devrais peut-être arrêter d'essayer de nettoyer ton haut.

Je me regardai et mon sang s'échauffa quand je remarquai que les endroits que j'avais frottés étaient devenus si transparents que la couleur de mon soutien-gorge noir et mes tétons qui pointaient étaient visibles. Je défis ma tresse, divisai mes cheveux en deux et les laissai pendre librement sur mes épaules.

— Tu as une minute, Nikki ?

Adalyn, qui s'était assise avec sa grand-mère jusqu'à présent, fit un signe de tête vers les toilettes.

Je me levai et la suivis, sentant à son expression tendue qu'une lourde conversation viendrait, une que je n'avais pas hâte d'avoir, mais qui était nécessaire. Serait-ce au sujet de ma position vis-à-vis de Lori ou était-ce par rapport à Liam ?

J'espérais que ce serait la première option parce que je n'avais aucune idée de ce que je faisais avec Liam, à part réfléchir à un deuxième plan cul et m'attacher un peu plus encore à son fils.

<h1 style="text-align:center">Trente-Quatre</h1>

Adalyn ferma la porte de l'unique toilette derrière nous.

— Dis-moi tout.

— Au sujet de quoi ?

— De toi et Liam, enfin, chuchota-t-elle.

— Alors, tu ne veux pas parler de Lori ?

— On parlera de Lori, mais d'abord je veux savoir comment tu passes d'un coup d'un soir à jouer à la famille unie.

— On ne joue pas à la famille unie.

— Nik, tu étais chez lui un peu plus tôt. Puis, tu avais Storm sur tes genoux *tout* le long de la réunion. Et après la réunion, Liam s'est dirigé aussitôt vers *toi*.

— *Parce que* j'avais son fils.

— Mon cœur, j'ai entendu les gens discuter à voix basse de la nature de ta relation avec lui.

— Tu penses bien qu'ils n'ont rien de mieux à dire.

— Bien entendu. Allez, dis-moi. Du début à la fin.

Je lui racontai tout, sans oublier le moindre détail puisqu'elle en était très friande. Son visage passa par une douzaine d'expressions avant d'opter pour l'inquiétude.

— N'accepte pas un deuxième plan cul.

— Pourquoi pas ?

— Parce que, Nikki, tu n'es pas le genre de fille à te lancer dans des relations purement sexuelles.

— Peut-être que si.

Elle haussa un sourcil.

— Ce n'est pas parce que je ne l'ai jamais fait que j'en suis incapable.

Adalyn s'appuya contre le lavabo.

— Que se passera-t-il quand il retournera à Boulder pour un long moment ?

— Je reprendrai ma vie comme elle l'était avant son arrivée, répondis-je en haussant une épaule. Et puis, ça ne sera que quelques mois.

— Il ne te manquera pas ?

J'agrippai mes coudes.

— Voilà !

Un coup à la porte arrêta mon cœur une seconde.

— On est loin d'avoir terminé, cria Adalyn. Utilisez les toilettes des mecs.

Une fois que la porte de l'autre côté du couloir se referma dans un clic, elle reprit à voix basse :

— Je suis pour que tu t'amuses, mais je m'inquiète pour ton cœur.

— Mon cœur n'est pas impliqué.

— Nik...

— Je te le jure. C'est purement physique.

— Alors je devrais encourager May à se lancer avec lui.

Mes vertèbres s'alignèrent toutes d'un coup.

— Pourquoi ferais-tu ça ?

— Parce qu'elle est à fond sur lui et puisque tu n'es *pas* attachée, tu te fiches qu'il couche avec elle.

Je pressai mes lèvres l'une contre l'autre.

— N'est-ce pas ?

— Oui.

Elle leva les yeux au ciel.

— Tu es *tellement* nulle pour mentir.

— Tu sais quoi ? Encourage-la.

La seule pensée de lui posant sa bouche sur une autre femme me retournait l'estomac, mais au moins, s'il acceptait, cela me montrerait ma place par rapport à lui.

— Il n'est pas à moi.

— Très bien.

— Très bien, répétai-je.

Nous nous fixâmes un long moment. Elle tendit la main derrière elle et prit son téléphone dans la poche de son jean déchiré.

— Tu es sûre?

Ma prise se raffermit sur mes coudes jusqu'à ce que les os pointus semblent sur le point de sortir de ma peau.

— Oui. À cent pour cent.

— Je lui envoie un message tout de suite.

— Vas-y.

— Nikki...

— Je suis sérieuse. Envoie-le.

Elle tapota sur son écran et j'eus l'impression que c'était sur mon cœur qu'elle frappait.

— Fait.

Elle remit son téléphone dans sa poche.

— Maintenant, au sujet de Lori...

— Bea a demandé.

— Je sais. Nash et moi sommes allés lui parler quand elle était redevenue humaine, mais tu crois vraiment que Lori ne l'a jamais fait avant? Je veux dire...

— Elle n'est pas Alex, Ad.

— Elle reste une Morgan.

— On dirait les Hollis.

— C'est... Juste non.

Elle frémit.

— Je ne dis pas que je ne suis pas dévastée par ce qui s'est passé, mais je ne crois pas que Lori devrait être crucifiée.

— Tu penses vraiment que c'est sa première fois?

— Oui.

— Pourquoi?

— Parce qu'elle l'a dit et même si elle a plein de défauts, ce n'est pas une menteuse. Et puis, je fais confiance à Nate.

— Il a caché la vérité. À Liam. À tes parents. À toi et à tes frères à qui il dit *tout*.

— Nous avons tous nos secrets.

— Quels secrets tu as ?

Je ne suis pas d'accord pour que May se lance après Liam.

— Aucun, mentis-je. Mais laisse le bénéfice du doute à mon frère. Laisse-le-lui à *elle*. Tout le monde la déteste déjà à cause de son nom de famille.

— Très bien, mais si Nash découvre le moindre secret honteux...

— Liam s'occupera d'elle et j'admettrai que j'avais tort.

Avec un soupir, je déverrouillai la porte. Avant que je ne l'ouvre, Adalyn agrippa mon avant-bras.

— J'ai dit à May de rester loin de lui.

Mon estomac reprit consistance et mon cœur se remit à battre dans sa cavité originelle.

— Mais ne deviens pas son *sex friend*. Pas à moins d'être prête à avoir le cœur brisé.

Elle serra mon bras avant de me lâcher.

— Mais si tu ne peux *vraiment pas* résister, je serai là pour récupérer les morceaux.

Mes lèvres tremblèrent et je glissai mes bras autour de ses épaules.

— Si je n'obtiens jamais de partenaire, je resterai contente d'avoir trouvé une vraie sœur.

Ses bras m'enveloppèrent.

— Arrête. Tu vas ruiner mon trait d'eye-liner.

Après un câlin prolongé, nous retournâmes à notre table, remplie de gens et de nourriture. Mon siège était désormais occupé par Niall qui parlait à Liam de l'itinéraire de la course de la meute ce vendredi. Je ne m'étais pas transformée depuis ma promenade dans le camp et ma louve rongeait son mors. Ce serait la première fois que je courrais avec Liam.

Je m'assis au bout de la table entre maman et Adalyn, puis remplis mon assiette du délicieux repas que papa et Nolan avaient réussi à préparer en très peu de temps. Au bout d'un moment, je levai la tête et vis Liam qui me fixait.

Tout va bien ?

J'affichai un sourire et hochai la tête. Son regard coula vers Adalyn qui complimentait mon père sur la courge spaghetti rôtie.

Maman posa sa main sur la mienne, parcourant mon visage d'une façon qui me fit rougir. Est-ce qu'elle savait ?

— Comment va ta tête, mon cœur ?

J'expirai profondément, contente qu'il ne s'agisse pas de Liam.

— Ça ne me fait plus mal du tout.

— J'aimerais que tu dormes chez nous ce soir pour que je puisse garder un œil sur toi.

J'allais lui dire de ne pas s'inquiéter, mais revins sur ma décision. Cela m'aiderait à résister à Liam s'il me proposait de venir plus tard. Il ne le ferait probablement pas à cause de ma blessure à la tête et de la journée folle qu'il avait eue, mais quand même.

— Ça me va, maman.

Elle serra mes doigts, puis attrapa le plateau de saumon grillé au moment où Lucas entrait tranquillement dans Rivage.

— Nate est avec elle, informa-t-il Liam.

Il s'installa dans l'un des sièges restants et leva son assiette jusqu'à ce que la nourriture s'y empile dangereusement.

— Darren a déjà les résultats ?

Il enfila trois grosses fourchettes avant de dire :

— Oui. Il reproduit son sang à l'heure où on parle.

Je posai mon coude sur la table et fis tourner un bout de serviette en papier entre mes doigts.

— On devrait aussi considérer l'idée de les nourrir de sang métamorphe au lieu de sang animal ou humain.

La fourchette pleine de Lucas s'immobilisa à quelques centimètres de sa bouche et un peu de nourriture tomba sur ses genoux.

— Pas faux.

Il attrapa les bouts tombés et les fourra dans sa bouche. Liam cessa de caresser le haut du crâne de son fils.

— Qu'est-ce qui n'est pas faux ?

— P'tit morceau suggère qu'on utilise du sang métamorphe au lieu du sang animal.

Liam plongea son regard dans le mien.

— Nate est toujours avec Darren ?

Je savais qu'il ne me parlait pas à moi.

— Il l'était quand je suis parti.

Les yeux de Liam brillaient dans la faible luminosité. Après une minute, il annonça :

— J'ai transmis le message.

— Relativement, elle a pas juste un joli visage, celle-ci, commenta Lucas en glissant une autre grosse fourchette dans sa bouche.

Il m'adressa un clin d'œil. Je jetai un bout de pain à son visage relativement joli à *lui*, ce qui le fit rire tout bas. Maman claqua de la langue devant nos singeries.

Merci.

Mon regard croisa celui de Liam. La chaleur dans ses yeux me rendit très contente d'avoir accepté de dormir chez mes parents, car ma force de volonté était inexistante.

— J'espère juste que ça marchera.

Je me levai et empilai les assiettes vides et la vaisselle. Après deux allers-retours à la cuisine, j'annonçai à maman que j'allais chercher des affaires chez moi et que je la retrouverais à la maison.

Adalyn m'observa, puis son regard glissa jusqu'à Liam. Heureusement, il ne fit pas un geste pour me suivre, pourtant, à mi-chemin, j'entendis des pas lourds écraser la neige derrière moi. Mon cœur tambourina en rythme avec les pas de celui qui me suivait. J'inspirai une bouffée d'air glacial, m'attendant à être envahie de l'odeur grisante de Liam.

Ce n'était pas celle de Liam, mais elle était familière.

Trente-Cinq

Je me retournai.

— Pourquoi tu me suis, Grant ?

— Je t'ai vue partir seule et je voulais m'assurer que tu rentres en toute sécurité.

— Comme tu le vois, je peux très bien rentrer seule. Maintenant, dis-moi pourquoi tu es vraiment là.

— Parce que je n'en peux plus de ça.

Je penchai la tête sur le côté.

— De quoi ?

Ses mains étaient glissées dans les poches de son jean taille basse.

— De comment notre relation a évolué. J'ai merdé, Nik, et je ne l'ai compris que quand...

— Quand je n'étais plus infirme ? finis-je aimablement.

— Non. Quand tu as eu ton infection et que j'entende Darren parler de sepsis et du Sillin qui ne marchait pas.

Mon cœur battait à la fois à cause de l'effort physique et du fait d'avoir à revivre un tel chapitre de ma vie.

— J'ai eu tellement peur.

Il avait eu peur ? Nate et papa avaient pleuré. Je ne les avais jamais vus pleurer.

Puisque Grant voulait ma pitié et que je n'en avais pas à lui accorder, je fis volte-face et descendis le chemin vers mon chalet.

— J'ai essayé de te rendre visite à la clinique après ta rechute, mais tes frères ne m'ont pas laissé entrer.

Ces quelques jours s'étaient déroulés dans le flou, alors je ne me souvenais pas avoir entendu parler de sa visite. Non que ça aurait fait une différence. Je ne voulais pas avoir le moindre rapport avec Grant à ce moment-là. J'avais tout juste réussi à me remettre de la rupture et je travaillais deux fois plus au rétablissement de mon corps.

— Hé, tu peux arrêter de marcher comme une folle ?

— Il fait froid et je ne veux pas de ton petit voyage dans mes souvenirs.

Il attrapa mon biceps et me tourna vers lui.

— J'ai entendu que tu étais rentrée chez Liam.

Je le chassai d'un coup d'épaule.

— Ce n'est pas tes affaires.

— Il ne fait que t'utiliser pour avoir des informations sur Lori et Nate.

Je croisai les bras.

— Qu'est-ce que je pourrais lui dire qu'il ne peut pas apprendre de quelqu'un d'autre ?

— Tu es liée au complice de la responsable et tu étais presque liée à la victime.

Je relevai le menton d'un cran.

— Il a découvert l'implication de Nate bien avant moi, alors je ne vois pas quelle nouvelle information il pourrait obtenir en couchant avec moi.

Le coin de ses lèvres tressaillit comme si cela le blessait de m'entendre confirmer que j'avais couché avec Liam. Était-ce le but de cette conversation ? M'amener à avouer ? Il passa une main dans ses cheveux blonds tondus.

— Écoute, je viens de l'entendre parler avec Lucas du fait que s'approcher de toi serait bon pour l'affaire et lui donnerait l'air *impliqué* avec les nouveaux Boulder.

— Il doit être terriblement déçu alors. Non seulement je ne suis pas utile, mais je ne suis pas influente parmi les nouveaux Boulder. Dans tous les cas, j'en ai fini avec cette conversation.

— J'espère que tu te rendras compte qu'il ne tient pas à toi, Nik. Il ne tiendra jamais à toi. Tout comme il se fichait de la mère de son fils. Tu n'as pas entendu qu'il n'a pas versé une seule larme quand elle est morte ? Quel genre de mec sans cœur reste indifférent à la mort de quelqu'un ?

— Tout le monde n'exprime pas sa tristesse par les larmes.

— Pourquoi tu le défends ?

— Parce que sa manière de faire son deuil ne te regarde pas.

— Je corrige : ça nous regarde. Nous ne nous sommes pas débarrassés d'un leader sans émotion pour nous engager avec un autre.

— Oh, par Lycaon, Grant, Liam n'a rien à voir avec Cassandra.

— Rien à voir avec Cassandra, grogna-t-il. Tu dis beaucoup ça ce soir. D'abord Lori. Maintenant, lui. Honnêtement, je ne te pensais pas si naïve.

— « Naïve » ? Fais-moi confiance, frôler la mort deux fois m'a donné beaucoup de recul. Et ce recul me souffle que tu ne connais rien à Liam et que tu le juges sur des on-dit.

— Tu n'étais pas au duel, Nik.

— Oui. Je m'en souviens bien. J'étais reliée à un moniteur cardiaque et à des intraveineuses.

— Il ne méritait pas d'être alpha. Cassandra a peut-être triché, mais Ness Clarke aurait dû être notre alpha, il lui a volé le titre et l'a payée pour qu'elle se taise. Si tu ne me crois pas, demande-lui. Ou pose-lui la question à *elle*.

— J'ai déjà interrogé Ness et elle a dit qu'il lui avait proposé le titre et qu'elle avait refusé.

Grant serra la mâchoire.

— Et tu la crois ?

— Oui. Je crois les gens. Peut-être que tu devrais essayer toi aussi. C'est beaucoup plus agréable que de partir du principe que tout le monde ment.

— Liam n'est pas ton héros, Nikki.

— Je n'ai pas besoin de héros. Je peux me sauver moi-même. Maintenant, hors de ma vue et ne reviens plus me prendre en embuscade.

Je pivotai et partis d'un pas lourd vers mon chalet, si vite que je ne repérai pas une plaque de verglas. Ma botte glissa et je m'écrasai à genoux.

Argh !

Toujours planté au milieu de la vallée baignée par la lumière de la lune, Grant ne courut pas pour me proposer de l'aide. Pourquoi le ferait-il ? Il ne m'avait pas tendu la main quand j'en avais eu le plus besoin.

Peu importe.

Comme je le lui avais dit, je n'avais pas besoin d'un héros. Tout était sous contrôle.

Je me redressai, boitillai loin de la glace et me concentrai sur la neige piétinée, l'air glacé, l'odeur de buée d'hiver et le tambour distant du cœur des loups.

Mon genou ne m'avait pas gardée au sol par le passé.

Il n'était pas près de le faire maintenant.

Trente-Six

Je me réveillai en sentant l'odeur du bacon frit. Mon cerveau fit apparaître Niall devant la cuisinière, une pince à la main, ce qui n'avait *aucun* sens. Mon cher frère et colocataire ignorait totalement comment fonctionnaient les plaques. C'était peut-être l'une de ses *sex friends*.

Je me retournai léthargiquement dans mon lit, puis ouvris lentement les yeux. Quand les immenses fleurs roses de mon papier peint se précisèrent devant moi, je souris. Effectivement, ce n'était pas Niall. Je me redressai et le regrettai aussitôt, car une trépidation sourde fit irruption à l'arrière de mon crâne et dans mon genou.

La journée de la veille me revint : le chalet de Bea, l'intervention d'Adalyn, l'embuscade de Grant, mon boitillement de la honte jusqu'à la maison.

Je soupirai, repoussai les couvertures de mes jambes et m'étirai. Une fois que mon genou fut moins raide, j'enfilai mon jean de la veille, attachai mon soutien-gorge et coiffai des doigts mes cheveux pour éviter de tirer sur la peau à vif. Après être passée par la salle de bain, je mis mon tee-shirt affichant une image de loup qui était devenu aussi doux qu'un mouchoir après tant de cycles de machine. J'ajoutai un peu de maquillage sur le vilain bleu qui s'étendait sur toute ma tempe. Au moins, ce n'était plus enflé.

En descendant, j'entendis des voix dans la cuisine et une série de petits couinements. Storm était apparemment présent, mais qu'en était-il de

Liam ? J'essayai de calmer mon pouls endiablé avant que les murs de notre maison ne commencent à trembler et entrai dans la cuisine. Papa était devant les fourneaux dans son tablier *M. Beau-Gosse cuisine* à côté de maman qui pressait des oranges. Liam était assis à l'îlot, Storm sur ses genoux.

— Bonjour.

J'avançai vers mes parents et embrassai leur joue.

— Tu as senti le bacon de papa à l'autre bout de la vallée, Liam ?

Je le vis regarder mon genou. Et moi qui pensais que mon allure était plutôt fluide, j'imagine que je projetais la réalité que je voulais.

— Je déposais Storm et ton père m'a proposé le petit déjeuner.

Il prit un bout de banane et le donna à son fils qui le transforma en purée avant de le glisser dans sa bouche.

— Comment va ta tête ?

— Très bien.

Maman écarta mes longs cheveux avec ses doigts qui sentaient le citron comme pour confirmer que je ne mentais pas.

— Satisfaite ?

Je lançai un regard par-dessus mon épaule.

— Maintenant oui.

Elle sourit, mais ce sourire n'atteignit pas ses yeux. Il y avait tellement de couches d'inquiétude en elle... Autant que dans l'oignon que papa coupait.

Je remplis une tasse de café et allai m'asseoir à côté de Liam.

— Lucas vient ?

Storm frappa dans ses mains avec excitation et me lança un sourire de travers plein de fruits écrasés.

— Je le laisse se reposer ce matin. Il a passé la nuit chez Lori.

— Elle est avec qui maintenant ?

— Avery.

— Où est Nate ?

— Là-haut, m'informa maman en levant la tête vers le plafond comme si elle pouvait le voir à travers le bois. Dans son ancienne chambre. Il est arrivé après minuit.

— Vous avez réussi à dormir ?

— Le sommeil est surfait à notre âge.

Papa empila une montagne de bacons dorés sur une assiette.

— Mes frères viennent pour le petit déjeuner ?

— Qui sait ?

Maman sourit et une étincelle d'espoir s'alluma dans ses yeux fatigués.

— Au moins, s'ils viennent, ils seront nourris.

Papa posa l'assiette entre Liam et moi. Storm se jeta sur elle, mais Liam l'attrapa juste avant qu'il puisse saisir la viande.

Maman rit.

— Pas de bacon pour toi, monsieur.

Storm cligna des yeux avant d'essayer désespérément d'accéder aux bouts de viande dorée. Liam lui présenta un autre bout de banane. Le regard de Storm oscilla de la banane au bacon plusieurs fois, puis, sûrement inquiet que le fruit lui soit retiré, il l'attrapa et le fourra entre ses gencives encore en majorité dénuées de dents.

En souriant, j'attrapai un bout de bacon et mordis dedans. Lycaon, comme c'était bon… Je me léchai les lèvres et les doigts.

— Tu pars où de si bonne heure, Liam ?

Son regard s'écarta sans hâte de ma bouche et, bien sûr, mon esprit rembobina un autre moment où il l'avait fixée avec autant de chaleur. Avais-je vraiment promis à Adalyn de ne pas succomber à son charme ?

Il repositionna Storm sur ses genoux.

— Au bunker.

— Je peux venir ?

La machine de jus d'orange cessa de tourner.

— Je ne pense pas que ce soit une bonne idée.

— J'ai déjà vu ce à quoi ressemble Bea, maman.

Une pince à la main, mon père se retourna.

— *Pourquoi* tu veux y aller ?

— Pour voir si le sang a fonctionné.

— Liam peut nous le dire en revenant, répliqua maman.

— Si ça marche, j'aimerais parler à Bea.

Maman trancha une orange avec tant de force que la majorité du jus s'écoula avant qu'elle ait placé la moitié coupée sur le cône en plastique.

— De quoi ?

— De ce qu'elle ressent.

— Tu veux vraiment savoir ?

— Elle est toujours là, maman.

La demi-louve qui m'avait attaquée hier apparut dans ma tête. Je clignai des yeux pour repousser la vision, me remémorant désespérément des souvenirs de Bea avant qu'elle ne soit mordue. La fille qui était restée assise sur mon lit d'hôpital, qui m'avait préparé ses spécialités et raconté les plus drôles des histoires. La fille dont le sourire et le rire sortaient si facilement et si souvent.

Maman finit par soupirer.

— Même si on te dit de ne pas y aller, tu iras.

— Oui.

Elle regarda notre alpha, attendant son intervention. Ou peut-être de l'aide pour me dissuader.

— Si Bea n'est pas elle-même, je ferai sortir Nikki et la ramènerai en sécurité ici.

— Ou je peux tout aussi bien sortir et me ramener *moi-même*.

Un sourire apparut au coin de ses lèvres.

Tu peux être ton propre héros quand je ne suis pas autour.

Mes dents s'immobilisèrent sur ma tranche de bacon. Son ouïe était-elle si bonne qu'il avait entendu ma conversation avec Grant à travers les murs de Rivage ?

Avant que je ne puisse lui demander, il lança mes parents dans une conversation au sujet de quels jeux il pouvait acheter à son fils pour améliorer ses capacités motrices. Je passai la demi-heure suivante à espérer qu'il nous ait surpris en rentrant chez lui, car si son ouïe était aussi bonne, alors il avait entendu toute ma conversation avec Adalyn et cette idée était mortifiante.

Trente-Sept

Nous partîmes peu de temps après que Nate descendit, le visage de la même teinte que son tee-shirt blanc chiffonné. Quand nous évoquâmes le bunker, il déglutit, mais ne fit pas un geste pour venir avec nous. Il se contenta de s'installer à l'îlot et de laisser mes parents s'affairer autour de lui. Il était sûrement soulagé du répit de ne plus avoir à s'occuper de Bea seul.

Pendant que le portail du camp s'ouvrait, Liam regarda dans ma direction.

— Tu étais inhabituellement calme pendant le petit déjeuner. Quelque chose te tracasse ?

— Je n'avais pas grand-chose à dire, c'est tout.

— J'ai du mal à croire ça.

J'inhalai profondément et me jetai à l'eau :

— Ton ouïe est fine à quel point ?

— Fine.

— Ça n'est pas une réponse.

— C'est la réponse à ta question. Si tu veux une autre réponse, pose une autre question.

J'expirai.

— Ce truc avec le héros. Ce n'est pas une coïncidence que tu m'aies dit ça, si ? Tu m'as entendue le dire à Grant.

Il croisa mon regard, s'attarda un moment, mais le grincement du portail s'arrêta et il reporta son attention sur la route.

— Oui.

— Tu étais toujours à Rivage quand tu m'as entendue ?

— Non. Je venais de sortir.

Le soulagement calma les serpents dans mon ventre.

— Merci d'ailleurs.

Je fronçai les sourcils.

— Merci pourquoi ?

— De ne pas avoir sauté dans le wagon *L'alpha est sans cœur*.

Je pinçai les lèvres.

— Je ne te connais pas bien, mais assez pour voir que tu n'es pas un tyran sans cœur. Je suis désolée que tu aies entendu ça, regrettai-je en tripotant ma ceinture.

— Pas moi. J'aime savoir où j'en suis avec mes métamorphes. L'ignorance n'est pas synonyme de félicité, Nikki, mais de ruine. Une des principales causes de la chute d'un leader.

Je réfléchis à ce qu'il avait dit pendant un moment, le retournai dans ma tête.

— Tu es plutôt sage pour quelqu'un d'aussi jeune.

Il sourit.

— Je croyais que j'étais vieux et ronchon ?

Je lui lançai un demi-sourire, profitant de l'opportunité pour observer longuement son profil ciselé. Pourquoi avais-je accepté de refuser une seconde nuit avec lui ? Ah oui... parce que je commençais à avoir des sentiments, ce qui ne pouvait pas être réciproque puisqu'il ne cherchait pas de partenaire et moi si.

Avant qu'il ne repère mes sentiments invasifs, je changeai de sujet.

— Tu penses qu'on arrivera à soigner les loups-vampires ?

— Non.

— Tu penses que le sang ne marchera pas ?

Sa bonne humeur se flétrit.

— Je pense que ça va marcher, mais j'ai peur que ça ne fasse qu'atténuer leur transformation et soif de sang comme l'a fait le sang de Lori. Je ne crois pas que ça les guérira. Si le Sillin était aussi courant que l'aspirine, il pourrait y avoir une solution viable à long terme, mais le médicament est rare et la quantité nécessaire pour contrôler trois demi-loups viderait nos réserves en quelques mois. En tant qu'alpha, je ne peux pas le permettre.

Il tourna le volant, s'engageant sur la route sinueuse qui menait vers la terre Boulder non confinée derrière nos clôtures.

— Je suis désolé que ça te déçoive, mais la meute passe avant.

— Je ne vais pas te mentir ; ça serait très douloureux que la seule solution soit la mort, mais je comprendrais, Liam.

Je posai mon coude sur l'accoudoir et appuyai ma tête sur mes doigts.

— Et je ne t'en tiendrais pas rigueur.

Repoussant l'idée de voir la mort arriver plus tôt qu'elle ne devrait pour trois personnes, je demandai :

— Tu as une idée de qui tu veux comme nouveau bêta ou tu comptes vraiment attendre de voir si quelqu'un trouve un remède ?

— La seule chose que je sais c'est qui je ne veux pas.

— Laisse-moi deviner. N'importe qui ayant comme nom de famille Freemont ou Hollis ?

Il posa son regard sur mon visage.

— Je ne suis pas contre prendre un autre Freemont, mais je doute que l'un d'entre vous veuille du job.

Je souris.

— Merci de m'inclure dans le programme, mais je serais un horrible bêta.

Il fronça les sourcils.

— Tu ferais un super bêta, Nikki.

— Non. Je prends mes décisions avec mon cœur plus souvent qu'avec ma tête. Ça n'aiderait *pas* la meute.

Liam ralentit même si nous étions encore à un ou deux kilomètres de notre destination. Puisque la voiture n'avait pas dérapé, ce n'était pas à cause du verglas. Peut-être qu'avec cette conversation, il avait du mal à se concentrer sur la route.

— Ness prend toutes ses décisions avec son cœur. À mon avis, ça aurait fait d'elle un très bon leader.

Dans sa voix, on entendait un mélange d'émotion : la colère et le regret, et peut-être même un peu de chagrin.

— Elle est vraiment super.

J'attendis de voir s'il acquiescerait ou ajouterait que c'était la meilleure femelle de la meute. Il avait dit qu'il n'était pas amoureux d'elle, mais vu son comportement, elle était plus importante pour lui qu'il ne l'admettait.

— Elle a dit la même chose à ton sujet.

Après une pause, il ajouta :

— Ce qui n'est pas rien venant d'elle.

La mélancolie envahit ses traits, cimentant l'idée que j'avais qu'il en pinçait toujours pour elle. Cela expliquait sûrement pourquoi sa relation avec la mère de Storm n'avait pas fonctionné. Que pouvait-on donner quand son cœur appartenait déjà à une autre ?

Heureusement, le bunker apparut alors, interrompant mes tristes réflexions.

À l'intérieur, quatre métamorphes étaient présents : le docteur, Avery, sa sœur rousse Apple et sa partenaire Reese, une métamorphe à la peau noire dont les cheveux étaient rasés à quelques centimètres de son crâne.

J'avançai vers Darren et saluai de la main les autres qui semblaient un peu perplexes par ma présence. Je n'étais pas une enfant et, pourtant, tant que j'aurais moins de vingt ans, la meute ne me verrait pas comme une adulte. Dans le monde humain, vingt et un ans, c'était l'âge où vous passiez de l'enfant à l'adulte, mais dans la meute, cet âge magique était vingt ans.

Je me postai à côté de Darren.

— Salut, docteur.

Il marqua un temps d'arrêt.

— Nikki. Que fais-tu là ?

— Je suis venue voir Bea.

Il pivota vers moi.

— Comment va ta tête ?

— Beaucoup mieux.

Bea léchait ce qui était, j'imagine, du sang sur son museau sans poil.

— Elle vient de prendre la solution ?

— Oui.

— Combien de temps ça prendra pour faire effet ?

— Quand ils ingéraient le sang de Lori, il fallait cinq à dix minutes pour qu'ils retrouvent leur peau humaine. Ça fait maintenant neuf minutes.

L'inquiétude nouait son visage.

— Ça te dérange que je regarde ton crâne pendant qu'on attend ?

Je me tournai pour lui laisser un meilleur accès sans quitter des yeux Bea, même si elle ne croiserait pas mon regard.

— Content de ton travail ?

Il rit doucement.

— Content, oui. Tu devrais pouvoir courir vendredi, mais j'aimerais regarder une dernière fois avant...

— « Devrait » ?

Je tournai la tête d'un coup pour l'affronter.

— Tu ne veux pas que la blessure se rouvre.

— Je ne savais pas qu'il y avait un risque que je ne puisse pas venir.

— Je te l'ai dit, ça *devrait* aller.

Je pinçai les lèvres. J'étais tellement pressée de participer à cette course que ne pas y aller serait un coup dur.

— Pas de transformation avant, d'accord ?

J'acquiesçai. Un petit gémissement nous fit tous les deux nous tourner vers Bea. Elle était à quatre pattes, la peau désormais dénuée de poils, les doigts minces et sans griffes, la bouche rose et douce, les dents blanches et normales. Mon pouls s'emballa d'excitation.

— Ça a marché.

Le docteur mit en marche un chronomètre sur sa montre.

— Voyons combien de temps ça dure.

Je me levai en même temps que celle qui aurait dû être ma belle-sœur. Qui pourrait toujours l'être si l'on trouvait une solution permanente. Je lui souris.

— Salut Bea.

— Nikki.

Sa voix douce s'échappa de la cage. Elle avança et enroula ses doigts autour des barreaux.

— Je peux entrer à l'intérieur ?

— Je ne pense pas que ça soit une bonne idée, Nikki, protesta Apple en désignant Bea du menton. On ne sait pas combien de temps ils resteront sous forme humaine.

— S'il te plaît.

— C'est à Liam d'en décider.

Celui-ci se détourna du médecin légiste qui était à moitié transformé. Il nous étudia longuement, Bea et moi, puis opina du chef et mon cœur bondit. Apple sortit une clé massive de la poche de son coupe-vent orange et l'inséra dans la serrure.

Dès que la porte s'ouvrit, Bea ouvrit la porte et recula pour me laisser entrer. Je passai en évitant de toucher l'argent. Une fois face à elle, son corps se mit à trembler et des larmes coulèrent sur ses joues creuses.

— Oh, Nikki. Qu'est-ce que j'ai fait ?

Mon excitation se mua en chagrin. J'enroulai mes bras autour de ses épaules voûtées et l'attirai contre moi.

— Rien que je n'aurais pas fait si j'étais sortie avec un métamorphe.

C'était la vérité : si j'avais été humaine et que je voulais vivre avec quelqu'un qui ne l'était pas, j'aurais sûrement essayé de changer mon panel génétique.

— Ta peau est glacée, Bea.

Je m'écartai et regardai la petite cellule jusqu'à tomber sur une couverture roulée en boule dans un coin. Je la ramassai et la drapai autour de ses épaules avant de la guider jusqu'au lit de fortune cloué au mur pour qu'elle s'asseye.

— Comment te sens-tu ?

— Comme si j'avais attrapé une grippe intestinale pendant un mois entier. J'ai l'air horrible.

Ses muscles avaient fondu tout comme sa graisse.

— Rien que quelques repas chez moi ne sauraient réparer.

— Je ne pense pas que je remangerai un jour chez toi.

De nouvelles larmes mouillèrent ses joues.

— Du moins, pas ce que vous mangez.

— La pleine lune arrive. On espère que cela vous permettra de revenir sur la transformation. Définitivement.

Elle déglutit.

— Ça serait bien.

— Tu as toute une meute de loups qui cherchent une solution. Quelqu'un va forcément trouver.

— J'ai entendu Darren dire que le sang synthétisé était ton idée.

— Il n'est pas vraiment synthétisé.

— Fait en labo, je veux dire.

— Oui.

Elle sortit une main osseuse de la couverture et serra la mienne.

— Je suis contente que Lori n'ait plus à payer pour mon erreur. Nous n'avons jamais été amies, mais je ne veux pas qu'elle souffre à cause de moi.

Cette fois-ci, c'est moi qui déglutis.

— Comment va Miles ? Nate jure qu'il va bien, mais...

— Il pense que tu es enceinte et que tu essaies de le cacher.

— Si seulement.

Un sourire mélancolique apparut à son visage tandis qu'elle touchait son ventre plat.

— Nate me déteste ?

J'eus un mouvement de recul.

— Non. Pas du tout.

Elle appuya sa tête en arrière contre le mur gris et poussiéreux et ferma les yeux.

— Nikki, tu peux t'assurer que, s'il n'y a pas de solution, il ne soit pas présent quand ils mettent fin à ma vie ?

Ma gorge me brûla. Mon nez aussi. J'essayai d'articuler des mots, mais je ne pouvais pas parler. Ses yeux s'ouvrirent et parcoururent mon expression hagarde.

— Mon cœur, c'est rien. J'ai accepté cette idée. Je sais qu'il n'y a pas assez de ce médicament.

— Le Sillin n'est pas... Ça ne peut pas être... la seule solution. Il y en a forcément une autre.

Elle soupira.

— Je ne sais pas combien de temps je pourrai supporter de vivre ainsi. À moitié humaine et à moitié monstre assoiffé de sang.

— Tu n'es pas un monstre, croassai-je.

— Je suis pire qu'un monstre dans cette autre forme. Je t'ai attaquée, *toi*. J'ai attaqué *Nate*.

Un sanglot bruyant s'échappa de la cellule où le médecin prenait dans ses bras sa femme. Bea frémit.

— Je n'arrive pas à croire que *je* leur ai fait ça. Et à cette pauvre randonneuse. Nate aurait dû me tuer à la minute où je me suis transformée en cette... *chose.*

Elle enfouit son visage dans ses mains.

— Qu'est-ce que j'ai fait ? Qu'est-ce que j'ai fait ?

Elle murmura ceci encore et encore, se berçant d'avant en arrière.

Soudain, elle devint immobile.

Très, *très* immobile.

— Nikki ! rugit Liam. Sors de là. MAINTENANT !

Trente-Huit

Je bondis sur mes pieds, le cœur tambourinant contre mes côtes.

— Pourquoi ? Que s'est-il passé ?

Dans la cellule face à nous, le médecin avait le dos courbé à un angle non naturel pendant que sa femme était recroquevillée comme une enfant à ses pieds.

— Nikki !

Liam courut dans la cage de Bea et tira sur mon biceps si fort que j'entendis un *pop* sourd. Il me tira hors de la cellule pendant que je regardais par-dessus mon épaule Bea, dont le visage n'était plus humain. Elle émit un son entre le gémissement et le grognement et ses crocs allongés réfractèrent la lumière blanche et fluorescente du plafond.

— Attends, Liam. Attends.

Il ne m'écouta pas.

Même si ses coudes étaient courbés dans le mauvais angle – pas l'angle humain –, Bea baissa ses hanches osseuses et, cette fois, son grognement ne laissa pas de place à l'erreur. Elle se lança sur nous au moment où Liam fermait la porte. Même si elle n'essayait plus de nous sauter dessus, il tint la porte fermement pendant qu'Apple glissait la clé dans la serrure.

Le craquement et sifflement de la chair brûlée me fit hoqueter.

— Liam, ta main !

Une fois la porte fermée à clé, il écarta sa paume abîmée de l'argent, laissant du sang et des bouts de peau que Bea renifla avant de laper, de la bave rouge coulant sur ses lèvres caoutchouteuses.

Liam lâcha enfin mon bras qu'il tenait en étau.

— Je n'aurais pas dû te laisser entrer.

Des frissons remontèrent ma colonne vertébrale.

— Combien de temps est-elle restée humaine ?

Darren approcha avec un tube de crème et des bandages.

— Douze minutes.

— Douze minutes ? Je croyais que le sang de Lori leur donnait des heures.

J'agrippai mes coudes. Ou essayai. L'un d'entre eux ne voulait pas se plier.

— En effet, soupira Darren. Ta main, Liam.

— Le bras de Nikki d'abord. Je crois que je l'ai déboîté.

Je déglutis quand il m'examina et grimaçai quand il toucha une zone particulièrement sensible. Oui, Liam avait bel et bien déboîté l'articulation. Bea lâcha une série de petits pleurs. Je croisai son regard, seule partie d'elle qui n'avait pas changé, et y lus des remords comme si elle essayait de communiquer des excu...

— Aïe !

— C'est comme neuf, mais il vaut mieux y mettre de la glace. Maintenant, montre-moi ta main, Liam.

Il leva le chaos sanglant et brûlé qui était sa paume et Darren y étala une crème brillante avant de la bander. Liam ne tressaillit pas une fois, même s'il devait traverser mille douleurs.

Bea gémit encore. La violence qui avait pris possession d'elle n'était plus et, à la place, une demi-louve tristounette s'affaissait dans sa cellule. Je m'accroupis pour que nos visages soient alignés.

— Bea, si tu me comprends, hoche la tête.

Sa tête rectangulaire surmontée d'un rideau de cheveux humains se leva vers le haut et redescendit.

— Tu essayais de nous faire du mal ? Secoue-la.

On s'en va. On rentre à la maison. Maintenant.

— Non.

— Nikki..., grogna Liam.

— Secoue la tête pour non. Hoche la tête pour oui. Tu essayais de nous faire du mal ?

Elle resta parfaitement immobile. Seuls ses yeux bougeaient. Droit vers Liam. Puis, un nouveau grognement s'échappa de sa gorge.

— Tu essayais de me protéger de lui ? demandai-je doucement.

Elle gémit et essaya de glisser son museau entre les barreaux, mais l'espace était trop étroit.

— On y va, Nikki.

Je levai la tête vers Liam.

— Si tu as besoin de partir, vas-y, mais je veux rester.

— Je ne pars pas sans toi et *on* s'en va.

Je grinçai des dents. Je comprenais qu'il était ébranlé – je l'étais aussi –, mais ça ne lui conférait pas le droit de me donner des ordres.

— Elle est sans défense...

Des grognements retentirent derrière moi. Je me levai et fis volte-face.

— Va chercher le pistolet tranquillisant, aboya Liam à Reese.

Elle se précipita pour l'attraper au mur et revint au moment où le médecin légiste plongeait ses crocs le long du cou de sa femme et secouait la tête avec une telle violence que du sang gicla de la blessure.

Je levai la paume jusqu'à ma bouche, dissimulant mon hoquet. Reese envoya une fléchette dans la cuisse de l'homme qui se figea et s'effondra sur le côté, ses crocs glissant du cou broyé de sa femme. Celle-ci tomba en même temps que lui et tous deux s'écroulèrent dans une mare de son sang.

Le corps entier de Liam vibrait comme si son loup s'apprêtait à sortir de sa coquille.

— Tu es prête à rentrer *maintenant* ?

— Elle est... Elle est morte ? chuchotai-je.

Bea hurla et fit les cent pas sur ses pattes dotées de doigts, ses griffes grinçant sur le ciment.

— Il a tué sa femme ?

— Apple, la porte.

Reese respirait difficilement. Après s'être assurée qu'aucun loup ne bougeait, Apple déverrouilla la cage pour sa partenaire. Reese s'accroupit à côté du plus petit des deux loups-vampires et appuya sa paume entre les seins arrondis, recouverts de peau en velours et de touffes de poils.

— Elle n'a pas de pouls.

Un gémissement survint. Cette fois, il provenait de moi.

— Nikki, s'il te plaît, monte en voiture.

La voix de Liam ne laissait pas de place aux protestations. Non que je veuille refuser cette fois. Je me retournai et sortis en tenant le bras que le médecin m'avait remis en place. Une éternité après, qui dura sûrement quelques minutes, Liam quitta le bunker et s'engouffra derrière le volant.

— Quand il va se retransformer en humain... Quand il se rendra compte de ce qu'il a fait... Liam, tu ne peux pas le laisser se retransformer ! Il ne se le pardonnera jamais.

Il ne répondit pas et ne prononça pas un mot sur le chemin du retour, mais dès que nous fûmes garés devant chez moi, il frappa son volant et grogna :

— Ça aurait pu être toi. Putain, ça aurait pu être toi.

Une mèche de cheveux noire tomba devant ses yeux et se prit dans ses cils.

— Je n'aurais jamais dû te laisser entrer dans cette cellule.

— Je suis contente que tu l'aies fait. Je suis contente d'avoir pu la serrer dans mes bras.

Surtout que je craignais que ce soit l'une des dernières fois. *Non.* Je ne pouvais pas penser comme ça. Je ne m'y autoriserais pas.

— Tu es aussi contente d'avoir pu voir le médecin tuer sa femme ?

Je me hérissai.

— Bien sûr que non.

Il repoussa la mèche de son front. Ses yeux couvraient toute la gamme de brun, noir, ambre et jaune. La couleur résultante était légèrement effrayante, surtout vu l'air renfrogné qui l'accompagnait.

— Putain. *Putain.*

Je me détachai et me tournai vers lui.

— Je sais qu'Avery a dit que le sang humain pourrait les rendre sauvages, mais peut-être...

— On ne nourrira pas ces créatures de quelque chose qui peut potentiellement les rendre plus violentes.

— Alors, on recommence à leur donner le sang de Lori ?

Il frotta ses paumes sur son visage et son bandage se prit dans sa barbe sans se défaire.

— Ce n'est pas une solution.

La peur m'envahit.

— Alors quoi ? Ils meurent à la pleine lune ?

— Je ne sais pas, Nikki ! J'en sais rien du tout.

Il frappa encore son volant avec sa main bandée.

— Tout ce que je sais, c'est que j'en ai fini de te mettre en danger, alors reste loin du bunker. Et loin de moi.

Son regard acéré se posa sur mon épaule et le bras que j'avais inconsciemment niché contre ma poitrine. Je fronçai les sourcils.

— Pourquoi loin de toi ?

— « Pourquoi » ? Parce que je t'ai déboîté le bras, merde !

— Tu ne l'as pas fait exprès, Liam.

— Peu importe comment ça s'est fait. Je blesse tous ceux qui s'approchent de moi. Ness a perdu son œil. Tammy a perdu sa putain de vie.

— Tu n'as pas endommagé l'œil de Ness, Cassandra Morgan s'en est chargée. Et pour la mère de Storm, comment peux-tu t'en vouloir de sa mort ?

— J'ai placé un bébé métamorphe dans son ventre et ce bébé l'a tuée.

Je fixai ses narines dilatées dans un silence de plomb, me demandant si c'était utile de débattre avec lui quand il était dans une telle humeur d'auto-flagellation.

— Juste, éloigne-toi de moi, Nicole. Et reste loin.

Je ne bougeai pas.

— Va-t'en !

— Très bien, mais la seule personne que tu blesses en repoussant les autres, c'est toi.

Je quittai la voiture et fermai la portière. Au moins, Adalyn n'aurait plus à s'inquiéter d'une deuxième fois avec lui.

Je ne croisai pas Liam les deux jours qui suivirent. Cela dit, je ne quittais pas mon chalet, pas même pour aller chercher ma voiture qu'Adalyn finit par me ramener avec une poignée d'amendes glissées sous l'essuie-glace. Je ne broyais pas du noir ni rien, je rattrapais simplement une montagne de travail.

Maman sauva mes yeux et ma santé mentale en venant manger avec Storm qui se prit aussitôt d'intérêt pour la guirlande lumineuse que j'avais accrochée au-dessus de ma tête de lit. Je lui montrai comment l'éteindre et l'allumer et ses yeux déjà brillants étincelèrent encore plus.

Maman s'appuya contre l'encadrement de ma porte, m'observant guider les doigts de Storm sur le bord d'une étoile.

— Je suis allée voir Lori aujourd'hui. Elle a accepté de suivre l'idée de Nate.

Je haussai un sourcil.

— C'est quoi, son idée ?

— Qu'elle morde Bea et le médecin pendant la pleine lune. Ton frère pense que plus de venin pourrait les aider à se transformer complètement.

Je n'avais pas encore entendu parler de ça. Le gros de ce que j'avais appris, grâce à Niall qui était un vrai papillon sur le plan social, était de l'ordre du « tuons les loups-vampires et le métamorphe qui les a créés ».

— Tu crois que ça pourrait marcher ?

Maman soupira.

— Je ne sais plus quoi croire.

— Tu es allée revoir Bea ?

— J'y suis allée hier.

— Elle était humaine ou sous son autre forme ?

— Humaine. Lori leur redonne de son sang. J'ai pu lui parler pendant un moment. Elle est épuisée et démoralisée. Surtout maintenant que le médecin légiste ne cesse de pleurer. Elle se sent coupable de son chagrin. C'est tellement dur de la voir souffrir sans pouvoir faire quoi que ce soit.

Elle passa un doigt sous ses cils inférieurs, séchant une larme.

— Oh, maman.

— Je lui ai dit de ne pas perdre espoir. Mais moi-même je n'en ai plus vraiment.

J'avançai vers ma mère et passai un bras autour de ses épaules tremblantes. Storm serra mon bras d'une main et attrapa ma tresse de l'autre, s'accrochant à moi comme s'il était inquiet que je le lâche.

— *Mamamama.*

Je me figeai ; maman aussi. Nous nous écartâmes et nos regards convergèrent vers le fils de Liam qui nous regardait toutes les deux, de la bave coulant de son sourire de biais.

— Oh, mon petit.

Elle caressa les joues de son visage. Il répéta les syllabes qui nous avaient laissées bouche bée. Elle secoua la tête et se désigna du doigt avant d'indiquer :

— Meg.

Il regarda sa bouche former le mot, le front plissé. Je me désignai à mon tour et décomposai mon prénom en deux syllabes distinctes :

— Ni-kki.

Sa confusion s'approfondit, mais son attention se posa de nouveau sur les lumières et il tira sur ma tresse. Et c'était reparti.

Je passai la demi-heure suivante à éteindre et allumer en apprenant à Storm le mot *étoile*. Il étudiait mes lèvres, mais il n'essayait même pas de reproduire le son. Pourtant, quand je lui demandai de me monter les étoiles, il tendit la main vers elles.

— Tu es intelligent, toi.

J'embrassai sa tempe avant de le tendre à maman qui le ramena chez elle, car Liam devait travailler jusque tard. Avec un peu de chance, son travail consistait à trouver un remède pour Bea et le médecin endeuillé.

Après son départ, Adalyn m'appela pour savoir si je voulais manger avec elle à Rivage. Vu que je n'en pouvais plus de ma maison après une retraite de deux jours de travail, j'acceptai avec empressement. J'appliquai du correcteur sur mon bleu à moitié effacé et passai du mascara sur mes cils avant d'enfiler un sweat très large par-dessus mon tee-shirt un peu petit et de troquer mon jogging pour un jean skinny.

J'attrapai mon sac, y glissai des trucs, dont je n'aurais probablement pas besoin ou que j'avais déjà en deux fois, et sortis dans le froid hivernal. Mon sang tambourinait à cause de la lune. Je levai le visage vers elle et savourai son scintillement laiteux. Encore deux jours et je laisserais mon loup envelopper et assouvir l'humain.

Une libération comme il n'en existait pas d'autre.

En fait, je connaissais une autre libération qui s'approchait de la sensation de pure joie qu'était ma forme lupine, mais y penser m'amenait à ruminer au sujet de Liam, ce qui ne manquerait pas d'entacher mon humeur. Je repoussai l'épisode de mes pensées en avançant dans la pièce bondée, inhalant le bois et l'odeur de l'hiver, résultat de la fumée légère qui sortait de chaque cheminée du camp.

Adalyn était assise au comptoir, la tête penchée, dans une conversation visiblement fascinante avec Sasha qui lui servait un verre de vin.

— Qu'est-ce que j'ai loupé ?

Je posai mon sac à mes pieds et retirai mon manteau.

— Sasha me parlait du tournoi de bingo à quinze heures. Apparemment, c'est devenu très bruyant et compétitif. Mamie a failli en venir aux mains avec le grand-père de May. Elle l'a menacé de teindre ce qu'il lui reste de cheveux en vert quand il prendrait son rendez-vous du mois.

Je ricanai.

— Elle le fera sûrement.

— Oh, j'en suis sûre.

— Attends, elle avait pas un truc pour lui ?

— C'était l'été dernier. Tu te souviens de sa philosophie : « À chaque saison, change d'homme pour garder la forme. »

— Ta grand-mère est une sacrée femme, commenta Sasha en nous servant de l'eau.

Avec une vie comme la sienne, remplie de morts arrivées trop tôt – d'abord celle de son partenaire, puis de sa fille et de son beau-fils –, elle avait été obligée d'avoir un fort caractère ou son étincelle se serait aussi éteinte trop vite. Une fois, je lui avais demandé comment elle avait fait... Comment elle avait continué à vivre et sourire. Elle avait regardé Adalyn et Gracey et dit : « En prenant une inspiration à la fois. »

— Je te sers quoi, Nikki ?

— Du vin rouge.

Après avoir placé un verre à pied rempli à ras bord devant moi, Sasha disparut dans la cuisine. Des effluves de mûre, de clous de girofle ainsi qu'une odeur boisée s'échappaient du liquide bordeaux et j'inspirai profondément.

— Je suis tellement contente que tu m'aies appelée. J'ai besoin d'une pause dans mon dessin de superhéros. J'ai passé *beaucoup* trop de temps à dessiner des détails sur son costume en cuir.

— J'ai hâte de voir le dessin fini.

Mon vin ondula quand je le fis tourner. Avant de montrer la version finale à qui que ce soit, je devais retravailler le visage qui ressemblait à celui d'un certain alpha. Et je ne parlais pas de Cassandra ou d'Alaric.

— En parlant de dessin fini, Nash et toi, vous vous êtes décidés sur vos tatouages ?

— J'ai proposé une petite laisse, elle a refusé.

Mon frère apparut à côté d'Adalyn et passa ses bras couverts de sueur et de marques d'entraînement autour d'elle, la pressant contre son tee-shirt humide.

— Beurk, Nash. Tu es plein de sueur.

— D'habitude, ça ne te gêne pas.

— C'est parce que je suis aussi couverte de sueur.

Adalyn renversa sa tête en arrière pour l'embrasser et je levai les yeux au ciel en marmonnant :

— Je ne tiens vraiment pas à avoir des détails.

Elle écourta leur baiser sans fin et le repoussa.

— C'est une soirée entre filles, Nash. Les gars ne sont pas autorisés.

— Si vous en avez marre de votre soirée entre filles, rejoignez-moi avec les gars pour une soirée entre mecs.

Il agita ses sourcils en indiquant de la tête une des tables. Je regardai ce qu'il nous montrait. Je n'aurais pas dû, car maintenant j'étais pleinement consciente que Liam était à quelques mètres de là, avec Lucas, Niall et une poignée d'autres mecs, tous habillés en tenue de sport et plus ou moins couverts de sueur.

Je reportai mon regard sur mon frère, fière de ne pas m'être attardée sur un métamorphe en particulier.

— Vous venez de faire un entraînement à la salle ?

— Plus ou moins. On parlait de l'affaire et Liam voulait se défouler, alors ouais on a tous fini là-haut.

Il leva les yeux vers la salle de sport dernier cri qui recouvrait tout le deuxième étage, entourée de baies vitrées qui donnaient sur l'étang en demi-lune. Comme ce restaurant, le bâtiment avait été construit sous Alaric. Son dernier projet. Un dont il n'avait jamais pu voir le résultat.

— Maman m'a parlé de l'idée de Nate, intervins-je. Au sujet de demander à Lori de remordre Bea.

Adalyn fronça les sourcils.

— Pourquoi demanderait-il ça ?

Nash pinça les lèvres.

— Il espère que ça la transformera complètement.

— Oh.

Adalyn prit une poignée des noix de cajou préparées par papa – un assortiment fait avec amour grâce à un mélange d'épices goût barbecue dont il ne voulait pas révéler les ingrédients, même à moi.

— Je ne vois pas comment ça l'aiderait.

— Plus de venin, plus de poids sur ses gènes ? suggérai-je en haussant les épaules. Franchement, c'est une des meilleures idées que j'ai entendues. Une des seules, aussi.

— On frappe dans le vide si tu veux mon avis, répliqua-t-elle.

Je croisai les jambes.

— C'est mieux que de frapper directement pour tuer.

Mon frère et Adalyn s'étonnèrent tous deux de ma déclaration froide. Je ne leur avais pas demandé directement leur position au sujet de Lori ou des loups-vampires, mais je ne doutais pas que leur voix s'alignait à la majorité. Nous n'étions peut-être pas des chiens, mais si l'on nous donnait un os, bon courage pour nous l'enlever.

— Vous cherchez toujours une preuve que Lori a mordu des gens auparavant ou vous avez au moins abandonné ça ?

Ils échangèrent un regard et probablement quelques mots par télépathie.

— On a arrêté de rechercher activement, mais ce n'est pas le cas de tout le monde, m'avertit Adalyn. David Hollis est convaincu qu'il trouvera. Il a envoyé Grant hors de l'État poursuivre plusieurs pistes.

Je plissai le nez. Même quand je sortais avec Grant, je n'étais pas une grande fan de son père dominant. Surtout vu comme il avait soumis sa femme. Celle-ci était plus passive que la peau d'ours dans leur salon. D'autant qu'elle fumait à plein régime et buvait beaucoup de vin.

Rien n'empêcherait Grant de devenir comme son père au bout du compte, mais il avait toujours été plutôt doux. Avec un peu de chance, il le resterait. Sa sœur Camilla, en revanche... À mon avis, elle deviendrait exactement comme son père.

Un « putain » bruyant nous fit tous tourner la tête vers là où Liam se tenait avec son équipe dégoulinante. Il bondit sur ses pieds comme plusieurs autres et marcha jusqu'à la porte en passant sa main dans ses cheveux humides.

— Que s'est-il passé ? cria Nash.

Notre alpha se retourna, sa fourrure s'épaississant sur ses avant-bras dessinés. Il ouvrit ses poings d'un coup tandis que ses ongles se transformaient en griffes. Ses yeux, ambre jaune à cause de sa transformation en cours, croisèrent les miens. Pas longtemps, mais assez pour que j'y décèle une tempête d'émotions – la fureur étant celle qui dominait.

Le médecin légiste est mort. Il a utilisé ses propres griffes pour arracher une des artères de son cou.

Adalyn et moi hoquetâmes pendant que mon frère marmonnait et s'élançait après Liam qui avait déjà refermé la porte. Le silence qui tomba sur la grande pièce était assourdissant. Même la musique semblait s'être estompée. Peut-être était-ce parce que mes oreilles vibraient sous l'effet de la nouvelle.

J'avais mal au cœur. Pas pour le médecin que je n'avais pas connu, mais pour Bea qui était déjà dévastée par la culpabilité. Qu'est-ce que cela allait lui faire ? Même si on lui trouvait un remède, pouvait-elle se remettre de toutes les morts que son désir d'être comme nous avait apportées ?

près deux heures de conversation et trois verres de vin, Adalyn et moi nous séparâmes. Niall n'était pas à la maison. J'imagine qu'il était au bunker avec les autres ou à séduire une femelle quelque part à Beaver Creek.

J'essayai d'appeler Nate pour des nouvelles, mais il ne décrocha pas, alors j'envoyai un message à Nash à la place. Après quelques minutes, il répondit :

Je rentre là. Bea va bien. Nate reste avec elle ce soir. Il m'a dit de te dire de ne pas t'inquiéter.

Oui. Comme si c'était possible.

Le cœur battant à un rythme maussade, je relevai mes cheveux et les attachai avec un élastique en plastique avant de reprendre ma tablette, me préparer une infusion et m'asseoir dans un coin de notre cuisine pour retravailler le visage de mon superhéros.

Ce n'était pas que je voulais vraiment travailler, mais mon cerveau était trop nerveux pour dormir. Je traçais et retraçais la mâchoire de l'homme jusqu'à l'avoir amincie, de sorte qu'il ne ressemble plus à Liam quand quelqu'un frappa à la porte.

Je fronçai les sourcils et allai ouvrir.

En voyant le jogging et le tee-shirt noir de mon visiteur, je m'appuyai contre le bois et croisai les bras.

— Ta maison est six portes plus bas.

Les sourcils joints de Liam se haussèrent de... surprise?

— Je ne suis pas perdu, Nicole. Je suis juste... Je peux... On peut parler?

Il avait l'air un peu perdu.

L'air était lourd de l'odeur de la fumée, mais pas celle du bois qu'on fait brûler. Non, l'odeur était musquée et sulfureuse comme celle du poil brûlé. De la chair brûlée. L'odeur d'un corps qu'on transforme en cendres.

— Niall n'est pas ici, Liam, dis-je lentement, sans trop savoir pourquoi *lui* était là.

— Je sais bien.

— Storm non plus.

— Je ne suis pas là pour mon fils. Je peux entrer? demanda-t-il en indiquant mon salon.

— Pourquoi?

Il cligna des paupières.

— Tu vas vraiment me laisser debout dehors pour que j'explique les raisons de ma venue?

— Absolument.

Je m'installai plus confortablement contre le bois, mon sang palpitant dans mes veines, même si, pour peu que j'en savais, ce n'était pas une visite amicale pour me dire «désolé de t'avoir aboyé dessus». Je haussai une épaule.

— Tu es un métamorphe. Tu ne peux pas attraper froid.

Quelques flocons tombèrent en spirales dans la nuit noire, dévièrent jusqu'à Liam et se prirent dans la rangée épaisse de cils bordant ses yeux fatigués.

— Alors... Pourquoi es-tu debout devant ma porte au beau milieu de la nuit, Kolane?

Sa mâchoire se contracta.

— Comment va ton bras?

— Tu es venu vérifier l'état de mon bras?

— Oui.

Je le tendis et le fis tourner autour de moi.

— Parfaitement bien. Et ta main?

Il tourna sa paume vers le haut. Le carnage sanglant s'était transformé en bouts de peau luisants comme du plastique fondu. J'agrippai mes coudes.

— Je peux t'aider pour autre chose? J'ai rendez-vous dans vingt minutes et je sais que certains pensent que trois est une orgie, mais pour moi, c'est une foule.

Sa main retomba à ses côtés.

— Un rendez-vous ?

— Tu sais. Un moment où tu passes du temps avec des gens qui apprécient ta compagnie et ta proximité.

Un de ses yeux tressaillit.

— Qui ?

— Simon.

— Jenkins ? L'ami de ton père ? Il a cinquante ans et quelques.

Je plissai le nez.

— Beurk ! Non pas lui.

— Le seul autre Simon de la meute a huit ans. J'imagine que ce n'est pas lui non plus.

Ses yeux ne réagirent pas, mais ses lèvres se tordirent. Probablement parce qu'il pensait m'avoir piégée dans mon mensonge. Mais je ne mentais pas. J'allais vraiment avoir un rendez-vous avec Simon. Mais un rendez-vous virtuel.

— *Mon* Simon n'est pas de la meute.

Sa bouche se figea en ligne droite.

— Les humains ne sont pas autorisés dans le camp.

— Depuis quand ?

— Depuis mon arrivée.

— Et ben peu importe. Il n'est pas humain.

Des flocons fondaient sur ses avant-bras et ses fossettes.

— Et de quelle meute vient *Simon* alors ?

— Il n'est pas un métamorphe non plus.

— Qu'est-ce... Qu'il... est alors ? détacha Liam presque sans bouger les lèvres. Un *sex-toy* ?

Cet homme avait un sacré caractère. Je ne devrais probablement pas trouver ça attirant, et pourtant c'était le cas. Allez comprendre. Je ricanai.

— Ha ! Ha ! Je n'ai jamais donné de nom à mon vibromasseur, mais Simon, ça lui irait bien.

Liam grogna.

— Est-ce qu'on peut s'il te plaît avoir cette conversation à l'intérieur ?

Mon sourire s'effaça.

— Tu briserais ta propre résolution.

— Oublie ma résolution, et oublie ton Simon, peu importe qui il est.

Il monta sur la dernière marche et passa à côté de moi.

— Hé... J'ai pas dit que tu pouvais entrer.

— Tant mieux que je ne sois pas un vampire.

— Ni un gentleman, lâchai-je dans ma barbe.

Il me lança un sourire ténébreux.

— Ni ça.

Je soupirai, m'écartai de la porte et la refermai puisqu'il faisait très froid dehors. Il se retourna et, même si le salon était grand, l'endroit sembla soudain trop petit.

— Tu m'as promis une deuxième aventure.

— Ça, c'était avant que tu m'aboies dessus.

Sa mâchoire se serra et il remarqua ma posture fermée.

— Pardon, Nicole.

Il s'avança et passa ses paumes sur mes biceps. Avec hésitation, d'abord. Comme je ne repoussais pas ses bras, il prit en assurance.

— Tu me donnes une autre chance ?

— Tu ne t'inquièteras plus de ma sécurité ?

Il baissa le menton.

— Je m'inquièterai toujours – pour tous mes métamorphes –, mais rester loin... Ça fout en l'air ma concentration.

Être englobée avec le reste de la meute portait un coup à ma fierté.

— Trouve-toi une balle antistress. Il paraît que ça marche bien.

— Je ne veux pas d'une balle antistress.

— Si tu as besoin de t'envoyer en l'air, je suis sûre que l'une de tes nombreuses autres métamorphes pour lesquelles tu t'inquiètes se fera une joie de t'aider.

J'indiquai la porte de la tête et il lâcha mes bras. Je pensais qu'il partirait et tenterait sa chance ailleurs. À la place, il claqua des doigts devant mon visage. Je fronçai les sourcils.

— Qu'est-ce qui te prend ?

— Tu as dit que je pouvais claquer des doigts et avoir n'importe quelle femelle. Je teste ta théorie.

Je grognai.

— Va frapper à la porte de May. Tu n'auras même pas à claquer des doigts.

— Tu veux vraiment que j'aille voir May?

Je serrai plus fort mes bras toujours croisés.

— Si je dis oui, tu le feras?

— Non.

Il reposa ses mains sur mes bras et fit courir ses doigts calleux jusqu'à mes coudes avant de les faire remonter. En bas puis en haut. Même si cela m'adoucit de l'extérieur, à l'intérieur, je gardai mon armure.

— Il n'y a qu'une métamorphe que je veux et elle se tient juste devant moi.

Il posa ses paumes sur mes hanches.

— Pourquoi moi? Parce que c'est facile?

Il recula la tête.

— Facile? Tu es l'opposée de facile.

Nous avions fait l'amour. Il m'avait crié dessus. Et maintenant, il se trouvait dans ma maison, les mains sur mon corps. D'accord, j'avais toujours mes habits, mais quand même...

— Tu n'as peut-être eu qu'un seul autre partenaire, mais moi, j'en ai eu plein et je n'ai jamais *accroché* avec quelqu'un comme ça a été le cas avec toi. Voilà *pourquoi toi*.

Je voulais accepter le compliment et le garder en tête, mais le doute s'immisça dans mon esprit.

— Je suis la première métamorphe avec laquelle tu as couché. Peut-être que c'est pour ça que ça a « accroché ».

Ses pupilles se rétractèrent.

— C'était pareil avec Grant et avec moi?

— Non, mais comme tu dis, je n'ai pas d'autres points de comparaison, alors contrairement à toi, je ne suis pas une experte. Il va me falloir quelques autres partenaires pour vérifier ton affirmation.

Son regard se fit meurtrier. Je soupirai.

— Liam, je ne veux pas une nuit de plus avec toi. Je ne suis pas faite pour...

Je décroisai les bras et esquissai un geste vague, essayant de trouver mes mots.

— ... du sexe *sans attache*.

Il fronça tant les sourcils que la lueur chocolat de ses iris sembla noire.

— Je ne suis pas ouvert à une relation.

— Je sais. Tu as été excessivement clair là-dessus. Tu n'as pas de place pour ça dans ta vie, je comprends. Vraiment, je comprends. C'est pour ça que, même si ça a *bien* accroché, même si ton odeur à elle seule me donne le vertige, je vais dire non et nous épargner des problèmes futurs plus importants.

Ses doigts cessèrent de moudre ma hanche.

— Mon odeur te donne le vertige?

Je me mordis l'intérieur de la joue. Il fallait vraiment que j'aie l'air aussi candide? Bon. Le mal était fait.

— Au point où je me suis dit que nous étions peut-être liés.

Je baissai le visage vers mon ventre.

— Mais ce n'est pas le cas. Ce qui est un soulagement tout bien considéré puisque tu ne veux pas de partenaire d'accouplement et que, si tu avais été le mien et que tu avais refusé de consommer le lien, j'aurais *vraiment* été énervée.

Il releva mon menton d'un doigt.

— Tu sais ce que me fait ton odeur?

Il approcha son nez de mes cheveux et inspira profondément.

— Elle me donne une érection douloureuse et aveuglante.

Il annihila l'espace entre nos corps, sûrement pour prouver ses dires, car il apportait pour sûr la preuve adéquate.

— Je pourrais jouir rien qu'en sentant ton odeur, ce qui ne m'est *jamais* arrivé.

Repousse-le, Nikki. Préserve ton cœur pour une fois.

Au lieu de mettre de la distance entre nous, je tournai la tête et pressai ma joue contre son cœur battant, me laissant prendre en otage par ce mâle grisant.

— Sois mienne, ma belle. Ce soir. Autant de nuits que tu veux. Jusqu'à ce que tu trouves ton partenaire parfait, sois mienne.

Je sentais de la chaleur à mes yeux, à mon ventre. Sa proposition était à la fois douce et triste.

— Qu'est-ce que tu proposes exactement? Du sexe juste comme ça, sur demande?

— Oui.

— Ce serait exclusif ?

— Oui.

Il caressa ma nuque, créant des milliers de chairs de poule.

— Jusqu'à ce que je trouve mon véritable partenaire ?

J'eus un moment QPA – Que penserait Adalyn ? M'encouragerait-elle à accepter cette relation amicale avec avantages ou me dirait-elle de fuir ?

— Et si je ne trouve pas de partenaire ?

Son cœur frémit.

— Alors jusqu'à ce que tu sois fatiguée de mes fesses ronchonnes.

Je souris contre le coton noir qui sentait son odeur, sa vie, sa sueur, ses combats et son côté sauvage.

— C'est une très mauvaise idée.

— La pire de ma vie.

Se rendait-il compte que, *techniquement*, du sexe sans prise de tête et exclusif était déjà une relation ? Peut-être était-ce l'étiquette qui l'effrayait.

— Et si *tu* mets fin à ceci en premier ?

Il arrêta ses caresses.

— Je ne le ferai pas.

Je le poussai.

— Comment peux-tu le savoir ?

Des ombres obscurcirent ses yeux.

— Parce que je ne veux pas de partenaire et je sais déjà que je trouverai tout ce dont j'ai besoin chez toi.

Il posa sa main sur ma joue et releva mon visage. Ensuite, il aligna sa bouche à la mienne, sans effacer le mince espace d'air restant entre nous.

Il s'était infiltré chez moi, dans mes os, dans mon cœur, mais pour une raison étrange, il se retenait maintenant ? Essayait-il de me donner l'illusion que la balle était dans mon camp ? Parce que c'était une illusion. Il n'y avait pas moyen de résister à l'attraction de Liam Kolane, peu importe combien les conséquences seraient terribles après avoir cédé et accepté un corps sans cœur.

Si l'homme venait avec une étiquette préventive, elle dirait : *Organe du cœur non fourni.*

Si je venais avec une étiquette préventive, ça serait : *Attention. Fragile.*

— Tu es terrible, Liam.

Je sentis son front se plisser tandis que je posai mes lèvres sur les siennes.

Ça allait faire mal. Ça allait me briser. Pourquoi l'avais-je embrassé alors? Parce que je m'étais déjà remise sur pied une fois et que j'étais sûre de pouvoir le refaire.

J'étais un phœnix dans une peau de loup.

Ou juste une fille vraiment bête, mais je préférais m'imaginer en phœnix.

Il glissa ses mains sur mes fesses et me souleva. Sans rompre notre baiser, j'enroulai mes bras autour de son cou et mes jambes autour de sa taille. Il me porta vers le couloir des chambres; je n'eus pas besoin de lui dire laquelle était la mienne, car il suivit mon odeur.

Il se dirigea vers le lit, m'allongea dessus et nos lèvres se séparèrent sous l'effet de l'élan. Haletant contre moi, il demanda :

— Qui est Simon?

Il fallut un moment à mon esprit étourdi pour comprendre sa question. Mes lèvres rougies dessinèrent un large sourire.

— Un personnage de série.

Liam se redressa, retira son tee-shirt et le jeta sur le côté.

— Tu allais me rejeter pour un homme fictif?

— J'allais te rejeter parce que tu te comportais comme un con.

Le mur de muscles sculptés devant moi me fit saliver. Heureusement que Liam n'était pas arrivé torse nu, car il n'y aurait trouvé aucune résistance de ma part.

Son regard se posa sur ma guirlande d'étoiles allumées et il leva le nez en inspirant.

— Et moi qui pensais être le premier Kolane à visiter ta chambre, mon fils m'a devancé.

Il fixa les bords des étoiles en papier et passa sa paume abîmée sur son visage.

— J'abuse de la gentillesse de tes parents.

Je m'appuyai sur mes coudes.

— Tu n'as pas entendu maman dire à quel point elle apprécie la compagnie de Storm? En plus, ça la distrait et elle a besoin d'une distraction. Mes deux parents en ont besoin.

— Peut-être, mais il reste sous ma responsabilité.

Il se toucha les cheveux, les décoiffant un peu plus. Je me redressai, et même si mon corps excité détestait l'idée qu'il s'en aille, je lui lançai :

— Si tu dois aller le chercher, on peut remettre ça à plus tard.

Son regard se reposa sur moi.

— *Ou* tu peux laisser mes parents se réjouir de la compagnie de ton fils pendant que tu profites de celle de leur fille. Quand on y pense, c'est plutôt un bon compromis.

Sa culpabilité disparut comme la lumière des étoiles à l'aube.

— Je préférerais ne pas penser à tes parents ou à mon fils en ce moment, mais j'approuve ta logique.

Il passa ses mains sur mon haut moulant et je jurai que je pouvais sentir ses callosités à travers le tissu extensible.

— Il faut que j'enlève ça.

— Ah oui ?

Le sourire le plus lent du monde plissa ses lèvres alors que ses doigts plongeaient sous l'ourlet et voyageaient le long de mes côtes, remontant le tissu. Je levai les bras et il fit passer le vêtement par-dessus ma tête avant de le jeter par terre. Je pensais qu'il allait ensuite retirer mon soutien-gorge, mais il s'attaqua à l'élastique de mes cheveux, libérant mes longues boucles qu'il peigna avec un tel soin que j'en eus des frissons dans le cuir chevelu. Il enroula la lourde masse en une seule mèche épaisse, puis tira dessus jusqu'à ce que ma tête bascule en arrière. Il se pencha au-dessus de moi, approcha son visage de la peau entre mon cou et mon épaule et y déposa un baiser, là où mon sang pulsait.

— Tes cheveux sont d'une rare beauté.

Je frissonnai à cause de l'air chaud et du compliment.

— Comme le reste de ton corps, ajouta-t-il.

Il lâcha mes cheveux, détacha mon soutien-gorge et le fit glisser le long de mes bras. Ses ongles courts parcouraient tranquillement ma peau, me donnant encore un peu plus la chair de poule. Après avoir jeté le bout de tissu noir sur le côté, il baissa la tête et prit mes seins entre ses mains pour les embrasser avec douceur, faisant tourner sa langue autour des mamelons pointus.

J'avais vraiment dit à cet homme d'aller frapper à la porte de May ? Mais qu'est-ce qui n'allait pas chez moi ?

Les nerfs crépitant d'impatience, j'arrêtai de tripoter ma couette, levai les mains vers la ceinture de son jogging et le fis glisser sur ses hanches étroites pour le découvrir nu en dessous.

Il se redressa, me donnant une vue obstruée de son corps magnifique. J'enroulai mes doigts autour de son sexe, puis le goûtai. Sa respiration s'arrêta et ses yeux commencèrent à briller comme s'ils étaient éclairés par une flamme. Il lâcha mon nom dans un râle et le grondement de chaque syllabe attisa le feu qui se répandait dans mes veines comme du kérosène.

Je m'affairai contre sa chair tendue et palpitante, glissant le long de son sexe imposant et épais. Des jurons s'échappaient à voix basse de ses lèvres et il glissa ses doigts dans mes cheveux, un geste délicat comme une plume, accompagné d'un tremblement des plus légers et doux. Il se retira de ma bouche, laissant une fine traînée de sel sur ma langue, saisit la ceinture de mon jean et le descendit, entraînant mon string avec lui.

Cette fois-ci, lorsque ses yeux sombres parcoururent mon corps et mes jambes, je ne ressentis pas le besoin de toucher ma cicatrice. Je peignai mes cheveux sur une épaule, les laissant tomber sur un sein tandis qu'il s'accroupissait et récupérait des préservatifs dans son jogging. J'aurais voulu qu'il me fasse assez confiance pour ne pas les utiliser, mais ce n'était pas en moi qu'il n'avait pas confiance... mais en lui-même.

Il en ouvrit un et l'enfila, ses yeux parcourant mon corps dénudé, ses narines dilatées, sa mâchoire raide comme un piège de chasse.

— Mon Dieu, tu es si parfaite, putain.

Il s'étendit sur moi, forçant ma colonne vertébrale à céder et à rencontrer le matelas, puis déposa une série de baisers allant du creux de ma clavicule à l'intérieur de ma cuisse. Lentement, il me lécha jusqu'à descendre sur mon clitoris et inspira encore plus longuement et lentement. Puis, il se redressa de toute sa hauteur, leva mes jambes et plaqua l'arrière de mes cuisses contre son torse avant de se glisser en moi.

Enfoui jusqu'au bout, il s'arrêta et prit une inspiration rauque, puis commença à balancer ses hanches, ajoutant des gestes frénétiques de son pouce sur mon clitoris. Ses yeux aux paupières lourdes prirent l'éclat ambré de ceux de son loup tandis qu'il me caressait et me pénétrait, m'entraînant de plus en plus près du bord du lit, et du bord de quelque chose d'autre... Un précipice que je n'avais jamais approché qu'avec des crocs, des vibromasseurs, des doigts, et plus récemment, la langue habile de Liam. Le claquement humide de nos corps prit le dessus sur notre souffle rapide et parfuma l'air du mélange étourdissant de nos odeurs.

— Liam, murmurai-je.

— Oui, ma belle ?

Comme je n'ajoutais rien, entièrement concentrée que j'étais sur l'étincelle qui se propageait sur les parois qu'il continuait à pilonner, il ricana doucement et embrassa l'arrière de mon genou.

Celui qui était laid.

Ce baiser déclencha d'autres étincelles, cette fois au plus profond de ma poitrine.

Souligné uniquement par la lumière de mes étoiles, mon alpha ressemblait plus à un ange déchu qu'à un loup prédateur, sans ailes, mais empli d'une grâce venue d'un autre monde et d'une beauté brutale. Il souleva mes chevilles de quelques centimètres et les étincelles se transformèrent en flammes qui devinrent à leur tour un brasier dévorant.

— Liam ! hoquetai-je.

Il accéléra ses coups de reins, changea l'angle... et toucha quelque chose. Quelque chose qui me fit entrouvrir les lèvres pour lâcher un « *oui* » sifflé.

— Encore. Fais-le encore.

Et il s'exécuta.

Je cambrai le dos et criai, la boule de feu s'étendant de mon clitoris au bout de mes cils avec la force des nuages tempétueux qui assombrissent nos montagnes, illuminent nos cieux et martèlent nos vallées.

Le visage crispé par la concentration, Liam me regardait brûler en extase. Soudain, il se fit aussi immobile que les rochers qui avaient donné leur nom à notre meute[1], puis un tremblement s'empara de ses os. Il grogna et rugit, transformant les deux syllabes de mon nom en une complainte brute.

Il renversa la tête en arrière et son torse imposant se souleva tandis qu'il se déversait en moi. Le spectacle était fascinant, un chef-d'œuvre de couleurs, de formes et de sons, une bête sauvage prise au piège dans les affres du plaisir.

Au bout de presque une minute, il détendit ses doigts et les passa le long de mes mollets, libérant mes jambes. Toujours profondément enfoui, il allongea son corps sur le mien et nicha sa tête dans le creux de mon cou. Tendrement, presque comme un enfant qui cherche le confort et la douceur d'une étreinte. Pourtant, son poids et sa corpulence me rappelaient que Liam Kolane n'était pas un enfant.

Je passai mes doigts dans ses cheveux légèrement humides et murmurai :

— Tu as réussi.

— Hum ?

Son souffle frôla ma peau, me transperça de part en part.

— Tu m'as fait jouir en faisant l'amour.

Sa tête bascula en arrière et sa barbe frotta sur ma clavicule.

— Je t'avais dit que je le ferais.

Mon cœur s'emballa de nouveau et je traçai les contours fermes de son visage, l'inclinaison de son sourire arrogant. Il glissa une paume sous ma tête et attira ma bouche vers la sienne. Le baiser était délicat et doux, si doux que j'écartai ma bouche. Les baisers comme ceux-là étaient dangereux parce qu'ils s'enfonçaient directement dans l'âme et prenaient racine.

La ride entre ses sourcils se forma.

— Qu'est-ce qu'il y a ?

Je voulais sa tendresse autant que sa rudesse, mais la tendresse brouillait ce que nous étions censés être. Ce qu'il voulait que nous restions.

— J'ai cru entendre la porte d'entrée, mentis-je.

S'il sentit mon mensonge, il ne me rappela pas à l'ordre. Il se redressa simplement et s'occupa du préservatif pendant que je mettais des sous-vêtements propres et un débardeur. Il récupéra ses propres vêtements et les enfila sans quitter du regard mon profil et mes yeux baissés.

— Si tu veux un caleçon, j'en ai peut-être un qui te va.

Il lui fallut quelques secondes pour se rappeler celui auquel je faisais référence – celui qu'il m'avait donné à l'EVJF d'Adalyn pour m'aider à accomplir mon défi.

— Il est à toi. Aussi longtemps que tu voudras le garder.

Entièrement habillé, il s'approcha de moi et attrapa mon menton, me forçant à relever les yeux.

— Ma belle, j'ai fait ou dit quelque chose de mal ?

Je me mordis la lèvre et secouai la tête.

— Tu regrettes ce qu'on a fait ?

— Non. Je pense qu'on ne devrait plus s'embrasser.

Il cligna des yeux lentement.

— Je suis si mauvais que ça ?

Je ricanai.

— Comme si tu pouvais être nul en quelque chose.

Cela sembla le faire grandir de quelques centimètres.

— Alors, pourquoi ne pas me laisser utiliser mes charmes sur toi ?

J'expulsai un souffle agacé. Je n'étais pas agacée par lui, mais par moi-même.

— Parce que tu ne veux pas de relation, et embrasser...

Je fis un pas en arrière, éloignant mon menton de ses doigts, et passai une main dans mes cheveux.

— Ça fait petit ami, ce qui est déroutant.

Mes doigts s'accrochèrent à un nœud. Je le forçai à se rendre.

— Donne-moi quelques jours pour m'adapter à cet arrangement entre nous. Une fois que ma tête aura compris que c'est purement physique, on pourra recommencer à s'embrasser.

Son regard balaya deux fois mon visage, probablement pour tenter de déterminer si j'étais une véritable excentrique ou tout simplement dérangée.

— OK. Pas de baisers, accepta-t-il en hochant la tête et reculant d'un pas. Quelque chose d'autre ?

Je me remis à ronger ma lèvre inférieure.

— Pas de câlins, de mains jointes ou de siestes ensemble. Et surtout pas de nuits ensemble.

— Noté. Autre chose ?

Son ton était un peu rigide comme s'il n'aimait pas ma liste de règles.

— Je t'envoie un message si je pense à autre chose.

— Fais donc ça.

Il y avait vraiment une raideur dans sa voix. Je lâchai mes cheveux.

— Liam, tu n'as peut-être pas besoin de règles, mais moi si.

Un profond soupir détendit les arêtes dures de son corps et de son visage.

— J'ai tellement l'habitude de stipuler quelle est la loi que ça fait bizarre que quelqu'un d'autre le fasse, mais je comprends. Et j'essaierai de respecter toutes tes demandes.

Il se dirigea vers la porte de ma chambre et l'ouvrit.

— Bonne nuit.

— Toi aussi. Et fais un bisou à Storm de ma part.

Il me regarda par-dessus son épaule.

— Le petit chanceux.

Change notre statut et tu en auras un aussi.

Heureusement, je réussis à étouffer ces mots avant que mon franc-parler ne gâche cette liaison naissante.

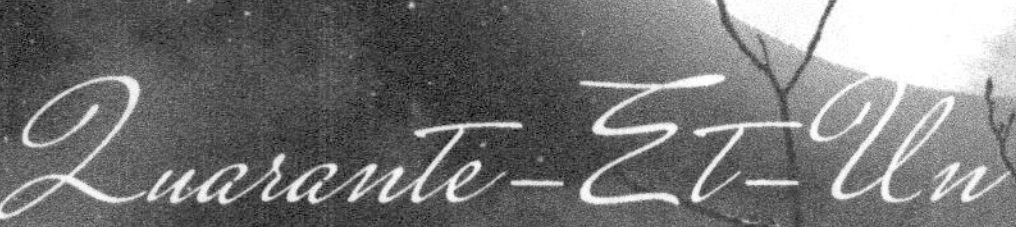

Le lendemain, à la tombée de la nuit, je finis mon dessin et l'envoyai par e-mail au client, puis remontai la colline vers la maison familiale pour le dîner. Je n'avais pas eu de nouvelles de Liam, non qu'il doive en donner. Et puis, je ne lui avais rien envoyé non plus.

Tout en marchant péniblement dans la neige, je réfléchis à l'idée de lui envoyer un « salut », mais décidai que cela pourrait ressembler à un appel à plan cul et, même si je n'étais pas contre, ce n'était pas mon intention. Je voulais juste savoir comment sa journée s'était passée.

Dès que j'ouvris la porte de la maison, l'odeur de la cuisine délicieuse de mon père m'enveloppa.

— Hum... Qu'est-ce qui sent si bon ?

— Probablement moi.

Je me figeai sur le pas de la porte avant d'esquisser un sourire devant le ridicule de Lucas.

— Oui. Ça doit être ça.

J'essayai de regarder par-dessus son épaule pour voir si quelqu'un d'autre était là.

— Tu cherches qui, P'tit morceau ?

Mes yeux se posèrent sur Storm, accroché à Lucas comme un koala.

— Personne.

Je tendis la main et frottai sa joue.

— Salut, toi.

— Ça ne serait pas un ami au statut un peu *particulier* par hasard ?

J'écarquillai les yeux et fusillai du regard Lucas, ce qui le fit rire.

— Tu es d'humeur bien joyeuse.

— La pleine lune arrive. Ça me rend toujours de bonne humeur. Et puis, tous les Boulder d'origine arrivent demain, y compris la maman de mon bébé.

— Elle peut toujours courir ?

— Oh, on ne va pas participer. On restera à la maison avec Petit destructeur.

Storm couina comme s'il avait compris que sa soirée allait être aussi excitante que la nôtre.

— Bonjour ma chérie, me salua maman en m'embrassant la joue. Ton père vient de commencer à cuisiner, ça sera prêt dans une heure.

— Parfait, commenta Lucas. J'ai besoin d'aide pour ramener Storm à la maison.

— Tu n'arrives pas à gérer un bébé de moins de dix kilos seul ?

— Le bébé de moins de dix kilos, je gère. C'est avec celui de quatre-vingt-dix kilos que tu es plus douée.

Je crus surprendre ma mère à sourire en passant devant nous pour aller à la cuisine. J'espérais avoir imaginé son amusement et qu'elle ne savait pas, mais je me rappelai ensuite que Liam était venu chercher Storm juste après son départ de chez moi la veille et mes intestins se recourbèrent sur eux-mêmes. Même s'il s'était douché, ma mère était si familière de mon odeur qu'elle l'avait forcément remarquée.

Argh ! Argh ! Argh !

Le pire, c'était qu'elle pensait sûrement que nous sortions ensemble. Ça allait faire une conversation amusante quand on en parlerait officiellement puisque ça sortirait forcément. J'aurais probablement dû en parler avant...

— À tout à l'heure, Meg.

Lucas glissa son bras sur mon épaule et me guida vers la porte.

— À tout à l'heure.

Une fois la porte fermée, il me relâcha et tapota le haut de mon crâne comme si nous avions six ans.

— De rien

— Pourquoi tu dis ça ? grommelai-je.

— Parce que je t'ai donné ce que ton cœur désire.

— Mon cœur désire manger.

— Ça, c'est ton estomac.

J'inspirai profondément.

— Tu te rends compte à quel point ça n'était pas subtil ?

— Je pensais qu'on en avait déjà parlé. La subtilité n'est pas mon fort.

— Laisse-moi deviner... Ton point fort nécessite d'être tout nu ?

Il rit.

— Vous avez échangé des anecdotes de sexe, toi et Sarah ?

Je levai les yeux au ciel.

— Je n'ai pas encore rencontré Sarah.

En prenant le chemin parsemé d'empreintes de pas et de pattes, je soulevai mon sac qui glissait le long de mon bras.

— Tu es sûr que Liam veut me voir, déjà ?

— Fais-moi confiance. Il veut te voir.

Vu l'assurance de Lucas, mon cœur se dénoua comme une bande de gaze qu'on déroule, légère et cotonneuse. Enfin, jusqu'à ce qu'on approche de chez Liam et que sa voiture apparaisse. À ce moment-là, toute ma légèreté me quitta et mon corps sembla alourdi de pierres.

Liam était penché au-dessus de l'accoudoir central, son visage à quelques centimètres de celui d'une fille, ses mains sur ses joues. Lucas se figea à côté de moi.

Mon cœur émit un bruit sourd, il s'effondra si fort que cela devait avoir fait trembler toute la vallée.

— Je... Je vais rentrer... Hum, à la maison.

Lucas attrapa mon bras, me tira sur le reste du chemin.

— Lucas, sifflai-je. Lâche-moi.

Notre désaccord dut s'entendre dans la voiture, car Liam tourna la tête. Je serrai les dents pour empêcher le gémissement et le cri qui montaient dans ma gorge pour sortir.

La fille se retourna sur son siège et je ne sais pas comment le gémissement ne gagna pas, car elle était sublime et *blonde*. Ce n'était pas Ness et je ne l'avais jamais vue avant. Était-elle métamorphe ou humaine ? Liam brisait ses propres règles en amenant des citadines au camp ? Et la règle de l'exclusivité alors ?

J'arrachai mon bras de la poigne de Lucas au moment où la blonde ouvrit la porte et sortit.

— Prends-le.

Lucas me fourra Storm dans les bras. Je m'accrochai au bébé surpris tout comme moi. Storm attrapa une poignée de mes cheveux comme s'il était inquiet d'être à nouveau refilé à quelqu'un d'autre.

Ensemble, nous regardâmes la blonde avec une concentration troublante. Mon regard tomba sur la posture raide de Lucas et ses omoplates crispées. L'homme qui n'était jamais calme ni immobile ne bougeait pas un seul muscle. Je n'étais même pas sûre qu'il respire encore. Soudain, je compris pourquoi avant même que le manteau de la fille ne s'ouvre, révélant un ventre légèrement enflé.

Sarah.

— Tu es arrivée ici quand ?

Ses mots étaient si faibles qu'on aurait dit que quelqu'un avait écrasé le larynx de Lucas avec un maillet à viande.

— Il y a une heure.

Son regard bleu alla d'un côté à un autre.

— Où est ta voiture ?

— Je suis venue avec Mattie et Amanda. Ils sont partis à ce restaurant... Seoul Sister.

Son regard dériva jusqu'à moi. Après une longue observation des pieds à la tête, elle afficha un petit sourire qui faisait briller ses yeux bruns comme ma guirlande d'étoiles.

Je remarquai qu'un des deux était légèrement rouge comme s'il avait été griffé ou était irrité. C'était pour ça que Liam examinait son visage de si près ? Il cherchait un cil tombé ou une lentille de contact ? Probablement un cil, car la plupart des métamorphes avaient une vision parfaite.

Des mains soulevèrent Storm de mes bras.

— Sarah, Nikki. Nikki, Sarah.

Liam frotta sa mâchoire contre son fils qui se tortillait.

— Alors, tu es la muse de Lucas...

Elle brandit une main ornée de bagues et de bracelets, les ongles vernis en rouge éclatant. Sous le choc, Lucas demeura immobile comme si respirer pourrait chasser Sarah. Je me tirai de ma contemplation et sortis ma main de la poche de mon sweat pour la lui tendre.

— C'est toi la muse. Je ne suis que l'éditrice.

Après avoir serré ma main, elle croisa les bras et pencha la tête sur le côté. Ses boucles dorées cascadèrent sur une épaule.

— Tu as perdu ta langue, mon chéri ? lança-t-elle à Lucas.

Une paume chaude se posa sur le creux de mes reins.

— Laissons-leur un peu de tranquillité, suggéra Lucas en indiquant de la tête la colline. Tes parents m'ont invité à dîner.

Mon cœur se souleva du sol et commença de nouveau à abreuver mon corps en sang.

Si ça ne te dérange pas, bien sûr ?

Je hochai la tête de façon saccadée avant de me détourner de la querelle silencieuse des deux amoureux.

En remontant la colline, je regardai par-dessus mon épaule.

— Ça va aller tous les deux ?

— Ces deux-là, donne-leur une heure, quelques trucs à se jeter dessus, une chambre et tout ira bien.

— Des trucs à se jeter dessus ?

Ça semblait de mauvais augure.

— Majoritairement des oreillers. Même si j'ai vu Sarah envoyer un livre ou deux. Mais pas des livres reliés en général.

Je fronçais toujours les sourcils. Mes parents s'étaient disputés, mais jamais ils ne s'étaient lancé quoi que ce soit dessus.

— Ils ne se visent jamais vraiment.

Liam me lança un sourire rassurant qui ne fonctionna pas vraiment.

— Tu finiras par apprendre un truc sur eux... Ils sont bruyants. Quand ils se disputent. Quand ils parlent. Quand ils rient. Quand ils aiment.

La porte du chalet se referma et comme Liam l'avait prédit, l'un des jeux en peluche de Storm vola dans les airs et s'écrasa sur la fenêtre au-dessus du canapé.

— J'espère qu'ils auront fini quand je rentrerai ou je vais devoir trouver des bouchons à oreilles pour Storm et moi.

L'invitation à dormir chez moi resta sur le bout de ma langue, chancela, se balança sur le bord... Mais heureusement, je réussis à la ravaler.

Storm attrapa de la main la veste en cuir de Liam et babilla :

— Papapapa.

Et l'invitation essaya de se frayer un chemin en moi. *Nan. Ne te lance pas là-dedans.* Je brandis mentalement une pancarte stop, puis une pancarte demi-tour.

— Comment va Bea ? lâchai-je, désespérée à l'idée de changer de sujet. Rien de neuf ?

— Le suicide du médecin lui a miné le moral. Ton frère lui a mis des gants de boxe et a menotté ses avant-bras. Il a peur qu'elle essaie de s'ôter la vie avant demain.

Liam caressait le cou délicat de Storm qui mordillait avec joie la fermeture éclair de sa veste, rien qu'avec ses huit dents et ses gencives enflées.

— Comment était ta journée ?

— Productive. Calme.

Liam peigna les épis à l'arrière de la tête de son fils, mais ils se redressèrent aussitôt.

— Je continue d'attendre un message avec une nouvelle règle.

J'imagine que tout allait bien entre nous et desserrai mes doigts sur la sangle de mon sac.

— Ce n'est pas une règle, mais je pense que maman sait.

— Elle sait. Comme ton père et Nash. Je pense que Nolan le suspecte. Nate est trop ailleurs, alors je ne crois pas qu'il ait remarqué et Niall, s'il ne sait pas déjà, il le découvrira bien assez tôt.

Je m'arrêtai.

— Tu plaisantes ?

Une mèche de cheveux tomba dans ses yeux quand il se tourna vers moi.

— Nash m'a menacé d'emblée. Il m'a dit qu'il se fichait que je sois alpha. Que si je te faisais du mal, il me rendrait la pareille.

Mes lèvres s'entrouvrirent.

— Ne t'inquiète pas. Je ne lui donnerai pas de raison de s'en prendre à moi.

— Ce n'était pas ce qui m'inquiétait. Hum. Qu'est-ce que tu leur as dit qu'on faisait exactement ?

— Je les ai laissés tirer leurs propres conclusions.

— Okay. Bien, fis-je en hochant la tête. J'espère que maman et papa n'en parleront pas, mais s'ils le font, change de sujet, d'accord ?

— Si c'est plus facile, Nikki, tu peux leur dire qu'on sort ensemble. Je me fiche de ce que les gens pensent.

Et ben super. Tu sais vraiment comment faire en sorte qu'une fille se sente spéciale.

— Ce n'est pas une bonne idée. Mes parents ont tendance à s'attacher vite. Et vu comme ils aiment déjà ton fils...

Ils allaient lui apprendre à dire « papy » et « mamie » en un rien de temps.

— Je préfère qu'on ne leur fasse pas de faux espoirs. Ce sera plus facile quand les choses se finiront entre nous.

Seuls ses doigts sur les cheveux de son fils bougèrent. Le reste de son corps devint parfaitement et terriblement immobile.

Ça allait mal tourner. Tellement mal tourner. Je tirai sur ma lèvre et la mordis si fort qu'elle saigna. J'imagine que mes crocs avaient surgi. Quand la lune se remplissait, notre nature lycanthrope prenait le pas sur notre nature humaine. Pour certains métamorphes, l'appel de la nature était si puissant qu'ils passaient plusieurs jours en fourrure à ce moment du mois. Surtout les mâles. Les femelles étaient un peu plus prudentes, surtout que le cycle de la lune interférait avec notre cycle menstruel et nos corps devenaient très réceptifs à l'accouplement.

Je sentais déjà mon propre changement se préparer. Heureusement, je serais sûrement en chaleur après la pleine lune, car courir avec la meute en étant en chaleur était pénible, autant pour nous que pour les mâles autour. Parfois, la rivalité et la convoitise devenaient si fortes que des combats sanglants éclataient et les femelles en chaleur étaient forcées de se retirer avec d'autres femelles pour dissimuler leur odeur.

Avant notre première transformation, nous avions toutes appris à gérer cela. Si notre odeur était trop forte, on se retirait de la course. Si c'était gérable, nous pouvions participer, mais seulement dans ce que ma meute appelait des capsules froides – un groupe de femelles plus âgées dont l'odeur temporisait l'attrait de notre jeune utérus.

Liam changea Storm de côté, toucha mon menton, écartant mes dents de ma lèvre, puis se pencha pour lécher le sang. Il s'écarta et je restai bouche bée.

— Avant de me dire que j'ai brisé une règle, ce n'était pas un baiser. J'aidais juste à nettoyer le bazar que tu as créé sur ta jolie bouche.

L'effet de légèreté revint d'un coup et éclipsa toute pensée de capsule froide et d'utérus réceptif. Je passai ma langue sur ma lèvre, puis tapotai la manche de mon sweat contre la blessure avant de me rappeler que le tissu était gris et se tacherait.

Des voix proches retentirent, gloussèrent, puis se turent, sûrement en découvrant que l'alpha de notre meute était dans les environs. Un petit groupe mené par la sœur d'Adalyn sortit de sa maison.

Gracey agita la main vers moi et lança tout sourire :

— Salut, Liam.

Ses quatre amies n'esquissèrent pas un geste, soit trop intimidées, soit subjuguées par la vue de mon accompagnateur. Je ne savais pas laquelle des deux propositions c'était. Mon loup se hérissa un peu possessivement et s'assura de rapprocher nos corps jusqu'à ce que mon biceps touche le bras enroulé autour de son fils qui avait commencé à sucer son pouce comme si c'était la tétine de son biberon.

Les cinq se mirent enfin en mouvement et nous dépassèrent; deux d'entre elles battirent des cils devant Liam – elles ne l'avaient pas vu lécher ma bouche ? – et je serrai de nouveau la lanière de mon sac au lieu de leurs cous.

Liam eut un petit rire.

— Tu sais, il y a de meilleures façons d'affirmer qu'un loup est à toi que de lancer des regards aux autres femelles.

Ses yeux brillaient d'amusement et peut-être un peu de désir. Non pas peut-être. Pour sûr, il y avait du désir.

— Tu pourrais jeter ta règle par la fenêtre et remettre les baisers sur la table, proposa-t-il. Ça serait plutôt pratique en fait et ça éviterait que certaines mères me jettent leurs filles.

De sa bouche, il effleura le crâne de Storm. Mon regard se plissa et le monde autour devint une brume noire.

— Quelles mères ?

Toujours amusé, il glissa une mèche de cheveux derrière mon oreille.

— Je préfère ne pas donner de noms quand tu es d'humeur aussi assassine.

Storm lâcha un gémissement frustré qui me tira de mes envies de meurtres ensorcelantes.

— Je te comprends, petit gars. Je pourrais dévorer un énorme animal, là.

Liam pencha la tête et ses yeux sombres soutinrent les miens.

— Et un plus petit... s'il est intéressé pour plus tard.

Ma température interne grimpa assez pour faire fondre le glacier de Saint Mary. Liam inspira et sourit, ravi, car mon corps avait réussi à partager sans un mot combien j'étais intéressée par l'idée d'être dévorée.

Mais le sourire quitta ses lèvres et son corps se figea avant de commencer à vibrer. Storm dut sentir le changement chez son père, car il devint très *très* silencieux et très *très* immobile, la tête renversée en arrière, ses grands yeux rivés à ceux de son père qui brillaient.

Avec un calme d'une intensité presque effrayante, Liam me confia son fils.

— Amène Storm chez tes parents. Je te retrouve là-bas.

Toute la chaleur s'échappa de mon corps.

— Pourquoi ? Qu'est-ce qui se passe ?

Avant que je ne puisse répondre, j'entendis un grognement. Plusieurs grognements. Puis des corps. Certains humains, d'autres lupins. Tous convergeaient vers la maison de Lori. Quand je voulus regarder Liam, il était déjà à un kilomètre de moi, le corps rendu flou par la vitesse.

Même si les cris et grognements s'étaient calmés, Storm agrippa mon sweat, enfouit son visage contre ma poitrine comme pour bloquer les sons effrayants et pleura.

— Là, chut.

Je le réajustai, remontai mon sac à mon épaule, le regard rivé sur les corps tendus. Je glissai la tête du bébé sous mon menton et commençai à lui raconter la légende de l'enfant qui avait mangé la lune, devenant ainsi le premier loup-garou.

Lentement, il se calma. Je crus qu'il s'était peut-être même endormi et arrêtai de parler, mais il leva la tête comme un animal se réveillant d'une hibernation, alors je repris mon récit, m'assurant de garder la voix assez basse pour apaiser son inquiétude, mais assez forte pour couvrir la dispute qui avait repris.

D'ici à ce que j'arrive chez mes parents, ils étaient tous deux devant la porte à contempler les métamorphes agités et je frissonnai, pas à cause du froid, mais de la peur qui rongeait mes entrailles.

J'entendis des bribes de ce qu'exigeait Davis Hollis : il voulait que Lori ait un procès pour déloyauté.

— Tu nous mets tous en danger en la gardant en vie, Liam. Tu mets en danger les humains !

Si Liam répondit, il le fit par l'esprit.

— Entrons à l'intérieur. Les loups sont trop à cran aussi proches de la pleine lune.

Maman enroula son bras autour de mes épaules et m'attira dans la maison.

La lune amplifiait tout chez nous : de nos humeurs à nos désirs, de nos sens aux battements de nos cœurs. Pourtant, j'étais sûre et certaine que David et ses partisans n'abandonneraient pas le combat une fois la nuit tombée. Ils continueraient à exiger du sang jusqu'à ce qu'il coule des veines de Lori et pénètre dans la terre.

À moins...

À moins qu'elle guérisse Bea demain.

Le dîner fut servi et ramassé, le camp s'apaisa, mais Liam ne revenait toujours pas. Au bout d'un moment, maman emmena un Storm ensommeillé dans la chambre parentale, jusqu'au berceau qu'elle avait installé dans un coin, et me dit de rentrer.

Alors que j'enfilais mon manteau, elle ajouta très prudemment que je devrais informer Liam qu'elle s'occupait de son fils pour la nuit et qu'il fallait les laisser à leur pyjama party. Puis, elle me chassa dehors sous prétexte qu'elle était épuisée et avait besoin d'un bon repos avant la courte nuit qu'on passerait tous le lendemain.

En descendant la colline, je rapportai à Liam ses propos par message. Je n'ajoutai pas vraiment d'invitation, mais avec un peu de chance, il l'avait sentie. Une partie de jambes en l'air n'était peut-être pas sur son agenda. Maintenir la paix au sein de la meute serait sûrement la seule chose qui occuperait ses pensées jusqu'à demain et ses multiples péripéties.

Je me brossai les dents en fixant mon reflet dans le miroir et tournai la tête d'un côté puis de l'autre. Le bleu sur ma tempe avait enfin disparu, mais ma lèvre inférieure était légèrement enflée là où mes crocs avaient percé ma peau. Lycaon... Quand avais-je eu pour la dernière fois un corps dénué de bleus et de croûtes ?

Je me rinçai la bouche, aspergeai mes joues d'eau froide et rampai jusqu'au lit. J'essayai de téléphoner à Adalyn parce qu'on avait toutes les deux beaucoup à se dire, mais je tombai directement sur le répondeur. Elle était probablement occupée avec mon frère. Je repoussai cette idée et me blottis avec la télécommande devant mon petit ami virtuel – Simon – jusqu'à ce que mes paupières tombent et que le monde disparaisse.

J'eus des rêves assez chouettes cette nuit-là. Tous impliquaient Liam. Ils étaient si réels que, quand la lumière filtra sous mes rideaux le lendemain matin, je n'étais pas surprise de me sentir épuisée. Je m'étirai, roulai sur le dos et me figeai en sentant mon bras effleurer un mur de chair ferme et incroyablement chaude.

Je me redressai si vite que les draps s'amassèrent à ma taille et que ma chambre devint floue. Je clignai des yeux pour y voir clair et plaquai ma paume sur ma bouche pour étouffer ma surprise de trouver Liam dans mon lit, les yeux toujours fermés.

Je baissai les yeux vers ma poitrine – nue – puis écartai les couvertures du reste de mon corps – également nu. *Waouh !* M'étais-je déshabillée en dormant ? Ou m'avait-il déshabillée sans que je me réveille ? Comment était-ce possible ? Je veux dire : je n'aurais jamais pu m'endormir en faisant l'amour avec Liam, pas même après m'être pris un coup ni sous anesthésie générale, je me réveillerais forcément pour *ça*.

Même si ses yeux restèrent clos, sa main dériva jusqu'à ma cuisse, puis plus haut, jusqu'à ma taille. Il me tira jusqu'à ce que je sois de nouveau à l'horizontale. J'essayai de calmer mon pouls effréné et repassai ma soirée dans ma tête pour me rappeler le moment où il m'avait rejointe dans ma chambre. Je n'y arrivai pas, me léchai les lèvres et demandai :

— On a... euh ? On a fait l'amour hier soir ?

Il n'ouvrit toujours pas les paupières, mais afficha un sourire en coin.

— Non.

Je soupirai de soulagement.

— Merci Lycaon. Enfin, pas qu'on ait pas fait l'amour, mais que je n'aie pas dormi pendant ce temps-là.

Il ouvrit les yeux et ses pupilles brillaient.

— Tu as proposé.

Bien sûr. Un objet inanimé s'offrirait à cet homme. Mais, attends. Ça veut dire que...

— Tu m'as repoussée ?

Son sourire s'agrandit.

— Non, mais quand je suis revenu avec des préservatifs, tu dormais profondément. Tu es désormais la fière propriétaire du stock complet de préservatifs du camp d'ailleurs.

Il indiqua de la tête mon bureau où une pile de boîtes noires s'entassaient dans le désordre comme si elles avaient été laissées là sous l'agacement.

— Je pourrais ouvrir un magasin rival.

— Tu serais en rupture de stock avant même d'avoir conçu le logo.

Je ris.

— Oh, vraiment ?

Il roula sur moi, plaquant mon dos sur le matelas et bloquant mon visage entre ses avant-bras.

— Vraiment.

Il approcha sa bouche de la mienne, dangereusement près, pour m'asticoter avant de s'éloigner.

— J'ai failli oublier tes règles.

J'enroulai mes mains autour de son cou.

— Tu n'as pas failli oublier. Tu as dormi dans mon lit, petit rebelle.

La commissure de sa bouche tressaillit.

— Es-tu en train de me dire que, maintenant que j'ai brisé une règle, autant les briser toutes ?

Qu'est-ce que je disais ?

— Pourquoi as-tu dormi ici ?

— Tu as menacé d'annuler notre arrangement si je ne te tenais pas dans mes bras toute la nuit.

Mes doigts se figèrent sur sa peau embrasée et j'entrouvris les lèvres.

— S'il te plaît, dis-moi que c'était une blague.

Cette fois-ci, il esquissa un vrai sourire.

— Oui, mais visiblement, ça n'était pas une bonne blague puisque ça ne t'a pas fait rire.

Je frappai son épaule, celle qui avait une cicatrice, et il rit.

— Alors ? Quelle est la vraie raison ? Tu t'attendais à ce que je me réveille au beau milieu de la nuit et sois d'attaque pour toi ?

— J'avais espoir, c'est vrai, mais à la base, je suis resté parce que Lucas et Sarah ne savent pas faire l'amour *discrètement*.

Le dernier mot n'avait été qu'un simple murmure. La joie fit gonfler ma cage thoracique.

— Alors ils se sont rabibochés?

— Ils se sont rabibochés.

J'étudiai ses fossettes qui semblaient encore plus anguleuses soulignées par la première lumière du jour comme si elles avaient été gravées par les vents les plus forts et les pluies les plus démentielles.

— Et *toi*, tu sais faire l'amour discrètement? Je ne voudrais pas réveiller mon colocataire.

Le sourire qu'il me lança était si aveuglant que je l'ajoutai à la bobine de visuels que je conservais de Liam pour plus tard quand son visage ne serait plus le premier que je verrais le matin ou le dernier que je verrais le soir. L'idée me vrilla le cœur de tristesse.

Avant qu'il ne puisse lire mes pensées, j'attirai sa bouche vers la mienne, défis ma mince armure et la posai à côté de mon bouclier mou, choisissant de vivre chaque moment pleinement, sans interdits.

L iam partit chercher son fils chez mes parents ô combien sagaces! Je restai à savourer les draps chauds qui sentaient son odeur et travaillai depuis mon lit. Au bout d'un moment, je m'endormis et me réveillai avec l'attraction légère de la pleine lune sur mon ventre. Adalyn avait comparé cette sensation à celle du lien d'accouplement. Peut-être qu'un jour, j'apprendrais combien les deux étaient similaires.

Ou pas.

Serait-ce si terrible si je n'obtenais jamais mon partenaire prédestiné?

La dure vérité que Liam ne finirait pas sa vie avec moi me frappa et je soupirai.

Comme s'il m'avait entendue penser à lui, sa voix pénétra mon esprit. Tous nos esprits, puisque son message s'adressait à toute la meute.

La course commencera devant le bunker dans une heure. J'espère vous y voir nombreux.

— Hé, Nikki? m'appela Niall de l'autre côté de ma porte fermée. Tu es prête à y aller?

Je fronçai les sourcils en m'enveloppant dans une serviette et ouvris la porte.

— Hum. Je croyais que la course était dans une heure?

Niall n'était pas la personne la plus calme au monde, mais à ce moment-là, il était si agité qu'il pianotait sur le mur en continu.

— Oui, mais Lori y va maintenant. Eh bon, maman et papa pensaient qu'on devrait y aller. Au cas où... Pour Nate.

Niall mordilla sa pauvre lèvre inférieure, ses doigts s'affairant toujours sur le bois.

— Putain, si ça ne marche pas...

— Il ne faut pas penser comme ça.

— Tu as raison. Ça va marcher.

Il passa ses doigts dans ses cheveux en épis, du même brun que les miens, aussi sombres que le bois de noyer. Je déglutis, inquiète que mon optimisme ne soit qu'un château de cartes.

Niall regarda par-dessus mon épaule et, pendant un instant horrifiant, je crus avoir oublié de ranger mon immense stock de préservatifs, mais un rapide coup d'œil m'assura que j'avais eu la présence d'esprit de les ranger.

— Tu t'es bien amusée ce matin ?

Je regardai de nouveau mon frère qui semblait avoir encore eu une nouvelle poussée de croissance pendant la nuit. Il avait déjà dépassé les jumeaux. Bientôt, ce serait au tour de Nate.

— Oui.

— Nik, je sais que je suis le dernier qui devrait te donner des conseils, mais tu es sûre que c'est une bonne idée ? Je veux dire : de ce que j'ai entendu...

— Ne me dis pas, parce que je suis sûre que ça ne fera que m'agacer, que je l'ai déjà entendu ou non. Quant à savoir si c'est une bonne idée ou pas, je suis sûre que c'est une idée pourrie, mais je sais où j'en suis par rapport à lui. On prend du bon temps. C'est tout.

— Maman ne semble pas penser que vous ne faites que prendre du bon temps.

Il croisa les bras, son agitation calmée.

— Maman voit ce qu'elle veut voir. Et puis, tu m'imagines essayer de lui expliquer que je suis avec Liam juste pour le sexe ?

Une fossette apparut.

— J'aimerais *vraiment* être dans le coin si tu décides de le lui dire.

— J'imagine bien.

— S'il te plaît, laisse-moi assister à ça ?

— Jamais.

— Je suis ton frère préféré.

Je ricanai.

— Depuis quand ?

— Qui t'achète des paquets de bonbons acides chaque fois qu'il va au supermarché ? Qui t'a emmenée au ciné avec ses potes alors que tu étais encore une enfant ? Qui...

— C'est bon. Tu es génial, cédai-je en secouant la tête, tout sourire. Même si...

Je me frottai le menton.

— Je n'ai pas vu de bonbons à la maison depuis un moment.

— J'y remédierai demain matin, gente dame.

Je haussai un sourcil.

— « Gente dame » ? Depuis quand est-ce que tu parles comme un seigneur du XIXe siècle ?

— Depuis que Farrah...

Il rougit et posa sa main sur sa nuque. Mon sourire s'agrandit aussitôt.

— « Farrah » ? Est-ce que mon don Juan préférerait se poser enfin ?

— Lycaon. Non. Rien de cela.

Il se malaxa la nuque qui était devenue rouge bonbon maintenant, ce qui était très satisfaisant.

— On est juste amis et elle est très branchée sur les romances historiques très mielleuses là.

Je ris.

— Salut ! Vous êtes prêts ?

La voix de Nash résonna dans la maison, faisant écho contre les planches vernies. Mon rire mourut et le rouge disparut du visage de Niall.

— Nikki s'habille !

Il se tourna et partit dans le salon. J'allais fermer quand Adalyn apparut dans le couloir étroit, ses cheveux blonds tirant sur le blanc, oscillants à ses oreilles comme des poignards. Elle entra dans ma chambre et se laissa tomber sur le lit, renifla et bondit comme si c'était une scène de crime.

— J'en connais une qui a été occupée...

— Dit celle qu'on arrive pas à joindre.

— Mamie s'est démis la hanche, alors c'est la folie chez les Reeves.

— Merde. Désolée, Ad. J'imagine qu'elle ne court pas ce soir ?

— Nan. Elle ne rampera même pas. Tu l'aurais entendue quand Darren lui a injecté du Sillin. Je te jure qu'il en tremblait.

Elle sourit. J'enfilai un legging et un tee-shirt – sans sous-vêtements puisqu'on serait en fourrure dans une heure.

— Tu te rends compte que c'est ma dernière course en tant que femme seule ?

Je levai les yeux au ciel.

— Ça fait longtemps que tu n'es plus célibataire.

— C'est vrai. Plus que dix-neuf jours. On dirait que c'est dans des années et demain à la fois.

Ses yeux bleus pétillaient comme la surface de l'étang. Dans moins de trois semaines, j'aurais une sœur. Et peut-être un lien d'accouplement si Lycaon décidait de m'en décerner un au solstice.

Je décidai de me concentrer sur la partie sœur, car la deuxième dérangeait mon estomac. Surtout que, quand je parcourais la liste des célibataires disponibles de la meute, pas un seul ne faisait palpiter mon cœur. Bien sûr, ça pouvait être un humain ou quelqu'un d'une autre meute.

— Les filles, allez !

Le ton de Nash trahissait son impatience et sa nervosité. Il nous arracha à nos réflexions sur le futur pour nous ramener au présent.

Adalyn et moi échangeâmes un regard craintif tandis que j'attachais mes cheveux à une extrême vitesse pour quitter le sanctuaire de ma chambre. Je me chaussai et attrapai mon blouson, puis filai dans le SUV de Nash, dont le moteur était déjà allumé. Adalyn et moi nous installâmes sur la banquette arrière. Nous avions à peine fermé la porte que mon frère mit la voiture en branle sur la route, finissant par dépasser la maison de nos parents entièrement plongée dans le noir.

Nos cœurs battaient si fort dans la voiture qu'ils couvraient le rythme de la musique à la radio.

— Je n'arrive pas à croire que je vais enfin rencontrer le reste des Boulder ce soir, lançai-je, surtout pour meubler le silence.

Niall se tourna pour me faire face.

— Merde. J'avais oublié que tu ne les avais pas tous rencontrés.

— Il y a des célibataires vraiment beaux.

Adalyn s'accrocha à la poignée tandis que notre conducteur déchaîné se lançait sur la route principale à toute vitesse en soulevant de la neige et du sel.

— Oh, vraiment ?

Le regard de Nash croisa le sien dans le rétroviseur interne.

J'essayai de rassembler un peu d'excitation à l'idée de rencontrer des partenaires potentiels, mais entre l'odeur de Liam qui me collait à la peau et Nash qui écrasait la pédale d'accélération, rien ne me venait.

— Tu as oublié que tu es prise, madame Reeves ? la taquina Nash.

Elle rit, un son franchement bienvenu.

— Comment pourrais-je oublier alors que tu me tiens autant en laisse ?

Niall fit semblant de vomir.

— Je rappelais juste à Nikki de garder l'œil et l'esprit ouvert.

Un moment de silence s'ensuivit.

— Quelle partenaire j'ai. À moitié renarde à moitié louve, je vous le dis, finit par lâcher Nash.

Je sentais pourtant qu'il voulait partager un conseil ou me dire d'entrée de jeu que coucher avec notre alpha n'était pas une bonne idée. J'étais contente qu'il ne se lance pas là-dedans parce que je n'avais pas envie de défendre mes choix. Personne ne reparla jusqu'à ce qu'on se gare entre le minivan de nos parents et la voiture de Liam. Cinq autres véhicules étaient là. Je reconnus celui de Darren et un autre, mais pas les trois restants.

J'imagine qu'ils appartenaient à des Boulder d'origine, vu les sentinelles inconnues parcourant l'obscurité – la plupart en fourrure, quelques-uns sous forme humaine. Tous reportèrent leur attention sur nous tandis qu'on claquait les portes et foulait d'un pas lourd la neige tassée. Adalyn noua son bras au mien. Même si je ne pensais pas qu'elle l'ait fait parce qu'elle avait peur que je glisse et tombe la tête la première, j'étais reconnaissante de ce soutien en plus et l'utilisai pour minimiser mon boitillement.

Reese, placée devant l'entrée, nous ouvrit la lourde porte en métal et nous la tint.

— Bonsoir, les Freemont.

— Ça n'a pas encore commencé, hein ? demanda Nash.

Un loup fauve passa furtivement entre les jambes de Reese. J'imagine que c'était sa femme, car même si Avery avait la même couleur qu'elle, il était beaucoup plus gros.

— Non. Ils attendaient que le reste de la famille arrive.

Dès notre entrée, maman se détourna de Darren, les yeux rouges. Je lâchai Adalyn et marchai vers elle. Bea était assise au milieu de la cellule, les bras bloqués derrière son dos voûté, des gants de boxe imposants à ses mains. Avaient-ils déjà essayé sans succès ?

J'examinai le visage des autres. Papa et Nate parlaient à voix basse à côté de l'étagère de fruits en conserve. Le corps de mon frère était si crispé qu'on aurait dit que sa colonne vertébrale avait été changée par une tige en métal. Les traits de Liam étaient aussi tirés et les pupilles de ses yeux dilatées. Je soutins son regard et l'espoir commença à couler lentement en moi.

— Lori ne l'a pas encore fait, si ?

Darren secoua la tête et je soupirai, bouchant la fuite de mon optimisme avant d'avoir un visage aussi grave que le leur. Même le sourire habituel de Lucas était absent. Il poussa la clé dans la porte de la cellule.

— Prête, Lori ?

Comme un spectre, elle avança, son corps nu si frêle qu'il produisit à peine un son en s'éloignant de Liam. Avant d'entrer dans la cage, elle tomba à quatre pattes et se transforma d'une humaine albâtre à un loup brun dégingandé.

Nate et papa s'approchèrent de la cellule. Papa s'arrêta à côté de maman, mais Nate alla aussi près que possible sans toucher les barreaux en argent. Lori et Bea regardèrent toutes deux vers lui, cherchant son attention. Lori avait-elle toujours des sentiments pour mon frère ? Il y avait pour sûr de l'envie dans son regard. De l'envie et de la mélancolie.

Les muscles de Nate se crispèrent et se raidirent sous sa veste en cuir marron. Peut-être à cause de la façon dont Lori le regardait ou à cause de ce qu'elle allait tenter de faire.

Niall et Nolan se postèrent de chaque côté de notre frère aîné tandis que Nash, Adalyn et moi restions des témoins en arrière-plan de ce tragique triangle amoureux.

Maman noua ses doigts glacés aux miens tandis que Darren murmurait :

— Elle devra injecter à Bea un venin jusqu'à ce que son cœur s'arrête et reparte.

Je reculai.

— C'est ce qu'elle a fait la dernière fois ?

— Oui. Sans que le corps ne s'arrête complètement, la transformation ne peut pas être complétée.

Adalyn plissa le nez.

— Donc en gros, Bea doit être redémarrée ?

Darren hocha la tête tandis que je serrais les doigts de maman et regardais Liam en quête de réconfort, mais notre alpha était concentré sur les deux femmes dans la cellule.

Un grognement détourna mon attention de Liam et j'observai la louve brune qui se tenait derrière Bea, les crocs brillants de bave tandis qu'elle s'approchait du cou allongé de la demi-louve. Bea essaya de se retourner et de mordre Lori avec ses propres crocs acérés, mais celle-ci saisit sa proie et perça sa peau.

Bea grogna et siffla, luttant contre elle. Malgré son aspect frêle, Lori avait le dessus sur la demi-louve emprisonnée. Une minute plus tard, peut-être dix, les yeux miel de Bea devinrent vitreux et ses paupières se refermèrent.

Mes poumons semblaient avoir été transformés en lames de scies, car chaque respiration me tailladait la poitrine. Le spectacle me plongeait dans le désarroi, et pourtant, je ne pouvais détourner les yeux.

Le corps de Bea devint mou et Lori, sans relâcher sa prise sur son cou, l'accompagna délicatement dans sa chute sur le sol en ciment poussiéreux, s'allongeant sur son ventre elle-même.

Niall et Nolan s'approchèrent de Nate, dont le corps imposant trembla quand celui frêle de Bea devint complètement et affreusement immobile.

Quarante-Quatre

Les touffes irrégulières de poils qui recouvraient le corps de Bea rentrèrent dans ses pores. Ses membres rétrécirent. Ses os s'alignèrent dans un bruit sourd.

J'agrippai plus fort la main de ma mère qui posa sa tête sur l'épaule de mon père. Ils devaient être à parler par l'esprit car ma mère croassa :

— Je sais, Jon. Je sais que ça ne veut peut-être rien dire.

Les cœurs tambourinaient si fort que je n'arrivais pas à distinguer celui de Bea des autres. Je me concentrai sur son torse, priant pour qu'il se soulève.

— Allez, entendis-je Lucas murmurer.

Il tourna la clé d'une main et s'agrippa à la porte de l'autre, protégé par un gant.

— Allez.

Lori leva les yeux vers Nate qui était tellement immobile que même ses cheveux ne bougeaient pas. Je lâchai la main de maman et avançai jusqu'à lui pour poser ma paume entre ses omoplates. Il sursauta avant de tendre le cou pour me voir et m'adresser un sourire abattu. Il dura une seconde et disparut.

— Salut, Pomme de pin.

— Salut.

Je me pressai entre lui et Nolan et posai mes deux mains sur le bras de mon frère aîné.

Bea n'avait toujours pas bougé, mais sa peau semblait avoir pris un peu plus de couleur, même si elle n'avait toujours pas l'air de quelqu'un en bonne santé. Était-ce parce que je m'étais avancée et que la lumière était différente d'ici?

Nous entendîmes un reniflement, puis un hoquet retentissant. Le bras de Nate se fit d'acier sous mes doigts.

Mon regard se dirigea vers l'origine du bruit. Je trouvai les yeux de Bea grands ouverts à fixer le plafond pendant que son corps se colorait encore un peu. Ses cheveux, qui pendaient mollement dans son dos, s'épaissirent et devinrent éclatants comme si quelqu'un avait plongé chaque mèche dans une cuve de vernis de luxe. Sa peau pâle brillait comme un champ de neige fraîche au soleil.

Lori lâcha le cou de Bea et se hissa sur ses pattes avant de reculer, ses griffes cliquetant sur le ciment comme de la grêle.

— Ouvre la porte, Lucas.

Même si sa voix était posée, les bras croisés et la mâchoire contractée de Liam trahissaient sa tension. Lucas s'exécuta – juste assez pour que Lori se faufile hors de la cage – puis referma la porte. Le métal claqua contre le métal et Lucas tourna la clé avant de reculer.

Lori lécha son museau rouge et s'assit sur son arrière-train, ses cils longs surplombant ses yeux violets.

— Ça s'est passé exactement comme ça la dernière fois? demandai-je à mon frère qui n'avait pas repris son souffle une seule fois depuis que Bea avait respiré de nouveau.

— Oui et non. La dernière fois, le venin avait déformé ses traits.

Bea tourna la tête et mes lèvres s'entrouvrirent. Même si ses iris brillaient comme les nôtres, elles étaient rouge flamboyant comme des charbons brûlants. J'attendis en retenant mon souffle qu'elle parle, qu'elle bouge ou fasse quelque chose même si c'était juste grogner. Je ne m'attendais pas à ce qu'elle bondisse sur ses pieds comme une gymnaste et se précipite vers nous à une vitesse extrême. Ses doigts fins s'enroulèrent autour des barreaux sans qu'un seul nuage de fumée ne se forme là où sa peau rencontrait l'argent.

— Nate? Bébé?

Elle l'avait reconnu, l'avait appelé bébé, le fixait comme s'il était sa lune. Peu importait en quoi elle avait été ressuscitée, elle avait gardé ses souvenirs.

Mon frère se raidit, et même s'il ne recula pas, il n'avança pas pour autant.

— Nate ?

Elle passa ses doigts à travers les barreaux pour l'atteindre. Il ne fit pas un geste pour la toucher et elle cligna des yeux tandis qu'une unique larme coulait sur sa joue, rouge sombre.

Était-ce... Elle pleurait du sang ?

Mon frère déglutit et son silence résonna plus fort que celui des autres. Une autre vilaine larme coula sur la joue de Bea. Quelqu'un devait dire quelque chose.

Comme personne ne parlait, pas même Darren, j'ouvris la bouche :

— Comment... Comment tu te sens ?

Ses lèvres esquissèrent un sourire, mais leur couleur était si rouge qu'elles semblaient avoir été teintées de jus de baies.

— Super bien, Nikki.

Elle tourna la tête pour voir le reste des personnes présentes et j'examinai son cou pour trouver la blessure laissée par les crocs. Sa peau était sans imperfection comme si Lori ne l'avait jamais mordue.

— Tu peux te transformer ?

Liam avait une posture imposante, les cuisses aussi rigides que des troncs d'arbre. Elle passa ses phalanges sur l'une de ses joues, étalant la trace bordeaux.

— Je ne sais pas trop comment...

Elle repéra le sang et hoqueta.

— J'ai une blessure à la tête ? C'est pour ça que vous me regardez tous comme... Comme...

— Tu pleures du sang, lâcha froidement Nate.

Elle le regarda bouche bée et, ne voyant aucune douceur en lui, elle toucha sa rangée inférieure de cils.

— Comment ? Pourquoi ?

Sa voix n'était que murmure. Darren pencha la tête d'un côté puis de l'autre.

— Peut-être parce que c'est la seule nourriture que tu as ingérée ?

Ça faisait sens. Plus ou moins.

Bea reporta son regard ébahi vers Lori comme si l'animal brun au venin anormal détenait une information sur ce qu'elle était devenue. Mon frère avança d'un pas, et même s'il ne chassa pas mes mains, mes doigts perdirent leur prise.

— Alors, tu peux te transformer ?

— Je ne sais pas, Nate. Je ne sais pas trop comment faire.

— Ferme les yeux. Ça m'aide toujours, intervint Darren en s'approchant. Maintenant, est-ce que tu sens quelque chose s'éveiller en toi ? Sous ta peau ?

Les paupières fermées, Bea resta très immobile, sa poitrine frémissant à peine.

— Mon sang. Je sens mon sang. Et le vôtre. Je l'entends battre dans vos veines.

Elle inhala lentement.

— Et je le sens.

— C'est normal, la rassura Darren. Tous tes sens sont renforcés.

— « Normal » ? répéta Nolan. Je ne sens pas le sang s'il est à l'intérieur de quelqu'un.

Bea ouvrit aussitôt les yeux et il tressaillit. Elle plissa le front en voyant la peur sur le visage de mon frère.

— Concentre-toi sur moi, Bea, chuchota Nate.

Il se rapprocha des barreaux en argent si près que Niall l'attrapa par l'épaule. Nate chassa aussitôt sa main d'un coup d'épaule.

— Garde tes yeux sur moi et essaie de te transformer.

Ses iris rouges fixés sur Nate, Bea se concentra pour trouver la corde qui nous liait à notre autre forme. Il suffisait de tirer dessus pour que notre animal surgisse. Bien sûr, Bea n'était plus une adolescente, mais à vingt-sept ans, la corde ne s'était pas encore effilochée.

— La lune est haute. Son loup devrait être impossible à contenir, entendis-je Lucas chuchoter à Liam.

— Peut-être que si certains d'entre nous se transformaient, ça l'aiderait ? proposa Nash.

Liam acquiesça.

— Bonne idée.

— Ad ? l'interpella Nash.

Ils marchèrent vers les étagères, retirèrent leurs chaussures et leurs habits. Une fois transformés, ils trottèrent vers nous. Le manteau crème d'Adalyn semblait blanc sous la lumière artificielle des néons et contrastait avec mon frère noir. Ils s'arrêtèrent à côté de Lori et échangèrent des mots impossibles à comprendre. Quand Nash hurla, le son fit écho dans mes os. Les poils sur mes bras s'épaissirent en réponse et je me sentis comprimée dans ma peau. J'avais besoin de me transformer.

Oh, comme j'en avais besoin.

Je grinçai des dents et inspirai, dans une tentative désespérée de tenir plus longtemps, car une fois en fourrure, je ne pourrais plus parler à Bea ou à mon frère. Incapable de résister à l'attraction, mes parents reculèrent, retirèrent leurs vêtements et revêtirent leur peau animale. Comme Nash et Adalyn, ils trottèrent vers nous. Maman frotta sa joue à celle de Lori en guise de gratitude et d'affection.

— Est-ce que ta peau semble te comprimer ou que ton sang est anormalement chaud ? demandai-je.

— Non, répondit Bea en plissant encore plus le front.

Nate pinça les lèvres.

Je contournai les barreaux et m'arrêtai à côté de Liam.

— Lori aurait pu lui redonner sa forme originelle ?

Ses iris sont rouges. Elle pleure du sang. Sans parler qu'elle peut entendre et sentir* notre *sang.

— Alors quoi ? Tu crois qu'elle est devenue une vampire ?

Je n'avais pas réalisé combien j'avais parlé fort avant que tout le monde me regarde.

— Les vampires n'existent pas, P'tit morceau, protesta Lucas.

— Peut-être que maintenant, si.

Je m'approchai de la cellule de Bea.

Pas trop près, grogna Liam.

— Tu as faim ?

Elle posa une main sur son ventre plat.

— Oui. Très.

— Un burger et des frites, ça te donne envie ?

Elle adorait les deux, surtout quand papa grillait la viande et que Nolan faisait frire les patates. Elle plissa le nez.

— Je ne crois pas que je pourrais manger ça.

— Elle a sûrement besoin de gâteaux et d'eau.

Nate s'avança vers l'évier industriel au mur en ciment, remplit un verre d'eau et le lui apporta. Elle le prit, leurs doigts s'effleurèrent et mon frère recula vivement sa main. Abattue, elle baissa la tête, leva le verre et but une gorgée. Une seconde plus tard, elle recracha l'eau.

— Je... Je ne peux pas le boire. Ça brûle.

— Tu lui as apporté du thé, Freemont ? s'inquiéta Lucas.

— Non, fit Nate sèchement. C'est à température ambiante.

— Tu as toujours du sang dans le bâtiment ? demandai-je à Darren.

— Uniquement du sang animal. Celui que nous n'avons pas mélangé au Sillin.

Après un regard à Liam, il alla jusqu'au frigo bleu au mur, l'ouvrit et en sortit une poche en plastique. Il la dévissa et la tendit à Bea.

Ses pupilles se rétrécirent et ses narines se dilatèrent. Elle but et but, serrant la poche jusqu'à ce qu'il n'y ait plus rien, puis se lécha les lèvres pour récupérer la moindre goutte.

Je hoquetai.

— Tes dents. Tu as des crocs !

Elle ouvrit la bouche et toucha le bout pointu de ses canines. Ses yeux s'écarquillèrent d'inquiétude.

Darren passa sa main dans ses cheveux clairsemés.

— Si elle ne peut supporter que le sang, c'est logique que son corps ait développé un moyen d'en obtenir.

Les loups gémirent derrière nous. Liam les regarda et communiqua grâce au lien d'alpha.

— Jon demande si tu te sens rassasiée.

— Non. J'ai toujours très faim.

Darren alla chercher deux autres poches de sang qu'elle but à grandes gorgées.

— Et maintenant ? demanda Nate.

— Je me sens mieux. Beaucoup mieux.

Comme si elle se rendait soudainement compte qu'elle était nue, elle pressa ses bras sur sa petite poitrine.

— Je pourrais avoir des vêtements ?

— Tu as froid ? demanda Lucas.

— Non. Juste...

Elle se mordit la lèvre inférieure. Ses crocs avaient rétréci et ses dents étaient à nouveau blanches et émoussées.

— Je me sens un peu nue.

Nate se mit aussitôt en mouvement, cherchant du regard quelque chose à porter. À part les habits abandonnés de ma famille, il n'y avait pas d'autres tissus, pas même la couverture qui restait dans sa cellule avant.

— Elle peut prendre mes vêtements, Nate.

Je retirai mon manteau et le passai à travers les barreaux. Bea me sourit. Je pensai à me cacher entre deux étagères, mais tout le monde ici, à l'exception de Lucas, m'avait vue nue.

Avec un reniflement, il se tourna.

— Très bien, je laisse de l'intimité à la dame.

Il siffla et j'articulai un « *merci* » à Liam qui avait sûrement demandé à Lucas de ne pas regarder avant de me déshabiller. Je me transformai avant de pousser du museau mes vêtements vers Bea. Elle les attrapa puis gratouilla le dessus de ma tête.

La porte du bunker s'ouvrit et Reese passa sa tête à l'intérieur.

— La meute est là, Liam.

Son regard passa sur Bea et elle haussa les sourcils. J'imagine qu'elle était surprise de la voir complètement habillée. À moins que ce soit le fait qu'elle respire encore qui l'étonnait ?

Liam retira son tee-shirt.

— Si tu veux courir, Nate, Lucas peut rester ici avec elle.

Bea roula le bout de mon tee-shirt entre ses doigts.

— Je ne peux pas rentrer ?

— Non. Pas tant qu'on n'aura pas compris ce que tu es devenue.

Elle grimaça. Sans la quitter des yeux, Nate affirma :

— Je resterai avec elle.

— Tu as besoin que Lucas emporte la clé ou tu sauras résister à l'envie d'ouvrir la cellule ?

Liam défit sa ceinture, puis ouvrit le bouton de son jean et le descendit. Même s'il ne se déshabillait pas pour moi et que toute ma famille était présente – même s'ils se dirigeaient vers la sortie –, je ne pouvais détourner les yeux de lui.

— Je résisterai.

— Très bien, fit Lucas en s'approchant. Tu es mignonne en deux tons, P'tit morceau.

Il caressa la fourrure sur ma tête avant de me dépasser sur ses deux jambes. Je lui grognai dessus, ce qui agrandit son sourire.

— Amusez-vous bien ce soir. Je sais que ça sera mon cas.

Il regarda par-dessus son épaule l'amas de fourrure noire à côté de moi.

— Oui, patron. Petit destructeur restera notre priorité principale.

Il fit un clin d'œil et disparut.

Le métal grogna tandis que Nate dépliait une chaise et la postait à côté de la cellule. Bea s'installa sur ses genoux devant lui et tendit la main jusqu'à ce que ses doigts touchent son genou. Il tressaillit, mais au lieu de reculer, il posa sa main sur la sienne.

Le souffle de Liam fit frémir les poils soyeux derrière mes oreilles.

Tu sens mon odeur.

Je frémis au contact léger de sa respiration.

Je n'ai pas eu le temps de me doucher.

Bien.

Je tendis la tête jusqu'à ce que mon nez effleure son pelage épais et noir.

Tu n'as pas eu le temps de te doucher non plus, hein ?

Oh, j'ai eu largement le temps, petite argentée.

« Argentée » ?

C'est la couleur de tes yeux. Ils sont platine.

Il baissa la tête jusqu'à ce qu'elle soit à mon niveau.

Comme quand tu es excitée.

Mon pouls sembla ronronner.

Oh. On ferait peut-être mieux de ne pas en parler maintenant. Je suis déjà assez... sensible.

Il passa son nez sur mon corps, me touchant rien qu'avec son souffle. Soudain, il tourna la tête vers la mienne.

Tu es en chaleur !

Étais-je passée en chaleur sans m'en rendre compte? Ça serait une première.

Nous trottâmes vers la porte et je tournai la tête pour inspirer profondément. *Non, je ne suis pas en chaleur.* Le soulagement m'envahit car je ne voulais pas être confiée à une capsule froide ce soir. Je voulais la liberté de courir auprès de la meute, auprès de Liam.

Alors pourquoi tu sens comme... (Il grinça des dents.) **ça ?**

Une carcasse pourrie?

Quoi ?

Tu as l'air dégoûté.

Ses yeux lumineux se plissèrent.

Crois-moi. Je ne suis pas dégoûté. Je suis à l'opposé de dégoûté.

Je lui donnai un coup de nez à l'épaule.

Je ne suis pas loin, mais je t'assure que je ne suis pas en chaleur. Je baissai la voix pour ajouter : *Attends quelques jours et tu verras la différence.*

Et là-dessus, je passai devant lui et sortis dans la nuit où des centaines et des centaines de loups obscurcissaient le terrain, attendant leur alpha.

Quarante-Cinq

Je trottai vers Adalyn et me glissai entre elle et ma mère. Reese lâcha la porte qui se referma derrière Liam. Comme quelques autres métamorphes, elle était toujours humaine. J'imagine qu'elle était de garde ce soir.

Boulder, je suis ravi de vous voir si nombreux ce soir, malgré la distance et les conditions météorologiques. Nous avons surveillé les prévisions et, même si le risque d'avalanche est maigre, je vous demande de rester groupés dans les bois.

Les yeux d'ambre de Liam parcoururent la mer de fourrures, d'oreilles dressées et d'yeux incandescents.

Plus que six pleines lunes et la meute sera réunie. Quel évènement cela sera !

Il avança et ses imposantes épaules roulèrent sous sa fourrure.

Avant qu'on ne parte, j'aimerais vous partager la nouvelle de ce qui s'est passé derrière ces murs ce soir. Il y a une heure, Lori a remordu Bea une seconde fois, lui injectant son venin jusqu'à ce que son cœur s'arrête. Contrairement à il y a un mois, quand Bea est revenue à la vie, elle était humaine et ne montrait plus signe d'attributs lycanthropes.

Allait-il mentionner ses yeux ?

Nous la gardons tout de même confinée dans le bunker sous un haut niveau de sécurité jusqu'à être complètement sûrs qu'elle ne représente aucune menace pour vous ou les humains.

Plusieurs loups inspirèrent d'un coup ou gémirent faiblement.

Les heures à venir seront critiques et détermineront si Bea Park a sa place dans notre meute. Et dans le monde.

— En gros, si elle va vivre ou mourir, murmura Adalyn à côté de moi.

J'agitai l'oreille. L'envie de sang de Bea allait-elle disparaître ? Le rouge de ses iris s'estomperait-il ? Serait-elle capable de se transformer en loup ou Lori avait-elle créé une toute nouvelle espèce surnaturelle ? Une qui pouvait guérir et se déplacer à une vitesse extraordinaire sans pouvoir supporter de manger autre chose que du sang ?

Vampire. Le mot miroitait dans mon esprit. Nous en avions parlé pour Bea car elle remplissait tous les critères érigés par les humains. Ce qui m'amenait à me demander si les vampires n'avaient pas un jour existé. S'ils n'existaient pas toujours. Le mythe pouvait-il être vrai ? Après tout, les loups-garous existaient.

J'ai promis que la personne qui trouverait une solution pour Bea deviendrait bêta. Demander à Lori de remordre Bea a été proposé par Nathaniel Freemont lui-même. Puisque je suis un homme de parole, si cela fonctionne, Nate aura de nouveau accès à ce titre.

Ma nuque picota à cause de l'attention dirigée vers ma famille. Des grognements rauques se firent entendre. Condamnatoires. Mécontents. À l'évidence, la meute n'était pas ravie qu'il ait un deuxième mandat.

— Nate savait la vérité sur le venin de Lori et a menti à la meute, hurla un loup.

— Pourquoi ne pas mettre Lori comme bêta pendant qu'on y est ? grogna un autre.

Silence !

L'ordre de Liam résonna jusque dans ma moelle.

Nate a commis une erreur, mais lequel d'entre nous n'en a jamais fait ? Quoi qu'il arrive, il a refusé la proposition, ce qui veut dire que cette position demeure vacante. Je prendrai les candidatures dès demain matin et choisirai quelqu'un avant la prochaine pleine lune. S'il vous plaît, ne venez pas me parler ce soir de votre désir d'être bêta. Ce soir... nous courrons. Nous courrons en liberté !

Les pattes de la meute commencèrent à trépigner sur le sol dur, l'excitation prenant le pas sur l'agitation. Je n'avais pas d'illusion quant à leur antipathie concernant mon frère et, par extension, ma famille : elle n'avait pas quitté leur esprit, mais au moins, elle serait en arrière-plan pour l'instant.

Sans plus tarder, Boulder, puisse la lune toujours vous guider jusque chez vous.

Notre alpha leva la tête et hurla et, comme une corne de brume, l'ancien et guttural appel accéléra nos cœurs, redressa nos dos et nos queues.

Après un rapide coup d'œil vers moi, il pivota et ses loups s'écartèrent, construisant une allée pour le laisser passer. Il partit en courant doucement et accéléra ensuite. Dès qu'il eut atteint la périphérie de la foule, la meute se dissolut et partit à sa suite, les pattes piétinant la neige tout comme mon espoir de courir aux côtés de Liam.

Même si j'arrivais à le distinguer dans les bois parmi un millier de loups, suivre son rythme serait impossible. Le froid crispait mon genou encore en voie de guérison, tirant sur les ligaments et glaçant l'os. J'étirai mes pattes arrière pendant que mes coéquipiers s'éloignaient comme des pétales de marguerite qu'on aurait arrachés, se déversant entre les conifères en ruisseaux constants de fourrure.

Adalyn me donna un coup de nez et nous partîmes en trottinant lentement. Bientôt, Niall et Nolan nous laissèrent derrière, mais Nash resta près d'Adalyn tout comme Lori avec mes parents.

J'essayai d'imaginer ce qu'elle ressentait. Sa démarche crispée évoquait sa détresse profondément ancrée et son visage tourné vers le bas me rappelait la mélancolie que j'avais aperçue plus tôt. En ramenant Bea, elle avait perdu Nate.

Si Bea était vraiment de retour.

Mais même dans le cas contraire, Lori resterait *lupa non grata*, crainte pour qui elle était et ce qu'elle pouvait faire.

Comme si elle avait senti que je pensais à elle, ses yeux violets croisèrent les miens juste avant qu'on entre dans la forêt. Le contact ne dura que quelques secondes, mais confirma mon analyse de son moral. Très vite, elle reporta son attention sur les troncs noirs qui s'élevaient comme des sentinelles silencieuses et la neige claire sous nos pattes.

L'odeur du monde sauvage se fraya un chemin entre les grands pins de notre territoire qui restait non touché par l'homme. Pas même le plus intrépide des skieurs ou randonneurs ne venait ici, surtout pas l'hiver. Le passage pour y accéder était beaucoup trop étroit et traître.

Heureusement pour nous, les élans, les biches et les ours étaient téméraires et bravaient le territoire inégal, nous offrant de glorieuses parties de chasse. Même si je n'avais jamais attaqué personnellement un animal plus grand qu'un lapin, je participais à la traque, guidant l'animal que nous cherchions jusqu'à sa destination finale qui se trouvait souvent être mon intrépide frère et ses amis à la patte rapide.

Des grognements retentirent, signalant une grosse proie. Les loups autour de moi volèrent comme des flèches, mais je restai en place, savourant la sensation de l'air frais, les montées et pentes du territoire sauvage, les odeurs enivrantes de la nature non souillée.

— Comment va ta patte, mon cœur ?

Ma mère s'écarta de son groupe d'amis pour courir à mon allure.

Elle était raide. Comme je ne voulais pas l'inquiéter ni être renvoyée à la maison, je mentis :

— Très bien.

Elle me fixa un long moment, voyant sans doute clair dans mon jeu.

— Bon, si elle te fait mal, peu importe le moment, tu me dis et je rentrerai avec toi, d'accord ?

Je hochai la tête. Après une autre demi-heure de trot, la neige profonde et l'effort musculaire commencèrent à laisser des traces. Je ne voulais pas montrer des signes de faiblesse, mais j'allais payer pour m'être entêtée à surpasser la douleur, alors je me mis à marcher.

Tu boites.

La voix de Liam fit fléchir mon pas. Je levai la tête et parcourus la montagne jusqu'à le localiser tout en haut d'une arête rocheuse. Il se tenait si près du bord que des images de lui tombant me donnèrent la chair de poule sous ma fourrure. D'accord, son point de vue avantageux lui donnait une vue dégagée sur sa grande meute, mais aucun de nous n'était invulnérable, peu importait la magie de notre sang ou notre position dans la meute.

Je ne voulais pas qu'il tombe avant l'heure. Cela n'aidait pas que j'imagine l'un des énormes loups derrière lui plonger vers lui pour le faire tomber et voler sa position convoitée. Un regard rapide sur leur visage me dit qu'ils étaient tous des Boulder d'origine qui auraient sacrifié leur vie pour leur alpha plutôt que de le condamner.

— Comment est la vue là-haut ?

Très belle.

Adalyn cria mon nom, me faisant sursauter. Elle s'était retournée et agitait la queue en attendant que je la rattrape. Je fis quelques pas, essayant de ne pas traîner ma patte arrière, mais je boitais quand même. Maudit membre désobéissant.

Elle soupira quand j'approchai.

— Ma chérie, ta patte...

— Ma patte va bien.

Clairement. Elle indiqua de la tête la ligne continue dans la neige à côté de mes trois empreintes de pas.

— Viens, on rentre.

— Pas encore.

Si mon amie avait été sous forme humaine, elle aurait positionné ses mains sur ses hanches.

— Ça va juste s'empirer, sans parler qu'on a beaucoup de terrain à couvrir pour retourner au bunker.

— Il n'est même pas minuit.

— Tu ne pourras pas marcher demain.

— Heureusement, je n'ai nulle part où je dois aller.

— Nik...

— Bon, d'accord, soufflai-je, créant un nuage dans l'air. Je vais rentrer, mais hors de question que je gâche ta course, je rentrerai seule.

Un loup brun s'approcha, les oreilles repliées, la queue glissée entre ses pattes arrière, ses yeux violets las.

— J'irai avec toi, Nikki. J'ai eu assez d'émotions pour ce soir.

La posture de Lori n'évoquait pas d'émotions joyeuses. Quelqu'un l'avait-il agressée ? Je voulus lui demander si elle allait bien, mais décidai de garder cette question pour quand on ne serait pas entourées d'autant de loups. Me dirait-elle la vérité ? Nous n'étions pas grand-chose l'une pour l'autre. Rien, vraiment. Juste des coéquipières de meute.

Le regard d'Adalyn examina ma patte que j'avais relevée pour ne pas m'appuyer dessus.

— Tu vas réussir à rentrer ?

Je la posai au sol, essayant au maximum de ne pas grimacer.

— Oui.

Matt était en chemin pour rentrer. Sa copine n'est pas ravie d'être la troisième roue du carrosse entre Lucas et Sarah.

Liam avança vers notre petit groupe, suivi d'un loup jaune monstrueusement grand et de quelques autres personnes très imposantes également. Tous des mâles. Les femelles étaient plus petites et agiles, les mâles étaient plus gros et plus forts. À part les alphas femelles, non qu'il en reste dans le monde. Pour autant que je sache, Cassandra avait été la première et la seule.

Dexter dépassa son cousin en lui donnant en coup d'épaule. Son regard bleu-gris semblait plus lumineux au milieu de sa fourrure brun foncé.

— Je vais les escorter aussi. Au cas où la patte de Nikki lui donne des problèmes et qu'elle ait besoin qu'on la porte.

J'étais contente d'être en fourrure car j'aurais eu les joues toutes rouges.

— Merci, Dexter, mais je te jure que je vais bien. Tu devrais rester et...

— Je devais rentrer dans pas longtemps pour remplacer un des loups qui monte la garde au bunker de toute façon.

Il baissa la tête pour mordre un tas de neige dure sur l'une de ses pattes et manqua le regard dur que lui lançait Liam. Matt hocha sèchement la tête en regardant son alpha, puis trotta devant lui.

— Je suis prêt, on part quand tu veux.

— Je suis prête.

Je me lançai à sa suite.

Si Dexter tente quoi que ce soit...

Je regardai par-dessus mon épaule au-dessus du loup acajou qui fermait la marche. Mon alpha se tenait à côté d'Adalyn qui ressemblait à un chiot à côté de lui. Si j'avais eu des doutes sur sa jalousie, un regard à la fumée vaporeuse qui sortait de ses narines les aurait évincés. Même si c'était ridicule, sa possessivité me réchauffa le cœur jusqu'au bout des griffes et débarrassa mon genou d'une bonne partie de sa douleur.

Quarante-Six

Le feu que Liam avait éveillé en moi s'éteignit dès le cinquième kilomètre et mon genou fut de nouveau froid et douloureux. J'étais tellement concentrée à repousser la douleur que je trouvais à peine la force de faire la conversation. Non que Lori soit d'humeur bavarde.

Le seul qui parlait était Dexter. Et même lui se tut après quelques regards noirs de Matt, dont les oreilles étaient dressées et les muscles bandés. J'attribuai sa vigilance à la présence de Lori.

— Je vais quitter le Colorado.

La voix de Lori résonna dans l'air humide et froid. Je tournai la tête vers elle.

— Quoi ? Pourquoi ?

— Tu as vraiment besoin de cette réponse ?

La fourrure sur son front se hérissa tandis qu'elle plissait les yeux en direction du bunker de l'autre côté de la forêt comme un pion lointain sur un plateau de jeu.

— Les loups peuvent être des idiots. Ne les écoute pas. C'est chez toi ici. Et puis, tu n'as rien fait de mal.

— Vraiment ?

Un brin de vent souffla dans les aiguilles de pin au-dessus de nos têtes, faisant tomber de la neige sur la fourrure de Lori. Elle secoua son corps pour la retirer.

— Je suis sérieuse Lori. Ne les laisse pas te chasser.

Elle se tut de nouveau. Cela resta ainsi jusqu'à ce qu'on ait dépassé le dernier tronc pour émerger sur le terrain baigné de lumière.

— Ce n'est pas à cause d'eux.

— C'est à cause de mon frère ?

Elle me coula un regard en coin.

— Ce n'est pas parce que tu as... réglé le problème de Bea que vous ne pouvez pas vous remettre ensemble.

Elle soupira.

— Tu sais combien j'étais tentée de ne pas le régler ? Si c'est réglé pour recommencer. Pour ce qu'on sache, elle pourrait tout aussi bien s'être transformée en quelque chose de pire qu'un demi-loup.

Je n'étais pas sûre qu'il pouvait y avoir pire.

— C'est une autre raison pour laquelle tu devrais rester. Pour voir ce qui lui arrive. Et si tu l'avais vraiment transformée en autre chose ? Tu n'es pas curieuse ?

— Je l'ai transformée en autre chose, Nikki. Quelque chose que Liam va sûrement devoir tuer.

Un frisson me parcourut.

— Je me sens assez coupable comme ça.

— Partir ne fera que raccourcir ton espérance de vie.

Elle haussa les épaules.

— Je préfère vivre une vie courte qu'avoir à toujours regarder par-dessus mon épaule.

— Tu es vraiment sérieuse là-dessus ?

Elle opina du chef.

— Ça fait un moment que je veux partir, mais j'avais espoir que... que je serais pardonnée d'être née une Morgan par d'autres que ta famille seulement.

Elle regarda le sol. Mon pouls s'accéléra par compassion. J'allais lui dire qu'elle avait tort, mais était-ce vrai ? Mon propre frère et sa partenaire avaient sauté dans le wagon de la haine pour Lori. Quant à ceux qui voyaient au-delà de son nom de famille, ils ne le faisaient sûrement plus. Pas depuis Bea.

— Où iras-tu ?

— Hum.

Ses yeux brillèrent presque rêveusement. À moins que ce soient des larmes?

— Je pensais à un endroit loin et tropical. Je ne veux pas empiéter sur le territoire d'une autre meute ou vivre parmi trop d'humains. Tu peux arracher le loup à la nature, mais tu ne peux pas arracher au loup son côté sauvage.

— Tu diras à mon frère que tu t'en vas?

— S'il me pose la question.

Le vent siffla autour de nos corps, apportant l'odeur de chutes de neige. Dexter se retourna et marcha à reculons.

— On a réussi, Mesdames!

S'était-il attendu à ce qu'on n'y arrive pas? Il pensait que j'allais m'écrouler à mi-chemin?

— Comment va ta patte?

— Bien. Merci.

Il tendit le cou tandis que des bourrasques de neige tourbillonnaient dans les airs.

— Ah ! Mon Dieu. Encore de la neige. Exactement ce qu'il nous fallait. On est déjà en retard sur la construction.

— En retard de beaucoup?

— Nan. Deux semaines. Trois au maximum. On vivra parmi vous dans un rien de temps.

Il ajoura un sourire qui apaisa mon humeur.

— Tu sembles vraiment excité.

— Je suis content de voir de nouveaux visages. Surtout ceux des femelles.

— Dex, grogna Matt.

— Quoi? C'est vrai. J'en ai marre de voir le tien à longueur de journée, Mattie.

Je lâchai un rire discret.

— Et May alors?

Dexter plissa le museau.

— Elle est pénible.

Lori ricana.

— Ah, ça, c'est vrai.

— Je préfère quand c'est sans prise de tête.

— Tu devrais préférer le célibat, lança Matt entre ses dents serrées.

— Je ne vois aucun tatouage autour du doigt de Nikki. Et tu connais Liam mieux que moi, Matt. Il ne se posera jamais. Sans vouloir te blesser, Nikki, ajouta-t-il après-coup.

Les épaules de Matt se raidirent. Après un regard glaçant à Dexter, il reporta ses yeux verts sur moi.

— Excuse mon cousin.

Pour quoi ? Avoir écrasé le moindre espoir que j'avais que Liam puisse changer pour m'intégrer dans sa vie ?

— Je ne nourris pas d'illusion quant à la nature de ma relation avec Liam.

Même si je me concentrais sur l'humain et les loups autour du bunker, j'étais parfaitement consciente du regard écarquillé de Lori, celui contrit de Matt et celui blessé de Dexter. Je réprimai la lueur de déception que cette conversation avait éveillée en moi. Mais comme je l'avais dit, je ne me nourrissais pas d'illusion. Nous ne désirions pas les mêmes choses, ce qui finirait par mettre fin à notre relation, même si je ne parvenais pas à me lier à un partenaire d'accouplement.

Je calquai mes pas sur les grandes empreintes de Dexter qui aborda un autre point :

— J'ai entendu dire qu'Amanda veut un de ces tatouages au lieu d'une alliance.

— Elle veut les deux, répondit doucement Matt.

— Ah !

J'entendais le sourire de Dexter dans sa voix.

— Elle voudra sûrement être transformée ensuite. Si ça a marché sur la copine de Nate.

Nous regardâmes toutes Lori, qui devint aussi rigide qu'une planche à repasser.

— Hors de question, répondit Matt.

— Une autre raison pour laquelle je dois partir, murmura Lori par-dessus le vent.

Un vent qui ramenait l'odeur de... Je levai le nez et reniflai.

Le feu !

Quelque chose brûlait.

Une cacophonie de hurlements s'éleva; les portes en métal claquèrent en s'ouvrant. Nate sortit, les cheveux en bataille, le regard fou. Je partis en courant, allongeant les pattes si loin que mon ventre effleurait la neige. Les pattes des autres martelaient le sol à côté de moi.

Je criai le nom de mon frère, mais il ne me comprenait pas puisqu'il était toujours humain. Le feu était-il dans le bunker ou dehors? Mes muscles et mon pouls convulsèrent quand je dépassai Nate et entrai dans le bâtiment en ciment.

Seules les lumières halogènes éclairaient l'espace gris et poussiéreux. Pas de flammes.

— La voiture est en feu!

Je fis volte-face en entendant le cri de mon frère. Il se précipita vers une Range Rover blanche garée au bout du parking. À mi-chemin, il s'arrêta et se retourna.

— Matt, protège Bea! Je pense que c'est un piège!

Sans hésiter, Matt passa à côté de moi et entra dans le bunker où Bea était collée contre les barreaux, ses phalanges blanches, sa peau encore plus pâle. La peur dans ses yeux me coupa la respiration. Il fallait qu'ils la laissent sortir. Au cas où... Au cas où ce serait vraiment un piège.

Dexter était sous forme humaine et aidait mon frère, Reese et deux autres métamorphes à jeter des poignées de neige sur l'intérieur en cuir enflammé de la voiture. Lori se tenait à côté de moi, figée comme une sculpture de glace.

Des grognements de frustration allumèrent la nuit. Reese nous dépassa en courant, disparut dans le bunker et émergea une seconde plus tard avec un extincteur qu'elle jeta à Nate.

Les mains de mon frère devaient trembler car le jet blanc sortit en rubans hésitants.

— Nikki, Lori, partez d'ici ! MAINTENANT !

J'inspirai brusquement et nous traçâmes dans les bois qui séparaient le bunker du camp. Ce qui prenait sept minutes en voiture nous demanda vingt minutes en courant. Ni Lori ni moi ne nous arrêtâmes pour regarder en arrière, parler ou respirer.

Nous ne ralentîmes qu'en voyant la grande clôture surmontée d'argent. Nos respirations étaient saccadées, nos pelages collants de transpiration. Mes muscles étaient si durs et mes os si mous que j'avais l'impression qu'ils avaient échangé leur place dans mon corps.

— Ce soir, haleta Lori. Je pars ce soir.

— C'était peut-être qu'un accident.

— Un accident ? Ça n'était pas un accident, Nikki. C'était une diversion.

Elle se tordit pour débarrasser son corps des flocons qui tombaient fort désormais.

— Tu crois que quelqu'un essayait d'atteindre Bea ?

— Oui. Et je sais que je suis la prochaine sur la liste.

La peur m'envahit.

— Tu ne les as pas entendus devant ma maison la nuit dernière ? Ils veulent ma mort.

Je frémis tout en essayant de me raisonner : si quelque chose d'autre s'était produit, des hurlements auraient été poussés depuis le bunker pour appeler la meute et notre alpha. D'accord, mon pouls palpitait dans mes tympans, mais un hurlement ne serait pas passé inaperçu, ni un message de Liam. S'il n'avait pas cherché à nous contacter par l'esprit, alors Nate et les autres avaient dû contenir le feu et déjouer la menace.

— La créatrice de monstre, murmura-t-elle tandis que nous approchions du portail fermé.

— Quoi ?

— C'est comme ça qu'ils m'appellent maintenant. C'est pire que certains autres surnoms.

Un *bam* grésilla dans l'air et elle hoqueta.

— Lori ?

Elle se figea.

— Fuis. Va... t'en.

Un autre bam. Lori lâcha un gémissement glaçant et s'affala au sol.

— Lori !

Je fouillai la nuit à la recherche de quelque chose. Quelqu'un. Des flocons frappèrent mes yeux qui s'embrumèrent. Le soufre. Le cuivre. Ces deux odeurs emplissaient l'air.

Je reportai mon attention sur la silhouette écroulée de Lori, pressai mon nez contre son cou et trouvai son pouls. Elle n'était pas morte.

Pas morte.

La chaleur envahit le bout de mes pattes avant, faisant fondre la neige.

Du sang.

Tellement de sang.

— Lori, tu t'es fait tirer dessus ?

Je n'attendais pas une réponse de sa part. Pas vraiment. C'était surtout pour essayer de la garder consciente.

— Reste avec moi.

Je passai mon nez sur sa fourrure jusqu'à trouver un point humide à son épaule. Elle lâcha un faible grognement. Tant que la balle n'avait pas percé un organe vital, elle devrait s'en sortir. Après tout, elle était immunisée à l'argent. Contrairement à moi.

Je frottai mon nez contre la neige au cas où l'argent se serait déversé dans son sang, puis levai la tête et hurlai en signe de détresse. Même sous forme humaine, le gardien saisirait l'urgence. Ou l'un des métamorphes restés derrière au camp.

— Nikki... va-t'en, croassa Lori.

— Je ne te laisserai pas.

— S'il te plaît. Je ne veux pas que tu...

Elle déglutit.

— Juste... fuis. S'il te plaît.

— Non.

Ce que j'allais faire en revanche, c'était reprendre forme humaine, car j'avais besoin de doigts. Une minute plus tard, j'étais penchée au-dessus d'elle. La neige tombait sur mon dos voûté et chaque flocon était comme une aiguille enfoncée dans ma chair. Doucement, je mis ma main sous son épaule. Elle tressaillit.

— Désolée.

Mes mains tremblaient tandis que mes doigts touchaient un grand trou. Petit à petit, je la fis rouler sur le côté pour trouver la blessure par où la balle était sortie, mais sa fourrure était trop couverte de transpiration et de neige et mes maudits cheveux glissaient devant mes yeux. Je les repoussai.

— Peux-tu te transformer ?

Pendant un instant, rien ne se produisit et je me demandai si elle m'avait entendue. Mais le craquement sourd de son épaule qui changea de position résonna, sa fourrure rétrécit et ses muscles s'étirèrent.

Sa peau était aussi pâle que le ciel et la terre et un grand ruisseau de sang coulait sur sa poitrine comme une écharpe rouge. La vue de la blessure d'entrée, irrégulière et large comme un œuf, me fit vomir. Après avoir nettoyé mon estomac, je me retournai vers Lori, regrettant de ne pas avoir de bout de tissu à appliquer sur la plaie. Mettre de la neige sur la blessure aiderait-il ? Je voulais hurler de frustration.

Un frisson terrible parcourut le corps de Lori tandis que je repoussai les cheveux châtain clair plaqués sur son front. Sa peau était froide au toucher, son pouls ralentissait, sa respiration se faisait laborieuse.

— Alors, à quelle île tu penses ?

Pourquoi est-ce que personne ne venait ? Y avait-il eu un autre feu ? N'avais-je pas hurlé assez fort ?

— Les Caraïbes ? Tahiti ?

Elle ne répondit pas. Je touchai sa joue.

— Lori ?

Une toux rauque secoua son corps. J'essayai de l'aider à s'asseoir, mais je tremblais si fort que ni mes bras ni mes doigts n'arrivaient à se refermer sur son corps. Je repoussai mes cheveux de mes yeux mouillés au moment où des éclaboussures rouges tachaient la neige sous sa bouche ouverte.

— À l'aide ! rugis-je.

Je pris une de ses mains dans la mienne et la serrai.

— Reste avec moi. Lori ?

Silence.

L'effarement grandit dans mes entrailles pile au moment où le métal claquait. Le portail ! Quelqu'un venait enfin !

— Les secours arrivent. Reste avec moi.

Silence. Elle était horriblement, terriblement silencieuse. Je glissai deux doigts tremblants à son cou, tentant de localiser son pouls, mais mes doigts ne voulaient pas s'immobiliser. Ils continuaient de trembler et de s'écarter de sa peau froide. Je plaçai mes phalanges devant ses lèvres entrouvertes, priant pour une faible chaleur.

— Nikki !

Je levai la tête, plissant les yeux dans la neige et la nuit. Je vis deux humains qui couraient vers moi, l'un avec des cheveux noirs aux épaules, l'autre avec de longues boucles dorées.

— Oh mon Dieu, murmura Sarah.

Je ravalai un sanglot.

— Je ne... Je ne trouve pas son pouls. Je... je...

— Tu es blessée ?

Lucas se laissa choir à genoux.

— Non. Est-elle... Est-elle morte ?

Les larmes coulaient de mes yeux, traçant des ruisseaux chauds sur mes joues glacées. Il repoussa ma main du cou de Lori et toucha sa peau pâle. Il n'acquiesça pas, mais son expression grave confirma ce que je suspectais déjà. Un sanglot m'échappa. Et d'autres larmes. Je les essuyai du dos de la main, sans m'inquiéter de si son sang était empoisonné d'argent.

Elle était morte.

Lori était morte.

— J'aurais dû... J'aurais dû...

Partir chercher de l'aide. Crier plus fort. Frapper à la fenêtre du gardien.

— Je lui ai demandé de se... se transformer.

Je plaquai ma main sur ma bouche en comprenant que cela avait dû déplacer la balle et la propulser vers son cœur.

J'étais une incapable doublée d'une idiote.

Ma gorge se serra, puis laissa échapper un nouveau sanglot.

Sarah retira son blouson et le déposa sur mes épaules voûtées. Sa bouche s'ouvrit, elle prononça des mots, mais ma vision était trouble et je ne compris pas ce qu'elle disait.

Je m'assis sur mes talons et mes poings flasques retombèrent sur mes cuisses.

— Les balles. Elles sont s-sorties de n-nulle part.

Il y avait tellement de sang partout. Sous mes ongles. Autour de mes phalanges. Ma poitrine me comprimait et d'autres larmes ruisselaient sur mes joues et sur mon menton, créant de minuscules trous dans la neige rouge sous mes jambes.

— Comment ça se fait que vous étiez seules ?

La voix de Lucas atteignit de nouveau mes oreilles et frappa le silence emplissant ma tête.

— Il y a eu un f-feu. Au bunker.

— Lucas, il faut qu'on la rentre à l'intérieur. Sa peau devient bleue.

Sarah prit une de mes mains et la frotta entre les siennes pour réchauffer mes doigts engourdis. Je me dis que son petit geste de gentillesse était stupide vu que je ne pouvais pas avoir d'engelures.

Un point noir apparut entre les flocons de neige qui tombaient. Il devint de plus en plus gros et net jusqu'à ce que la bête aux yeux ambre lumineux occupe tout mon champ de vision. Mon alpha repoussa les mains de Sarah et souffla un air chaud sur ma peau nue.

Parmi tout ce sang, il y a le tien ?

Le volume de sa voix me fit mal au crâne et cette douleur s'aggrava quand je secouai la tête.

— Blessure par balle au torse, analysa Lucas en montrant Lori. Je ne sens pas d'argent.

Non que cela aurait été important puisque Lori y était immunisée. Elle n'était en revanche pas immunisée contre un cœur qui s'arrête.

L'épaisse fourrure de Liam rétrécit dans ses pores tandis qu'il se transformait en humain. Ses traits ciselés étaient furieux. Il effleura ma mâchoire, puis mon cou.

— C'était un tir à longue portée, reprit Lucas. Nikki n'a pas vu d'où ça venait.

— Je l-lui ai dit de se transformer. Elle est m-morte p-parce que j'ai...

— Ne te mets pas sa mort sur le dos.

— Je lui ai dit...

— Elle n'est pas morte parce qu'elle s'est retransformée, elle s'est retransformée *parce* qu'elle est morte.

Liam disait sûrement ça pour me rassurer, mais rassurée ou pas, responsable ou pas, Lori était morte pendant que j'étais restée là, assise, à vomir.

Mes dents claquaient si fort que tous les Boulder devaient les entendre, même ceux de l'autre côté de la montagne.

— Ratisse la zone d'où venait le tir, ordonna Liam.

— Et... Et si le t-tueur était toujours là ?

— Dans ces cas-là, je l'attraperai, promit Lucas.

Ses yeux bleus brillaient tandis qu'il se déshabillait. Avant qu'il ne se transforme, Sarah s'avança vers lui, posa la main sur sa nuque et baissa sa tête vers la sienne.

— Sois prudent. Hors de question que j'élève cet enfant seule.

Quand elle l'embrassa, je détournai les yeux, puis pensai à Storm. Ils n'étaient pas censés le surveiller ?

J'avais dû marmonner son nom, car dès que Lucas fut en fourrure, Sarah se tourna vers moi.

— Il est avec Amanda.

D'autres personnes arrivèrent alors – certains sous forme humaine, d'autres lupine. Avant que je ne puisse voir si Nate ou mes parents faisaient partie des nouveaux arrivants, Liam me souleva. Je ne protestai pas, car mes jambes me donnaient à la fois l'impression d'être du sucre durci et de la gelée. Je doutais d'être capable de marcher. Je fermai les yeux et posai ma joue contre son torse ferme.

Après quelques minutes de silence qui sonnaient comme une punition, il grogna :

— Je n'arrive pas à croire que Matt t'ait laissé partir seule, putain. Je lui ai donné un boulot. Un seul putain de boulot.

J'ouvris les yeux.

— Ce n'est pas sa faute, Liam. Il y avait un feu...

— Je sais qu'il y avait un feu, bordel !

— Nate lui a demandé de protéger Bea.

— *Je* donne les ordres, et *pas* ton frère. Et je m'en bats les couilles de Bea. Cette balle était destinée à Lori, mais si le tireur...

Il frémit.

— S'il avait manqué ou si tu l'avais vu...

De nouveau, il s'arrêta de parler abruptement, mais cette fois, ne frémit pas.

— Ça pourrait être une femme.

Le regard qu'il me jeta m'aurait peut-être fait sourire si un corps ne reposait pas à quelques mètres. Je portai la main à sa mâchoire en granite.

— Regarde-moi. Je ne suis pas blessée.

Comme le reste de son visage, ses yeux illuminés ne s'adoucirent pas une seconde. Je déglutis.

— Qui a lancé le feu ?

— On ne le sait pas encore, mais on pense que c'est quelqu'un de la meute.

Chaque battement de son cœur frappait ma joue.

— Bea va bien ?

— Oui.

— Tu crois que le feu et... ce qui est arrivé à Lori sont liés ?

— Oui.

Liam ouvrit une porte et je me rendis compte que c'était celle de ma maison de famille. Sans allumer aucune lumière, il monta l'escalier et entra dans ma salle de bain au carrelage rose. Avec une douceur très étrange vu ses mouvements brusques, il me posa dans la baignoire, bloqua la sortie d'eau et ouvrit le robinet jusqu'à ce que l'eau en sorte.

Il prit mes mains, inspecta mes doigts enflés et violets, puis passa en revue le reste de mon corps. Il versa du savon sur ses paumes et frotta ma peau, la ride sur son front se creusant au fur et à mesure que la colère montait.

J'entendis des voix en bas. Puis, ma mère apparut sur le pas de la porte, ses longs cheveux emmêlés, les yeux brillants et striés de rouge. Ses lèvres commencèrent à trembler. Elle les referma sèchement et inhala profondément.

— Je vais m'habiller. Je reviens tout de suite.

Je tirai mes genoux vers ma poitrine tandis que Liam vidait l'eau du bain, aspergeant mon dos pour me garder au chaud. Une fois que l'eau souillée eut disparu, il referma la bonde et lava mes cheveux d'une main. Je posai ma joue contre ses genoux, observant cet étrange homme qui avait sûrement plus important à faire que de débarrasser mon corps de ce sang. Non que je ne sois pas reconnaissante de ses bons soins silencieux.

J'étais terriblement reconnaissante. Au-delà des mots. Pourtant, j'aurais presque voulu qu'il arrête et parte, car comment étais-je censée ne pas tomber désespérément amoureuse de lui?

Ma mère revint tandis qu'il passait ses doigts dans mes longs cheveux, essayant de défaire les nombreux nœuds. J'avais besoin de démêlant. Et beaucoup.

— Je m'occupe d'elle, Liam, dit-elle en posant une main sur son épaule. Vas-y.

Il ne partit pas et elle retira le pommeau de douche de ses doigts blancs. Il se leva lentement, les yeux brillants et confus.

— Merci de t'être occupé de moi.

J'essayai de sourire. Le résultat était peu probant. Il hocha sèchement la tête et passa une main dans ses boucles chaotiques avant de reculer. Puis, il se retourna et disparut. Je croisai le regard fatigué de ma mère et le barrage que j'avais érigé autour de moi s'écroula. Je relâchai toute la tension accumulée.

— Oh maman ! Maman.

Ma voix se brisa. Elle accrocha le pommeau de douche, se pencha vers moi et me prit dans ses bras.

— Tu vas être toute mouillée, croassai-je.

— Tu crois que ça m'importe? Tout ce qui m'importe, c'est que tu respires toujours. Que tu es en sécurité. Oh, mon cœur...

Elle étouffa un sanglot dans mon cou.

— Quand ton père et moi avons entendu le coup de feu et que Nate nous a dit que tu étais rentrée avec Lori...

Tout son corps tremblait. Je nouai mes bras dans son dos, trempant son tee-shirt.

— Lori allait partir ce soir, chuchotai-je.

Et elle l'avait fait, mais elle n'arriverait jamais jusqu'à une île. Je levai la tête vers le ciel et fermai mes yeux gonflés, sentant la lune sur mon visage à travers la tempête blanche.

J'espérais que Lycaon la transporterait sur une île.

Même si c'était une île dans le ciel.

Quarante-Huit

Je me réveillai là où je m'étais endormie – sur le canapé, dans le salon, la tête sur les genoux de ma mère. Mes quatre frères, mon père et Adalyn étaient là, entassés sur les tapis et fauteuils.

Nous avions parlé longtemps, tous trop agités pour dormir et trop épuisés pour aller dans nos lits respectifs. En toute honnêteté, ce n'était pas l'épuisement qui nous avait gardés groupés tous ensemble dans le salon, mais un besoin viscéral des uns et des autres, de vérifier la respiration et le pouls des autres.

Je pris un moment pour observer tous ces visages que j'aimais.

Niall, avec sa bouche ouverte et ses bras positionnés derrière sa tête en guise de coussin.

Nolan, dont les deux mains étaient glissées sous sa joue.

Nash, le nez pressé contre le haut du crâne d'Adalyn.

Nate, dont les ronflements auraient pu réveiller un ours en hibernation.

Papa, la tête appuyée sur le coussin qu'il partageait avec maman.

Et maman, la tête penchée vers celle de mon père, la main sur mon épaule.

Ma propre petite meute. Quelle chance j'avais! Je ne les avais jamais pris pour acquis et je ne le ferais jamais. Surtout pas après la nuit dernière. Si cette balle avait frappé l'un d'entre eux au lieu de…

Je frissonnai, ce qui réveilla ma mère. Vint ensuite le tour de papa avec un grognement. Puis, le reste des Freemont bâilla et s'étira. Seul Niall resta endormi quelques minutes de plus. Il fallut que Nash lui jette une chips de tortilla abandonnée pour que le plus jeune de mes frères se réveille en sursaut en grommelant :

— Mais qu'est-ce qui te prend, mec ?

Maman secoua la tête, mais sourit tout en peignant mes cheveux de la main.

Papa se pinça l'arête du nez.

— Quelle heure est-il ?

Nate regarda son téléphone.

— Huit heures. Je dois aller voir Bea.

Il passa le dos de ses mains sur ses yeux enflés et rouges. Quand il était rentré hier soir, il avait le teint blême, mais ses yeux étaient comme d'habitude, ils trahissaient son choc sans faire état de larmes, ce qui m'indiquait qu'il avait pleuré pendant mon sommeil.

Maman échangea un regard avec papa et sûrement quelques mots.

— Les funérailles sont ce matin, Nate. Tu peux aller la voir après avoir rendu hommage à Lori.

Mon frère tressaillit. Je ne pensais pas que ma mère avait voulu que cela sonne comme une accusation. À moins que si. Après tout, c'était en partie la faute de Bea si Lori avait été abattue. J'avais pensé que maman l'avait pardonnée et peut-être que c'était le cas avant-hier. Avant que l'ambition d'une femme ruine la vie d'une autre.

Comme s'il nous avait sentis nous réveiller, la voix de Liam s'insinua dans nos esprits :

Boulder, je vous attends tous au cimetière dans une heure. À quiconque serait assez tordu pour profiter de funérailles pour accéder au bunker, vous serez amèrement déçus par ce que vous y trouverez.

Nate regarda aussitôt Nash.

— Il l'a déplacée ?

— Oui. Hier soir.

— Où ça ?

— Je ne sais pas, répondit Nash en haussant les épaules.

— Je vais à Rivage préparer le plat d'hier pour la veillée, informa papa. Je vous retrouve au cimetière.

Je me dirigeai vers l'escalier. Le grand festin que nous avions prévu de savourer pour célébrer la pleine lune serait maintenant consommé en mémoire d'un métamorphe tombé. Quand ma mère enroula ses bras autour de la taille de mon père et l'embrassa, je détournai le regard.

— Beurk, allez dans une chambre, commenta Niall.

Je souris tandis que mes frères ricanaient. Mais ma joie fondit quand je montai les marches, car mon genou trop surmené avait soudé mon tibia et ma cuisse. Je transpirai, mais repoussai la douleur. Dans ma chambre, j'échangeai mon pyjama pour un tee-shirt à manches longues noir et un jean extensible et m'assis quelques minutes pour masser ma jambe, adoucir les tendons et réchauffer les muscles. Le temps m'échappa et très vite, maman frappa à ma porte.

Un regard à mes mains sur mon genou et elle fit la moue et se dirigea vers ma salle de bain. Elle revint avec quatre pilules blanches et un verre d'eau. J'avalai les anti-inflammatoires, me levai et allai chercher dans mon armoire un gilet en laine gris sombre qui avait appartenu à Niall. Je nageais dedans, mais il m'apportait la chaleur et la douceur dont j'aurais besoin pour venir à bout de cette journée.

Maman me tendit son bras et nous descendîmes l'escalier et sortîmes de la maison. Il ne neigeait plus, mais des cristaux de glace étincelaient sur les minces branches des bouleaux et tintaient chaque fois que le vent les pliait à sa volonté.

Même si le cimetière n'était qu'à une demi-heure de marche, maman insista pour y aller en voiture. Bien sûr, elle le faisait pour moi, bien qu'elle ait prétendu avoir besoin de la voiture pour aider papa à trimballer des affaires depuis Rivage.

Dans le minivan, la température était presque plus froide que dehors. La voiture avança, écrasant la croûte glacée de neige de la veille et nous dépassâmes les autres métamorphes en route pour le cimetière. Nous en prîmes certains en chemin – des mamans avec des bébés enveloppés dans des linges ou enceintes et d'autres plus âgés aux hanches fragiles.

La conversation sur qui était le tireur survint. J'imagine que c'était inévitable, surtout étant donné qu'aucun suspect n'avait été annoncé. Toutefois, Lucas et Liam savaient qui avait attaqué la randonneuse avant le reste d'entre nous, alors peut-être qu'ils avaient trouvé quelque chose et démasqueraient le coupable aux funérailles.

— À l'époque, David Hollis était un bon tireur à l'armée, commenta Corinne Goldberg, une des métamorphes les plus âgées. Son père aussi, d'ailleurs.

— Tommy dit que David et sa femme couraient à côté de lui hier soir quand le coup de feu a retenti, la contredit Wren, encore enceinte.

Je levai la tête de mes doigts.

— Et Camilla et Grant ?

— Camilla était là avec ses amis. Et Grant a quitté l'État. Enfin, il *avait*. Il a sûrement été rappelé pour l'enterrement.

C'est vrai. David l'avait envoyé chercher des informations sur Lori. Maman soupira en se garant près d'un mur fait de pierres plates. Chacun en avait ajouté une au moins une fois dans sa vie comme une sorte de mémorial.

— Malheureusement, il y a trop de gens bons au tir parmi nous.

L'ironie tragique voulait que Cassandra Morgan nous ait forcés à apprendre comment nous en servir. Elle voulait qu'on soit capables de se protéger en cas de rébellion humaine. Elle était convaincue que cela arriverait un jour, que notre existence serait révélée et que nous deviendrions des cibles.

Je n'étais pas assez naïve pour penser que ça ne pouvait pas arriver, mais j'étais assez optimiste pour espérer que, dans ce cas-là, la majorité des humains nous accepteraient.

Des centaines de métamorphes étaient déjà amassés au cimetière et beaucoup d'autres se trouvaient sur le chemin qui coupait par le verger, le poulailler et le rucher. Le camp n'était pas complètement autosuffisant, même si ça avait été le rêve d'Alaric. C'était notre vieil alpha qui avait ajouté les poules et les abeilles. Je me rendis compte que je n'avais jamais demandé à Liam s'il souhaitait rendre le camp entièrement autonome.

Penser à lui m'obligea à le chercher. Entre sa taille et sa présence charismatique, je le trouvai vite. La plupart des métamorphes étaient grands, mais peu avaient une aura aussi prodigieuse. Elle provenait en partie de sa position dans la meute, mais aussi de l'homme en lui-même.

Appuyée à ma mère, je m'approchai et le regard de Liam croisa le mien au loin. Des demi-cercles violets striaient sa peau sous ses yeux et ses joues donnaient l'impression d'avoir été creusées au ciseau par quelqu'un.

Maman serra le bras que j'avais noué au sien avant de le lâcher. Je ne savais pas si c'était sa façon de me dire d'aller le voir, mais je décidai de rester près d'elle. Ce n'est pas que je ne voulais pas le voir, seulement je n'étais pas sûre qu'il veuille de moi à ses côtés en public.

Lucas se pencha pour murmurer quelque chose à l'oreille de Liam. Mon attention se reporta sur la couverture bleu pâle enroulée autour du porte-bébé, puis plus bas, sur le drap qui dissimulait le corps de Lori. Malgré l'odeur de cuivre et soufre qui venait avec la mort, le coton blanc n'avait pas de sang.

Mes oreilles vrillèrent en entendant de nouveau le coup de feu de la veille, son hoquet, mes cris. Je fermai les yeux et tremblai si fort que maman glissa son bras autour de ma taille. Je posai ma joue contre son épaule et me concentrai sur ma respiration jusqu'à ce que mon pouls se calme et que mon esprit redevienne clair.

Quand je rouvris les yeux, la force des corps qui m'écrasaient avait augmenté et, moi qui ne m'étais jamais sentie claustrophobe, j'eus soudain l'impression de ne plus pouvoir respirer.

Nikki ?

L'inquiétude ridait le front de Liam. Je posai ma main sur ma gorge, espérant que cela transmette ce que je ressentais, et m'écartai de maman. Je repérai Nate, à côté de la pierre tombale de mes grands-parents maternels, avec les jumeaux et Adalyn et je boitai vers eux.

Nate portait des lunettes de soleil d'aviateur qui lui donnait l'air d'un vrai flic, même s'il les portait pour cacher l'homme en deuil qu'il était devenu. J'enroulai mes bras autour de sa taille et m'appuyai contre lui. Je constatai alors la myriade d'yeux secs autour de moi. Même troublés par la façon dont Lori était morte, la plupart des Boulder ne la pleureraient pas.

— À quoi tu penses ?

Le souffle de Nate agita les mèches qui s'étaient échappées de ma queue-de-cheval.

— Combien de personnes ici en ont quelque chose à faire qu'elle soit partie ?

Adalyn soupira.

— Beaucoup.

— Ça te touche toi ?

Elle hoqueta.

— Bien sûr que ça me touche. Personne ne mérite d'être assassiné. Pas même elle. En fait, je retire ce que j'ai dit, son frère et sa mère le méritaient bien.

Boulder. Je vous dirais bien bonjour, mais ça n'est pas une bonne journée. La nuit dernière, un acte grave de haine s'est déroulé au sein de notre meute. Nous nous transformons peut-être en animaux, mais nous ne sommes pas des animaux. Et pourtant, quelqu'un, peut-être la personne à côté de vous, a oublié ceci et a assassiné l'une des nôtres. Nombre d'entre vous n'êtes pas ébranlés par le trépas de Lori Morgan, mais vous devriez tous l'être. Vous devriez être outrés par la façon dont sa vie s'est terminée.

J'ai honte de me tenir ici aujourd'hui. Honte de votre mépris abject envers une femme qui, malgré ses différences, n'a jamais essayé de blesser ses camarades de meute ou ses cohabitants humains. Lori Morgan ne méritait pas votre haine tout comme elle ne méritait pas d'être tuée d'une balle en plein cœur.

Après lui avoir rendu hommage – car vous rendrez hommage à votre sœur décédée –, chaque Boulder en possession d'une arme rentrera chez lui la chercher. Je les veux toutes apportées à Rivage pendant la veillée.

Boulder, nous sommes des loups. Nous avons des griffes et des crocs. Nous n'avons pas besoin de balles et d'armes à feu.

L'assistance se tortilla et continua de le faire même après que Liam eut terminé de proférer des menaces d'exclusion des propriétaires d'armes à feu qui refuseraient de rendre leurs armes.

Bientôt, il fut temps de jeter une poignée de terre sur le corps de Lori et de lui souhaiter bon voyage vers la terre qui nous avait vus naître. La meute s'alignait pour le faire chacun son tour. Je restai en arrière avec Nate.

— Je peux te demander quelque chose ?

— Ce que tu veux, Pomme de pin.

— Quand étiez-vous ensemble, Lori et toi ?

Nate soupira et, malgré ses verres foncés, je vis ses paupières cligner.

— On a eu une passade un mois avant que je sorte avec Bea.

— Alors tu n'as jamais trompé Bea ?

Son regard se tourna vers moi.

— Non. Jamais.

C'était stupide, mais j'étais contente que Nate respecte les valeurs avec lesquelles nous avions été élevés.

— Bien.

Les bras noués, nous avançâmes vers la tombe de Lori. Je levai mon poing serré au-dessus du trou et ouvris mes doigts, observant la terre tomber sur le monticule grandissant. Je déglutis, levai les yeux et croisai le regard de Liam. Je reculai d'un pas et contournai la tombe.

— Salut.

Je lui lançai un petit sourire qu'il ne me rendit pas, les coins de ses lèvres rivés vers le bas. Je vis un mouvement dans la couverture bleu ciel, puis un bout de peau entre la couverture et un bonnet en laine enfoncé si bas qu'il touchait les cils auburn de Storm. Il s'agita et poussa ses paumes sur le torse de son père.

— Il déteste vraiment être dos aux gens.

— M'en parle pas. Il me frappe depuis qu'il s'est réveillé.

— Tu veux que je le prenne ?

Son regard dériva vers mon genou et mon cœur se gonfla.

— Liam ? l'appela Reese.

Avant d'aller là où elle était avec Avery, il m'indiqua :

— J'aimerais bien un peu d'aide avec lui une fois à Rivage.

— Bien sûr.

J'allais boitiller jusque là-bas, mais je pris une minute à savourer le soleil et laisser sa chaleur brûler l'obscurité de la nuit. S'il n'avait pas neigé, aurais-je vu le meurtrier ? Si je l'avais vu, m'aurait-il tuée pour se couvrir ?

— Salut, Nikki.

J'ouvris les paupières et découvris Grant qui passait une main dans ses cheveux blonds tondus.

— Tu es rentré.

— Oui. Aussi vite que j'ai pu.

Il frotta de nouveau son crâne.

— Tu avais hâte de fêter ça avec ta famille ?

Sa paume se figea.

— Tu es injuste.

— Ah oui ? demandai-je en avançant vers lui et plaquant mon doigt sur son torse. Dis-moi que tu n'es pas content qu'elle soit partie.

— Je suis soulagé, pas content.

Grant attrapa mon poignet. Je l'arrachai, me frappant le visage dans la manœuvre. *Bien, Nikki.* Une fois remise du choc de m'être autofrappée, j'inspirai pour me calmer sans y parvenir. À la place, mon cœur tambourina plus fort, car... j'inspirai de nouveau. Par-dessus l'odeur familière de Grant, je surpris les restes d'autre chose, quelque chose d'acide, sucré et fumé. Avait-il bu ? Sa famille était fermement opposée à la consommation d'alcool. Je m'approchai un peu plus pour voir si je sentais l'alcool dans son haleine.

— Tu as entendu que j'étais avec elle quand c'est arrivé ?

— Oui. Quand papa m'a dit, je...

Il se frotta le menton sur lequel poussait une barbe vieille d'une semaine.

— Je suis vraiment désolé, Nik. Je n'arrive pas à imaginer combien tu as dû avoir peur.

Je ne sentais pas l'alcool dans son souffle, c'était sur sa peau. Il baissa les mains et l'odeur s'affaiblit.

— Qui ferait une telle chose ?

Je fis en sorte que ma voix couine et que mes yeux s'embuent de larmes, même si ce que je voulais vraiment faire était crier. Lui demander pourquoi ses mains sentaient l'alcool. Comme l'essence et le feu.

J'agrippai ses paumes et les posai sur mes joues comme si je cherchai du réconfort en le touchant. Ses pouces frottèrent l'humidité qui s'y trouvait.

— Je suis désolé que tu aies été là, Nikki. Terriblement désolé.

Je fermai les yeux. Il allait être bien plus désolé que ça.

Quarante-Neuf

— P'tit morceau, je voudrais te dire un mot.

Je soupirai, feignant l'agacement, même si je n'aurais pas pu être plus heureuse de l'intervention de Lucas. J'essuyai mes yeux.

— Je te verrai à Rivage ?

J'affichai un sourire qui n'était là que pour le spectacle. La pomme d'Adam de Grant remonta et tant de petites choses me frappèrent d'un coup. La forme ovale parfaite de son visage, ses épaules imposantes vissées à des biceps musclés, les poils blonds sur ses avant-bras, si épais qu'ils camouflaient la galaxie de taches de rousseur. Mais surtout, ce qui me frappa fut combien il me répugnait.

Je boitillai vers Lucas.

— Qu'y a-t-il ?

— Qu'est-ce que tu essaies d'accomplir là ? siffla-t-il en fusillant du regard Grant derrière moi.

— J'essayais de trouver du réconfort dans les bras d'un vieil ami. Ça te pose un problème ?

— Ce qui me pose un problème, c'est le choix de l'ami en question.

— Tu fliques mes choix d'amis maintenant ?

Il fronça les sourcils.

— Tu te comportes bizarrement là.

— Je suis sous le choc, Lucas, alors laisse-moi tranquille. Mais hé, si tu veux absolument qu'on parle de ma bizarrerie, au moins fais-le en m'amenant à Rivage.

Il haussa les sourcils. Il avait peut-être compris.

— On partait juste, alors on peut t'emmener si tu veux.

Ness arrivait vers nous, main dans la main avec August, ses cheveux dorés rassemblés au-dessus de sa tête dans un chignon désordonné. Même si je voulais parler avec Lucas, j'acceptai à contrecœur sa proposition pour éviter de faire une scène et me dirigeai avec eux vers un pick-up bleu. Je tentai brièvement d'adopter une allure régulière, mais entre mon cœur en furie et mes nerfs à vif, contrôler mes membres se révéla être un exploit impossible.

August ouvrit ma portière et me tendit la main. Je regardai Liam qui parlait toujours avec Reese et Avery et je repérai la colère dans ses yeux. Je baissai les miens avant de trahir mes pensées. La dernière chose dont j'avais besoin, c'était bien que Grant comprenne et prenne peur. Mais s'il fuyait, cela confirmerait sa culpabilité.

August recula de sa place de parking et je me poussai vers le milieu et me penchai en avant.

— Tu peux me déposer chez Liam et demander à Lucas de venir ?

Ness regarda August, puis moi, l'iris de son œil blessé très blanc comparé à celui qui était coloré.

— Tu crois qu'il a son téléphone sur lui ?

— Je ne vois pas pourquoi il ne l'aurait pas ? hasarda August.

Il tourna le volant, contourna le verger avant de remonter la colline où se trouvaient les nouveaux chalets. Ness sortit son téléphone de son blouson et tapa un message. Un peu plus tard, elle se retourna sur son siège pour me faire face.

— Il arrive dans dix minutes. *Avec* Liam.

Cela sonnait comme un avertissement. Je repoussai une mèche derrière mon oreille.

— Ce n'est pas ce que vous pensez.

— Je l'espère parce que je n'aime pas ce que je pense.

August tendit la main et attrapa celle de Ness pour la calmer.

— Il a traversé beaucoup de choses, Nikki. Et c'est toujours le cas. Il n'a pas besoin de ce genre de petit jeu.

Je pinçai les lèvres, un peu agacée que ce soit justement celle qui lui avait brisé le cœur qui me jugeait *moi*.

— Tant mieux parce que je ne suis pas du genre à jouer.

Je restai silencieuse jusqu'à ce qu'on arrive chez Liam. Avant de fermer la portière, je les remerciai de m'avoir emmenée.

Je me dirigeai à l'intérieur et filai dans la cuisine prendre un verre d'eau. Après m'être hydratée, je lavai à la main le verre, le posai à sécher et retournai dans le salon. La porte d'entrée s'ouvrit, laissant passer un courant d'air frais.

Ness tira sur la fermeture éclair de son blouson noir, la remontant jusqu'à son menton, puis de nouveau en bas.

— Je suis juste venue m'excuser. Ce que j'ai dit dans la voiture, c'était déplacé de ma part.

Oui. Ça l'était, mais elle ne me connaissait pas. Pas vraiment. Tout comme je ne la connaissais pas. Nous avions juste entendu parler l'une de l'autre. Et c'était tout. Peut-être qu'un jour, la confiance naîtrait de notre affection mutuelle pour Liam.

— Écoute, Ness, je sais que tu tiens à lui. Moi aussi. Même si lui et moi, on n'est pas vraiment *ensemble*, je n'utiliserais jamais un autre gars pour l'atteindre. Ce n'est pas mon style.

— Je ne pensais pas que c'était ton genre. Et que veux-tu dire par : vous n'êtes pas « ensemble » ?

— On est juste amis.

Je n'ajoutai rien sur les avantages et le sexe.

La porte s'ouvrit à la volée, frappant presque Ness qui avait eu le réflexe de bondir en avant. Entra alors Lucas, le visage rouge et les yeux brillants.

— J'espère que tu as une sacrée explication pour ton petit spectacle, P'tit morceau.

Liam entra derrière son bêta, chaque pas réfléchi, chaque mouvement mesuré. Il détacha Storm méthodiquement et le posa au sol en se débarrassant du porte-bébé. Ses phalanges étaient blanches à cause de la force avec laquelle il tenait le tissu bleu. Storm lâcha des petits cris de joie, mais ils furent très vite effacés par le mur de tension dans la pièce.

Je fis un geste du doigt vers Lucas.

— Viens renifler mon visage.

— Va falloir travailler sur tes insultes parce que ça laisse à désirer et c'est très bizarre.

Je levai les yeux au ciel.

— C'est pas une insulte. J'ai besoin de tes talents olfactifs.

Il fronça les sourcils, mais au moins, il s'approcha. Je montrai ma joue. Il se pencha et inspira longuement, puis tourna mon visage et sentit l'autre côté.

— Bor-del de merde, marmonna-t-il. Ce sale petit con.

— Tu le sens aussi, alors ? Je ne délire pas.

— L'un de vous peut-il m'éclairer ? demanda Liam.

Ness se pencha et prit Storm qui babilla devant elle.

— Viens sentir le visage de ta meuf.

— Je ne suis pas sa meuf, marmonnai-je.

Liam se plaça entre Lucas et moi et leva mon visage avant de poser son nez sur ma joue pour le faire courir sur ma peau si lentement que je fermai les yeux.

Ce n'est pas des préliminaires. On parle de trucs sérieux. Pourtant, mes veines se gonflèrent. Si Liam ne reculait pas vite, mon désir surplomberait la preuve que j'avais récoltée.

— Tu devrais peut-être dire au gardien de sceller le camp ? Au cas où Grant devienne suspicieux. Comme disait Lucas, j'étais un peu bizarre.

Ma voix était si rauque que j'étais surprise de réussir à parler. Liam lâcha ma mâchoire.

— La porte est déjà scellée. Les gens peuvent entrer, mais pas sortir.

— Que se passe-t-il ? demanda Ness.

— Le feu au bunker a été déclenché par un cocktail Molotov. Et les mains de Grant puent tous les ingrédients, expliqua Lucas en désignant ma joue.

Elle écarquilla les yeux.

— Tu penses qu'il a aussi tiré sur Lori ?

— Je ne sens pas de soufre, donc non, mais il saura qui l'a fait.

— Va le chercher, Lucas, grinça Liam. Attrape-le et amène-le ici. Emmène Ness et August avec toi.

Lucas s'arrêta près de la porte.

— Fury et Watt ne devaient pas remplacer Sarah et les autres à l'abri ?

Ness reposa Storm sur le tapis et sortit quelques jouets pour l'occuper.

— Sarah a dit de ne pas se presser. Elle est en train de leur mettre une raclée au Texas hold'em[1].

Lucas ouvrit la porte d'entrée en souriant.

— Ça, c'est bien ma chérie. Prête ?

Avant de partir, Ness s'excusa :

— Pardon d'avoir tiré une conclusion aussi hâtive, Nikki.

Je me noyais dans trop d'anxiété pour m'intéresser réellement à son jugement biaisé.

— De quoi parlait-elle ? demanda Liam quand la porte se referma.

Je haussai un sourcil en marchant jusqu'à Storm et m'installai par terre à côté de lui.

— Ness pensait que je jouais avec deux mecs. Lucas aussi d'ailleurs. Et vu la façon dont tu m'as regardée au cimetière, j'imagine que tu n'en pensais pas moins.

Il tressaillit.

— Je ne suis peut-être pas ta copine, Liam, mais je ne suis pas celle de Grant non plus, ni de quiconque.

Son expression s'assombrit encore.

Storm ramassa un livre rempli de différentes textures et grimpa sur mes genoux en le brandissant avec excitation. Je le lui pris des mains et l'ouvris à la première page. Il passa ses doigts sur la zone d'écailles en cuir insérée sur un dragon vert mignon. Liam se laissa tomber sur le canapé et se pencha en avant, les bras posés sur ses cuisses et les doigts joints.

— Qu'est-ce que tu vas faire à Grant ?

Je tournai la page pour Storm qui attrapa la fourrure rose qui s'échappait d'un gros chat.

— Les tuer, lui et son complice.

L'horreur parcourut ma colonne vertébrale tandis que je tournais la page.

— À moins que tu ne préfères le faire, dit-il lentement.

Le caneton duveteux que Storm caressait devint flou. Je savais qu'en fournissant la preuve à Liam, je condamnais Grant, mais je n'avais pas pensé que je le condamnerais à la mort.

— Si ce n'est pas lui qui a tiré, alors... alors...

Je déglutis plusieurs fois sans que ma gorge ne fonctionne pour supplier Liam d'alléger sa punition. Il soupira, se leva et vint s'asseoir par terre avec moi. Storm lança un regard à son père, mais n'esquissa pas un geste pour quitter mes genoux.

J'essuyai mes yeux.

— J'espère me tromper. J'espère qu'il n'a pas lancé ce feu.

Liam glissa ses bras autour de mes épaules et m'attira à lui.

— Tu comprends que, s'il l'a fait, je ne peux pas le laisser s'en sortir, hein ?

Je posai ma tête sur son épaule et laissai mes larmes couler.

— Mais la mort ?

— La mort est plus douce que de nombreuses autres punitions.

Storm se tortilla sur mes genoux et Liam tendit la main pour tourner la page.

— Cet abruti ne mérite pas ta pitié. Ni un seul battement de ton cœur.

Liam parlait d'une voix si basse et rauque que les poils de ma nuque se hérissèrent. Il passa sa paume sur mes joues mouillées, ce qui étalait mes larmes et effaçait l'odeur de Grant, la remplaçant par la sienne.

Storm tira sur le livre, essayant de tourner une page tout seul vu que je ne faisais pas un assez bon travail. Puisque je ne fournissais pas l'aide requise, il pressa sa paume sur ma joue pour obtenir mon attention.

— Désolée, bébé, murmurai-je.

Je plaquai un baiser sur sa paume ouverte avant de tourner la page. Storm caressa les plumes sur le dos du paon et Liam me caressa le cou.

— Tu as tort d'ailleurs.

— À quel sujet ?

— Quand tu dis que tu n'es pas à moi.

Je relevai ma tête de son épaule pour contempler les formes de son visage.

— Être celle qui est dans ton lit et celle que tu baignes ne veut pas dire que je suis tienne.

Ses doigts se raidirent tout comme sa bouche.

— Tu ne cherches pas de copine, tu te rappelles ?

La porte s'ouvrit alors, mettant fin à notre conversation.

Cinquante

La poigne de Liam s'affaiblit quand Lucas désigna d'un geste grandiloquent la porte ouverte.

— Ton colis est arrivé.

Des grognements et des portières qui claquent s'ensuivirent et figèrent mes doigts sur le livre de Storm. Le « colis ». Comme c'était dégradant.

— Je le fais entrer ou je le garde dehors ?

Liam se mit sur pied avec fluidité, puis avança d'un pas lourd vers la porte.

— Attends. Je veux venir avec toi. Quelqu'un peut venir et prendre le relais ? demandai-je en indiquant Storm de la tête.

— Fury ? appela Lucas. Ton filleul a besoin de toi.

Filleul ?

Ness entra dans la maison et je me levai pour lui confier Storm. Il lâcha un petit gémissement frustré, mais se calma quand elle l'emmena dans la cuisine.

— Et si on te trouvait quelque chose à mâchouiller, mon chéri ?

Mon cœur commença à palpiter plus fort tandis que je sortais au grand jour derrière Lucas et Liam. Mes yeux eurent besoin d'une seconde pour s'ajuster à la lumière vive du soleil éclairant la tête blonde de Grant. Il avait été mis à genoux et ses poignets et chevilles étaient immobilisés par du ruban adhésif. Deux de mes frères le maintenaient par les épaules tandis que les deux autres retenaient David Hollis qui s'égosillait.

Mes oreilles bourdonnaient et je ne parvins à assimiler aucun mot. Grant me fixa, puis fixa Liam, et de nouveau moi. Lentement, il secoua la tête et lâcha un ricanement fou.

— J'aurais dû savoir. J'aurais dû savoir.

Je descendis de la première marche du chalet et m'approchai de lui.

— Qu'est-ce que tu aurais dû savoir ?

— Que c'était pour ça que tu m'avais touché aux funérailles. Tu as placé la preuve sur moi pour que j'aie l'air coupable.

Je me figeai.

— Quoi ?

— Tu as frotté ton putain de visage sur mes mains...

Niall frappa violemment Grant aux côtes. Le prisonnier lâcha un grognement et plongea en avant sous l'impact.

— Tu racontes encore une fois tes conneries sur ma sœur et le prochain coup te fera régurgiter tes couilles.

— Je ne suis pas sûr qu'il en ait, commenta Lucas.

Je croisai les bras devant ma poitrine.

— C'est vraiment l'homme dont tu veux que je me souvienne ?

— Tu parles déjà de moi comme si j'étais mort, poupée ? C'est ça que vous faisiez là-dedans, Liam et toi ? Ou vous étiez trop occupés à baiser et vous réjouir de m'avoir coincé ?

Niall lâcha l'épaule de Grant et le frappa si fort entre les jambes qu'il hoqueta et lâcha un sifflement.

— Je t'avais dit de ne pas lui manquer de respect.

Les yeux de Grant prirent la teinte phosphorescente de son loup. S'il se transformait, il arriverait sûrement à se libérer de ses liens, mais il n'irait pas loin, raison pour laquelle il restait humain.

Je me composai un visage neutre, refusant de lui donner le plaisir de voir combien ses commentaires vicieux m'atteignaient.

— As-tu tué Lori, Grant ?

Ses narines se dilatèrent.

— Non. Tout comme je n'ai pas lancé ce feu, car je n'étais même pas à Beaver Creek la nuit dernière.

— En fait, si.

Un garçon blond, de forte carrure, qui ressemblait à une version plus âgée de Matt, retira une cigarette de sa bouche et souffla la fumée.

— Nous avons des images de ta voiture traversant la ville autour de minuit.

Le visage de Grant prit une teinte terreuse. Ses joues devinrent ensuite rouges.

— Bien évidemment. Après tout, il faut vraiment que j'aie l'air coupable.

— Mon fils est innocent ! s'écria David Hollis.

Sa femme se tenait à ses côtés, crispée et silencieuse. Deux Boulder d'origine traversèrent le panel de spectateurs en se dirigeant vers Liam. J'entendis l'un d'eux dire :

— Aucune trace d'elle.

Elle ?

— Camilla Hollis est hors de ma portée. Dites-moi, pourquoi donc quelqu'un fuirait-il Beaver Creek au beau milieu de la nuit ?

Je m'étouffai en comprenant. J'observai de nouveau Grant qui échangea un regard avec son père.

— C'est *elle* qui a tué Lori ? murmurai-je.

Le regard de Grant croisa de nouveau le mien. J'y lus de la peur. La foule commença à murmurer, secouer la tête ou écarquiller les yeux.

— Et maintenant, tu accuses ma fille ! Tu as vraiment une dent contre nous, les Hollis, hein ? De quoi serons-nous coupables ensuite ? Tu vas accuser mon fils d'avoir tenté de tuer Nikki dans un accident de moto ?

Tout mon corps se durcit. Pas parce que je pensais vraiment que l'accident était intentionnel, mais parce que cette phrase était pleine de haine.

Liam se plaça devant moi.

— Laissez Nikki en dehors de ça ou je m'assurerai que toute la lignée Hollis meure aujourd'hui.

Le visage de Grant se vida de couleur tandis que celui de son père en prenait.

— Quel alpha tu fais, à croire une pute plutôt que...

Nolan envoya son coude dans sa tempe et murmura quelque chose que je n'entendis pas, mais qui encouragea la haine qui brûlait dans les yeux de David. Ma mère se fraya un chemin dans la foule, le contourna et le frappa au nez.

— Comment oses-tu, David ? Comment oses-tu ? Tu es pourri jusqu'à la moelle.

Elle secoua son poing tandis que le sang coulait sur les lèvres et le menton de l'homme. Puis, elle avança vers moi, mais s'arrêta à mi-chemin et fit volte-face.

— Oh et, David, si Liam ne te tue pas aujourd'hui, je le ferai.

Waouh !

Elle prit ma main et m'entraîna à l'intérieur.

— Ils gèrent, pas besoin que tu sois là pour le reste.

Un grognement retentit et Lucas plongea en avant à côté de moi. Je me retournai juste à temps pour voir David plonger ses crocs dans l'avant-bras de Nolan. Le sang jaillit, éclaboussant tout. Le visage stupéfait de mon frère. La neige sous leur pied. Nolan pâlit et commença à tomber. Nate lâcha David pour le rattraper. Au milieu du chaos, le père de Grant se transforma et esquiva Lucas d'un bond, visant directement Liam, ses crocs ensanglantés découverts.

Je criai ; ma mère cria aussi, puis lâcha ma main et se précipita vers Nolan tandis que je restai plantée là à regarder le loup tracer en flèche vers notre alpha.

Liam tomba à quatre pattes, ses habits déchirés par la vitesse avec laquelle il s'était transformé. Il se jeta aussitôt sur David et le heurta si fort qu'ils s'écroulèrent tous les deux. Le sol trembla à mes pieds. Un petit gémissement s'éleva, suivi du bruit d'un tendon ou d'une veine ou Lycaon sait quoi qu'on sectionne.

Liam lâcha le cou de David et le loup brun cendré s'écroula au sol. Le sang jaillit et s'écoula sur la neige. Je posai la main sur mon ventre, essayant d'empêcher le contenu de mon estomac de s'échapper de ma bouche ouverte. Grant hurla et sa mère catatonique tomba à genoux.

— Vas-y.

Lucas avança vers Nash, dont la peau était devenue aussi grise que celle de Nolan comme s'il ressentait physiquement la douleur de son jumeau.

— Merci, chuchota Nash.

Il se mit en mouvement dès que Lucas saisit le biceps de Grant.

Du sang visqueux coulait du museau de Liam tandis qu'il avançait sans précipitation jusqu'à Grant.

Si tu ne veux pas être le suivant, dis-moi où se cache ta sœur.

— Va te faire foutre Kolane. Tu vas me tuer quoi qu'il arrive.

Les yeux verts de Grant brillèrent.

— Il ne le fera pas. Pas si tu laisses tomber Camilla, me surpris-je à dire.

Liam me lança un regard. Il me pensait sûrement bête de croire qu'il laisserait Grant vivre, mais il ne me contredit pas.

— Je ne suis pas comme toi, Nik. Je ne trahirai jamais quelqu'un que j'aime.

Son regard tomba sur son père qui se retransformait. Un bout de chair oscillait de sa gorge.

— J'ai toujours cru que c'était un miracle que tu aies survécu à l'accident, mais maintenant je vois ce que papa a toujours vu. Un gigantesque coup de malchance.

Je hoquetai. Son corps tressaillit et de la sueur coula sur ses joues.

— Oui, va te faire foutre aussi, Kolane.

Liam fixa mon frère.

— Avec plaisir, répondit Niall.

Il envoya son poing dans la tempe de Grant. Celui-ci ne frémit même pas et pivota doucement sa tête pour la remettre dans l'axe.

Une dernière parole ?

Grant m'adressa un sourire mauvais.

— Avec elle, tu ne récupères que les *ruines* de mon passage.

Mes yeux brillèrent de larmes que je refusais de laisser couler. Liam se figea tellement que je m'attendais à moitié qu'il bondisse sur lui et le tue, mais il garda le contrôle.

Je parlais à Nikki.

Je déglutis une fois. Puis deux.

— Non, murmurai-je. Je n'ai plus rien à lui dire.

Liam avait raison, mon cœur ne méritait pas de battre pour Grant Hollis. Si seulement je pouvais reprendre tous ces battements, effacer chaque minute passée à aimer quelqu'un qui le méritait si peu.

Ma gorge se serrait quand je me tournai vers Nolan, assis sur la neige désormais ensanglantée, le front plissé sous la douleur, entouré par le médecin, Adalyn et ma famille. Darren soignait son bras pendant que papa et Nate lui parlaient doucement.

Emmenez le traître au bunker et enfermez-le.

Je me figeai.

— Quoi ? Tu le laisses vivre ? s'écria Niall.

Camilla viendra pour son frère.

Aussi imposant sur quatre pattes que sur deux, Liam faisait une tête de plus que Grant agenouillé, même en loup.

C'est ce que font les gens qui s'aiment, non ? Ils reviennent l'un pour l'autre ?

Il pivota, mais se retourna pour ajouter :

Assurez-vous qu'il ne puisse pas se faire de mal.

— Espèce de connard ! M'utiliser pour atteindre ma sœur c'est... C'est...

— Ingénieux ? proposa Lucas tandis que lui et Niall mettaient Grant sur pied sans délicatesse.

— Cruel ! Répugnant !

Liam pencha la tête sur le côté.

C'est drôle combien ta vision de la justice et de la cruauté diffère de la mienne, mais j'imagine que c'est la raison pour laquelle je suis alpha et tu es... **toi.**

Reese s'écarta de la foule silencieuse.

— Va voir ton frère, Niall. Je m'occupe du traître.

— Nan. Je suis pas encore prêt à dire au revoir à cet abruti.

Il regarda Liam et opina du chef.

— Compris.

Alors qu'ils partaient, Grant grogna :

— Que vas-tu faire du corps de mon père ?

Le donner aux coyotes, le brûler, l'éparpiller sur la clôture pour que Camilla voie ce qui arrive aux traîtres. Les possibilités sont innombrables.

— T'es un putain de dégén...

Du poing, Lucas frappa la mâchoire de Grant, pas vraiment pour le couper, mais pour qu'il s'évanouisse. Sa tête retomba et oscilla pendant qu'ils le plaçaient dans le coffre de la voiture de Liam. Niall monta à côté de Grant, Reese s'installa sur le siège passager, sa femme à l'arrière et Lucas prit le volant. La foule s'écarta, s'alignant sur la route. Les émotions sur leur visage allaient du choc à la tristesse. J'étais contente que Mme Hollis ait été escortée à l'écart, à moins qu'elle se soit levée et soit partie en comprenant que ses jours de servilité auprès d'un connard rabaissant étaient enfin terminés.

Même si David Hollis avait été assez populaire, personne ne vint réclamer son corps. La plupart des gens se détournèrent et se rendirent à Rivage. Il avait attaqué notre alpha, alors sa mort se comprenait, même s'il serait davantage pleuré que Lori.

En voiture, Lucas recula, roula sur le corps de David, pas une fois, mais deux. En entendant le craquement des os et le gargouillis de la chair, je fermai les yeux et retins mon souffle. Le vent soufflait autour de moi, me hérissait les poils et agitait les arbres gelés séparant les chalets. Je levai le visage, osant de nouveau respirer. Je le regrettai aussitôt, car la puanteur de charogne envahit mes poumons.

Le blond qui ressemblait à Matt brûlait les restes des vêtements – ceux de David et de Liam – et les jeta sur le corps.

De la fourrure douce toucha mon poing flasque. Je détournai le regard du bûcher et croisai des yeux ambre.

Le jour où je déchiquetterai Grant, je m'assurerai qu'il comprenne ce que c'est que des ruines.

J'appréciais le désir de Liam de venger mon honneur, mais la forme que prenaient ses représailles était gore.

Il s'adressa à la meute et leur dit de se rendre à Rivage, puis avança vers sa porte d'entrée et se retransforma. À part un filet de sang le long de son cou et la galaxie de vieilles cicatrices recouvrant son dos, sa peau était intacte.

Après être passée voir ton frère, viens me trouver. Toi et moi, on n'avait pas fini de parler.

Il franchit le seuil de son chalet et ferma la porte avant même que je puisse répondre.

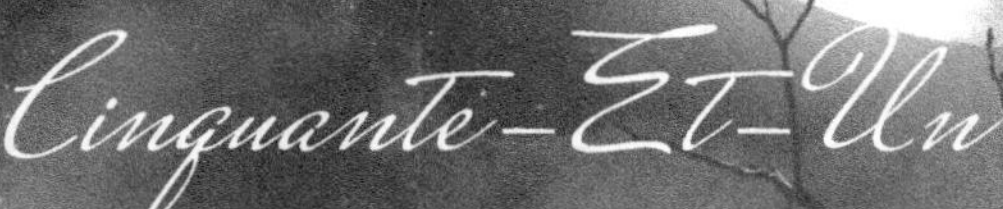

J'accompagnai Nolan à la maison familiale où il serait en convalescence – qu'il le veuille ou non puisqu'on ne protestait pas avec notre mère lorsqu'on était alité. Je m'assis à ses côtés pendant que maman installait bien son oreiller et que papa cuisinait pour lui. Nolan n'avait pas envie de manger, mais il savait que papa serait peiné alors il avala le bouillon au poulet.

Maman alla lui chercher un antidouleur et papa partit ranger la cuisine. Nolan toucha mon épaule du bras qui n'était pas attaché à son torse.

— Je suis désolé que ces deux abrutis t'aient prise pour cible, Pomme de pin.

— Moi, je suis désolée que tu viennes de m'appeler Pomme de pin.

Il me lança un sourire en coin.

— En secret, tu adores ce surnom.

Je levai les yeux au ciel.

— Oui, c'est ça.

— Alors, toi et Liam, hein ? Il faut que je m'habitue à ça ?

— Nan.

Mes joues me picotaient.

— Tu es sûre ?

— Oui.

— Au cas où mon avis compte, je l'aime bien.

— Tant mieux pour lui, vu que c'est ton alpha.

— Je veux dire, je l'aime bien pour toi.

— Eh bien, c'est une amélioration après Grant.

Les iris bleus de Nolan s'étrécirent.

— Ne prononce plus le nom de ce bâtard. Il ne t'a jamais méritée et il le savait. *Tout le monde* le savait.

— À part moi, rappelai-je en soupirant. J'aurais dû vous écouter quand vous m'avez dit de ne pas me mettre avec lui.

— Hé, on fait tous des erreurs. Lui, c'était ton erreur.

— Tu as déjà fait une erreur ?

Il sourit.

— Plus d'une.

— Vraiment ?

— Oui, vraiment.

— Avec quelqu'un de la meute ?

— Peut-être.

— J'aurai un nom ?

— Nan.

Je fis mine de bouder.

— Pas même pour ta sœur préférée ?

— Écoute, je te jure que si jamais ça devient sérieux avec quelqu'un, tu seras la première à savoir.

— Promis ?

— Promis.

Je me levai du siège que j'avais tiré jusqu'à son lit.

— Et tu ne meurs pas, d'accord ?

— Je ne meurs pas. Maintenant, sors de là pour que je fasse mine de dormir avant que maman revienne et essaie de me mettre encore plus à l'aise.

Je ris et déposai un baiser sur son front.

— Je t'aime.

— Plus que tu aimes Liam ?

— La ferme.

Dans mon esprit, je flottai sans difficulté en bas de l'escalier et de la colline. En réalité, je boitillai tout le long du chemin jusque chez Liam. Je détournai les yeux de la zone de deux mètres de diamètre de neige salie.

Quand j'entrai, je me retrouvai avec plus de gens que ce que j'avais accepté. Liam se trouvait avec au moins une douzaine de Boulder d'origine qui avaient colonisé le salon. Vu la quantité de restes de gâteaux apéros sur la table, se débarrasser des traîtres éveillait les appétits.

— Salut ?

Je fermai la porte avec un peu d'hésitation. Ce n'était peut-être pas le meilleur moment pour reprendre la conversation que Liam et moi n'avions apparemment pas terminée.

— La louve de ces dernières heures est dans la place ! s'écria Lucas avant de jeter un regard à Ness, blottie contre August. Tu as remarqué que je n'ai pas utilisé le mot *chienne* depuis un moment, Fury ?

Sarah, assise sur le sol, les jambes étendues, frappa le genou de Lucas tandis que Ness levait les yeux au ciel. Les autres sourirent ou ricanèrent. Storm lâcha un petit couinement, descendit des genoux de Sarah et rampa à toute vitesse vers moi. Même si mon genou gémit, je m'accroupis.

— Salut, toi.

Il s'assit sur ses pieds et se tortilla comme s'il avait des fourmis dans le pantalon, puis s'accrocha à ma cuisse et se redressa.

— Regarde-toi.

Je posai une main derrière ses fesses pour le stabiliser. Malgré mon important comité d'accueil, le silence se fit et mon malaise grandit.

Matt se racla la gorge.

— Comment va Nolan ?

J'aurais pu l'embrasser pour avoir brisé le silence.

— Il fait des blagues et agite ses dix doigts, donc tout va bien.

Storm s'agita encore. Ses genoux étaient des ressorts plus que du cartilage. Je lui souris, ce qui me valut un sourire à moitié fier et à moitié baveux.

— Tu veux une bière, P'tit morceau ?

Lucas se leva et alla vers le frigo avant même d'avoir une réponse. J'imagine qu'il était l'heure de l'apéro quelque part sur Terre. Il me tendit la bouteille, ramassa Storm d'un bras et fit des bruits de pets sur son ventre, ce qui fit rire de bon cœur le petit.

— Ne le casse pas, le reprit Sarah.

Ses yeux bruns étaient remplis d'amour.

— Casser le Destructeur ? Impossible.

Je me relevai, tenant avec gêne ma bière, me demandant si je ne devrais pas sortir une chaise.

— Dave, lève-toi.

Ness donna un coup de coude à un gars avec une tache de naissance sous l'œil qui se leva du canapé, libérant la place à côté de Liam.

— Pardon. On essaie encore d'apprendre les bonnes manières à nos mâles. Mais tu sais ce qu'on dit sur les chiens : l'éducation doit se faire tout petit.

Un concerto de grognements s'éleva de la pièce et Lucas lui fit un doigt d'honneur.

— C'est pareil pour les loups, confirma Amanda en réunissant ses boucles brunes pour en faire un chignon.

Je me dirigeai vers la place libre et son fiancé bondit sur ses pieds comme s'il était très mal à l'aise.

— Je suis vraiment désolé de t'avoir abandonnée la nuit dernière, Nikki.

Perchée sur le canapé, je n'osais pas m'appuyer au dossier, car cela me mettrait en contact avec le bras de Liam.

— Tu n'as pas besoin de t'excuser. Camilla nous aurait tiré dessus que tu sois là ou pas.

Liam, qui n'avait toujours pas bougé ni dit un mot, but sa bière, se pencha en avant et la posa d'un coup sec sur la table.

— On choppera cette pétasse, Liam, lui affirma Lucas. Nous avons fait beaucoup de bruit autour de l'emprisonnement de Grant.

Storm essayait d'attraper son nez. Lucas indiqua de la tête la copie de Matt et ajouta :

— Cole a hacké le téléphone de sa mère et surveille les caméras en ville. Sans parler que Dex, Niall et quelques autres la traquent.

Liam se rappuya au dossier du canapé et je bus une gorgée de bière, espérant que cela me déstresserait.

— Comment va Bea ?

Sarah fourra une poignée d'oursons à la gélatine dans sa bouche.

— Elle a promis de ne pas nous mordre, alors on l'a laissé jouer au poker et, non seulement elle ne nous a pas mordus, mais elle était très forte, c'était agaçant.

Lucas fit sautiller Storm sur ses longues jambes.

— Tu es quand même la meilleure, bébé.

— Évidemment.

Une fille aux cheveux noirs et courts attrapa une poignée de chips avant de la diriger vers l'homme qui ressemblait à un grand ours.

— Si ton bébé te ressemble, sa tête ne va pas passer ton col de l'utérus.

Sarah lui fit un doigt d'honneur.

Pourquoi es-tu assise aussi loin de moi ?

Je jetai un coup d'œil à Liam par-dessus mon épaule et portai ma bière à mes lèvres. *Parce que je ne suis pas ta copine et être plus près donnerait cette impression.*

Je ne répondis pas et me tournai vers les autres.

— Alors, qui est qui ?

Les six métamorphes que je ne connaissais pas se présentèrent et la copine de Cole, Haley, désigna Liam et moi.

— Quand et comment est-ce que ceci s'est produit ?

Je regardai Liam de nouveau, attendant de voir ce qu'il dirait. Comme il n'expliqua rien, je rassemblai mon courage et plaisantai :

— Je m'ennuyais, il s'ennuyait, on a décidé de s'ennuyer ensemble.

Lucas sourit.

— Merde, on dirait notre histoire d'amour, bébé.

— Ça n'a rien à voir avec nous, mon cœur, protesta Sarah en lui caressant le genou. Tu étais à mes pieds et je tenais le fouet.

Elle leva la tête pour un baiser qu'il lui offrit. Des rires résonnèrent dans la pièce et écartèrent le gros de ma gêne. Ce qui restait disparut également quand Liam attrapa ma taille et me tira en arrière contre son corps.

— C'est pas mieux comme ça ? murmura-t-il dans mon oreille.

Oui et non. Comme j'avais dit Ness, je n'aimais pas les jeux, et prétendre être sa copine, voilà qui ressemblait à un jeu.

— Comment tu te sens ?

Je montrai de la tête la fenêtre qui donnait sur la pelouse de devant et la neige couverte des cendres de David.

— Comme si on m'avait retiré une gigantesque écharde du pied.

— Tu sais, bébé, commença Lucas, je m'ennuie un peu. Tu veux pas qu'on s'ennuie ensemble ?

Sarah s'esclaffa et bondit du tapis avec une souplesse étonnante.

— Au moins, faites-le contre le mur extérieur de la chambre cette fois, les pria Haley. J'ai cru que vous alliez exploser le mur et atterrir sur nous la dernière fois.

Lucas glissa Storm dans les bras déjà ouverts de Ness. Elle l'installa sur ses genoux et August fouilla dans sa poche pour sortir un petit porte-clés avec un palmier en bois qu'il agita devant le regard émerveillé de Storm.

— Hé, Ness? Tu peux le garder un peu? demanda Liam.

— Je n'ai pas pu jouer pour de vrai avec mon filleul depuis un mois, se plaignit-elle en passant son doigt sur le nez de Storm. Si ça ne t'embête pas, j'aimerais le garder plus qu'*un peu*. Toute la nuit, ça t'irait?

Liam dut lui demander si elle était sûre, car elle sourit et dit :

— Oui, je suis sûre.

— Okay, mais interdiction de jouer avec les ponceuses d'August cette fois.

— Storm portait un gant et des lunettes de protection, se révolta-t-elle.

— Et ma collection de tronçonneuses, Kolane? Je peux les lui montrer?

Liam grogna en s'avançant et me fit me lever en posant une paume dans le creux de mes reins.

— Évitez tout contact avec des objets tranchants et des gens agressifs. Au moins jusqu'à sa première transformation.

Je posai ma bouteille, caressai les boucles soyeuses de Storm et dépassai Ness, August et les deux autres métamorphes à côté d'eux. Liam envoyait des vagues de chaleur dans ma colonne vertébrale tendue.

On va chez toi ?

Je hochai la tête en me dirigeant vers la porte. Liam l'ouvrit, laissant passer un courant d'air froid et Storm commença à pleurer. August le saisit sous les aisselles et le souleva comme un avion, ajoutant des effets sonores pour contribuer à l'expérience.

Ce matin, en me réveillant entourée de mes parents, de mes frères et de ma meilleure amie, j'avais ressenti un pincement de pitié pour Liam et son fils. Maintenant, en observant la pièce, je me rendais compte qu'il avait une famille. Avaient-ils toujours été aussi proches ou est-ce que la mort de Tamara avait noué des liens plus profonds et indélébiles?

Je pressai mes lèvres l'une contre l'autre pour éviter de parler d'elle. Je voulais Liam rien que pour moi pour la prochaine heure ou peut-être même les deux prochaines, ou peu importe le temps qu'on aurait avant que quelqu'un ne nous dérange inévitablement.

— Alors, de quoi devions-nous parler ?

Je fourrai mes mains dans les poches de mon gilet trop grand, principalement pour empêcher mes doigts d'attraper ceux de Liam. Son attention, qui était dirigée vers la route jusque-là, se posa sur moi.

— Hum. Attendons d'être à l'intérieur pour avoir cette conversation, d'accord ?

Les nerfs que la bière avait calmés se tendirent de nouveau.

— N'aie pas l'air aussi inquiète. Ça n'est rien de mauvais.

Après quelques minutes de silence complet, je tournai sur le chemin qui menait à ma maison, sombre et vide. J'ouvris mon gilet et Liam tendit la main pour attraper le col et m'aider à l'enlever. Le tissu chargé d'électricité statique colla à mon tee-shirt noir et le plaqua à ma peau. Je tirai sur les manches pour qu'elles se détachent et pour donner quelque chose à faire à mes doigts.

Je connaissais intimement Liam et, pourtant, il avait toujours le pouvoir de me rendre nerveuse. Allez comprendre.

Liam se frotta la mâchoire.

— Je voudrais commencer par te dire que je veux toujours qu'on y aille doucement.

— Okay...

— Quand tu as dit que tu n'étais pas ma copine, ça m'a vraiment agacé.

Il se passa la main sur la nuque, ratissant sa peau comme papa le faisait avec ses gigantesques marmites.

— Alors, est-ce que tu voudrais l'être ?

Je fronçai les sourcils.

— Être quoi ?

Il souffla de l'air, puis marmonna d'un coup :

— Être officiellement ma copine ?

Il fallut une minute à mon esprit pour analyser cette phrase inarticulée. Quand j'y parvins, j'affichai un si grand sourire que mes joues me faisaient mal.

— Tu veux qu'on forme un couple ?

Au ralenti, il écarta sa main de son cou et la laissa pendre mollement à ses côtés.

— C'est un oui ?

— Mon sourire n'est pas assez grand ?

— Il est plutôt grand, mais en général tu es une personne très souriante.

Je fis un pas en avant et enveloppai mes mains autour de son cou, amenant son visage au mien.

— Je n'arrive pas à croire que ça t'ait rendu nerveux comme ça. Je ne pensais pas que quelque chose pouvait ébranler mon alpha si stoïque.

— Visiblement si. Pas quelque chose, mais quelqu'un.

Il posa ses grandes mains autour de ma taille.

— J'ai toujours rêvé d'avoir un superpouvoir.

Un sourire apparut enfin sur son visage, illuminant toutes les ombres.

— Tu as conscience que tu peux te transformer en loup, hein ?

Je ris.

— Je sais, mais je voulais un truc en plus.

— J'ai vu ton art. C'est un vrai superpouvoir.

Je haussai un sourcil.

— Où ça ?

— Une fois, sur ta tablette. Et puis, je t'ai peut-être cherchée sur les réseaux sociaux.

Il toucha mon nez avec le sien.

— Hum. Imagine ça : l'alpha d'une grande meute utilise Instagram. Laisse-moi deviner... ton pseudo est Grand Ténébreux Sexy ou Monsieur Ténébreux Sexy ?

Cette fois, il rit.

— Aucun des deux. Et je n'ai pas de compte, mais Sarah en a un pour son activité de DJ. J'ai piqué le sien.

Il glissa ses mains dans les poches arrière de mon jean et me serra contre lui.

— Et j'étais sérieux. Sur ton talent.

— Tu ne dis pas ça juste pour coucher avec moi ?

— Coucher avec toi n'est pas un prérequis dans une relation ? En parlant de ça...

Il pencha la tête vers le couloir.

— ... J'aimerais beaucoup m'ennuyer avec toi, là maintenant, madame Freemont.

Je ris et il m'emmena dans ma chambre. Derrière ma porte close, nos lèvres se taquinèrent et nos vêtements tombèrent au sol. Des doigts et des langues croisèrent la peau nue. Chaque endroit auquel Liam goûtait s'enflammait, chaque zone que ses mains calleuses touchaient picotait, chaque bout de peau que son souffle caressait s'échauffait.

Cette bête câlinait et embrassait avec autant de férocité et de calme qu'elle tuait, aussi parfait en pleine nature qu'au milieu des draps. J'écartai de nombreuses mèches de son front lorsqu'il était au-dessus de moi, les mots *ma copine* tournant en boucle, amplifiant chaque battement de cœur.

Jusqu'à ce qu'un lien d'accouplement nous sépare, Liam Kolane serait exclusivement, publiquement et émotionnellement mien.

À moins que...

Petits pas par petits pas, Nikki. Il y avait une grande différence entre un partenaire pour la vie et un petit ami, et penser qu'on pouvait être unis pour la vie était comme croire que le soleil pouvait soudainement commencer à briller la nuit.

Je prendrais les jours ensoleillés et m'accommoderais des nuits sous un ciel étoilé.

$\mathbf{J}$e me réveillai à cause de quelqu'un qui frappait à ma porte.

— Nikki? appela Niall de l'autre côté.

J'étirai mes bras au-dessus de ma tête et heurtai un corps chaud. Mon regard tomba sur Liam, étendu à côté de moi.

— Qu'est-ce qu'il y a?

— Je peux rentrer?

— Non!

J'essayai de sauter hors du lit, mais Liam m'attrapa pour m'attirer contre lui.

— J'ai besoin de parler à Liam.

Je me figeai. Comment savait-il qu'il était là? Liam soupira, puis roula pour se lever, localisa son jogging et l'enfila. J'eus juste le temps de tirer les draps sur mes épaules avant qu'il ouvre la porte.

Une étincelle amusée brilla dans les yeux de Niall. Fort heureusement pour son appareil génital, il n'émit aucun commentaire sur ma nudité ou le fait que notre alpha soit à moitié nu sur le pas de ma porte.

— Vous avez trouvé Camilla?

Au moins, Liam allait droit au but.

— On a trouvé sa voiture de location, mais on a perdu sa trace. Dex pense qu'elle a pris une dose importante de Sillin pour alléger son odeur.

Nate est passé au poste déposer une alerte avec sa description, alors on a la police sur le coup aussi.

Il passa ses doigts dans ses boucles déstructurées.

— Et son téléphone portable ?

— Elle l'a laissé chez elle.

— Il est temps d'ouvrir le portail alors.

— Que veux-tu dire ? demandai-je à Liam.

Liam m'observa par-dessus son épaule.

— Elle a des amis dans la meute, non ?

J'opinai tout en coiffant les nœuds dans mes cheveux.

— Je veux une liste de toutes les personnes amies avec la fratrie.

— Elle sera courte, mais je te la fournirai. La meute est réunie à Rivage d'ailleurs. Tout le monde t'attend.

Je jetai un coup d'œil aux habits jetés au sol.

— Il est quelle heure ?

— Vingt heures.

Liam soupira.

— Faut se mettre au boulot. Merci de m'avoir tenu au courant. Je ferai savoir aux autres que j'arrive. Ça incitera peut-être certains à s'aventurer dehors. Qui est de garde au portail ?

Pendant qu'ils parlaient organisation, je pris mon téléphone. Adalyn avait envahi mon écran de messages inquiets. Elle avait dû comprendre que je n'étais pas en danger, car elle m'avait dit de m'appeler quand j'aurais fini de caresser l'aubergine de Liam. Elle n'avait pas écrit le mot, juste inséré un émoticon. Je ricanai et lui envoyai que j'arriverais bientôt à Rivage.

— Qu'est-ce qui est si drôle ?

Liam revenait vers moi, la porte à nouveau fermée.

— Rien, répondis-je en souriant.

— Hum, hum.

Il souleva les draps de mon corps, ce qui m'arracha un hoquet de surprise. Il me proposa sa main.

— J'ai besoin d'une douche et je crois que toi aussi.

Il se pencha et passa son nez sur ma clavicule. Je gloussai, mais quand il baissa le nez, il se figea et ses narines se dilatèrent.

Je me redressai sur mes coudes.

— Quoi ?

Il glissa un doigt en moi, le sortit et le renifla. Ses pupilles se dilatèrent, prenant le pas sur ses iris.

— J'espère que tu as gardé beaucoup d'épisodes avec ton petit Simon parce que tu vas m'attendre… ici.

— Hum, pourquoi ?

— Parce que tu es en chaleur.

— Et alors ?

Je glissai mes jambes sur le côté du lit et me levai, puis passai devant lui pour aller dans la salle de bain.

— Qu'est-ce que tu veux dire : et alors ? Si je peux le sentir, toute la meute le sentira.

J'allumai la douche.

— Tu te rends compte que je suis en chaleur quatre fois par an et que ça fait un moment que ça se produit maintenant ?

Il me fixa comme si une nouvelle tête m'était poussée.

— Quatre fois ?

— Une fois par saison. Attends, tu ne savais pas ?

— Je n'ai pas grandi autour de femelles métamorphes.

— Eh bien, laissez-moi vous éduquer, monsieur Kolane. Nous sommes en chaleur tous les trois mois et, quand ça se produit, on ne se terre pas dans un trou.

Il s'appuya contre le cadrant de la porte.

— Et les capsules froides alors ?

— En forme de loup, on prend des précautions supplémentaires, vu qu'on est nu et en phase avec notre côté sauvage. Mais sous forme humaine, les mâles sont étonnamment civilisés.

Il grogna et s'écarta de la porte.

— Je suis sous forme humaine et je ne me sens pas d'humeur très civilisée.

Je souris tandis qu'il s'approchait.

— Heureusement que je ne te demande pas de l'être.

— Il vaut mieux que je le sois pourtant, non ?

Il agrippa ma taille et m'attira à lui.

— Ça dure combien de temps ?

— Trois jours.

Ses pupilles rétrécirent.

— Tu crois que ça passerait si je disais à la meute que je ne me sens pas d'humeur à être alpha pour les prochaines soixante-douze heures?

Je ris, me tournai et entrai dans la douche. Il me suivit à l'intérieur, sans rire. L'eau coulait sur les flancs de son visage, dégoulinant sur sa mâchoire anguleuse.

— Il y a moyen que tes parents gardent Storm cette nuit?

Je l'attrapai par les épaules et posai mes lèvres sur les siennes.

— Le problème ne sera pas de le faire garder, mais de le *récupérer*.

Une faim si puissante brillait dans ses yeux que mon estomac exécuta un véritable numéro de gymnastique.

— J'espère que Storm me pardonnera les angoisses d'abandon qu'il va avoir.

— Tu ne l'abandonnes pas, Liam, tu augmentes le nombre de gens qui l'aiment.

Il leva le menton et plaqua sa bouche sur la mienne.

— Tu es tellement douce. Tout chez toi est tellement doux, Nikki.

Je fermai les paupières sous le poids de son affection.

— Qu'est-ce que tu fous avec un homme comme moi?

— J'essaie de lui prouver qu'il a le droit au bonheur, même s'il ne croit pas le mériter.

Dire que les dix jours qui s'ensuivirent se déroulèrent dans un bonheur absolu serait une belle exagération. Il y avait beaucoup de choses à aimer dans ces journées, mais aussi beaucoup à détester.

Liam était de plus en plus frustré, car nous n'avions pas encore trouvé Camilla et Nate était de plus en plus agacé, car il n'avait pas encore convaincu la meute que Bea pouvait vivre librement parmi nous.

— Tu ne peux vraiment plus supporter la nourriture? demandai-je pendant l'une de mes visites.

— Vraiment pas.

— Juste du sang?

— Juste du sang.

— Tu as une préférence sur la source?

— Tu ne veux pas connaître la réponse.

Je me mordillai la lèvre inférieure.

— Mais est-ce que ça arrive au point où tu as peur d'attaquer quelqu'un?

— Pas tant que j'ai ma ration journalière. Trois vrais repas.

Elle joua avec le foulard en soie verte qu'elle avait tressé avec sa crinière acajou. Je plissai le nez, car sa version d'un vrai repas correspondait à des poches de sang.

— Et tu ne peux toujours pas te transformer ?

— Pas même un peu.

Elle tendit le bras pour me le démontrer. Sa peau était restée lisse et sans poil. Même si elle n'était plus en cage, elle était coincée dans une maison avec un bracelet de cheville qui suivait ses allées et venues et des systèmes d'alarme qui hurlaient si elle essayait de quitter le camp. Non qu'elle ait essayé. Entre ses iris rouges et sa manière de bouger toujours imprévisible, elle risquait plus que l'enfermement si on l'attrapait à traîner dehors. Quand elle contrôlerait son corps, elle pourrait acheter des lentilles de couleur et s'aventurer dans les rues de Beaver Creek.

Elle reposa ses mains sur sa dernière lecture paranormale en date, quelque chose à voir avec des vampires, vu le mâle qui mordait la femelle en couverture. Bea avait toujours aimé le fantastique, mais la pile chancelante de livres décorant les étagères de mon frère révélait un appétit toujours plus grand.

— Tu fais des recherches ?

Elle jeta un coup d'œil à la couverture comme si elle avait oublié ce qu'elle lisait.

— Ha ! Ha ! Non. J'en ai juste marre d'être enfermée. Mais il y a des détails dans ce livre dont la véracité est inquiétante. Je pense que cette série là-bas (elle pointa une trilogie sur des loups-garous) a dû être écrite par quelqu'un qui connaissait une meute ou était lui-même un métamorphe.

Elle feuilleta les pages de son roman de vampire, ce qui envoyait de l'air dans les brins de lavande en pot.

— Comment va Miles ?

La semaine dernière, pour la première fois depuis que nous étions allés au chalet de Bea, je l'avais croisé dans l'allée des céréales au supermarché. Il avait passé la moitié de notre rencontre à s'excuser pour m'avoir abandonnée, et l'autre moitié à poser des questions sur le voyage de sa sœur.

— Tu lui manques, ajoutai-je à Bea.

— Je ne pense pas qu'il ait avalé le fait que je parcours l'Asie en sac à dos pour soigner mon cœur brisé ou chercher notre héritage.

C'était l'histoire que lui avait fournie Bea par message, version corroborée par des photos photoshopées d'elle devant divers paysages.

— Pourquoi tu dis ça ?

— Parce qu'il n'arrête pas d'insister pour prendre un avion et me retrouver et je continue de lui dire que je dois faire ce voyage seule, mais il ne comprend pas pourquoi.

Elle cessa de jouer avec son livre.

— Si seulement je pouvais lui dire la vérité. Juste à lui.

— Mais quelle vérité ? Que tu es une sorte de nouveau vampire amélioré ?

Elle haussa un sourcil.

— « Amélioré » ?

— Tu peux marcher au soleil. Ni l'ail ni l'eau bénite ne t'affectent.

Elle sourit.

— C'était drôle, ça.

— C'est vrai. La tête que tirait Nate était incroyable.

Nous nous étions assis à cette même table. Bea avait pris une gousse d'ail et en avait mordu un bout. À part ses yeux humides, ses larmes rouges et la grimace de mon frère, elle n'avait pas été brûlée et n'avait eu aucune réaction particulière. Le même jour, Niall avait mis de l'eau bénite en bouteille dans une église pas loin et en avait aspergé sa main. Des gouttes de sueur avaient coulé sur les tempes de Nate et il avait étonnamment fermé les yeux jusqu'à ce que Bea lui caresse la main pour le rassurer : elle ne s'était pas consumée en flammes.

J'ouvris le couvercle de ma tasse de voyage et le refermai.

— Tu regrettes ?

Elle regarda par la fenêtre la surface lumineuse de l'étang glacé.

— Je regrette que quatre personnes innocentes soient mortes à cause de moi.

— Tu ne les as pas tuées.

— Ce que j'ai fait les a tuées.

— Pas Lori. Un métamorphe fermé d'esprit l'a tuée.

Bea tendit la main et la posa sur la mienne. Sa peau était aussi froide que la neige.

— Tu es un amour, Nikki, mais je suis une grande fille. J'endosse la pleine responsabilité pour mes actions. Ces morts – toutes ces morts – elles sont de ma faute et je passerai le reste de ma vie à essayer de me rattraper. Je ne sais pas comment pour l'instant, mais je trouverai un moyen.

Elle ouvrit la bouche, puis la ferma et regarda la porte.

— Nate arrive.

Ses sens étaient si développés qu'elle pouvait décrire les allées et venues de tout le monde dans un rayon de quinze kilomètres. Nous avions testé cela plusieurs fois avec mes frères. Ils avaient couru jusqu'à un coin au hasard de notre propriété clôturée de plus de quatre mille hectares et une fois immobiles, ils nous appelaient et Bea se concentrait sur eux.

Elle ne s'était jamais trompée. Pas une fois.

Le domaine couvert par Liam était cinq fois plus grand, mais la taille de celui de Bea restait impressionnante.

Une minute complète plus tard, mon frère entra et essuya la neige de ses pieds sur le paillasson. Il ne sembla pas surpris de me trouver avec Bea. Probablement parce que j'étais venue presque tous les jours, apportant ma tablette pour travailler à côté d'elle pendant qu'elle lisait ou regardait la télé. Souvent, Adalyn nous rejoignait. En de rares occasions, maman passait. Mais là où Adalyn était toujours extatique, maman était un peu plus sur la retenue, un mélange de peur et de rancœur obscurcissant son humeur.

— Salut, Pomme de pin, fit joyeusement Nate en s'installant dans la chaise à côté de Bea.

Elle glissa sa main sous la table, sûrement pour attraper la sienne. Je suspectais que la bague de fiançailles sortirait bien vite du coffre de mes parents.

— Tu es de bonne humeur.

Mon regard alla de l'un à l'autre, puis sur la main gauche de Bea qui était restée sur son livre. Je m'attendais à moitié à y trouver un diamant brillant, mais ses longs doigts étaient nus.

Nate se pencha en avant, ses yeux bruns brillaient.

— Liam n'a pas refusé mon idée.

Bea écarquilla les yeux.

— Vraiment?

— Quelle idée?

— Lier Bea à la meute en la liant à lui. S'il peut communiquer avec elle, alors c'est qu'elle a de la magie lycanthrope, même si elle ne peut pas se transformer. Et si elle avait de la magie lycanthrope, il considérerait l'idée de la laisser aller en liberté. Enfin, dans le camp.

Mon cœur décolla comme une volée d'oie au son d'un coup de feu.

— Quand tu parles de la lier à lui, tu veux dire à travers un serment de sang?

Nate hocha la tête avec tant d'enthousiasme qu'une mèche de cheveux tomba dans ses yeux.

— Et si son sang l'empoisonne ou le transforme en... ce qu'elle est ?

— Ça n'aura pas d'effet sur lui.

Sa conviction n'apaisait pas mon appréhension.

— Comment peux-tu être aussi sûr ?

Nate et Bea échangèrent un long regard suivi d'un long sourire.

— Parce qu'on a expérimenté ensemble avec Bea.

— « Expérimenté » ? répétai-je d'une voix aiguë.

Ils se tournèrent tous les deux vers moi.

— Qu'est-ce que tu veux dire par « *expérimenté* » ?

J'essayai de museler mon agacement. Surtout que mon frère semblait de nouveau lui-même, voire même encore plus joyeux.

— Tu ne lui as pas dit ? demanda-t-il à Bea calmement.

— J'attendais que, toi, tu le fasses.

Il s'adossa à sa chaise sans lâcher sa main.

— Il y a une semaine, j'ai goûté le sang de Bea.

— Pourquoi ? m'exclamai-je. Pourquoi tu as fait ça ?

Son immense sourire diminua.

— J'essayais de comprendre ce qu'elle était devenue.

— Et ça ne t'a pas rendu malade ?

J'étudiai son visage, cherchant des changements. Je n'en trouvai que des positifs : les cernes sous ses yeux avaient presque disparu et les petites rides sur son front également. J'avais supposé que c'étaient les effets du sommeil, mais peut-être que cela venait de son sang.

— Son sang a le goût du nôtre, mais il a des propriétés en plus.

— Mais encore ?

— Regarde ça.

Il porta leurs mains jointes à sa bouche et passa le bout pointu de ses canines sur leurs deux poignets avant de coller les deux plaies l'une à l'autre. Je sifflai, m'attendant à ce que Bea lui bondisse dessus et plonge ses crocs dans sa chair, mais seules ses pupilles réagirent, se dilatant jusqu'à ce qu'un seul petit anneau de rouge demeure. Nate écarta leurs poignets, lécha la plaie et me la montra.

Ou plutôt, me montra l'endroit où la plaie aurait dû être.

Je levai les yeux vers les siens.

— Il n'y a pas de cicatrice !

J'examinai son poignet à elle. Pas la moindre ligne ne restait.

— Et tu peux toujours te transformer, Nate ?

Il releva la manche de sa veste en cuir et fit sortir sa fourrure.

— Alors son sang n'est pas toxique, m'émerveillai-je.

— Il est magique.

Le sourire de mon frère avait un goût de vengeance.

— Et son venin ?

— Nous n'avons pas...

Elle sortit la langue et la passa sur sa lèvre supérieure comme pour chercher les résidus du sang de Nate.

— Nous n'avons pas encore expérimenté mon venin.

— Vous allez le faire ?

— Oui, répondit Nate en même temps qu'elle secouait la tête.

Je lâchai un soupir de soulagement. Mon frère fronça les sourcils.

— Bébé, le venin de Lori était inefficace sur les métamorphes.

J'imagine qu'il le savait parce qu'elle l'avait mordu. Je plissai le nez, trouvant toujours étrange qu'ils aient eu quelque chose ensemble.

Une ombre traversa le visage de Bea et je ne pus dire si c'était à cause de la culpabilité ou de la jalousie. Peut-être un mélange des deux.

— On ne prendra quand même pas le risque. Si je te retire ta capacité à te transformer, je ne me le pardonnerai jamais.

Nate soupira.

— On en reparlera plus tard.

— La discussion est close.

L'air frétilla entre eux. Avant qu'une dispute n'éclate, je changeai de sujet :

— Ta retenue était impressionnante.

Ils reportèrent tous deux leur attention sur moi, l'humeur noire. J'esquissai un geste vers le bras de mon frère.

— Quand Nate saignait.

Elle croisa ses bras crispés.

— J'ai bu avant ton arrivée.

Nate soupira.

— Tant qu'elle est repue, son contrôle est parfait.

Il posa une main sur sa cuisse et, même si elle n'esquissa aucun geste d'affection à son tour, elle se détendit. Puis, ses épaules se crispèrent de nouveau.

— On le fait maintenant?

Je fronçai les sourcils.

— Faire quoi?

— Le serment de sang. Ton copain est en chemin.

Nate plissa les yeux. Niall et Nolan étaient enthousiastes au sujet de ma toute nouvelle relation avec notre alpha, mais Nate et Nash demeuraient sceptiques. J'aurais aimé qu'ils changent d'avis et l'acceptent, mais j'imagine que seul le temps les adoucirait.

Une minute après que Bea eut prédit l'arrivée de Liam, la porte s'ouvrit et il entra avec Lucas et Reese.

Les traits déjà tirés de notre alpha se crispèrent encore quand il remarqua ma présence, mais heureusement, il ne me demanda pas de partir. Il sentait probablement qu'il perdrait son temps. Il s'avança jusqu'à là où j'étais assise et posa sa main chaude sur mon épaule. Je tendis la main et la posai sur la sienne. Il ne m'embrassa pas et je ne le fis pas non plus. Nous n'étions pas tout à fait rendus là encore, mais ses mains traînaient toujours sur mon corps. Et une fois qu'elles avaient trouvé leur position, elles y restaient.

Bea déglutit quand elle pencha la tête en arrière. Le foulard en soie brillait comme une mèche d'émeraudes dans la lumière laiteuse qui provenait de la fenêtre. Le rythme de ses battements de cœur, qui d'habitude correspondait au nôtre, s'accéléra.

— Si on fait ça et que ça marche, tu seras une Boulder jusqu'à ta mort. Cela veut dire que tu vis avec la meute, tu travailles avec la meute, tu respires avec la meute. Nous sommes ta famille et ton tout. En as-tu bien conscience?

La voix forte de Liam résonna dans la pièce au haut plafond.

— Oui.

— Es-tu certaine d'être prête à t'engager, Bea?

— Oui.

Les bras croisés, Lucas s'appuya à un mur proche, mais Reese resta dans l'ombre de Liam, prête à plonger en avant. Depuis qu'il avait fait d'elle sa bêta, elle restait collée à lui comme un chewing-gum. J'étais bien contente qu'elle n'aime pas les hommes. J'étais trop jalouse pour accepter qu'une autre femme soit si proche de mon copain, même pour des raisons professionnelles.

Liam retira sa main de mon épaule pour enlever sa veste et son tee-shirt. Comme toujours, la vue de son torse nu transforma mon estomac en nid d'abeilles. Il sortit une de ses griffes et trancha la peau au-dessus de son cœur, juste sur la mince cicatrice qu'il lui restait de son premier et unique serment d'alpha quand il avait pris la tête des Boulder.

Bea se figea. Même la veine à son cou semblait s'être arrêtée de pulser. Nate lui prit les mains, la fit se lever et contourner la table.

— Prête?

Elle hocha la tête, suivant le filet de sang coulant sur les abdos de Liam. Je fixai la vue aussi, pas pour les mêmes raisons.

— Répète après moi, commença mon frère. Je jure loyauté et fidélité à toi, Liam Kolane, pour me guider aussi longtemps que je foulerai cette Terre.

Les crocs de Bea s'allongèrent et Reese avança d'un pas, ses bras et son cou déjà assombris de fourrure. Liam tendit un bras pour la maintenir derrière lui.

— Tout va bien.

Bea plongea ses crocs dans son poignet et tourna la tête, créant une grande coupure, sûrement pour qu'elle ne se referme pas avant qu'elle puisse terminer de prononcer le serment. Elle leva la plaie vers le torse de Liam et répéta les mots, la voix tendue, les pupilles dilatées.

Même si son sang n'avait pas blessé mon frère, il n'avait pas été en contact avec son cœur. Je retins mon souffle et me concentrai sur chaque battement de mon alpha, priant pour que son rythme cardiaque ne s'accélère pas ni ne ralentisse.

Soudain, les iris de Bea s'illuminèrent comme des feux stop et une larme de sang coula sur sa joue. Mon frère pâlit.

— Quoi? Qu'est-ce qu'il y a?

— Je l'ai entendu, murmura-t-il. Je l'ai entendu.

Une explosion de joie s'ensuivit, perçant mes tympans. Nate attrapa Bea et la fit tourner comme une enfant, son rire surplombant ses sanglots à elle. Je levai la main vers le torse de Liam, vers la tache ensanglantée, et touchai sa peau. J'avais besoin de sentir le battement de son cœur.

— Ça va?

Il enroula ses doigts autour de mon poignet.

Tout va bien.

Lucas, qui avait dû partir dans la cuisine à un moment donné, agita des serviettes en papier. Je les lui pris des mains et essuyai doucement le torse de Liam.

Tu as prévu quelque chose cet après-midi ?

Je clignai des paupières en croisant son regard lumineux.

— Rien de spécial.

Il prit la serviette en papier rose de mes mains et la jeta sur la table, puis noua ses doigts aux miens. Sans s'embêter à remettre ses vêtements, il les jeta sur son épaule et se tourna vers les autres.

— Reese, retire le bracelet de Bea.

— Je suis libre ?

— Oui, mais ne quitte pas le camp. C'est clair ?

De nouvelles larmes coulèrent sur ses joues tremblantes. Elle déglutit.

— Oui. Merci.

Liam hocha la tête.

Je pris mon sac et ma tasse de voyage, enfin apaisée, et souris. Le cœur de Liam était intact comme celui de mon frère, et même si l'entrée de Bea parmi les Boulder avait été loin d'être aisée, elle avait réussi.

— Bienvenue dans la meute, Bea, la félicitai-je tandis que Liam me guidait vers la sortie.

Elle essuya ses joues et articula en silence « merci ». Elle se tourna ensuite vers mon frère, enroula ses bras autour de sa taille et ensanglanta son tee-shirt bleu au milieu de sa joie.

La meute n'accepta pas Bea en une nuit. Ni même en plusieurs nuits. Les conversations finirent tout de même par dévier sur le mariage à venir d'Adalyn et Nash et la curiosité que représentait la fiancée de Nate – la bague était de nouveau à son doigt – fut reléguée au second plan pour tous.

— Alors, qu'est-ce que tu feras si Lycaon te lie à quelqu'un ?

Adalyn et moi parcourions des tableaux Pinterest de coiffures élaborées, car elle n'était toujours pas sûre de ce qu'elle voulait pour sa soirée. Mes veines se remplirent de fourmis en entendant sa question.

— Je ne sais pas.

— Heureusement, tu auras six mois pour te décider.

Je regardai Storm, assis entre mes jambes, plongé dans la composition d'une symphonie sur son piano en plastique coloré. La simple pensée d'un lien d'accouplement me rendait malade. Je ne voulais pas perdre Liam, mais je n'étais pas assez naïve pour croire qu'il resterait dans les parages si on ne pouvait plus faire l'amour. Cela ne ferait que précipiter l'inévitable.

Je posai ma tête contre le matelas et fermai les yeux.

— J'espère que Lycaon m'oubliera ce solstice.

Adalyn resta silencieuse, mais je pouvais entendre ses pensées. Enfin, pas vraiment les entendre, mais je les sentais tournoyer, aussi bruyantes que l'instrument de Storm. Après un long moment, elle dit :

— Les liens d'accouplement arrivent pour une raison.

— S'il te plaît, Ad, c'est bon.

— Je dis juste que...

— Je sais où tu veux en venir. Je sais aussi que tu penses que je suis trop attachée à Storm et à son père.

— Je ne fais que veiller sur toi, Nik.

— Heureusement, je suis un phœnix, non?

Elle soupira, prit ma main dans la sienne et la serra.

— Tu l'es.

Storm tourna la tête et me regarda, le menton plein de bave. Je lui souris et caressai ses joues encore rondes. Il se retourna pour de bon et pressa ses deux mains contre mon buste pour se lever.

— Maman.

J'enroulai un bras autour de lui pour l'aider à s'équilibrer.

— Non, bébé. Ni-kki, rappelai-je en me montrant du doigt.

— Maman, maman.

— Ni-kki.

Adalyn siffla.

— Tu vois? Même lui est trop attaché.

Je coulai un regard vers elle.

— Il ne sait pas ce qu'il dit.

— Tu en es sûre?

— Il a dix mois, Ad. Il ne fait que reproduire tout ce qu'il entend et puisqu'il passe beaucoup de temps avec moi et maman, il m'entend l'appeler comme ça.

Storm m'adressa l'un de ses sourires de biais uniques comme s'il sentait que j'en avais besoin. Je lui souris en retour.

— Comment Liam réagit quand son fils t'appelle comme ça?

Mon cœur manqua un battement.

— Il ne l'a jamais entendu le dire.

Heureusement. Je ne pensais pas qu'il apprécierait.

Storm se balança quelques fois de plus, puis regarda son piano par-dessus son épaule. Je l'aidais à se retourner.

— Si seulement il ne détestait pas l'idée d'un lien d'accouplement.

Chaque fois que quelqu'un mentionnait le mot, même quand ce n'était pas lié à moi, il se raidissait.

— Peut-être qu'il changera d'avis.

— Peut-être, répondis-je sans conviction.

J'inhalai profondément et chassai ma négativité. Je n'avais jamais été du genre pessimiste avant. Hors de question que je le devienne maintenant.

— Alors, repris-je en montrant sa tablette, on a réussi à restreindre la sélection ?

— Non, mais on devrait s'y atteler.

— Eh bien, tu te maries dans cinq jours, alors oui.

Ses yeux s'illuminèrent.

— J'ai l'impression de planifier ce mariage depuis une éternité.

— Tu le planifies depuis une éternité.

Depuis qu'elle s'était écorché le genou en grimpant sous ma fenêtre à onze ans et que mon frère l'avait portée dans la maison et soigné sa blessure avec un pansement avec des Minions. Malgré toutes ses belles paroles au sujet de respecter la volonté de Lycaon et d'épouser son partenaire prédestiné, Adalyn aurait choisi mon frère même s'il n'avait pas été lié à elle.

Après une heure à examiner des coiffures pendant que Storm en était à sa sixième symphonie, Adalyn avait enfin réduit le choix à deux coiffures qu'elle partit essayer.

Après son départ, j'envoyai un message à Liam pour savoir quand il reviendrait de sa traque.

Je suis en chemin là. Je devrais être là dans quinze minutes. Désolé. J'ai cru comprendre que tu t'étais retrouvée coincée avec Storm.

MOI : *Si par coincée, tu veux dire que j'ai eu le privilège de passer mon après-midi avec ton fils, alors oui, je suis coincée avec lui.*

La fille audacieuse qui avait osé draguer son alpha releva la tête et tapa : *J'espère être coincée avec le père ensuite.*

Un rire me parvint à travers le lien d'alpha. Souriante, je retournai jouer avec mon protégé. Après quelques envois de balle en mousse et des courses à quatre pattes, Storm bâilla et s'empara d'un livre dans la boîte de jouets dans un coin de ma chambre.

Il le leva en babillant :

— Maman, maman.

Je secouai la tête en tendant la main pour lui prendre le livre. Avant que je puisse le corriger, il poussa un cri, lâcha le livre et rampa à toute vitesse vers ma porte. Il s'agrippa aux tibias de Liam et se redressa en criant plein de papas.

Les yeux sombres de Liam se posèrent sur son fils. Les lèvres en ligne droite indiquant une mauvaise journée, il se pencha et prit Storm dans ses bras. Je ramassai le livre.

— Vous n'avez toujours pas trouvé Camilla ?

Sans lever les yeux de Storm, il demanda :

— Pourquoi est-ce qu'il vient de t'appeler comme ça ?

C'était *ça* la raison de sa mauvaise humeur ?

— Apparemment, il trouve que Nikki est trop dur à prononcer.

— Alors tu lui as appris à t'appeler maman ?

Son ton était si cinglant que mes doigts se crispèrent sur le livre.

— Bien sûr que non.

— Alors pourquoi est-ce qu'il t'a appelée comme ça ? répéta-t-il, les dents serrées.

Je posai la main qui ne tenait pas le livre sur ma hanche.

— Peut-être parce qu'il m'entend appeler ma mère comme ça, et puisqu'il passe beaucoup de temps avec nous, il pense qu'il faut appeler comme ça les gens qui prennent soin de lui.

Liam continua de me fixer, et pas d'une façon plaisante. Plutôt de la façon dont il regardait ceux dont il se méfiait. Ou ceux qu'il n'aimait pas.

— Je le corrige tout le temps pour information.

— Je ne t'ai pas entendue le corriger là.

— Parce que tu es entré, alors j'ai été distraite.

Mes phalanges blanchirent sur le livre.

— Qu'est-ce que je gagnerais à ce que Storm m'appelle maman ? Au cas où tu aurais oublié, j'ai déjà une famille, Liam. Je n'en cherche pas une autre.

— Ce que tu cherches, c'est un partenaire d'accouplement et, dès que tu l'auras trouvé, tu quitteras nos vies.

Il réajusta sa poigne sur Storm, le changeant de côté. Je voulais rappeler à Liam que nous étions de la meute, que je ferais toujours partie de leur vie.

— Il faut que ça s'arrête maintenant.

— Que Storm m'appelle maman ?

— Non. Nous, Nicole.

J'ouvris les yeux si grands que mes cils touchèrent ma peau.

— Tu romps avec moi juste à cause de deux syllabes que ton fils a accolées au lieu de mon prénom ?

— Ce n'est pas juste deux syllabes.

Mes épaules se redressèrent. Mon cœur, lui, heurta ma colonne vertébrale avant de s'écrouler.

— Son manteau est accroché à côté de la porte d'entrée.

Je gardai une voix plate pour ne pas inquiéter Storm, dont la tête allait de son père à moi.

— J'essaie juste de le protéger.

— Oui. C'est ça. Peu m'importe.

Je pivotai avant que mes yeux brûlants ne se mettent à déverser des larmes.

— S'il te plaît, va-t'en.

— Nik...

— Je t'ai dit de partir.

Quand les pas de Liam s'estompèrent, quand le son des battements de son cœur diminua, je jetai le livre sur mon bureau, tirai les rideaux et me roulai en boule sur mon lit pour pleurer dans mon oreiller combien j'avais été stupide de croire que je pouvais adoucir un homme aussi inflexible.

Cinquante-Cinq

Le matin suivant, quand Niall s'arrêta dans ma chambre pour voir si j'étais prête à aller chez maman et papa pour le déjeuner, je simulai des crampes d'estomac. En bon garçon attentionné, il déposa un verre d'eau froide et une boîte d'aspirine sur ma table de chevet. Si seulement cela pouvait guérir ce dont je souffrais. J'aurais dû écouter Adalyn et rester loin de notre alpha, dont les problèmes de confiance étaient si importants que c'était incroyable qu'il puisse encore voir autre chose.

Niall ferma la porte et, les yeux clos, je forçai mon esprit tourmenté à s'éteindre. Je me réveillai quand une main froide passa sur mon front.

— Elle n'a pas de température, commenta maman.

J'ouvris les yeux et la trouvai elle et Adalyn à m'observer avec inquiétude. Un regard sur mes yeux gonflés et les deux comprirent que ce n'était pas mon estomac qui souffrait, mais mon cœur. Maman s'accroupit à côté de mon lit et coiffa des mèches de cheveux.

— Mon cœur, que s'est-il passé ?

— Je ne veux pas en parler.

Elle fit la moue.

— Pas tout de suite.

Adalyn toucha le bras de maman.

— Meg, laisse-moi lui parler.

Même si je ne voulais pas parler de Liam, les repousser toutes les deux sans la moindre explication était aussi impossible que de demander au soleil de ne pas se coucher.

Maman se redressa et partit en fermant doucement la porte, non sans laisser son regard s'attarder sur moi. Adalyn s'assit sur le lit à côté de moi, faisant bouger le matelas.

— Qu'est-ce qui s'est passé et quand ça s'est passé ?

Je serrai mon oreiller et fermai les yeux.

— Tu sais que Storm m'appelle « maman » ?

Je déglutis pour défaire l'énorme nœud dans ma gorge.

— Liam pense que c'est moi qui lui ai appris.

La colère éteignit la lumière dans les yeux d'Adalyn. Je pinçai les lèvres.

— Abruti. Je le désinvite de mon mariage.

— Je ne pense pas que tu puisses désinviter ton alpha.

— Et ben, regarde-moi faire.

Son sourire était si mauvais que cela m'arracha un petit sourire.

— J'apprécie la solidarité, mais tu n'as vraiment pas besoin de faire ça. Je ne pourrai pas l'éviter aussi longtemps de toute façon. Et puis, l'avantage avec les cérémonies, c'est que toute la meute sera là, donc il ne sera qu'un parmi un millier.

Elle fixa la guirlande d'étoiles que je n'avais pas pris la peine d'allumer. Elles me rappelaient Storm, et donc Liam, ce qui était bête vu que je les avais bien avant de rencontrer les Kolane.

— Nash m'a dit que Liam est parti pour Boulder ce matin, alors on peut croiser les doigts pour qu'il ne revienne pas à temps.

— Il est parti ?

Adalyn repoussa une de ses mèches en arrière, mais celle-ci boucla derrière son oreille, oscillant autour de sa joue.

— Apparemment, il avait des choses à gérer.

Il n'y avait pas d'*apparemment* à ajouter. Ce n'était pas un cœur brisé qui l'avait éloigné. Pour qu'un cœur souffre, il devait s'être investi et celui de Liam ne l'avait jamais fait.

— Il a emmené Storm avec lui ?

— Oui.

— Et Lucas ?

— Lucas est rentré avec Sarah l'autre jour, mais il a promis à Nash qu'ils reviendraient pour le grand jour.

— Et Camilla alors ? Quelqu'un la cherche encore ou tout le monde a abandonné ?

— Aux dernières nouvelles, Reese a tenu une réunion avec tous les pisteurs sur le coup. Si quelqu'un peut localiser cette salope, ça sera notre nouvelle bêta. Elle déteste *vraiment* les Hollis.

— J'ai les pires goûts en matière de mecs.

Adalyn posa sa main sur la mienne, du moins celle qui n'était pas fourrée sous l'oreiller. Elle se pencha jusqu'à être à l'horizontale.

— Heureusement pour toi, le solstice sera bientôt là et le choix te sera peut-être retiré.

Elle ajouta un sourire, même si je n'étais pas d'humeur à le lui retourner.

— Avec ma chance, si Lycaon me lie à quelqu'un, ça sera un autre spécimen merdique.

— Lycaon choisira uniquement ce qu'il y a de mieux pour toi.

— J'espère que tu as raison.

Elle porta son index et son majeur à ses lèvres, les embrassa, puis chassa du pouce le baiser vers le ciel. C'était quelque chose que sa grand-mère superstitieuse avait toujours fait, une bizarrerie qu'elle et sa sœur avaient reprise.

— Tu sais ce dont tu as besoin ?

— Des pochettes ?

Elle s'esclaffa.

— Oublie ça un peu.

— Un cœur plus intelligent ?

— Autre chose.

— Une douche ?

Elle rit.

— Tu as besoin d'une journée au spa avec ta meilleure amie. Qu'est-ce que tu dirais si je nous réservais tout un après-midi à nous faire dorloter ?

Je soupirai.

— C'est une bonne idée.

— Considère cela fait.

Elle sortit son téléphone de sa poche et composa le numéro du meilleur spa de la ville. Après quelques minutes, elle raccrocha.

— C'est réservé pour demain, quinze heures. Maintenant, et si je nous préparais du popcorn, des bonbons et qu'on se détruisait le cerveau avec des heures de télévision?

— Tu as un million de choses à faire de mieux que ça, Adalyn.

— Je n'ai absolument *rien* à faire de mieux que ça.

— Tu es sûre?

— Tu as vraiment besoin de demander après presque deux décennies d'amitié?

Le nœud grossit dans ma gorge, mais cette fois, dû à la gratitude. Cela emmaillotait la douleur, l'empêchant de me déchirer un peu plus. Même si je ne me sentais pas pleinement guérie quand Adalyn partit ce soir-là, j'allais mieux.

Et le matin suivant, encore mieux. Quand Miles me proposa de le retrouver pour un café à Seoul Sister – sûrement de nouveau pour ramper à mes pieds et parler dans les détails du voyage de sa sœur –, je décidai d'avancer et d'accepter.

Cinquante-Six

Je refermai les pans de mon gilet long et soulevai mon sac plus haut sur mon bras tout en traversant les rues baignées de soleil jusqu'à Seoul Sister. Le ciel était d'une teinte de bleu si claire que cela semblait irréel. Pas un seul nuage ne troublait son immensité limpide.

J'inhalai doucement, emplissant mes poumons d'air frais. J'irais peut-être courir avant de retrouver Adalyn au spa. Pas peut-être. J'irais courir, c'est sûr.

En me réveillant ce matin, j'avais décidé qu'aujourd'hui serait une bonne journée et puisqu'on dit qu'on est les architectes de nos humeurs, aujourd'hui serait une journée géniale.

L'arôme du café latte et du pain qui cuit voleta jusqu'à moi quand j'entrai dans le restaurant. Derrière le comptoir se trouvait Miles, seule âme présente dans le restaurant à cette heure-ci. À part les cuisiniers qui devaient déjà s'être retirés en cuisine devant les fours à préparer le déjeuner de ce dimanche.

— Ça sent très bon.

J'installai mon sac lourd sur un tabouret et m'assis sur celui d'à côté.

— S'il te plaît, dis-moi que ton invitation à un café inclut le petit déjeuner.

Miles, toujours devant l'évier, cligna des paupières quelques fois, comme s'il avait quelque chose dans l'œil. Il coupa l'eau, essuya ses mains sur un torchon de cuisine et frotta ses yeux irrités.

— Ça va ?

C'était une question idiote, vu combien ses yeux étaient rouges. Le manque de sommeil et l'inquiétude avaient clairement laissé des traces.

— Je t'ai préparé un moka.

Il glissa vers moi un grand verre rempli de café, mousse laiteuse et cacao en poudre.

— Merci.

Je n'étais pas très exigeante quant au café, mais je le préférais noir. Non que Miles aurait pu le savoir. Je ne pensais même pas que Liam le savait.

La simple pensée de mon alpha gâchait mon humeur, alors je supprimai son nom de mon cerveau et portai le verre à mes lèvres pour me noyer dans le sucre et la chaleur.

— Hum. Il est vraiment bon.

Miles me fixa encore et encore, puis détourna le regard et hocha la tête.

— Content qu'il te plaise.

Waouh ! Le pauvre était bien plus qu'épuisé. Je bus encore.

— Miles, Bea et Nate se sont rabibochés.

Il leva les yeux vers les miens avec tant de violence que j'eus l'impression d'avoir reçu un coup.

— Il va prendre l'avion pour la retrouver à... Où elle est déjà ? Au Cambodge ? Ou au Bhoutan ? À moins qu'elle soit repartie au sud de la Corée voir notre cousin qui habite au fin fond du monde ?

Je me mordis la lèvre, bus une autre gorgée de mon café, essayant de gagner du temps pour décider quoi répondre. Au bout du compte, j'optai pour la vérité :

— Non.

Il écarquilla les yeux.

— Ils se sont rabibochés au téléphone ?

Comme j'aurais voulu pouvoir lui dire la vérité, mais puisque ce n'était pas possible, je répondis par l'affirmative et chassai le goût amer du mensonge avec plus de café. Il grogna, attrapa le rebord du comptoir, les muscles tendus comme des cordes.

— Appelle-la et demande-lui, elle te le confirmera.

— Je le ferais bien, mais même si je ne suis pas la petite merde qui a rompu avec elle, Bea ne décroche pas quand je l'appelle.

— Hé, protestai-je en posant sèchement le verre. C'était de la méchanceté gratuite.

— « Gratuite » ?

Il s'écarta du comptoir. Son corps vibrait d'un mélange de colère, stress et fatigue.

— Oui. Gratuite.

Je bondis sur mes pieds. Le sol était mou. Je tendis les mains et m'agrippai au comptoir pour me stabiliser.

— Je suis venue partager la bonne nouvelle, pas t'écouter insulter ma famille.

Je voulus prendre mon sac. Au lieu de se refermer sur le cuir, mes doigts s'agitèrent dans le vide et touchèrent le siège voisin.

— Qu'est-ce que tu...

La pièce baignée de soleil tourna autour de Miles.

Le tabouret pencha et pencha, tomba et m'entraîna avec lui.

Vers le sol.

Oui, vers le sol.

Je compris que Miles avait dû mettre quelque chose dans mon café au moment même où je heurtai le sol de son restaurant.

Je sentis le goût du sel, du cuivre et de la sciure.

L'odeur du pin et de l'air humide et glacé.

Je me réveillai d'un coup. Un mince rayon de soleil éclairait mes yeux. Même si cela brûlait, je les gardai ouverts. Après avoir parcouru la pièce du regard, je compris où on m'avait amenée.

Le canapé en velours miteux.

La table dans un état encore pire.

Les meubles dépareillés.

Miles m'avait droguée pour m'emmener dans le chalet de Béa ? Qu'est-ce qui n'allait pas chez lui ? La colère pulsa derrière mes paupières. J'essayai de me lever, mais le connard avait lié mes poignets dans mon dos. Pareil pour mes chevilles.

Tout en grinçant des dents, je tirai sur mes bras pour arracher le scotch, mais il était enveloppé si fermement autour de moi que c'était un miracle que le sang irrigue encore mes doigts. Je grognai d'agacement et invoquai ma louve, la pressant pour qu'elle sorte et prenne le contrôle de mon faible corps humain.

Peu importait combien je tirais sur le fil qui reliait mes deux identités, la fourrure ne sortit pas de mes pores, mes dents ne s'aiguisèrent pas en crocs et mes ongles ne se recourbèrent pas pour former des griffes.

La peur repoussa ma colère et j'eus la chair de poule, car il n'y avait qu'une façon de garder un loup-garou humain : le Sillin. Non seulement Miles savait ce que j'étais, mais il savait aussi comment m'affaiblir.

Comment ?

Et quel était son plan exactement ? M'utiliser comme moyen de pression pour récupérer sa sœur ? Je tendis l'oreille à la recherche de voix ou de battements de cœur. J'en repérai un.

Non. Pas un...

Deux.

Un battement lent et humain – Miles – et le battement plus rapide d'un métamorphe.

Ça expliquait comment il savait ce que j'étais : son acolyte loup-garou l'avait renseigné. Maintenant, il fallait comprendre qui était cette personne. Je n'avais jamais été du genre à attendre que les choses viennent à moi, alors j'ouvris la bouche puisque je n'étais pas bâillonnée – j'imagine que c'était inutile puisqu'il n'y avait personne à des kilomètres à la ronde, rien d'autre que des arbres, le lac et la neige. Je crois que, même sous ma forme de louve, mon hurlement ne s'entendrait pas depuis le camp.

— Miles ? Miles ?

Le pouls humain s'accéléra et des pas écrasèrent la neige et les brindilles. Une seconde plus tard, la poignée tourna et la porte d'entrée s'ouvrit en grinçant. Je tournai la tête et observai mon ravisseur s'approcher.

— Qu'est-ce qui te prend ? Pourquoi m'as-tu kidnappée ?

Sa mâchoire tressaillit. Une fois, puis deux. Il pinça ses lèvres et les ouvrit.

— Tu m'as menti. Tu m'as menti au sujet de Bea.

Il regarda la porte qu'il n'avait pas fermée, probablement pour voir son acolyte loup.

— Qu'est-ce que ton *ami* t'a dit exactement ?

Il reporta son regard sur moi.

— Quoi ?

— Je sais que quelqu'un d'autre est là.

Pour cette phrase, j'avais haussé la voix pour que la personne entende. À bien y penser, vu ce que nous étions, j'aurais pu la murmurer et elle m'aurait quand même entendue. La surprise envahit momentanément le visage nerveux de Miles. Il se dandina sur ses pieds, croisa les bras, créant des plis sur son manteau d'hiver.

— Tu m'as menti, Nikki.

Même si j'étais roulée en boule sur le côté comme une larve sans défense, la colère qui me submergeait me donnait la sensation d'être invincible.

— Oui. Et toi, tu m'as kidnappée. Sur une échelle d'un à dix, ce que tu as fait se trouve bien plus haut que ce que j'ai fait. Alors, maintenant, dis-moi qui est ce lâche qui se cache et t'a dit que j'avais menti.

Je fusillai du regard le cœur qui battait au loin.

— Tu n'es vraiment pas en position de faire des requêtes.

— Pour l'amour de Lycaon, Miles, dis-moi juste pourquoi tu m'as kidnappée.

— Pour que ton putain de frère relâche ma sœur, voilà pourquoi !

— Tu aurais pu obtenir ça sans me kidnapper !

Il s'avança d'un pas et posa un genou au sol.

— Tu ne crois pas que j'ai essayé ? Je sais que Bea ne parcourt pas le monde en quête d'elle-même. Je suis peut-être humain, mais je ne suis pas débile.

Sa voix était si forte qu'elle résonnait dans la pièce faite de bois rongé par les insectes. Même si j'avais la sensation que mon cerveau était plaqué contre mon crâne, je tendis le cou pour le regarder.

— Appelle Nate. Appelle-le et dis-lui de te passer Bea. Elle t'expliquera pourquoi elle a mis en scène son voyage. Je parie qu'elle viendra même ici te le dire dans les yeux.

Il serra le poing et ses phalanges craquèrent. Allait-il me frapper ? Le coup de pistolet était-il vraiment un accident ? Miles était-il le genre d'homme à frapper une femme ?

— Tu ne crois pas que j'ai déjà essayé de téléphoner à ton frère ? Tu ne crois pas que c'est la première chose que j'ai faite quand ton amie m'a dit qu'il la gardait dans une cage ?

— Mon « ami » ? crachai-je. À l'évidence, ton informateur n'est pas mon ami ou je ne serais pas sous Sillin attachée comme une criminelle.

Je fixai la porte d'un regard noir, regrettant de ne pas avoir une vision à rayons X.

— Bea est en vie, Miles. Elle est en vie et se porte bien. Et elle n'est pas une prisonnière.

Le doute s'éveilla dans son regard, mais l'étincelle fut rapidement éteinte.

— Si elle était en vie et bien portante, pourquoi refuserait-elle d'accepter mes appels ?

— Parce qu'on lui a dit de couper ses contacts avec les gens en dehors du camp.

Je me léchai la lèvre. L'une d'entre elles était enflée. Je la léchai de nouveau et sentis le sang. J'avais dû la mordre ou heurter quelque chose en tombant.

— Appelle-la avec mon téléphone. Elle répondra.

Sa mâchoire tressaillit.

— Je ne peux pas faire ça.

— Pourquoi pas ?

— Parce que je n'ai pas pris ton téléphone. Je ne voulais pas qu'on puisse te traquer.

Je clignai des paupières et secouai la tête, récupérant probablement tous les moutons de poussière au passage.

— J'imagine que tu sais ce que je suis. Ce que ma famille est. Non ?

Il baissa le menton, les lèvres scellées.

— Tu crois vraiment que mes frères et mes véritables amis ont besoin de réseau pour me traquer ?

Une planche de bois craqua et des jambes minces chaussées de bottines apparurent. Je n'avais pas besoin de lever les yeux pour comprendre qui avait rempli la tête de Miles de mensonges.

Cinquante-Huit

—M oi, ils ne m'ont pas encore traquée jusqu'ici, se réjouit Camilla.

— Ils le feront maintenant, répondis-je avec autant de joie.

Elle m'adressa un sourire dédaigneux.

— La seule personne qui peut lire nos allées et venues est à Boulder. *Bien* trop loin pour nous localiser.

Ma bouche s'assécha car elle avait raison. Nous étions en dehors de la portée de Liam. Puis, je me rappelai mon rendez-vous au spa avec Adalyn. À la seconde où je ne viendrais pas, elle saurait que quelque chose cloche. Et ainsi de suite, mes frères sauraient et ils partiraient à ma recherche, trouveraient ma voiture garée en ville et suivraient mon odeur jusqu'à Seoul Sister. Une assurance renouvelée éteignit l'étincelle de panique.

Comme si elle avait suivi mon train de pensées, le sourire de Camilla disparut. Je reportai mon attention vers Miles.

— Bea n'est pas prisonnière, Miles, et Camilla le saurait si elle n'avait pas fui la queue entre les jambes après avoir abattu la femme qui a sauvé la vie de ta sœur. Camilla a-t-elle mentionné le fait qu'elle est une meurtrière quand elle t'a embrigadé dans ce petit plan que vous avez monté ?

Miles se raidit. Même les cernes sous ses yeux semblèrent se tendre. Il tourna la tête vers la traîtresse blonde aux yeux verts.

— De quoi est-ce qu'elle parle ?

La réponse de Camilla se fit attendre et elle mit autant de temps à répondre qu'à lever les yeux vers Miles.

— Tu veux récupérer ta sœur ou pas ?

Il hocha la tête, geste presque imperceptible.

— Alors, tiens-t'en au plan. Nikki est ton ticket pour faire sortir Bea de sa cage.

— Elle n'est pas dans une cage ! Elle n'est pas prisonnière !

Perdre patience n'était sûrement pas le plan le plus sage vu ma position couchée, mais j'étais un otage pour la négociation et les otages étaient inutiles une fois morts. La conviction qu'aucun de mes kidnappeurs n'allait me tuer me donnait des ailes.

— Tu connais toute l'histoire ? Camilla t'a tout dit ?

— Elle m'a dit que ton espèce emprisonne et tue leurs ex-humaines pour que votre existence ne soit pas révélée.

— C'est un mensonge.

— Non, c'est la vérité, riposta Camilla en avançant un peu plus dans le chalet. Je peux lister un grand nombre d'humains qui sont morts par ici au fil des années de manière inattendue.

Elle bluffait. Elle bluffait forcément. Et ce n'était pas le sujet actuel.

— Bea n'est ni l'ex de Nate ni sa prisonnière. Mais oui, elle n'est pas censée quitter le camp car elle n'est pas non plus humaine. Miles, ta sœur voulait devenir comme nous, alors elle a demandé à une métamorphe appelée Lori de la mordre.

Miles fronça les sourcils.

— Sauf qu'on ne peut pas créer des loups, on naît loup ou on ne l'est pas, protesta Camilla. Je peux te le prouver.

Elle prit un bras de Miles, le porta à sa bouche et plongea ses longs crocs dans sa peau. Étonné, il ne la repoussa pas. Son regard se voila. Bien sûr, elle lui avait injecté assez de venin pour le rendre malléable. Camilla avait de nombreux défauts, mais malheureusement, elle n'était pas stupide. Quand elle écarta ses dents de son corps, il était si flasque que j'eus peur qu'il s'écroule. Il n'en fit rien. Il cligna simplement des paupières devant Camilla comme si elle était l'être le plus fascinant qu'il n'ait jamais vu tandis que le sang coulait au sol près de ma tête.

Il sortit enfin de sa contemplation, releva le bras et l'approcha de son torse, la respiration sifflante.

— Qu'est-ce que tu as fait?

— Je t'ai mordu.

Ses yeux s'arrondirent de terreur; il recula, heurta le canapé et s'affala dessus. Camilla lui lança un sourire moqueur.

— Du calme, Miles. Tu n'es pas un loup.

— Comment... Comment je peux savoir?

— Tu peux faire ça?

Elle remonta la manche de son sweat. Ses doigts se rétractèrent jusqu'à ce que sa main se transforme en patte et que de la fourrure jaune sorte de sa peau. Il cligna des yeux, plus du tout enchanté, et plissa les yeux sur sa main à lui.

— Tu vois. Tu es humain. Comme ta sœur.

— Miles, appelle mon frère. Appelle-le et mets-le en haut-parleur, il te confirmera tout ce que je t'ai dit.

— Bien entendu, commenta Camilla.

Elle s'accroupit et caressa ma joue de ses doigts ensanglantés.

— Il dira n'importe quoi pour te garder au téléphone pendant qu'il remonte la piste de sa sœur adorée.

— Miles...

Camilla me frappa et la violence et la surprise me coupèrent la respiration.

— Si tu veux sauver Bea, tiens-t'en au plan.

Je fixai les profondeurs de mousse de ses yeux et y vis Grant.

— Il ne s'agit que de son frère, Miles. Camilla se fiche de Bea. Elle t'a poussé à me kidnapper pour récupérer son frère.

Un sourire apparut à son visage.

— Miles sait que j'ai un intérêt personnel dans cette histoire.

— Liam ne relâchera jamais ton frère.

Sa main s'immobilisa sur ma joue et son sourire s'agrandit.

— Si je voulais que mon frère soit libéré, j'aurais kidnappé le fils de Liam.

La simple idée qu'elle s'empare de Storm me donnait envie de la défigurer.

— Alors pourquoi tu m'as kidnappée?

— Eh bien, pour aider Miles à récupérer sa sœur, bien sûr.

Ma confusion augmenta d'un cran.

— Tu t'attends à ce que je croie que tu as orchestré tout ça sans espérer quoi que ce soit en retour?

— Oh, je vais obtenir quelque chose en retour. Ma liberté. Une liberté *complète*.

— Comment...

J'ouvris grand les yeux.

— Tu vas tuer Liam?

Elle glissa son pouce sous une lanière et je m'aperçus qu'un fusil y était accroché. Probablement celui avec lequel elle avait tué Lori. Elle l'écarta de son torse et éloigna le canon d'elle.

— Miles? m'écriai-je. Tu entends ça? Elle est folle!

Elle regarda l'endroit où il était assis par-dessus son épaule, les mains agrippées à ses genoux, les yeux dans le vide à battre des cils.

— Ce n'est pas très gentil de dire ça, Nikki.

Je la fusillai du regard et tendis de nouveau le cou.

— Miles!

Elle me frappa au ventre et je hoquetai.

— Arrête de crier.

— Ou quoi? Tu vas me tuer? Ça ruinera tout ton plan. Tu as besoin de moi en vie.

Elle me frappa encore, cette fois avec le manche de son fusil, droit dans le genou. Je hurlai et grinçai des dents tandis que la petite pièce se troublait autour de moi et que de la sueur perlait sur mon front.

— Elle va te conduire à la mort, Miles. Tu ne le vois pas?

Camilla sourit.

— Non, il ne le voit pas, car il n'est pas intelligent comme toi, Nikki.

Il n'avait pas encore eu le temps d'assimiler ses paroles qu'elle porta son fusil à son épaule, visa et tira droit dans son torse, y creusant un trou béant. Elle abaissa son arme.

— Il a été étonnamment efficace en revanche.

Miles baissa le menton contre son torse comme pour vérifier sa blessure, puis tout son corps se pencha sur le côté et il s'écroula, le sang et ses intestins se déversant sur le canapé et le sol.

Je criai. La bile remonta dans ma gorge et s'échappa.

— Mais après tout, tu es une cible facile. Tu devrais vraiment travailler ça. Ne sois pas aussi...

Elle plissa le nez.

— ... volage.

— C'était mon ami.

Elle le regarda de nouveau, la tête penchée sur le côté.

— Tu devrais mieux choisir tes amis.

Un autre bout ensanglanté glissa de la cage thoracique de Miles.

— Bref, il est temps de se préparer à accueillir tous tes sauveurs comme il se doit.

— Liam ne viendra pas, Camilla.

— Oh si, il viendra.

— Nous avons rompu, alors non, il ne viendra pas.

— Merde. Grant avait raison. C'est vraiment facile de t'emmener dans le lit d'un mec.

Elle passa la lanière du fusil par-dessus sa tête.

— Ce n'est pas très important que vous couchiez ensemble ou pas. Tu es sa louve, et en bon alpha qu'il croit être, il viendra sauver sa petite louve.

— Non.

S'il te plaît, s'il te plaît, s'il te plaît, Liam, ne viens pas.

— Peut-être pas tout de suite. Mais quand les corps commenceront à s'empiler, il viendra.

— Combien de gens tu prévois de tuer ?

— Le nombre qu'il faut pour parvenir jusqu'à lui.

Elle sortit son téléphone de la poche de sa veste et le brandit. J'imagine qu'elle ne cherchait pas de réseau. Elle tapota sur son écran plusieurs fois.

— Et voilà. La vidéo est envoyée à Liam et à Nate. Combien de temps tu crois qu'il faudra avant qu'ils viennent ? Quinze minutes ? Une heure ?

Elle retira sa queue-de-cheval de dessous la lanière du fusil.

— Sûrement moins. Ton frère... Tes frères, même, sont vraiment fous de toi. Liam aura sûrement besoin de plus de temps puisqu'il est à Boulder.

La terreur s'empara de moi. Je tremblais si fort que mes dents claquaient.

— Camilla, ne fais pas ça. Ne... Je t'aiderai à libérer Grant.

Elle gloussa.

— Mon frère est un imbécile. Je lui ai dit de fuir après avoir lancé le cocktail Molotov et qu'est-ce qu'il a fait ? Il est rentré au camp. Je veux dire : si on suit les préceptes de Darwin, notre espèce est mieux sans lui.

L'odeur rance de la mort m'entoura et j'eus de nouveau la nausée. Tandis que je vomissais le restant de mon estomac, je me demandai si le Sillin était hors de mon organisme. J'appelai ma louve. Elle ne se leva pas.

— C'est ton frère. Il t'aime. Si la situation était inversée, il ferait n'importe quoi pour te libérer.

— Si la situation était inversée, vu son incompétence, je serais morte.

Sa queue-de-cheval passa par-dessus son épaule tandis qu'elle s'accroupissait à côté de moi.

— Assez de blabla. Il va falloir s'occuper de la mise en scène.

Elle sortit ses griffes acérées comme des couteaux. Elle trancha le scotch autour de mes chevilles, mais pas celui autour de mes poignets.

— J'ai pas envie de devoir te traîner, mais si tu tentes quoi que ce soit, je n'hésiterai pas à t'exploser la jambe. Celle qui fonctionne toujours.

Camilla Hollis avait toujours frisé avec l'extrémisme – du genre : frappe d'abord, pose les questions ensuite –, mais sa cruauté était nouvelle. À moins que non. Peut-être qu'elle avait toujours été de nature vicieuse. Après tout, les chiens ne font pas des chats.

— Lève-toi, Nikki !

Entre mes mains ligotées et le sol glissant, me lever se révéla compliqué, mais la puanteur âpre du vomi et du corps qui se vidait de son sang me mit en mouvement. Je roulai pour m'asseoir, puis me levai.

Mon genou douloureux fit trembler ma jambe. Je me serais sûrement effondrée si Camilla n'avait pas attrapé mon bras pour me guider vers l'arène éblouissante de givre dans laquelle elle comptait mener une guerre contre Liam. Contre notre meute.

Je priais Lycaon pour que personne ne se lance aveuglément dans cette guerre.

Cinquante-Neuf

Camilla me traîna sur le lac glacé. Elle ne faiblit jamais alors que je glissais avec mes baskets. Le vent sifflait autour de nous, pliant les branches des pins qui entouraient l'énorme lac, brûlant ma peau à travers les minces manches en coton de mon gilet long. Mon manteau était à la maison et, même si mes cheveux étaient détachés et longs, ils offraient peu de protection face à la brutalité des éléments.

Je voulus faire sortir de la fourrure, mais le Sillin qu'on m'avait administré entravait toujours ma magie. Peut-être que je pourrais convaincre mon corps que l'air était doux à une vingtaine de degrés si je me répétais assez de fois « je n'ai pas froid ».

— Alors, c'est quoi le plan ? Un enchaînement de figures de patinage ?

J'essayai de déchirer le scotch à mes poignets, mais je ne fis que resserrer la bande en un mince fil qui sanglait ma chair pendant que je tirais. Un léger bruissement se fit entendre sur la croûte dure sous mes semelles en caoutchouc. Je regardai la glace, essayant de décider si je voulais qu'elle se brise ou pas.

D'un côté, ça déstabiliserait Camilla.

De l'autre, je tomberais avec elle et sans pouvoir utiliser mes bras, sortir de l'eau serait compliqué. Cela dit, les phoques n'ont pas de mains et s'en sortent parfaitement bien.

Camilla siffla en m'emmenant plus loin et s'arrêta uniquement une fois, le centre du lac atteint.

— Donc le plan, c'est qu'on va s'installer bien confortablement ici. Je veux être sûre que Liam nous voit.

Ou plutôt, qu'elle peut le voir.

Le canon de son fusil dépassait de derrière son épaule, argent éclatant sous les rayons du soleil. Si seulement je pouvais m'en emparer et l'écarter d'elle. Je tentai de garder les épaules immobiles et forçai plus sur mes mains, essayant de créer un espace là où il n'y en avait pas.

Sans se presser, Camilla fouilla les grandes poches de son manteau long jusqu'à ses genoux et en sortit deux paires de menottes.

— Ce n'est pas que je ne te fais pas confiance, mais ouais, un peu quand même.

Elle s'agenouilla et plaça une menotte à ma cheville. Je faillis lui donner un coup de pied avec celle qui était libre, mais sa menace de faire exploser ma jambe ne sonnait pas comme du bluff. Des vagues de chaleur et de froid me traversèrent tandis que je tirais encore et encore sur mes mains. Elle referma la deuxième menotte et le scotch roula sur la partie la plus large de ma main.

Presque.

J'étais presque libre. Quelques secondes de plus et... ma main s'échappa. Je frappai mon poing contre sa mâchoire, juste à la jonction de sa mandibule. Son visage se tourna sur le côté, mais... l'impact ne l'avait pas fait basculer.

Niall m'avait entraînée à ce geste encore et encore. Il m'avait juré qu'un coup de poing bien placé à la mâchoire était aussi puissant qu'un entre les jambes. Pourquoi ça n'avait pas marché ? Je n'avais pas frappé assez fort ?

Camilla plongea en arrière, brandit son fusil et le planta devant moi.

— Je t'ai dit de ne rien tenter et qu'est-ce que tu fais ? Tu tentes un truc. Maintenant, de quelle partie de ton corps es-tu prête à te passer ? Et si on y allait avec les mains ? Tu as besoin d'elles pour ton joli petit art, non ?

Je blêmis et les cachai derrière mon dos. Elles tremblaient. Tout mon corps tremblait.

— Sors tes mains.

— Je n'essaierai plus rien. Je le jure.

— Sors tes putains de mains de derrière ton dos.

— Si tu tires sur mes mains, tu ne pourras plus les menotter.

— Si je leur tire dessus, je n'aurai plus besoin de les menotter. Tes mains, Nikki.

— Tu veux mes mains ? Il va falloir me passer sur le corps. Et dès que tu le feras, Liam sentira ma mort et il ne viendra pas.

Ses narines se dilatèrent.

— Tu es une vraie emmerdeuse, tu le sais, ça ?

Elle me jeta les menottes qui fouettèrent mon ventre.

— Mets-les ou je te jure que je t'explose les jambes. Les deux.

Effrayée à l'idée de tendre les mains et de les exposer, je me déplaçai autour des menottes pour rester dos à elle, m'accroupis autant que possible avec mes chevilles liées et ramassai l'objet.

— Qu'est-ce que tu fous ? aboya-t-elle.

— Je mets les menottes.

— Tourne-toi.

Je refermai les menottes, me retournai, m'assurant de garder les mains au même niveau que le cœur.

Elle fit un pas en avant et tira sur les menottes avec le canon. Puisqu'elles ne se défirent pas, elle reposa le fusil contre son dos et s'avança pour serrer les menottes jusqu'à ce que je n'aie plus aucun espoir de libérer mes mains.

— C'est mieux.

Son téléphone sonna. Elle recula d'un pas pour le sortir. Après un regard noir à l'écran, elle leva le téléphone.

— *Cheese.*

Elle envoya la photo qu'elle avait prise de moi et expliqua :

— Ils voulaient une preuve que tu étais en vie.

Ce qui voulait dire que Liam n'avait pas encore quitté Boulder, sinon il aurait senti le battement de mon cœur.

Peut-être qu'il ne viendrait pas après tout.

Peut-être qu'il faisait confiance à son nouveau bêta et à mes frères pour accomplir cette mission de sauvetage parfaitement sans lui.

Je refusais d'être vexée s'il ne venait pas.

Après tout, j'avais prié Lycaon pour qu'il reste loin.

Camilla remit son téléphone dans sa poche et ouvrit son manteau, révélant une veste Kevlar ainsi qu'un étui de révolver, le genre que mon frère policier portait – petit, noir, automatique.

— Tu veux peut-être t'asseoir. Ça va durer un moment.

Je restai debout, me demandant si elle avait choisi cet endroit à cause de son panorama non obstrué des alentours ou parce qu'elle comptait utiliser la glace contre moi.

Contre la meute.

— Fais comme tu veux.

Elle repartit vers le bord du lac et s'accroupit. Le crissement du nylon, suivi par le bruit d'une fermeture éclair, emplit le silence rude. Camilla se redressa et mit sur sa tête un casque orange vif avant de se tourner et d'abaisser la visière. Cette vue asséchа ma langue et me renvoya en arrière à un moment et à un endroit que je mourais d'envie d'oublier. Les arbres menaçants dansèrent devant mes yeux, le bang du métal résonna dans mes oreilles, la puanteur des flammes avalant l'essence et la chair me revint au nez.

Je repoussai le souvenir en me concentrant sur la matière grise présente sur les petits éclats dans la glace, sur le gargouillis épisodique de l'eau et le faible clapotis jusqu'à ce que le caractère désespéré du présent l'emporte sur mon passé lugubre.

Une craquelure aussi fine qu'un cheveu veinait l'étendue blanche et transparente sous mes chaussures. Je retins ma respiration par crainte que même inspirer vers elle puisse ouvrir un gouffre sous mes pieds. Je regardai dans la direction de Camilla et la découvris qui revenait vers moi, grossie de son armure faite maison.

Mes membres étaient peut-être liés, mais je ne pesais pas le même poids que Camilla. Je commençai à souffler. Ça n'agrandit pas la fêlure et je sautillai sur place, grinçant des dents à cause de la douleur brutale dans mon genou.

— Mais qu'est-ce que tu fabriques ?

Allez, glace, cède. Allez.

— J'essaie de me réchauffer.

Quelque chose brilla et cliqueta dans son poing. Il fallut une seconde pour que mes yeux distinguent ce que c'était : une lourde chaîne. Cela aiderait bien gentiment à la faire couler.

Je sautai plus fort et plus vite, un vrai lapin sous LSD.

Ce qui ressemblait à un coup de feu lointain vrombit autour de nous. Le lac se réveillait. Camilla sourit comme une folle.

— Tu es bien impatiente.

J'ai hâte de me débarrasser de toi.

Mes semelles en caoutchouc atterrirent sur un endroit particulièrement glissant, je perdis l'équilibre et m'écroulai si fort que j'entendis un crac. Je compris que c'était mon dos puisque la glace sous mes pieds tenait bon.

Je pouvais sentir l'eau en mouvement sous mon corps. Sa langue qui lapait la surface dure et ses entrailles liquides. Si seulement la glace pouvait se fendre en deux et avaler Camilla. Je fixai ses chaussures à crampons, espérant de toutes mes forces que chaque pas soit son dernier. Très vite, elle arriva au-dessus de moi, projetant de l'ombre sur mon visage avec son casque.

Je léchai ma lèvre fendue.

— Qu'est-ce que tu comptes faire avec cette chaîne ?

— Oh... nous lier l'une à l'autre. Comme ça, si on coule, on coule ensemble.

Même si je ne voyais plus ses yeux à travers la visière, je sentais sa malveillance.

— On a pas besoin de couler. On peut rester sur la glace.

Elle attrapa la chaînette entre les deux menottes et me tira par les pieds.

— Ton destin repose entre les mains de Liam, Nikki, pas les miennes.

Elle enroula sa chaîne autour de ma taille deux fois, puis me tourna pour que mon dos soit devant sa poitrine. Elle plaça ensuite la chaîne autour de sa taille et regroupa les deux bouts à l'aide d'un gros cadenas.

— S'il me laisse lui tirer dessus, toi et moi, on vivra. S'il m'affronte, on meurt toutes les deux.

Le corps de Camilla était chaud et me réchauffait. Au moins, je ne mourrais pas de froid.

À moins que la glace ne cède.

Alors, je gèlerais.

Et je mourrais sûrement.

J'essayai encore d'appeler ma louve. Sans succès. Alors je fis appel à l'autre grande arme que je possédais : mon fameux optimiste. Camilla était trop près de moi pour me menacer avec son fusil et la glace était vraiment très épaisse.

— Je ne mourrai pas aujourd'hui, dis-je à voix haute, plus pour moi que pour Camilla.

Son casque toucha l'arrière de mon crâne.

— Alors j'imagine que moi non plus.

Même s'il n'y avait rien de romantique ou magique à ma relation avec Camilla, je comprenais enfin pourquoi Liam était si réticent à être lié à quelqu'un d'autre.

C'était comme ça qu'il percevait les liens d'accouplement.

Deux corps menottés l'un à l'autre pour le meilleur comme pour le pire.

Soixante

L e temps devint élastique, là debout contre Camilla, le chant du vent contre ma peau, la caresse du soleil sur mes joues engourdies, la claque de l'eau dans les oreilles. Les minutes passèrent. Certaines s'étirèrent en heures complètes, d'autres coulèrent comme de simples secondes. J'utilisai chacune d'entre elles à analyser comment me servir de notre proximité à l'avantage de Liam.

— Enfin, murmura-t-elle.

Son souffle s'échappa en volutes de vapeur devant mon visage. Un seul battement autre que le mien et celui de Camilla troublait le silence.

Du regard, j'examinai le rivage et les ombres qui se fondaient dans les grands pins. Camilla réajusta sa posture. Attrapait-elle son fusil ?

Comme j'aurais voulu ne pas être dos à elle, car ne pas savoir ce qui se passait augmentait à des niveaux records mon taux de cortisol. Toutefois, je découvris bien assez vite ce qu'elle préparait. Elle appuya un objet cylindrique et froid sous ma mâchoire.

Merde.

Le petit pistolet.

Le battement étranger s'accéléra et une brindille craqua. Je tournai la tête vers le bruit, mais ne trouvai que l'obscurité de la forêt.

Liam était-il là ? Ou l'un de mes frères ?

Un autre bout de bois craqua, cette fois derrière nous. Plus d'un métamorphe était venu.

Camilla fit volte-face sans retirer le pistolet de ma gorge. L'adrénaline jaillit dans mes veines, précisant mes sens. Je remarquai quelque chose d'étrange. Il n'y avait qu'un seul battement de cœur, pas deux. Même à pleine vitesse, un métamorphe n'aurait pas pu faire le tour du lac si vite. Pas même un alpha...

Bea! Bea pouvait bouger à cette vitesse-là!

— Bien sûr, il a envoyé un éclaireur, grinça Camilla. Sûrement l'un de tes frères. Quel putain de lâche!

Donc elle savait qu'il n'y avait qu'un métamorphe et elle ne trouvait pas sa rapidité étrange? Elle appuya plus fort le pistolet contre ma gorge.

— Qui que tu sois, tu peux dire à Liam que, si la moindre atteinte est faite à ma vie, je n'hésiterai pas à tirer sur Nikki ou briser la glace sous nos pieds et la faire couler.

— Tu coulerais avec moi, lui rappelai-je.

J'étais étonnée d'avoir l'air aussi calme.

— J'ai une petite arme secrète, souffla-t-elle dans mon oreille. Une clé.

Et j'avais une grosse arme secrète : ma future belle-sœur vampire qui pouvait bouger et guérir super vite. Pouvait-elle se remettre d'une blessure par balle?

Il n'y avait pas la place pour la peur dans ma tête et, pourtant, il y avait la place pour le doute. Et il me rongeait. Que prévoyait Liam? Avait-il envoyé Bea ou était-elle venue de son plein gré? Combien de temps s'était écoulé depuis l'appel de Camilla?

Peut-être qu'il avait envoyé Bea pour ne pas mettre en danger la vie de ses métamorphes.

À l'instant où j'y pensais, je me rendis compte combien ça ne ressemblait pas à Liam. D'accord, il était bon pour déléguer, mais il s'impliquait toujours.

Une autre brindille craqua. Cette fois, j'étais face à la bonne parcelle de forêt et repérai la forme humaine s'étirant entre les arbres. Camilla aussi. Elle écarta le pistolet et tira. L'arme était si proche de mes oreilles que j'eus l'impression qu'elle avait percé le tympan droit.

Je quitte Beaver Creek un jour et qu'est-ce que tu fais ? Tu pars à la pêche avec une criminelle ? Je vois plusieurs meilleures façons de

passer un bon dimanche après-midi. Aucune n'implique des lacs gelés ou des flingues.

Je grommelai.

Oh, et avant que j'oublie, Lucas m'a dit de te transmettre qu'il était en colère parce que tu lui as fait perdre le pari qu'il avait fait avec Reese. Apparemment, ils ont parié une grosse somme d'argent que ce serait lui qui localiserait Camilla.

Je ne voulais pas rire, mais mes nerfs étaient tellement à cran que le son m'échappa.

— Qu'est-ce qui te fait marrer ? grogna Camilla.

Cherchant Liam dans les ténèbres, je répondis :

— Tu n'as jamais eu le sens de l'humour, alors tu ne comprendrais pas.

Elle plaqua le pistolet contre ma mâchoire.

— Essaie.

— Bon. D'accord. Liam a fait une plaisanterie, et c'était étonnamment drôle étant donné qu'il n'a pas le meilleur sens de l'humour au monde non plus.

Aïe.

Je plissai les yeux pour voir où il était, mais le soleil se réverbérant sur la glace plongeait dans l'obscurité la forêt au-delà.

— J'admets que j'avais tort et que tu avais raison, Camilla. Je ne pensais pas qu'il viendrait.

Tu pensais que je ne viendrais pas ?

Je pinçai les lèvres à la recherche de ses yeux jaunes et éclatants dans les ombres.

— Puisque tu es là, Liam, fais-nous le plaisir de te montrer! lui cria Camilla.

Le crissement de neige tassée résonna autour de nous. Le canon du pistolet s'enfonça un peu plus contre ma peau.

— Comme c'est gentil de ta part de venir à nous, Camilla, déclara Liam d'une voix forte et humaine.

De grands corps en fourrure surgirent entre les troncs d'arbre, se déplaçant si vite que c'était difficile pour moi de les identifier.

— Tu comptes te cacher encore longtemps, Liam ?

Ça te dit un petit plongeon, bébé ?

Ça me tente plus que d'être appelée « bébé ». Je transmis mes pensées avec un regard sombre, mais me rendis compte qu'il penserait que j'étais réticente à son plan aquatique.

Je baissai les yeux sur la chaîne en métal autour de ma taille et bougeai un peu pour faire cliqueter les menottes. J'imagine qu'il savait déjà que j'étais ficelée comme les dindes de Thanksgiving de papa et Nolan, mais ça ne pouvait pas faire de mal d'attirer son attention sur mon statut.

Tu crois que tu peux retenir ta respiration pendant deux minutes ?

J'opinai très légèrement, le cœur battant dans mon torse.

— Liam, chantonna Camilla. Je perds patience.

Un léger *boum* survint, suivi par une pâle craquelure dans la glace.

J'inhalai profondément.

Pas maintenant. Je te dirai quand.

Un autre grincement retentit.

Camilla se raidit.

— Si tu n'arrêtes pas ce que tu fais, je colle une balle directement dans le crâne de ta chérie juste avant qu'elle tombe dans l'eau.

— Je ne suis pas sa chérie.

— Et qu'est-ce que je fais, Camilla ?

Elle pivota vers la voix de Liam, me forçant à me tourner.

— Je vais compter jusqu'à trois.

Du coin de l'œil, j'aperçus un mouvement flou. Un corps agile esquissait de grands cercles autour de nous sur la glace, s'arrêtant tous les quelques mètres pour s'accroupir, bondir et atterrir si fort que la glace tremblait sous nous.

— Qu'est-ce que c'est que ça ?

Le pistolet glissa de ma peau et se leva en direction de la forme floue.

Ça, mesdames et messieurs, c'est Bea, pensai-je fièrement.

Camilla tira trois fois. Un des coups arracha un gémissement qui hérissa les poils sur mes bras. Bea s'écroula sur la glace comme un mouchoir.

— Vous n'auriez pas dû laisser la louve-vampire hors de sa cage, murmura Camilla en serrant ses doigts sur la détente.

Je heurtai son bras levé avec mon épaule. Le coup fut dévié loin de Bea. Je priai pour qu'il ne touche personne. Elle reporta le pistolet vers la glace ensanglantée où se trouvait Bea un instant plus tôt. Elle était partie. Quelqu'un l'avait-il ramassée ou s'était-elle levée pour partir à toute vitesse ?

Camilla grommela et ramena le canon à moi.

— Sors de là, Liam, ou la prochaine balle est pour Nikki !

La glace changea à mes pieds. J'essayai de baisser la tête, mais le pistolet de Camilla m'en empêchait.

— Tu as gagné, Camilla. Je sors.

Il bluffait. Il bluffait forcément.

Une grande silhouette imposante se matérialisa dans l'ombre des arbres, nue. Camilla écarta le pistolet de mon menton et le pointa sur le corps.

— NON ! m'écriai-je.

Maintenant !

Elle tira.

La balle frappa sa cible.

Le sang coula.

Le corps s'inclina.

S'écroula.

Je criai.

La glace se fissura sous mes pieds.

Se brisa.

Je tombai en arrière dans l'eau glaciale et coulai comme une ancre.

Soixante-Et-Un

Je fermai la bouche, piégeant à l'intérieur de mon corps la faible quantité d'oxygène dans mes poumons.

Couplée au sifflement de la balle, l'image du sang qui jaillissait du mâle nu me donnait des convulsions.

La chaîne autour de ma taille cliqueta. Les menottes aussi.

Le soleil brillait à travers la surface et des pans de glace entre deux états flottaient vers le bas.

Quelle profondeur faisait ce lac ?

Camilla se tourna derrière moi et son casque heurta à l'arrière de mon crâne. De minuscules bulles d'air s'échappèrent de mes narines tandis que quelque chose effleurait mes jambes – un poisson, une algue d'eau douce ? Le métal cliqueta et le poids cinglant ma taille glissa quand Camilla nous détacha. J'imagine que ce n'était pas pour me sauver.

Bien évidemment, dès que nous touchâmes le sol sableux, elle se propulsa loin de moi, jetant son casque qui tomba comme une balle de bowling près de mes jambes, soulevant un tas de particules grises. Elle essaya d'attraper le fusil dans son dos, mais ses mouvements étaient maladroits et lents avec son manteau lourd et sa veste Kevlar.

Mes poumons me comprimaient. Bientôt, ils commenceraient à me brûler et le décompte avant qu'ils ne se vident commencerait.

Je serrai les dents et regardai vers le haut au-delà de mes cheveux qui flottaient comme des algues sombres autour de mon visage. J'estimai la profondeur à une dizaine de mètres. Pas insurmontable, somme toute. Si je me propulsais depuis le sable et m'agitais comme un ver de terre, je pourrais sûrement atteindre la surface d'ici une minute, mais il faudrait que je me mette en mouvement maintenant.

Quelque chose atterrit sur moi – le fusil. Camilla me vit le regarder. Elle crut sans doute que j'allais m'en emparer, se retourna et nagea pour le récupérer, les doigts déjà écartés. Peut-être aurais-je dû prendre le fusil, mais les balles ne traversaient pas l'eau avec autant de précision et de vitesse que l'air. Sans parler que je pouvais difficilement tirer avec les mains liées.

Je fixai mes menottes et la fille à portée de main.

Quand ses doigts se refermèrent autour du canon de son arme, je pris une décision d'un coup.

Une qui pouvait nous coûter beaucoup à toutes les deux.

J'étendis mes bras devant moi, lévitai sur mes genoux et plaquai la tête baissée de Camilla au sol. Elle tressaillit, rua, mais trop tard : j'avais réussi à reculer mes coudes et écraser son larynx avec la chaînette reliant les menottes.

Pour le meilleur comme pour le pire, Camilla.

On dirait que ce sera pour le pire.

Soixante-Deux

Mes poumons ne brûlaient plus, ils s'enflammaient. Malgré tout, je ne relâchai pas la pression des menottes et de mes bras sur le cou de Camilla. Elle se tortilla violemment, attrapa des poignées de mes cheveux et tira. Je tins bon.

Le nuage de vase et de sable brillait autour de nous et s'épaississait au fur et à mesure que Camilla luttait. Je clignai des yeux, mais le monde ne s'éclaira pas. C'était comme si le soleil se couchait, même s'il lui restait encore quelques heures.

Je ne le verrai sûrement plus...

Je pressai mes lèvres l'une contre l'autre. Je n'étais pas prête à laisser tomber. Ni Camilla ni ma vie.

Camilla frappa avec ses pieds sans parvenir à toucher sa cible, à moins qu'elle n'eût été des algues. Mes poumons s'étrécirent, se repliant sur eux-mêmes comme des origamis, cherchant désespérément à trouver les derniers restes d'oxygène.

Le courant changea et me repoussa. Au moment où je basculais, où la lumière revenait et où je vis le lac, les doigts de Camilla se desserrèrent sur mes cheveux.

Ah ! C'était agréable.

Des bulles effleurèrent mes joues.

Je vis alors Liam, mais c'était sûrement mon imagination, car son visage était cireux et gris comme si j'avais baissé la saturation et ajouté un filtre flou.

J'espérais que la balle de Camilla avait manqué son cœur, car Storm avait besoin de lui. La meute avait besoin de lui. J'essayai de sentir le lien d'alpha, mais mon corps semblait aussi mou qu'un brin d'herbe secoué par le vent d'été.

Le poids du lac et de l'eau fit pression sur mes paupières, mes côtes, mes poumons. J'entrouvris les lèvres pour alléger la force en marche et un filet glacé pénétra en moi, apaisant le feu dans ma poitrine.

Mon corps remonta sans poids, engourdi, vide.

Étais-je en chemin pour retrouver la tanière de Lycaon dans les étoiles?

J'avais encore tant d'objectifs à accomplir. Tant de gens que je voulais serrer contre moi. Tant de « *je t'aime* » à prononcer. L'avais-je dit à mes parents récemment? À mes frères? À Adalyn?

J'essayai de lutter contre l'ascension, mais j'avais vidé mes forces dans le fond du lac.

Camilla monterait-elle jusqu'à Lycaon, elle aussi?

Je ne la voyais pas.

Je ne voyais rien.

Je n'entendais rien non plus.

Mais je sentais quelque chose.

Une pression répétée sur mon torse.

Sur mes joues.

Sur mes lèvres.

Un grognement rauque résonna dans mon crâne : ***Reviens, Nikki. Reviens-moi.***

Liam? Il était en vie?

Est-ce que je l'entendais parce que je l'étais aussi?

Ou étions-nous tous les deux morts?

Mes poumons tressaillirent et évacuèrent un jet d'eau de ma gorge. Je hoquetai. Vomis. Hoquetai encore. Vomis une fois de plus.

L'oxygène entra dans ma gorge comme un rayon de soleil et regonfla mes poumons flétris. Mon torse se souleva encore, mais rien ne vint. Tout rentrait maintenant.

L'air.

Le bruit.

La lumière.

La douleur.

Quelqu'un pleurait doucement à côté de moi.

Je clignai des yeux en voulant les ouvrir. La première personne que je vis fut Liam, le teint pâle, les cils collés, un tee-shirt noir en V plaqué contre son torse essoufflé. Ses cheveux gouttaient sur mon cou.

— Tu es vivant, murmurai-je. Comment est-ce possible ? Camilla t'a tiré dessus.

— Ce n'était pas moi.

Il baissa le menton et observa ma lèvre fendue, mes vêtements mouillés, mes poignets et chevilles tuméfiés.

— Mais j'ai vu...

Un sanglot étouffé détourna mon attention de mon alpha qui se levait.

— Oh, Nikki, croassa ma mère.

Ses yeux étaient si rouges qu'ils ressemblaient presque à ceux de Bea.

— Maman... tu es là.

— Où veux-tu que je sois ? Oh, Nikki. Oh, mon cœur.

Elle se mordit la lèvre supérieure. Papa enveloppa ses bras autour d'elle et approcha son visage.

— Combien de fois comptes-tu tester la durabilité de nos cœurs, Pomme de pin ?

— Je suis désolée, papa.

J'essayai de tendre le bras pour toucher mes parents, mais mes poignets étaient toujours emprisonnés. Tout comme mes chevilles.

— C'est quoi ton problème, Nikki ? se plaignirent en même temps Nash et Nolan.

Niall passa une main tremblante dans ses cheveux, les rendant aussi ébouriffés que ceux des jumeaux.

— Tu peux arrêter de traîner avec des gens du nom de Hollis ?

Adalyn, dont les joues étaient tachées de mascara et de larmes, poussa les jumeaux pour m'atteindre. Sa bouche s'ouvrit comme si elle allait dire quelque chose. Se referma. S'ouvrit de nouveau. Se referma. Elle finit par m'adresser un sourire tout en sanglotant. Nash la prit dans ses bras et l'attira contre lui.

Je déglutis tandis que mon regard suivait le cercle formé par les visages de ma famille. Un manquait à l'appel.

— Où est Nate ?

Mon pouls s'accéléra en me souvenant de la silhouette effondrée de Bea, de la glace ensanglantée.

— Et Bea ?

Niall s'écarta et je repérai mon frère aîné et Bea.

— On est juste là, Pomme de pin.

La chemise blanche de Nate et son tee-shirt en dessous étaient plaqués contre son torse et rosis de sang.

— Je suis désolée, Nikki, chuchota Bea en jouant avec l'ourlet de son tee-shirt gris troué sous son sein gauche. J'ai essayé de t'attraper avant que tu tombes, mais...

— Tu t'es pris une balle. Elle t'a tiré dessus.

— Oui. Je n'avais pas pris en compte combien elle était douée avec les armes à feu, regretta-t-elle en plissant le nez.

Je me redressai sur un avant-bras en claquant des dents.

— Comment es-tu... toujours debout ? Comment es-tu... en vie ?

— Du calme, miss.

Nolan posa une main sur mon dos pour m'aider à m'asseoir pendant que papa posait son manteau sur mes épaules.

— Je vais bien, Nolan.

Niall ajouta sa main lui aussi.

— Il y a cinq minutes, tu ne respirais plus.

Cela relança le chagrin de maman qui enfouit son visage dans le cou de papa et gémit comme une oie.

— Niall, le reprit doucement Nolan.

Le plus jeune de mes frères grimaça.

— Y a moyen que quelqu'un me les enlève ? demandai-je en levant mes poignets menottés.

Les yeux bleus de Nash se tournèrent vers là où Liam s'était retiré.

— Li...

— Pourquoi l'embêter quand celle qui a ouvert à elle toute seule un lac gelé est juste là ?

Adalyn me lança un regard entendu.

— Je suis sûre que les menottes sont du chewing-gum dans ses mains.

Bea regarda Liam. Il opina, lui donnant la permission d'accomplir ce qu'il aurait pu faire en un battement de cœur. Elle s'agenouilla à côté de moi, ses longs doigts fins s'enroulèrent autour des menottes et les ouvrirent.

— Et ben voilà... du chewing-gum.

Adalyn s'assit sur ses talons. Je frottai les cercles violets de peau blessée.

— Maintenant, tu peux me dire comment tu es aussi bien après t'être pris une balle dans la poitrine ?

Bea pencha la tête en arrière pour regarder Nate.

— La balle... Elle est en quelque sorte... sortie toute seule. Et ensuite, ma peau s'est refermée.

J'écarquillai les yeux.

— Ça a endommagé ta cage thoracique ? Ou tes organes ?

Elle secoua la tête et son regard glissa sur le chalet. Une larme rouge coula sur sa joue et j'arrêtai d'essayer de comprendre ce qui s'était passé.

Je le ferais plus tard.

On me raconterait tout à ce moment.

Je tendis la main et couvris une des mains qu'elle avait posées sur ses cuisses.

— Bea, je suis désolée pour Miles.

Le bruit de son corps qui tombe, celui de la chair qui se fend, des organes qui se déversent. Je secouai la tête pour repousser le souvenir macabre.

— C'est ma faute.

Un tremblement la traversa, floutant ses contours.

— Juste ma faute. Je ne méritais pas de survivre à cette balle.

Elle essuya ses joues, étalant la trace rouge de sa douleur. Nate se renfrogna.

— Ne dis pas ça, Bea. Ne dis *pas* ça. Tout ce qui s'est passé depuis la pleine lune était entièrement la faute de Camilla. Pas la tienne. *La sienne.*

Elle ferma les yeux. Nate s'accroupit à côté d'elle et posa un bras sur ses épaules voûtées, attirant à lui son corps tremblant pour embrasser son sourcil.

Je plissai les yeux vers le lac derrière eux, vers la foule de métamorphes en fourrure et en peau qui s'affairait.

— Elle est morte ?

Ma question me valut des regards furtifs, mais une personne me fixa calmement : Liam.

Elle est morte.

— Tu veux la voir ?

— Liam, sifflèrent à l'unisson maman et Adalyn.

— Je ne crois pas, ajouta maman.

— Oui.

Je me levai. Chancelai. Retrouvai l'équilibre grâce à Niall et Nolan. Le gardai également grâce à eux puisqu'aucun des deux n'accepta de me lâcher quand je leur dis que j'allais bien.

En vérité, c'était probablement faux.

Je glissai mes bras tremblants dans les manches du manteau de papa. Ils me guidèrent ensuite vers le bord de l'eau où le corps allongé sur le dos de Camilla flottait sur les cailloux humides parmi les éclats de glace.

Sans fléchir, j'observai la teinte bleutée de ses lèvres, le regard vide de ses iris verts fixés sur le ciel, les bleus violets cerclant sa gorge comme les colliers ras-de-cou en plastique qu'Adalyn et moi portions quand nous étions ados.

J'imagine que c'était pour le meilleur dans mon cas, et le pire dans le tien.

Lentement, je levai les yeux et me tournai pour regarder Liam. J'étudiai son torse, son ventre, cherchant les signes d'un bandage.

— Si elle ne t'a pas tiré dessus, sur qui a-t-elle tiré ?

— Grant, me révéla Niall.

Je tressaillis.

— Elle a tué son propre frère ?

— Je sais, soupira Niall. J'avais pourtant hâte de le tuer moi-même.

— Niall ! hoquetai-je.

— Quoi ?

— Tu n'es pas un tueur.

— Tu ne veux pas partager la lumière des projecteurs ?

Il lâcha un soupir théâtral.

— Très bien.

Je me figeai tandis que ses mots s'enlisaient dans ma tête. Je regardai de nouveau Camilla, essayant de me forcer à éprouver des regrets.

Je n'en avais aucun.

Non seulement j'étais une tueuse, mais une tueuse de sang-froid.

La honte réchauffa mes joues et glaça mon cœur.

M'extirpant des mains de mes frères, je boitillai loin de Camilla et de celle qu'elle avait faite de moi.

— Comment tu veux tes œufs ma chérie ? demanda papa.

Je m'assis à l'îlot devant une quantité considérable de nourriture.

— Fécondés ? souffla Niall.

Je levai les yeux au ciel qui n'avaient pas désenflé malgré douze heures de sommeil ininterrompu.

— Quel âge as-tu déjà ?

Adalyn lui fit une pichenette dans la nuque en passant devant lui avec une tasse de café qu'elle posa devant moi.

— Noir.

— Comme son cœur de meurtrière, lança malicieusement Nash d'où il était à couper des fraises consciencieusement pour les mettre dans un grand saladier.

— Nash !

Adalyn écarquilla les yeux.

— Quoi ? Trop tôt ?

Elle posa une main protectrice sur mon épaule.

— Ça sera toujours trop tôt.

Tout le monde se tut, sans savoir comment se comporter autour de moi. Je portai la tasse à mes lèvres et bus une gorgée brûlante de café. Il n'avait pas le même goût que celui de la veille, pourtant, il me ramena à Seoul Sister, au chalet dans les bois, au lac.

Des coups de feu vociférèrent dans mon crâne. Mes mains commencèrent à trembler. Du café déborda et me brûla la peau. Je reposai ma tasse et essuyai mes doigts sur ma serviette au moment où la porte d'entrée s'ouvrait, laissant passer un courant d'air glacial et l'odeur de...

Liam entra dans la cuisine et retira sa casquette de baseball.

— Salut.

Je descendis de mon siège. Ses yeux sombres brillèrent à mon approche. Il ne savait pas que je ne venais pas vers lui. Je passai devant lui en boitillant, le genou violet là où Camilla m'avait frappée avec le canon de son fusil. Je m'agrippai à la rampe et l'utilisai pour monter l'escalier et retourner dans ma chambre.

Des murmures reprirent dans la cuisine. Mon père, toujours cuisinier dans l'âme, proposa à Liam de manger quelque chose. Il refusa. Maman demanda des nouvelles de Storm. Avait-il besoin d'aide plus tard ? Je fermai les paupières, espérant qu'il dise non. Je voulais voir Storm, mais s'il m'appelait maman, cela arracherait tout le scotch que j'avais placé sur mon cœur.

Je m'appuyai contre la porte de ma chambre, refermant mes doigts tremblants.

Les marches couinèrent et l'odeur de Liam se déversa autour du bois.

Nikki, on peut parler ?

Je fermai les yeux.

— Nikki ?

— Va-t'en.

— Bébé, s'il te plaît.

— Ne m'appelle pas comme ça, m'écriai-je.

Son soupir frustré traversa la porte.

— Je veux juste parler.

— Et je veux qu'on me laisse seule.

Le silence s'installa entre nous, pesant et épais comme les vagues de chaleur irradiant de mon radiateur.

— Quand ?

Il n'ajouta aucun autre mot. Je léchai ma lèvre inférieure encore un peu enflée.

— Quand quoi ?

— Quand seras-tu prête à parler ?

— Avec toi ? Probablement jamais. Je préfère garder ma salive pour ceux qui écoutent.

Le parquet craqua devant ma porte.

— Je mérite bien cette pique.

Je m'écartai de la porte et allai m'installer devant ma fenêtre. Mon pied effleura le matelas sur lequel Adalyn avait passé la nuit. Elle avait prétendu que c'était la tradition d'éviter le futur marié jusqu'à la nuit de noces, mais je savais que ça n'avait rien à voir avec cette coutume.

Nikki ?

Je ne répondis pas cette fois. Je lui avais dit que je ne voulais pas parler et j'avais quand même parlé. Assez de paroles en l'air.

Après de longues minutes, il lâcha un autre soupir et partit. Il dut sentir mon regard sur lui quand il s'éloigna de la maison, car il se retourna et leva la tête. Je reculai. Quand mes cuisses touchèrent le matelas, je me laissai choir dessus.

Un coup à ma porte dévia mon attention des ombres sur mon tapis rose et beige.

— Ma chérie, je peux rentrer ?

— Oui, maman.

Elle ouvrit la porte, une tasse de thé fumante et mon sac à la main.

— Nate et Bea ont trouvé ça.

Elle posa le sac sur la chaise de mon bureau.

— Et ils ont ramené ta voiture.

— Comment va-t-elle ?

— Elle tient bon. Elle est extrêmement courageuse.

Maman avança vers moi et me tendit le thé. Je me redressai et appuyai mon dos contre la tête de lit avant de prendre la tasse.

— L'enterrement est quand ?

— Il n'y aura pas d'enterrement.

Je fronçai les sourcils.

— Ils ont brûlé le chalet après notre départ. Il y avait trop de corps à camoufler.

— Mais il y aura une cérémonie, hein ?

La vapeur mentholée s'échappait de mon thé et me réchauffait les joues.

— Après le mariage.

Maman suivit les vœux de mariage sur son doigt : *Tu es mon soleil, mon souffle, mon chez-moi.*

— Tu lui as pardonné ?

Son pouce s'éloigna du dernier mot.

— Parfois, l'amour nous conduit à l'erreur. Ça reste de l'amour.

— Que veux-tu dire ?

— Bea avait peur de perdre ton frère et sa peur l'a conduite à agir précipitamment.

Elle marqua une pause et ajouta :

— Un peu comme Liam.

Je fermai les yeux.

— Ce qu'il a fait n'a rien à voir avec ce que Bea a fait.

— Tu le penses vraiment ?

— Oui.

Elle se pencha en avant, prit mes joues dans ses mains, posa ses lèvres sur mon front et s'y attarda un instant. L'odeur familière des clous de girofle et du caramel m'enveloppa, adoucissant un peu de l'amertume qui me restait.

— Tout le monde n'est pas aussi émotionnellement intrépide que toi, ma chérie.

« Émotionnellement intrépide » ? Plutôt émotionnellement naïve.

Son étrange compliment tourna en boucle dans mon esprit longtemps après son départ. Je craignais de perdre les gens autant que les autres. Ce n'est pas parce que je n'essayais pas de m'altérer ou de repousser les autres que j'étais courageuse pour autant.

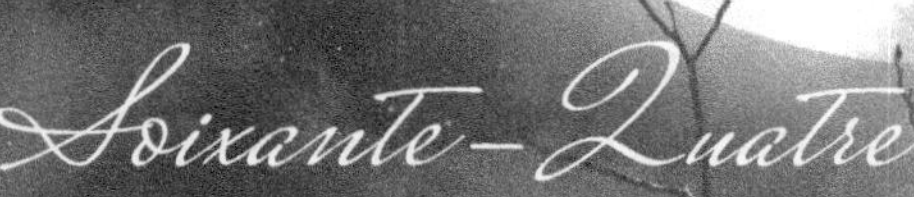

D ans le camp, les préparations pour le mariage battaient leur plein. Des cartons de guirlandes lumineuses étaient transportés des chalets à Rivage, à pied comme en voiture. Des rires jaillissaient de toute part et les gens lançaient des sourires comme des boules de neige.

De grandes tragédies naissent de grandes joies. Telle était la vie, une série d'alternance entre des pics et des vallées.

J'étais contente d'être sur une montée et espérais secrètement que j'arriverais à un plateau, car quelques années de bonheur interrompu ne me feraient pas de mal.

Quand j'arrivai à Rivage au coucher du soleil, grand-mère Reeves, qui avait réquisitionné toute son équipe de bingo pour décorer, et maman, qui avait appelé toutes ses amies et leur mari, étaient en mode réalisatrices en chef. Debout dans le noir, au milieu de la pièce étincelante, je tournai lentement sur moi-même pour en savourer la beauté.

Je proposai mon aide et allai assister Sasha au bar pour déboucher le vin. Pas une tâche particulièrement difficile, même si nous avions presque une centaine de bouteilles à ouvrir. Sasha sentit peut-être que je n'étais pas d'humeur bavarde et remplit le silence. Il me parla de sa dernière invention – une machine à tricoter pour sa mère – et du groupe de son grand-père – Les

Grandpops – qui jouait de l'électro bluegrass dans leur garage. Apparemment, ils avaient proposé de jouer le lendemain. Sasha n'avait pas su comment refuser, alors il avait demandé de l'aide à Nolan. Mon frère avait été si impressionné qu'il avait fini par les embaucher.

— Je ne vois pas trop à quoi ressemble l'électro bluegrass, admis-je.

— C'est un peu comme de la country instrumentale.

— Cool.

Sasha sourit. Niall arriva alors, accompagné de Sarah, Lucas et Ness. Pendant que mon frère aidait Sarah à installer son équipement de DJ dans un coin de la pièce, Lucas et Ness s'installèrent au bar face à moi.

— Je ne savais pas que tu faisais serveuse les mardis, P'tit morceau. Et ton programme du mercredi, il consiste à quoi?

— Faire la demoiselle d'honneur.

— Tu vois, Fury? On ne s'ennuie jamais par ici.

Il resserra sa queue-de-cheval, puis joua avec le bouton de sa chemise bleue comme s'il était très mal à l'aise.

— Je vois bien.

Ness m'étudiait, son œil unique s'attardant sur ma lèvre fendue que j'avais soulignée d'un coup de gloss.

— Comment tu te sens?

Elle ne me semblait pas du genre à chercher une réponse générique, alors j'optai pour celle qui correspondait à mon état d'esprit.

— Heureuse.

Heureuse d'être en vie.

D'être là ce soir.

D'avoir tous mes membres attachés à mon corps et opérationnels.

J'avais entendu dire que je devais ma vie à Liam. Que c'était lui qui était allé me chercher et avait nagé jusqu'au rivage à une vitesse qui rivalisait avec celle de Bea pour m'administrer les premiers secours et purger mes poumons saturés d'eau.

Je ne l'avais pas encore remercié.

Je le ferais.

Un jour.

La porte s'ouvrit et une douzaine de métamorphes entrèrent, la plupart bien habillés – robe de soirée pour les femmes, chemise et jean pour les hommes. Mon cœur s'accéléra tandis que je parcourais les visages. Je ne trouvai pas celui que je cherchais.

Pourquoi je le cherchais déjà ?

Ah, oui ! Pour le remercier de m'avoir secourue d'un lac gelé.

Je reportai mon attention sur Ness et Lucas.

— Vous voulez boire quelque chose ?

Ness, qui s'était tournée vers les nouveaux arrivants, me regarda de nouveau.

— De l'eau pétillante, ça serait super.

Je lui servis un verre.

— Lucas ?

— La même chose pour la future maman – sans glaçons – et une bière pour moi.

Je poussai les deux vers lui et il se leva.

— Je lui ai dit de se sortir la bite du cul.

Je haussai un sourcil.

— Hum... Quoi ?

— Quand on est rentrés à Boulder. Tu sais, avant tout l'épisode kidnapping de Nikki. J'ai dit à Liam de se sortir la bite du cul et de suivre le Petit destructeur qui décidément est le plus malin des deux Kolane.

Mon pouls s'arrêta. Je savais qu'ils étaient comme des frères, mais je n'arrivais pas à imaginer Liam parler de notre relation avortée avec Lucas. Ou qui que ce soit d'autre d'ailleurs.

— On dit les doigts, Lucas, corrigea Ness en sirotant sa boisson. Pas la bite, les doigts.

Lucas nous lança un regard malicieux.

— Je préfère mon expression.

Ness posa son coude sur le comptoir et appuya son menton sur son poing fermé.

— J'en doute pas. Dire que tu vas avoir une fille bientôt. Tu crois que son premier mot, ça sera bite ou cul, Nikki ?

Je parvins à esquisser un demi-sourire, même si mon esprit était toujours bloqué sur ce qu'il avait dit sur Storm qui était le plus malin des deux.

— C'est pas drôle, Fury.

Lucas passa une main sur son front comme s'il essuyait de la transpiration.

— Ma fille ne dira jamais les mots *bite* et *cul*. *Jamais.* Elle ne saura même pas ce que bite veut dire avant l'âge mûr de quarante ans.

— Oui, ouais. On en reparlera quand elle sera rendue à l'âge de la puberté.

Elle croqua dans un glaçon. Lucas lui lança un regard noir avant de prendre les deux verres et d'aller voir Sarah. Les yeux de Ness brillaient tant qu'ils rivalisaient avec les guirlandes accrochées entre les rangées d'ampoules éclairant le comptoir.

— Il va vite avoir des cheveux gris.

Je souris et volai une cerise dénoyautée au marasquin du saladier derrière le comptoir.

— Où est August ?

— Il est allé chercher ses parents à l'hôtel.

Celui où Adalyn et moi étions censées nous retrouver. Apparemment, Liam l'avait privatisé pour la meute. Elle posa la main sur son ventre.

— Ils arrivent au portail, là.

— C'est bizarre... de le ressentir ?

— Oui, mais c'est aussi réconfortant.

Je tournai la queue confite entre mes doigts.

— Tu regrettes parfois ?

— D'avoir consommé le lien ?

Elle retira sa main de son ventre et la referma sur son verre.

— Je sais que l'amour peut exister sans lien d'accouplement. Enfin, regarde-les...

Elle indiqua Lucas debout derrière Sarah, les bras refermés autour de sa taille, le menton niché contre son cou.

— Mais la connexion que tu gagnes avec un lien d'accouplement, c'est quelque chose de spécial. Alors, non.

La porte s'ouvrit encore, suivie d'un courant d'air froid et d'une vague d'acclamations.

— Demain soir est une nuit importante. Le solstice d'hiver.

Je me mordis la lèvre, oubliant qu'elle n'était pas encore guérie complètement.

— Tu savais que seuls trente pour cent d'entre nous ont un véritable partenaire ? reprit Ness.

— Je pensais que le chiffre était plus élevé.

— C'est fou, hein? Je suis sûre que notre meute masculine a tiré ce nombre vers le bas.

Elle vida son verre.

— Tu veux une autre statistique?

— Pourquoi pas.

— Soixante-quinze pour cent des véritables partenaires consomment le lien.

— Je ne savais pas.

— Je suis remplie de statistiques inutiles. Qu'est-ce que tu veux, j'aime les nombres.

Elle se leva.

— Mon deuxième loup préféré est arrivé. On se voit plus tard?

Je regardai vers la porte. Bien sûr...

Liam.

Mon expression sombre la poussa à ajouter :

— Je voulais parler de Storm. Au cas où tu te le demandais.

Elle m'adressa un clin d'œil et partit, sa robe bleue flottant autour de ses cuisses nues. Je baissai les yeux vers mes propres jambes. Adalyn avait essayé de me faire porter une robe, mais entre ma cicatrice et mon bleu, j'avais opté pour un pantalon en cuir et un caraco bleu simple.

Une caresse sur ma main me fit sursauter. Sasha indiqua la pièce de la tête.

— Mieux vaut que tu y ailles ou tu vas être coincée à servir des verres toute la soirée.

— Ça ne me dérange pas.

— Nikki, c'est la fête de ton frère. Va t'amuser.

Je jetai un regard à la foule, forçant mes yeux à ne pas s'arrêter sur Liam qui déposait son fils dans les bras de Ness. Il se tourna ensuite vers le bar et commença à marcher.

— Hum. Je vais vérifier la nourriture.

Sasha détala à la cuisine. Tandis que Liam s'approchait, je regardai le bout du comptoir et la foule qui s'y était amassée. Si je m'y rendais maintenant, il ne pourrait pas me parler. Du moins, pas sans bousculer des gens. Ils s'écarteraient sûrement devant lui, mais je me serais quand même enfuie et mêlée à la foule.

L'hésitation me coûta mon plan d'échappatoire. May et Savannah se précipitèrent au bar et demandèrent deux pinots tout en s'extasiant à quel point Rivage était magnifique ce soir. Une fois leurs deux grands verres servis, je découvris Liam devant moi, les paumes à plat sur le comptoir. Il avait échangé son habituel tee-shirt noir en V pour une chemise élégante noire, ouverte au col.

Y aurait-il un jour où je ne le trouverais pas séduisant?

Je gardai les yeux sur sa pomme d'Adam; je ne regarderais pas plus haut car les yeux reflétaient les émotions du cœur et je ne voulais pas qu'il aperçoive ce qui se passait dans le mien.

— Qu'est-ce que je peux te servir?

— Surprends-moi.

Sa réponse me fit lever les yeux. Adieu ma résolution.

— Depuis quand tu aimes les surprises?

— Je n'aime pas ça, mais je te fais confiance.

— Vraiment?

Je levai le menton et croisai les bras.

— C'est nouveau.

Les filles sirotaient leur vin en suivant mon échange avec notre alpha. Soudain, elles sursautèrent toutes les deux. J'imagine que Liam leur avait ordonné de partir, car une seconde après, elles n'étaient plus là.

— C'est mon mécanisme de défense, Nikki. Je repousse ceux qui s'approchent trop.

— Ce n'est pas une excuse pour agir comme une tête brûlée, « alphabruti ».

— Non. Ce n'est pas une excuse.

Une chanson se termina et une autre commença.

— Tu m'avais avertie, après tout, finis-je par dire.

Il fronça les sourcils.

— Tu m'avais dit de rester loin. Que tu blessais tous ceux qui s'approchaient. Je ne t'ai pas cru. Mais après tout, je ne t'ai pas cru non plus quand tu m'as soutenu que j'étais trop douce. Comme on dit, on apprend au fil du temps.

Je dénouai mes bras, sortis une bière du petit frigo sous le comptoir, la décapsulai et la posai devant lui.

— Une bière?

Je pianotai sur le comptoir.

— Les surprises sont surfaites et trop souvent décevantes.

Et enfin, je partis loin de Liam Kolane.

Ça ne faisait pas du bien, mais ça semblait nécessaire.

Soixante-Cinq

Je me réveillai avec des crampes d'estomac. Ce n'était pas moi qui allais me marier et, pourtant, mes entrailles semblaient aussi entremêlées que de la glycine. Je suppose que c'était à cause du solstice qui approchait. Je n'étais pas dans le bon état d'esprit pour un partenaire. J'avais encore beaucoup de travail à faire pour guérir avant de laisser qui que ce soit, choisi par Lycaon ou pas, s'approcher de mon corps et de mon cœur.

D'ici à ce que la soirée arrive, mes crampes étaient si fortes que je pouvais à peine regarder le plateau de mises en bouche que Nolan déposa chez grand-mère Reeves. Je mangerais après la cérémonie quand les étoiles brilleraient, que la lune en demi-croissant serait haute dans le ciel et que mon destin serait mien et mien seul.

Les statistiques de Ness me revinrent : trente pour cent. J'observai le salon décoré de robes, outils de maquillage, fers à cheveux et demoiselles d'honneur survoltées. Sur les douze femmes célibataires présentes, quatre pourraient avoir un lien d'accouplement à un moment dans leur vie et l'une d'entre elles choisirait de ne pas le consommer.

Comme si penser à Ness l'avait invoquée, elle arriva avec Sarah et Storm.

— On est venus avec des cadeaux, annonça Sarah, un sac de shopping à l'épaule.

— Quelque chose de bleu ? demanda quelqu'un.

— Adalyn a déjà Nikki pour ça, rappela May.

Je levai les yeux au ciel, mais souris, car May n'avait pas tort... J'étais encore plutôt bleue. À l'intérieur comme à l'extérieur. Sarah sourit en posant le sac en papier noir.

— Non. Ce qu'on a à vous donner est cent pour cent rouge.

— *Très* rouge, confirma Ness.

May frappa dans ses mains tandis que Sarah distribuait des sachets en soie noirs à toutes les filles présentes. Mon esprit pensa aussitôt à de la lingerie et, même si j'aimais bien ça, en recevoir de la part de Sarah et Ness semblait un peu étrange.

À moins d'être outrageusement rembourré, le contenu du sachet semblait trop volumineux pour être de la lingerie, pourtant.

Des cris de joie retentirent tandis que les filles découvraient leur cadeau. Bea et moi fûmes les dernières à ouvrir le sachet où se trouvait un bomber en soie rouge avec une broderie blanche florale au dos qui indiquait *Boulder Babe*. Le même que Ness avait porté à Thanksgiving et que Sarah avait présentement sous une veste en fourrure de raton laveur.

— C'est... splendide.

Les yeux d'Adalyn brillaient comme le bandeau délicat de strass et de perles tissé dans ses cheveux blancs. Elle serra Sarah puis Ness dans ses bras et déposa un rapide bisou sur la joue de Storm dans son effusion de joie.

Elle l'enfila et je repoussai une boucle de cheveux et suivis du doigt la broderie blanche sur ma veste de l'index. C'était joli et lourd de sens.

— Hé, c'est accordé à tes yeux, Bea.

Même si, pour une fois, je ne pensais pas que May avait voulu que ça sonne comme une insulte, Bea replia aussitôt la veste.

Adalyn frappa dans ses mains avec enthousiasme.

— Tout le monde doit l'enfiler pour qu'on prenne une photo. Mamie ?

Grand-mère Reeves posa le fer à boucler qu'elle utilisait pour ses cheveux et sortit son téléphone portable.

— Je... Euh..., balbutia Bea.

Elle se mordit la lèvre. J'enfilai le mien, pris le sachet des doigts nerveux de Bea, en sortis la veste et la tendis pour qu'elle y glisse ses bras.

— Un jour, ces yeux seront sur ma nièce ou mon neveu. Sois fière d'eux pour qu'ils soient fiers de leur différence aussi.

J'avais un élan d'optimisme, car personne ne savait vraiment, pas même le médecin, si Bea serait capable de se reproduire, que ce soit biologiquement ou avec son venin.

Elle n'avait pas pu ramener son frère, mais peut-être que, pour que son venin fasse effet, la personne devait être en vie. Durant l'une de mes nombreuses après-midi passées chez Nate, je les avais entendus discuter tous les deux de mordre des malades en phase terminale. Liam avait posé son veto. Pour l'instant.

Avec un petit soupir, elle réunit ses cheveux épais et se laissa faire. Je pris sa main pour lui rappeler qu'elle était l'une des nôtres, peu importe la couleur de ses yeux ou la génétique de son corps.

Après la séance photo, Ness s'approcha de moi, le fils de Liam perché à sa hanche.

— Comment tu vas aujourd'hui?

Storm tendit les bras comme s'il pensait qu'il allait venir dans les miens. J'hésitai une seconde avant de le prendre. Ce n'était pas parce que c'était fini entre Liam et moi qu'il en allait de même pour Storm et moi. Nous étions tous deux des Boulder après tout. J'inhalai sa douce odeur de lait.

— Tu m'as manqué, toi, chuchotai-je dans ses boucles. J'ai l'impression que je vais vomir et ce n'est même pas moi qui me marie.

Storm posa sa joue contre ma clavicule et son corps se détendit comme chaque fois, comme chaque fois qu'il était dans les bras de quelqu'un de confiance. Puis, il repéra mes longues boucles d'oreilles – des chaînes en or rose décorées d'étoiles en diamant – et il s'écarta de mon torse pour toucher les bijoux brillants.

— C'est l'empathie, ajoutai-je quand le regard de Ness glissa sur mon ventre.

— Ou le solstice? suggéra Adalyn avec un grand sourire.

Je devins aussi blanche que sa robe, toujours accrochée en haut de la porte du salon, dans une poche adaptée.

— Tu le sauras dans... (May regarda l'heure sur son téléphone) deux heures et trois minutes.

— Tu as un décompte de programmé? demanda Gracey.

Sa grand-mère coiffait ses cheveux en deux chignons au-dessus de sa tête, dans le style de princesse Leia.

— Non, mais j'ai regardé ce matin. Le solstice commence à 16 h 58 cette année. Pile pendant la cérémonie.

Elle rangea son téléphone dans sa poche arrière et posa sa main sur son ventre.

— Mon estomac est dérangé depuis ce matin.

Savannah leva les yeux au ciel.

— Tu dis ça à chaque solstice.

Storm tira sur mes boucles d'oreilles, ce qui détourna mon attention des spasmes dans mon ventre.

— Tout doux, bébé.

Je détachai ses doigts et me rendis dans la cuisine trouver quelque chose pour occuper ses petites mains. Après un rapide examen qui flétrit mon estomac, j'attrapai un bâton de céleri d'un plateau de crudité.

Storm s'en empara avec excitation et le fourra dans sa bouche. La grimace qui suivit ce premier test me détendit aussitôt et m'arracha un petit rire. Il brandit son bras comme s'il tenait une chaussette puante et jeta le bâton vert.

— Très bien. Va pour l'option moins saine.

Je pris un petit pain d'un sandwich et le plaçai dans sa paume ouverte. Un mâchouillement ravi s'ensuivit.

Je me servis un verre d'eau et mon téléphone vibra. C'était un message de Niall me demandant de venir le chercher au chantier. Il s'était retrouvé coincé à finir un truc dans un chalet et, apparemment, le reste de la famille était trop occupé pour faire le taxi et il ne pouvait pas se transformer car il était déjà habillé pour la soirée.

Pourquoi avait-il été travailler aujourd'hui? Et pourquoi en chemise, veste et pantalon élégant? Mon frère était parfois une véritable énigme.

Après un rapide baiser sur les joues spongieuses de Storm, je le rendis à Ness, la remerciai elle et Sarah pour le cadeau, promis à Adalyn de revenir vite et entrai dans ma voiture pour me rendre aux nouveaux chalets. Le bois fauve brillait d'une lueur ambre à la lumière du soleil déjà bas et les fenêtres étincelaient comme de la topaze.

De l'extérieur, les nouvelles maisons semblaient presque terminées, mais apparemment, l'intérieur n'était que du ciment vierge. Je composai le numéro de Niall tout en prenant le nouveau chemin qui serpentait jusqu'en haut de la colline.

— Tu es dans quelle maison?

— La numéro dix.

— C'est laquelle, la numéro dix ?

— Celle avec la meilleure vue.

— Ça ne m'aide pas beaucoup, Niall. Elles ont toutes une super vue.

— Celle avec la fenêtre incurvée dans le salon et une vue à 360 degrés. Celle des Kolane.

Oh !

— Tu aurais dû commencer par là.

— J'avais peur que tu ne viennes pas si je commençais par là.

— Ma réticence avec sa personne n'inclut pas sa future maison.

Je remontai la route non terminée jusqu'à atteindre l'immense maison en bois et me garai sur la grande route.

— Je suis devant.

— Rentre à l'intérieur. Il faut que tu voies la vue.

— Niall, il faut surtout que je rentre pour pouvoir finir de me préparer. J'entrerai une autre fois.

Ou pas. Je me voyais mal passer visiter dans un futur proche.

— Allez, Nik. C'est vraiment quelque chose.

— Bon, très bien, soupirai-je.

Je raccrochai et franchis la porte déverrouillée, passant sous un échafaudage et des fils électriques exposés.

— Niall ? l'appelai-je.

Mon estomac s'activa de nouveau, sûrement parce que j'entrais sans permission, même si je doutais que Liam s'offusque que je visite sa maison vide. J'allais de nouveau crier le nom de mon frère quand je le repérai debout devant la vitre incurvée, habillé d'un jean et d'un tee-shirt noir.

— Quoi ? Tu m'as dit que tu étais en...

Le reste de ma phrase se perdit quand l'homme se retourna.

Ce n'était pas mon frère.

Soixante-Six

—H um. Désolée. Je ne savais pas que tu serais là.

Je serrai ma veste contre moi comme si ça pouvait me protéger du regard intense de Liam.

— Je cherchais Niall.

Je me fis la réflexion que quelque chose clochait et penchai la tête sur le côté.

— Tu as aussi oublié ta voiture ?

— Non.

— Alors pourquoi il m'a appelée, moi, pour que je vienne le chercher ?

— C'est moi qui le lui ai demandé.

Je fronçai les sourcils et il ajouta :

— J'avais besoin de te parler.

Ma mâchoire se déroba. Niall était un immense traître ! Liam était peut-être son alpha, mais j'étais sa sœur. Les sœurs passent avant les alphas.

— Liam, je t'ai déjà dit...

— Donne-moi dix minutes.

Je me mordis l'intérieur de la joue et jetai un coup d'œil à la porte d'entrée, cherchant dans mon esprit différentes façons de me venger de Niall, car il fallait qu'il paie pour m'avoir piégée.

S'il te plaît.

— Très bien. Parle.

Liam se frotta la mâchoire et la décala de droite à gauche.

J'attendis une minute.

Deux.

Ce ne fut que quand je commençai à me tourner qu'il commenta :

— Je déteste les solstices.

Je lui lançai un regard par-dessus mon épaule.

— Tu m'as traînée là pour te plaindre de ta haine de la plus courte journée de l'année ?

Ou la plus longue selon la saison.

— Non.

Il posa la main sur ma nuque tout en regardant ses Timberland éraflées, puis releva les yeux vers moi.

— Nikki, que se passera-t-il si tu es liée à quelqu'un ce soir ?

— Je ne sais pas.

Je sentis mon estomac se comprimer comme si ces mots avaient d'une façon ou d'une autre activé un lien d'accouplement.

— Honnêtement, j'espère que Lycaon oubliera mon existence pour cette saison.

— Je pensais que c'était ton grand rêve.

— Ça l'était. Peut-être que ça l'est toujours. Mais je ne suis pas prête pour...

Je me léchai les lèvres, essayant de ralentir ma respiration pour moins absorber l'odeur ensorcelante de Liam.

— Un autre partenaire.

— Pourquoi ?

Il fit un pas vers moi. Je restai figée sur place, refusant d'être intimidée, et reculai.

— Parce que le dernier m'a fait trop de mal.

Il se raidit.

— Tu as dit que tu me quitterais si on te donnait un véritable partenaire.

Je levai le menton d'un cran.

— J'ai dit ça uniquement parce que tu avais été parfaitement clair sur le fait que tu ne voulais pas que je reste.

Une ride se forma entre ses sourcils.

— Tu aurais résisté à un lien d'accouplement pour rester avec moi ?

— C'est fou, hein ?

Je fixai la vallée derrière lui, toujours brunie par la lumière du soleil, avec ses vignes dorées, son étang poli et ses volutes de fumée lavande sortant des cheminées.

— Si on te donne un partenaire ce soir, qu'est-ce que tu feras ?

Il bougea encore une fois, me bloquant la vue du monde extérieur.

— Qu'est-ce que tu me demandes, Liam ?

Sa pomme d'Adam remonta dans sa gorge crispée.

— Si on te donne un partenaire ce soir, tu le choisiras ?

Je fixai ses yeux, ceux qui m'avaient captivée dès le premier instant où j'avais repéré leur éclat, sous sa casquette de baseball, sur ce parking sombre. J'avais passé des semaines à espérer que ses yeux me voient. Et maintenant... Maintenant, je voulais qu'ils regardent n'importe où, mais pas mes yeux à moi, car je craignais qu'ils y trouvent l'armure autour de mon cœur qui devait encore se solidifier.

— Je ne consommerai pas un lien dans le simple but d'avoir un partenaire, mais je n'y résisterai pas pour un mâle aux émotions réfrénées qui a peur de l'engagement.

La bouche de Liam s'adoucit.

— Aux émotions réfrénées ?

Je devais détourner le regard de cette bouche avant de faire quelque chose de stupide et de la laisser m'adoucir également. Il avança encore d'un pas vers moi, lentement, puis d'un autre. Jusqu'à être si proche que les battements de son cœur troublaient l'air entre nous.

— Tu sens comme mon fils.

Je le fusillai du regard.

— Je n'ai plus la permission de le voir ?

La morsure dans ma voix lui fit détourner le regard vers un casque abandonné.

— J'avais peur, Nikki. Il a déjà perdu une mère, je ne veux pas qu'il en perde une autre.

Alors maman avait raison... La peur avait poussé Liam à rompre avec moi. Ça n'excusait pas son comportement insensible lors de la rupture.

— C'est *ton* fils, Liam. Pas le mien. Je n'ai jamais oublié ça, et je n'ai jamais essayé de l'utiliser pour te bloquer avec moi.

Toujours en scrutant le casque, il me demanda :

— Pourrais-tu l'aimer comme le tien un jour ?

Ma salive se solidifia comme l'oxygène dans mes poumons.

— Quel genre de question est-ce que c'est ?

— Le soir où je suis venu le chercher chez toi, ce n'était pas la première fois que je l'entendais prononcer le mot *maman*. Il l'avait dit deux fois dans son sommeil et une fois quand il s'était énervé contre moi. Je pensais qu'il demandait Tamara, mais il ne l'a jamais connue, alors pourquoi la demanderait-il ?

Il repoussa une mèche de cheveux de ses yeux.

— Au début, ça m'a frustré parce que je voulais être assez pour mon fils, Nikki. Et je pensais l'être jusqu'à arriver ici, jusqu'à ce que toi et ta mère, vous m'aidiez avec lui et qu'il s'illumine. Il a toujours été un bébé calme, heureux et doux, mais silencieux. Maintenant, il est tellement... *vivant*.

Il déglutit et mon armure devint spongieuse.

— Enfin bref, une fois où il l'a dit, je me suis demandé si tu... mais tu es si jeune...

— Et trop douce ?

Le sarcasme voilait mes mots. Un sourire. Il disparut aussitôt.

— Oui, Nikki. Et à cause de ça, je ne pouvais pas t'imaginer vouloir un enfant, surtout un que tu n'aurais pas créé avec ton parfait partenaire prédestiné. Et puis, tu as dit que tu ne voulais pas d'une autre famille et...

— Je veux d'un partenaire, Liam. Un partenaire qui aime et accepte ma famille, car ça sera la sienne aussi.

Il ferma les yeux. Inhala.

— M'accepterais-tu ?

Il ouvrit les yeux. Expira.

— Même si tu as un véritable partenaire à la tombée de la nuit, m'accepterais-tu comme partenaire, Nicole Raina Freemont ?

Il y avait quelque chose de si douloureux dans son ton, comme s'il s'imaginait au bord d'un précipice qui s'écroulait sous ses pieds.

— Moi et mes casseroles ?

— Tes « casseroles » ?

— Mon fils. Mes problèmes de confiance. Mon...

Il s'arrêta en me voyant faire un pas en avant, cessa de respirer quand je pris ses joues entre mes mains et passai mes pouces dans les creux sous ses pommettes.

— Jures-tu de ne plus *jamais* me tourner le dos ? Si tu es en colère ou si tu as peur, tu parles, tu cries, mais tu ne me... quittes... pas... comme... ça.

Il tourna la tête et déposa un baiser sur ma paume.

— Sur toutes les tempêtes et les étoiles, je jure de ne plus jamais te tourner le dos.

Sa promesse vola tous mes battements de cœur et les comprima en un immense qui fit frémir mon corps.

— Sur toutes les tempêtes et les étoiles, hein ? Je ne pensais pas mon alpha si dur aussi poétique.

La légèreté de mon ton apaisa l'inquiétude qu'il avait conservée. Ses mains trouvèrent prise sur ma taille et serrèrent la soie rouge.

— Tu n'as pas intérêt à le dire à qui que ce soit ou je vais perdre toute crédibilité auprès de la meute.

Je ris et le fis baisser la tête vers moi.

— Ma partenaire, souffla-t-il contre ma bouche.

J'arrêtai de rire.

J'étais la partenaire de quelqu'un.

Pas n'importe qui.

Celle de Liam.

— Je me suis rendue malade d'inquiétude toute la journée à l'idée d'avoir un partenaire, confessai-je.

Il glissa une main sur mon ventre et y dessina de lents arcs de cercle sur mon tee-shirt.

— Tu te sens toujours mal ?

— Un peu, mais je doute que ça partira d'un coup.

Il fronça les sourcils.

— Tu n'es pas enceinte au moins ?

— « Enceinte » ? Ha ! Non ! On s'est protégés. Mais maintenant, tu me fais flipper.

Pouvais-je être enceinte ? J'écoutai à la recherche d'un autre battement, mais ceux de Liam et les miens créaient un véritable tapage.

Il s'accroupit et remplaça sa paume par son oreille. Après une seconde, il releva les yeux.

— Pas de pouls. Juste beaucoup de bulles.

— Merci Lycaon.

Un partenaire, c'était une chose. *Un bébé...*

Il leva mon tee-shirt et déposa un baiser sur mon nombril qui sembla réagir en palpitant.

— Tu devrais remercier les fabricants de préservatifs.

Liam se releva et embrassa le bout de mon nez, mais dut décider que ce baiser était trop fade, car il descendit sa bouche plus bas sur la mienne.

En sentant le goût de ses baisers, mon pouls détonna, s'affolant dans mes veines. Je passai mes doigts dans ses cheveux doux et l'attirai à moi, toujours plus près, me demandant s'il me semblerait un jour assez proche.

Quand mon bas-ventre commença à m'envoyer des spasmes comme si quelqu'un l'avait lié à des électrodes, je m'écartai. *S'il te plaît, Lycaon. S'il te plaît, oublie-moi.*

Liam coiffa une mèche de mes cheveux et ses yeux lupins s'assombrirent.

— Ça fait mal quand je suis près de toi ?

Le souffle court, je croassai :

— Ça ne fait pas mal, mais c'est... bizarre.

L'angoisse me donna les larmes aux yeux. Après avoir ri, j'avais maintenant envie de pleurer.

— Et si c'est un lien d'accouplement sur le point d'apparaître ? Je ne veux pas que tu ne puisses pas me toucher pendant six mois.

Ses yeux bruns s'illuminèrent.

— Tu n'auras pas à t'inquiéter de ça.

— Vraiment ? Six mois d'abstinence ne te gênent pas ?

J'imagine qu'il avait déjà passé ce temps-là sans sexe. Il leva une main jusqu'à mon visage et ses phalanges effleurèrent la chaîne délicate d'étoiles brillantes.

— Je voulais dire que ça ne sera pas un problème parce que j'enverrai ton partenaire en mission diplomatique sur un autre territoire. Celui des Torrent peut-être. Je suis en excellents termes avec leur alpha.

Son pouce toucha mon lobe.

— Mener une meute a ses avantages.

— Et ça serait assez loin ?

— Oui.

Il n'y avait pas d'hésitation dans son ton, comme s'il le savait pour sûr. C'était peut-être le cas.

— Et si *toi,* tu avais une partenaire ?

— Je me suis déjà trouvé une partenaire.

— Je veux dire une vraie.

Il avança jusqu'à ce que son corps dur heurte mon corps mou.

— Tu ne me sembles pas être une fausse, madame Freemont.

— Je suis sérieuse.

— Elle sera aussi envoyée loin. Rien ni personne ne se tiendra entre nous. Plus jamais. Tu es coincée avec moi pour la vie et, si je peux, ce sera aussi le cas après.

Il enroula ses bras autour de ma taille et me serra contre lui sans rien de plus. Même si mon ventre continuait à palpiter, ça ne me peinait plus, car Liam avait un plan et j'avais Liam.

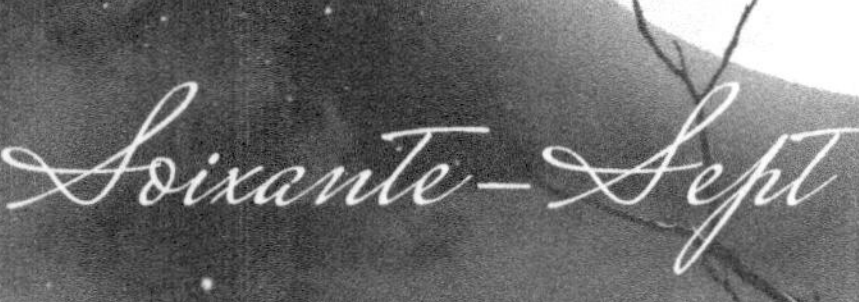

Le soleil descendit encore et teinta la neige d'un rose doré sur une marche nuptiale comme je n'en avais jamais entendu. Les Grandpops et leurs banjos, violons et guitares transformèrent la mélodie lourde de sens en une qui semblait provenir de la terre et des arbres eux-mêmes.

La nuit dernière, je m'étais demandé comment ma mère et grand-mère Reeves avaient pu se surpasser ainsi, mais en remontant l'allée couverte d'aiguilles de pin et bordée de torches qui crépitaient, je m'émerveillai encore. Elles avaient même décoré la surface gelée de l'étang avec des bougies en forme de nénuphar.

Ma longue robe cuivre claquait autour de mes chevilles tandis que j'avançai au bras de Nolan, savourant la splendeur de cette soirée.

— Donc je devine que tu as dit oui ?

— À quoi ?

— Tu veux dire à qui ?

— Tu étais dans le coup, toi aussi ?

Ma mâchoire avait dû se décrocher un peu car il la rehaussa d'une phalange.

— Eh bien, il est venu nous voir tous les quatre pour demander notre permission. Après avoir eu la bénédiction des parents.

Il serra mon bras en lançant des sourires à la foule de métamorphes alignée derrière la rangée de torches. Je ne pensais pas que les alphas demandaient la permission de qui que ce soit. Et si mes frères la lui avaient refusée ? Ou mes parents ? Serait-il quand même venu me voir ?

— Mieux vaudrait fermer ta bouche avant que quelqu'un ne te lance une boule de neige dedans.

— Il n'y a que Niall pour faire ça et il est derrière nous.

Nolan rit avant de relâcher mon bras pour prendre place derrière son jumeau sous l'arche de mariage. Je me positionnai à l'opposée, puis me tournai pour voir Nate approcher avec Bea. Ses yeux rouges étincelaient comme du feu et ses joues pleines luisaient d'un éclat perle accordé à sa robe métallique. À côté d'elle, mon frère aîné brillait à sa façon avec son teint hâlé, son sourire, sa barbe fraîchement taillée et ses cheveux coiffés avec du gel. L'image même de la santé et de la joie.

Bea s'arrêta à côté de moi et fixa, bouche ouverte, les pans de tulle scintillante drapés sur la structure en bois toute simple, agrémentée d'épaisses guirlandes de fleurs blanches et de lumière.

— Magnifique. Tellement beau.

Son murmure était mêlé à de la douleur. Pensait-elle à Miles ? Au fait qu'il ne serait pas auprès d'elle quand ce serait son tour ? Qu'il n'échangerait jamais des vœux lui-même ?

Un coup de feu retentit et je sursautai.

Je regardai Nash, Nolan et Nate. Leur posture était détendue. Leur visage affable. Le coup était dans ma tête. Je fermai les yeux, essayant de museler mon pouls affolé.

Bébé ? Qu'y a-t-il ?

La voix de Liam brisa le sort. Je le cherchai dans l'obscurité troublée par les torches et léchai les gouttes de sueur perlant sur ma lèvre. Je le trouvai tout devant, Storm dans les bras, flanqué de Boulder d'origine et de mes parents.

Nikki ?

Ça va, articulai-je silencieusement.

C'est ton estomac ?

Je secouai la tête.

Le vent souleva la tulle autour des colonnes. Le tissu transparent gonfla et effleura mon dos, une caresse douce qui me rappela que Camilla n'était plus et que, moi, j'étais là.

Les autres garçons et demoiselles d'honneur prirent place à côté de nous et mon pouls se calma. La musique aussi. Puis, elle s'arrêta. Quand les Grandpops se lancèrent dans une mélodie d'une telle beauté que les larmes me réchauffèrent les yeux, tout le monde se tourna pour voir ma meilleure amie faire son premier pas vers mon frère.

Presque tout le monde.

Liam ne s'était pas tourné. Son attention demeura sur moi, ses sourcils froncés, son front plissé. À l'évidence, il ne me croyait pas quand je disais que ça allait. Je souris, puis tournai mon sourire vers Adalyn et sa grand-mère. Derrière elles, le soleil embrasa le ciel de nuances d'orange, de rose et de pervenche. Je pris une photo mentale de ce moment, car je voulais le dessiner pour Adalyn et Nash pour immortaliser cette soirée. Même s'ils étaient déjà partenaires aux yeux de Lycaon, ce soir, ils le seraient aux yeux de tous.

Grand-mère Reeves remit Adalyn aux soins de Nash et se retira là où se trouvaient mes parents, les yeux aussi brillants que ceux de maman et de Gracey. Adalyn tendit le bras et serra la main de sa sœur, articula un rapide « je t'aime » qui la fit pleurer.

Nash et Adalyn échangèrent leurs vœux, la lune se leva et mon cœur se gonfla comme si quelqu'un l'avait rempli d'hélium et l'avait laissé voguer jusqu'aux étoiles. Mon estomac, en revanche...

Je baissai la main vers mon ventre. Contrairement à mon buste, mon estomac donnait l'impression qu'on l'avait pompé de son air avant de le piétiner. Je respirai pour chasser la gêne.

Étais-je en train de tomber malade ? Et si j'avais attrapé une bactérie ?

Je grinçai des dents et levai mon bouquet pour apaiser la nausée, mais au lieu de la lavande, je sentis Liam. Je ne l'avais plus seulement dans la peau, mais partout sur moi. Après tout, nous nous étions embrassés dans notre future cuisine, chambre, salon et devant le placard de l'entrée.

Notre...

— Ça va ? me murmura Bea.

Je déglutis et hochai brièvement la tête, mais ça ne sembla pas la rassurer le moins du monde, car ses sourcils restèrent froncés.

Un flottement derrière mon nombril, suivi par un tiraillement délicat, me coupa le souffle.

Oh non !

Non, non, non, non.

L'horreur m'envahit tandis que mon rêve d'enfance récemment devenu mon pire cauchemar prenait vie.

Je reportai mes yeux humides vers Liam. Un tonnerre d'applaudissements et de hurlements suivit le premier baiser d'Adalyn et Nash en tant qu'époux et épouse, mais le bruit se fondit dans un bruissement en arrière-plan.

Liam souriait, de ce sourire lent et ferme qui lui appartenait. Bientôt, ma nouvelle le lui volerait. Même s'il avait un plan, aucun mâle ne voulait entendre que la femelle qu'il désirait était faite pour un autre.

J'embrassai les joues d'Adalyn, puis celles de Nash. Heureusement, mon amie crut que mes larmes étaient des larmes de joie et ne les questionna pas. D'ici à ce que je me fraye un chemin jusqu'à Liam, ma robe me semblait être un corset fait de pics.

Il ne parla pas, ne me demanda pas ce qui n'allait pas. Il devait savoir. Devait déjà sentir mon partenaire prédestiné sur moi. C'était un des premiers signes. Je haussai une épaule et sentis ma peau, mais ne repérai aucune autre odeur que celle de Liam.

Oh, Lycaon, pourquoi ? Pourquoi me fais-tu cela ? Tu testes mon affection ? C'est ça ?

Liam tendit un bras vers moi alors que je piétinais la neige tassée couverte d'aiguilles de pin.

— C'est arrivé, croassai-je.

Il enroula un bras autour de moi et me tira contre son corps, écrasant celui de Storm.

— Je sais.

Storm piailla, probablement un peu inquiété par notre proximité. Je tentai d'afficher un sourire pour le rassurer, mais mes lèvres tremblaient trop pour cela.

— Ce n'est pas juste.

— Moi qui pensais que ça te ravirait.

— Me « ravirait » ?

Je m'écartai de Liam.

— Où es-tu allé chercher que ça me ravirait ?

Il fronça les sourcils et ses yeux s'assombrirent.

— Liam, donne-moi le Destructeur avant que tu n'écrases le plus petit ami que j'ai.

Lucas lui prit Storm des mains, un sourire aux lèvres. S'il savait ce qui se passait, il ne sourirait pas. Il caresserait mon dos ou celui de Liam, nous adresserait ses condoléances. Mais après tout, il n'avait pas de véritable partenaire, alors peut-être que pour lui, ce qui se passait n'était pas si important.

— Nikki, je sais que tu penses que je ne veux pas de ça, mais je te veux, toi, alors j'en veux.

Je reniflai et séchai les larmes sur mes joues.

— Rien de ce que tu viens de dire n'a de sens.

— Qu'est-ce que tu ne comprends pas ?

— Pourquoi voudrais-tu que je sois liée à quelqu'un d'autre ?

— Pourquoi voudrais-je que tu sois liée à quelqu'un d'autre ?

— Pourquoi tu répètes ce que j'ai dit ?

Je passai encore mes mains sur mes joues, espérant que mon maquillage était vraiment waterproof ou j'allais effrayer l'homme dont j'essayais désespérément de rester proche, malgré ce stupide lien d'accouplement.

Soudain, son front se dérida.

— Bébé, à qui tu crois être liée ?

Il baissa les yeux vers mon nombril. Quelqu'un tira fort et je chancelai contre lui.

Je me figeai, les doigts agrippés à la veste qu'il portait par-dessus une chemise blanche.

— Toi ? Lycaon m'a liée à *toi* ?

— Tu sembles agréablement surprise.

Je plaquai mon poing contre ma bouche et ne clignai pas des paupières pendant si longtemps que les larmes cristallisèrent le long de mes cils. Il posa une main sur le creux de mes reins et joua avec le bout de mes cheveux de l'autre.

— Apparemment, mon loup est la combinaison idéale pour le tien. Mais on le savait déjà, non ?

Il colla son front au mien. Ma bouche était entrouverte, pourtant je ne respirais plus depuis presque une minute.

— Tu veux vraiment de ça, Liam ?

— Oui.

— Je veux dire, tu acceptes de le consommer ? murmurai-je à travers mes phalanges.

— Eh bien, je comptais te consommer toi, dit-il d'une voix grave et rauque, alors autant le consommer en même temps.

La chaleur me monta aux joues. Il entoura mon poing d'une main et l'écarta de ma bouche toujours ouverte.

Dis-moi quand, et je serai là, prêt et consentant.

— Ce soir.

Il gloussa.

— Tu ne perds pas une minute.

— Je ne veux pas que tu changes d'avis.

Il porta ma main à sa bouche et l'embrassa, puis frotta sa joue contre mes phalanges, me marquant de son odeur même si elle se trouvait déjà sur moi et s'y trouverait pour toujours.

— Je ne vais pas changer d'avis.

— Tu le jures ?

Sur toutes les tempêtes et les étoiles.

— On le fait quand même ce soir parce que j'ai trop hâte de pouvoir parler dans ton esprit.

Je me dressai sur la pointe des pieds pour sceller sa promesse d'un baiser.

— J'avais oublié ce détail.

— Ce n'est que justice.

— J'imagine.

Sa voix était douce. Si douce. Je pris sa main pour l'emmener à la réception éblouissante et demandai :

— Tu crois que je l'ai voulu si fort que je l'ai créé ?

Un coin de sa bouche se redressa.

— Il faut dire que tu sais te montrer incroyablement persuasive.

— Je savais que j'avais un superpouvoir caché.

Le deuxième coin rejoignit l'autre.

— Aurais-tu *encore* oublié que tu peux te transformer en loup ?

Je ris et il tira sur ma main pour me faire tourner dans ses bras.

Sous un ciel constellé d'étoiles, avec notre Storm à nous qui nous regardait tout près, Liam déposa sur mes lèvres un baiser qui en annonçait beaucoup d'autres à venir.

Épilogue

CINQ MOIS PLUS TARD

Je pénétrai en trombe dans la maison dans laquelle nous avions emménagé une semaine plus tôt, Storm sur ma hanche même si, à quinze mois, il était parfaitement capable de marcher seul.

— Liam !

Je respirais fort alors que je n'avais couru que de la balançoire dans notre jardin. Il se précipita hors du salon et examina plusieurs fois Storm et moi, les muscles tendus sous sa peau bronzée.

— Quoi ? Qu'est-ce qu'il y a ?

Elle est arrivée.

— Elle est arrivée, répétai-je à voix haute pour Storm.

Sa future meilleure amie était arrivée.

Ou sa partenaire.

À moins qu'il ne soit comme mon frère Nolan et préfère les mâles.

Et voilà que j'essayais encore de caser *tout le monde* avec quelqu'un.

Mes larmes coulaient, vu comme mon bonheur était comblé et inouï. Certes, c'était comme ça depuis le solstice d'hiver, mais la naissance d'un autre louveteau avait ajouté une nouvelle couche à ce bonheur, un nouveau trait de couleur vive à quelque chose de déjà magnifique, un filtre qui illuminait tout.

Liam se figea.

— Et Sarah… Est-elle… ?

Sa peur temporisa mon excès de joie. Nous avions tous des traumatismes – les coups de feu et les motos pour moi; les naissances pour Liam. Nous voulions tous les deux ajouter des enfants à notre famille, mais je m'inquiétais qu'il retienne son souffle tout le temps de ma grossesse.

— Je l'ai entendue insulter Lucas pour avoir mis un si gros bébé en elle, alors j'imagine qu'elle va bien. Je m'inquiète plus pour Lucas.

Liam se détendit enfin et s'approcha de moi. Il embrassa ma joue humide et vola Storm de mes bras tremblants.

— Ils l'ont appelée Lark.

Storm me regarda dire son nom, puis essaya :

— Lock.

— Presque, bonhomme, commenta Liam. On va se présenter à elle?

Je tapai dans mes mains, aussitôt imitée par Storm, et Liam leva les yeux au ciel. Je lui pinçai les côtes tandis qu'il nouait son bras à ma taille.

— Tu sais, tu n'es pas trop viril pour taper dans tes mains d'excitation.

— Je suis beaucoup trop viril pour ça. D'autant que je suis alpha. Les alphas ne font pas ça.

— Le monde serait un monde meilleur s'ils le faisaient.

— Si ça te rend heureuse, je peux le faire avec une partie de ton corps plus tard.

Une vague de chaleur traversa le lien entre nous.

— Est-ce une concession suffisante, madame Freemont?

Officiellement, je deviendrais madame Kolane le mois prochain dans une grande célébration que maman et Adalyn prévoyaient sans relâche. Les deux étaient peut-être encore plus excitées que moi.

Non, c'était faux.

Personne n'était plus excité que moi.

Même si Liam était déjà mien de toutes les façons qui importaient, le mois prochain, il le deviendrait officiellement devant nos camarades Boulder et les leaders de six meutes d'Amérique du Nord, de quatre d'Europe et de deux d'Asie.

J'enroulai mon bras autour de sa taille et le serrai.

— Ça fera l'affaire. Allons-y, maintenant.

— Tu te rends bien compte, commença-t-il tandis qu'on descendait la route vers le chalet suivant, que Lark ne va nulle part.

— Je sais, mais je *meurs* d'envie de voir à qui elle ressemble.

Nous atteignîmes la porte d'entrée de chez Sarah et Lucas en même temps que Ness et August. Je devine qu'ils avaient eux aussi entendu Lucas hurler sa joie du balcon. Ou Sarah lui crier dessus.

Les yeux de Ness brillaient autant que les miens et son sourire aussi était éclatant. August également exultait de joie. Contrairement à l'homme stoïque à mes côtés qui estimait toujours que montrer trop d'émotions était un signe de faiblesse.

Dès que Liam m'avait prise comme partenaire, j'avais été incorporée au cercle fermé des Boulder d'origine. Ness et Lucas m'avaient même offert un tee-shirt *Véritable Boulder d'origine* que j'avais si souvent porté ces cinq derniers mois qu'il était devenu aussi doux que ma veste en soie *Boulder Babe.*

Nous fîmes irruption dans le nid d'amour de Sarah et Lucas encore si récent que les murs n'étaient toujours pas décorés et que les surfaces étaient nues, sans les babioles qui transformaient les maisons en chez-soi. Ils auraient toute leur vie pour le remplir de choses. Déjà, ils la remplissaient de gens.

Lucas vint à notre rencontre sur le palier de la grande chambre, un si grand sourire aux lèvres qu'on voyait ses molaires. Nichée dans ses bras se trouvait une toute petite chose avec une touffe de cheveux noirs, un petit nez et des lèvres aussi roses que la couverture qui l'entourait.

— Vous êtes prêts à être époustouflés par ce que mes spermatozoïdes peuvent faire ?

Ness plissa le nez.

— Dis-moi que tu ne viens pas de dire ça.

— Parce que c'est toi qui as tout fait peut-être ? souffla Sarah de quelque part dans la chambre.

Je ris.

— Venez, il faut que vos yeux se nourrissent de la définition même de la perfection, murmura-t-il d'un ton solennel.

Il leva l'enfant et frotta son nez sur sa joue rose. Je penchai la tête sur le côté.

— Lucas, tu es sur le point de pleurer ?

Il renifla.

— C'est quoi ton problème, P'tit morceau ? Les vrais mâles ne pleurent pas.

Je jouai des coudes pour caresser les cheveux doux de Lark.

— Tout comme ils ne tapent pas dans leurs mains ?

— Exactement.

— Je t'ai vu le faire à l'anniversaire de Storm, protesta August en s'approchant derrière Ness pour mieux voir le nouveau louveteau. Je l'ai sur une vidéo, je peux la mettre si tu veux.

Au lieu d'une de sa répartie acérée habituelle, Lucas se contenta de sourire.

L'anniversaire de Storm avait été un peu triste pour ceux qui avaient connu Tamara puisque c'était aussi l'anniversaire de sa mort. Pourtant, les Boulder d'origine avaient tous plaqué d'intenses sourires et crié de joie pour que la journée de Storm soit particulièrement spéciale.

— Vous pouvez décaler la fête dans la chambre ? Vous savez bien ce que je pense à l'idée de louper l'animation, cria Sarah.

Pile à ce moment, Matt et Amanda entrèrent avec Cole et Haley, tous alourdis de cadeaux. La famille de Sarah fut les prochains arrivants. D'abord sa mère et sa belle-sœur, chargées de sacs avec des vêtements de luxe pour bébé, suivies par le frère de Sarah, Robbie, qui portait ses deux filles, des jumelles de quinze mois.

Les hommes restèrent dans le salon avec la petite Lark, les femmes se réunirent autour de la nouvelle maman, dont le lit ressemblait à une scène de crime, mais embaumait la vie nouvelle – la sueur, le soleil et le sang.

Les fenêtres du balcon avaient été ouvertes et le soleil de mai pénétrait à l'intérieur, illuminant les joues rouges de Sarah et ses boucles dorées.

— C'est un beau bébé que tu nous as pondu, chérie, commenta Ness.

— Corrigeons ça tout de suite, je ne l'ai pas pondue. Lark est sortie doucement et douloureusement.

Sa belle-sœur sourit, se rappelant sûrement son propre accouchement de non pas un, mais deux bébés.

— Elle est magnifique, ma chérie.

Nora embrassa le front de sa fille.

— Merci, maman.

Une des jumelles, Evie, ou peut-être Daphne, marcha vers le lit. Sarah tendit le bras pour faire un câlin à sa nièce, mais Storm apparut sur le pas de la porte et l'enfant perdit tout intérêt pour sa tante. Storm se précipita vers moi, trouvant refuge derrière mes jambes alors que les jumelles s'accroupissaient autour de lui pour l'inciter à jouer.

Je passai mes mains dans ses boucles qui s'étaient tellement assombries que je commençais à penser qu'elles finiraient par être de la couleur des cheveux de son père.

— Puisque tout le monde est là, j'ai une annonce à faire.

Sarah et moi échangeâmes un regard, car nous savions déjà. Lucas, avec son sens de l'odorat, l'avait repéré la semaine dernière quand nous avions commandé à emporter à Seoul Sister pour manger sur notre terrasse surplombant le camp.

— Argh ! Moi qui pensais que ce serait une grosse surprise, mais bien sûr vous le savez déjà.

— On peut faire semblant d'être surpris, proposai-je.

— Tu es enceinte ? s'écria Amanda.

Ses yeux s'illuminèrent comme si elle aussi avait du sang métamorphe. Elle espérait toujours que Matt changerait d'avis et permettrait à Bea de changer son patrimoine génétique, mais il refusait qu'elle serve de cobaye, surtout que Bea n'avait pas encore testé son venin sur des humains ou des métamorphes.

— Bébé, tu avais dit que tu attendrais que je leur dise.

Matt était sur le pas de la porte comme s'il ne savait pas s'il pouvait entrer.

— Attends... Quoi ?

Sarah se redressa sur le lit si vite qu'elle grimaça et se remit aussitôt sur les coudes. Elle posa son regard sur le ventre d'Amanda.

— Comment j'ai pu manquer ça ?

— Parce que le battement de cœur de Lark était *bruyant*, suggérai-je.

— Vous aussi vous allez avoir un bébé ? hoqueta Ness.

— Matty ! s'exclama Amanda en secouant la tête.

— Oups.

Une grosse main l'attrapa par-derrière et le tira dans le salon. Le bruit des hommes qui lui tapotaient l'épaule s'entendit jusque dans la chambre. Une seconde plus tard, il revint sur le pas de la porte.

— Si tu ne leur annonçais pas notre nouvelle, qui d'autre est enceinte ?

Ness pointa son ventre encore complètement plat.

— Petite louve va avoir un bébé ! Trop bien !

Il entra et la fit tourner dans la pièce. Ness rit, pleura un peu, rit encore, puis serra Amanda dans ses bras et la félicita tandis que les hommes se faufilaient enfin dans la chambre.

Deux bras se refermèrent sur mon ventre.

Pas jalouse ?

Je levai la tête et la posai sur l'épaule de Liam.

J'ai déjà un bébé.

Le regard de Liam se posa sur son fils, assis à mes pieds, qui regardait les jeux que les nièces de Sarah continuaient de lui apporter.

Ce n'est plus vraiment un bébé.

La lèvre inférieure de Storm engloutit sa lèvre supérieure quand l'une des jumelles lui retira des mains le hochet que l'autre jumelle venait de lui donner. Il se retourna et se leva en prenant appui sur mes jambes nues. Sa tête arrivait presque à ma cicatrice maintenant. Je me penchai et le soulevai.

Liam passa une phalange sous l'œil de son fils, rattrapant une larme de crocodile.

— Les femelles peuvent être si cruelles.

— Oh, chut. Tu adores les femelles.

*J'aime **une** femelle. Je tolère les autres.*

Je lui donnai un coup d'épaule.

Tu adores ma mère et Ness, et tu as même une affection particulière pour Sarah et Adalyn. Mais ton secret est en sécurité avec moi. Je ne voudrais pas ternir ta crédibilité auprès de la meute.

Je lui lançai un clin d'œil.

— As-tu la moindre idée à quel point je t'aime ?

— Un soupçon d'idée. Très léger. Et si tu me rafraîchissais la mémoire ?

Il se pencha et déposa sur mes lèvres le plus long et doux des baisers, pile quand Lark se mit à pleurer à pleins poumons.

— Les nuits vont être amusantes avec celle-là, se plaignit Lucas.

Il confia sa fille à Sarah et prit place à côté des femmes de sa vie sur le lit. Dehors, les oiseaux chantaient ; à l'intérieur, les métamorphes bavardaient et, partout, les rires résonnaient.

Ou plongez-vous dans un monde fantastique de corbeaux et de faës:

Remerciements

J'espère que vous avez apprécié ce nouveau tome dans ma série sur les *Loups de Boulder* et qu'il vous a reconcilié avec Liam. J'ai eu tellement de plaisir à revoir tous mes personnages et encore plus de plaisir à en créer de nouveaux. La plupart de mes héroïnes viennent de foyers brisés ; c'était donc une bouffée d'oxygène d'inventer Nikki et sa famille bruyante et aimante.

Bien que beaucoup d'entre vous aient soutenu Ness et Liam, j'ai toujours cru que Liam avait besoin de quelqu'un qui lui offrirait une stabilité et une affection débridée ; bref, son opposé polaire, la "trop mignonne" et "trop jeune" Nicole Raina Freemont.

Et maintenant, place aux remerciements.

Tout d'abord, Anna Missa. Quelle aubaine ce fut de travailler avec vous. Merci de vous êtes replongée dans mon monde de métamorphes. Votre amour pour mes loups et votre attention à l'intrigue ont élevé mon manuscrit. Préparez-vous pour Lark, car son histoire sera bientôt entre vos mains.

Deuxièmement, je voudrais remercier mes merveilleuses premières lectrices, Laetitia Treseng, Rachel Theus Cass et Jessika Livengood. Vos commentaires ont été si précieux.

Troisièmement, merci à toi, Rose Griot, une de mes lectrices préférées et désormais une de mes correctrices préférées.

À Courtenay Oros, merci d'avoir trouvé ce joli titre, qui épouse si parfaitement l'histoire de Liam !

A ma famille que je délaisse quand je tombe au plus profond de mes mondes imaginaires. Pardonnez-moi et souvenez-vous que je vous aime plus que tous mes personnages réunis.

Enfin, merci d'avoir partagé vos journées avec moi et mes loups.

À propos de l'auteure

Olivia Wildenstein a grandi à New York, fille d'un père français au sens de l'humour exceptionnel et d'une mère suédoise avec laquelle elle discute au moins trois fois par jour.

Elle a choisi de faire ses études à l'université Brown, où elle a décroché une licence en littérature comparée. Après avoir été joaillière pendant plusieurs années, Wildenstein a troqué ses outils contre un ordinateur portable et un fauteuil très confortable, pour un métier plus cohérent avec son sujet d'étude.

POUR EN SAVOIR PLUS SUR OLIVIA WILDENSTEIN :
Facebook Olivia's Darling Readers
Instagram @Olives21
TikTok @owildwrites
Site web http://oliviawildenstein.com

Notes

CHAPITRE 2

1.   « Tempête » en anglais.

CHAPITRE 40

1.   Boulder signifie « rocher » en anglais

CHAPITRE 49

1.   Variante du poker.

CONTENTS

CONTENT WARNING

This story includes torture and imprisonment, though they are not gruesome or graphic. There are several adult scenes that include sexual situations. This book also ends on a cliff hanger that will be resolved in the second half of the duology.

Please consider this content before reading.

AUTHOR'S NOTE

The inspiration for Dark Song came from an old sea shanty called Maid on the Shore. It tells the story of a woman who lived all alone on an island. When a young sea captain caught sight of her, he swore he would have her for his own. So, he sent his men to shore to capture the woman, who eventually agreed to accompany them to the ship. Once on the ship, she sang the captain and the sailors to sleep and robbed them of all of their treasures. When they awoke, the captain tried to blame his crew for allowing it to happen, but the maid on the shore said she had deluded him into thinking he could control her and then taught him otherwise.

There are other versions of this song. Some include the crew conquering the woman and taking her as a prize. I much prefer the first one. My favorite line is: *She took his broadsword instead of an oar and paddled her way to the shore.* There are several renditions of this song online. The Canadian band called The Once is my favorite.

This book began as a simple tale of a siren cursed to have a dark song and forced to learn how to control it. It grew into an epic journey with a love story—not only between the main characters but the siren must learn to love herself as well. I hope you enjoy their journey.

ACKNOWLEDGMENTS

Thank you to my dad, who has always believed in this crazy dream and has given me so much inspiration. You taught me to be brave, to be smart, and to be bold and fearless.

I am not afraid.

CAST OF CHARACTERS

Ciara (Keer-ah)- The Dark Siren; her name means Little Dark One.
She's the only siren whose song carries death and destruction.
Dougan (Doo-gahn)- Half human/half fae; his name means Dark,
Swarthy; He'll do anything to find his way back to Ciara
Muirin (Meer-an)- The selkie who raised Ciara; her name means
Born of the Sea

The Gods

Gaia (Guy-ya)- The Great Goddess who personifies the Earth; she is
a triple goddess and embodies the maiden, the mother, and the crone;
She gives the Sirens their power
Manannan Mac Lir (MAN-ann-ahn mac LYEE-r) - The God of the
Sea in the Tuatha de Danann
Enbarr (En-bar)- Manannan Mac Lir's water horse
The Morrigan (Mor-ee-gan)- The goddess of death and war in the
Tuatha de Danann
Brighid (Bri-jed or Bree-id whichever works for you)- A powerful
goddess in the Otherworld; Goddess of poetry, the forge/fire, healing,

and prophecy; often seen as a mother goddess and her name is evoked like Mary in the Christian faith

The Aziza (A-zee-za)- An invented god of the Lost Tribes; A god of light and prophecy; He locked himself away in the bowels of the Otherworld to protect his people

The Sirens

Eulah (U-lah)- The first siren; Her name means Gem of the Sea.
Brenyn (Bren-en)- One of the younger sirens; Born of the tears of the great goddess, Brenyn's song embodies her joy and grief
Liadain (Lee-a-dan)- One of the elder sirens; Her name means the Gray Lady and she holds the echo of the siren's song.
Shannon (Shan-non)- She was the second siren; her name means ancient
Glenys (Glen-is)- The silent siren; her name means pure or holy
Marvina (Mar-veen-a)- Her name means friend of the sea and she is Glenys' companion and voice

The Pirates and Their Ships

The Wayfinder (Way-fin-dr)- Rolen's pirate ship that sails under the flag of the Morrigan
Rolen (Ro-lin)- Famorian pirate captain in service to the Morrigan
Crax (Kr-ax)- Fae druid, first mate to Rolen

The Saoirse (Sur-shuh)- Dougan's pirate ship; her name means Freedom
Colin (Koll-in)- A bard of the old tongue and Dougan's best friend and first mate
Folayan (Fo-lay-an)- Demigoddess with command of the elements, princess of the Lost Tribes
Enya (Eh-nyuh)- Fae princess of the realm Thalor with a panache for fire

Tegan (Tee-gan)- A green witch, the healer, steward, and cook for the crew and a crack shot
Dealla (Day-la)- Forest Fae of the clan Arfelin and First Protector of the forest in the borderlands
Jib (jib) and Bib (bib)- Twin dwarves with a talent for mischief
Three Thumbs (Th-ree Th-umbs)- The best helmsman on the seas; known for his luck

The Silent Wolfe (Sai-luhnt wulf)- Xavier Wolfe's pirate ship
Xavier Wolfe (ZAY-vier Wolf)- A pirate captain and Ciara's nemesis
Mr. Thom (Tom)- Giant enslaved by Wolfe to be Ciara's guard

The Phantom (Fan-tom)- The Count's pirate ship
The Count of the Sea (kownt of the sea)- A shadow walker orchestrating a network of slave ships and Dougan's nemesis

Other Characters

Shelia (she-li-a)- the ciguapa
Oskari (O-skar-ee)- A fae who crosses Ciara's path
Fuku (Fu-ku)- A Kitsune who crosses paths with Dougan and the crew of the Saoirse
Aiden (Ay-den), Neal (Neel), Malcolm (Mal-com)- Fisherfolk who cast their nets near Ciara's island
Abey (Ay-be)- An old fisher and storyteller in Ciara and Dougan's childhood village

A FINAL NOTE

This story has an interwoven timeline that crosses different planes. The events are sequenced as closely as possible, but understand, it is difficult to mesh time from the Otherworld into standard human systems. I've provided timestamps to aid in tracking the years.

Enjoy the adventure and don't worry about the timeline. As Crax would tell you, it's not the right question to be asking...

AN END AND A BEGINNING

DOUGAN

The Isle of Erin, or as many call it—Ireland
Around the year 1675

Dougan stumbled after the strange woman with wild gray curls. A magic he'd never encountered surrounded her and he knew she belonged to the Otherworld—just like him.

His short legs worked hard to keep up as his thoughts twisted and turned with no reason or order. Shaking his brothers' hands. The pattern of light on the floor of the crystal palace as he said goodbye to his family. His father's sad eyes just before he cast the spell. The silence as the magic coursed through him. That terrifying instant when his connection to the mother goddess was severed. The moments tumbled through his mind over and over as he stared at the woman's swishing cape and blindly followed.

He forced himself to remember. He had a mission given to him directly from the Gods. Pride and fear warred in his mind, for he knew nothing of this mortal realm. The briny smell of the sea reached him as the forest thinned. Through the remaining trees, he saw a squat cottage nestled against the tree line. The sea breeze brought the call of the gulls and the rushing of the waves. Dougan blew out a breath and steadied himself. He would not fail his family.

The woman stopped and whirled around to face him. He tripped, trying to avoid her, and she caught him by the arm with a firm grip, steadying him. This body would take getting used to.

"What do they call you, boy?" The woman asked and pressed her lips together in an impatient line. Before Dougan could answer, she blew out a disgusted breath. "Gods. Don't tell me that spell left you addled in the head. Can ye not speak?"

"Dougan. My name is Dougan. It's taking me a moment to acclimate to this form. Forgive me," he said and pulled his arm out of her grasp. His voice sounded small, childlike.

"Well, thank the depths for that. Mortal bodies are annoyingly slow. You'll get used to it." The woman looked him up and down. "How old are you?"

"It looks as though I'm no bigger than a young one, still in the nursery," Dougan said and looked at his small, human hand. It was as if someone had wound the clock backward. He blew out a breath and focused on the woman's question. "I would have taken the rights with the next moon."

"Well, just in time, then. If you would have taken the rights, you would have never withstood the transformation. At least you're old enough to have some sense. One child is enough. I don't know how the mortals do it. Come on," she said, and turned to lead the way down the path.

Dougan scrambled to keep up, as he tried to process her rapid-fire words. Child? What in the name of the gods had his father gotten him into?

Over her shoulder, the woman asked, "Is this your first time in the mortal world?"

"Yes. I've been to the borderlands many times with my father." Dougan's chest swelled with pride. His father had taken him, not his brothers, as he'd gone to conduct business throughout the Otherworld.

The woman brushed his comments away, turning back to him face him again. "Hear me now, Dougan. I know this is all very sudden. Forget the Otherworld. This is your home now, at least for the foreseeable future. One day, maybe we'll all be free to return to our real homes."

Dougan tried to understand that, but before he could ask the dozens of questions crowding his thoughts, the woman turned and resumed her marching stride.

"Wait," Dougan said and grabbed her elbow, digging in his heels. The woman spun toward him; her mouth turned down in a furious frown.

"What?" she snapped, setting her hands on her hips. "We have no time for idle chatting."

"Then answer me two questions and we'll be on our way," Dougan shot back. The woman gave him a single curt nod. "What is your name and what am I doing here? My father told me the Gods have a mission for me."

"Typical fae. Speaking veiled truths." She rolled her eyes. "My name is Muirin and you're here to be a companion to Ciara."

Dougan waited, hoping for more information, though he was quickly coming to understand that Muirin was a woman of few words.

A crash sounded in the distance. It came from the cottage and Muirin whirled away, breaking into a run. More confused than ever, Dougan chased after her. The icy wind off the sea cut into him as they left the shelter of the forest. He pelted after the woman, gaining strength and confidence in his new form, though his legs were frustratingly short. He had just enough time to wonder how long it took mortals to grow when Muirin threw open the door to the cottage.

"Ciara! Get down from there!"

Dougan was right on Muirin's heels as she rushed into the room.

A little girl with a long black braid swinging down her back stood on a chair that perched precariously on a table. The girl stood on her tiptoes, stretching toward something on the top of a cupboard. At Muirin's sharp words, she gasped and jerked her hand back.

Dougan pushed past Muirin as the girl lost her balance. She tumbled backward off the chair, and he reached to catch her, forgetting his child's body. Ciara crashed down on top of him and a quick grab from Muirin kept the chair from following.

They fell on the dirt floor. The air left Dougan's lungs with the impact and he lay still a moment while Ciara squirmed in his grip. He sat up with a groan and pushed her to her feet. She smiled at him, her blue eyes dancing with mischief.

Dougan pulled in a deep breath as a warm feeling of peace and belonging spread through him until a connection like a line being drawn taut snapped into place between them. A heartbeat passed and then another as he looked at the little girl in stunned silence. Magic swirled around them. He swallowed hard against the disbelief rising in his chest. He flicked his gaze to Muirin. She frowned at him and shook her head, sadness and pity tinging her expression.

Ciara swept his long hair behind his ear. She gave a small gasp of surprise and touched the slightly pointed tip. "Mother keeps the cheese up there," Ciara whispered, her breath tickling his skin.

Her voice flowed in an enchanting melody, blending harmonies amid the simple words. Dougan smiled at Ciara, his chest squeezing tight. He pulled in a breath and raked his hand through his hair, once again hiding his ear.

"Well, if you weren't such a glutton, I wouldn't have to hide it," Muirin retorted and shoved the table back to the middle of the room.

Dougan scrambled out of the way, pushing to his feet. Ciara spun around, dancing as she hummed a tune. He raked his hand through his hair. This couldn't be. He wasn't full fae and his father often said it wasn't likely to happen. Maybe this was all part of the gods' plan, to ensure he would follow through on his mission. Whatever the reason, and no matter how improbable, this little girl with the melodious voice and strange magic was his mate.

The rest of the day passed in a haze. Dougan's eyes tracked every move Ciara made. Muirin, in turn, watched him. Oblivious to the tension in the house, Ciara played the day away, excited to have someone other than Muirin to interact with. Dougan pried himself away from her once she fell asleep and sought Muirin where she sat, staring over the dark ocean.

The wind chilled his face, and he pulled his blanket tightly around his shoulders as he sat on the edge of the cliffs. The rushing waves filled the night. Dougan sighed and closed his eyes. He focused his mind on the rhythm of the sea.

"What is she?" Dougan asked the question his mind refused to let go of.

"She is a child of the gods, a siren with a song never before heard."

"Why is she not with the other sirens?" Legend held sirens, women with magical songs that contained the story of the world, lived on a secret island.

Muirin shook her head. "She must grow up first. She must know the ways of man and embrace her humanity, for without that, she will never understand her song."

Dougan didn't know what that meant, but asked another one of his burning questions. "Does she know what she is?"

"No." Muirin's reply snapped in the darkness. "You will not tell her. It is the will of the gods that she does not know until her song is ready to be sung. You are here to be a companion, a friend. Your fae blood will protect you from her song."

Dougan nodded. "I will protect her with my life." The declaration resonated through him.

"You cannot love her like that," Muirin said, her tone softening with something close to pity.

"I have no choice. She is my mate." Throughout the day, he'd become convinced of it.

"In that case, it is a cruel fate, for her destiny is shrouded in darkness."

"I'm not frightened of the dark." Dougan held no doubt in his heart that his future, his every breath, would be for Ciara.

Muirin shook her head. "You should be."

NEVER LET THEM HEAR
YOU SING

CIARA

The Isle of Erin
15 years later....

"Sing for me."

Ciara bit her lip, considering the request. The beach was deserted—save them and a few gulls. Her mother warned her never to sing where anyone could hear her, except Dougan. He was the one person in the world she could sing to, and when she was with him, song wanted to pour out of her.

"Come on, Ciara. I want to hear you."

She could never say no to Dougan. Melody swelled within her, and with a profound sense of relief, she let the song soar in time with the rolling waves. It rose—joyful, bouncing, full of the life of spring that blossomed around them. Dougan's green eyes lit with pleasure as he listened. They lay in the sand, staring up at the cloudless sky as she sang the lilting melody.

It was a rare day on the Isle of Erin for early spring. The gulls cried in gentle accompaniment as Ciara sang a song with words older than time, where music and verse were one. Finally, she fell silent, and peace settled like a blanket over them. The waves rolled, and the world went still under the spell of her song.

Ciara slipped her hand into Dougan's. He squeezed it and turned his head to smile at her. Sand clung to his ebony locks that always fell across his finely chiseled face. She pushed up on an elbow and stared down at the man she loved more than the song that coursed through her. The Gods had brought him to her; she was sure of it.

They'd been raised together, but never under the illusion of being brother and sister. Their strange family of three, Dougan, Ciara, and her mother, Muirin, lived on the fringe of Graystone village. A family of outcasts, though she didn't know exactly what made them differ-ent. The villagers kept their distance, but Ciara didn't mind. If she had Dougan and her mother, her life was full.

At almost twenty summers old, she and Dougan had left child-hood behind, discovering something more between them. Ciara didn't understand what was changing within her, within him, but she knew she wanted to spend the rest of her life with Dougan. She traced his face with a light touch, tucking his hair behind his ear that had the slightest point to it. He wore his hair long to hide them, but she loved their shape.

Ciara's long black curls mixed with his when she leaned forward to brush a kiss across his lips. Pleasure lit his eyes. He cupped her face with his hand and drew his thumb across her bottom lip, making her shiver as excitement rolled through her at his touch. She wanted more and leaned down to kiss him again.

"Look at the freaks on the beach!"

The hateful words shattered the moment, and from the cliff's edge above, pebbles rained down on them. The shower of stones sent them scrambling. Dougan shot to his feet and sprinted for the edge of the beach, where a narrow, steep path climbed the cliffs.

"Dougan! Let it go," Ciara called, shooting a filthy look up at Sean, a pimply faced boy who lived to torment them.

"Did the fairy show you his wee little cock yet? If you want to see a real man, come up here and let me show you!" Sean grabbed his crotch suggestively, and Ciara looked away in disgust.

Sean always seemed to find them, no matter how hard they tried to avoid him. His taunts and insults aggravated Ciara, but they bothered Dougan far more. She shot another glare up at their nemesis and ran after Dougan.

At the far end of the little beach, Dougan pelted up the path and gained the top of the ridge. Ciara hurried to catch up, tucking her skirts up and scaling the rocks. Dougan, stronger and taller, climbed the well-worn path with ease. She struggled to reach the handholds, but she was strong for her size and managed the climb without Dougan's help. She pulled herself up the last bit and saw the boys rolling in the grass. Sean, bigger and meaner, pinned Dougan to the ground and drew a fist back to strike him.

The song raged from Ciara's lips before she even realized that she was singing. Hard and vengeful, the music roared through her. Sean looked at her with wide, terrified eyes and pushed away from Dougan.

"Ciara, stop!" Dougan yelled at her, jumping to his feet. He grabbed her hand and tried to pull her away, but she sang on.

Ciara's voice rang true, demanding recompense for every nasty word and blow Sean had ever delivered. She bore down on him, singing a low, ominous, grinding melody that filled her with darkness and power. Wind whipped her long black hair around. Her simple gown of rough homespun fabric twisted around her legs, but she didn't slow as she marched toward him, her song growing stronger with each step. He cowered in the grass as she towered over him. When the last note fell like a hammer blow, Sean collapsed and lay still at her feet.

"Gods, Ciara. What have you done?" Dougan ran to her side. He rolled Sean to his back. Lifeless eyes stared back. He raked a hand through his hair. "He's dead. Gods help us."

Ciara barely heard his words. Songs coursed through her, though she couldn't pinpoint a single melody. Energy clouded her vision and filled every inch of her. Power fueled her galloping heart. She felt as if she could pull the sun from the sky or leap off the cliff and fly. Everything stood out in sharp relief. The sea breeze smelled fresh and sweet. She floated on it like a bird and saw herself standing with Dougan from high above. The sea called to her, and she thought about diving deep into the ceaseless movement. Her song raged. There was nothing she couldn't do.

"Ciara!"

Her mother's voice lanced through her dancing thoughts. A hard shake brought her spirit and body back together. The power surging through her ceased, and she sucked in a breath in its absence. Ciara opened her mouth, eager to sing more, feel more of that intoxicating freedom, but her mother gave her another vicious shake, and dug her fingers into Ciara's arms. The pain forced Ciara's focus to her mother's steady brown eyes, that bore no resemblance to her own.

"The time has come. Your song is ready," she murmured. Her tangled grey curls stood out in a wild mass as she stared intently at Ciara.

Ciara's mind cleared of the jarring melodies. "What do you mean? What's going on?" She looked around her, taking in Sean's lifeless body at her feet and Dougan's wide-eyed, ashen face.

Her mother didn't answer. With a rare show of affection, she hugged Dougan tightly. "Go home, son of my heart. To your home beyond the forest." She turned away from him and looked at the corpse on the ground with a sigh.

Ciara shook her head, trying to clear the haze from it. "What are you talking about? To his home beyond the forest?" She looked from Dougan to her mother and then at Sean's body. Gods. She'd killed him. Her hands shook and an icy fear gripped her.

Dougan's face clouded with anger. "I'm not going anywhere without Ciara."

"Where are you going? What's going on?" Ciara demanded, panic building. Her heart hammered as she stared at Sean's waxy face. The village would demand justice. Was that why her mother was trying to send Dougan away?

"It is time. You have done what you were brought here to do. Now go." Murin's words held an edge they knew all too well. This was not open for discussion. "Go back to your kind, son of the fae, and forget Ciara. She's beyond your reach forevermore."

"What?" Ciara sputtered, her head reeling with the shifting events. She grabbed her mother's elbow, but Muirin jerked her arm free.

"Stay here," her mother snapped. She stooped and, with strength beyond her slight build, scooped up the body. She slung the burden over her shoulder and carried it to the cliff's edge. Without hesitation, she flung the corpse into the sea.

The moment Muirin turned away, Dougan grabbed Ciara's hand. "Quickly. Come with me." He towed her toward the path that led to the forest.

Ciara set her feet and snatched her hand away. "What did she mean—son of the fae? You did what you were brought here to do? What is she talking about?" Her voice rose and strange snippets of song escaped. She clamped her lips together, forcing down the notes.

Her mind spun as she tried to understand her mother's words. The fae were Otherworld creatures. She wasn't even sure they existed or if they were just part of the stories old men told to scare children into behaving. She knew there was something different about Dougan, just as there was something different about her. But a fae? Even worse, he knew. He knew why they were different, and he had kept that secret from her. Hot tears spilled over, and she crossed her arms over her chest, glaring at the man she thought she knew.

"We don't have time, Ciara. She's going to take you away." Dougan's gaze flicked over her shoulder. "Hurry!"

Desperation etched across his face. He lunged for Ciara's hand again.

"Ciara." Her mother's voice floated to her on the wind. "Listen to the song within you. You hear the sea. It calls, and it will not be denied."

Ciara's head pounded. She indeed heard the call. It pulled at her heart and soul, and she wanted to answer it more than anything, even more than being with the man she loved. Dougan tugged at her hand and her heart tore in two. The life she knew called to her to stay forever on the green shores of Erin with Dougan's hand in hers. She wanted to stay lost in that sweet illusion, but reality's demanding summons pulled her toward her future. Deep in her soul, she knew she could not ignore it.

The gulls screamed as the waves rolled inexorably onward. She swallowed hard and looked at the man she loved, but didn't know. Dougan saw the decision on her face and raised her hand to his lips, planting a kiss on her palm.

"Go, Ciara. I will not stop you, but Gods willing, I will come for you. One day, I will find you again." He dropped her hand and turned away from her.

Tears rolled down Ciara's face as he walked away, shoulders hunched and defeated.

The sea roared in her ears, demanding her attention. Something deep inside her sheered away, like rock giving way from the cliff face. The fracture widened, and an abyss opened, catching the broken pieces of her heart and soul.

Ciara considered the windswept cliffs of her childhood. Had it all been a lie? A dream? The thrumming song within her beat its steady rhythm. With each beat, it pulled her toward the embrace of the sea. Her tears blurred her vision as she turned away from her home.

REWRITING DESTINY

DOUGAN

Dougan kicked a rock in the path, grateful for the sharp pain it caused. It couldn't compete with the crippling agony that gripped him as he walked toward the hidden gateway in the forest. He'd known that this day would come. Ciara's destiny lay far beyond this small fishing village. He'd been telling himself for over a decade that he would let her go when the time came, but in his heart, he knew it was a lie.

Anxiety churning in his gut, Dougan thought of life without her. His future stretched out before him, utterly barren and grey. The desolate scene sent his heart pounding and a cold sweat broke out on his brow. He curled his hands into fists, fighting against the mounting panic.

Gods, he hadn't wrestled this foe in years. Never since he came to live in the mortal world did the terrors grip him. He shook with the effort of holding back the rising tide of fear and desperation. He'd lost her and with her went all his hopes and dreams.

Damn the gods and the fates for giving him all his heart could ever want, only to snatch it away. Damn himself for forgetting he had a role to play, a job to do. Damn his cursed heart for loving the one woman in the world he couldn't have.

The vice tightened around his chest. He sucked in air and told himself to find the calm within. He heard his father's words, "In every storm, you have a safe harbor within you." His father had always been the one who had anchored him when the terrors visited. No one was there to help him this time, and nowhere within him held any hope.

Ciara had been his safe harbor. From the moment she'd come into his life, he had purpose and place in the world. What was he without her?

He yelled, not even knowing what he said. The sound was more like the howl of a wounded creature as he vented his frustration and his grief into the forest. Birds erupted from their perches with indignant shrieks.

Dougan went to his knees with his pain. He sucked in breath after breath as if he'd run a mile. It wasn't enough. He couldn't get enough air. He wiped his palms, slick with sweat on his pants as he sought for anything he could concentrate on beyond the blackness that was welling within him.

Ciara's face came into focus and he latched onto it. He could see every freckle on her beloved face. Her song called to him. As the blackness claimed him, she smiled and turned away.

Dougan blinked his eyes open. Leaves stuck to his face and his clothes were damp from laying on the forest floor. He groaned and pushed himself up. His head pounded, and he blew out a long, slow breath, massaging his temples. The terrors had never caused him to black out before. His stomach rolled as he thought about how vulnerable he'd been. Gods, he couldn't let that happen again.

Brushing the dirt and leaves from his face and shirt, he surveyed the surrounding trees.

He sat beneath a massive oak. The forest hummed around him, soothing his aching heart just a little. The oak held the entry to his homeland, the fae realm that lay in the Otherworld. Dougan shook his head and leaned back against the sturdy trunk, looking back down the path his feet had walked without his realizing it. He remembered the journey down it with his father all those years ago.

"Please, don't send me away, father." He knew the request sounded pitiful and was unworthy of a fae, but he had to try. He blamed it on his human half, his weak half. His human mother, one of his father's many mistresses, had died giving birth to him. Mortal feebleness.

"The gods have asked this of you particularly. It is a great honor." His father stopped walking and turned to face him. "These are your mother's people. Learn from them, for the gods love them."

Dougan resisted the urge to roll his eyes. His father's mortal loving behavior was an embarrassment. Most fae believed mortals were inferior creatures who deserved pity for their short, magicless lives. He and his father had argued the point too many times and nothing would be served by covering that ground again.

A woman emerged from the trees. Wild gray curls poked out from beneath the hood of her cloak.

"Finally. Hurry up." The woman clipped her words, speaking in a rapid staccato.

His father nodded and squeezed his son's shoulders. "Farewell, Dougan. May you walk in the Gods' sight."

Before Dougan could answer his father's farewell, a spell settled over him. He doubled over when his connection with the Mother Goddess and his fae strength and energy were severed. His soul wept, and his mind reeled in the sudden silence. He couldn't feel the earth's vitality or the soft hum of the magic of the world.

Adrift and in agony, he shrank to the size of a human child, his features softening into a human boy's. His knees buckled, and he pitched forward, just able to catch himself. On his hands and knees, his stomach heaved, and he blinked back tears of pain and fear. He stared at the fallen leaves between his hands and tried to catch his breath. A pair of black boots entered his sphere of vision.

"Get up. She'll have the place burned to the ground if we do not make haste." The woman's hand gripped his arm. She pulled him to his feet with far more strength than a petite woman should have.

He turned to address his father, but he had already abandoned Dougan to his fate. With a grimace and a cold burning resentment, he followed the hooded woman to his destiny, silently vowing he would escape back to the Otherworld and his home.

Dougan shook himself free of the memory. Though he'd had many opportunities over the years, he'd never returned to this place. He sighed and got to his feet.

His fingers skimmed over the rough bark as he walked around the trunk three times. He placed his palm flat against the trunk and asked the tree to allow him passage. The entrance to the fae realm opened before him. A shiver ran through him as the spell that covered his true form released.

The physical transformation was less drastic than the first time. Along with the slight sharpening of his facial features, the points on his ears lengthened, and he grew a few inches. Within him, the long dormant pool of fae energy and magic swirled and stretched. Tears flooded his eyes when his connection with the earth and goddess hummed, vibrant and alive. He leaned against the tree's trunk and pulled in a shaky breath.

The entryway shimmered before him. His heart pounded as he stepped through into a land he'd all but forgot. The air smelled sweet with the perfume of ever-blooming lilies, the queen's favorites. The old oak stood high on a towering hill, giving him a sweeping view of the entire Allisari kingdom.

He took a deep breath and wrinkled his nose, already missing the crisp sea breeze. Vibrant hills and dense forest stretched out in all directions. Before they'd sent him to live with Ciara, he'd chased his brothers through these hills. He could never quite keep up, not being fully fae—something his brothers never tired of reminding him of. He'd loved these forests and their ancient energy, but as he searched for something familiar, he found only strange, unwelcoming rhythms.

He tried to summon an image of his father's face but could only manage a vague impression of a tall, slender fae with a refined manner. There was only one face he could picture with perfect clarity. No number of years would erase her from his memory.

He couldn't make his feet move. The crystal towers of his father's palace rose in the distance. He had a long walk and should be on his way. He glanced over his shoulder. The portal stood open, revealing the forest he just left. He knew every tree, every hiding spot, every twist of the trail.

He swung his gaze back to the kingdom of the fae. What would it be like to return to his father's castle? Would they even know him? His stomach clenched as he imagined his brothers saying, "Dougan? We know no Dougan."

He thought of his life among the family that he could scarcely remember. What would he do here? Live with his brothers and father in a castle, watching his days go by. Unlike his immortal brothers, he would die eventually, though after a much longer life than a mortal man. He could imagine their disdain as he aged and faded. The thought of his life being filled with the monotony of palace life sickened him. This world, alien and strange in its perfection, held nothing for him.

Rage boiled through Dougan. Someone else had orchestrated every moment of his life. But no longer. He was done letting others control his destiny. He would not spend his days watching life pass by from a crystal tower.

He turned and went back through the portal, stepping out into the forest. The roar of the sea greeted him, and his heart once more found its purpose. He would find Ciara, his mate, his love. He would not stop until she was once again his.

ANSWERS AND MORE QUESTIONS

CIARA

Mists closed in and hung heavy with silence. Unspoken words clogged her throat. Ciara followed her mother blindly to the little cove where the villagers moored their fishing boats. Muirin stepped into a small row boat. Ciara joined her but did nothing to help cast the boat away from the pier.

Ciara's pain consumed her. She thought of Dougan's warm hand in hers and the devastation on his face when she pulled away from him. She wrapped her arms around herself and stared across the slate-gray waves. The sunny day was gone, and so was the life she knew.

The little boat rode up and down the swells as Muirin rowed methodically. A wild excitement lit her mother's eyes, and Ciara hated her for it. Anger joined Ciara's pain. Her mother and Dougan had shared secrets and lies. Now her mother rowed them across the ocean to gods only knew what and could barely contain her joy. A song of frustration vibrated in her chest, but she pushed it away.

The sea song changed from an insistent, rolling call to a gentle caressing melody, as if sensing Ciara's grief. Like the shifting sea, her emotions slipped from anger to a crushing despair. She listened to the song, searching for comfort. Her mother hummed along as she pulled the oars through the water, and Ciara realized it was the lullaby that Muirin sung to her as a child. Her mother gave her a sad smile but said nothing as she continued to row with the strength of an oarsman on a galley.

Finally, when their home shore disappeared beyond the horizon, and only the rushing ocean, the cry of the gulls, and the song of the sea echoed around them, Muirin stopped rowing. She tucked the oars into the bottom of the boat and folded her hands in her lap.

Gradually, the song of the sea changed. Muirin's spine straightened, and she looked around expectantly. Ciara glanced around but saw nothing beyond the endless water. She thought about Sean's body drifting in the depths, and for a moment, she thought she should join him. The immense black weight of the water would be like the deepest sleep.

Before Ciara could do more than turn the thought over in her mind, the sea came alive around them. The boat pitched and rolled furiously. Ciara clutched the sides of the boat, but her mother raised her face to the sea spray and laughed with wild joy. Light rose from the depths and grew in all directions. It spread until the rolling waves radiated a brilliant blue light as far as she could see.

A man emerged from the glowing ocean astride a monstrous horse the color of sea foam. The horse pawed at the water as the man smiled down at them. The water stilled around them, and the surface became smooth as glass.

"My Lord of the Sea!" Muirin stood in the boat and swept a low bow to the man. "I have brought her as you told me to. For twenty summers, I burned on land as she grew. She is a fine girl, a true daughter of the sea." Her mother looked at her with tender pride and affection.

Ciara stared at her mother for a heartbeat before turning her wide-eyed gaze at the man who'd just arose from the sea. It couldn't be who she thought it was.

"You have done well. I see a woman grown before me and am

pleased." The man's voice rumbled low and reverberated all around them.

The man's long, flowing blond hair and beard seemed to be made of the sea. His eyes reflected the deep blue of the ocean at twilight and danced with mischief and merriment. A trident hung across his broad shoulders. Manannan mac Lir sat atop Enbarr of the Flowing Mane, exuding power and divinity.

Ciara gaped as her mind tried to keep up with yet another dizzying change in events. Her heart hammered. Why would a god be interested in her? She pressed her lips together as song swelled within her, trying to control the anxiety that grew with every passing moment.

"Our bargain is complete. I want it back—now."

Ciara snapped her attention to her mother. Her soft brown eyes glinted sharply, and she held out her hand, her jaw set in defiance. Ciara's eyes went wide. She couldn't believe her mother would stand and make demands of a god. The sharp sting of more lies, more secrets, cut her. No one in her life was who they seemed to be.

Manannan laughed like a rumble of thunder. "Of course, daughter." He rummaged within his cloak and withdrew a silver fur cape. "Be wary. The boundaries of the Otherworld are shifting. There are reports of shadow walkers in this realm." He handed Muirin the cape with a meaningful glance. "Your sisters wait for you below. Stay close to them."

Her mother snatched the bundle out of Manannan's hands. "I understand and I will be careful," she said as she twirled the cape over her shoulders. The soft folds fell around her and she closed her eyes for a moment.

When she opened her eyes, Muirin regarded Ciara with the same sad expression that she had seen countless times but never understood. Gently, her mother kissed her forehead.

"The next verse in your song is beginning. I love you." Her mother pulled her into a fierce hug.

Ciara clung to her. "What's going on? What's a shadow walker?

Mother. I don't understand." Tears rolled down her face as her mother let her go and cupped her face, brushing her tears away.

"Time will answer your questions. I must go and you must find your destiny. You will always be my daughter, and I am proud of you. If you need me, the sea can always find me."

Ciara put her hands over her mother's, but before she could ask the questions tumbling through her mind, her mother leapt into the sea. The bright blue iridescence flashed white, and a seal's head broke through the surface. Several others joined it. Familiar brown eyes looked at her steadily for a heartbeat before the seal flipped backward and dove deep beneath the water.

"Well, now, Daughter of the Sea," Manannan said, pulling Ciara's attention to him. "It is time for you to join your sisters, just as Muirin has joined hers."

He reached his hand down in invitation, but Ciara could only stare at him. Daughter of the Sea? Confusion and questions overwhelmed her. Just hours ago, she had been chasing Dougan and dreaming of a life in a quiet fishing village. Now, here she sat with Manannan mac Lir talking to her in the middle of the ocean. It defied belief.

"I'm not going with you. I'm not going anywhere but back home." Ciara grabbed the oars and slammed them into their keepers. She pulled on them, putting all her strength into the stroke, but the boat didn't move. Tears spilled over and she yanked on them with another vicious pull. "Let me go! I don't want to go with you! I want..."

Her words died in her throat. She wanted Dougan. She wanted his solid warmth and steady presence. But he wasn't who she thought he was. He'd kept secrets from her, just like her mother. Ciar gritted her teeth as songs she'd never heard surged up. Low, angry notes escaped, and she wrapped her arms around herself, abandoning the oars. Her body trembled with the power of her verse.

Manannan slipped off Enbarr's back and joined her in the boat, folding himself into the small space. He took up the entire seat and his knees came close to his chin. He rested his hand on her knee, but Ciara jerked away from his touch. She glared at him.

"Be easy, child. I will answer all your questions."

"Be easy?" Her words rumbled out with notes she tried not to sing. "I just saw my mother turn into a seal, and the man I love isn't even who I thought he was." Her words came out in hiccupping sobs.

Ciara covered her face with her hands and fought to contain the melodies that beat within her. After years of restraint, suppressing her song was second nature to her, but in her distress, snatches of a heavy, defiant melody escaped. Pain tore through her chest, and she didn't know if was from her heart breaking or trying to hold back the flood of harmonies.

"Sing, Ciara. Let it out. I won't let it go any further than here."

She glanced at him, and he nodded encouragingly. Her tears flowed, hot and fast, and she gave up trying to fight her song. Glaring at the God sitting across from her, she poured every bit of her hurt and betrayal into the verse. It ground out, dark and thrumming. Water rippled away from the boat. One oar vibrated from its keeper and floated away. The pain in her chest lessened, and she struggled to catch her breath between notes.

Eventually, Ciara fell silent and bit her lip as the song left her. She swallowed hard against the tightness in her throat. A hollow emptiness filled her. She hugged her arms around herself and looked over her shoulder toward the shore she could no longer see but was all she had ever known. She returned her gaze to Manannan's and asked the one question her mind kept returning to.

"Who am I?"

Manannan sighed. He shifted, bumping into Ciara's legs, but she didn't move to give him room. She glared at him until he nodded. "That's a fair question, but you are so many things. I fear it is not a simple question to answer."

Ciara scoffed. "I'm nobody. I'm just a girl from a fishing village." Her voice cracked and tears threatened again.

"Do you really believe that?"

Her lips trembled. A few hours ago she had, but now... Now, the whole world had been set on its head. "I'm sitting in a boat on a still ocean with the god of the sea. I don't know what to believe."

"I supposed you don't," he said, his voice gentle and reassuring. "Let me tell you a story."

He paused with his brows raised. Ciara didn't want a story. She wanted answers, but she nodded. Perhaps he'd get around to her questions in time.

"Eons ago, the Great Goddess, Gaia, released from her womb a storm into the sea. It contained all the songs of the earth. It swirled and danced through the waters of the world, leaving behind magic and life. The gods still walked the land of Erin at that time, and we danced in joy as the music poured forth. The songs were too beautiful to let fade into oblivion. We gathered in council to find a way to capture the melodies.

Since they were born of the sea, the gods asked me to create something to hold the music. I crafted a creature from the spray of the sea, the cry of the bird, the call of the whale, and the beauty of the reef. She rose from the sea, and with the infinity of the ocean and the fluidity of water, she captured all the melodies of the world. I named her Eulah, Gem of the Sea, and she was the first Siren. Over the centuries, the sea has brought forth more melodies and more sirens."

Magical creatures with songs from the sea. Ciara chewed her lip as she considered all that might mean.

He paused and looked at Ciara. "We have a long journey before us. Will you come with me now and I will tell you the rest on the way?"

Enbarr lowered his head and blew a warm breath against Ciara's ear. As if eager to be under way, he nudged her, knocking her sideways. She stroked his velvet nose and blew out a long sigh. What options did she have? Sit in a boat in the middle of the ocean and defy the wishes of the sea god? Whatever twisting turns her fate had in store for her, they did not wait for her in this tiny boat.

She stood and Manannan smiled, pushing to his feet. He swept up on Enbarr's back and offered Ciara his hand. With a deep breath, she took it, and he pulled her up in front of him on Enbarr's massive back. The horse surged forward, and faster than the wind, they ran across the water. The crisp breeze whipped past her face, stealing her tears before they had a chance to slide down her cheeks.

Manannan slowed Enbarr's stride after a moment and resumed his story. "Twenty years ago, a great storm full of fury and darkness swelled from the depths. Terrible and vicious, the sea raged, and the men and women of Erin begged me to calm it. Their terror mounted as the towering waves bore down on the shore. They lifted their voices in frenzied prayers, calling to me, their God of the Sea, to calm the storm.

The wind screamed, and Gaia shook beneath their feet, expressing her displeasure at the folly and short memory of man. The Children of Erin had turned their faces from her, distracted by the new Christian god and his prophets and priests. Her anger called forth the storm to punish them, but I could not let her destroy my faithful people, even though there were far fewer who called my name than in times past.

I rode out in the blackest night I have ever seen. The storm pulled at me, seething with hurt and vengeance. Enbarr and I plunged into the tempest, so strong it threatened to pull the powerful Enbarr beneath its roiling fury. I called to wind and water, who knew my command, but they couldn't hear me over their roaring. Through the tumult, the faintest of melodies played, new and unheard. At that moment, I knew how to calm the sea and save the Children of Erin.

I gathered sea spray and added the sea bird's cry, the call of the giants of the deep, and all the reef's beauty. The voices of the Children of Erin intermingled with the melody of nature. The first wail of a babe, the tears of a maiden, the wisdom of an old man, and the last breath of a crone joined in accompaniment. With ancient magic, I created the last siren, capturing the storm's song and the melodies of man.

The magic of the world had changed over the centuries. The gods no longer walked among men, and so, this siren did not come forth as a goddess fully formed and radiant of song and beauty. She came to me as a babe in arms. As I looked at the tiny creature whose cry held a heartbreaking melody, I knew she would be different than her sisters. She had within her the song of man as well as the song of the Goddess. I brought Muirin, my most cherished selkie, to land to raise the child with the instructions to return her to the sea when her song was ready to be sung."

Ciara's mind fit the pieces together. She was a siren, made by the hands of a god. The Great Goddess created the melodies that coursed through her blood. Born of a storm of vengeance, her songs held death, too. Since she sang her first song, darkness danced on the edge of her awareness. It poured forth today like water falling over a cliff. Ciara thought of Sean's lifeless body as it fell into the sea. Her stomach clenched. Muirin's warnings now made sense.

Her days climbing the cliffs were gone forever. In the blink of an eye, she was no longer the girl who sang songs to Dougan on the shore. That girl died alongside Sean, a victim of her terrible song. Ciara realized she was to live in exile, far from anyone she could harm with the wrong note. Manannan must be taking her to some isolated rock where she would live her days, singing to the ocean. Or perhaps, she would have to stay silent, which was probably safer. She would go mad eventually, but better that than unleashing her lethal songs.

Though she dreaded the answer, Ciara asked, "Where are we going?"

Enbarr's rocking strides swept them across the slate grey waters, and she waited for Manannan to deliver her sentence of silence.

"To the Isle of the Silent Sisters, where the other sirens live."

Ciara twisted around to look at the god of the sea. "Why do the other sirens have to live on an island?"

"You and your sisters have immense power, Ciara. Humans are fragile, and siren songs are far too potent for their minds. When a human hears your song, the outcomes can be disastrous."

Ciara's heart stuttered. She hadn't meant to kill Sean. Even though the world wouldn't miss a man like that, the Goddess must be disappointed and angry with her.

Manannan wrapped his arms around her.

Ciara sucked in a breath. The God of the Sea was hugging her. The world had gone mad, yet she couldn't deny the comfort the embrace brought. This man with his flowing cloak and booming voice held a familiarity that urged her to relax and accept the reassurance that was offered.

"You are young and haven't been taught control. The Goddess understands. You'll have the opportunity to do better in the future."

Ciara wondered what he meant by that but was afraid to ask.

Manannan continued, "Your sisters will teach you control. They have learned to use their songs to guide sailors home or to calm the sea. But your songs are different, and you must learn how to use them. From the sea urchin beneath the waves to the humans and beasts on land, all life is precious to the Great Goddess."

She nodded, tears welling once again. Thank the Goddess she wasn't being banished to a far-flung rock in the middle of the ocean. The tragedies of the day tempered a flicker of excitement as she thought about sisters. It was too much.

Manannan fell silent. The rushing wind wove a relaxing melody. Ciara leaned back against the god of the sea and watched the endless ocean pass by.

Enbarr's strides slowed as an island jutted up from the horizon. A dozen different melodies floated across the water to meet them. Manannan made a deep rumble of appreciation in his chest.

"Glorious," he murmured as Enbarr picked up speed. In a blink, he carried them out of the surf and onto a sandy beach.

Rocky cliffs ringed the small beach, but a footpath wound its way down the face of the cliff. The song surrounded them, tugging at them with different harmonies. A child stood on the edge of the cliff while women danced around her. Their fair hair and pale gowns sparkled in the sun. Ciara slipped from Enbarr's back, drawn to the song.

Ciara's song leapt in answer. The lifelong habit of holding it back made her press her lips together.

"Sing with your sisters, Ciara." Manannan urged.

She glanced over her shoulder, and he added a nod of encouragement. She chose a happy, quick melody, and she gave it voice. Joy suffused her at singing without a second thought. The tightness that always sat between her shoulder blades released a fraction. Laughing, the women fell into step with the dancing rhythm and sang in harmony. The sea crashed onto the rocks, showering them with salty spray as it enthusiastically joined the song.

Manannan sat atop Enbarr, watching his daughters. When the song ended, he called, "Eulah, come down and speak with us."

He jumped down from Enbarr's back as the child left the group and walked down the path with unhurried grace. As she drew near, Ciara drew in a sharp breath of surprise. Though she barely came up to Ciara's chest, Eulah's beauty and womanly shape revealed she was no child. Her silver-white hair hung loose down her back and blew around in the wind. She tucked it behind her ears and swept a curtsey to Manannan.

The god of the sea dropped to his knees and wrapped Eulah in a tight embrace. "I've missed you, daughter, but I hear the songs you send me in the wind." He released her and motioned Ciara closer. "Ciara has come at last. Can you see her destiny?"

Eulah looked her up and down, her clear blue eyes scrutinizing every inch of her. Ciara stood awkwardly under the sharp gaze and chewed her lip, wondering if she should curtsey. Eulah took her hand and closed her eyes for a moment. The small hands wrapped hers in a firm grip. Ciara shot a worried look at Manannan, who gave her a reassuring smile. She wasn't sure she wanted to hear her destiny.

As the silence stretched thin, Ciara shifted her feet in the sand. Whatever her future held, it must be terrible for Eulah to take so long. She probably would send her away. They wouldn't want a killer on their island. Ciara wondered where she would go. Her stomach twisted, and just when she was about to pull her hand away, Eulah blinked her eyes open and looked somberly at Ciara.

"The Dark Siren. The fury of the tempest beats within your breast. Your songs hold destruction, devastation, chaos."

Ciara swallowed around the lump in her throat. Destruction, devastation, chaos. Who would welcome that into their lives?

"You have been blessed by the Goddess, Ciara."

Ciara looked at the tiny woman in disbelief. "You wouldn't say that if you knew what I've done," she whispered.

Eulah smiled serenely. "You will see in time. As with all things in the world, there is a balance within each of us. The innocence of a child and the brilliance of creation lighten your shadows. Such songs you will sing!" Her musical voice washed over Ciara, giving her a glimmer of hope.

Manannan smiled and opened his mouth to speak, but Eulah held up a hand. Ciara's brows shot up. Eulah just shushed a god.

"There is more she needs to hear. Your power is without question, but your destiny is difficult to see. The songs of man course through you, beckoning you. You will walk between worlds—a path no siren has ever taken." Eulah's grip tightened, and her gaze bored into Ciara. When she continued, her voice was full of earnest intensity. "Hear me now, child, for these are the words of the Great

Goddess. You must not interfere with the lives of humans. The children of Erin will tempt you to use your song in many ways. You hold life and death in your verse, but it is not for you to choose who lives and who dies. Your power could sway the balance of the world."

"What happens if I do?" Ciara whispered the question, thinking of Sean and how, once she started singing, the notes had taken on a life of their own. What would happen to her if she lost control again?

Eulah flicked her gaze to Manannan, who cleared his throat and scratched his beard. His eyes reflected pain and grief when he answered.

"A siren's magic flows from the sea. If you abuse that power, eventually, the ocean will reclaim your song."

Ciara swallowed hard. She had dozens of questions, but fear blocked her words. If she didn't have her song, did that mean she would die? Come to think of it, could she die?

"I can see the questions tumbling through your mind," Manannan said with a small smile. "They will all get answered in time. Eulah, have the fates revealed anything else to you of Ciara's destiny?"

Eulah sighed and looked out over the waves. "Her future is clouded, and the fates have not given me a clear view. I see her like the rolling ocean, never settling in one place, always drifting alone."

Ciara didn't like the sound of that. Drifting alone, moving constantly. She already missed her mother, or who she thought was her mother. Muirin was a selkie and was now swimming with her selkie family—her real family, not some baby the god of the sea forced her to raise. And Dougan... Son of the fae. She didn't even know exactly what that meant. Like touching a wound, the thought of Dougan caused fresh pain to lance through her heart. He said he would find her, but if Eulah was right, she was already lost beyond finding.

"Do not despair. Destiny is not etched in stone. Even in the great depths of the ocean, the currents change." Eulah squeezed her hand.

"We'll leave destiny to take care of itself. For now, you will stay here with us. We have much to teach you."

Ciara nodded, feeling more confused than ever. She didn't want power over life and death or dark songs that would make her drift through life always alone. Biting her lip, she dropped her gaze to the sandy beach as the tightness between her shoulders returned.

Manannan wrapped his arms around her. She gasped, hesitating a moment before returning the embrace.

"Do not forget. You are a beloved daughter of the sea." He dropped a kiss on the top of her head before releasing her. He winked and, with a graceful leap, once again sat astride Enbarr.

"Be well, my daughters," the god of the sea called to the women on the cliff.

They waved back and called their greetings to their father as he turned the mighty horse and dove beneath the crashing waves.

Ciara stared at the place where he had disappeared. She wished she could follow him. The dark comfort of the sea called to her. Eulah slipped her tiny hand into Ciara's and tugged her toward the narrow stone path.

"Come and meet our sisters. The next verse in your song is beginning."

CROSSING THE GODS

DOUGAN

Dougan emerged from the forest into a thick mist that lay like a heavy cloak over the land. He couldn't even see the small cluster of homes that made up Graystone village. He kept his eyes trained on the path in front of him, going slowly until the pier emerged from the mists.

Dougan sat on the pier and swung his legs over the edge. The tide was out but rising. The waves splashed up high enough to wet the bottom of his pant legs. He pulled in a deep breath. The salty smell of the sea filled his nose and steadied his mind.

So many times, he'd wanted to tell Ciara everything. He wanted to explain to her why she had to silence her song and why they never fit in with the other village children. But Muirin constantly reminded him that Ciara was to be kept in ignorance in order to embrace her humanity.

Bitterness soured his gut. More manipulations by the gods. They could have avoided this whole tragedy. Not that he cared that Sean now fed the fishes, but Ciara would carry the guilt of taking a life. He would have done anything to spare her that.

"Where are you, Ciara?" He asked the mists.

The waves rolled in answer, keeping their secrets to themselves. He flopped back on the pier and stared up into the impenetrable gloom. His mind spinning, wondering what to do.

Once, many years ago, Old Abey, the oldest man in the village, had gone missing for days. He drifted up to the pier in the middle of the night and the fishers found him lying in the bottom of his boat in a sleep deeper than the dead. When he woke, hours later, he told a story that had stayed with Dougan all his years.

Everyone knew to stay clear of No Name Cove. Its narrow inlet was so subtle many people sailed right past it without even knowing it was there, which was a good thing. Men who ventured in didn't come out. When Old Abey told his story, he swore he tried to stay away from the cove, but no matter what he did, something pulled the boat into the inlet like it was caught in a fast current.

A group of women sat on the shore. Their hair sparkled with the blue of the sea and their voice sounded like heaven's bells. Abey insisted they had put a spell on him, for he had no knowledge of what happened in that cove. He said they were nymphs, cherished daughters of the sea god, and he warned everyone to stay well clear of the cove.

In all Dougan's years of helping on the fishing boats, he felt no uncanny pull around No Name Cove. The fishers said Abey was gone in the head, but Dougan never forgot the urgent, terrified gleam in the old man's eyes when he told the tale.

Nymphs might know something about Ciara. They were born of the sea, just as Ciara was. Perhaps they would tell him how to find her.

Full of purpose and excited to have a plan—no matter how vague or foolhardy—Dougan untied the small boat. He suffered a pang of guilt, noticing another one already missing. Muirin and Ciara must have taken it, for no fishers would be out in such a fog. It would take the fishers months to rebuild them. His heart beat faster as he felt the rightness of his path. It all came back to the sea.

Dougan rowed away, careful to keep the shore in sight. The fog wet his hair and clung to his eyelashes as he pushed through the dense curtain. He rowed for hours. His back ached and his arms burned. When he rowed past Hog's Head Rock, he hauled in the oars with a sigh. He'd gone right past No Name Cove and hadn't even known he was close. The boat drifted and his stomach rumbled. So much for a grand plan. He hadn't eaten since Muirin's excuse for porridge that morning. He licked his dry lips. No food, no water, no idea what to do next.

He stretched his back and looked around. A jolt of panic went through him. He had drifted away from shore and could see nothing but gray fog in all directions. He picked up the oars, dipped them in the water, and pulled them right back in again. Too far in the wrong direction and he would wind up in the open ocean, in a small boat, with uncanny magic thick in the air.

He raked his hand through his hair. The low light in the mists was fading. Night closed in and Dougan's spirits sank with the dying light. A night on the water didn't scare him, not when he had the moon and the stars to guide him. But gods only knew where he'd end up in the morning, drifting in the current.

Maybe that was the key to it. He'd heard stories of places you could only find when you stopped looking for them. With no better ideas, he settled down in the bottom of the boat, shifting to find a comfortable position for his long legs and wrapping his arms around himself against the evening's chill. The boat rocked with the waves. Dougan hummed one of Ciara's favorite songs as he drifted in the night.

The sun rose, but the mists clung stubbornly over the water. Dougan blinked his eyes open and groaned. His back and neck protested, and his hand had fallen asleep. Feeling older than Abey, he pushed up on the low seat and peered into the mists, though it was like staring at a stone wall. No sight of land, no sound of sea birds, nothing but the roll of the sea.

Flexing his hand to restore its feeling, he considered what to do. The sun didn't even penetrate the gloom enough to give him a hint at his bearings. His stomach churned with hunger and anxiety. He worked his tongue around in his mouth, wishing desperately for even a swallow of water. He'd heard about sailors going mad, surrounded by water but unable to quench their thirst. He never thought he'd wind up in the same situation.

By the time night fell again, misery settled on Dougan like a heavy blanket. Hungry, parched, desperate, he drifted in the mists. He lay down in the boat and sang into the twilight. Half in a doze, he sang his favorite verse from Follow Me up to Carlow.

Roosters of the fighting stock
Would you let a Saxon cock
Crow out upon, an Irish rock?
Fly up and teach him manners

Dougan drummed his fingers in time with the beat, and in a fit of giddiness, sang at the top of his lungs. Whispers amid the waves caught his attention. He scrambled to sit up, rocking the boat. He clutched the sides and searched the gloom, trying to hear the voices over the thundering of his heart.

The whispers grew louder, coming from all around him. The boat rocked when Dougan grabbed the oars, though he wasn't sure what good they would do. Dread gripped his heart. He cried out and splashed the oars in the water, hoping the creatures would think he fell overboard. He sucked in a shaky breath, trying to be silent. Cold with fear and his wet clothes, shivers rolled through him. He clenched his teeth together to prevent their chattering. Splashes sounded only a few meters away.

A face appeared over the edge of the boat. Ethereal beauty hovered, looking down at him. Her skin glowed with translucent blue, and hair of spider spun silver flowed around her face. Crystal blue eyes observed him, unblinking.

"I'm looking for Ciara. She's a siren. Do you know her?"

The creature blinked, and a ghost of a smile crossed her lips. She pushed away from the boat, sending it spinning into the mists.

"Please!" Dougan called in the mists. "Help me find her! She is my love!"

More whispering swirled around him. Water splashed against the boat as the nymphs darted in to peek at Dougan before disappearing beneath the surface. He tried to catch one, but she flipped away from his grip.

Dougan got his feet under him and waited. The nymphs grew bolder. One lingered, looking at him with open curiosity. He lunged at her, grabbed a handful of hair, and pulled her into the boat. She barely weighed anything, but fought like a wild thing. They wrestled, and the small craft pitched side to side. Water sloshed over the edge, filling the bottom of the boat.

Anger blazed in her eyes when Dougan pinned her beneath him. She writhed and flailed, but he outweighed her. The creature bared her teeth, needle pointed and wicked. She lunged for his face, jaws snapping. He jerked away, but kept his weight centered over her. Her strike missed its mark, but she sunk her teeth into his shoulder. Hissing against the pain, he shifted to pin his forearm across her neck. In her fury, her beauty slipped away, revealing algae covered skin and seaweed clinging to a misshapen head.

Dougan's blood coated her lips. Her gaze bored into his as she opened her mouth and screeched. The sound shook the boat, and the nymph bucked underneath him. Dougan's toes slid along the slick wood, but he jammed his foot against the low plank seat and leaned hard on his arm, cutting off the banshee like scream.

The creature narrowed her eyes as she made guttural gurgling sounds under his hold. Dougan's heart stuttered when the nymph's sisters answered her cry. Waves buffeted the boat, and they rocked violently, taking on more water.

Dougan grabbed the knife from the sheath in his boot and held it to the nymph's throat. He eased his hold on her and said, "Tell them to be still or I will fill this boat with your blood."

The nymph hissed and spit at Dougan. Her sisters gathered around the boat, flashing close enough to be seen, terrifying in their rage, and then disappearing into the mists. Heart hammering and hands shaking, he pushed the tip of the dagger down, just enough to draw a trickle of blood.

The nymphs' unholy howl rattled his teeth. They tore at their silvery hair when they saw their sister's blood flow. Their claws raked down Dougan's back and arms, opening stinging tracks of scratches, but they wouldn't risk coming any closer.

"Where is Ciara of the Dark Song?" Dougan bellowed over the screeching.

The nymph beneath him smiled, cold and full of hate. Her sisters stopped their screams and crowded close around the boat, all wearing the same icy smile. They knew, but they weren't going to tell him.

Desperation welled within Dougan. He fought down panic, having come too far to turn back.

"She is my love, my world, my light. Please," he begged, holding the gaze of the creature below him. Tears gathered in his eyes as she pressed her lips together, holding her secret.

Dougan's grip faltered under the weight of his disappointment. In that instant, the nymphs struck. Moving in unison, they rocked the boat, tossing Dougan to the side. His knife slipped from his hand and splashed over the side. The nymph beneath him slithered out and wrapped her cold, slippery hands around his throat.

"I will feed your body to the crabs," the nymph said in a voice that sounded like rolling waves. She tightened her grip and triumph lit her eyes.

Dougan squeezed his eyes shut, thinking of Ciara. He didn't want to live in a world without her, but his mind and body urged him to fight back. Out of instinct, the basic drive to survive, his hands clawed at the nymph's hold. When blackness clouded his mind, he opened his eyes and met the gaze of his killer.

Abruptly, she let go, shoving him away. He lay at her feet in the bottom of the boat, twitching and gasping.

"Why don't you finish the job?" Dougan rasped as he hauled himself onto the low seat, rubbing his throat. He glared up at the nymph, who towered over him like an avenging goddess. Her eyes blazed a brilliant blue as she looked down her nose at him.

"You still draw breath because I saw pure love in your eyes. We have heard the Dark Song's name whispered on the rushing tide." She paused, cocking her head to the side. All the nymphs around the boat turned in unison to peer into the mists. "Our father will know where she is. He comes."

Through the fog, Manannan mac Lir, riding the fearsome Enbarr, thundered into the small cove. The horse skidded to a stop beside the boat and reared, striking out with his massive hooves. Dougan ducked low in the boat, his heart hammering. When he chanced a look, the sea god drew back his trident, ready to run him through.

It seemed the crabs would still get a good meal. Dougan raised his chin and leveled a defiant glare at the god. He would show no fear.

The nymph in the boat threw herself in front of Dougan, raising her hands as her sisters yelled for Manannan to stop.

"He seeks his true love, Ciara of the Dark Song!"

Manannan lowered his trident. Sadness and grief filled his eyes, and the nymphs wailed.

Dougan cradled his head in his hands. What terrible thing could make a god weep? All the air in his lungs whooshed out as grief closed around his heart. He tipped his head back and howled his despair and anger.

Manannan slid off Enbarr's back and stood on the water beside the boat. His cloak flowed around him, blending with the mists.

"Be quiet!" The god's voice sounded like a thunderclap, and silence echoed in its wake.

Dougan snapped his mouth shut and the nymphs instantly went quiet. Rage replaced grief as Dougan regarded the God of the sea. He pushed to his feet. If he was to die this day, he would strike a blow for Ciara. He gathered his strength and took a deep breath.

"You've done well, Dougan, son of Daigle."

Manannan's statement caught him off guard, and instead of

launching himself at the sea god, Dougan stumbled over his own feet. The boat rocked, but the nymphs steadied it before it capsized.

"You know who I am?" Dougan's disbelief that the god of the sea would have any knowledge of his lowly existence distracted him.

"Of course. It was I who placed you with Ciara all those years ago. Your father's debt is repaid. Go on with your life, Dougan, second son of the house of Allisari. Go live among your kind and forget the dark siren." Manannan's expression clouded with the command.

Dougan's mind spun with the implications of that. "My father's debt? He told me that the gods asked our family for help. He said I would bring honor to our family. I was payment?" He struggled over the last word. His father had used him to settle a debt, like selling a prized bull.

Manannan's gaze softened. "It was many years ago and cannot be changed now. You can ask him about it when you return to the Otherworld."

"I'm not going back. There is nothing there for me." Dougan answered without even considering it. Ciara wasn't in the Otherworld. "As long as I draw breath, I will search for her. She is my mate."

Manannan narrowed his eyes. "That cannot be. Her path is a solitary one, for that is her destiny."

"There is no doubt. I knew from the moment I saw her. Even now, I feel our connection." Conviction burned in his gut. Dougan held his breath, waiting and hoping the god of the sea would help him.

Manannan shook his head and said, "The fates have not been kind to you, but you have done well and Ciara has blossomed. For that, I am grateful and will free you of this bond." He raised his trident and swirled the waters at his feet.

"No!" Dougan stepped further back in the boat.

The god of the sea raised his brows in question. "You will never feel fulfilled or at peace."

"I don't care. I will find her." Dougan crossed his arms over his chest and raised his chin in defiance.

"If you choose that path, you may find what you are looking for, but not what you are seeking. This is your final chance to be a free man."

Dougan drew himself up. He knew that if he and Ciara were together, their love would overcome anything. "I will spend the rest of my days searching for her," he vowed, holding Manannán's gaze, daring him to question his resolve.

The sea god sighed and shrugged. "The stubbornness of youth."

The nymph in the boat turned to Dougan. "Your love is pure, and your heart is strong. There may still be a chance," she whispered and kissed him on his cheek before diving into the water. The other nymphs slipped away into the mists.

"You have made your choice, then?" Manannán asked, raising a brow, offering one last opportunity.

Dougan didn't hesitate. "I will find her."

A wave rose without warning, swallowing him. In the darkness, he thrashed, trying to find his bearings. Did the sea god mean to drown him? It would have been kinder to skewer him.

Dougan kicked with all his might, praying he was fighting toward the surface. His lungs burned. He pressed his lips together, his strength fading in the cold water. Mortal weakness.

Blackness closed in and he stopped fighting. As he floated, the water rolled him gently. The crabs seemed destined to eat this day.

Just before oblivion claimed him, the water spit him out on a sandy beach. He sucked in a breath only to lose it in a fit of coughing and retching. Sea water spewed from his nose and his head pounded. Dougan groaned as he pushed up on shaky arms. He crawled up the beach, dimly aware that the sand burned his fingers.

Heat beat down on him, chasing away the shivers that racked him. He collapsed and rolled to stare up at the brightest sun he'd ever seen.

"You stand at the beginning of a new life. Choose wisely." The sea god's words sounded in Dougan's mind.

Dougan closed his eyes against the blinding sun. He'd made his choice. He would find Ciara, whatever the cost. No matter how long it took, he would find his love.

SIREN SONGS

CIARA

Ciara stared at the swishing silver waterfall of Eulah's hair as she led the way up the path. A new verse for a creature whose song brings devastation and death. She remembered Sean's lifeless body. Goddess help her. Why would anyone want her to sing?

As they climbed the path, a thought struck Ciara. "Why is this called the Isle of the Silent Sisters?"

Eulah laughed. The musical sound held more harmonies than Ciara had ever heard. "Our songs are tethered to the isle. Sometimes, we will send one into the world of man or send messages to the Otherworld. We steer ships away from the rocks or sing a sweet breeze to calm a storm. We are cautious about the songs that leave these shores, but you'll learn more about that in time. For now, just know that you can sing whatever song you want, and it will not harm a soul."

Ciara paused at the crest of the path. Excitement and fear twined in her gut, but Eulah continued on, humming a song. The women clustered around Ciara, each one humming along. She offered them a tentative smile as the layers of harmonies soothed her nerves.

The humming rose in a song without words. Each siren sang their part as they danced in a circle around her. Ciara marveled at their beauty. They were of a similar height as she, but they moved with a grace she knew she could never match. Her dress of brown homespun rubbed against her skin, itchy and rough, while the siren's shimmering white gowns flowed and swirled around them. Their skin, a flawless alabaster, contrasted with her own darker complexion and liberal spotting of freckles. Everything from their shining, glossy hair to the glimpses of their bare feet peeking out beneath their gowns radiated an ethereal magic.

Ciara's heavy song stirred within her. She tamped it down automatically and pressed her lips together. These otherworldly creatures would not want her darkness sullying their brilliance. Maybe after they taught her to control her song, she could sing with them.

"Sing with us," the sirens called to her.

A siren with a riot of reddish blond curls broke out of the circle and slipped her arm around Ciara's waist, spinning them in time to the music. The siren picked up the song and twirled Ciara away into the arms of another siren. She took her place in the circle and danced.

The melody swelled, and Ciara could no longer contain the song. Her first notes came out hard and heavy. They jarred against the lilting harmonies around her. She covered her mouth and her cheeks burned bright red. Her feet stopped, and she stood rooted in mortified stillness.

The song fell silent. Everyone looked at her. Ciara stumbled back toward the path. This had all been a mistake. She didn't belong here anymore than she belonged anywhere. For a hysterical moment, she thought about throwing herself off the cliff and envisioned her body falling through the air as Sean's had done that morning.

Several of the sirens closed ranks behind her, blocking her path, while the others reformed their circle around her. One siren stepped into the circle with her. She didn't speak or sing. Pulling Ciara's hands away from her mouth, the siren stared at her with mismatched eyes that swirled like the stormy sea. She held Ciara's gaze with a burning intensity.

Everything dropped away as Ciara stared into the churning depths of the woman's gaze. Her fear, her excitement, her questions, and her grief spun like the roiling fathoms of the ocean. The girl she was mixed with the woman she was becoming. Energy and magic snapped in the air as she wrestled with the tempest raging in her heart. Tears coursed down her face, and she wrapped her arms tightly around herself. For a moment, she thought she'd fly apart, lost to the destruction she carried in her soul.

Deep within her, every song Ciara knew wove together. Heat built in her chest and energy coiled in her core. A wildness claimed her. Harmonies of dark and light, lilting and melancholy, blended into her song, her unique sound. Song spilled over in a new chorus, never sung before.

The other sirens joined their voices, their song, to hers, and a symphony of notes rose. As the sun set over the sea, they sang songs that were older than words and held the mysteries of the world. For the first time in her life, Ciara sang without fear or restraint and forgot to worry about the darkness. She was home.

Strange stone walls greeted Ciara when she blinked her eyes open. For a moment, she couldn't remember where she was. In a rush, her arrival to the Isle of the Silent Sisters came back to her. They had sang the night away and stumbled exhausted to their cave as the sun rose.

Ciara pinched herself and smiled at the pain. It hadn't been a dream. Her throat still burned with the hours and hours of singing. The freedom of being able to sing without worrying set her spirit free. She wished Dougan could have heard her. The thought brought a pang of despair that made her bite her lip. The life she knew was gone and Dougan...

A lancing agony shot through her. She wrapped her arms around herself and swallowed a sob. A tear escaped and trekked down her cheek. Gods, she desperately wanted to see him, tell him about this place. She wanted to walk the cliffs with him and sing whatever song he requested.

She remembered his betrayal. He was not who he said he was. He had kept secrets. Nothing about her life had been what it seemed. Ciara sniffed and straightened her shoulders. She would not mourn a life of illusion. She was among her kind, her sisters. They would be her family, a real family. The pain in her heart mocked her, daring her to think it would be that simple.

Ciara pushed to her feet, searching for something to distract herself from those troubling thoughts. She peeked out of the entrance to her chamber and took in her new home with wide-eyed fascination.

The sea cave's entrance was little more than a fissure in the rock, but it opened into a vast cavern. The roll of waves echoed distantly. Each siren had a small alcove of her own and tidal pools glowed with effervescent sea creatures, casting a colorful, swirling light. Crystals studded the walls and sparkled in the faint light. Magic and beauty surrounded her, and the pain in her heart eased slightly. This place felt comfortable. It felt like home.

No one stirred in the cavern. All her sisters must still be sleeping. Ciara turned back to her new room. A stone a little bigger than her hand glowed from behind a curtain. Before they had retired, one of the sirens had sung to the rock and made it glow. She pulled the curtain back, and the light illuminated her bed of thick moss, a chair, and several white gowns folded neatly on a small stone outcropping.

Ciara fingered the material of the gowns and smiled as it slid smoothly over her fingers. She pulled off her old dress. With a sigh of bliss, she slipped the new white gown over her head. The fabric shimmered, even in the dim light. She twirled. The skirt swirled around her legs with a caress that made her shiver.

Ciara sat on her chair and admired her new dress for a moment. A web of lines tracking across the tops of both of her feet caught her eye. She placed the glowing stone between them and frowned. Odd. Each foot had shimmering lines in the shape of fish scales traced from her toes to her ankle. She rubbed them but couldn't erase them. They didn't hurt, and she supposed that was a good thing. She wondered if the rest of the sirens had them on their feet. She hadn't noticed them last night, but she hadn't been looking at their feet.

A smile ghosted her lips as she remembered the symphony they had sung. Freedom swelled within her as she thought about singing anything she wanted. She couldn't stay still as her mind moved on from the lines on her feet to thinking about the possibilities of the day. She paced the small room. After three trips around, her restlessness won out. Glowing stone in hand, she set out to explore.

The cavern extended well beyond the reach of her light. A massive table made from the same gray stone as the walls anchored the room. Colorful cushions sat around it and a pitcher of water and goblets stood ready in the center of the table. Ciara filled one and drank down the cool, crisp water. It soothed her sore throat, and she sighed as she peered into the shadows.

"I'm Brenyn. I was formed by the tears of the Great Goddess. My song carries her joy—and grief."

Ciara whirled around to see one of her sisters coming out of her alcove, carrying a glowing stone identical to hers. Her reddish blond curls flowed over her shoulders, and she moved with elegance and poise. Brenyn placed the stone in a shallow depression on the table and sat cross-legged on a cushion. She looked at Ciara with open fascination.

"I can't believe you came from the mortal realm. I have so many questions. Do they really get grey hair as they grow old? Can they really not hear the goddess through the sea?"

Before Ciara could answer, another light emerged from an alcove deeper in the cave.

"I am Lanis. My name means little rock, and I was formed by the unbreakable will of the Great Goddess." A woman with hair so blonde it was almost white, braided in intricate swirls around her head, joined them. She placed her glowing rock on the table with the others and dropped gracefully onto a sapphire cushion. She gave Ciara a calculating look and raised an eyebrow. "What does Ciara mean? Who are you to the goddess?"

Brenyn gasped and shot Lanis a reproachful look. Ciara's mouth went dry. What did they want her to say? She was the child of fury, destruction, and the chaos of man.

She was saved from replying by a pair of sirens emerging from the shadows. They added their glowing stones to the table. The woman with mismatched eyes nodded to Ciara as she grabbed two goblets of water. Ciara couldn't help but stare at the woman. One eye swirled with shifting grey patterns, like a storm on the sea, and the other was a piercing crystal blue. The woman offered no smile but slid her uncanny gaze over Ciara before handing one goblet to her companion, who smiled kindly, crinkles and laugh lines creasing her face.

The woman with the strange eyes made a gesture with her hands and the other nodded, saying, "This is Glenys, the pure and holy one. She wishes me to bid you welcome in her voice."

Ciara smiled at Glenys, but the siren's gaze had turned away from her and stared into the shadows of the cavern. She looked uncertainly back to the siren with the kind face.

"Glenys is our silent sister. The Great Goddess created her from the pureness of her soul, and she encompasses the silence of the world, though one day she will sing. She does not hear well, for holding silence is a deafening task. Neither does she speak. We communicate with her through gestures."

Ciara nodded, unsure of what to say to that. She couldn't hold her silence for an hour, let alone eternity. What a difficult life.

Glenys' companion continued. "I'm Marvina. My name means friend of the sea. I was born in honor of the great gods who worship and love the sea and all its power. I'm glad you're here."

Ciara's smile grew wider and more secure in answer to Marvina's warmth.

"We are all glad to welcome a new sister into our family." Eulah's voice said from behind her.

Ciara turned to see Eulah and two other women approaching. Eulah took her place at the head of the table, and the other two women settled themselves on either side of her.

"I am pleased you have come to us. We've been waiting for you." The woman sitting at Eulah's right hand said.

Her deep, throaty voice reminded Ciara of her mother's. A quick throb of loss dimmed her excitement, especially when she remembered Muirin wasn't her mother. She had no mother. The woman kept speaking and Ciara forced herself to focus.

"My name is Shannon, which means ancient." She laughed a raspy chuckle. "I guess that's right, for I am old beyond reckoning, born of the mists after the great storm. This is Liadain." She pointed at the woman opposite her at the table. "She is the Grey Lady."

Ciara thought the name was fitting. While Shannon's name may mean ancient, she looked fresh and young despite her silvery white hair. No wrinkles creased her skin, and her back was straight and strong. Liadain, on the other hand, had grey hair pulled back in a knot at her nape and sat hunched with a rounded back. Her gown didn't shimmer, and her skin was so white, she almost seemed translucent. Everything about her seemed to be on the verge of blowing away in the breeze.

"I am the echo, born after Eulah's first song." Liadain said, her voice barely a whisper. "I am here, but always fading."

Eulah patted her hand. "It is a hard song to sing, for it comes only in answer to others."

Everyone looked at her expectantly. She glanced at Eulah, who responded with a smile.

"Well, it's nice to meet all of you. I'm Ciara. I'm from Graystone village. It's a fishing village not far from Killavee." She stopped talking. These women knew nothing about villages or fishing.

"Our songs each come from a unique part of the goddess and sing her melodies. Where did your song come from?" Brenyn asked. She cocked her head to the side and waited. Not a trace of malice tinged her innocent expression.

Ciara dropped her gaze to the stone floor of the cavern. She didn't want to answer that question. She looked at Eulah for help, but received only the same serene smile. The other two older sirens watched her with keen interest. Ciara suspected they knew her story. She thought about lying, saying she didn't know where she came from, but remembered Dougan's betrayal. Lies only hurt everyone in the end and she would not start her new life with falsehoods.

She straightened her shoulders. "I was born from the melodies of man and the fury of the storm. I am the Dark Siren—or so they tell me." Ciara looked around at her new sisters and waited. She waited for their horrified gasps and braced herself for them to cast her out for her darkness.

"That's wonderful," Brenyn said and clapped her hands. "Your song is different from anything we've heard before."

Lanis rolled her eyes and crossed her arms over her chest. "Just like a bullfrog sounds different than a bird."

"Your harmonies balanced us perfectly," Marvina said, frowning at Lanis, who dropped her gaze to stare into her goblet.

Eulah, Shannon, and Liadain shared a smile between them, and Ciara wondered what it meant. They were clearly the elders of the family, with Eulah as the leader. Before she could worry about it further, a tidal wave of questions came from around the table. Everyone, except Glenys and Lanis, had something they wanted to know about the world of man.

Eulah finally called a halt to the conversation. "We'll have plenty of time to ask Ciara more later. For now, there are chores to do. Ciara, go with Brenyn and she will show you around the isle."

A STRANGE NEW WORLD

DOUGAN

Somewhere in the Caribbean Sea

Dougan groaned, blinking his eyes open. He immediately closed them against the harsh, glaring sun. The oppressive heat beat down on him while the humid air hung heavy in a smothering blanket. Gods, had he somehow strayed to the Christian's Hell? The surf rolled in, covering his feet. Years of living by the sea told him the tide was rising. He had to move and find some shelter from the sun.

With an effort, Dougan pushed to his feet. He squinted against the reflection on the sand and hissed as it burned his bare feet, having lost his boots to the fathoms of the sea.

"I told you it was a man."

Dougan spun toward the words, stumbling on his unsteady legs. Two men approached and their odd pairing struck him. One man was short and slight of build. If it wasn't for the pants and the flowing gray beard, Dougan would have thought him a woman. The other towered over his companion. Easily three heads taller than Dougan, the giant's head looked like a boulder that had rolled off one cliff too many.

Dougan staggered backward, unsure if these men were friend or foe. "Who are you?" He demanded.

"What's this? A Son of Erin in need of aid, or a fae fish in need of frying before he causes mischief?" The giant's voice rumbled deep in his chest, and he spoke in the old tongue.

"You're asking the wrong question," the small man said to Dougan, wagging a finger in his face.

"And what question should I be asking, then?" Dougan said, taking several more steps back. His head pounded and every inch of him hurt as if he'd been hauling nets for a week straight.

"Well, if I were you, I'd be asking, what do they want?" the man replied with a grin and pointed to the tree line.

Dougan flicked his gaze to where the man pointed, and panic shot through him. People with painted faces wearing headdresses made of leaves emerged from the jungle. Many were naked, while others wore the strangest assortment of clothes. Some had on breeches with no shirt. Others wore a shirt and nothing else. One even wore a lady's gown, though it was cut to fit across his broad shoulders. They held spears, and some wore swords at their sides. They stood silent and still as statues.

Heart hammering, Dougan turned back to the pair of men.

He licked his chapped lips. "Aye. That seems to be a prudent question. Who are they then, and what do they want?"

"The who doesn't much matter, but since you asked, they are the Balingo, native inhabitants of this spit of sand." The big man squinted his eyes as he surveyed the natives, who advanced out of the trees and stood in a line. They held their silence, staring. "As to what they want, it's hard to say. It depends on if they are hungry."

"Are they friendly?" Dougan asked. His head spun and his stomach cramped in response to drinking half of Manannan's ocean. Maybe he should throw himself to the mercy of the sea and hope to be spat out on a more hospitable section of Hell.

"Well, that depends," the small man said, scratching his chin and making his beard dance. "Do you have an aversion to being supper? They'll treat you like a king until they decide to sacrifice you to their gods. They believe by eating human flesh they can absorb the power and characteristics of the victim."

Dougan scrubbed a hand over his face. Fatigue gripped him under the relentless heat and oppressive humidity. The words washed over him, sliding like soup through a sieve.

"They eat people?" Half drowned and exhausted, he couldn't fathom it.

"Aye, and young lads are some of their favorites." The giant rumbled and grinned, revealing straight brilliantly white teeth. "You're welcome to come with us if you like."

Spots danced in Dougan's vision, and his legs wobbled.

"Where am I?" He mumbled as his knees buckled and he fell to the burning sand.

Just before the blackness swallowed him, he heard the man say, "There he goes. Still asking the wrong questions."

Dougan cracked his eyes open to darkness. The wooden berth he laid on did nothing to ease the soreness in his body. The odor of unwashed bodies, mold, and decay caught in the back of his throat. He sat up, seeking relief from the stifling atmosphere.

His forehead cracked against the berth above him and Dougan cursed, dropping back onto his bed and striking the back of his head.

He growled and lay still with his eyes closed. He took a deep breath of the fetid air and blew it out slowly. Rhythmic creaking penetrated his awareness and he realized he was aboard a ship. A wheezing huffing sound drowned out the creaking and Dougan forced himself to open his eyes.

He turned his head and stared into the darkness. Once his eyes adjusted, he made out the outline of a massive man hunched over with his legs jammed against the frame of the berth. The giant's shoulders shook as he laughed.

Light filtered around the smaller man where he hovered in the doorway. His low chuckle mixed with the giant's wheezing mirth. If Dougan's head wasn't beating like a drum, he'd have laughed too. He gritted his teeth together and shifted to his side, so he faced the men. He couldn't get out of the berth without climbing into the giant's lap, a prospect he did not relish.

His guts cramped, and he parted his cracked lips as he worked his tongue around, trying to work up some moisture in his bone dry mouth. His voice rasped like dry leaves in the wind when he asked, "Who are you and where am I?"

"There you go again." The man in the doorway said.

Dougan's stomach heaved. He had to get out of the smothering room. His heart hammered and cold sweat broke out all over him. Frantically, he scrambled out of the berth, heedless of the giant's grunt when his foot met his midsection. He pushed past the man in the door and followed the light with a single-minded focus of finding fresh air. He clamped his lips together against his rising nausea and pushed up the ladder through the hatch. The heat slapped him in the face, but at least the air was clear of strangling odors.

He broke for the rail with lurching, drunken steps. Dry heaves racked him. He sucked in a desperate breath between retching and stared at water sliding along the hull. Dizziness blurred his vision, and he clung to the rail, fighting to pull in a breath into his tight chest.

Dougan remembered the bizarre men in the jungle and glanced at the shore. No natives stood among the trees. Maybe they'd been nothing more than a fever dream. He squeezed his eyes shut. It felt like he had an entire beach beneath his lids. Focusing on the rise and fall of the ship, he pulled in one cleansing breath after another and slid down to the deck, resting his back against the rail. He swiped a hand over his face, wiping away the sweat, and pushed his hair, stiff with salt and sand, out of his face.

"Where am I?" He asked again.

The giant loomed over him with his arms crossed as the smaller man knelt next to him.

"You're still—"

"Asking the wrong questions," Dougan growled, his temper as foul as the rest of him. "Why don't you tell me the answers to whatever question you think I should be asking?"

"Well, there's no need to be snippy with me, lad. I'm just trying to educate you on what's important when you're looking for information."

The giant groaned and, with a theatrical sigh, flopped onto the deck. The planks vibrated under the impact.

The small man drew himself up and glared at the giant. "Just because you don't appreciate my wisdom, don't prevent the boy from benefiting from it."

The big man threw a massive forearm across his eyes and mumbled, "Wake me up when you're done lecturing. Don't let him throw himself in the sea to escape you like the last one did."

The small man sniffed. "He didn't leap because of me. It was you and all your glowering. It makes them jumpy." He turned his back on the mountain of a man who gave a bone rattling snore and addressed Dougan. "Before I educate you, let me properly introduce myself. I am Crax or more formally Craxidor of the Greenwood, druid of the Darini people, mage of the Great Goddess, Servant to the Goddess Morrigan, master of—"

Crax pitched forward, arms flailing to catch himself before he hit the rail. The giant relaxed his leg, and he cracked his eyes open, meeting Dougan's gaze. The big man winked and settled back into his nap.

Crax pushed to his feet and kicked the giant's leg, which didn't so much as twitch in response. "This insufferable oaf with the intellect of a jellyfish is Rolen. He's Famorian, so he's too mean to die and too stupid to care."

Rolen chuckled and rolled over. Crax looked heavenward as if to beseech the gods to relieve him of his burden.

Dougan watched the exchange, too tired to be curious and too heartsick to be amused. The information he wanted would be offered —eventually.

Crax sat next to Dougan, with his back to the rail. He took a deep breath and launched into his lecture. "Now then, there are five questions a man can ask when confronted with a new situation and only two of them matter."

He paused and checked to make sure Dougan was paying attention. Dougan nodded, though he wanted to slump over in a heap and sleep for at least a month.

Satisfied, Crax continued, "Like a lot of folk, you asked about the who and the why. Now, I'm here to tell you that those two questions are the most likely to get you killed. While you're standing there asking about who someone is or why they're doing something, the what and the how are moving forward. Always strike to the heart of the matter." He jabbed his finger into Dougan's arm, emphasizing his point. "Find out what is happening and how it is being done. If you don't, then you'll likely die knowing who is killing you and why, but you'll still be just as dead."

He paused and regarded Dougan expectantly.

Dougan struggled to come up with a response. All he could think of was the one thing he wanted to know at that moment. "What about where? Isn't it important to know where you are? I know I'd like to know that right about now."

Crax shook his head with a long suffering sigh. "It's difficult to work in conditions like these. No one to speak to on my level." He pinched the bridge of his nose before continuing. "It doesn't matter where you are. You're already there and knowing the where isn't going to change that. No, lad, only worry about the what and the how."

Dougan glanced over his shoulder. The sloop rode high in the water, but it wasn't the height that stopped him from jumping overboard. He couldn't bear the thought of being in the water. The memory of the crushing blackness as the wave swallowed him put an end to any further notion of abandoning ship. So, Dougan considered what Crax had said and asked, "What do you have planned for me?"

Dougan couldn't help but smile as Crax whooped and toed Rolen's side. The big man grunted and peeked out from beneath his arm.

"He can be taught!" Crax slapped his thigh and pushed to his feet in his excitement. "He might just do it."

Rolen sat up, letting go a fart that shook the deck planks. "That's what I give his odds," he said as he lumbered to his feet. "So boy, you want to know what's going to happen to you. Well, more than likely you'll be dead by sunrise, but if you're not, you're welcome to join our crew."

"Why would I be dead before sunrise?"

"Morrigan's beak," the druid snapped. "I just had him sorted out and here you've confused him again."

"Shut it, Crax. I'm the captain of this miserable tub and I've had enough of your prattling on and never saying anything." He offered Dougan his hand and pulled him to his feet. "This is my ship, the Wayfinder. We sail under the Morrigan's flag searching out relics and treasures that have escaped from the Otherworld. As the Christians spread their web, turning folk from the old faith, the line between the Otherworld and this one has widened. The Morrigan and the other gods wish to see their creations safe and sound with them in their realm. Left on this plane, these items can be used by mortals in ways I shudder to think of. Of course, they cause plenty of trouble among the gods as well."

Rolen paused and glanced at Dougan, ensuring he followed the story. Dougan nodded but didn't volunteer how well acquainted he was with the machinations of the gods. The Morrigan, the goddess of war, fate, and death, had always held a powerful position in the Otherworld. That she had hired crews to run down errant artifacts didn't surprise Dougan in the slightest.

"The Bride's Comb is our latest quest. Brighid wore it in her hair the day she wed Bres. Somehow, it escaped the Otherworld, stolen from Brighid's bedchamber." Rolen raised his brows suggestively. "Gods, the balls that would have taken." He paused, apparently considering the amount of courage, or stupidity, to steal from Brighid, the goddess of the forge, poetry, and healing and one of the most powerful goddesses in the Otherworld. "We've chased the blasted thing all the way across the ocean here to the armpit of Hell. A young English lord gave it to his wife before they set sail here to set up a sugarcane plantation. At any rate, if Crax would have conjured the minor storm I asked for, we could have boarded their ship, taken our prize, and been halfway back to the Emerald Isle. But useless cur that he is, he called up a cyclone and damn near killed us all."

Rolen held up his hand and silenced Crax's objections with a withering glare. "You botched the job, and you know it. We were blown three days west of here. When we returned, we found them run aground on the other side of the island. The natives had already cleared the wreck of all treasure, including the handful of survivors." The giant grimaced and looked at his boots for a moment. "Poor bastards. Saved from a wreck, only to end up on a roasting spit."

"So, the natives have this comb?" Dougan asked with a sinking feeling. If they feared the natives so much they wouldn't risk going after their treasure, why did they think he'd have any success?

"No. If they had, I'd just go in and take it. But the cannibals aren't alone on that island. A ciguapa dwells in the heart of the jungle. She's a beast with a body of woman and hair that swirls about her like a gown. Her beauty is terrifying to behold." The giant trailed off, staring into the distance for a moment before shaking himself. "Anyway, she has the comb. That's why I'm right pleased the sea god sent you to us. We're needing a young lad with a pure heart to go fetch the comb."

"Why do you need a pure heart to find the comb?" Dougan asked. His head pounded as he tried to keep up with the story. He couldn't fathom what a ciguapa was and dreaded the answer.

"So much for him catching on. Here he goes, asking about the why again." Crax tsked and shook his head, but didn't comment further when Rolen shot him a warning glare.

"I don't think the comb cares a whit about your heart." Rolen said and clapped Dougan on the shoulder. "I just thought it'd make you feel better, more noble, as you go out on your quest."

"Why—" Dougan frowned at Crax when he sputtered at the question. He'd ask whatever question he pleased. If he was going to die, he wanted to know why. "Why me then? Why do I have to be the one who goes after it?"

"Because you're expendable." Rolen shrugged and heaved a sigh. He rested a massive hand on Dougan's shoulder. "You've got a choice, boy. You can try to get the Bride's Comb, and if, by Morrigan's good grace, you succeed, you can join my crew. Or you can jump and take your chances with the cannibals on the island or the sharks in the water. Either way, you'll end up as supper."

Dougan didn't bother to point out that it wasn't any kind of choice worth making. He closed his eyes. A light sea breeze blew, cooling his skin. Ciara's face, leaning over him as she sang a haunting melody danced in his mind. If he was ever to find her, he had to take the first steps of his journey, even if they included facing a mythical beastie to get a magical comb and avoid being eaten by cannibals.

"Are there any options that don't include my certain death?" Dougan asked in a last-ditch effort.

"Well, there's about a one in a million chance you'll survive, so it's not certain death." Rolen scratched his ass and squinted his eyes against the glare off the water.

Crax jumped in. "It's not as hopeless as he makes it sound. He's all doom and gloom. All you have to do is sneak into the ciguapa's lair while she is out searching for her next victim. She emerges every evening at sundown, and lucky for you, we found her lair. We've been watching Shelia for a while."

"Shelia?" Dougan interrupted, jarred out of his shock by the casual mention of the name.

"Yeah, well, we had to call her something," Crax said, shrugging his shoulders.

Monster. Devil. Demon. Those were the names that came to Dougan's mind, but they had chosen Shelia. He wasn't sure which was more insane, the quest or the men who were sending him on it.

Crax went on with his description. "Shelia hasn't eaten in days and the moon is full tonight. She'll for sure go out to hunt. So, just wait until she leaves, slip in, grab the comb, and we'll be under sail before dawn."

"I might be half drowned and mad with sun poisoning, but even I don't believe it'll be that easy. If it was, you'd have done it already." Dougan shook his head but found that having a solid objective focused his foggy mind. "What else can you tell me about this beastie?"

Crax gave him an approving look for asking a proper question and launched into a description of a creature straight from a nightmare. "The ciguapa are magical creatures, born of a goddess we do not know. She walks on crooked legs with feet that point backward and sings a song with no words to lure her prey to her. Sometimes it sounds like a crying child, and other times like a wounded animal or the seductive song of a maidan. Once her prey draws near, she reveals herself, waiting until they are close enough to look them in the eye. She entrances them with her gaze and leads them back to her den, where she ravages them until her lust is sated. Then she feasts on their flesh and picks her teeth with the bones."

Dougan stared at the man in horror. What kind of abomination was this creature? He swallowed and took a deep breath. All creatures had weaknesses.

"She sounds like evil incarnate. What are her limitations? There must be some." Dougan thought about the wolves that roamed Ireland, though they rarely encroached on human territory. They were fearsome hunters, but relied on packs to be effective. The ciguapa sounded like a lone wolf.

Crax scratched his chin through his long grey beard. "I'll give you this boy. If you survive, I think you'll be worth teaching."

Rolen grunted and Dougan wondered if it was a comment on his teachability or the odds he would survive.

"The best I can tell, Shelia can't see that well. She tracks movement, but if you walk backward, she can't see you at all."

"I have to walk backward? That's going to be hard if I have to run away." Dougan thought that Rolen's estimation of one in a million odds seemed generous.

"Never run away. Shelia's fast, far faster than any fae or man. Your best defense is to walk slowly away and never, whatever you do, never look her in the eye. If you do, you're a dead man, no matter how fast you can run."

THE ISLE OF THE SILENT SISTERS

CIARA

"The sun always shines, and the sea breeze never falters," Brenyn explained as they slipped out of the dimly lit cavern into the bright sunlight.

Their feet sunk into the sand as they walked along the base of the cliffs. The path climbed to the plateau atop the jutting cliffs and Ciara gasped with delight when they leveled off into a wide meadow of swaying grasses dotted with wildflowers.

Brenyn glanced at her. "Is it pretty? I think it is, but what do I know? I've been looking at it my whole life."

"It's beautiful. Everything here is beautiful." Ciara sighed and picked a flower. She stared in amazement as one blossomed to replace it. "How did that happen?"

"How did what happen?"

"The flower. It just bloomed again right away." Ciara picked another flower and the same thing happened again.

Brenyn laughed. "Of course, it did. Everything here flows from the Spring of Life. Our flowers, vegetables, and fruit are always replenished by the spring. Is that not how it was where you came from?"

"No. Where I come from, flowers grow in spring and summer. They die in the autumn and sleep in the winter. They don't come back until the next spring."

Brenyn drew her brows together and frowned at Ciara. "Spring? Summer? Autumn? Winter? What are those?"

"Who cares? It's something from the human world and doesn't matter here," Lanis interjected, coming up behind them.

Ciara and Brenyn turned toward the other siren.

"I'm curious about the mortal world. It sounds so different from here." Brenyn shot Lanis a scowl. "The great goddess loves the mortals. That's why I'm here. She sang my song from her joy given to her by the love of the humans."

Lanis scoffed. "The same humans who turned their back on her. That's why I'm here." She glared at Ciara as if she was one of the traitorous humans. "When your precious mortals began to turn from her, she created me, steadfast and strong. I was her song to ensure the humans wouldn't forget her."

Ciara frowned, thinking of her own song born in the fury of the goddess after the world embraced a new god. "The humans haven't forgotten. They know the mother goddess and her blessings." Ciara couldn't help but defend the mortal race.

Lanis rolled her eyes, but before she could retort, Brenyn intervened.

"Let's show her the Spring of Life," she said and grabbed Ciara by the arm, tugging her toward a path that led to a wooded hill.

"You show her. I'm sure you can't wait to hear all about the human world. I've got better things to do." Lanis stalked off in the opposite direction.

Brenyn sighed and shook her head, but didn't try to stop Lanis. Relieved to be rid of Lanis and her thorny nature, Ciara followed Brenyn.

"Do you ever leave the island?" She asked as they wound their way through the trees.

Brenyn shook her head. "Only the elders and they haven't left for a long time. Manannan says that the Otherworld is unsettled and that we are safest here. He says the fae realms are fighting."

"Where is this 'Otherworld?' I keep hearing about it, but I don't know where it is."

"It's basically all around us, just on a different plane." She shrugged. "I don't really know either. It seems so strange that there are realms upon realms all on top of each other. I mean, we could be walking through someone's home right now." She giggled.

Ciara laughed with her. It still amazed her that the fae were real. The village elders wove them into stories and spoke of them as if they lived in myth and imagination only. She thought of Dougan. He must have come from this 'Otherworld' and all the times they heard those stories, he knew it was real. Secrets and lies. Angry resentment stole her momentary levity.

"What do you do all day?" It came out harsher than she meant it to, but it had been gnawing at the back of her mind. They'd spent the whole day idle, doing basically nothing. It was inconceivable to her that there was no work to be done.

Brenyn stopped walking and turned toward her. "We sing and we listen to the songs of the sea and the isle. There's not a lot for us to do. Sometimes we sing to calm storms or steer ships away if they get too close to the isle. What do you think we should be doing?" Her question held no heat or challenge.

Ciara blew out a breath. "Nothing," she said and shook her head. "It's just so different here." She didn't add that passing endless days doing nothing but singing and listening to songs sounded torturous. Gods, how was she going to stay here and not go mad with boredom?

Brenyn gave her a reassuring smile. "Come on. It's not much further." She led the way up a hill until they came to the end of the path. A curtain of ivy hung between two trees, and the rushing of a stream sounded from the other side. Brenyn pulled the ivy to the side and revealed a clear pool. It emptied into a stream that spilled out to the cliffs, feeding life to the entire island.

"This is the Spring of Life." She knelt next to the pool and Ciara dropped down next to her.

A thrum of magic rolled through Ciara, and she glanced at Brenyn, who didn't seem to notice. The siren stared into the pool with single-minded concentration. She sang a few notes and dipped her hand into the stream, cupping the water in her hand. She continued her song as the water slipped from her fingers, dripping back into the stream. Ciara's eyes widened as each drop turned into a bright orange and white fish that darted off in the current.

Brenyn smiled at her. "Fish are my favorites. I love how they cut through the water and flit about. Lanis likes to make rocks." She rolled her eyes. "Why would anyone make rocks? They don't even move, though she does make ones that sparkle if I ask her to." She paused before asking, "What do you like to create with your songs?"

Ciara twisted long blades of grass around her fingers and avoided the other siren's gaze. She didn't want to admit what she had done with her song. Not here in this perfect place where everything was always in bloom and beautiful. She imagined the scandalized look on Brenyn's face if she admitted to killing Sean. She shrugged and avoided the question.

"I just do whatever I'm in the mood for." Her stomach grumbled. "Did I see apples up in the orchard? I'm starving."

Brenyn laughed. "Of course. There are apples and pears and even figs." She stood and Ciara joined her. "We have one meal a day in the great cavern, but we may eat whenever we please from the gardens and orchard."

Ciara followed Brenyn back down the gently sloping hill to the orchard. They walked along the stream, which Ciara noted was teeming with fish. She snagged a shiny red apple from a low-hanging branch. Not a blemish or wormhole marred the surface. The first crisp bite made her moan with delight as juice ran down her hand.

"Are they good?"

"They are...," Ciara trailed off. She couldn't find the words to describe the taste. Good certainly wasn't adequate. The taste was a medley of sweetness and just a hint of tart. She took another bite and said around the mouthful, "They're perfect."

"I'm glad you like them. I like the figs the best." Brenyn's smile faded, and she sighed. "I never realized how much I don't know. We must seem very stupid to you."

Ciara hurried to reassure her. "Not at all. You know so much more than me. Besides, if you ever only ate one apple, that would be the one to eat. When we picked apples at home, they had worms in them, so you had to be careful. We always said it was alright as long as you didn't see half a worm." Brenyn giggled and her sunny smile reasserted itself. Ciara reined in her chattering and reminded herself that the isle was now home.

They wound around a thicket of raspberries, and the path gave way to the gardens. The three oldest sirens worked among the vegetables. There were no weeds to pull, rocks to move, or pests to pick off, but they turned the soil with their hands. Kneeling on the ground, they hummed quietly as they worked. Tiny sprouts appeared wherever they touched.

Ciara hurried to join them. If the elders were working, she should do something to help. She knelt beside Eulah, but Brenyn hovered on the edge of the patch with a horrified expression.

"What can I do to help?"

Brenyn grabbed her arm and pulled her back out of the garden. "We do not interfere with the vegetables. The elders know the songs to make them grow. Too many songs can confuse the plants and they won't grow properly."

Ciara shook her head. "Where I come from, young people do not allow the elders to work without helping them. Is there nothing we can do to make their work lighter?"

Brenyn laughed and looked at Ciara like she was a silly child. "We each have our responsibilities. Each of our songs plays a role in making our island comfortable." She shrugged and tried to pull Ciara away from the garden.

Ciara set her feet and turned back toward the elders. "What is my job to be?" she asked the women who still hummed and clawed at the dirt.

Eulah looked up from her digging at Ciara's direct question. "Brenyn, take those vegetables to Marvina. She is making dinner tonight." She wiped her hands on her apron and stood. "Come with me, Ciara. Let's go for a walk."

The other two elders continued with their work, and Brenyn hurried to pick up the basket with a variety of vegetables. She gave Ciara a quick smile before heading off toward the great cave. With a sinking feeling, Ciara fell into step beside Eulah. She'd only been trying to help, but it seemed she had crossed a line she hadn't even known was there.

QUEST FOR THE BRIDE'S COMB

DOUGAN

The sun slipped lower in the sky until it kissed the sea. A sunset unlike he'd never seen colored the sky with pink and orange. Dougan watched it, wondering if it was to be his last one. Was he to die in this foreign land? Would his soul find its way to the Otherworld from this strange, hot, humid place?

Rolen leaned on the rail next to him.

"I'm not going to survive this, am I?" Dougan asked, not taking his eyes off the brilliant color display. He wanted to etch its beauty in his memory to keep him company if he was forced to wander the earth, displaced from his homeland in death.

The giant shrugged, before clapping Dougan on the shoulder and about knocking him over the rail. Rolen steadied him and gestured toward the small rowboat that the crew lowered over the side.

"Better just to get on with it. Worrying won't change the outcome."

Dougan tore his gaze away and followed Rolen to the rope ladder. They climbed down to the waiting john boat. Rolen wrapped his massive hands around the oars and began to row, falling automatically into rhythm. The trip only took a few minutes with the giant's strong, steady strokes.

Twilight closed in and Dougan took in a deep breath of fresh night air. In the back of his mind, Ciara's voice sang the song from the beach that had set everything in motion. Gods, he missed her. If she were here, she'd be right in the middle of everything, ready and eager for adventure. His heart squeezed tight, and he ground his teeth together. He would survive this. He would find her again.

"The beach encircles the entire island." Rolen interrupted his thoughts as the boat scraped to a stop in the sandy shallows. "If you get lost in the jungle, just pick a direction until you find the beach. Then stick to the beach and you'll eventually end up back here. I'll be back at dawn." He began rowing back before Dougan even made it to the beach.

"I'll be here," Dougan called over his shoulder.

Rolen paused mid-stroke. "What makes you so certain?"

"I have to find Ciara and I don't mean to die before I can even begin searching for her." He splashed through the last bit of the surf and didn't look back.

The trail was exactly where Rolen described it to be, and Dougan breathed a sigh of relief when he didn't spy any natives moving among the shadows of the jungle. Crax had said they stayed in their camps at night out of fear of the ciguapa, but he wasn't sure how much to believe.

The rocky path ran along a dry stream bed. Within a few minutes of walking, the jungle canopy closed out the light. Dougan moved slowly, checking his footing and holding his hands out in front of him to push away the giant leaves and vines. Trapped beneath the thick canopy, the moist air hung stagnant and heavy. Sweat poured down Dougan's face and his shirt clung to his damp back as he stumbled along the uneven path.

The jungle closed in, fighting him at every step. He couldn't tell if he had strayed from the path. Massive roots snaked over the ground, eager to trip him. He staggered like a blind drunk, lurching one step to the next as huge leaves slapped against his face and torso. Dougan dropped to his hands and knees and felt his way into the dry stream bed. The sharp rocks cut into his hands and knees, but he found the going easier.

Dougan crawled along, humming one of Ciara's favorite songs under his breath. The darkness shifted around him as the jungle's night life awakened. Crax's warnings about snakes and insects skittered through his mind. His skin crawled and itched with his sweat. He refused to give into the rising panic that every prickle on his skin was a creepy crawly, just waiting to take a bite of him.

The canopy broke, and moonlight streamed down on a small clearing. A pile of sticks, leaves, and mud with a single hole sat on the side of the stream bed, exactly as Crax had described it. Two towering trees stood on either side of the den. The reek of decay and rot mixed with the musty undergrowth of the jungle. Dougan swallowed hard against the nauseating odor that hung thick in the moist air, taking shallow breaths through his mouth as he studied the monster's den.

A footpath led from the stream to the opening in the sticks and mud. Dougan crouched among the scrubby bushes on the edge of the stream and watched the den for several minutes, ignoring the scattered bones that littered the clearing. Nothing stirred.

Goosebumps erupted on Dougan's skin. He'd have to get closer and if the ciguapa was still inside her den, he'd be a dead man. For several long moments, he stared at the entrance of the den. The black hole swallowed the weak moonlight, revealing nothing. His heart hammered so hard he couldn't hear anything beyond it. Aggravated with his hesitation, Dougan surged forward, breaking through the bushes. He cringed at the rustle of the branches, but kept up his headlong flight until he dropped to his knees next to the entrance and peeked inside.

The darkness, blacker than the Morrigan's feathers, cloaked the interior and the stench of death sent him scuttling back.

"Goddess help me. What kind of demon is this?" Dougan

muttered as he fought against his heaving stomach and considered his options.

He couldn't see his hand in front of his face inside the den. He'd have to widen the opening to allow in more moonlight. With a sigh, he pried away a handful of mud caked sticks, but the walls were thicker than he realized. Several minutes of pulling chunks of things he didn't want to identify yielded nothing. The den remained as shadowed as a deep cave.

Dougan sat back on his heels to rest. The fetid air clung to his face. He slithered out of the den and pulled in a deep breath. Still tainted with the stink of the ciguapa's lair and the humid island air, it did little to refresh him. He longed for a breath of clean, crisp Irish air. From the canopy, an eerily beautiful chirping song began. The hair on the back of his neck rose at the notes and he shivered with an icy dread. The melody continued. Like the twittering of hundreds of birds, it surrounded him.

Dougan pushed to his feet, craning his neck to scan the tops of the trees. A breeze blew through the leaves in a whooshing accompaniment. He froze as a creature dropped from the branches. Shelia landed on the edge of the clearing and sniffed the air.

She moved in a lurching shuffle. In the moonlight, the ivory skin of her face reflected almost silver. Her features, delicate and refined, reminded Dougan of a bird. The wind blew her hair that was so long it flowed around her body like a gown of midnight. As she moved, the flowing mass shifted and parted, revealing glimpses of her breasts and belly. Dougan's heart sank when he spied the golden comb embedded in her wild mane.

Shelia shambled toward him, chirping and cocking her head from one side to another as she peered around the clearing. She fell into an undulating gait, swaying her body back and forth. The mesmerizing movement caught Dougan's eye until he remembered what Crax had said. He tore his gaze away and held statue still.

The breeze came again, blowing Shelia's hair toward him like tentacles reaching to twine around his arms. The reek of decay rode on the wind and his stomach rolled. He clamped down on his disgust but couldn't stay down wind. He scuttled to the side, desperate for escape from the foul odor.

Shelia went silent. Slowly, she turned her head to track Dougan's movement. The angles of her heart-shaped face stood out in sharp relief. The moonlight played tricks with his vision. Her face slid from pinched and bird-like to an exquisite beauty carved of marble. She flung her hair over her shoulders, revealing a tantalizing body.

Dougan froze and held his breath, though desire stirred in his belly. The beast shuffled a few tentative steps forward. Her tone changed to a mewling call, like a kitten.

Like a string pulling taut, her magic snared him. He wanted to be closer to her, to touch her. He couldn't remember why he shouldn't. In a daze, he took a step toward her, raising his hand, reaching for her.

She snapped her gaze to where he stood and shrieked, breaking the spell. Dougan cursed himself for a fool and backed up, only to come up against her den. Shelia broke into her strange rambling run, straight toward Dougan. He pivoted and, in a stumbling fall, ran backward, zigzagging across the clearing until he hit the tree line.

The ciguapa hissed and shrieked when she realized her prey had moved. She turned in a circle, crying with her piteous plea. Dougan grabbed hold of a tree and hugged it tightly. He would not make the same mistake twice.

The ciguapa circled the clearing, calling with the soft cry of a babe. She paused to scan for movement or noise and sniffed the air. Dougan held his breath, waiting for her to come closer to his hiding spot. As Shelia passed him, he slipped out behind her, walking backward. He mirrored her movements in a bizarre back-to-back dance.

They wandered deeper into the jungle. Shelia spun around now and again as if she could sense Dougan behind her. Dougan kept pace and matched her every move. Her pitiful cries changed to frustrated hisses. She yanked leaves off trees and shredded them with her teeth. Her path became more and more erratic and Dougan struggled to keep up. It would only be a matter of time before she went left, and he went right.

Her coarse hair brushed against his arm as she lunged to the side. Dougan threw himself in the same direction and, in desperation, grabbed a handful of her hair. He set his feet and hung on. Shelia reached the end of her tether and her head jerked back.

She spun and threw herself at Dougan, claws and teeth slicing through the air. He stumbled backward, but held her hair in a death grip. He got his feet underneath him and turned to be back to back with her once more. Her hair stank worse than a midden heap on a hot summer day and its thick tangled strands held twigs and gods only knew what else.

Dougan sucked in a deep breath through his mouth, trying not to gag, and set his feet. He let her hair slip through his grip while Shelia slowly spun round, trying to find him. As she turned to face him, he dove behind her, pulling her hair tightly around her like a blanket, encircling her arms and pinning them to her sides. Dougan yanked hard on the hair and the beast toppled over with a cry.

He threw himself on top of her. Shelia snapped her jaw of wicked teeth as she bucked and twisted, loosening the hair wrapped around her. He fought to keep her contained beneath him as he tried to find the golden comb. It had slipped down in the tumult and was hopelessly tangled.

The ciguapa sunk her claws into Dougan's scalp and forced his face to hers. He scrunched his eyes closed and blindly struck out with his fist. When he connected by luck, or the grace of the gods, the biting hold on his head released. He rolled away, but grabbed another handful of the hair, wrapping it twice around the base of a small tree as Shelia lurched to her feet with a roar. The golden comb lay at his feet entangled in the tail end of Shelia's mane.

Dougan held still, holding his breath as she thrashed around, tangling her hair around herself. He pulled the knife from his boot and hacked at the hair. He sawed feverishly, keeping one eye on the beast until his knife finally cut through the hunk of hair. Free of her anchor, the ciguapa shot up the tree with a furious shriek.

The night went still. Dougan's heartbeat echoed in his ears. Shelia's ragged breathing sounded from above him. The moonlight broke through the canopy and bathed her face in its silvery glow. Her skin reflected the light in an ethereal white radiance that reminded him of the nymphs. Her black hair covered the rest of her, making it look like her face floated unattached in the shadows.

Dougan met her gaze and the depths of darkness held in her eyes made him shiver with icy dread. The yawning darkness welcomed him if he'd take one step forward. He closed his hand around the comb until the tines dug into his palm. Focusing on the pain, he stepped away, moving backward. He couldn't tear his gaze away, but forced his feet to keep moving until the jungle blocked her face from his view.

Away from Shelia's hypnotizing gaze, he turned and ran. Branches and vines snatched his face, arms, and legs as he pelted blindly ahead. Roots snagged his feet, but he scrambled up, pumping his legs as fast as they could go.

His foot caught, and he sprawled face first into the darkness. He rolled, hitting his shoulder and knocking the breath from his chest. He lay on his back, trying to find his next breath. The humid air fought his lungs, heavy and unwilling. His heart thundered. Finally, he sucked in the barest whisper. Another followed and his chest loosened. He pulled in breath after breath, greedy for the air.

Dougan studied the canopy for movement and listened for the ciguapa, but couldn't hear anything over his pounding heart and ragged breathing. The nightbirds chirped and nothing moved in the trees. Dougan rolled over slowly and pushed to his feet, waiting to feel Shelia's vicious claws, but nothing beyond the heavy jungle air touched him. Breathing easier, he picked his way through the vines and trees.

He froze again when the murmur of voices reached him. Perhaps Rolen and Crax had returned early. He turned toward the sound and soon realized there was a multitude of voices, though they spoke in a tongue unfamiliar to him. He caught the occasional word in English —die, escape, Dear God. The only other English speaking people on the island were the remaining survivors of the shipwreck.

Dougan debated for a moment. He had what he came for and the ciguapa was still somewhere in the trees. He should head for the nearest strip of beach and get to the meeting place. His father would call it humanity. His brothers would call it weakness, but he couldn't turn his back on the wreck survivors. He could still save them.

"Please, leave me alone!"

A man's voice, shrill with terror, carried through the dark. Dougan cursed under his breath and picked up his pace. Every step seemed to cause a hailstorm of noise. He paused every few moments to listen for the ciguapa. He sent up a prayer to the Morrigan. Since she hoped to get the comb back, he promised to return it if she'd protect him from the cannibals, but he didn't wait around for an answer.

Silence blanketed the jungle. The nightbirds had stopped singing, and no conversation came from the native's camp. The hair on the back of his neck stood on end. Dougan surveyed the canopy and the shadows but could find no sign of the ciguapa.

The dim glow of the camp's fires broke through the foliage. Dougan crept toward them, sure that he was a heartbeat away from death. His skin ran slick with sweat. He licked his parched lips and pressed on.

As the trees thinned, giving way to a large expanse of beach, Dougan paused and took in the native's camp. Around a central fire ring of stone stood a cluster of huts made from sticks and massive leaves. Arranged in groups of three or four, they stretched down the beach and beyond the light of the fire.

Dozens of natives stood around a blaze. Without their head-dresses and face paint, they appeared less intimidating, but no less bizarre in their assortment of clothing. A native wearing a doublet trimmed in lace over a petticoat slung around his hips pulled at a rope that held a man at the end like a fish on a line. The man stumbled forward and fell to his knees in the sand.

"Please. I cannot. I cannot." The man sobbed and covered his face with his hands until the native gave another vicious tug on the rope, yanking him forward. The man struggled to his feet and plodded miserably toward the fire where the rest of the tribe waited.

They crowded around the man. One of them produced a wooden chair and pushed the man into it. They sat around him like school children, looking up expectantly. The man's eyes were wild as he looked around as if searching for an escape, and then his shoulders slumped in resignation. He used the tail of his filthy shirt to wipe his face and straightened his back. When he opened his eyes, they swept over his audience with disdain. He began to sing.

God prosper long our noble king,
Our lives and safeties all;
A woeful hunting once there did
In Chevy-Chace befall.

For a moment, Dougan was back in the village, listening to Abey. The ballad of Chevy-Chace was one of the old man's favorites. The tale of a hunt that led to a battle that turned into a massacre stirred the imaginations of the folk in the small village. Ciara hated the song and put her fingers in her ears every time Abey sang it. A heaviness settled around Dougan's heart as he realized how far away he was from his home. He closed his eyes for a moment and said a prayer that he'd see his homeland again.

The moonlight illuminated the faces of the tribesmen. They sat rapt, watching, listening, hanging on every word that they couldn't even comprehend. The chirp of the ciguapa brought Dougan back from his musing, but the natives didn't appear to have heard it. He turned his head toward the sound, scanning the shadows. Another chirp sounded from the canopy just above him. He found her crouched in a tree, silhouetted by the moonlight. She leaned toward the bard, enthralled by his song.

Dougan judged the open beach between him and the fire. He pulled in a deep breath and set his feet. He had one chance.

With a final prayer to any god who might be listening, he burst out of the trees, sprinting hard toward the fire. The natives didn't notice until the ciguapa screeched. It tore through the night like the dying cry of a maiden with a broken heart. The bard fell silent and for a moment, everyone looked to Dougan, watching him run like a cat with its tail on fire.

He pushed his legs to their limits and his lungs burned, but he ran with single-minded determination. When the natives' stunned expressions shifted to horrified fear, he knew Shelia was right behind him. The natives scrambled to their feet, scattering for their huts and weapons.

No one paid the bard any mind. He sat, stunned, staring at Dougan and the wild creature bearing down on him. Dougan cut through the melee of people, heading for the stupefied man. A scream sliced through the tumult. The ciguapa let loose a high-pitched chittering sound that chilled Dougan's soul before silencing the scream.

Dougan pulled out his knife. The bard recoiled, tipping the chair over.

"Be still, man. I'm trying to save you," Dougan hissed as he grabbed the trailing rope and pulled the bard over on his back. He sawed at the thick ropes on the man's wrist. "Are there any other survivors?"

The bard shook his head and pushed to his knees. The knife, dull from the ciguapa's hair, made slow progress.

"Come on. We'll deal with this later." Dougan pulled the man to his feet and set off at a run for the edge of the encampment.

On the fringe of the firelight, the ciguapa tackled a man. Her hair pooled around them as she pinned him to the ground. The man screamed and struggled as she lowered her mouth to his. The ebony curtain of her hair blocked their view of her kiss, but the man's yelling turned to a gurgling sob when she tore out his throat.

The bard's stumbled to a stop, staring at the horrific sight. "Who are you?" He asked between heaving breaths.

Suddenly, Crax's lecture made perfect sense.

"You're asking the wrong question. Do what I say, and you may live to make a song about this. Walk backward. Hurry!" Dougan urged the bewildered man to fall into step beside him as the ciguapa raised her head and looked around for her next victim.

Most of the natives had scattered, but a few stood their ground with spears and swords drawn. Shelia rose, her hair swirling around her and blood dripping off her chin. She chirped, low and seductive, with a melody that made the men lower their weapons and lean toward her.

Dougan hauled the bard with him, backing away from her as fast as they could through the deep sand. The bard stopped, enthralled by her song.

"Don't listen." Dougan hissed in his ear, but the bard took a step toward the creature. "Morrigan's beak," Dougan muttered and jammed his fingers into the man's ears.

He pulled backward, urging the man to come along, but the bard shook his head, trying to loosen Dougan's hold. Dougan dug deeper, twisting his fingers until the man yelped with pain. He stopped and waited until the bard slowly nodded his head.

Dougan took a step back, and the bard followed. They resumed their backward trek, shuffling through the sand. Dougan's stomach heaved as one by one the warriors came to the ciguapa's embrace, entranced by her song. She kissed them each before killing them with a swift slice of her claws. Dougan looked away over the dark waters as she settled down to feed.

Dougan heaved a shaky sigh of relief when the shadows swallowed the bloody feast from their view. They kept moving backward until they could hear nothing beyond the rushing of the surf. He released the bard.

The waves rolled with their steady cadence. Dougan and the man looked at each other before silently turning away from the carnage. The moonlight danced on the waves as they followed the beach.

The bard stumbled along beside him and jumped at every flutter of wings or rustle that sounded from the jungle. Dougan's heart slowed from a gallop as he peered into the dark, searching for the dry stream bed. He almost wept with relief when he marked the break in the trees and the washed out track.

"Someone should be here in the morning to pick us up." Dougan's voice sounded loud in the silence.

The bard nodded and shot nervous glances up and down the beach.

"I don't think we'll see the ciguapa again tonight. Her belly is full and lust sated." He sat down in the sand with the sea to his back. Shelia might not be the only beastie in the forest.

The bard hesitated for a moment, but sat down next to him, sitting shoulder to shoulder. They watched the shadows as the moments slipped past. When he felt like his hands wouldn't shake, Dougan pulled out his knife and began working on the rope that bound the bard's wrists.

"This is like trying to saw a rock with a spoon," he muttered as he hacked away with the dull knife.

He glanced at the bard. In the dim light, the man's eyes held a faraway expression. Perhaps the night's atrocities had broken his mind. Dougan had heard of that before.

"Thank you for saving me from whatever that was." The man finally spoke after several minutes. "I thought the savages were terrifying, but they were cultured gentlemen next to that monster." A shiver ran through him. He took a deep breath and straightened his back. "I am Colin. What is your name and what misfortune has landed you on this island of horrors?"

Dougan smiled. Crax would approve of his line of questioning. Dougan told him about being washed across the sea, the Bride's comb, and how he'd escaped the ciguapa. He finally broke through the ropes and Colin stood, rubbing his wrists.

"Well, Dougan. I owe you my life," he said as he looked over the dark waters where the masts of the Wayfinder were barely visible in the early rays of dawn.

Dougan shrugged, unsure what to say. He tugged the Bride's Comb from his pocket. Some of the ciguapa's hair was still tangled around the tines. He pulled them free and braided them into a bracelet that he tied around his wrist. Perhaps it would bring him good luck in the future.

Crax and Rolen rowed out of the dawn twilight with a massive crow riding on the bow of the john boat. Too weary for pleasantries, Dougan said, "I've got the comb, and this is Colin. He's the last survivor of the wreck."

Rolen nodded, and they climbed aboard. The giant turned and rowed back to the boat without a word. Fatigue warred with pain on the brief journey back to the Wayfinder. The multitude of cuts and bruises throbbed, but bone tired as he was, Dougan couldn't muster enough energy to wallow in pity or misery. He sat like a lump and stared into the dark waters.

When they arrived back at the ship, the crow took flight and landed on the mast. Dougan moved stiffly and gritted his teeth against his sore muscles as he hauled himself up the ladder behind Colin. The crew hoisted the john boat and secured it in its berth under the watchful gaze of the crow.

With a caw, the bird took flight and circled high above the ship before landing on the rail. In a swirl of ebony feathers, the goddess Morrigan emerged. She stood naked before them and the men averted their gazes, looking at their boots or the sky or anywhere besides the glorious sight before them.

The Morrigan huffed and shook her head. "Oh, the modesty of humanity. Another thing we have the wretched Christians to thank for." She covered herself in a gown of black feathers and waited for them to pay their respects.

Rolen, Crax, and the rest of the crew bowed their heads. Dougan hurried to join them. He didn't want to incur the displeasure of any other gods. Colin dropped to his knees, overcome by the presence of the divine.

"Great Goddess! Thank you for allowing me to see another sunrise. I know it is only through your greatness that my pitiful life was spared. Your beauty—"

"Be silent." The Morrigan snapped and Colin's rambling ceased. He pressed his forehead to the deck and Rolen rolled his eyes. The Goddess held her hand out to Dougan, palm up. "You've done well."

Dougan dug into his pocket and pulled out the Bride's Comb. He dropped it in her outstretched hand with a curt nod. An icy dread gripped him when she smiled at him, holding his gaze with uncomfortable intensity. Her eyes flashed red and Dougan braced himself.

Her voice rang in triple harmony. "Dougan, son of Daigel, you are at a crossroads. Your family's debt has been fulfilled and there is a place for you in the realm of Fae. Your destiny there is bright with possibility. The path to the Dark Song is filled with peril. You will find what you are looking for, but it will not be what you seek."

Dougan clenched his jaw and sucked in a deep breath. Her warning echoed that of the god of the sea. What kind of fool dismissed not one, but two direct warnings from the gods?

The Morrigan's expression cleared. She studied him with eyes the color of a midnight sea, openly curious. "You may accompany me to the Otherworld, Dougan. We leave now."

"I'm not going with you," Dougan said without hesitation. The goddess raised an eyebrow and looked down her nose at him, disapproval at his tone clear in her expression. "I mean, no thank you, m'lady." Dougan bowed deeply to her. When he straightened, he met the gaze of the goddess of death and said, "The Dark Song is my heart, and I will find her again."

"Manannan said you would not abandon your quest. You have the heart of a warrior and the soul of a poet." The Morrigan shook her head with a sigh. "It will not serve you well."

Dougan couldn't imagine why the gods would be concerned with an insignificant man like him, but before he could ask, the goddess turned her attention to the bard, who still knelt with his head bowed.

"Now then, Colin, bard of the old tongue, I see in you the blood of your kinsman. You know the old songs and will create many new ones. I extend my offer to you, for you have proven your resilience and courage. You may accompany me to the land of Fae. We are always happy for songs and stories."

Colin bowed even more deeply before raising his head and meeting the Morrigan's gaze. "My lady flatters me. However, I left the land of Erin in search of adventure. Since I left her shores, I have been shipwrecked, almost eaten by cannibals, and now, I stand in the presence of a goddess. I think my adventures are just beginning. Besides, I owe this man my life." He gestured to Dougan before adding, "And I believe his song will be worth singing."

The giant groaned. "God's, just like a bard. They never can give a simple answer."

The bard grinned. "It is our nature. Do you have room in your crew for one more?"

Rolen grunted with a shrug. "I'll feed you to the depths if you keep me up with all your squawking."

The Morrigan threaded the bride's comb into her hair. It glittered and flashed. Arousal washed over Dougan, and every other man on board. The Morrigan smiled and let her clothes fall away. Dougan's body yearned to touch her with a terrifying intensity. A few of the men groaned and several stumbled forward, untying their breeches.

"Well, I see nothing here worth my time." The goddess sneered and in a flash of raven feathers, she shifted to her bird form and took flight.

Like being doused with a bucket of cold water, Dougan shook himself. Everyone around him did the same and blinked in surprise at their state. They hastily righted themselves as everyone avoided each other's gazes.

"The goblet of Gerald is missing and was last seen in these waters. Find it." The words rang through the air as the crow circled just above their heads. The bird swooped low over the deck, causing them to duck, and let go a blob of runny droppings that landed with a plop on the deck.

The giant growled. "Fucking bird."

"That's a goddess," the bard said, staring at the white splotch on the deck.

"It's bird shit. Clean it up. Weigh anchor! I want this place at our rudder!"

SONGS AND SILENCE

CIARA

Eulah revealed nothing as they left the elders behind in the vegetable patch. Ciara's stomach tied itself in knots as she worried what terrible punishment lay in store for her. Eulah led the way to a high rocky out cropping. Despite her slight frame, she scrambled over the large, uneven boulders without issue. Ciara struggled to keep up. She pushed her damp hair off her forehead and puffed out a long breath as she joined Eulah on the cliff's edge.

As they sat with their legs swinging over the side, Eulah held her silence. Ciara caught her breath and took in the battered and barren scene. The wild leeward side of the island took a beating from the constant sea winds. Only a few scrubby bushes clung to life between the jagged rocks. In contrast to the rest of the isle, it was ugly and empty, but she thought it was beautiful for its ruggedness and imperfections. A sense of belonging spread through her as the sea breeze blew in her face.

The waves rolled over the rocks, calm and steady. Eulah seemed in no hurry to say anything. Ciara twisted her skirt and her fingers and swung her legs restlessly. She struggled to emulate Eulah's placid façade, but impatience gnawed at her belly. She wished the older woman with just get on with it.

"Do you hear the song of the sea?"

Eulah's question caught Ciara off guard. She hadn't been listening at all. With a deep breath, she calmed her racing thoughts and focused on the notes that constantly played in the background of her consciousness. The vast melodies that rolled within the deep waters of the ocean filled her mind. Like an anchor sinking in her core, a connection drew taught between Ciara and the song. Contentment like a warm fire replaced her impatience, and she smoothed her skirt over her legs.

"You carry a great weight inside you." Eulah paused and looked at Ciara from the corner of her eye. "There is something you need to tell me. What is it?"

Ciara's stomach clenched in a tight ball of anxiety at the innocuous question. She shifted on the rock and her fingers resumed their fidgeting with her skirt, wrinkling it into a ball. She bit her lip and stared out over the ocean, knowing all too well what Eulah sensed. The terrible thing she had done.

She imagined Sean's body drifting in the deep darkness. She would rather throw herself from the cliff than admit to what she had used her song to do. Worse than that, she realized she'd enjoyed the song. She had never felt so alive. Gods, if she said that out loud, would Eulah let her stay?

The old siren said nothing. She sat still as stone, staring at the horizon.

Ciara's heart pounded in her chest as she considered how to say the words. She felt like she was holding her breath underwater, pressure building in her chest. She clenched her fists as tears spilled over, coursing down her cheeks.

Where did all these tears keep coming from? She ground her teeth together and swiped at her cheeks. The thrumming melody resonated in her chest. The more she thought about the song, the more it urged her to sing it.

"Listen to the song of the sea," Eula whispered.

A roaring filled Ciara's mind like the waves crashing on the rocks in a storm. She couldn't hear the delicate melodies that made the ocean's song. The heavy, discordant notes of her devastating song beat within her. She bit her lip, and her hands shook with the effort of holding it back.

Still, the old siren did not move. She offered no comfort or condemnation. She simply sat as solid and quiet as the surrounding rocks.

In desperation, Ciara covered her mouth with her hand, biting into the flesh of her palm. She pushed against the demanding force that beat within her. Nausea swept over her as she fought for control.

"Control doesn't necessarily mean silence."

Eulah's whispered words barely penetrated the storm raging in her head. Ciara swallowed hard around the choking notes as she fought to concentrate on the message through the cacophony.

"What do you mean?" Her voice rasped ragged and rough as she wrestled with the strangling melody.

Without warning, Eulah sang a complicated chorus of notes so loud that Ciara covered her ears. Eulah's song reverberated around them, echoing off the cliffs. The thrumming need to sing her song lessened as Ciara's eyes went wide, staring at vines erupting from between the cracks and crevices in the rocks. Eulah smiled as she tipped her head back and sang at the top of her lungs.

Vines shot from Eulah's fingertips and cascaded down over the cliff, lengthening until they flowed over the beach to meet the sea. Green leaves budded and unfurled as the siren sang without restraint. The music poured out of the older siren. Without stopping the flow of notes, Eulah changed the tune ever so slightly, and the vines blossomed with beautiful white flowers.

Ciara stared in wonder. Eulah sang on and changed a single note. The flowers turned from white to purple before changing back to white. Suddenly, the song stopped. The vines detached from Eulah's hands and the curtain of green rustled and swayed in the sea breeze.

"You try it, Dark One. All you have to do is set your song free."

Ciara shook her head, fear lancing through her. "No. I can't do that." She clamped her hands over her mouth to reinforce her resistance. If she sang even a note, all those beautiful flowers and the glorious waterfall of vines would wither and die in an instant.

"If you do not sing your song, it will find its way out. When it does, it will be catastrophic, for you will no longer be the mistress of the melody. It's not about holding your silence. It's about choosing the song you want to sing. A single note can change everything." Eulah held Ciara's gaze for a moment before she once again turned to regard the infinity of the sea.

Ciara turned that around in her mind. A single note in Eulah's song changed the color of the flowers and the length of the vines. She didn't have to silence her song. She just had to not sing *that* song, the song of death. A thin glimmer of hope gave her confidence to try.

Ciara pulled in a shaky breath, and on a quavering note, sang. The notes rushed up, eager and angry, tired of being contained. She sang quietly, though it didn't matter. The song swirled around her, deafening even at a whisper.

Eulah smiled and nodded her approval. Concentrating on the songs of her youth with their innocent, cheerful tunes, Ciara softened the edges of her song. It still beat within her with the same pounding intensity, but the slight change was enough to keep the darkness at bay. Her heart raced with the tempo of the music and her hands shook. She concentrated on holding back the untamed harmonies begging to be set free. The vines swayed in the breeze and the white and purple flowers continued to color and fade. Excited and with growing confidence, she sang on.

But as she sang, the song grew wild inside her. Taking on a new life, it flowed from her like a torrential river after a rain. The incredible power of destruction, devastation, and death stirred within her. It called to her. Shadows crowded her vision as the song wrestled control from her. The vines turned brown and withered. The blossoms rained their petals into the sea.

"Do not fight for silence, Ciara," Eulah yelled over the surging song. "Hear the sea. Find one note you can sing. The song must not control you."

Ciara clamped her lips together, but the song swelled within her. The melody forced itself through her lips. Fear gripped her as the maelstrom of music clawed its way out of her. Tears blurred her vision of the dying vines. Eulah pushed to her feet. Ciara thought dimly that the siren was leaving, escaping away from the dangerous verse.

"Hang on to me, Ciara. Anchor your song in mine," Eulah urged, standing behind her with her hands resting on Ciara's shoulders.

Eulah began to sing once more. Her song wove through the mess of jarring, dissonant noise that flowed relentlessly from Ciara. Calm and constant, Eulah's notes pulled her focus from the darkness that called to her.

Ciara sucked in a desperate breath as Eulah's song buffered hers. Eulah squeezed her shoulders before raising her arms toward the sky. Ciara twisted and watched in amazement as the siren's legs fused together, becoming the trunk of a tree. Her torso extended up and her arms grew into branches. She smiled at Ciara before her face hardened into bark. Her beautiful hair wrapped around the branches and shimmered for a heartbeat before waxy green leaves exploded in a thick green canopy over Ciara's head.

Ciara fought for breath around notes that still poured uncontrollably from her. She wrapped her arms around the trunk of the tree and held on, pressing her cheek against the rough bark. Tears trekked down her cheeks as she found an anchor in her song. She heard the resonant song of the tree, steady and everlasting. Eulah's message flowed over her. Hold fast to me and sing your song.

Ciara squeezed her eyes shut and gave herself over to her song. Its jarring notes and minor chords grated against her ears, but she didn't fight it. The same heady power that had infused her on the cliffs rushed back. She could see every leaf and rock in their individual perfection. The hum of the ocean thrummed through her, and she called to it, riding the waves of a pleasure so intense, Ciara couldn't define it. Eulah's song grew distant in her mind.

The trunk vibrated as her notes came faster, harder, louder. Ciara poured more and more into the song, each note fueling the sense of immense power coursing through her. The more she sang, the more the song demanded. The tree shot up toward the heavens and expanded until the bark could no longer hold. It cracked and split, exposing the tender flesh of the tree.

Eulah's song faltered. Ciara couldn't hear the tree's harmony. The power beckoned her, demanding more. She gave it all she could, singing with the darkness in her heart. She trembled with excitement, riding a heady wave of energy.

Eulah's notes disintegrated into agonized wails. The leaves of the tree withered and fell, and the bark crumbled. Eulah's pain penetrated Ciara's wild excitement. The swelling darkness faltered, losing its grip on her mind. Gods, what was she doing?

Panic seized her. If she killed the tree, would she kill Eulah? Goddess, help her. She couldn't let this happen again. Frantically praying she wasn't too late, Ciara sharpened her focus, seeking a single note. Amid the angry, grating noise, the tree reverberated with a hum. Despite all her pain, Eulah still sought to help her. A crystal-clear chord emerged, and Ciara seized it, echoing it with single-minded determination. She sang that note with every fiber of her being, silencing out the pounding echoes in her mind and matching that one perfect note.

Sweat mingled with tears, marking trails down her cheeks. She prayed to the Mother Goddess that somehow she wasn't destined to repeat her mistakes. The tree's branches extended, gnarled and twisted, bare of their leaves. Fragile, their fingers stretched toward the sky like a crone reaching toward the last light of life.

Ciara held her breath, cutting off her song. "Please don't be dead," she whispered over and over. She bit her lip and stared at the ancient tree, seeking any sign of life.

With a violent shudder, the tree shed its bark. It fell and crumbled to dust. Ciara's heart stuttered as the limbs broke away from the trunk. She covered her face, unwilling to watch the tree fall apart piece by piece. A flash of light penetrated through her fingers. She looked up with a gasp and the tree shrunk back to Eulah's tiny form.

Eulah swayed on her feet before sitting down with a thud. She blinked and pulled in a deep breath.

"Oh, thank the goddess," Ciara breathed and swiped away tears. She hurried to Eulah's side, studying the older siren, who looked at Ciara with a placid expression. Ciara dropped her gaze, shame coloring her cheeks with a violent blush. "I'm so sorry," she said, twisting her gown around her fingers.

Eulah said nothing. The silence sat heavily on Ciara's shoulders. The taste of power lingered, and she hated herself for how much she liked it. Ciara fidgeted, uncomfortable with Eulah's calm quiet. She should yell and punish Ciara, not just sit like a rock, as if she hadn't been a dying tree a heartbeat before.

"I thought I killed you." She blurted it out to fill the silence and covered her face with her hands.

"Not this time." Eulah pulled Ciara's hands from her face. She paused for a moment and said, "Show me your feet."

Ciara had forgotten about the lines on her feet. With a sinking feeling, she stuck out a foot from beneath her gown. The lines were darker than they had been before. Eulah traced the iridescent lines with a featherlight touch. She raised her gaze to Ciara's and lifted an elegant brow.

"I don't know what those are," Ciara said. Though they felt far more ominous now than they had when she noticed them earlier.

Eulah nodded. "I know. Tell me what happened before you came here."

Ciara closed her eyes for a moment, seeking courage. "I killed Sean." The confession lifted some of the pressure on her shoulders. Like a dam breaking, words poured out of her. "He was a horrible boy who lived in my village. He tormented us, called us freaks, and he was fighting with Dougan. I couldn't let him hurt Dougan. I..." She pulled in a breath. To her horror, her heart lifted when she said, "I killed him with my song."

Eulah sighed. "As you know, our songs come to us from the sea, from the Great Goddess herself. We carry her powers in our melodies and she values life above all else. You have immense power, Ciara. It's greater than anything I've felt before because the magic of man beats within you."

"Humans do not have magic. Trust me." Ciara thought about her village and their hard lives. This island, the sirens, they were the magic ones.

Eulah shook her head. "Magic and power do not always look the same. Humans might not have magic like being able to create a flower with a song, but they have infinite potential to learn, to grow, and to change. Your song harnesses that infinity. That is why you, more than any other siren, must learn control." She paused and traced the fish scale pattern on Ciara's foot again. "This is the mark of the ocean. When a siren uses her song to take a life, she is in direct conflict with the goddess. Every conflict leaves a mark."

Ciara frowned and pulled her foot from Eulah's grasp, tucking it under her gown. "I didn't mean to kill him and honestly, I don't want to hurt anyone. I just want to not have to worry about every note that comes out of my mouth."

Eulah smiled. "I understand. Here you can sing and learn without that worry, but you must learn control. I cannot stress that enough. It does not matter to the Great Goddess if you mean to kill someone or not. She forgives much, but eventually, you will run out of chances."

"What happens then?" Ciara forced the words out, fearing the answer.

"The ocean will claim you. Those scales will become your skin and you will live as a creature of the deep for the rest of eternity."

Ciara's mouth hung open for a heartbeat as the horror of that sunk in. She swallowed hard. "I'll do my best to learn." A jaw-cracking yawn gripped her as exhaustion washed over her.

Eulah patted her leg. "It's been a long day for you," she said.

Ciara eyed the sky. "I don't know what's wrong with me. It's not even midday."

Eula laughed. "Time moves differently here. What seems like only midday here could be several of the days that you are used to."

Ciara considered that and asked, "Do you mean that every day here is worth many days in the human world?"

Eulah nodded. "Time means nothing to a siren. Our melodies fill our days. The sun rises and the sun sets. It matters not to us." She stood and offered her hand to pull Ciara up next to her. "Why don't you go rest? I will send Brenyn to get you when it is time for our evening meal."

Ciara cast a glance at the withering vines that tumbled into the sea. Eulah squeezed her hand.

"Give it time, Ciara. Your heart carries so much. With the depth of emotion you possess, you will do many thing. You are the most powerful siren to ever live."

"Wake up Ciara."

A hand shook Ciara's shoulder. She blinked her eyes open. "Muirin?"

"Who's Muirin?" Brenyn loomed over her with her face illuminated by a glowing stone.

Ciara sat up, swiping her hand over her eyes. "She's my—" The word mother got stuck in her throat. "She was the woman who raised me," Ciara said and swung her legs around the side of her moss covered bed. "Have I been sleeping long?" She asked to prevent Brenyn's endless questions and threaded her fingers through her hair, combing out the tangles.

Brenyn nodded. "You slept almost the entire day. The sun is setting. Here, let me do that," Brenyn said, and batted Ciara's hands away. She combed through Ciara's hair and braided it as she chattered. "Eulah says that time is different where you came from, and that it will take you a little while to get used to the time here. I can't imagine a place with days that last only moments." She pulled a ribbon from her own hair and tied it around the end of Ciara's braid. "There you are. Now, let's go to supper. I'm hungry."

Brenyn led the way out of Ciara's small alcove. Around the table, the other sirens gathered, talking quietly amongst themselves. They looked up as Ciara and Brenyn joined them.

Eulah smiled. "Do you feel better after your rest?" she asked as Ciara sat on a pale purple cushion.

Ciara nodded. "Yes, thank you," she said as she accepted a glass of water from the silent sister, Glenys, and Brenyn slid a bowl of vegetable stew in front of her. Everyone stared at her as she took a bite. Uneasy with the attention, she asked the first thing that came into her mind. "Why is there no meat?"

The other sirens stared at her with questions in their eyes. Eulah smiled slightly.

"What is meat?" Brenyn asked.

Ciara's cheeks flushed. She hadn't seen any farm animals or game on the island. Manannan's words echoed in her mind. All life is precious to the Great Goddess. The sirens must not consume the flesh of animals.

She shook her head. "Never mind." She scooped up another bite of vegetable stew and kept her eyes trained on the glowing stones as she chewed. Even without the savory flavor of meat, the stew was delicious. It warmed her belly and infused her with energy. She wondered if it was magic.

The meal continued in relative silence. A few side conversations were conducted with low voices, but the roll of the sea dominated the background. When everyone finished eating, Brenyn and Lanis rose to clear away the dishes. Ciara hurried to help them, but Lanis glared at her.

"This is our job." Lanis snapped at Ciara. "Perhaps Eulah will find a job you are capable of. There might be some seaweed clogging the drainage path."

Brenyn rolled her eyes at Lanis' aggressive tone. "We take our duties very seriously. Since there is so little to do, we take pride in what we are assigned. However, I certainly don't mind if you help me gather the plates."

Ciara smiled at Brenyn and gathered the plates and cups from in front of the other sirens. She followed Brenyn to a shallow pool on the far side of the cavern. Warm water flowed and bubbled continuously and drained out the other side. They made short work of washing the plates and did not offer to help Lanis with the heavier pots.

When the washing up was done, the sirens made their way to their bed chambers. Brenyn caught Ciara off guard with an enthusiastic hug before she made her way to bed. She said good night to Shannon and wasn't surprised when Lanis gave her nothing more than a cold shoulder.

Ciara watched them go with a sinking heart. She dreaded the hours alone in the dark. She was wide awake after her recent sleep. All that time alone with her thoughts terrified her. She knew where her thoughts would go and the pain that waited there.

When everyone except Glenys and Marvina had left, Eulah approached Ciara. "Am I right in assuming you do not need further rest?"

"Yes. I'm not tired at all. I feel like I slept for ages," Ciara said and wondered what Eulah had in store for her.

Eulah smiled. "You'll grow accustomed to the cycle of the isle, eventually. Glenys does not sleep much, for her song is a restless one." She gestured to the siren, who sat near the wall of the cavern, obscured by shadow. "This would be an excellent opportunity for you to learn about her song and allow Marvina an opportunity to take her rest. Would you be willing to stay with Glenys while we sleep?"

Ciara didn't hesitate. Anything was better than staring into the dark by herself. "I'd be happy to."

Marvina smiled, relief evident on her face. "Wonderful. I confess I'm still tired after singing for so long to celebrate your arrival. I haven't sung like that in ages. I'm sorry to say that I might not be as young as I used to be." She moved to stand in front of Glenys and performed a series of hand motions, ending with a gesture in Ciara's direction. Glenys nodded.

"What do I need to do for her?" Ciara asked Eulah as she watched their silent conversation.

"Nothing. Glenys can take care of herself, but we don't like to leave her alone for long since she cannot speak. She has a lonely life trapped in her silence, so we try to support her the best we can." Eulah looked at the silent siren with tenderness.

It was the same way Muirin looked at Ciara. She pushed that thought away. "What does she normally do when you sleep?" Ciara asked Marvina as she joined them once again. It felt strange to be talking about Glenys when she was sitting in the same room.

"She paces our chamber or sits looking out at the moon, and she does sleep a little. It's not that I need to care for her, but..." She trailed off and flicked a glance at Eulah, who nodded. "We worry that she'll lose herself in the silence if left alone too long. When she finally contained her song, she almost slipped away into a realm so deep in her mind, we couldn't reach her. She needs an anchor to this world."

Ciara nodded. She understood how loneliness could entice a person to seek a place of peace within their mind. "I don't know her hand language. How are we to communicate?"

Marvina and Eulah smiled. "Don't worry. You'll find your way," Marvina said before bidding her a good night and leaving her with the silent siren.

Glenys met her eyes briefly before sliding her gaze away to stare into the shadows that hung around the edge of the cavern. Ciara let out a long sigh and sat on a cushion, realizing what she had agreed to. A long, silent night stretched out before her.

Ciara fiddled with the fringe on the edge of her cushion, combing the silky strands between her fingers. She braided the strands and combed them straight. Restless, she switched cushions to a bright blue one that looked more comfortable, but was just the same. After a few moments, she stacked the cushions around her alternating colors until they were higher than her head. They tipped over and scattered.

Glenys watched her. She shrugged her shoulders and gathered the cushions. She offered the other siren a smile that wasn't answered. Glenys slid her gaze away and went back to staring into the darkness.

Ciara blew out a long breath and pushed to her feet. She paced in circles around the massive stone table, tracing her finger along its rough surface. Her foot found a loose stone, and she had an idea.

She picked it up and tapped Glenys on the shoulder. When the siren looked at her, she pressed the rock into her hand. With a series of sweeping gestures and marching in place, Ciara mimed she was going to walk around the cavern and that Glenys should throw the rock to get her attention. The old siren turned the stone over in her hands and returned her gaze to the shadows.

That was close enough to an agreement for her. Ciara wandered through the enormous cavern. She crept past the sirens' alcoves, listening intently. They all seemed to be sleeping soundly. She wondered if any of them snored. Dougan had snored like thunder.

Ciara's thoughts turned to their small cottage on the edge of the cliffs. Muirin refused to be out of sight of the sea though the waves crashed, and the wind howled, blowing moist, cold air through the cracks in the walls. They passed the frigid winter nights with stories and songs or sewing near the fire. Dougan would sigh and take Ciara's work from her, tearing out her uneven stitches and redoing them. A smile tugged at her lips as she thought about Dougan and Muirin, heads bent and needles flashing in the firelight, trying to sew faster than the other.

Ciara closed her eyes, leaning against the stone wall. A tear escaped before she forced her mind away from her past. She had a long night ahead of her if she couldn't find something to occupy herself. She considered how she could entertain Glenys. Goddess knew the siren could use some distraction as well. It had to be exhausting doing nothing but keeping her song quiet.

Neither a song nor story would work, and there was no needle-work to be done. Ciara noticed the glowing stones left behind on the table. She knelt on a cushion and gathered them to her. Glenys shifted, turning her attention toward Ciara. Encouraged, she arranged the stones in a circle and hummed under her breath. The song was nothing special, just a quiet, easy melody. It coursed through her as she moved the stones to form a star and then a triangle. She lost herself in making shapes and the lilting verse.

Without intention, Ciara's song lifted the light from the stones. Wonder filled Ciara and excitement blossomed as she sang. The pinpricks of light moved into a line before spiraling out, leaving a glowing trail behind them. Flowers of light blossomed. They grew and flashed into a thousand pinpricks of light dripping from the sky like raindrops.

Glenys smiled as she watched the lights dance and move. The song ended, leaving the hall in darkness save for the pale illumination of the effervescent pools.

Giddy excitement bubbled up within Ciara. She had never sung anything like that before. Emboldened and curious, she sat down next to a small pool glowing faintly with pale green light. Glenys watched her from the table, though Ciara could not see her face. With a deep breath, she focused on the green radiance and sang. The light intensified. She sang faster and louder and the light shot up in a single column that reached all the way to the stony top of the cavern.

The tempo increased, and Ciara's excitement shifted to unease. She didn't know this song. She didn't know how to control it or where it would go. As her song found its climax, the light from the other pools erupted and flooded the cavern in a brilliant flash.

Her hands shook as she tried to rein in the music. Ciara's cheeks reddened as she thought of the sleepy sirens all emerging from their rest because of her. Lanis was sure to have several scathing comments. Anxiety eroded her last vestiges of control. Familiar darkness tinged her thoughts and her song shifted to a hammering, heavy beat.

No. Not now. She clamped her lips shut, but it was too late. The last notes escaped, and the effervescent pools pulsed once and fell dark.

Goddess help her. What a fool she had been to even try to sing. She didn't know what she was doing and now she'd destroyed something else. Ciara bit the inside of her cheek to hold back more wretched tears. All she did here was ruin things and cry. Miserable, she huddled in the dark.

Freak. Sean hadn't been the only one to call her that. The hateful word swirled in her mind. She didn't belong here anymore than she belonged back in the village. It seemed she destroyed everything she touched. They should have banished her, sent her to live alone in some forgotten corner of the world where she couldn't harm anyone or anything. The tears spilled over as self-pity swamped her. She was a blight on a beautiful rose.

Ciara yelped when the stone struck the back of her head, jarring her out of her spiraling thoughts. Glenys. She had forgotten all about the other siren.

Ciara crawled back toward the table, hoping she was going in the right direction. Without light from the stones or the pools, the darkness in the cavern was absolute. Her shoulder struck the stone corner of the table.

She felt her way along the vast table until she stumbled over something soft. Glenys clasped her hand and yanked her down next to her. She held Ciara's hand and patted her back. Ciara's misery loosened slightly. Glenys pressed her finger to Ciara's lips, indicating silence, and leaned back against the table with a sigh.

On the back of Ciara's hand, Glenys traced intricate patterns with her fingertip. With the oddly soothing touch, Ciara's worry and anxiety trickled away. The need for song, the need to do something, the need to be something all drifted away as they sat in the darkness. When she relaxed, she heard the melody.

Glenys ran her finger in a different swirling shape and the music changed. The lullaby Muirin used to her played in her mind. She sighed and yawned, realizing that despite her long rest, she still hadn't adjusted to the way time moved on the isle. Glenys released Ciara's hand and patted it. They settled into a still silence with only the distant echo of the crashing waves to remind them of the world beyond.

Ciara blinked her eyes open. Someone sat down next to her, jostling her out of her slumber. She looked around the great cavern and remembered the previous night's events. Relief rushed through her when she saw the effervescent pools once again a glow. She turned her attention to Eulah, who settled herself on a cushion next to her, resting her back against the table. On Ciara's other side, Glenys slept with her head on her shoulder.

"I'm so sorry," Ciara whispered to Eulah. Shame colored her cheeks, and she lowered her gaze to her lap.

With her small hand, Eulah tipped Ciara's face back up and held her gaze. "You are here to learn, Dark One. Do not apologize. What did you learn?"

Ciara sighed, not wanting to say what was in her mind, for she knew it was not what the older siren wanted to hear.

"There is no wrong answer," Eulah coaxed.

"I learned I don't have control of what I sing." Ciara avoided Eulah's gaze and stared at the pale green glow of the pools.

"That is correct in so far as it reflects your current state of being. However, it is not a new piece of knowledge." Eulah shifted to look at Glenys. "It took ages for Glenys to find silence. During that time, earthquakes shook the land. Tidal waves flooded cities and even sunk an entire island. She found control long before she found silence. You cannot expect to understand the mysteries of your song in so little time."

Ciara considered the sleeping siren. At rest, the lines of stress that etched her face caused by the constant battle to contain her song eased. Ciara admired her strength and hoped one day to attain something close to her abilities.

"When I sang last night, I got frightened. The music came faster and faster and I didn't know what would happen. When I got scared, the darkness took over. I don't understand how to keep the darkness away." Ciara admitted.

Eulah nodded and smiled slightly. "Perhaps you learned more than you think. Just because your song holds darkness, that does not mean you have no light."

Ciara frowned down at her lap. When she sang, she didn't feel like she had the tiniest spark of light. It always ended up with darkness.

Eulah patted her leg. "Give it time, Ciara, and don't forget that light always casts shadows."

CAPTURING THE SEA GHOST

DOUGAN

A deserted island in the Caribbean Sea
Several years after joining the Wayfinder

Dougan sat in the bow of the john boat, a stout pole at the ready to fend off anything from a submerged stump to any number of swamp creatures. In the twilight, the shifting shadows played tricks on his eyes. This swamp hid worse things than snakes longer than a man, insects that could carry off a small child, and the vicious lizards that the locals called caymans and the naturalists called alligators. The sea cows that glided lazily beneath the surface caused them no trouble, but the mami wata, water demons who waited to pull an unsuspecting sailor to her lair beneath the mangrove trees, were decidedly problematic. They leapt up with no warning and low tide was their favorite time to hunt.

The sounds of the swamp surrounded them. Bird calls and insect song accompanied the slap of the oars on the water. The eerie cry of the howler monkey raised the hair on the back of Dougan's neck. This was indeed a cursed place.

He slapped at something biting his arm, and flicked the insect carcass away as Three Thumbs laughed. The old pirate, hardened and wizened by a lifetime minding the helm of the Wayfinder, seemed to be immune to the plague of biting flies, mosquitos, and gnats that tormented Dougan.

Colin sat in the stern of the small boat crammed next to Crax. The druid peered intently ahead, focused on guiding them to their quarry while Colin watched behind them. The bard sang a tune under his breath.

"If only I knew when I joined the Morrigan's crew
The glory I would find.
Look at old Three Thumbs who minds the wheel
He gave up his leg to a shark for a meal
He lost a hand to the sword of a man
And ear and eye too
There's nothing much left of him; just meanness and spite
But there's no pirate on the sea
As lucky as he."

Dougan couldn't help but laugh, despite the nerves that had his guts in knots.

"That one was pretty good. It almost rhymed," Crax muttered.

Three Thumbs chuckled as he rowed. The pirate had been whittled away one piece at a time in the service of the Morrigan. After centuries on the high seas, he was left with a hook instead of a hand, a peg leg, a single eye and ear, and three partial fingers on his remaining hand. The three abbreviated digits earned him the name Three Thumbs, and the fact he still had both his balls made him lucky. Dougan hoped he'd share that luck as they floated deeper into the swamp.

They'd pursued a band of pirates who had captured the princess of Thalor, a fae realm under the Morrigan's protection. The goddess sent them to retrieve the princess after her father petitioned her for help. Dougan and Colin spent the days in pursuit debating why Enya, the fae princess, hadn't laid waste to the brigands. Beyond her natural fae strength and speed, she was a renowned druid and magic user. The whole situation smelled rotten to Dougan, and here they were right in the middle of it.

The pirates led them on an exhausting chase and squeezed their ship through a narrow channel into a shallow cove, hoping to escape the Wayfinder. A cursed swamp surrounded the cove and the bottleneck opening made it easy to defend. The natives called the area the Dead Lands and refused to go near it. Full of creatures, both natural and supernatural, the swamp crawled with life and death. It was the perfect place to make a stand.

Rolen, however, wasn't so easily deterred. He feared nothing but the Morrigan's wrath if they failed. Unwilling to wait until the pirates were forced to come out of their hiding place to seek provisions, Rolen dispatched Dougan, Colin, Crax, and Three Thumbs to provide some motivation to leave the cove. As they picked their way through the swamp, Dougan couldn't help but wonder if patience would have been the better option.

"Sweet Brigid," Colin shrieked and jumped up, rocking the boat.

Dougan gripped his pole and spun around to see Three Thumbs snag a bright green snake on his hook and fling it into the brackish water. Colin's arms windmilled as he tried to find his balance. Three Thumbs grabbed a handful of Colin's shirt and jerked him back down to his seat. Without stopping his motion, the old pirate released Colin and resumed his methodical rowing.

"We're close. Be still and quit your screeching. You sound like a little girl," Crax grumbled. He hadn't flinched at the snake or Colin's antics.

Colin glowered in silence as Three Thumbs steered them around a cluster of mangroves. When they rounded the far side, a curtain of moss hung from an impenetrable cluster of tree roots.

"Well done, Crax. We've spent hours rowing only to have you lead us to a dead end. Some mighty druid you are." Colin complained, ill-tempered from the heat, the bugs, and being called a girl.

Dougan peered through the moss. He could see the outline of the ship's masts. When the tide rose, they'd be able to float over the roots and right up to the pirate's hull. The brigands wouldn't even know they were there unless they looked straight down.

"How much longer?" Dougan whispered, several hours and too many bug bites to count later.

"The water has risen three inches in the last hour. High tide is in approximately another hour. Patience," Crax said without opening his eyes.

The druid sat straight and tall in meditation while Three Thumbs had wedged an oar between two roots and draped himself over it to sleep. Colin fidgeted constantly, slapping at bugs and scanning for snakes. Every once in a while, he'd lash out with his pole only to connect with a shadow and earn a withering glance from Crax.

Dougan's thoughts wandered to Ciara. She was never far from his mind, waiting to slip into his consciousness. She danced in his dreams every night, singing with her long black hair swirling around her. Her song haunted his steps, calling to him, reminding him of his vow.

Over the years of sailing with Rolen and the Wayfinder crew, he hadn't heard a whisper about her, though he questioned every Otherworldly connection they came across. He knew one day he would find her. He imagined the day he would put his arms around her and listen to her song. His mind conjured the familiar fantasy and with a sigh he gave himself up to it, escaping to the rolling hills of Erin, where Ciara welcomed him with open arms.

"It is time," Crax murmured.

A pang of loss shot through Dougan as the crisp sea breeze and Ciara's song evaporated, replaced by the miserable darkness of the swamp. A feather light touch skimmed across his shoulders, and he shivered as the vestiges of Ciara's memory left him. He woke with that sensation every morning. He both hated and longed for it.

With an effort, Dougan forced his mind to the present and took in the water level and lack of activity on the pirate's ship. So far, everything had gone according to plan, which was enough to make him nervous. Usually, that was when everything went wrong.

Crax stood, perfectly balanced in the stern of the boat. Dougan stowed his pole beneath his seat and slid his sword and pistol to his back so they would be out of the way as he climbed up to the rail. The druid chanted behind him and Dougan held his breath.

The stagnant air shifted around them in answer to Crax's summons. Goosebumps broke out on Dougan's skin, and he balled his hands into fists against the creeping cold that accompanied the uncanny breeze. Distant howls and moans rode on the wind, winding through the swamp. Mist rose from the water and coiled around the mangroves. Three Thumbs pushed them through the narrow passage and Dougan parted the curtain of hanging moss with his hand. They slid silently through the maze of trees until they emerged from the clutching roots into the stump dotted cove.

The Sea Ghost bobbed serenely in the water. The name rang with uncanny coincidence as an army of spirits swarmed below it. Dougan's stomach clenched. The last time Crax had called upon the dead, they'd almost joined their ranks.

Ghosts buffeted their john boat, leaving Dougan with the distinct impression they weren't happy with being summoned from their rest.

"Morrigan's beak. Don't fuck this up, Crax," Colin whispered, echoing Dougan's thoughts.

Crax continued to chant as Three Thumbs rowed them to the ship. The frigate sat low in the water, according to its design and accentuated by its heavy armament. The pirates had chosen fire power with extra cannons over maneuverability and speed, counting on being able to our gun any opponents. They likely never considered how much easier they would be to board sitting so low in the water.

Three Thumbs steered them toward the bow of the ship and Dougan readied the grapple hook and rope. He circled the rope twice to gain momentum before he let it fly up and over the rail. When the hook hit. with a thud, he jerked hard, pulling it back to set the hook around the rail. In the same moment, Crax set the next stage of their plan into motion and, as usual, it all went wrong.

Dougan had learned pirates feared few things, but fire turned every pirate's gut to water. Crax called the flames as planned, but to Dougan's dismay, he didn't succeed in surrounding the boat with a ring of fire. He set the entire cove ablaze. From the branches of the mangroves to the pirate's frigate, wood ignited, including the boat they were sitting in.

"For Brigid's sweet mercy," Three Thumbs growled and rocked the boat to douse the flames that licked up the sides.

Crax sniffed, raising his chin. "I'd like to see you do better. Fire is notoriously contrary to work with. I told Rolen—"

"Go get this accursed princess, boys. I'll try to make sure we have a boat to get her back in." Three Thumbs shooed Dougan and Colin up the rope and pulled off his shirt, wetting it before slapping at the flames.

Dougan hauled himself up hand over hand, pushing hard to reach the top before the fire made its way down the rail to the rope. Misty forms of spirits swirled around him. He gritted his teeth as he climbed while Colin muttered just beneath him. The ghosts pressed in on them as they made their way up the rope. They clung to them, making every pull a battle.

"Crax, get these beasties off of us," he yelled as he fought for another few inches.

The druid let loose a keening cry that shook the cove. The pressure increased, smothering Dougan as he silently cursed Crax. Suddenly, the suffocating pressure disappeared, and he sucked in a deep breath. The mists dropped to cling to the water and swirled ominously. Dougan pulled himself up the last few feet and slipped over the rail. He crouched, staying statue still until Colin joined him.

Colin nudged him. "Look at those," he said, keeping his voice low and pointing to runes carved in the wood along the rail. "No wonder they could keep her under control."

Dougan nodded. He was no expert in runes, but Crax had taught him the basics. He inspected the symbols. The fire had charred several and a few feet away a chunk of rail was gone completely. With the circle broken, they lost their effectiveness. He recognized the sign for fire with a line through it, which meant no magical fire could be conjured on the ship. Too bad it didn't extend to keeping fire away.

A scream of terror tore his attention back to the chaos on the deck. Pirates ran screeching with ghosts clinging to them, while others fought the flames. A wave of spirits rose and mixed with the smoke, obscuring the deck from view. Dougan couldn't even see the opposite rail. Pockets of dull orange light revealed the worst of the flames as they crawled over the deck.

"How are we supposed to find anything in this?" Colin asked.

"Let's follow the rail around to midship and check the hold." Dougan struck out to the side that had less glowing orange, keeping one hand on the rail. A man careened into him, spinning away and throwing himself overboard. Colin grabbed the back of Dougan's shirt to keep him from following.

Another piercing cry came from below.

"Gods help us. What's he done now?" Colin asked as they braced themselves against the rail.

The spirits burst apart, wailing a bone chilling cry before diving in all directions, chasing pirates and shaking the sails. Panic took hold of the crew, and several dove off the ship. A few stalwart men stayed and fought the fire, concentrating on the aft section where it burned the hottest.

Dougan pointed to the hatch that led to the hold. Smoke from the burning forest filled the cove and choked them as they ran toward it, dodging fleeing pirates and the embers that rained down. Dougan elbowed his way through a crush of men tangled at mid-deck, all trying to escape in different directions. Blinded by fear, they didn't look twice at him.

A burly man with a scraggly beard and filthy clothes stumbled out of the Captain's quarters, shouting orders to douse the flames. No one heeded the orders or even acknowledged him. He ducked back into his cabin and emerged with a thick blanket and began to beat at the flames closest to him. The blanket caught on fire. He threw it overboard with a bellow of rage that faded to a scream of horror.

A massive mami wata rose from the water shrouded in the burning blanket. She howled at the terrified man, who stood frozen with his mouth hanging open. Her yellow eyes bulged, and her scraggly black hair burned. Her scaly skin dried and cracked, splitting open across her face and breasts where the flames touched. She flung off the blanket and snatched the pirate off the deck before plunging back into the water.

"Sweet mother Brigid," Colin breathed behind Dougan.

The few remaining pirates skidded to a stop before jumping overboard. They looked at each other, debating which evil to face. Finally, one of them remembered the john boat, and the rest converged on the idea. They sprinted for the bow, several ghostly forms in pursuit. They ran right past Dougan and Colin without noticing them.

"Well, at least we don't have to worry about fighting them," Dougan said as he ran for the hatch that led to the hold. He waded through a throng of spirits that clustered around the entry to below decks. "These buggers are a nuisance," he grumbled. Even without corporeal form, the ghosts crowded around him, making it like moving through water.

"True," Colin said from right behind him. "Of course, we're not going to have to worry about anything much longer if the fire reaches the powder kegs."

Dougan grunted at that as they dropped down next to the heavy wooden hatch. He hauled it back and a cloud of smoke rolled out. He tossed the cover to the side, noticing more runes etched in the underside. The ghosts peered over their shoulders into the dark hole. Their presence weighed heavy on his back. In the smoky gloom below, three women huddled on the floor below the opening. They coughed and got to their feet as the smoke cleared.

The access ladder was nowhere to be seen. Dougan dropped to his belly and reached through the hole. The spirits blanketed him and squashed him between their weight and the deck.

"Next time we need to tell Crax to get lightweight ghosts." Colin flopped down beside him with a groan. "Hurry my ladies! The hull won't last much longer!"

"And neither will we," Dougan muttered. "We're here to save you." He urged when the women hesitated. He met the blazing green gaze of a diminutive woman standing with her hands on her hips.

She rolled her eyes. "If this is your idea of saving, we'd be better off on our own. We almost suffocated down here."

"Like you were doing any better," one of the others shot back and jumped to grab Dougan's hand.

He gripped her tightly, wincing at the frailness of her hand. He hauled her up, cursing under his breath as the ghosts made the task doubly difficult. The woman rolled away and got to her feet. She pulled up the hem of her skirt and stomped her boot on the closest flames. A ghost swirled around her. She shooed it away like a fly and kept stomping intently.

"Are you Enya?" Dougan asked as Colin offered his hand to the next woman. The spirit moved to coil around him. A cold, smothering pressure clung to his face, and he swiped at it, shaking his head. Sweat beaded on his forehead as he struggled to pull in a breath.

The woman snapped her fingers, and a wave of warm energy swept over him. The ghost released its hold and shot up to the top of the mast with a screech. Dougan braced his hands on his knees and sucked in a deep breath. She smiled and helped him straighten up.

"Thank the gods you thought to break the runes. Oh, it feels good to be able to use my magic again." She stamped out a patch of flame and sent another pulse of energy across the deck, scattering the spirits.

"Who are you?" Dougan asked, knowing this was no fae princess. This woman was a witch.

"I'm Tegan. I don't know where Enya is. We haven't seen her for days."

Dougan looked back at the hatchway. The other two women didn't accept any help to escape. One leapt through the hole and, with a flip, landed next to Dougan. She folded her arms over her chest and glared at him.

"You're here for Enya. Of course. No one would come looking for us." She pressed her lips together in bitter resentment.

Dougan held up his hands. "I don't even know who you are and I'm afraid introductions will have to wait. We'll get you all to safety. Do you know where Enya is?"

The small woman, a forest fae if Dougan had to guess by her leather breeches and vest and the tips of her ears that poked through her short white hair, scoffed and shrugged her shoulders. "Probably with the captain. He's a filthy mage. He's binding himself to her."

Dougan groaned. That would require the blackest of black magic and in the last several months, it was becoming a regular occurrence. Shadow walkers teamed up with mages or fae with the right kind of magic and low moral standards to capture magic users of all kinds. Binding them allowed the master to have complete control of their powers. The shadow realm controlled the mages who, in turn, controlled the magic users. They were delivering droves of enslaved magical beings to the Otherworld to feed the fae factions' armies. Dougan blew out a breath and prayed the binding hadn't been completed. They wouldn't stand a chance against a mage and Enya's combined magical powers.

The third woman levitated smoothly from the hold, pulling Dougan's attention back to matters at hand. She landed without a sound next to Colin. Her bronzed skin seemed faded and stretched tight across her bones. Her simple tunic hung in tatters and dozens of black braids were pulled back and tied at the nape of her neck. Her dark brown eyes surveyed the scene without emotion. She sat down cross-legged on the deck, closed her eyes, and began to chant.

"What is—," A scream from the captain's quarters cut off Dougan's question. "Get them down to the boat," Dougan told Colin as he ran to the cabin.

Fire claimed half the upper deck that served as the ceiling of the quarters and the door stood open to reveal flames engulfing the table and bed. Dougan peered through the heat and smoke.

Princess Enya struggled against chains that tacked her with her arms and legs outspread flush against the wall. Sweat covered her face and as she thrashed, the points of her ears peeked through her long blonde hair. Tattoos covered her naked body and blood ran from several fresh cuts. Her eyes blazed with rage as she tried and failed to free herself.

A man sat at her feet with his back to Dougan. He chanted furiously under his breath and drew a thin blade down the front of Enya's thigh. A fine line of blood welled. The man slid his finger over the cut, smearing the blood and whispering fervently. The blood changed to ink, and another tattoo blossomed like a spider's web around the woman's leg and up the man's arm.

Fire bore down on them, but the man seemed oblivious. He readied the knife for another cut. Dougan drew his sword and barreled into the room. His swing that should have separated the man's head from his shoulders stopped short as if he had met with an iron shield. Pain reverberated up his arm, and he dropped the sword.

"Let the fire claim us! I will find my freedom in the flames!" Enya's words held a wild panic as she thrashed in her bonds. She met Dougan's eyes and jerked her head meaningfully at the fire before wincing as the man cut her again.

Gods, did she want him to burn her alive? He hesitated.

"Hurry! The flames will set me free!"

The command in her voice goaded him forward. These weren't the ramblings of madness or pain. Enya had a plan.

Dougan shoved the chair against the wall, adding fuel to the fire. He glanced at the fae princess and received a curt nod. He added the smoldering mattress to the conflagration. Heat beat him back and a coughing fit racked him as he retreated toward the door. He held his shirt over his mouth and nose as he searched for something else to burn.

Sweat ran freely down Enya's skin. She strained against the manacles that held her to the wall. Runes etched into the metal glowed white, preventing her from using her strength. Fire consumed the mattress, and the roaring drowned out the captain's chanting.

The flames grew closer to Enya. She closed her eyes as they kissed her fingertips. Dougan cringed as her skin burned. She opened her eyes and met his gaze.

"Run," she yelled in the old tongue before she closed her eyes once again and drew a blanket of fire over her.

Flames raced along her body, tracing the fine lines of her tattoos. They flowed from her to the captain without pausing, running the same course along his matching ink. He screamed as his skin erupted and split open under the heat and his hair and beard ignited. The entire wall went up in white hot fire as Enya shrieked in triumph.

Dougan stumbled backward away from the fireball. Colin grabbed his arm and pulled him away as the captain staggered out, fully engulfed in flame. He went to his knees and lay still, face down, burning brightly and sending fire across the deck.

Dougan searched among the flames for any sign of the princess. His stomach clenched. The Morrigan would not be happy.

Tegan stepped in front of him. She tipped her head back and cried out an incantation while the fae ran to the rail and, with a scooping motion, summoned a wave of water. It rose as dark clouds gathered in the previously blue sky. Water washed over the deck, knocking back the worst of the flames as rain began to fall.

The dark-skinned woman with the braids strode forward into the charred remains of the cabin. She hummed low in her chest and sent vibrations rolling through the deck that ran up Dougan's legs. Energy pulsed through him. The call beckoned him. He added his voice to the humming force and Colin did the same. The witch and fae and all the creatures of the cove joined them.

The woman threw the burnt table out of her way as if it weighed nothing. She kicked her way through the debris and knelt in the sodden mess of ash and smoldering timbers. There was no way Enya could have survived, fae or not.

The hum rose to a crescendo. Colin grabbed Dougan for support as the ship rolled. Waves rose and thunder crashed. Lightning chased across the dark clouds and the mangroves' scorched branches whipped in the wind. The ghosts ricocheted through the air howling their laments.

In a flash of light, the spirits converged where the woman knelt. Dougan and Colin fell to the deck under the weight of their energy. Heat sizzled across their backs as a crack of thunder shook the deck. Silence reigned in the aftermath. Dougan scrambled to his feet, pulling Colin up with him.

"Mother Goddess in all her goodness," Dougan whispered as the woman stood and Enya rose with her.

Enya led the way out of the fire ravaged cabin, her skin a crisscross of silvery white scars. Dougan winced, thinking of the fire racing over her ivory skin. He had heard of mythical birds able to rise from ashes, whole once more. He imagined their beauty could not compare with what stood before him, but he wondered if they looked as broken.

Colin was the first to move. He untucked his shirt to pull it over his head, but Enya stopped him with a glare.

"Mortals worry about modesty, scared to show their bodies, but beneath the skin they so worry about covering, they carry the darkness capable of doing this." She gestured to her scarred body and hairless head. Rage simmered in her sharp blue eyes as she glared at Dougan and Colin, holding them accountable for the crimes of their species.

"They did not do this to you, my love." The woman with the long black braids slipped her hand in Enya's. "They deserve your gratitude, not your scorn."

Enya regarded the woman for a long moment before dropping her gaze to the charred deck. When she faced them once again, she wore the mask of a princess. "I thank you. Thank you for saving Folayan and giving me the chance to exact justice."

Dougan shivered at the memory of her justice.

"You're quite welcome, my lady." Colin, ever the gentleman, finished pulling his shirt off and tossed it to her. Enya caught it and with a sigh, slipped it over her head.

"What a fucking mess." Rolen's heavy tread sounded on the deck as he cleared the rail, grumbling as usual. "It was a simple plan, lads. You were supposed to stir up the beastie spirits and push the ship out of the port with a little bit of fire. Where is that useless Crax?" Rolen looked around for his first mate.

"I'm here, Rolen. Stop your yelling and stomping." Crax slipped over the rail from the opposite side Rolen had come. "I told you, the ghosts in this part of the world were not easily guided. If you would have listened to me when I tried to explain the principles of –"

Rolen cut him off, crossing his arms over his chest. "I've had enough of your principles. I ask you to do simple things and every time you turn them into a disaster."

"Simple? You say raising the dead is simple?" Crax's cheeks reddened as he sputtered with indignation.

The call of a crow silenced the argument. The battle crow circled the mast once before swooping down to land. With a graceful transformation, the goddess Morrigan stood before them. A flowing black gown clung to her, and she wore a circlet of silver and onyx around her head. Her eyes flashed red as she looked Enya up and down.

"Where is the creature who did this to you?" She swept her gaze around the ruined ship. No living pirates remained aboard.

Folayan pointed to the blackened corpse of the captain. "Enya has already exacted her revenge."

"She claimed his life as is her right, but that is far too light a punishment for his sins." The Morrigan knelt next to the body and leaned down as if she were going to kiss it.

Dougan bit his lip and looked away, not wanting to watch. He had heard of the battle crow eating the bodies of the dead on the battlefield, but had no stomach to witness it in person. The Morrigan did not shift into her crow form to devour the corpse. Instead, she drew in a deep breath and separated the soul that still lingered. The captain's soul came away with a desperate wail.

The transparent form of the captain, still used to holding its human shape, hovered for a moment before trying to flee. The bone chilling laugh of the Morrigan turned Dougan's blood to ice. She held the soul captive, forcing him to face her. The soul screamed as the goddess of death revealed herself and all her fury.

"An eternity of torment awaits you for the deeds you have done." The Morrigan's judgment hung heavy in the air.

The captain's transparent form crumpled, kneeling, begging for mercy. The Morrigan snapped her fingers and a swarm of souls slithered over the ship and engulfed the captain. They oozed off the deck, carrying the thrashing captain with them. His screeches echoed in the stunned silence that followed.

The goddess took a deep breath and turned once again to face the small group gathered on the deck. "Your father will be happy to see you, Enya. He has been much anxious about you."

"He has been anxious about my marriage to the Prince of Milan Urin. Neither of you care anything about me and my happiness."

"Tread carefully, princess, for you are not the only way for the alliance to form." The Morrigan's voice conveyed an icy threat.

"In that case, I encourage you to seek out those alternatives. I am not a horse for barter." Her tone frosted with disdain before she continued in a softer voice, "That's why I left in the first place. My heart lies elsewhere." She glanced at Folayan and squeezed her hand.

Dougan sucked in a breath as the Morrigan's eyes flashed red. She tolerated no disrespect.

"Folayan, daughter of the goddess Oya, will you too turn your back on your people? The Lost Tribes suffer greatly—separated from their homeland, hiding in obscurity. You will desert them in their time of need?" The Morrigan shifted her challenge to the woman standing proud and strong next to Enya.

Folayan's expression didn't flicker. "I do not answer to you. You are not of my lands and know not my people or our ways. My destiny has been blessed by the Great Mother and I will follow my path." Her voice stayed steady and betrayed no emotion.

The Morrigan's jaw tightened. Dougan held his breath in awe at the strength of the women before him.

The goddess blew out a long breath and gave a slight shrug of her shoulder, as if the entire exchange was unworthy of her notice. "I will not allow the fae realm to be pirated of its treasures, which includes our princesses—no matter how contrary they are. Come, Enya, bring your friend and let us return to the Otherworld. We will discuss this further."

"What about me?" The forest fae stepped forward. "Am I not a treasure because I am not a princess?"

Dougan's eyes went wide. Things must have changed in the fae realm considerably since he left. Though the memories were distant, Dougan was quite sure that his father would have never spoken to a god or goddess like these women were speaking to the Morrigan.

"You are welcome to return with us," the goddess said with an indifferent shrug.

"And what about the dozens of other fae, witches, and magical creatures that are disappearing every day? This ship is only one of many who are stealing magic users. Shadow walkers sell them like cattle or mutilate them to capture their powers. What are you going to do about them?"

"What is your name?" The Morrigan turned and leveled a wintry glare at the forest fae.

Dougan was impressed that the woman didn't even flinch. He knew men who would wet themselves under that look.

"I am Dealla, of clan Arfelin, first protector of the forest and the bountiful nature of the Mother Goddess. Are you really going to return to the Otherworld and abandon the rest of them? Are you really as out of touch with the realm as they say you are?" Dealla balled her fists on her hips and raised her chin in defiance at the Morrigan's furious expression.

Rolen cleared his throat and stepped forward. "We can liberate the others, my lady," he said with a small bow, trying to defuse the situation.

Dougan held its breath. Rolen had worked for the Morrigan for centuries and knew the goddess well, but he may have overstepped this time.

The Morrigan snapped her attention to the giant. "I have other duties for you. Gather your crew and return to the Otherworld. I will tell you more when you arrive."

Fury blazed in Dealla's eyes, but Tegan put a restraining hand on her arm. Dealla whirled away, marching to the rail with the motherly witch trailing behind her.

"Of course, my lady," Rolen said with another small bow. "Come on, lads," he called to Dougan, Crax, and Colin. "There are a few survivors to fish out of the drink before we make sail. Ladies, we can drop you in whatever port you like."

Dougan's temper flared at the casual dismissal of the plight of the magic users. Just as he was an insignificant pawn in their game decades ago, the gods and goddesses continued to use and discard humans and fae alike according to their whims. He would not serve such unfeeling and unaccountable rulers.

"I'm not going." Dougan made his announcement and set his feet, crossing his arms over his chest. Colin paused next to him, sending him a searching look. "I will free the other magic users. No one deserves to be imprisoned and used against their will."

Rolen stopped in his tracks and turned back to face Dougan with a warning in his eye. Everyone else stared at him with stunned expressions. He met their gazes with steady resolve. Determination filled him, drowning out the panic of questions drumming in the back of his mind. He meant what he said. He was done being led. He would write his own destiny.

Crax laughed, breaking the tension after Dougan's declaration. "Young men and their foolish ideas. Come on, lad. Let's get on our way." Crax tugged at Dougan's arm, but he shook him off.

"I mean it. I can't sail off to the Otherworld when there are more creatures out there who need our help."

The Morrigan's piercing glare turned his guts to water and a sheen of sweat broke out on his brow, but Dougan didn't lower his eyes. A hint of a smile ghosted her lips, though he didn't think it was from amusement. Judging by the look in her eyes, she relished what was coming next.

"The fates have shown me a glimpse into your future, Dougan, Son of Daigle. This is twice you have not heeded the will of the gods. Your search for the Dark Song will not be fulfilled until you once again walk the land of Erin. If you follow this path, your feet will not touch Irish soil for another decade. If you stay with the Wayfinder and obey me, your quest could be finished as soon as the next moon."

She studied him intently. Under the scrutiny of the goddess, he forced his face into a mask of calm indifference though his heart hammered. He could be with Ciara by the next moon. He yearned for her, to see her, to touch her, to hear her song. Gods, could she be so close?

He felt the weight of Enya's gaze. She shook her head, as if she assumed he would take the easy path. Dealla rolled her eyes and scowled at him while Folayan's steady regard made him feel stripped bare and found wanting. Only Tegan offered a tentative smile of encouragement. They were all covered in soot and filth and the evidence of their incarceration clear in their fading bruises and torn clothes. Folayan particularly looked the worse for wear with her tunic in shreds and looking like a standing skeleton.

What would happen to them if he turned away? What would happen to the dozens of others, forgotten, abused and used for the power in their blood? Who would save them if he didn't?

The Morrigan saw the decision in his eyes. "Stupid man. One day you will learn the folly of crossing the will of the gods." Thunder rolled in answer to her words and her face lost its beauty, transformed into the visage of death and destruction.

Dougan's breath caught at the horrible sight. He wanted to turn away, to fall to his knees and beg for her mercy. He wanted to run and hide and never see another god or goddess. More than anything he wanted Ciara, but he would not go to her as a man who bowed and scraped to the will of gods who cared nothing for their people. He would find his love again. He would stand before her a man of courage, proud to be who he was.

"I thank you for allowing me to serve you, my lady. I hope I can do so again in the future," Dougan swept a low bow and waited.

"This is your last chance, princess Enya. It is my desire you return to your father's house. I will take you there now." The Morrigan moved her attention back to the fae princess.

Dougan straightened and avoided Rolen's glower.

"I return when he is ready to recognize my mate." Enya's jaw clenched and she threaded her fingers through Folayan's.

"Your father recognizes his duty lies first to his kingdom. You will be exiled if you continue with this madness."

Enya's mouth twisted in a bitter sneer. "Well, then I'm not going anywhere. I'd rather be exiled and free than enslaved and married to a man I despise."

Folayan stood shoulder to shoulder with her and said, "As will I." Her dark eyes challenged the Morrigan's cold indifference. Power radiated from her.

The Morrigan raised a brow. Her eyes flashed red as her anger simmered. Folayan didn't flinch. The goddess scoffed and shook her head.

"And you, first protector of the clan Arfelin? Will you return to the realm as you should?"

"I stay to fight." Dealla's reply was instantaneous.

"Not that you care, but I'll be staying as well," Tegan linked her arm through Dealla's and smiled brightly.

The goddess of death knew when she was beat. She swept one last frosty glare at them and turned, transforming into a crow and taking flight in a flash of light.

A collective sigh went up from everyone on the deck.

"Well now, Dougan." Rolen said, his tone full of scorn. "Off to be a hero then? How are you going to get there?"

Dougan swallowed his fear. He had no answers, but he wasn't going to stand there and let Rolen berate him. "Hadn't you better hurry after your mistress like the good dog you are? Go and do her dirty work."

Rolen narrowed his eyes, but Crax stepped between them before any other insults could fly.

"Dougan, be sensible. The Morrigan will cool off in a day or two. Come with us on the Wayfinder. By the time we get to the Otherworld, all will be forgotten."

Dougan shook his head. Crax meant well, but he was too far down this road to turn back. Beyond the bone numbing terror at facing his unknown future, he burned with excitement to be his own master for the first time in his life. He would decide when and where he went and what he did when he got there.

"I claim this vessel as my prize." He announced and smiled when Rolen's mouth dropped open in shock. "I dub her, Saoirse." He chose the name from the old tongue. It meant freedom, and he vowed he would live up to that promise. "Anyone who wants to sail under my flag is welcome. Our purpose is simple—to protect those who cannot protect themselves."

"I will sail with you," Enya said immediately.

"And I," Folayan added.

Dougan nodded to each of them.

"I guess you'll need a first mate," Colin said, scratching his stubbly chin. "I have a terrible feeling that I'm going to have a lot to sing about."

Dougan smiled at him and clapped him on the back. "I'd be proud to have you."

"Well, that makes a crew of four. You'll never make it out of the harbor." Rolen turned and stomped off to where the rope ladder dangled over a relatively unburnt section of the rail. He heaved himself over and just before he disappeared over the side, he said, "Anyone sailing on the Wayfinder better be right behind me on this ladder. We sail as soon as my boots hit her deck." To Dougan he added, "Good luck. You're gonna need it."

Crax scurried to catch up. He waited until Rolen was out of sight before turning back to Dougan and Colin.

"Be careful, lads. You're on the wrong side of a powerful goddess and crossing swords with men who have no regard for life. Remember to ask the right questions and try to stay alive. I hope we see each other again someday." He waved and hurried over the rail and down the ladder.

Dougan raised a brow at Dealla and the witch.

"Well I'm in," Tegan said with a bright smile. "What do you say we do some cleaning up first?"

Dealla nodded and set her hands on the burned rail. The witch walked across the deck, chanting an incantation. The black char faded and the holes in the deck mended themselves. Magic shimmered in the air as the women worked. In a matter of minutes, all traces of the fire on the deck, sides, and rails were erased. The captain's quarters still gaped open and the deck listed slightly to the side due to the sloshing water in the hold, but she was whole and seaworthy for the moment.

Dougan let out a low whistle.

"I think they're going to be useful to have around," Colin whispered to Dougan as they put the finishing touches on the bow, engraving the name Saoirse on the hull.

"Right. Well, first things first. The tide is still up, so drop the sails and weigh anchor."

The women stared at him. He scrubbed his hand over his face to hide his dismay. His crew of five included a bard who couldn't even tie a knot despite sailing with a pirate crew for years and four magical women who knew nothing about the workings of a ship.

"Permission to come aboard!"

Dougan whirled around. Three Thumbs popped his head up over the rail as he jabbed his hook into the wood, hauling himself ungracefully over the top. His peg leg banged against the deck as he flopped on his back. The twin dwarfs from Rolen's crew and several unknown men followed him. The twins pulled the grizzled old pirate to his feet.

"Permission granted," Dougan said, staring at the cluster of men in amazement.

"We're not so keen on going to the Otherworld," Jib, one of the twins, said.

"Last time we was there, we got in a spot of trouble. Ogres have long memories," Bib said.

"This lot said they'd rather stay on this plane and Rolen couldn't care less what happened to a bunch of human pirates." Three Thumbs stomped over to him, adjusting his hat.

"And you?" Dougan asked, grateful and stupefied all at once.

"Because you're a daft bugger who is going to get himself killed." Three Thumbs glowered and picked his teeth with his hook. "And that'd be a shame because daft as ye are, you're a good man, one who might just become something more than that one day."

Dougan swallowed around the lump in his throat. He took a deep breath and surveyed his crew. They were a mismatched lot, and the ship was one good gale away from sinking, but they were all looking to him to lead the way.

He plucked Three Thumb's hat off his head and donned the tricorn with a flourish.

"Hop to it lads! I want out of this cove before night fall. Let's go find our freedom!"

THE WALL OF ECHOES

CIARA

The ebb and flow of the Isle settled in and Ciara struggled to find her place among her sisters. Brenyn shadowed her everywhere, peppering her with questions and prattling on. Most days Ciara enjoyed her company, but when Eulah announced she would accompany Liadain for the day, Ciara couldn't help the sense of relief that washed through her. Liadain rarely spoke, and Ciara looked forward to a quiet day.

Ciara followed Liadain over the rocky path. They climbed into the high cliffs that served as a backdrop to the fertile plateau where the sirens grew their food. Liadain set an aggressive pace. Ciara marveled at her stamina as she struggled to keep up. The old siren appeared washed out and tired. So much for appearances.

They traveled in silence, which didn't surprise Ciara. The ancient sirens seemed to prefer quiet over conversation. Ciara's mind wandered as they walked, wondering about her next lesson. She kept her thoughts rigidly turned away from memories of home. The little cottage on the cliffs, Muirin, and, of course, Dougan infiltrated her mind whenever her thoughts wandered.

Liadain didn't miss a step when the path ended at a vertical rock face. She reached for a ledge just above her head and pulled herself up. Ciara stood at the base of the massive rock and watched Liadain scale straight up. When the Grey Lady reached the top, she turned and looked down with surprise that Ciara was not right behind her.

"Can you not climb?" Liadain rasped. "We can sing you some stairs if you need us to."

Ciara's cheeks flamed red. She shook her head and grabbed hold of her courage. Climbing was not her strong suit. With a firm grip on the first ledge, she hauled herself up, pretending Dougan was right beside her, coaching her as he had countless other times.

When she pulled herself over the crest, Liadain gave her no time to catch her breath. She struck off down a narrow ledge and edged her way around the corner of yet another sheer slab of rock. Ciara hurried to keep up.

As she rounded the corner, Liadain settled down at the mouth of a towering rock wall that curved away like a bowl standing on its edge. The Grey Lady sat on a rock and beckoned Ciara over, pointing to the rock next to her.

Ciara hurried to her and caught her breath as she sat down. Liadain seemed in no hurry to speak, and Ciara hoped this would not be another lesson on how to hold her silence. Her song itched to be sung.

"What is this place?" She asked, impatient to get started. Her words rolled back over her, even though she hadn't spoken loudly.

"Speak softly here," Liadain said in a whisper. Her words rustled and echoed around them. "This is the wall of echoes. All songs have echoes, like ghosts. Off this island, they travel far and wide, with far-reaching consequences. Always think about where your song might end up before you sing."

The words swirled around them, like the rushing wind through the trees. Ciara's stomach clenched as she thought of the one song she sang away from the island. She had killed Sean with that song. Gods, what else had it done?

Ciara could barely hear the soft melody Liadain hummed. As

the notes bounced off the wall, they took on a life of their own, forming new songs as they blended with each other. A faint glow crept up the stony sides of the wall. Like a spider web, veins of crystals glowed with white light. The song died away, but the crystals stayed lit.

"This is the root that holds all the songs close to the island. Here you can learn the true meaning of your song. For in the echoes, the message of the melody becomes clear. Once you sing your song, I will sing its echo and the wall will weave them together so you can hear what lies at the heart of your song." Liadain paused until silence settled around them. She leaned over and breathed against Ciara's ear, "Sing."

Eager and full of hope, Ciara unleashed her song. She didn't think, didn't make the melody anything but what it wanted to be. A driving, intense song full of passion and potential rolled out of her. The heady magic of her song intoxicated her with its wildness, and she rode its energy as the notes continued to flow. The echoes bounced back and mixed a harmony that filled her with joy. Darkness crept in around the edges of her awareness, but she ignored it, focusing on the exciting tune that she started.

Liadain pressed her lips against Ciara's ear. "Sing your true song and listen for the message that belongs to your soul."

Ciara's brow furrowed as she concentrated on Liadain's barely audible command. She didn't want to sing that song. That song was ugly and dark. The song she sang now was full of wonder and light. As if in answer to Liadain's summons, heavy, discordant notes rose like smoke weaving through the lovely dancing harmony. Liadain squeezed Ciara's hand until it hurt when she automatically clamped down on the jarring notes.

With a sigh, Ciara gave herself over to the song. The darkness charged in, and she closed her eyes as power filled her. Shadows clouded her vision, obscuring the web of light covering the wall. She sang louder, losing herself in the delight of true song. It blended countless harmonies among the deep, hammering notes. Her heart kept time with the music, beating hard and fast. The darkness cleared and the light web in the wall pulsed brightly.

A hand clamped over her mouth. "Silence," Liadain gasped against her ear.

Ciara swallowed her song. Liadain sang the echo, clinging to Ciara and shaking with the effort. The echoes roared as Liadain stopped singing. The sound knocked them back. Ciara slid off her perch on the rock and she and Liadain fell backward under the onslaught of sound. Like a storm, every note she had sung slammed into them with tenfold the energy.

Ciara shook as her song repeated itself and she heard the depth of despair carried within her music. Like standing naked before a looking glass, the harmonies of her soul played out. Ciara listened as fear fought with wonder. The pain held in her song lanced through her. She'd been born at the Goddess' darkest hour. Sorrow colored the notes, and for a moment, the weight threatened to drown her. Tears, not for herself, but for the Goddess, trekked down her cheeks. The anguish born by the Goddess when her people turned from her served as an undercurrent to Ciara's song. The shadows of Ciara's soul came from the Goddess herself.

Ciara gasped, but her song had not played itself out. More melodies rose, dancing over the wounded grief of the Goddess. The wail of a babe, a tiny cry of hope, sounded amid the devastation. A pinprick of light broke through the darkness cloaking her heart. Ciara held her breath, listening intently. The harmonies of man wove through the harsh notes. The laugh of the maiden and the squeal of merry children brought a flare of pure white light. With each sound, the darkness receded a little more, replaced by a yearning hope.

Rushing waves and crashing thunder carrying the wounds of the Goddess threatened to call the darkness back, but the soft sigh of lovers twined with the steady hum of an old man's knowledge, banishing it with the promise of the future. The music of the human world, the world Ciara had left, was all wrapped up in her song and in its beauty. The pain of the goddess receded. As the echoes faded, the last gasp of an old crone and the Great Goddess' sigh of satisfaction left Ciara's heart overflowing and her mind spinning with the infinite potential of her song.

A resounding crack broke the still silence. Ciara sat straight up and watched in horror as the stone wall broke. A crack started at the base of the wall and ran like lightning up its face.

"Oh Great Goddess," Ciara murmured and turned to Liadain, who lay unmoving next to her. She rolled the siren to her back and brushed the stringy white hair out of her face. "Liadain?" She shook her gently, and a blew out a ragged sigh of relief when the Grey Lady's eyes fluttered open.

Liadain took a deep breath and Ciara's eyes went wide as the old siren's eyes glowed a bright blue for a heartbeat. In the next moment, deep auburn waves of hair replaced the gray wisps and wrinkles smoothed to skin that radiated youth and vitality. Her back straightened and Liadain sat up with a smile.

"I've never heard a song as powerful—or as deadly. Even when Glenys was first formed." Liadain murmured and ran her fingers over her wrinkle-free face.

"Did I do that?" Ciara asked, gesturing to Liadain's youthful appearance.

"Oh yes. The vitality of your song cannot be denied." Liadain pushed to her feet. "It won't last, but I have to thank you. I feel a century old again." She laughed and studied the cracked wall.

Ciara frowned. "What do you mean it won't last?"

"I am an echo. I have no song of my own, but when I echo another's notes, I channel the power within them. What did you learn about your song?"

"I thought my song was dark because I was somehow bad or evil, but I don't think I am." As she spoke the words, Ciara realized she hadn't understood her song in the slightest.

Liadain nodded. "You are not evil, Dark One. Your heart holds many shades of light and dark. You've only focused on the dark side of your song. I can only sing what has been sung before. Look at what

I found in your song." She flipped her long, wavy hair over her shoulder. "Am I broken? Am I dead?" She issued her questions with a challenge.

"No. You're beautiful," Ciara said, as another window of understanding opened. She remembered Eulah's words from the night she arrived—*Your song holds life and death.* She shifted her attention to the wall, needing to focus on something else. "I've destroyed it, haven't I?" Her heart sank as she looked at the fissure and realized no echoes sounded.

"Do not worry. Lanis can mend it."

Ciara sighed. She could only imagine what Lanis would have to say about fixing something Ciara had broken.

"Liadain! Ciara!" Brenyn's voice interrupted her thoughts.

"We're here, Bren," Ciara called and turned to see a red-faced Brenyn hurrying toward them.

"What's wrong?" Liadain demanded.

Brenyn blew out a breath. "A message has come from Manannan, and Eulah wants us all in the cave to hear it."

"**O**ur father has sent us a warning," Eulah announced with a grave expression.

Brenyn gasped and shifted closer to Ciara. She frowned. What could possibly harm them on the enchanted isle?

"A shadow walker who calls himself the Count has been abducting magical creatures and selling them into slavery."

"Oh gods," Shannon murmured, and Marvina's hands faltered as she translated for Glenys.

"Slavery? To whom are they sold?" Liadain asked.

Eulah looked at her and her eyes widened at the Grey Lady's youthful appearance, but she made no comment. "The fae houses teeter on the brink of all-out war. They are amassing armies of magical creatures, and the shadow walkers have come to this realm for recruits—willing and unwilling."

Brenyn grabbed Ciara's hand and held it in a death grip.

"They can't come to the island, can they?" Brenyn's voice squeaked as she asked her question.

Eulah sighed. "Shadow walkers can cross any plane. Our protections that shield us from mortal eyes will not stand up to a determined shadow walker. This is why I've called you here. Manannan shared they have seen increased shadow activity in our area. We must be vigilant. A siren's song would be a powerful weapon in the wrong hands."

"There's no guess as to why we've got more shadows around here." Lanis glared at Ciara.

Ciara's temper flared. "I'm sure you're not suggesting—"

"I'm doing more than suggesting. Ever since you came, everything has—" Lanis' words were cut off.

Glenys stood in front of the young siren with her arms crossed and a furious scowl on her face. Lanis opened and closed her mouth, but Glenys held her in utter silence. Outraged, Lanis shot to her feet. Ciara bit her lip and studied her feet to hide her smirk.

"Enough," Eulah's voice cracked, and Lanis' scowl deepened. She stomped her foot, but Eulah was having none of it. "Sit down, Lanis. You may speak again once you have something worth saying." Lanis dropped back onto her cushion and shot a murderous look at Ciara.

"May I ask a question?" Ciara kept her voice neutral. Beyond her aggravation with Lanis' attitude, she didn't understand anything that had been said.

Eulah nodded.

"What is a shadow walker, and why should we fear them?" Ciara paused. "I guess that's two questions."

A slight smile crossed Eulah's lips. "Brenyn will tell you everything as we check the island to ensure our boundaries are secure. Be on the lookout for any strange gathering of shadows. Shadow walkers leave deposits of darkness so they can easily come back to an area."

The sirens surged to their feet and hurried out of the cave. Ciara followed Brenyn, who didn't waste any time setting off toward the lee side of the island at a brisk pace.

A tingle of excitement stirred in Ciara. Even in her short time on the isle, the monotony of the long days full of nothing but songs and small things bored her. Nothing changed from day to day. Life on the fringe of Graystone village hadn't been overly exciting, but at least things happened.

Though she shouldn't be happy at the threat, the thought of something, especially something dangerous, exhilarated her to a shocking level. She realized she hoped it would be dangerous. Ciara pushed that disturbing revelation away and forced her mind back to more practical things.

"Do you think that shadow is suspicious?" Brenyn pointed toward a deep shadow cast by a rock.

Ciara shook her head. "No. Look at where the sun is. It's just a shadow. What's so terrifying about these shadow walkers?"

Brenyn shivered. "Lanis told me a story about them. They don't have a face, and they can get into your mind, make you see all kinds of things. They could make you walk right off a cliff, and you'd think you're strolling through a meadow."

Ciara frowned. "Are you sure Lanis wasn't just making things up?" She wouldn't put it past the siren to scare Brenyn just for the fun of it.

Brenyn shook her head. "No. I asked Eulah, and she said it was true."

"How did Lanis find out about it?" Ciara's curiosity stirred.

Brenyn shrugged. "Shannon or Liadain probably told her. The elders answer any questions we have. They always tell the truth, no matter how awful it is. Knowing Lanis, she pestered them with questions about the shadow walkers after we heard about them long ago. Lanis loves scary things." She shivered again.

Ciara moved on, tired of hearing about Lanis. "Eulah said to check the boundaries. How do we do that?"

"Like this." Brenyn sang three distinct cords. From the cliffs, they looked down where the ocean battered the rock foundation of the island and a shimmering veil appeared rising from the churning water. It extended until it faded into the bright sky. It stretched each way as far as Ciara could see. Brenyn fell silent, and the veil disappeared.

"You try it," she said.

Ciara mimicked the notes, and the magical boundary reappeared. She held the notes as they walked around the curve of the cliffs. In the distance, spots of shadows danced amid the shimmering light. Brenyn gasped.

"What does it mean?" Ciara demanded, her heart hammering in response to Brenyn's horrified expression.

"I don't know, but it can't be good."

Ciara frowned at Brenyn. "You're acting like you expect an army of shadow walkers to jump out from behind the rocks. Besides, you're a siren. Shadows can't hurt you. Come on, let's take a closer look."

They met the others on the windward side of the island. All along the cliffs, the boundary revealed stains of shadow, like worm-eaten wood. Eulah sighed and the other sirens glanced uneasily at each other.

"They have been diligent in their attempts to breach our defenses, but I don't see any place they broke through. We must sing together and reinforce the boundary."

Ciara licked her lips, hoping she could find the right notes. She took a deep breath as the melody began. She focused on the notes, and the shimmering veil rose before her. Light wove together in a crisscross pattern.

Ciara's song swirled within her, but she refused to give it voice. She couldn't lose control. They all had to sing their part. Sweat beaded on her forehead as she wrestled down the minor chords with their jagged harmonies. Like the teeth on a saw, they sliced against her and pain built in her chest.

The light zigzagged before her, but it left gaps as it wove through the air. This song wouldn't keep the shadow walkers out. They had to fill the gaps. It wasn't enough to have a woven veil. They needed a solid wall.

Remembering her lesson with Liadain, Ciara set her melody free, weaving her darkness in between the gaps of light. Like the moss she and Dougan stuffed between the logs of their cottage every year to keep out the cold, her voice solidified the veil. She sang louder and the light and dark shifted until they became a shimmering silver shroud that hung over the island.

"Well done, Dark One." Eulah's voice came from behind her.

Ciara stopped singing and whirled around. All the sirens, except Lanis, stood behind her, beaming their approval. Ciara smiled back, her heart light as they stood beneath the shifting silver gray veil that she had created. Perhaps the only way to banish shadows was with darkness.

COMING TOGETHER

DOUGAN

Dougan lay on the floor of the captain's quarters and wheezed out a breath. He thanked the gods the holes in the ceiling that divided his room from the upper deck had been fixed. His crew had little enough faith in him already. If they saw him shaking and sweating as he wrestled with the unseen foe that claimed his mind and heart, they'd toss him overboard.

The panic attacks began the day he claimed the Saoirse. He'd doomed himself to at least a decade more before he would find Ciara, and that was if he survived. As Rolen said, he knew nothing of being a captain.

The doubts and pain tangled in his mind as the vice tightened around his chest. He squeezed his eyes shut and tried to see Ciara's face, to hear her song. She wouldn't stay in focus. Oh gods. He was forgetting her. Or maybe she'd forgotten him.

The door opened, and footsteps made him force his eyes open. "Get out," he rasped. "I'm resting."

"Looks like you're fighting a hundred giants and losing," Tegan said.

The witch knelt beside him. It was the second time she'd come when the terrors visited him.

"Remember what we did last time? Sit up," she coaxed. She slipped behind him, supporting him, and tapped a steady rhythm out on his shoulder. "Breathe in for four beats. Hold. Breathe out for four beats."

Dougan tried, but the air wouldn't come. Tegan kept up her steady coaching as he balled his hands into fists, longing for an opponent he could pummel into submission.

"Are you sure you don't want me to use magic? I can help," the witch offered.

Dougan shook his head. "No magic." He ground out the words between clenched teeth. As fae, the witch's magic couldn't hurt him, but she did have the ability to spread and influence emotions, including his. It was a curious power and one he thought would come in very handy at some point, but not as a crutch to him.

Eventually, the knots of anxiety lessened and his wheezing breaths came easier. Shaking like an old man rising from his sickbed, Dougan pulled himself up on a chair and buried his face in his hands.

"Gods. If this is what being a captain is like, I don't think I'm cut out for the job."

Tegan scoffed. "A little late for that. You just need to get your first quest under your belt."

She moved around the newly restored cabin, lighting the small brazier and putting on a kettle of water. Tegan had assumed the role of steward, chef, doctor and chief gunner on the crew. Her matronly nature made her a natural fit and her terrifying accuracy with all weapons ensured no one would think of taking advantage of her.

Dougan sighed and sat back, accepting the cup of tea she pressed into his hands. Part of him knew Tegan was right. The crew needed a chance to work together at something other than putting the Saoirse back together and running drills, but it'd been over a month since they claimed the ship and nothing had presented itself.

They sailed a vaguely southeast heading, hoping to cross paths with a slave ship coming from East Asia. Enya had learned about it during her time aboard the Sea Ghost and it was rumored to carry several magical creatures from that region. So far, the Saoirse had seen nothing but endless ocean since they had left the islands of the Caribbean behind.

"Maybe we need to go to a port." Tegan voiced the suggestion in a neutral tone.

Several of the crew had said something similar, but the thought of going on land filled him with dread. He wasn't sure, but he suspected the Morrigan's curse to keep him from Ireland for the next ten years had something to do with it.

"Well, we can't keep drifting around out here, hoping to bump into someone." Dougan pushed to his feet and handed Tegan back the teacup. "Thank you." He held her gaze for a moment, hoping she'd understand all that those two words were trying to say.

She smiled up at him. "You'll do," she said with a wink.

Dougan left the solace of his cabin and strode out on deck. A flurry of movement among the crew set his heart back to racing, and he pulled his spyglass from his belt as he scanned the horizon.

"Off the port side," Three Thumbs called, jerking his hook in the general direction.

Dougan whipped around to see a ship listing with its sails flapping. Through his spyglass, he examined the deck, which was eerily empty.

"I think she's abandoned," he said. "Let's take a closer look." He joined Three Thumbs at the wheel as the crew adjusted the sails. "Folayan and Enya, can you get us there any faster?"

The women, who were at their customary positions in the ship's bow, looked over their shoulders.

Enya grinned and said, "Aye, Captain!"

Magic swirled in the air and the sails snapped taut. The sea rose and the Saoirse shot forward, slicing through the waves like she glided on glass.

Three Thumbs whistled. "Now that will get us around." He

lowered his voice to a whisper. "You'll want to watch those two. They carry more hurt between them than the ocean has fishes. Wounded animals can be unpredictable."

"They're not animals. Folayan is a demigoddess and has been around even longer than you. She's not out on some vigilante quest."

Three Thumbs shrugged and snagged his hook around one of the wheel's handles. He squinted his eyes toward the ship that grew ever closer.

Dougan supposed that meant their conversation was over. He turned the comment around in his mind. He knew little about any of the women on his crew, but the pair at the bow of the boat were particularly mysterious.

Folayan volunteered she was the daughter of a goddess and her consort, a wind spirit. As a princess of the Lost Tribes, she'd led them into hiding centuries ago to protect them from a world that grew ever more crowded. Her powers lay with the elements over which she had iron control. Beyond that, he knew little to nothing.

Enya, the fae princess, he naturally understood a bit more. Her fae heritage was far loftier than his, but her speed and strength mirrored his own. Her druidic powers were nothing short of shocking, especially her control of fire. Crax could learn a thing or two from her on that count.

They weren't the only ones who bore scars and pain. Dealla, the forest fae, carried the deepest wounds of the women they'd rescued. Colin had tried to befriend her, but she'd rebuffed him so completely. The bard made a point not to even look at her. Dougan couldn't blame him. Her aloof disdain for everyone and everything made her difficult to deal with. She stayed apart from the rest of the crew, perched in the crow's nest, constantly searching. Now that they found something, perhaps he could get past her prickles and thorns.

Dougan shimmied up the rigging, though not as quickly or as gracefully as he would have liked. He wedged himself in the crow's nest with Dealla and pulled the spyglass out.

"I need to get a better look," he said, as he peered through the lens.

"It's your ship. You can do what you want." Dealla shrugged and gave him as much space as she could on the cramped platform.

Dougan gritted his teeth. Not a strong start. "Here. Look for yourself." He offered her the spyglass.

She took it without comment. Her perpetual frown deepened as she surveyed the abandoned deck. "Where's the crew?"

Dougan shrugged. "The chests on the deck bear Eastern symbols. This could be the ship we were searching for."

Dealla's eyes flashed, and a slight grin crossed her lips. "Let's go find out." She grabbed a rope and jumped off the platform, swinging gracefully down to the deck.

Dougan followed, albeit less gracefully. The moment his boots hit the deck, Colin met him.

"Are we going to jump over? Gods, I hate doing that. Can we take the boats?"

Dougan clapped his first mate on his shoulder. "Come on. Just one big jump and it's all over."

"Easy for you to say with your magical strength."

"Do you want me to carry you over?" Dealla asked. She arched a brow and held out her arms as if she were offering to hold a baby.

Colin's cheeks flamed. "I do not. Thank you, madam." The bard always resorted to prim and proper manners when stressed.

Dougan laughed, his heart lifting with the banter, and he realized it was part of what was missing among the crew. Maybe exploring this ship was exactly what they all needed.

Dougan's skin broke out in goosebumps. The silence unnerved him. Not even a creak from the rigging interrupted the sounds of the ocean and the murmurs of the crew. Runes traced around the rail and magic hung heavy in the air. Everyone except Colin squirmed uncomfortably as the ship sapped their magic.

"We need to break the runes," Dougan ordered.

Dealla turned back toward the Saoirse. "Throw me a torch!"

Tegan tossed the flaming stick over, guiding it carefully into the forest fae's hand. She walked along the rail, scorching the runes carved into the wood and lifting the suppressive blanket.

"That's better," Dougan said, as he shook off the last vestiges of the spell.

"If we can use our magic, so can anything else that is here," Folayan said. "It would be prudent to sweep the ship to ensure we are alone."

Dougan bit back a curse. They should have done that first, no matter how uncomfortable they were. He nodded, and the group split up to explore the ship. He headed for the hold, with Colin and Dealla on his heels. The hatch lay several feet away from the entrance of the hold, splintered and broke in half. A body, well advanced in its decay, lay a few meters away.

They exchanged a look before peering down into the gloom. Nothing stirred.

"Here's the plan. I'll go first," Dougan said, but before he could finish, Dealla stepped off into the void. "Or we could do that." He blew out a frustrated sigh and glared at Colin, who cut off his low chuckle.

Dougan dropped into the hold, with Colin right behind them. Dealla's torch lit the room.

"What in the name of Brighid happened here?" Colin asked, echoing Dougan's thoughts.

Dougan crouched next to the remains of a statue. The stone carving of some kind of beast with an elaborately carved vase resting between its paws was missing its top half, which lay scattered in a heap of rubble around the base. It appeared as if the creature had risen and shook off its stone skin. The vase had a crack down its face and its lid sat askew.

Dealla swung the torch around, exposing the rest of the hold. In the corner, a small cage sat with intricately carved runes running around the base. It was stuffed with an odd assortment of things, from shoes to brooms. Crouching next to the cage sat a fox. Dealla sucked in a breath at the sight of the animal and hurried to it.

Under the light, they could see the wide shadow collar encircling the fox's neck. Dougan peered over Dealla's shoulder and his eyes went wide when he saw the fox had not one, but four tails.

"What kind of beastie is this?" Colin asked.

"Judging by your manners, I do not believe you have any right to be calling anything a beast," the fox said with a lilting feminine voice. She narrowed her eyes at Colin.

Colin started in surprise, but recovered himself quickly. He swept a low, courtly bow to the fox. "Please forgive me, my lady. I believe you are correct that time among rough and rowdy sailors has left my manners rusty. May I present the Captain of the Saoirse, Dougan, son of Daigle."

Dougan pressed his lips together. Colin and his flowery words tried his patience. "Can you tell us what happened here?" Dougan asked, cutting to the heart of the matter.

Dealla held up her hand. "You will not pester her until she is free of these bonds. Hold still," she said to the fox.

The animal nodded and leaned her head to the side, giving Dealla access to the shadow collar. Dealla murmured an incantation and touched the flame to the ring of shadow. With a sizzle and a hiss, the shadow fell away and slithered off into the dark corner in the rear of the hold.

With a flash, the fox transformed into a beautiful woman. She wore a robe with long dangling arms made from finely embroidered silk. A jade clip glimmered against her black hair and her features bore the slightest resemblance to her fox form.

"My name is Fuku, and I am a kitsune, to answer your question," she said to Colin. To Dougan, she said, "In answer to your question, yes, I can tell you what happened here. However, it might be prudent to first address him."

She lifted her arm to point to the forward compartment of the hold. The long arms of her gown hid her fingers, but everyone turned in the direction she indicated. Dealla stepped forward with her torch and stumbled back when the light revealed a massive tawny colored cat with a long flowing mane sitting on an ale cask.

Colin recovered first and stepped forward with a bow. "My Lord, what can we do for you?"

The cat said nothing. It only rumbled a low growl in his chest.

"I thought you said he could talk," Colin said to Fuku.

"No. I said you should address him, not that he would answer." She smiled serenely and knelt before the feline perched on the cask. She bowed, pressing her forehead to the floor and murmured, "I greet you, Guardian of the ancients, Master of Chaos, and most handsome of lions." She sat back on her heels and winked up at the cat.

Dealla joined her and Colin and Dougan scrambled to follow suit. They all echoed the woman's greetings. The rumble changed to a low, unmistakable chuckle. Dougan blew out a sigh and stood up.

"Alright. Now that we're all done with the pleasantries, tell me what a kitsune," Dougan looked pointedly at the woman in the gown, "And a guard lion." He glanced at the enormous cat for confirmation of his identification. The lion answered with a curt nod. "Are doing in the hold of a slave ship drifting in the middle of the ocean?"

Fuku's story was similar to the women in Dougan's crew. Shadow walkers laid traps and used mind manipulation to capture her, and the guardian's statue had been stolen from its mountain top temple. But their story took a strange turn as the ship neared its destination.

"As I said, he is the Master of Chaos," Fuku said, inclining her head toward the lion. "I meant that literally. Eons ago, the warrior Tan Wen captured chaos. He challenged chaos to a contest of riddles and used logic to trick the spirit into the vase. He then set the guardian to watch over the vase in a forgotten temple in a faraway place. The shadow walkers found them and brought them here intending to set chaos loose in the Otherworld."

"Brighid preserve us," Colin muttered. "Does that mean since the statue is a pile of rubble, we can assume the Otherworld is in ruins as well?"

The lion growled.

"Be careful. You do not want to insult the guardian. He may not have much to say, but his displeasure is sharp." The kitsune patted the lion's paw through her too-long sleeves. "They know nothing, Ancient One. Forgive their ignorance."

Colin opened his mouth to retort, but Dougan cut him off with a glare. The sooner they found out what had happened here, the better. So far, it wasn't sounding good.

The growl subsided and Fuku's smile returned as she resumed her story.

"The mortal sailors soon gave into the temptation of chaos. Even with the wards and the ancient protections, they could not withstand the pull. There is a reason the statue was hidden, far from man." She shrugged. "They did not last long. Most walked off into the ocean, but I'm sure you encountered some above?" Dougan nodded, and she sighed and shrugged again. "The shadow walkers endured longer, but they too fell victim to the mind twisting power. They fought among themselves, slipping between the planes. One became obsessed with opening the jar." She sighed and waved a hand toward the destroyed statue. "Unfortunately, it was successful."

Dougan glanced at his crewmates. They looked uneasily around them, as if expecting chaos to leap up at any second.

Fuku shook her head. "Fear not. The shadow walkers quickly abandoned this plane when they realized what had happened. The guardian did not allow chaos to escape, but hampered as he was by the runes on the ship, he could only capture chaos in a temporary container." She eyed the ale cask.

Dougan, Colin, and Dealla backed further away, earning another rumbling chuckle from the lion.

"So now what?" Dougan asked. "What can we do to help you? We've broken the runes."

"Oh yes, we felt that. Thank you. I believe all that needs to be done for now is to seal chaos permanently into the cask and the guardian will take it from there. What magic users do you have on your crew?" She looked at Dealla. "No disrespect to you, but your magic alone will not suffice."

Dealla waved the comment away. "We've got a druid, a demigoddess, a couple of dwarves, though I'm not convinced they possess any magic beyond making bad jokes, a few more fae, and a witch."

Dougan laughed, surprised at Dealla's humor. A ghost of a smile tugged at her lips. She'd lost her sharp edges the moment they had launched into action. He hoped to see more of this side of her.

The kitsune nodded. "Bring them all. We'll need every bit of magic we can get."

Every creature from Dougan's crew who had a drop of magic in their blood crammed into the hold. Three Thumbs complained bitterly about leaving the helm, saying his old fae bones wouldn't help any, but the twins had cajoled and half-carried him below decks. Dougan's head pounded by the time everyone assembled. The air hung hot and heavy, and the torches made it ten times worse.

The lion still sat on the cask, eyeing the crowd with suspicion. Fuku chanted in a tongue that Dougan had never heard. When she fell silent, the guardian growled, and a surge of magic rose. He staggered at the drain on his energy. Three Thumbs swayed between the twins. Folayan and Enya grabbed Tegan when she fainted and lowered her to the floor.

The spell demanded more, and a chorus of groans went up as the crew fell one by one. Dougan's heart stuttered. Like a fool, he'd accepted what the kitsune said and offered up all his magic users for her to siphon power from. Oh Gods. Rolen was right. He didn't know the first thing about being a captain.

His legs buckled, and he joined his crew on the filthy floor of the hold. Only Dealla was still standing. She held the kitsune's gaze, defiant and angry, clearly thinking along the same lines as Dougan. The torches flared and went out.

In the same instant, Fuku shifted into the four-tailed fox with a flash of light, and the spell lifted. The cask of ale turned to stone, and the lion roared. It shook the timbers of the deck, and everyone groaned again under the onslaught of sound. Dougan covered his ears and struggled to sit up, trying to see his crew through the dim light.

The lion roared again as wings sprouted from his back and gripped the stone cask, digging his nails into the rock. With a beat of his wings, the guardian shot out of the opening of the hold, destroying half the ceiling with it.

Light streamed in from above and the crew sat up, looking at each other. The kitsune wound between them, licking hands and faces, restoring their magic. She sat down next to Dougan as the rest of the crew found their feet and trickled out of the hold. She said nothing and didn't offer to lick him. Dougan wasn't sure if he should be insulted.

Weary to the core, he breathed a sigh of relief. He would be more careful in the future.

"Can we take you somewhere?" He asked the fox, turning his thoughts toward their next steps.

"No. You'll be going soon enough, though." The kitsune locked her gaze with his.

Alarm spread through him. What did that mean? He didn't get the chance to ask. When the kitsune spoke again, she spoke in his mind. He recognized the ring of prophecy in her voice. His heart hammered as the words rang in his skull.

"Your war with the shadows will cost you dearly, but you will save many and do much good in the world. Do not doubt your worth or your ability, Dougan, son of Daigle."

Dougan nodded his thanks, but the Kitsune wasn't finished.

"Your other quest, seeking the Dark Song. Have faith that you will once again be reunited, but beware of the wolf with no howl. His arrival will silence the Dark One forever."

Questions surged through Dougan's mind, but they jammed in his throat. All he managed to croak out was, "Thank you." Tears gathered as the words echoed in his mind—*once again reunited*. He would find his love; he would be with Ciara once more.

The kitsune licked his cheek and stood back as Dougan got to his feet. She walked behind him, her quadruple tail swishing. It hit the curious cage in the corner and the door opened.

"That's a strange broom cupboard," he said, swiping at his eyes.

The kitsune didn't reply. She crouched low and launched herself up through the gaping hole in the deck. Dougan scrambled up the ladder after her, just in time to watch her fly up, circle the crow's nest, and disappear into the sky.

Everyone turned toward him, waiting for his instructions. *Do not doubt your abilities.*

"Well done, everyone," Dougan said. He felt a speech was in order, but the words escaped him. Fortunately, he had a bard as a first mate.

Colin stepped up. "My friends! The songs they will sing of this day! The day we contained chaos and..."

A chewing noise interrupted the bard. Dougan frowned, looking around for the source. It came from all around them, like a pig chomping away at its evening slop. The crew glanced at each other, shrugging.

"Whoever is chewing, kindly close your mouth. It's difficult to inspire with all that noise." Colin swept a haughty gaze around him and drew in a breath to continue, when Dealla screamed.

Dougan whirled around. Dealla stomped on the deck with another shriek. Dougan and the crew rushed toward her. She jumped back to reveal the remains of a black spider spread across the deck planks. She shivered.

"I hate spiders," she said.

"I wouldn't think that's a very good thing for a forest fae to be frightened of," Colin said with a grin.

"I didn't say I was afraid. I said I hated them."

"Your shrieking said otherwise," Colin shot back.

The chomping noise interrupted them.

"Where is that coming from?" Dougan asked, looking around.

Jib and Bib shot up the ladder and tumbled out of the hold, dropping several items as they went. The shoes from the cage hit the deck and spiders exploded out of them, swarming toward them. They opened their jaws and ate the wood planks at an alarming pace.

"Morrigan's Beak! Look at that," Colin said, and pointed toward the hole in the deck.

A horde of spiders with countless legs and ravenous mouths emerged from the hold. Jib and Bib sprinted toward the rail where the Saoirse bobbed alongside. The deck planks disappeared under a sea of arachnids. Dealla shrieked and stomped as fast as she could, but there was no holding back the wave of destruction. The ship groaned and a quick glance into the hold revealed the entire belly of the ship was full of spiders.

"Abandon ship!" Dougan turned and fell in beside his already running crew. They pelted over the rail and pivoted back to cut the ropes holding the Saoirse alongside. "Fill the sails, Folayan! Three Thumbs take us out of here!"

"What heading?"

"Anywhere that isn't crawling with spiders!" Dougan gulped in a breath. "Make sure none of those beasties get over," he ordered Colin, Dealla, and Tegan. He snagged Jib and Bib by their collars as they shot past. "Do you have any on you? Do you?" He gave them each a shake. They hesitated, and he growled. "Strip. Now. Get your clothes off and toss them overboard."

"Now, captain, there's no need for that," Bib said.

"We just kept a couple of trinkets," Jib said.

"No trinkets. One of those beasties could sink this ship. They could be hiding in a pocket, and you wouldn't even know they were there. Either your clothes go over or you do." Dougan let them go and glowered down at them with his arms crossed over his chest.

The dwarves shucked off their clothes, losing a couple of coins and gems they'd pilfered from gods only knew where.

"That goes for everyone! These spiders are uncanny and were hiding in everyday objects. We can't take any chances! Clothes and anything from that ship goes overboard!"

Dougan bit back a laugh as Dealla practically ripped off her clothes at the thought of a spider hiding amid the folds. He pulled his shirt over his head, thinking it was a pity that it was the better of the two he owned. Clothes trailed out in their wake. The crew stood naked, watching the other ship break into pieces. Dougan sighed and looked at Colin.

"Can you leave this out of the song?"

Colin laughed and shook his head. "Oh no, my friend. This will be the best part!" He turned away, humming.

A FRESH START

CIARA

"I'll find you no matter where you hide," Dougan called, walking among the giant oak trees.*

Ciara bit her lip to suppress her giggle and pressed herself deeper into the crevice of the trunk. She struggled to be patient. The old tree sang a song to her, and she hummed along with it.

Dougan dropped down from above, laughing. He offered his hand to draw her out of her hiding spot.

"It's like you want me to find you."

Ciara smiled and took his hand. He pulled her against him and brushed a kiss across her lips.

"Did you want me to find you?" Dougan whispered the words against her mouth.

She put her arms around his neck and kissed him in answer.

"There you are." Brenyn's voice broke through her dream.

Ciara gasped and squeezed her eyes shut, trying to hold on to the warmth of Dougan's body, the taste of his kiss. He refused to stay tucked away in a little visited corner of her mind. The more she tried to forget him, the more he walked in her dreams.

She sighed, shoving aside the pang of loss she felt every time

Dougan called to her in the dream world. Goddess, she missed him. She stared through the long blades of meadow grass that hid her from view, though she should have known Brenyn would find her.

Brenyn sat down next to her and pulled a few strands of grass up, braiding them. "Why do you sleep so much?"

The question held no accusation. Bren was completely guileless and asked every question that crossed her mind. Ciara shrugged. How could she explain that dreams helped keep her sane? The monotone existence of the isle drove her mad. The days slipped by—identical to the one before it. At least in her dreams, something happened.

"Have you made your flower yet?" Brenyn moved on to her next question.

Ciara groaned. Eulah had given her a job—provide fresh flowers for the table every day. Excited, she had set to it with determination but had yet to conquer the task.

Brenyn laughed and handed her a fresh blade of grass. They found that Ciara's odds of success increased when she used grass as a starting point.

Hours later, Ciara gritted her teeth and growled in frustration, throwing aside the twisted piece of green stem that was supposed to be a flower. "Gods. What is wrong with me? It's a flower, a stupid little flower."

She flopped down on the grass next to Brenyn and sighed. No doubt Eulah knew the chore would challenge Ciara, though it would have been easy for any of the others.

Brenyn propped herself up on her elbow and gathered a handful of withered petals that lay in a thick blanket around them. She echoed Ciara's sigh with a look of concern.

"You're putting too much pressure on yourself to make them perfect," she said. "Every time you worry about if they smell good or if they have the right number of petals, you lose control and, well..." She let the petals fall from her hand.

Ciara closed her eyes and tried to concentrate on the sunshine. It wouldn't last much longer. Thunderclouds built on the horizon, and their thrumming melody grew harder for Ciara to ignore. Brenyn assured her the storm would not impact the island. Ciara couldn't tell her she wished just the opposite. She wanted to stand in the storm and feel its raging fury swallow her. At least the storm would be something different from the endless days of singing and watching time pass by.

"Let's try again," Ciara said and sat up.

She closed her eyes and pictured the simple white daisy that dotted the fields of Ireland. As she sang, she twirled a stock of grass between her fingers, focusing her energy on bringing the daisy to life. The notes came easy enough, and the melody flowed light and eager.

Ciara cracked her eyes open when the song played out and breathed a sigh of relief when she saw a single daisy. The white petals were stubby and the yellow center wasn't the bright, vibrant yellow she hoped for, but it would be enough to complete her task for the day.

"Do you think all the petals will stay on this time?" The comment came from across the meadow where Lanis appeared, cresting the hill from the lower gardens.

Ciara's fragile sense of accomplishment shattered at Lanis' scathing comment. Every night, the siren complained loudly at having to clean up flower petals along with the rest of the meal.

"Don't you have some rocks to talk to?" Ciara shot back, instantly regretting her childish words. She usually avoided Lanis, but lately, it felt as if the siren sought her out for the sheer joy of tormenting her. A dark temptation to silence Lanis' sharp tongue nudged her.

The notes rose and Ciara almost set them free. She would dearly love to give Lanis a taste of her song. She would not cross Ciara again. The venom in the thought caught Ciara off guard. She pressed her lips together, but stopping her song was like stopping a running river and she didn't have the energy or desire to stem the torrent. As the notes rose, Ciara redirected her anger. Even though Lanis deserved it, she could not turn her song on her sister.

Through gritted teeth, Ciara focused her energy on the flower in her hand. The daisy's petals drooped and turned brown. In a final show of defeat, the stem bent under the weight of the heavy head. Lanis laughed and disappeared back down the hill.

Ciara blew out a low breath, seething silently. Lanis had no idea what she had just escaped. She dropped the ruined flower among the remains of the others. She closed her eyes and unclenched her jaw. Letting go of the tension in her shoulders, she hummed a low, relaxing melody Shannon had taught her. It dispersed the last vestiges of her aggravation, and she blew out a long slow breath.

Brenyn held her silence, having ridden out many of Ciara's storms of temper. When Ciara opened her eyes, Brenyn offered her a smile. "Do you want to try again, or should we take a break?"

"I need a break. I don't feel like flowers right now. What did I ever do to her?" Ciara asked, flicking her gaze to where Lanis had disappeared back over the hill. The siren's animosity was a mystery to her.

Brennan shrugged. "Before you came, Lanis was the youngest siren. Honestly, the elders doted on her, but since you've been here, she hasn't gotten hardly any attention. The rest of us don't care, but Lanis loves being the special one."

Ciara shook her head. "She's welcome to be the special one. I sure don't want to be." She got to her feet. The storm rumbled in the distance, and she felt like it called to her. "I'm going to take a walk on the cliffs to clear my head. I'll see you at dinner."

"Don't forget what Eulah said. Watch for shadows, especially with the storm so close." Brenyn called after her.

Ciara raised a hand in acknowledgement of her friend's caution. Poor Brenyn saw shadows everywhere, even though since they had reinforced the barrier, there had been no sign of them. As she reached the cliffs, she hummed the notes to see the boundary around the island. The shifting silver layer rose, and she breathed a sigh of relief when she found no darkness clinging to it. She would be sure to tell Brenyn.

Another roll of thunder echoed in the distance. She rubbed her temples as she walked. Her head pounded with each beat of her heart. It fed the restlessness that stirred within her. She roamed the high cliffs, seeking something that seemed just beyond the next rise. Yet, she found nothing.

Ciara topped the highest peak of the isle, overlooking the small fingernail shaped beach on the leeward side. She always ended up there. With a sigh, she sat down with her legs dangling over the edge and gazed over the endless ocean. A cluster of black storm clouds gathering on the horizon grew, towering into the heavens.

The sea mirrored her restlessness. The waves grew, and the wind shifted, bringing the menacing clouds closer. Something uncanny swirled in the gale. It tickled the back of Ciara's awareness. As she focused on it, the storm's call grew until she felt it pulsing through her. The dark storm clouds closed around her mind, drawing her into the heart of the storm. The wind screamed, and she howled along with it. Rain soaked her skin as the clouds tossed her like a leaf falling on a fall day. Lightning flashed around her. She rode the energy, hissing through the blackness with incendiary light.

Ciara came back to herself with a gasp. The song of the storm resonated through her. The vicious cloud, no longer on the horizon, bore down on the isle, its intensity doubled by Ciara's energy. A thunderclap crashed, but the roaring waves drowned it out. The tempest raged like a beast, and it had the isle in its grip.

She scrambled to her feet and ran down the cliffs, heedless of her footing. Rain pelted down, soaking her to the skin. She skidded down the loose rock but didn't slow her descent. She ran toward the cave as another crash of thunder sounded.

"Where's Eulah?" She gasped, leaning on the stone table.

Marvina jumped and dropped the spoon she was stirring that evening's stew with. Her eyes went wide at Ciara's wild tangles and heaving chest. Before she could answer, Eulah emerged from her alcove, calling, "I'm here, child. What's amiss?"

"The storm. It's not a normal storm. It's stronger, wilder, magical." Her words tumbled out. She looked back at the cave's entrance. Rain fell in sheets and the waves crashed against the outer walls of the cave. Her name rode on the wind, beckoning her back into the tempest.

Eulah slipped her arm around Ciara's waist and led her back to the entrance. "Do you hear its call, Dark One?"

Ciara nodded, staring into the wild, seething storm.

"Your destiny calls and you must answer. Follow your heart, Ciara." Eulah pushed her into the rain.

Water from the thrashing waves mixed with the deluge from the skies. It battered Ciara as she stumbled out of the cave. She hunched forward, fighting for each step toward the base of the cliffs, not daring to walk on the exposed high ridges. The song of the storm rolled through her, and she sang with it. She knew every dark, devastating note. And though she didn't know why, she knew she had to sing along. The storm demanded she answer its summons.

She hauled herself up to an outcropping above the rocky beach and anchored herself by jamming her feet into the cracks and crevices. The stone rubbed against her back as the rain lashed across her face. She let the charging, defiant melody of the storm course through her.

Ciara wailed into the wind, and the storm surged and grew, drawing on her power. Waves washed over her. Water swamped her, pressing her back against the rough stone, but she commanded them to stop. They rolled back into the ocean, only to crash into the surrounding rocks with double the intensity. Wild energy surged within her. She basked in it, feeding the storm until she lost where she ended and the seething violence of the storm began.

She unleashed the terrifying power within her. Her song became the crashing thunder. She called the lightning, and it sizzled at her command, but the wind refused to obey. It whipped and tore at her with biting fingers. The rain resisted her call, slashing against her in defiance. She wrestled for control, facing each element until it bent to her will.

Throughout the night, Ciara fought for dominance until she silenced the storm with a final note. The sunrise peeked over the horizon with a faint glow, almost fearful to bring the light of day. She panted and braced her arms on her legs as she tried to catch her breath. Her hair hung in a tangled, sodden mess around her face, and her back bore dozens of cuts and scrapes from the sharp rocks. She forced her fingers to uncurl from their tight fists and opened her eyes. In the storm's wake, she smiled, triumphant and at peace.

On shaky legs, she turned and clambered up the cliff path, wincing as the cuts on her back and stiff hands shot pain through her. As she emerged onto the plateau, her breath caught. The lush green meadow laid flat and brown, as if covered for months by winter snow. Trees were stripped bare of their leaves, and no colorful blossoms broke the barren, desolate scene. The shadow of death lay over the island.

Panic seized her as she listened for her sisters' voices, only to hear an echoing silence.

"Oh, Goddess no. What have I done?"

The garden plants laid withered and brown. Ciara glanced at them and choked back a terrified sob as she pushed her shaking legs harder. She ran along the path, ignoring the barren fruit trees, too scared to stop and look in the stream.

Tears coursed down her face as she thought of her sisters lying dead among the beautiful effervescent pools. She scrambled down to the beach toward the cave. Her heart beat frantically as she imagined their lovely blond hair turned red with blood, Eulah's broken child-like body, and Brenyn... Oh gods. She couldn't think about Bren. It was all her fault. She destroyed everything.

As Ciara drew closer to the mouth of the cave, she heard the quiet humming.

"Oh, thank the Great Goddess," she whimpered, hesitating on the threshold.

She had destroyed the isle. What would her sisters do when they saw what she had done? She should leave now that she knew they were alright. She could wade into the sea and ask it to take her far away from here. Anything but facing the accusation, disappointment, and fear on her sisters' faces. They'd hate her for what she had done.

With a pang of remorse at not being able to say goodbye, she turned and fled.

No sea birds called and the ever-present sea breeze was still. The desolation of the isle gutted her as Ciara made her way to the beach. She hesitated as the surf washed over her feet, making her toes go numb with cold. She knew how to call to the sea, bend it to her will. The night before had revealed much, but the isle had paid a terrible price.

Ciara's head pounded, and her chest squeezed tight around her pain. She hated not being able to say goodbye, especially to Bren. Not that anyone would want to see her. She'd laid waste to their home. Tears of pity and frustration rose, and she blinked them away.

"Before you leave, I need you to help me with something." Eulah's voice came from behind her.

Ciara whirled around, her feet sliding on the slippery rocks. Eulah stood where the path gave way to the sliver of rocky beach. She looked so frail and tiny standing with her hand clasped in front of her and her ethereal white hair cascading around her shoulders.

"Haven't I done enough?" Ciara spat the question, venting her frustration on the old siren. "Did you know this would happen when you sent me into the storm?" She didn't move from her place in the surf.

"Come, child, let us walk a while," Eulah said as she turned and headed back up the path. She didn't look back to see if Ciara followed.

Indecision warred within Ciara, but the smallest spark of hope that she could find salvation made her follow Eulah. The ancient creature said nothing as they crossed the dead meadows and walked under the now leafless canopy. Eulah didn't even seem to notice the devastation, though Ciara couldn't contain her tears of remorse. They stopped at the mouth of the stream that snaked across the island. Eulah knelt next to the clear, crisp pool and sighed contentedly.

Ciara knelt beside her. Multicolored pebbles and rocks lined the bottom of the streambed, but no orange fish darted beneath the surface. She stared into the water and wished it would just wash her away.

"I have waited for this day for so long." Eulah's melodious voice broke the silence.

Ciara sniffed and swiped at her face to clear away her tears. "You've been waiting for me to kill everything? You've been waiting for death and destruction? Why?"

Eulah took Ciara's hand in her delicate grasp. "My beautiful dark sister. For eons, we have heard only one song. Yes, it has many different forms and harmonies, but it has only one melody at its heart —creation, life, light. When you were born, the goddess blessed us with a chance for something different. You've brought a new song and balance into our world. Did you know this is the first season of death on the island?"

Ciara's brows drew down as she tried to make sense of Eulah's words. She shook her head at the question and waited, hoping that Eulah would clarify her meaning. The ancient one liked to leave her sisters wondering at hidden messages and shadowed significance in her words.

"We sirens have enjoyed a bountiful life here. The flowers bloom continuously, and the meadows are always lush and green. Even the creatures, from the fish to the birds to squirrels and mice, have never grown old or died."

"What's wrong with that? It's peaceful and easy here. Death is hard and difficult and sad. Why would you want that?" Ciara's voice lashed across Eulah's melodious tones, angry and defiant. She didn't understand what Eulah meant, and her heart was just too heavy to care. She wanted the old woman to speak plainly for once and let her be alone, knowing that she was a monster among angels.

"To grow, cycles must have a beginning and an end. Without balance to our song, we've been stuck, unable to move forward. You have brought that to us, and we are forever grateful. For the first time, we can start a new cycle, perhaps learn new songs and find new ways to show the Great Goddess our love and devotion."

Ciara stared at Eulah. The finely carved features that bore no trace of wrinkle or age settled into a placid expression as she began to sing. Ciara sucked in a breath. The melody instantly snared her. The song of life in exquisite harmony flowed from Eulah. She touched her finger to the surface of the flowing water and a small school of minnows appeared in the pool. Buds formed on the trees above, and tender shoots of grass and a carpet of creeping moss emerged from the ground along the stream.

"Sing your song, Ciara," Eulah urged.

Ciara shook her head and covered her mouth. She would not blight this beauty, this miracle that was unfolding before her eyes with her darkness. She would not lace the enchanting melody with seeds of death and destruction.

Eulah leaned forward and kissed Ciara's forehead. She whispered, "Sing. Your harmony will balance the life that is beginning here. It will bless it with a chance to grow, die, and be reborn. Death is not an end, child. It is a beautiful gift. An opportunity. A beginning. Do not steal this opportunity from your sisters and all the life on the isle. Your caution does you credit, but your fear does not."

Eulah's words held an edge, and her eyes of ever-shifting color darkened into hard flint. Ciara saw the eons of power the tiny woman held and finally understood Eulah's message. She had a role to play in the world, and while it was not one of dazzling beauty or lighthearted joy like her sisters, it was one of immense power and tremendous potential.

Ciara gave voice to her song. The deep thrumming harmony rose and fell with the rolling joy of the others. For once, her melody fit in perfect concert with the song of life. And so, they sang the song of life and death, and the Isle of the Silent Sisters was reborn for the first time.

Spring surged forth. Ciara and the other sirens watched with delight as the Isle was reborn. The meadows filled with grass greener than Ciara had ever seen. The scent of wildflowers permeated the air and the fruit trees blossomed and soon hung heavy with fruit. In the spring sunshine, the birds laid eggs and hatched out new families. Every day brought something new and magical into their lives.

Ciara, who was used to the seasons taking several months, found it disconcerting to see spring rush forward so quickly. Still, her heart overflowed with joy as she experienced spring through her sisters' eyes. Their fascination at every turn as they watched new life emerge soothed Ciara's wounds and worries.

An idyllic summer followed the spring. Distracted with experiencing and explaining the changing patterns on the aisle, Ciara's restlessness subsided. Even her song came easier, brightened by the eager summer sunshine. Under Ciara's guidance, the sirens filled the nooks and crannies of the cave full of fruits and vegetables to prepare for the winter. The elders followed her counsel, knowing what was to come. However, the younger sirens couldn't conceive of why they would need to store food. Lanis challenged everything, souring even the warm summer sunshine.

Autumn crept onto the island. Whispers of cool, dry breezes swept over the isle. The leaves colored and fell. The sirens worried, though Eulah and Ciara assured them nothing was wrong.

"How do we know she didn't sing her song and kill everything?" Lanis, as always, was quick to place blame on Ciara's shoulders.

Ciara paused at the cave's entrance. The question hadn't been meant for her ears.

"You will see in the fullness of time that all is well. This season will give way to another and another after that. Eulah said that winter will come before we see the green of spring again. Just be patient." Marvina tried to soothe Lanis' prickly nature.

Lanis scoffed. "Eulah doesn't know everything. Ciara is going to doom this isle and everyone on it."

Ciara didn't linger to hear more. She turned on her heel and hurried up the path to the high cliffs. She haunted them most days, avoiding her sisters' side-long glances. Doubt hovered in the back of everyone's minds —even hers. This magic was untried, and Ciara had no confidence she had done her part correctly. She reminded herself, as Eulah had countless times, that they just needed to experience the full turning of the seasons and the cycle would be complete. Ciara wasn't sure she'd be there to see it.

Every day, the kernel of restlessness within her grew. She had no idea where she would go, but the isle seemed to be closing in around her. The changes had distracted her, but she knew the long days of winter that lay ahead would be difficult.

Ciara hopped down to her favorite perch. An outcropping of stone carved by wind and water jutted out from the cliff face. Her legs dangled over the edge and her back pressed against the rocks. The waves crashed below her, and the gulls soared high above, screeching their displeasure at her company. It was as if she sat on the edge of the world.

She ignored the birds and gathered a handful of pebbles scattered on the cliff. One by one, she tossed them into the sea. She sighed and considered again how to go about leaving the isle.

Shannon sat down beside her, silently appearing from goddess knew where. Ciara jumped and had to catch herself from following the pebbles. In no mood for company, she glared at the old siren, who said nothing. Shannon folded her hands in her lap and stared at the rolling waves.

Ciara ground her teeth together, resenting the old woman and her serenity. She continued throwing pebbles and ignored Shannon. When she ran out of stones, she twisted her skirt in her hand, shifting restlessly. She wished the old siren would just say what she came to say and be done with it. Maybe she had come to send Ciara away. The thought lifted her spirits. It was so much easier to be sent away than to leave of her own accord.

"I know I have to go, but I'm not sure to where." Unable to wait any longer, Ciara dove into the conversation. She swallowed around the sudden lump in her throat. The moment of relief slipped away as melancholy gripped her. She didn't want to stay, but it seemed her heart was not yet ready to leave.

Shannon sighed and leaned back against the rock.

"Eulah told you when you came to us that your time here would be short, but it is not yet time for you to leave. There is more still you must learn." Shannon's mouth curved into a grin at Ciara's sour expression. "Your nature is as restless as the sea, Dark One."

"All the more reason I should leave." Ciara fought to moderate her surly tone before continuing, "No one wants me here, anyway."

"I do not think you give your sisters enough credit." Shannon's voice carried an edge.

"Did you come up here to tell me to stop feeling sorry for myself?"

Shannon smiled and laughed. "Oh Ciara, you are such a breath of fresh air. No. I came here because I sense the growing restlessness within you. It is not yet time for you to go, but I understand the difficulties for you as you stay." She patted Ciara's knee. "Change is always difficult, even more so when you've lived a life that has been anchored in one place that has never altered before now. You, of all people, should understand how hard that must be."

Ciara cringed. The truth in the message brought a fresh wave of shame and guilt. She nodded and stared out over the rolling sea.

"Your humanity brings you strength. Your song is beautiful and will bring much joy to the world."

"I don't know about that. They aren't exactly joyful," Ciara said, gesturing toward the great cave and her sisters. "I don't think I'll ever hear my song and think it is beautiful. I understand it now. I feel its power and I don't fear the darkness anymore, but my song sounds ugly to my ears."

Shannon shrugged. "The world is full of ugly things, and they are vital to the balance in the world. Not all songs spin life or beauty. Once Eulah, Liadain, and I sang a song that almost ended the world."

Ciara's curiosity piqued at Shannon's claim. "You almost ended the entire world?"

Shannon nodded. "A very long time ago when the world wasn't nearly as large as it is today, but yes, Liadain, Eulah, and I stumbled on a melody hidden deep in the heart of the world. It was so different from the songs we had created. This song stirred excitement and desire in anyone who heard it. It rolled and dipped, climbing to ecstatic heights before plummeting to tragic lows where the song seemed to hide.

The moment it slipped away, the need for it blocked our minds from anything else. We sang it with reckless abandon, lost in the frenzy of longing and lust." Her hands curled into fists, betraying the intensity of her memory. She sighed and sat in silence for a moment before continuing, "This was before we stayed exclusively on the isle. We roamed the earth, driven by the power of the song. Gods and mortals alike flocked to our call. They followed us, not eating, drinking, driven solely by the need to come hear the song of the siren."

Shannon closed her eyes. When she opened them again, sadness, pain, and grief reflected in her bright blue gaze. "We didn't even notice when they started dying, leaving a trail of bodies behind us as we walked through the land of Erin. The notes ruled us beyond our control. Not even the gods could help. They followed along, completely enthralled by the song. Finally, the mother goddess intervened, saving her children. Equal parts anger and compassion blanketed the world and our song fell silent. Not even the roll of the waves or the chirp of a bird sounded. Manannan understood the need to safeguard the world against this song. He asked the mother to hide away, deep within her once more. He crafted the next siren, Glenys, to carry the greatest song of all—silence."

Shannon lifted her gown, revealing her feet. Iridescent lines tracked up her legs in a fish scale pattern. Ciara could only see to Shannon's knees, but the lines continued past where the hem of her gown rested.

"How many?" Ciara asked in a horrified whisper.

"I don't know how many died under our song, but the great goddess was lenient." Shannon pulled in a deep breath and smoothed her skirt over her legs. "The song of the siren has not been sung since. We locked it away, but I still hear the call now and again. I'm afraid it will once more find its way into the world," she trailed off with a sigh. "But, that is a song for another day." Shannon stood and waited for Ciara to scramble up next to her. "All songs come from the mother goddess, and they are all part of her. Siren songs weave magic and wonder. Powerful and glorious, they all need to be sung when it is their time. Come, Dark One. Let us return to our sisters."

Ciara hung back. "I'll be there in a moment. There's one thing I need to do."

Shannon raised a brow but nodded before she turned and left Ciara on the cliff.

With a deep breath, Ciara summoned the image of a rose. They grew wild along the hedgerows in her old village. She focused on the shape of the petals, the elegant curve and curl as they swirled away from the center. In her mind, she traced their soft edges and drank in their intoxicating scent. The song came eagerly to her call, and she sang the notes, blending her harmonies with it.

A single black rose formed, perfect in shape and size. Its green stem was strong, and its thorns were wicked. She smiled and hummed a light tune as she hurried back to the cave. She didn't want to miss the evening meal.

CATCHING SHADOWS

DOUGAN

Almost seven years after claiming the Saoirse
The pirate port Lambshank Bay; off the coast of Aruba

A goddess before me
I fall to my knees
I beg for her mercy
And pray she'll choose me

Colin fell silent, and the haunting melody hung in the air.
"Sing something fun!"
"We want to dance!"
"Gods, get him off the stage!"
The tavern's crowd erupted in the wake of the bard's melancholy song. Dougan couldn't blame them. The song made you want to jump overboard with rocks in your pockets.

Colin sighed, and his shoulders slumped. Dougan could already hear him complaining about how people didn't appreciate good music. Never one to relinquish the stage easily, he strummed a quick, light tune on his lyre and, to the approval of the crowd, launched into a drinking song. The bartender rolled his eyes and started filling mugs, lining them up on the bar.

Folayan and Enya wound through the crowd. The men tracked them with desperate, hungry gazes and the women narrowed their eyes with envy. Enya carried herself like the princess she was, despite almost a decade of riding the high seas and living the life of a pirate. Folayan, always at her back, watching and protecting, made certain none dared do more than look. They were a fierce pair and Dougan thanked the gods they were on his side.

"The Count's ship is reported in Hidden Cove, Bailey's Bay, and the Nook," Enya said without preamble.

"None of the descriptions match, though. Some say it's a small clipper, light and fast, and others claim it's a commandeered ship of the line." Folayan shook her head. "He's clearly worked hard to keep his ship's identity as much a secret as his own. So basically, we know nothing more than when we started."

Dougan nodded. "Well, no one will even speak to me." He scrubbed a hand over his face, weary and frustrated. The Count's whereabouts had eluded them for months.

"If you didn't stand in the shadows glowering like a sea sick bear, they might be more forthcoming," Tegan said, joining them.

Folayan and Enya laughed, and Dougan couldn't help but grin. He hated coming ashore. The moment he stepped on land, restlessness consumed him. Ciara's song beat in his mind like a drum calling him home. Every time they came to port, stopped moving, this happened. He'd kept the crew out as long as he dared, but they had to restock and the den of vipers known as Lambshank Bay offered a chance to find more information of the elusive Count of the Sea.

A little over a year ago, the tide shifted from enslaving magical creatures to an even more sinister purpose. The fae wars had escalated, and they found their enslaved magic users often refused to perform when put into action. The fae houses grew desperate and sent the Count of the Sea to harness as much magic as he could—at the expense of the ones he stole it from. He had been alarmingly successful.

Dougan had hunted the villain across the ocean and back again, following the trail of devastation and destruction. The Count's most recent tactic, channeling black magic to summon all sorts of vile creatures, spoke to the desperate position of his masters.

"Do you remember the witches? The ones—"

"I remember." Dougan cut Tegan off.

He'd never forget the corpses of the five witches on an uninhabited island. They'd stopped in hopes of finding fresh fruit or game, but black magic blighted the entire island. The women lay head to foot in the shape of a pentagram, their bellies chewed open from the inside out. They'd been incubators for demons and, judging by the irons that joined their wrists and ankles, unwilling hosts. He shuddered at the memory.

"One of their sisters is here." Tegan gave a discrete inclination of her head toward a woman hunched over a mug in the corner. "She's been trying to find out what happened to them."

"She said the Count stole her sister from Brighton. Her sister and the other witches booked passage to the new world, but never made it. The rest of the coven followed on a later voyage and when they arrived in the colonies, there was no trace of the others."

Dougan nodded. It was a disturbingly familiar story, and it reinforced their theory that the Count employed a vast network of ships and spies. Gods, he wanted to find this villain, but every time they got close, he slipped away behind the mask of anonymity.

Sweat beaded Dougan's forehead. This was getting them nowhere. He needed to get out of the tavern. Too many people, too much noise. He needed to be on his ship with the sea in his ears. He needed to escape the song that looped over and over in his mind.

"Did she have anything that might help us?" Enya asked, flicking a sympathetic glance toward the witch in the corner.

"Yes," Tegan said, bouncing slightly on the balls of her feet. Every member of the crew wanted to find the Count just as badly as Dougan did. "She said that the captain of the vessel her sister booked passage on turned up in Southampton, babbling gibberish, out of his mind but with pockets full of coin. She saw him in the asylum. He kept saying that a man with no face and long white hair paid him. He said the man wore a snake around his neck and visited him in his dreams."

Enya let fly a volley of curses that would have made Dougan blush if he hadn't been echoing them in his mind. The Count of the Sea was a shadow-walker. That explained so much, and he wanted to kick himself for not seeing it before. They'd long theorized what manner of creature the Count was, but the fae houses had long since switched to mercenaries with more substance and less subtlety. They hadn't encountered a shadow walker in the last couple of years.

Frustration welled up and panic joined it. As a shadow walker, a powerful one at that, the Count was as good as invisible. The slaughter would continue and there was nothing Dougan could do to stop it.

"Let's not say anything more about it now. There's too many ears here and we've been talking too long." Tegan cut off the question Folayan looked poised to say. The women nodded and slipped back into the crowd.

The room pressed in. He had to get out of there, find a lungful of fresh air. "I'll see you back at the ship." Dougan muttered to Tegan and shouldered his way through the crowd to the door.

The cool night air bathed his face, and he sucked in a deep breath, ignoring the tang of rot and sewage. He shoved his hands in his pockets and turned the piece of news over in his mind as he headed down the muddy path toward the harbor.

A bloody shadow-walker. Dougan kicked a rock and wondered how to catch a shadow. The Count's ship could be sitting in the harbor, and he'd walk right past it. Maybe Tegan could craft something that they could mark ships with, so they could keep track of which ones were real. Of course, the process of elimination would only take a decade or two. Gods, what a mess.

He plodded along down the path that served as a street, sticking to the highest part to avoid the river of muck. The squelch of a boot being pulled out of the mud sounded just behind him. Dougan spun around, but he was too late, too off balance, too distracted to fend off the three men who emerged from the alley. He blocked one blow, but the other landed firmly against his temple and another in his gut. His legs buckled, but he rolled to keep his face out of the mud.

The tip of a boot connected with the back of his head. His vision flashed with light as he curled into a ball, trying to protect himself from the hail of blows.

"That will do." A man's voice, cultured and refined, sounded from the darkness.

The beating stopped at the mild command.

Dougan groaned and pushed up on his hands and knees. Blood dripped from his nose and cuts on his face. He pulled in a breath through his mouth and sat back on his heels, staring up into the dim light.

Silhouetted, a shadowy figure towered over him with a golden torque in the shape of a snake with emerald eyes. The gold caught the little bit of moonlight from the waning crescent in the sky and contrasted with the darkness. Flowing white hair fell over his shoulder, but Dougan couldn't make out any of his facial features. A cloak of shadows blew out to the side in nonexistent wind.

"You've been asking too many questions, Captain. Your crew is quite talented. The bard alone is worth a heavy purse." The icy indifference in the man's voice made Dougan's skin crawl.

"You must be the Count of the Sea. Rather grand title, don't you think? You should know, I don't respond to threats." Dougan kept his voice equally devoid of emotion, though his heart hammered at the thought of Colin, or any of his crew, ending up in this creature's clutches.

"I'm not threatening you, Dougan." The shadow man disappeared.

Dougan searched the darkness for any movement. The thugs that beat him slunk away into the night. He scrambled unsteadily to his feet.

"I want you to join me." The voice spoke in his mind.

The darkness fell away, and he stood on the deck of the Saoirse. They rode the waves at full sail on a gloriously sunny day. The sea breeze blew cool and fresh. Dougan automatically braced his legs to adjust to the roll of the ship. He shook his head, trying to clear his thoughts. This couldn't be, but yet, it was. He touched the rail, and it was smooth and solid beneath his fingers.

A figure appeared next to him but was more of a smudged shadow than a man of flesh and blood. He seemed mostly transparent, like an outline of a person. The golden torque and flowing white hair confirmed the Count's identity.

The crew worked, oblivious of them. Jib and Bib adjusted the rigging and shouted orders carried out by crewmen. Tegan bustled about offering refreshment while Three Thumbs and Colin stood at the wheel marking the heading. Enya and Folayan channeled the wind, and the sails snapped taut.

Everyone was slightly blurred around the edges. They moved with unnatural gestures and in silence, which was nearly impossible for Jib and Bib, who chattered constantly while they worked. Dealla was missing altogether. The forest fae was not in her usual perch high above the deck in the crow's nest. Nor was she marching restlessly up and down the rail like she did whenever they'd been at sea for a long stretch. The scene unnerved Dougan as fear shot through him. Danger lurked here, but he couldn't see it.

The captain's door opened. In the strangest moment of his life, he watched himself emerge from his cabin—with Ciara at his side. Dougan's breath left him and he couldn't help but stumble toward her. Gods, she was so beautiful. A white gown flowed around her while her dark hair spilled down over her shoulders. She smiled, looking directly at him.

Pain, searing and desperate, shot through him. He reached for her, but caught himself. He snatched his hand back and curled his fists. Rage burned away the pain.

"You should have stuck with threats," Dougan said, whirling back to face the shadow. "This isn't real."

"No, but it could be." The Count disappeared, swirling shadows around the deck.

Darkness fell, covering the scene—all except Ciara. She stepped toward him, but Dougan backed away.

"I know where she is. A trip through the shadow plane and you could hold her in your arms before the next sunrise."

Dougan's gut clenched. Gods, what would he give for that? Temptation, like he'd never known, gripped him. This could be a way to circumvent the Morrigan's curse. Even as he thought it, the foolishness of the notion stripped his hope away. The Count wouldn't take him to Ciara. He'd use him to capture his whole crew, and they'd all end up dead. He had learned a few things in the years riding the seas.

"Join me, Dougan. Reunited with Ciara, your crew would be invincible. The Dark Song's power has grown, and she misses you, desperately considering how often she dreams of you." The Count's voice slipped through his mind and the illusion of Ciara drifted closer.

His heart stuttered. This vile creature had infiltrated Ciara's dreams. He wanted Ciara's power and hoped to use Dougan to get it. This was so much worse than he'd thought.

"The day I join you is the day the Saoirse goes to the depths and me with her. Now, get the fuck out of my head." Dougan closed his mind to the image, focusing on his little used magic. He envisioned a blanket covering his mind and, with a jolt, he mentally shoved the Count away.

Ciara's face lingered for just a moment before the image dissolved. Laughter echoed in his mind.

"The Dark Song will sing for me, one way or another."

Darkness, utterly impenetrable, closed around him. For a heartbeat, he was in a free fall and flinched, knowing the impact would be the end of him. In the next moment, Dougan lay in the cold, stinking mud in the middle of the path. He groaned and scanned the dimly lit street. The shadows seemed to be innocent darkness, though Dougan wondered if there was such a thing. Footsteps and voices made him push up to his hands and knees. He wouldn't be caught unaware again.

"Gods, what happened?" Tegan asked as she, Folayan, and Enya hurried to help him up.

Dougan bit back another groan as he got to his feet. He braced his ribs with his arm and leaned on Folayan. "Tegan, get the others and get back to the ship. We've got a shadow to catch."

"**A**bsolutely not." Dougan growled and shifted, trying to find a comfortable position. Two days out from Lambshank Bay, he'd healed from the worst of his injuries, but his whole body was still stiff and sore.

"It's the only way, and you know it. We can't catch him unless we get ahead of him." Dealla stood with her arms crossed over her chest, stubborn and cross.

With the senior crew crammed into his quarters, they discussed ways to catch the Count. The creature might be able to shift planes, but his ship still had to move on the seas. The key lay in finding the ship, but with the mixed descriptions and the Count's illusions, they didn't know which ship to chase.

"I'm the only member of the crew he doesn't know." Dealla pressed her strongest argument.

Whenever they went to port, Dealla escaped into whatever wild country was available. By doing so, she'd totally evaded the notice of the Count when they'd been in port. She wanted to join the Count's crew so she could help them identify the ship. Once they had the ship, they'd be able to pursue. Between Tegan, Enya, and Folayan, they'd be able to keep a fix on it, no matter what the Count did to disguise it.

Dougan refused to put any of them in that kind of danger, though his stomach stayed tied in a perpetual knot worrying about Ciara. He'd felt the cold soul of the Count, but with the Morrigan's curse upon him, he couldn't return to Ireland for several more years. He had to focus on catching the Count before he could harm Ciara.

"We'll find another way. He'll slip up, eventually. Now that we know what we're looking for, we'll have a good shot at finding it."

Dealla rolled her eyes, and the rest of the crew dropped their gazes to their boots.

"What? You lot support this madness?" Dougan asked the group.

"We've been wandering around the sea for over a year chasing this bastard. We're not getting any closer doing the same thing we've been doing. Either we give up this fight, or we change tactics." Enya's comment was met with nods of approval by the rest of the crew.

Dougan ground his teeth together. He couldn't fault her logic, and he didn't have any better ideas. Besides, in all his years liberating the enslaved, the crew of the Saoirse had never been beaten in a fight. All they needed was a target, and Dealla could get that for them.

"Alright." He held up his hands in surrender. "But we've got to come up with a plan to get Dealla back before we go any further with this insanity."

"Say no more, Captain." Jib said and Bib added. "We've got it all worked out."

Dougan blew out a long breath, trying to shake off his worries, and said, "That's what I was afraid of."

DISGRACED IN DARKNESS

CIARA

Ciara glanced at the sky. A storm was brewing, but that wasn't anything new. Ever since the seasons had come to the isle, storms rumbled through with regularity. They always stirred her soul, but this was something else nagging her, like she'd forgotten something.

"How much further do we have to go?" Brenyn asked, pushing her hair off her forehead.

Despite the cool day, they had worked up a sweat hiking to the high hills, seeking the last of the cloud berries. Ciara blew out a breath. It was the third time Brenyn had asked that question.

"Shannon said the last group is just over the hill after Tower Rock. We're not far now. We'll go by the stream for a quick bath on our way down." Ciara shook her head, thinking she sounded like a mother cajoling her child into cooperation. A song played in her mind and she hummed along while that sense of something just beyond her grasp taunted her.

"What song are you singing?" Brenyn asked.

Ciara paused. "I don't know. It's probably just an old song from when I was growing up." She knew it wasn't. It had to do with that strange feeling, but she didn't want to tell Brenyn that. The poor girl had only just stopped seeing shadow walkers around every corner.

"I've heard it before," Brenyn said. "Long ago, before Lanis even came to the isle, a ship strayed too close to the shores. They ran aground, and a man washed up on the rocky beach you like so much. That song you were just singing was on the wind that day."

"There was a man on this island once?" Ciara couldn't believe no one had mentioned it.

Brenyn nodded as they continued up the rocky path. "Yes, but only for a short time. He was sick from the cold and injured. Eulah and Shannon cared for him in the cave, but they wouldn't allow any of the rest of us near him. The Gray Lady summoned Manannan, and he came and took the man away. I wish I could have spoken to him. I had so many questions."

Her wistful tone made Ciara smile. The man was fortunate to have been spared Brenyn's interrogation. He likely would have jumped back into the sea to escape her endless questions. Goddess knew Ciara had considered it a time or two.

"Why would you care about him? The gods didn't care enough about the humans to give them magic. He couldn't even save himself." Lanis dropped from the ledge above them.

Brenyn gasped and stumbled back. Ciara steadied her and glared at Lanis. She would tolerate much when it was directed at her, but not Brenyn.

"Humans are far stronger than you know. They don't live on islands where everything is given with a song. They live hard and they earn every day of their lives—something you wouldn't know anything about."

"I'm learning a lot more about humans than I ever wanted to, thanks to you." Lanis returned Ciara's glare. "If you're looking for cloud berries, I'll save you a trip. The gulls already cleaned out that patch up there."

"I think we should tell Eulah about that song," Brenyn said. "I can hear it too, now that I listen."

"Yes, run along to Eulah. We definitely don't want anything else tainted by humans. We've got more than enough of that already."

Ciara sucked in a ragged breath and balled her hands into fists. One day, Lanis would know what pain and struggle truly meant. Lanis stalked off down the path, and Brenyn followed. She paused when she noticed Ciara wasn't with her.

"What is it?" Brenyn asked, turning back to Ciara.

"Wasn't that nice of Lanis to check that patch of berries? Since when did she go out of her way to save us some steps?"

Brenyn shrugged. "Maybe she's trying to be nice."

"Or maybe there's something up there she doesn't want us to see. I've never been up this far, have you?"

Brenyn shook her head. "Other than a few cloud berry bushes and rocks, there's nothing up here."

"I just want to see over the hill. It's probably nothing, but I feel like there's something..." she trailed off. "I don't know how to explain it. You don't have to come if you don't want to."

"I'm curious now. Let's just have a quick peek and then find Eulah." Brenyn tucked the baskets under a rocky outcropping and gestured for Ciara to lead the way.

She almost missed it. The small hole was no larger than her hand, but its center swirled with dark shadow. It bored straight through the jutting rock face that rose from the sea cliffs.

"Lanis made this wall to break the wind from the sea." Brenyn said as she crested the rise and joined Ciara where she stood regarding the stones that made up Tower Rock. "Oh great goddess," she gasped when she saw the shadow filled hole and spun around, searching for shadow walkers.

Ciara put a hand on Brenyn's arm to steady her. "Don't jump to conclusions." She sang the cords to reveal the magical boundary around the isle. It shimmered to life. Its silvery shade swirled, and Ciara's stomach clenched when she found a single dark hole that matched the one in the rock.

"Why would Lanis do this? Does she want to bring shadow walkers to our door?" Brenyn's eyes reflected her fear and distress.

"I don't know, but we definitely need to find Eulah." She let the veil fade and glanced at the rising storm. The song that sounded in the back of her mind grew louder, harder to ignore.

"I hear it too," Brenyn said, as they grabbed their baskets and headed down the rocky path. "What do you think it means?"

Ciara didn't answer. Song rose and echoed around them. They came down from the cliffs onto the barren plateau that gave way to the leeward sea cliffs. The elders stood shoulder to shoulder, singing. Standing behind them, Marvina and Lanis sang as well while Glenys paced back and forth, rubbing her temples. On the horizon, a pair of ships rode the unsettled waves with the vengeful storm clouds bearing down on them.

"How did they get so close?" Brenyn asked as they joined the group, dropping their baskets.

Marvina shook her head. "We don't know. Eulah believes there is magic driving the storm."

Ciara nodded and put her hand on Eulah's arm to get her attention. Eulah frowned and shook her head, never breaking her melody.

"This is important," Ciara insisted.

Eulah pressed her lips together, displeasure coloring her face. "What could be more important than keeping ships from crashing on our shores?"

"There's something you all need to see." Ciara said, pulling Eulah toward the rocky path to the high cliffs. "We can sing as we go, but you have to come."

Eulah glanced at the ships. "We still have a little time. Everyone keep singing and come along." She picked up the thread of the song as they all hurried toward the path.

Lanis hung back. "I'll stay with Glynis," she offered.

"Don't you want everyone to see what you've done?" Ciara whirled around, anger surging up as she faced the siren.

The sirens fell silent and turned to face Lanis. Eulah stepped in front of Ciara, frowning at the younger siren.

"What is going on, Little Rock? Your stony heart is unsettled. Tell me." Eulah's gaze bored into Lanis, who looked at her feet and refused to answer.

"She's opened a portal for the shadows in Tower Rock. A hole goes clean through the rock and the veil," Brenyn said from behind them, fear tinging her words.

Shannon gasped and whirled, running up the path as nimble as a goat, with Liadain on her heels.

"Why would you do this?" Eulah asked. "Do you know what they could do if they captured you?"

"The Count doesn't want me." Lanis finally broke her silence, spitting her words and glaring daggers at Ciara. "He wants her."

Ciara sucked in a breath. The nagging feeling she'd had clicked into place. It'd been the shadow's call. With a surge, it intensified, rolling through her as the storm erupted with thunder. Shadow figures danced in the dark clouds. Ciara closed her eyes, channeling the storm's energy, winding her song through it. She shook with power, a thrill running through her. She longed to join the shadows in the clouds.

Eulah stood before her and sang the song of the tree. It jarred against Ciara's song. She pressed her lips together and silenced herself. She stumbled backward, the sudden loss of the storm's energy leaving her reeling. Brenyn slipped an arm around her, steadying her. Ciara's heart hammered when she saw the ships heading straight for the isle.

Shannon and Liadain came skidding back down the path. "It's patched for now, though it will need to be fixed properly when there is more time." Shannon said between panting breaths.

Eulah nodded. "We will deal with you later," she said to Lanis before turning to address the rest of the group. "We must sing, my sisters. Dark forces are at work and there is much at stake."

Eulah strode to the edge of the cliffs, once again flanked by Shannon and Liadain, singing a song to calm the sea. Marvina and Brenyn fell in behind them. The storm crashed in response, lightning zipping through the dark clouds. The wind rose, gusting hard enough to send them staggering backward. With every note the sirens sang, the storm answered with a vengeance.

Ciara hesitated. Darkness clouded her vision, enticing her to sing. She didn't want to harm the ships, but the shadow's power tempted her. She craved it. If she channeled that power, she could save the ships with a few notes. She hesitated, torn between desire and fear. She bit her lip, struggling with the growing need to set her verse free. If she sang, would she help the ships or send them to the depths? She didn't know the answer as both options warred in her heart. She swallowed her song, resolving to stay silent.

The sailors worked desperately, wrestling with their sails as rain fell in a downpour. The ships didn't answer, their heading set by a force far beyond the sailor's understanding. Ciara shuddered as their fear grew to terror. It sent vibrations through her, feeding the demanding summons of her song.

She gripped Brenyn's hand and bit the inside of her cheek until she tasted blood. The others hummed in unison, trying to calm the sea. Eulah sang louder. The Gray Lady stood shoulder to shoulder with her echoing her song over the sea. Ciara struggled for silence.

Lanis narrowed her eyes. In a hissing whisper, she said, "Sing. You want to. Let them see what you really are. Your darkness stains the entire island. You belong with the shadows."

Brennan opened her mouth to defend her, but Ciara squared her shoulders, standing face to face with Lanis. She gave voice to her song. Lanis knew nothing of the darkness within her.

The ground shook beneath them as Ciara vented her fury. Lanis stumbled backwards, but true to her name, she anchored herself and straightened her back. She flung a song as full of disdain and dislike back at Ciara. What Lanis lacked in power, she made up for in her sheer loathing of Ciara.

The notes flowed around Ciara, biting like tiny barbs, but they did nothing to slow the raging assault flowing through her. Brenyn's horrified expression warned her it was going too far, too hard. Now that she started, she could no sooner stop her song than she could stop the waves crashing against the cliffs. All of her hurt and anxiety surged forth, fueled by the energy of the storm. The shadows leapt and twisted in the clouds. She rode the electrifying power, dark and terrifying, and smiled when Lanis went to her knees.

"Ciara, stop," Brenyn cried, shaking her.

Brenyn sounded miles away, her words lost beneath the tempest raging within her. Pain and terror reflected in Lanis' eyes and Ciara laughed. Eulah, Shannon, and the Gray Lady sang on. Marvina knelt next to Lanis and sang a song of strength and calm. Her eyes pleaded with Ciara to find silence.

Marvina stood, blocking Lanis from view. She folded her arms across her chest and sang her true song—the song of friendship and welcome. Ciara's melody lanced into the siren and she winced, but sang on, reminding Ciara that she was her sister, her friend. It penetrated the darkness that pushed her forward.

Gods, what was she doing? Marvina doubled over and Brenyn ran to her, sliding an arm around her waist to support her. Brenyn lifted her song—the song of the goddess' joy—with Marvina's. They stood under the onslaught of Ciara's deadly song and told her how much they loved her.

Ciara's mind raced. Her song thundered on, out of her control. She looked around wildly, seeking help. The three elders still faced the sea, their voices ringing loudly over Ciara's roaring. Panic drove the notes, feeding the frenzy of darkness. She slipped between the heady desire to taste that dark power and the desperate need to find silence before she hurt the ones she loved. Her whole body trembled as her throat scraped raw under the violence of so much song.

An inky black curtain closed over Ciara's vision, blocking out

Brenyn's terrified face. Her song consumed her and her legs buckled. Still, she sang, unable to do anything else.

The hard slap across her face snapped her head to the side. Ciara's vision cleared, and she met Glenys' mismatched eyes. The siren's uncanny gaze flashed, and her lips pressed thin as she silenced Ciara's song. Glenys rocked back under the intensity of the dark melody, but she absorbed it absolutely.

The absence of song sent Ciara reeling. She curled into herself, clutching her head, oblivious to the sharp rocks digging into her side. Tears flowed down her face as shame and bitterness burned within her.

Brenyn knelt beside her, smoothing her hair out of her face and singing a comforting melody. Ciara shook her off and pushed to her knees. No one sang a note. The sirens stood around her. Their normally flowing locks stood out in wild tangles and their swirling gowns clung to them, soaked from the rain.

Liadain leaned on Shannon to stand. The Gray Lady looked as if she would crumble to dust. Brenyn's eyes were wide with fear and wariness. Lanis lay in a heap with a trickle of blood running from her nose. Glenys sat on a rock, hunched over in obvious pain. Silence reigned for a heartbeat until a long peel of thunder rumbled, mocking Ciara's defeat.

Ciara's heart hammered as she stared at her sisters. Anger and shame warred within her as the storm quieted. The rain turned to a sprinkle, and the wind died down to a breeze. An eerie stillness settled over them and the waves released the ships.

Eulah knelt next to Lanis and scooped her up. She glanced at Ciara with a wounded look and hurried toward the great cave. The other sirens followed. Only Brenyn stayed behind.

"Go away," Ciara rasped. Her voice scratchy from the intensity of her song. The shadows slid through the clouds, still there, still calling. Her stomach rolled. She hated herself for how much she still wanted to answer them.

"I won't leave you."

"Get away from me, Bren. I don't want you here." Ciara bit out the words.

"I can help you," Brenyn offered, putting a hand on Ciara's shoulder.

Ciara sang a handful of angry notes, and Brenyn jerked her hand back with a gasp. She stared at Ciara with big round eyes full of hurt and fear.

"I said leave." Ciara roared the words. "I don't want you or your help or your endless questions or stupid fish. Leave!" She spat out the words and chased them with a violent chord through her clenched teeth.

Brenyn stumbled backward and fell. She scrambled right back up and with a final glance that held something close to pity, she ran, leaving Ciara alone on the barren plateau.

Ciara's shame was complete. She pulled her knees up and leaned her forehead against them, wrapping her shaking arms around her legs. She wished the earth would open and swallow her whole. If only she knew the song to make that happen.

A rumble of distance thunder broke the silence. Ciara raised her head. The ships were turning away from the Isle. The men on board scurried around the deck, adjusting the sails. They were close enough for her to catch snatches of their words. Confused and terrified, they wanted away from this cursed place.

A sudden desire to sing gripped Ciara. She had the power to send them away or hold them as she pleased. Her song unfurled within her. The deep, deadly notes thrummed through her, filling her with excitement.

She was the Dark Siren. Why should she deny her nature? Temptation rippled through her. She needed to set herself free, ride the power that was at her fingertips. All she had to do was sing.

The first notes slipped out without her conscious thought, but as soon as they left her, she set the rest of her song loose. Thunder crashed closer, louder, and the wind rose in a roaring tempest. It swirled around her, and she sang, fueling it with the dark desires pulsing within her. The vortex pulled at her gown and hair, whipping them around her. The men cried out in terror as she sent it over the sea to claim them.

*"C*iara!*" Dougan's voice called to her.*

They ran through the forest near the village. Dark and stormy, she couldn't see anything as she blundered around, searching for Dougan. She screamed Dougan's name, but the wind stole her voice. The storm's seething rage beckoned her, but if she embraced it, Dougan would never find her.

The crack of thunder shook her and a delicious darkness within her answered. Desperately, she called to him, humming as she ran through the blinding fury of the storm. She stumbled into a clearing. Rain pelted down on her and lightning flashed above, but she planted her feet. She concentrated on Dougan, calling him to her.

He appeared before her but did not run to her, or put his arms around her. He stumbled back, terrified and confused. She tried to sing softly to reassure him, but only darkness poured out. The swirling maelstrom of death roared forth and swallowed him, leaving only impenetrable blackness.

Ciara gasped and blinked her eyes open. Her heart hammered as she sat up, searching for Dougan. As she looked around the barren plateau of the high cliffs, she pulled in a deep breath. Only a dream.

On the heels of that realization came the pain. Every inch of her ached and a jagged rock bit deeply into her hip. She groaned and shifted off the bruising stone. The sun hung high overhead, warming her face. A distant sound caught her attention. Creaking of timbers and a steady knocking broke the absolute stillness.

Why was she on the high cliffs? She raked her hair out of her eyes and noticed a stench wafting in with the sea breeze. She wrinkled her nose against it. It smelled like rotting fish.

Ciara pushed to her feet. Her legs wobbled, and fatigue washed over her. Snatches of memories rushed back as she stretched her aching back. A hole full of shadows, Lanis crumpling under her song, and her panic as she lost control and then—silence.

The creaking continued and the clacking of wood against wood drew her to the edge of the cliffs. The fog cleared from her mind, and she remembered with perfect clarity sending the tempest to claim the ships, the ships that were broken to bits, wrecked at the base of the cliffs.

Ciara's stomach heaved. Among the wreckage were hundreds of dead fish. She spun away from the devastation and fell to her knees as she retched, her empty stomach having nothing to bring up. She sat back on her heels and drug the back of her hand across her mouth. Oh Great Goddess, what had she done?

Tremors rattled through her as she shifted, sitting on the ground and sticking her feet out in front of her. She gritted her teeth and pulled the hem of her gown up. Iridescent lines traced up her slender legs, stopping just below her knees. She bit her lip against a sob. The sailors on the ship—she'd killed them all.

She wrapped her arms around herself, trying to hold herself together as her soul splintered under the knowledge of her terrifying power. Worse was the desire to use it again, even as the sight of her destruction ripped her heart to shreds.

Ciara pushed to her feet. She would not be that creature. Her youth had instilled a deep respect for life, all life. If she could not control the darkness within her, then she should not be allowed to sing. She only knew one way to silence her song.

With a running jump, she flung herself off the cliffs, singing her song of death.

The fall took only a heartbeat, a handful of notes. The briefest glimmer of peace settled in her before she met the ocean's unforgiving surface. Agony shot through her as she slammed into the water on her back. The ocean's weight swept over her and she sang, asking it to take her to the depths.

But the water surged up, tossing her to the surface. Ciara dragged in a breath through a haze of blinding pain. Between breaths, she demanded it take her down and hold her, but the water refused to obey her. A wave washed over her, dragging her back toward the Isle as if in a direct rebuttal to her request. She kicked against the current, but pain lanced through her back and legs.

Broken and desperate, she choked out a few notes. She couldn't go back there, ever. If the sea wouldn't drown her, then it could at least take her far away from the women who she loved like sisters. In her mind, she begged the goddess to grant her this as she hummed the notes between ragged sobs.

The currents cradled her, gently rocking, and towed her out to sea. Ciara wept, adding her tears to the endless fathoms of water beneath her. As each one fell, a fish darted away into the deep. Drained of anything beyond self-loathing and sorrow, she drifted.

When a seal's head broke the surface next to her, Ciara didn't flinch. She barely registered the familiarity in the steady brown eyes that regarded her with infinite tenderness. The seal dove, disappearing below, and Ciara felt a pang of loss, though her muddled head couldn't sort out why.

The seal resurfaced, her head popping up right next to Ciara's. Rolling onto her back, the creature gently pulled Ciara with one of her flippers so she lay across its belly. The seal's embrace supported her broken body and protected her from the waves.

"Hello, Muirin," Ciara murmured and let her eyes drift closed, too weary to fight any longer.

Ciara scrunched her eyes closed against the blinding glare. The solid warmth of Muirin's body disappeared and a splash of water had her sputtering and flailing. The worst of her injuries healed, but her body still ached. Muirin bobbed next to her and looked at her with a question in her eyes.

"I don't know, Muirin. I don't know where I should go." Ciara answered as she tread water, looking around at the unbroken expanse of ocean around them. "Where does a Dark Siren belong?" She asked the question mainly to herself, but Muirin let out a bark and dove beneath the waves.

When the selkie surfaced again, she was several meters away and swimming with determination. Ciara sighed. If she couldn't lie in the depths forever silent, she had to find a place for herself. She sang a few notes and a current rose, carrying her in the seal's wake.

Ciara refused the first three desolate rocks in the middle of the sea. As she walked among the crags that sheltered colonies of sea birds and along the rocky shores, none of the islands gave her any peace. None of them resonated with a harmony that called to her. In the distance, a larger island rose. Ciara listened, closing her eyes. On the wind, she heard what she'd been searching for. The songs of man echoed faintly among the song of the sea. She dove into the water and sang herself to the island's shores with Muirin right behind her.

Towering boulders scattered over a scrap of beach. A sheer rock face served as a backdrop for the tiny, unforgiving, unwelcoming access point for the island. Ciara waded out of the sea and craned her neck up to survey the cliffs. A smile slowly spread on her lips. Ugly and twisted, this chunk of rock lodged in the middle of the sea was perfect.

"It is too close, Ciara. You should stay far from the shores of man," Muirin said, joining her with her seal cape swirling around her shoulders.

Ciara shook her head. "I must be close to them, to hear their songs and feel their pain. I have to help them, to serve them. I have much to atone for." She stared at the surf rolling over her feet. As it slid back to the ocean, she wished she could wash the stains on her soul away with the rising tide. But there was no way to erase what she'd done. "Come on," she said as she grabbed Muirin's hand and began to sing, carving a path through the stones.

They climbed as she sang. The cliffs leveled out on a small flat circle that had caught enough soil over the years to grow a few scrubby bushes and a bit of heather. They clung to the rock in defiance, squat and angry at their lot in life to have landed on a desolate island and not a flourishing shore. She ran her finger over the tiny green leaves of a bush and hummed. Buds covered the branches and opened. She raised her hand and the bush shot up to stand proud and tall. Songs rushed through her, eager and bright as she shaped her home. Hope lifted her spirits as she used her song to create instead of destroy.

She carved a cave for her shelter and carpeted the plateau with grass and daisies. She coaxed an apple tree to rise and called for a spring of fresh water. The songs of creation came easily, and no darkness tinged her vision. Muirin stood at the top of the path and watched her with big, sad, brown eyes. When Ciara finished, she turned to the selkie.

"What do you think? Did I forget anything?" A cautious excitement rose within her as she looked around with pride. This was hers, her spot in the world.

"I say again. You are too close, daughter." Muirin silenced Ciara's denial with a raised hand. "I understand your mind is set and know I will not change it." She cupped Ciara's cheek lightly with her hand. "As you well know, humans are fragile, unenlightened, and dangerous in their ignorance. I implore you; keep your distance."

Ciara covered Muirin's hand against her cheek and closed her eyes for a moment. She swallowed hard against the rise of sudden emotion. "Thank you." They were the only words she could manage.

Muirin kissed her cheek and with a final smile turned away, her seal cape swishing behind her. "The sea can always find me, Ciara, and I will always come if you call." Muirin ran for the cliffs. She ran headlong off the edge, changing in a flash of light to her seal form, before plunging into the churning water below.

Ciara laughed and took a deep breath of clean sea air. She turned, humming a few notes to put the finishing touches on her new home, when a rumble of waves and wind surged up. Her heart hammered as she whirled around to see her father standing behind her. Manannan Mac Lir crossed his arms over his chest, looking anything but pleased.

Ciara swept a low bow to the god of the sea. She hadn't seen him since he'd deposited her on the Isle of the Silent Sisters, and she didn't think his visit now was a social call. The wrecked ships, Lanis collapsing under her song, and the lines of scales encircling her legs flashed through her mind. She recoiled away from the memories and brought her gaze up to meet her father's.

"Eulah will be relieved," Manannan said. "She summoned me when you disappeared, fearful the shadows had captured you."

Ciara sucked in a breath as a sharp pain lanced through her. That even after all she'd done, Eulah would still care about her well-being brought shame rushing back. She gritted her teeth against the tightness in her throat and drew her shoulders back, standing straight.

"She does not need to worry about me any longer. I'm no longer her burden."

Manannan scoffed. "You're selfish to think that. In case you are wondering, Lanis has recovered physically, but has no voice. Time will tell if it will return."

Ciara bit her lip and held her breath for a moment before letting it out with a sigh. Relief washed over her. She didn't bear the stain of killing a sister siren on her already tarnished soul, but she couldn't summon any sympathy for Lanis.

"Eulah loves you deeply, as do the rest of your sisters." He frowned at her and glanced around them at the home she'd been crafting. "This is a disaster waiting to happen. You should return to your sisters."

It was Ciara's turn to scoff. "I doubt they love me after what I did. Besides, they don't want me there. They can get back to their perfect lives where everything was easy as a song."

"Their existence will never be the same after the Dark One walked among them. Come, let me take you home." Manannan offered his hand and a smile, though it looked strained and false.

"This is my home now." Ciara folded her arms over her chest and glared at her father.

"Enough," Manannan thundered and matched Ciara's defiant position. "We leave—now."

"Am I a prisoner? Eulah said I was to walk alone and would not stay on the Isle. I will never return there. Not after..." she trailed off, not wanting to speak of the atrocities she'd committed.

"Not after you killed the crews of two ships and almost silenced one of your sisters permanently?"

Ciara winced. Every word fell like a physical blow, and she stumbled away from her father.

"How high have the scales climbed?" He demanded, closing the distance between them. He towered over her, all merriment lost from his blue eyes.

"It's not your concern," she snapped and turned away to hide the flush of shame and embarrassment. "If you mean to take me by force back to the isle, then get on with it. If not, leave me be."

Manannan's hand clamped onto her arm, and he spun her back to face him. "It is my concern if you cannot control your song. Two ships went down under your verse and now you settle yourself with a raven's call of a village. I'm trying to save you from yourself."

Hard, angry notes surged to her defense, but she bit them back, controlling the notes with an iron will. She met her father's eye.

"I am not a confused, frightened child and I have utter control of my song—or you wouldn't still be standing." The heady darkness beckoned, and she knew she could hurt him, even if he was a god. Her power flashed through her, cold and deadly, but not one note escaped her lips.

Manannan shook his head and released her with a slight shove. She stepped away, putting some space between them. Her hands shook, so she balled them into fists as she glared back at her father.

Anger clouded his face, twisting his features into a vengeful mask. Her heart hammered and her song pounded through her. Still, she held it in check, though she felt as if she held back a raging river with a single pebble.

The god of the sea blew out a long breath. His cloak of mists shifted and swirled as he paced back and forth, pulling in and blowing out deep breaths, breathing like a blacksmith's bellows. Tremors ran through Ciara as she kept her song contained. Finally, her father faced her and his mouth set in a hard, disapproving frown.

"Decades ago, I decided to see you raised among humans. I knew you needed them, for they are a part of you. You could have been raised in the Otherworld, or even on the Isle, but your need to understand the mortals outweighed the potential danger. Perhaps that is what you need now," Manannan said, scratching his chin through his misty beard. "I will not make you return to the Isle," he declared.

Ciara relaxed slightly and swatted away her annoyance at his permission. She didn't want to fight. She wanted peace, so she held her retort as silent as she did her deadly verse.

"You will not interfere with the children of Erin. Hear me now, daughter." His voice rang in triple harmony and his power rippled across her island. In the voice of prophecy, he said, "Temptation sits on your shores. You must resist—both your darkness and your light."

Ciara frowned and wondered what he meant.

Manannan shook himself and pulled in a deep breath before continuing. "You're sure, even now, knowing that you balance on a blade's edge, you're sure you want to stay here?" All traces of the angry god evaporated, and he looked at her with concern. "There are dangers, even for the Dark Siren. The fae realm is in chaos and the fabric of the Otherworld is fraying under the strain. Creatures long dormant in eternal slumbers are waking. I know you do not know of these things, but the shadow walkers are only one of many evils walking the world. Do not delude yourself that your power alone can always save you."

Ciara shook her head, the last vestiges of her dark song sliding away. "I meant it when I said I'd never return there. I hear your warnings and will heed them, but I know this is where I need to be right now."

Manannan nodded and pulled his trident from the scabbard on his back. He held it over his head and murmured an incantation as he turned slowly around. A veil, similar to the one that covered the Isle of the Silent Sisters, rose from the sea. It shimmered for a moment before disappearing. "Only those you sing to will be able to find you. This should hide you from the shadow walkers." He sighed and swept another gaze around her new home. "You must follow your destiny. I just hope you don't lose yourself in the process."

THE PHANTOM

DOUGAN

Off the coasts of Bermuda
Almost a year after Lambshank Bay

"Where are they?" Dougan muttered as he paced up and down the rail of the Saoirse. He swiped his hand in front of his face, trying to clear away the stubborn shadow that gripped his vision, as he squinted against the dimness. They'd had the Phantom in their sights only moments before.

The Count had cloaked the Saoirse in a cloud of darkness, blocking out the sun and changing the day to night. Dougan could hear the crew scrambling around, knocking into each other. Folayan and Enya chanted ceaselessly. It was the only way he knew the bow from the stern.

Dougan raked his hand through his hair and silently berated himself. The whole thing had been a trap. Gods, what had gone wrong? Their plan had gone exactly as it should have.

Dealla infiltrated the Count's crew over six months ago. She'd been leaving them a trail to follow from port to port and tipping them off to slavers in the area working with the Count. As they followed the Phantom across the Caribbean, they had seized several slave ships, but when the Phantom headed for Bermuda, Dougan knew the Count's next stop was in the Otherworld. They had to capture the Count on this plane, or he'd slip away in the vastness of the Otherworld.

Everything had seemed fine until a few moments ago. The Saoirse had stayed a discreet distance behind the Phantom, waiting for the right moment to strike. Out of nowhere, a shadow gripped them. Worse, Dealla's telltale energy that allowed them to track her disappeared.

Tegan ran into Dougan's side as he prowled up and down the rail.

"You'll wear out the decking," she snapped, uncharacteristically ill-tempered. "Eat." She pressed a piece of bread into his hand.

Dougan knew better than to argue. He tore off a hunk and chewed, even though his stomach churned.

"Can you feel her at all?" He asked, his voice shaking as he stared into the impenetrable darkness.

"No. But Folayan gets a flicker now and again." Tegan put a hand on his arm with a squeeze. "Dealla is as strong as old shoe leather. Don't think the worst yet."

Dougan nodded and worked to swallow the bite of bread around the guilt and fear choking him. "Any progress on throwing off this accursed shadow?"

"Enya's working on it."

As if in answer, fire flamed to life and roared down both sides of the hull. Dougan held his breath and stared in the direction he had last seen the Phantom. The darkness eased and Enya sent another pulse.

"Tegan! Help me," Enya cried.

The witch dropped her basket of bread, sprinting for the bow of the boat. She grabbed Enya's hand and channeled her energy into the fae princess. Dougan cursed. Another dangerous gamble. Before he could order her to stop, the shadow cleared, and the fire sputtered out.

"Hard to port," Dougan shouted, but could have saved his breath.

Three Thumbs was already cranking on the wheel to avoid the Phantom's stern. She sat unmoving in the water, held by magical means. Folayan called the winds, and Tegan and Enya added a push from the sea. The Saoirse rocked under the strong forces, but she pulled around, narrowly avoiding the other ship. As they slid by, Dougan frantically searched for Dealla.

His heart sank when he found her. Tied to the ship's bow anchor, she swung freely suspended over the water. Dealla raised her head as they passed. Her eyes met Dougan's. He stepped up on the rail, ready to dive over, when Colin jerked him back by his shirt. He whirled around, fist raised.

"What the—" He never finished the sentence, for he saw why his friend had pulled him back. The Saoirse was plowing full speed ahead into the maw of a massive whirlpool.

"Hard about! Folayan, drop the winds. Help Enya and Tegan. Close that drain!" He clipped out his orders as he ran aft with Colin right behind him.

"How do we get to her?"

"I don't think we can! Look at her! She's trying to tell us something!" Colin pointed to where Dealla dangled and twisted above the water.

Dealla looked at the vortex and back at him and back again, as if willing him to make a connection. The Saoirse groaned under the strain of the currents. Dealla had a natural affinity for water. She could make a rain drop dance and her specialty was whirlpools. If he could free her, she could close the massive suck-hole.

Dealla struggled as a golden snake slid around her neck. It glowed white, pulsing as she fought. The whirlpool shrank, but as the snake flared, Dealla cried out and it surged back to full strength.

"Oh, sweet Brighid. He's making her call the whirlpool!" Dougan scrubbed a hand over his face. "We've got to get that thing off her."

His heart hammered furiously as he discarded idea after idea of how to rescue Dealla.

"Look, he's tethered to her." Colin pointed to the Count, who held the snake's tail.

The count waited until Dougan looked at him before he gathered a cluster of shadows in his hand. He sent them sliding down the snake's back. They disappeared, only to emerge once more from the beast's mouth, swarming over Dealla's face. She screamed and Dougan could only imagine the horrors the Count was flooding into her mind.

"No!" He howled in the wind as Dealla twisted and fought.

The vortex writhed and grew, spewing water everywhere. The Saoirse keeled hard to starboard as Three Thumbs worked the wheel to make the most of the magical aid from Folayan. Dougan staggered and grabbed Colin to keep him from flipping over the rail.

The pull of the whirlpool was too great. The Saoirse foundered and spun as the suction pulled them, bow first, back toward the eye of the vortex. Dealla thrashed and, for a moment, her face cleared.

"Kill me!" Her words barely reached them. The snake once again pulsed, and she went rigid with a shriek that froze Dougan's heart.

"Oh, gods." Colin groaned. "We can't do that!"

Dougan glanced over his shoulder. A few more moments and they'd be snared within the currents that would suck them down to their deaths. The shadows reclaimed Dealla. She screamed again, and a towering wave rose, bearing directly for them. It would push them straight into the heart of the whirlpool.

If he didn't do something, they'd all die. Gods, but how could kill one of his own? Dealla screamed again and something in him snapped. He wouldn't that bastard hurt her anymore. Better to send her from this plane than allow that maniac to continue to hurt her.

Dougan ran, stumbling and falling, as the Saoirse fought against the pull. The deck shuddered beneath his feet as pulled the bow and quiver of arrows from the weapons chest. Arrows had little effect on shadows, so they rarely used them. But a direct hit to the heart would kill even the strongest fae.

"Tell Three Thumbs the minute the vortex releases us, I want the Phantom in range of our guns." Dougan growled out the order and Colin nodded.

Their eyes met for a moment. Colin opened his mouth as if to say something, but in the end, he just shook his head and stumbled away.

Back at the rail, Dougan braced his feet wide, nocked the arrow, and drew the string back. He sighted down the arrow and waited for a moment of stillness. The Saoirse rode a wave, dipping down, bringing them past the Phantom's bow. Dealla thrashed in the clutches of the shadows but went still for a moment as the shot lined up.

The world stopped for a heartbeat. The twang of the string echoed in his ears as the arrow shot forward. He held his breath and his cry echoed Dealla's when it sunk into her chest and straight into her heart.

She stopped struggling, her body hung limp against the ties holding her to the anchor. The whirlpool closed, and the Saoirse rocked as the strain suddenly released. Dougan staggered and threw the bow away from him. It clattered to the deck as he gripped the rail. His nails dug into the wood and tears streamed down his face.

The Saoirse, light and agile as she was, struggled to turn back. The crew launched into motion, each knowing what needed to be done. Dougan said nothing, but stood burning with shame and rage. His gaze never left Dealla's corpse, which was why he saw the slight flicker before the entire scene dissolved, and the illusion gave way to reality.

The Phantom went from one side of the Saoirse to the other in a blink. Dougan spun toward the new ship that sprang out of nowhere and his heart stopped. Dealla, still alive, swung from the anchor. The Phantom, sails unfurled and traveling fast, maneuvered neatly behind the Saoirse, cutting perpendicularly across her wake. The

Count stood at the rail. He raised his hand in a salute to Dougan before he released the anchor into the sea.

It plunged into the water with Dealla struggling against the bonds. The frayed end of the severed anchor rope followed it. Dougan roared in fury and dove overboard. He kicked furiously toward the sinking anchor, but in the darkness of the sea, he could see nothing. He searched until his lungs burned and forced him to the surface.

He cleared the water from his eyes just in time to see the Phantom blink out of existence and slip over to the Otherworld.

THE WOLF'S DEN

CIARA

The snow is melting finally, and there are little purple and white flowers dotting the meadow. I do not care for winter. I hope wherever you are it is warm. Lanis is speaking more every day, though her time in silence didn't give her anything nice to say. I miss you. ~Bren

Ciara smiled as the message came to her as she waded in the cold water washing over the rocky beach. She missed Brenyn and the others, but solitude soothed her soul. Haunting her new home like a ghost, she spent her time listening to the song of the ocean, seeking solace and quiet. She sent Brenyn a short message back, the waves happy to carry her words to the Isle.

It is wearing on into summer here. Several gulls have made their nests among the cliffs, and I enjoy watching them grow. I miss you too. ~Ciara

Men's voices rode on the wind, far closer than they'd ever come. Ciara's heart hammered as she scampered up the path. Scared that her song would surge forth, she hid in her cave. In the cool shadows, time passed and the urge for song did not overwhelm her. Soon, she forgot to worry about staying silent and listened to the sounds of man, hungry for familiarity of their speech and ways.

The men sang and talked as they cast their nets. Eventually, curiosity overcame caution. Following the voices, Ciara climbed the cliffs overlooking the windward side of the island. A small group of flat bottomed fishing boats bobbed in the water, each holding a pair of men working their nets. Excitement and joy filled Ciara's heart.

Echoes of her childhood rose in her mind. As always when she thought of those days, Dougan's memories surfaced. He still walked in her dreams and crossed her mind, though his memory no longer brought her pain. A longing of something missing always accompanied his appearances in her mind. She sighed and hummed one of his favorite songs. She wished she could see him again, though it was a wasted wish. Dougan, along with everything else in her youth, belonged to a different lifetime, before the darkness.

The fishers worked on, oblivious to her, but she watched them with avid interest. As the day wore on, they gathered their nets for the last time and rowed back to the small gathering of wooden piers that marked their harbor. Too far away to make out details, she could see a cluster of people gathering. Just like in her old village, the women came to the pier every day to wait for their men to come home. The familiar sight buoyed her spirits even more, and she vowed that tomorrow she would learn more about them.

Every day the fisher folk dropped their anchors off her shore. Never once did they glimpse her as she hid among the boulders. She learned their names and, to her dismay, it seemed every moment of their day was filled with worry. They worried about the fish and the weather. They fretted about their families, the sea, the cattle and sheep, their homes- everything. Unease and uncertainty filled every minute of their days.

Had it been so in her village growing up? Perhaps she and her family had lived so removed from the village she never noticed the constant worry that prevailed among the community. More likely, her youth had prevented her from understanding the daily struggle of the men and women who survived off the fickle bounty of the sea.

Ciara pitied the fisher folk. Her mother had called them unenlightened, but she wondered if they had so many things to be concerned with, they didn't have enough time to learn about the wonders of the world.

Over time, Ciara got to know the fisher folk. She knew that Malcolm worried about leaving his wife, who was with child. Neal was concerned that the potatoes failed to thrive. Aiden lamented the sad shape of his ewes and hoped they would have enough milk to feed the lambs.

It began with small things. Ciara sang a sweet wind to wash over the fields, curing the potatoes of their blight. A short tune hummed on the waves filled the nets with fish. She brought gentle rains to help the pastures in the high hills thrive and make the ewes fat and their milk flow freely. Her days passed in peaceful benevolence and joy. The fisher folk had no idea what brought their change in fortune, but their gratitude, sent in prayers of thanks to the sea, warmed her heart and sustained her purpose.

The small group of fishing boats materialized through the fog, surprising Ciara. The sea was unsettled. A tempest stirred deep in the dark places of the sea, and she had sung throughout the night, trying to calm it. Exhaustion pulled at her as she sat on her clifftop perch and watched the fishermen cast their nets hopefully into the water. They rode the rough swells and worked the nets, which Ciara had no energy to fill. She hummed quietly, trying to soothe the churning beneath the surface. They needed to go back to shore. She wouldn't be able to keep the storm contained for long. Why had they come here on such a day?

"I told you it wasn't going to burn off with the sun," Malcolm shouted to Aiden.

"And I told you, you didn't need to come if you were scared. We're here now. Let's at least get a few fish for the pot. By the feel of things, the Old Man of the Sea is all out of sorts. He's stirring the depths, and we'll not be back out for many days. Grab what you can, lads, and we'll head back to shore!"

The wind whipped Aiden's words away, but Ciara sighed with relief that they were sensible enough to return to the safety of the shore. She changed her song and encouraged the few fish that weren't already tucked safely in their shelters toward the fishing nets.

"Thank the Goddess," Malcolm cried as he pulled up his net and saw a dozen fish. The other nets came up, and the men added their thanks to the sea and the Goddess of all. Ciara hummed low, concentrating once again on containing the ever-rising tempest when Aiden and the others began to yell.

"Where is he?"

"Malcolm!"

"Get a rope! There he is!"

Ciara whipped around to see Malcolm bob to the surface for a heartbeat before being swamped by another wave. She thought about Cassie, his pregnant wife, and their other small child, Edna. They needed Malcolm to survive. She couldn't let the sea claim him. Without thinking twice, she dove from the cliffs, singing a song of serenity.

The sea went calm, and she broke through the glass-like surface without a splash. She found Malcolm under the waves, his eyes unseeing and blood running from a wound on his head. She pulled him to the surface. A song of strength and energy rushed to her lips, and she raised her voice, calling on the power of the sea and the Great Goddess.

Malcolm's eyes fluttered as the magic flowed through him. He coughed and gagged, spewing seawater from his lungs, and clung to Ciara. She sang steadily until he drew a clear breath, and awareness came into his eyes. With Aiden's help, she got him aboard the small fishing boat. He stared at Ciara in awe.

"Goddess, I know not your name, but I thank you." Malcolm bowed his head as tears ran down his face.

Over the waves, she heard his companions calling to him and offering prayers of thanks.

"I'm not a Goddess." Ciara laughed, and Malcolm's eyes went wide at the musical sound.

Something stirred within her. A song she had never sung before tugged at her. She had heard snippets of it ever since she came to her new home. Seductive, beckoning, the power of the melody scared her. She needed to get away from Malcolm and the others. She fought the urge to sing and dove deep into the water, trying to escape the temptation of the song.

As Ciara waded onto the rocks, the seductive song still pulled at her. She focused on a melody to usher the small fleet of boats back to the shore, struggling to keep the other music at bay. Ciara trudged up the narrow path to the cliffs. When she crested the top, she looked over the sea.

"Thank the gods," she murmured when the boats approached land.

"You've interfered."

Ciara turned to her father, who strode through the small meadow toward her. She raised her chin, unrepentant.

"The Goddess told you not to interfere with the Children of Erin."

Manannan looked thunderous, but Ciara stared back at him defiantly.

"What does one human life matter? He has a woman and children who need him. If the sea took him, they would suffer. He needed to live."

"That's not your decision to make, Ciara. You have power, but no knowledge of the cycles of the world. The humans must suffer and live and die. They are like the sands on the ocean floor, constantly being moved and shaped. You've interrupted that and now have set a whole new cycle in motion." Manannan's expression softened. "I know you meant only good, and you're right to an extent. This one human life that you've spared will not cause a significant upset in the destiny of the human race, but I warn you, Ciara, my dark one, do not interfere in the matters of life and death."

Ciara dropped her gaze to her feet and let her dripping hair fall forward to hide her face. The storm called to her, and her heart was disturbed with the new song that flowed through her. They collided within her, and she felt like she was being pulled in a dozen different directions at once.

Manannan raised his hands in a soothing gesture. "Calm yourself, daughter." He paused for a moment, listening to the maelstrom of harmonies cascading within Ciara. A wary expression settled on his divine features. "You've found the song of the siren. Great Goddess, protect us," he whispered.

Dismay flooded her as understanding dawned. The song of the siren. She didn't want that song. It was hard enough to control her songs as it was, but from what Shannon told her, that melody was particularly dangerous.

"I remember it all too well. It nearly drove us mad with desire and longing.," Manannan said, drawing a hand shakily over his face and reinforcing the sense of dread that coursed through Ciara. "We locked it away, never to be sung again."

"I didn't sing it," Ciara said through clenched teeth. She teetered on the edge of control. She wished Manannan would leave so she could find some peace.

"I suppose your proximity to them triggered it," Manannan muttered, ignoring Ciara. He grabbed her shoulders with a sudden move and waited until she met his gaze. "Beware, daughter. You must guard yourself more than ever. If you sing that song, all who hear it will spend their last breath trying to hear one more note. They'll stop at nothing until you release them. But worse than that, it will consume you just as much as it does them."

Ciara nodded, not trusting her voice. She worried if she opened her mouth, a torrent of notes would roar forth. She just wanted to be left alone.

"Stay away from the Children of Erin. The more contact you have with them, the more that song will demand to be sung."

Ciara glared at her father. She would not abandon her fisher folk to the sea and the hardships of the world.

"I am not forbidding you to aid them. You can sing their nets full, calm the sea and wind, and see them safely to the harbor. No more direct contact. Do you understand?"

Far from being placated, Ciara's temper flared further. He spoke to her like a child. She was a woman grown with powers to be reckoned with, but she knew better than to lash out at the God of the Sea. Instead, she let the tempest swirl inside her and stared at her feet, keeping her lips pressed resolutely together.

Manannan sighed and shook his head. "As headstrong as the wind. Be well, daughter."

Ciara raised her gaze to see him fade into mist and scatter in the growing sea breeze. Her fraying control slipped away. She sang the song of defiance. Tired of rules, of constantly worrying about singing one wrong note, she sang her song, dancing on the edge of destruction. Darkness colored her vision, but she didn't push it away. She called to it, wrapped herself in it, and saw the beauty of the dark.

Spring is my favorite season. The trees are blossoming, and we have fresh vegetables for supper. I never thought I would be happy to eat a carrot straight from the ground. We all sing in the garden now. I like the song for turnips the best. I wish you were here to tell us a story. ~ Bren

I like spring too. Don't let Eulah sing the garden full of carrots. I miss you.~Ciara

Ciara sent her reply on the waves. She kept her message short, smiling as she pictured the sirens kneeling in the dirt, sowing their vegetables with their songs. Eulah always sang carrots, and Ciara never understood why. She shrugged and pushed to her feet, turning her face up toward the bright sunshine.

Ciara walked along the rocky shore. The surf swirled over her feet while the sea breeze blew clean and fresh after last night's storm. The storm had been relatively small, but she'd danced in the darkness. In her years of solitude, she learned to channel the energy of storms to vent the darkness that built within her. She called the fury of the wind and water to her and kept the damaging weather away from the shores where her fisher folk lived.

The storms broke the monotony of her days and drowned out the seductive song that still hovered on the edge of her awareness. She'd avoided the siren's call for years, but it took more and more effort to keep it tucked away. In the wake of the storm, it was blessedly silent.

Voices with strange accents came to her on the breeze, calling to one another about sails and ropes. A song broke out. A chorus of men's gruff voices sang about a creature who was a fish on top but a human woman on the bottom. Ciara giggled at the image and scanned the horizon, expecting to see a small trading vessel making for the harbor to do business with the fisher folk. It was early for such a ship, but who else could it be? None of the bigger vessels strayed as far as this remote corner of civilization.

Ciara's eyes widened at the ship's double mast. She hurried to the cliffs for a better look. Dozens of men scurried over the deck and up and down the rigging. They must have been blown off course in the storm. Curiosity flamed to life as she studied them. These unknown men seemed full of life and joy, not like her fisher folk, who worked so hard to eke out an existence they had little energy for anything else.

It had been so long since she had seen anything new. Temptation nudged her. The men worked and sang merrily, ignorant of the threat. With a few simple notes, they would come to her. Manannan's warning flitted through her mind. The siren's song welled within her with a ferocity that surprised her. Before she could stop herself, the first notes left her lips.

The men on the ship stopped their activities. Their song went silent, and all eyes turned toward her island. The song rolled through Ciara, confusing her with desires and memories from a lifetime ago. Dougan's face with his forest green eyes flashed in her mind. It had been decades since she left that life, a girl scared and confused on the cusp of womanhood.

The song ran its course and banished the pain with rising excitement as the melody rode on the wind. A flurry of movement broke out on deck, and the sails were reconfigured. In a graceful arc, the ship changed course, heading straight for her island.

The ship grew ever closer until she could see the individual men on the deck. They stood still and silent like statues dotted along the rail. Ciara stood on the cliff's edge high above the water. Her hair whipped around her, and her simple white gown molded to her body as she braced her legs against the wind. The men stared at her, unmoving and entranced. A heady power gripped her. She could make them do anything she wanted. They would jump in the sea and drown themselves at her command.

She pushed the morbid thought away, disturbed and uneasy. The siren's call beat within her, but she wrestled it into silence, not wanting to make things worse. Her mind meandered down slippery slopes of desire and darkness, things she'd locked away long ago. She was the benevolent lady, not a dark beast who destroyed anything that came near.

Ciara clung to that ideal, feeling stronger as she remembered her purpose. She echoed the silly song about the fish-woman to release them from her spell. The men shook themselves, looking at each other in confusion. More confident in her control, Ciara raised a hand and waved to the men, expecting them to wave back and be on their way.

"Drop the anchor!" The command cracked through the silence. "Rogers, take the john boat..." The wind stole the rest of the command.

The captain stood at the rail with his legs braced against the roll of the ship. Though he was too far away to make out his features, the brass buttons on his waistcoat flashed in the sunlight. He stood, staring in her direction.

The ship's massive anchor plunged into the sea. Ciara's heart raced as the small boat splashed into the water and a handful of men propelled it toward her shore. No man had ever set foot on her island, but perhaps they meant only to bring her a token, like the fisher folk often left. Torn between curiosity and fear, she twisted her skirt around her fingers and debated what to do. The small boat bore steadily onward. Making her decision, she hurried down the path to the rocky shore.

Ciara climbed up her favorite boulder, where she often sat to sing to the fisher folk. She would give these men the gift of a song. Then, they would return to their ship and be gone. Or she could bring them up to her cave. The flash of thought brought a strange sense of longing and desire. She'd never considered bringing anyone to her cave. The siren's song swirled deep within her, fanning the flames of the mysterious desire. She wanted something, wanted it badly. If she'd just sing some more, it would come to her.

Shannon's warning about the lure of the song came to mind. She shivered in the sunlight and refocused her mind, refusing to fall to those temptations. She could control her desires and not be consumed like they had been.

Ciara smiled as the boat grew near and thought about what song she should sing for the newcomers. Perhaps a lilting sea melody. This group seemed to favor quick and light tunes. She giggled again at the thought of the absurd fish woman from their sea shanty and settled on a favorite of the fisher folk about the struggle between a tricky fish and a wily fisherman.

She hummed the melody to herself and tapped her fingers on the rock in time. She raised her voice and launched into the first verse as the small boat scraped over the rocks at the base of the boulder.

Five men jumped out, splashing into the shallow waters. A mountain of a man led the charge. His powerful legs pushed through the shallows as he climbed onto the rocky shore. Wild hair escaped in all directions from beneath a bright blue scarf, and a thick scar ran the length of his face, twisting the edge of his upper lip into a permanent frown.

Ciara's smile faltered, and the lyrics for the song escaped her. The fisher folk never tried to approach her. Their boldness shocked her, and she fell silent, crossing her arms over her chest and frowning down at the ragged band of men.

"Come down, lass. The captain wants to be seeing ye." The man's voice sounded as rough as the gravel scraping the bottom of their boat.

"How dare you approach me? Be gone from my shore." Ciara braced her hands on her hips. The strange desire continued to dance at the edge of her awareness, while a twinge of concern rooted in her gut. This was not going at all as she had intended. Conflicted and confused, she focused her energy on keeping the siren's song at bay.

The burly man sneered at her. "What do you think you are then —the Queen herself? Get your pretty arse off that rock. Now." He gestured at his mates, and they began to pull themselves up to Ciara's perch.

Anger, hot and furious, spiked through Ciara, and she hummed a low menacing growl that reverberated through her chest. The three men climbing stopped, looking back at their leader for instruction. Darkness, not the insidious smokey craving of the Siren's Song, but the dark, deadly weapon she wielded with her true song rose to meet the threat. She pressed her lips together. She would not sing that song. These men would not be her ruin.

"She's just a little slip of a thing. Get 'er down from there and be quick about it." The big man snapped, and his comrades resumed their ascent.

Ciara narrowed her eyes. She could end them so easily. The notes beat in her chest, but she turned to the sea and hummed a low, menacing note. It echoed over the water and rattled the oars in the bottom of the small boat.

"Holy Mother of God," one of the men murmured and abandoned his attempt to climb the boulder. He scrambled to the boat and jumped in, catching up the oars.

Ciara sent the call out again and power thrummed through her as a pair of sharp dorsal fins sliced through the water toward her. Ciara smiled and waited for the giant fish to draw near. The sharks wouldn't hurt the men, but she knew that the fisher folk feared them. She hoped these men would be the same and would run rather than stay in shark-infested waters.

One man hauled himself up next to her. His lips spread in a nasty smile, exposing his rotten teeth. Ciara scuttled away from him as another man joined them. She stood with her back toward the open ocean. If nothing else, she'd jump into the sea to escape.

"God help us, look at that." The first man spotted the approaching sharks over her shoulder and pointed a shaking finger at the fins.

"She's a witch. She's called them sharks in." The man in the boat said, his voice squeaky with terror. He levered the boat off the beach with the oars.

"Get your arse back here," the big man shouted, but the man in the boat bent low and pulled the oars with a strong stroke.

The gunshot made them all jump. The man in the boat rocked back as the bullet hit its mark. He landed sprawled in the bottom of the boat. The big man waded out, snagged the boat with one hand, and pulled out the other pistol from his belt. He leveled it at Ciara.

"Witch or not, the capt'n wants her, and so he'll get her, or you can be the one to tell him you were too yellow-bellied to grab a little girl." The ominous click of a pistol cocking punctuated his remarks. The men on the boulder flicked a glance between the gun and their dead crewmate in the boat. They looked at each other and came to a hasty, unspoken agreement.

"Come on, lass. Come down and get in the boat." The man with the rotten teeth spoke soothingly. "The capt'n was right taken with your music. We all was. Come and sing some more for us. We won't hurt you. We just like your songs."

"Aye. God knows it's a relief to hear your pretty music rather than that bunch of scallywags' bellering. Be a good girl and come with us." The second man joined in his crewmate's cajoling tone.

"Hurry up. Them sharks is gettin' closer," the man on the ground growled.

"That's right, and they'll eat you for supper. Now, be gone, and I will call them off." Ciara stood and jutted her chin out defiantly. Her eyes flashed as she hummed the low shark song. She smiled as the men's fear rose and they cast nervous glances at the sharks, the gun, and her. Her hands shook as she pulled in a deep breath. The temptation to sing, watch these men writhe under her song and pay for the audacity of trying to take her grew with every passing minute.

But what if she went with them? The whisper of thought went through her mind like a shadow. There and gone in a heartbeat, but the impression lingered. The longing of the siren's song wove through the darkness, laying shades of gray among the black, tempting her. She could go with these men, find a way to satiate the hunger that grew within her.

The men took a step toward her and Ciara fell back a step, standing on the very edge of the rock. A distant, rational part of her mind urged her to take one more step. She'd fall to the sea where she could escape.

A hand wrapped around her ankle and yanked hard, pitching her forward. A third man had scaled the boulder from the seaside and pulled Ciara off her feet. She twisted to avoid slamming her face into the rock, but the impact stole her breath. The side of her head cracked hard against the stone, and pain lanced through her head and body. The other men didn't hesitate. They pounced and tied her wrists and ankles together.

Ciara blinked, trying to clear her mind of the haze of pain and surprise. Anger, mainly at herself, rose and she struggled to drag in a breath around the pain. She sang, allowing the darkness to surge forth.

"Gag her! I don't want any more of her witch music stirring up them sharks."

The man with the rotten teeth pulled a filthy rag from his pocket and tried to stuff it in her mouth. She snapped her teeth at him and received a swift backhanded blow across her face. Her song faltered, and it was all the opportunity the men needed. The man ruthlessly forced her jaws apart and shoved the disgusting rag deep into her mouth. She fought against the bile that rose and tried to spit it out, but they tied a handkerchief around her mouth, effectively silencing her.

Ciara thrashed, and the man slapped her again. "You'll be still, or I'll throw you off the side of this boulder. Maybe you'll spill your brains on the rocks; maybe you won't. It makes no difference to me."

Ciara stopped fighting. Without her song, there was no way she could break her fall and likely would end up with her brains dashed out. She focused on breathing around the noxious gag. These men would pay for their indecencies.

The men manhandled her down the side of the boulder, leaving her bruised and scratched. The burly man threw her over his shoulder like a sack of grain and carried her to the boat. They tossed the body of their dead comrade unceremoniously in the water and clambered aboard. Ciara sat on the middle seat, wedged between the man with the rotten teeth and the man who'd pulled her off her feet. She wouldn't be able to dive into the sea.

"Be quick, Jonesy. Them sharks will be back for a meal once they smell the blood in the water." The big man scanned the water warily, looking for the telltale dorsal fins.

Ciara bit down on the filthy cloth and tried to work it around so she could sing, berating herself for her foolishness as they pushed off toward the ship. She knew humans to be fickle creatures, but other than the boy, Sean, who she had known in another place, another lifetime, humans had generally been good and kind. These men were all like Sean.

The thought brought a surge of darkness to her mind, but she couldn't sing or even hum. She could barely breathe around the choking gag. Guttural, disjointed, ugly noise was all she could manage. The man raised his hand again. With an effort, she fell quiet and raged silently. She would wait for her opportunity.

Onboard the ship, the men dropped Ciara unceremoniously at the feet of a tall, lanky man. He regarded her with open fascination. Soaked with sea spray, her wild black mane stuck to her face, and her light gown clung to her body, revealing more than it concealed.

"She's a witch, Capt'n Wolfe. We should throw her overboard and put this place to our rudder."

Ciara lay still, staring up at the captain. The brass buttons on his waistcoat winked and flashed in the sunlight. From his gleaming black boots to the smoothness of his shaved jaw, everything about him spoke of precision and neatness. He towered over her with the sun to his back and his golden hair seemed to glow with an ethereal light. He gave her a slight smile, almost like he wanted to smile, but that would be too much, too uncontrolled.

The captain squatted down and cleared her streaming hair from her face. "Hello, lovely. Welcome aboard The Silent Wolfe." His voice surprised her. The cultured cadence flowed like water over a smooth stone.

Ciara struggled to sit up, and the captain jerked a knife from his belt. She recoiled, but trussed up as she was, she only managed to flop backward, landing on the boots of one of her captors. A ripple of laughter swept through the crew, but the captain's glare squelched it.

"I apologize for my men. They have no idea how to treat a lady."

The knife flashed, and the ropes around her wrists and ankles fell away. Gently, the captain tugged at the knot that held the gag until it came free. Ciara spit the disgusting thing out and drew in a lung full of sweet clean air, scrambling to her feet.

She whirled to face the men who'd abducted her. A deep vengeful melody coursed through her. She hummed it low and watched the men cringe in fear. Her captors stumbled away from her. One of them crossed himself, a gesture fisher folk made, but she didn't understand. Whatever it was, it would do nothing to protect him from her song, should she choose to release it.

"Your song is magical. I'd like to hear more of it," the captain said, cupping her elbow lightly with his hand.

"I do not wish to sing for you." She jerked her arm away, glaring around her. "You are released from the song. Leave my shores or suffer my displeasure." Ciara turned on her heel and tried to push her way through the cluster of men, who closed ranks and barred her passage.

Captain Wolfe laughed, standing right behind her, trapping her between him and the wall of men blocking her escape over the rail. The warmth of his body surprised her, but the swell of swirling shadowy temptation stole her breath.

"Your wishes mean nothing on this ship. My orders are the only things that matter." He spoke in a whisper. His hot breath against her cold cheek made her body ignite in ways that confused her. The dark hammering vengeance slipped away, replaced by a befuddling long- ing. "You will sing, but first, I would like for you to rest. We are not all barbarians here."

Warnings echoed in her mind, urging her to sing and escape. The dark temptation of the siren's song wound through her, leaving her flushed and excited, though she couldn't say for what. The protests in her mind slipped away under the insidious caress of the siren's call.

Ciara stepped away from the cluster of men, telling herself she could control her song. She didn't have to sing, but she wanted to understand the beating desire within her.

"I will not sing, but I will rest." She raised her chin and pushed past the captain, escaping to the open center of the deck. Away from his intoxicating presence, she pulled in a deep breath, clearing her mind and ruthlessly suppressing the siren's song that called to her.

The captain bit out a short laugh and offered his arm. "Come with me, my dear, and we'll see to your rest." He took Ciara's hand, pulling it through the crook of his arm. As he led her away, he barked out commands. "The rest of you lot, get back to work. I want the mainsail mended before sundown and this place to our stern."

The men jolted into action, and Wolfe ushered her inside his cabin. A single window offered little light in the small room. A table with two chairs sat just inside the door and the captain's berth was neatly made. The walls were bare save a small shaving mirror.

The only adornment in the entire cabin hung above the bed. A broadsword, magnificent and wicked, reflected the dim light. Its silver hilt was inlaid with gleaming golden filigree, and a single jewel glittered in the center. Wolfe followed her gaze to it.

"It's lovely, isn't it? When I killed a barbarian chief in the northern Wilds, I took it as my prize." Wolfe smiled at her and looked at her expectantly.

Ciara turned away from the weapon. "Are you sure the chief was the barbarian?"

Wolfe narrowed his eyes, and his cheeks flushed red. He visibly forced himself to relax and unclench his jaw. He waved away her comment. "I suppose living like you do, you haven't the notion of manners. But no matter, my dear. I will teach you." Again, he waited with that look of expectation. His lips pressed together in a flat disapproving line. "Consider this your first lesson. When I speak to you, you will respond. Do you understand?"

Ciara held her silence until he clenched his fists. He took a step toward her, but she stepped away. "Yes," she said, staying just out of his reach.

"Yes, what?" He snapped and blew a long breath out as if searching for patience.

"Yes I understand."

A ghost of a grin crossed his lips. "You are a diamond in the rough. When I am done with you, you will shine brighter than any courtier. Now, allow me to make you comfortable."

"Yes," she said, deliberately provoking him. Her heart thumped hard in her chest. This was a dangerous game, but the thrill of playing intoxicated her. Sensing her excitement, the siren's song echoed softly in the back of her mind, daring her, pushing her to test his limits.

The captain paused and raised a brow as if confused by her answer.

"You said for me to respond and you asked to be allowed to make me comfortable. You may do so." Ciara mirrored his slight smile and silently challenged him to find fault with her words.

Wolfe seemed to fight a smile for a heartbeat before he pulled out a straight back chair and gestured for her to sit. When she hesitated, he said, "Lesson number two, obey the captain's orders without hesitation or suffer the consequences." He raised an eyebrow, meeting her challenge.

She sat, perching on the edge of the seat. She didn't want to antagonize him too much. A shiver ran through her and she forced herself to take a deep breath. One wrong step and she had no doubt that she would feel the wolf's teeth.

"Now there's a good girl," he said, pulling the quilt from the bed and tucking it around her shoulders. He hummed a snippet of the fish-woman song as he poured a cup of ale and offered it to her.

She accepted the cup with a nod of thanks.

The captain smiled and leaned against a table with his arms crossed over his chest. "She can be civil. Thank you my dear." His gaze never left her. It roamed over her like he was committing every detail of her to memory.

Ciara sat like a stone, staring back, unsure of what to make of this Captain Wolfe. His men seemed to fear him, but his tender attention suggested he had a kind, caring side. He spoke with culture and bearing and, to Ciara's immense relief, didn't stink of rotting fish. However, a coiled violence simmered just below his surface.

"I am Captain Xavier Wolfe. What is your name?"

Ciara clutched the mug between her hands, gripping it tightly against the shivers that still ran through her. Captain Wolfe smiled encouragingly, but it looked to her like he was baring his teeth in a growl.

"My name is Ciara," she said.

"Ah, Ciara. Beautiful. Now, my lovely, rest and relax. I want to hear you sing, but only when you are ready."

His words and tone were soft and civil, but the cold blue eyes that continued to stare at her held an excitement that Ciara hadn't seen in a very long time. When she came of age in that half-forgotten life, men in the fishing village looked at her like that. Lust and greed lit their eyes as they watched her blossom into womanhood. Wolfe's eyes danced with the same avarice hunger.

"You speak pretty words, but you are a bad man," Ciara said plainly, stating it as fact.

Wolfe laughed heartily, and his blue eyes flashed, but with something other than merriment.

"A bad man?" Wolfe repeated it, rolling the words across his tongue. In the next second, his voice changed to icy steel. "I'm a pirate captain, my lovely nightingale. You don't become a pirate by being nice. Pirates don't ask—they take what they want and beg no man's forgiveness."

In a flash of movement, Wolfe crouched over her, his face looming inches from Ciara's. His fingers slipped under her chin and turned her face to his. Song rose within her, but it wasn't the dark, deadly notes she should sing. The song of the siren filled her and desire, dark and dangerous, claimed her. She hummed a few of the notes and Wolfe's eyes widened. His cold fury melted away under hot, desperate need.

"What do you want, Captain Wolfe?" Ciara's gaze locked with his. Her body burned with lust.

"What all bad men want. I want you begging at my feet. I want to use you, own you. I want you to sing for me and beg me to please you." His lips skimmed across her cheek as he spoke, his breath hot on her skin. Against her ear, he whispered, "I want to consume you."

A ripple of unease broke through the fever of desire raging through Ciara. The siren's call swelled within her and she put her hand on Wolfe's chest, feeling his heart matching the galloping pace of her own. She leaned her head to the side, offering him her neck and gasped when he bit down, only to kiss the pain away.

Her back arched as her body answered his touch, but something wasn't right. In the back of her mind, memories of Dougan's embrace, their hungry kisses that hadn't gone further than gentle exploration, jarred against Wolfe's aggression.

Wolfe drew his fingers down Ciara's neck to the edge of her gown that still clung to her body. Tremors of desire warred with fear. Her mind spun as she hummed the song of the siren. Her body demanded release, but she didn't understand what she was seeking. The deadly notes of her true song danced on the edge of her awareness, darkening her vision, warning her of peril.

Humming low in his chest, Wolfe echoed the song as he tugged the ties of her gown loose and pushed the fabric over her shoulders, bearing the swell of her breasts. His ice-blue eyes darkened with desire as he traced his fingers over her bare flesh. He pulled in a deep breath and as he sighed out; he closed his hand in a vice-like hold around her breast until she cried out. The cup of ale slipped from her hand, and Wolfe jerked away in surprise. He growled in displeasure and kicked the cup away.

Ciara shot to her feet, but he caught her arm, spinning her back to him and pressing her against the wall of the cabin. His mouth crushed hers as he yanked down the gown to reveal her breasts. She squirmed against him, half in hungry lust and half in desperation to get away. The siren song clouded her mind and the hard edges of her song blurred. She hummed a mixture of melodies that seemed to intoxicate Wolfe. His hands roamed over her, squeezing and probing. His mouth tasted her neck and his teeth scraped along her skin.

In a sudden move, Wolfe pushed Ciara along the wall until the back of her legs met the bunk. She fell back, sprawling across the rough wool blanket while her legs dangled off the edge of the bed. The fabric of her dress bunched around her waist.

Her nipples hardened as Wolfe stared at her with naked hunger. He shoved the hem of her skirt up, revealing the traces of scales. His gaze flicked over them, and he traced them with his fingers. Ciara shivered, both aroused and scared. His touch fed the lust burning through her, but his aggressive advance unnerved her.

His fingers suddenly dug into her thighs as he forced her legs apart. Her simmering desire evaporated as he wedged himself between her legs and ground his arousal against her.

"Sing for me," he said, his voice hoarse and words thick with need. He fumbled with the laces of his breeches.

Ciara sat up and tried to twist away from him. Wolfe pinned her to the bed in a flash of movement. His face was inches from hers as she thrashed beneath him. His eyes burned with a fever that went beyond lust. Near madness tinged his expression as he sucked in ragged breaths.

"You want this, witch. You sang me here so I could have you. I will have you." He crushed her lips with his, invading her mouth with his tongue.

Ciara's mind reeled. She didn't want this. Not this. This wasn't what she hungered for. This was... No. This she wouldn't allow. Her focus sharpened as she struggled against Wolfe's hold. His hands seemed to be everywhere at once, squeezing and touching. Her dark song rose, and she let the hammering notes fly.

Wolfe's grip faltered. He pawed at her, swaying drunkenly under the power of her song. Still intent on his desire, he thrust his hips against hers, but his erection wilted. He shook his head, as if trying to clear it, and stroked himself desperately.

With her skirt around her waist, the dark lines on her legs shimmered and burned as she sang. Disgust and anger fueled every note. A heady rush of power came roaring through her as her true song raged on. All traces of the siren's song evaporated. She sat up and shoved Wolfe away from her.

Wolfe staggered backward, crumpling to the deck. The flicker of lines tracing up her thighs penetrated the darkness in her mind. Shadowy etchings of more scales climbed up her legs. Was this black-hearted creature worth damning herself to an eternity beneath the waves?

As the final notes rose, Ciara heard Eulah's voice in her mind. Change one note and you change the song. She concentrated hard, her fists balling tightly as she fought through the tempest of music. The last note came out, clear and pitch perfect, but different. She fell silent and pulled in a deep, shuddering breath. She watched Wolfe and the lines on her legs. Her heart thumped hard in her chest as she waited.

Finally, he took a breath and then another. The lines faded and Ciara blew out a breath.

Hammering knocks at the door cut her relief short.

"Capt'n? Everything alright in there?" A man's voice came through the wooden door.

Ciara stood up and hastily retied her gown. She stood on the other side of the door and sang. After several minutes, she opened the door and peeked out. A smile tugged at her lips as she continued the song of sleep as she walked among the dozing pirates.

Systematically, Ciara explored the ship, considering her path forward. She found a chest of spices and another with finely woven cloths and silks. There were casks of ale and rum and sacks of sugar. In the captain's quarters, she found a sturdy box of gold coins, and of course, the polished broadsword. These men conquered, took what they wanted, and enjoyed every moment of it.

Rage simmered as she thought about Wolfe. He would have taken her too, tried to control her, to order her. She couldn't deny the allure of him, that while she would have enjoyed the fire even as he burned her to dust. Ciara gritted her teeth against the pull that still simmered deep within her core. No. She would not go down that path. She clung tightly to her anger and focused her mind on making them pay.

The song to rouse the pirates without waking them fully took a few tries to get right, but eventually she found the correct notes. The men on the deck rose, walking in a daze. They stripped bare and, at her command, threw their clothes overboard. Then, she sent them to their bunks to gather all of their bedding and additional clothing. She considered making them follow their garments, but the darkness threatened when she thought of how easy it would be to send them to the depths. She had to maintain her control so these men could carry the message—cross the Dark Siren at your peril.

Ciara then had them gather all their precious cargo. The spices, silks, gold, and all the wine and ale in the hold went into the john boat. She sang the boat across the waves to the village pier and with a push, the water swelled to slide the boat onto the wooden dock. Satisfied, she turned back to the dozing, naked men who sprawled across the deck. Their pale flesh was already reddening beneath the warm spring sun.

She pulled in a deep breath and returned to Wolfe. He hadn't woke when she revived the others. Ciara nudged him with her toe and he didn't stir, but pulled in a deep, shuddering breath. She pulled off his boots and used the dagger from his belt to cut away his clothes. She sat the waistcoat aside with the things she planned to keep, running her finger over its lovely pale green stitches along the edge. Finally, she pulled the bedding off his wooden berth and added it to the pile of ruined clothes.

Ciara rummaged through the chest that sat at the end of his bed.

His extra shirts and breeches went in the pile. A mirror with pearl inlay and a broken face wrapped in lace with a small portrait was tucked in the corner beneath his clothes. A woman's serene smile stared out at her. Who was this tranquil beauty to the aggressive villain who lay at her feet? She tucked the bundle back into the trunk and used her song to rouse two of the pirates. They carried the pile and the mattress out and tossed the lot overboard.

Ciara looked around Wolfe's quarters. The only thing left of value was the broadsword. She lifted it from the pegs that held it. The wicked blade weighed far more than she anticipated, and the tip clanged against the wooden deck. She propped it next to the door and crouched beside the captain. She wanted to be sure he would be awake to see her as they left.

She hummed a gentle melody, calling his mind back from the deep sleep. Slumber softened the rigid lines of his face. Ciara smoothed a stray blonde lock from his forehead and a memory of Dougan flashed in her mind. Escaped from that carefully locked place in her heart, it caught her off guard. She sucked in a breath and pressed her hand against her chest, where a sudden pain burned.

With a huff of impatience, Ciara pushed herself up and away from the sleeping captain. She wanted this thing done. These pirates needed to be on their way. The broadsword slowed her progress down the rope ladder where the last john boat waited, having been lowered at her instructions by the crew. She sat down and sang to the water to carry her to the anchor rope.

With a command to hold the boat, the water steadied the small craft as Ciara stood. She hacked at the anchor rope with the broadsword until it broke. The Silent Wolfe, caught by the strong currents, began to drift. Ciara changed her tune, and the water carried her to her shore. She hurried up to the high cliffs. The ship drifted peacefully. She smiled and sang a sweet tune to clear the sleep from the pirates' minds.

The men on deck stirred and leapt to their feet. She caught snatches of their surprised and indignant shouts. They scurried around the deck, looking for their clothes. Finally, one of them spotted her, standing high on the hills.

Dark anger simmered within her. She kept it tightly coiled as the men milled around, yelling curses at her. She exacted the vengeance she could without damning herself, but it felt like a hollow victory. Wolfe and his pack of predators would find some other victim to exploit, though they would first have to find their way to a port.

The sea would deliver the final blow for her. Unleashing the tempest that beat in her breast, Ciara called the wind and the sea to her. She channeled her rage, roaring her song over the waves. The seas rose and the Silent Wolfe pitched back and forth. The men rushed to adjust the sails, but Wolfe stood braced against the rail, hands on hips, staring in her direction.

Nothing the sailors did could change their course. Their sails luffed as the winds howled. The Silent Wolfe climbed a towering wave, and Ciara waited until it reached the crest. Just before it slid over the backside of the wall of water, she raised the broadsword over her head. With all the strength of her fury, she drove it into the rock. She hummed the fish woman song under her breath as she hung Wolfe's waistcoat from the hilt.

"Remember Captain, wolves are not the only ones who can bite." She put the words on the wind and smiled, riding a triumphant high as the Silent Wolfe dove over the top of the wave and rode inexorably away.

PHANTOM FIRE

DOUGAN

Onboard the Saoirse; six months after Dealla's death

"We're going over," Colin yelled over the roar of the waves.

Three Thumbs wrestled the wheel, but the Saoirse slid down the backside of the towering wall of water. Dougan clung to the rail, facing the black void that churned waiting to swallow them whole. The Phantom with the Count at the helm rode before them, their sails ripped to shreds and one mast snapped in half. At least they'd take those villains with them.

"I can still close it." Dealla panted with exertion, trying to control the fury of the sea that had grown beyond her control. She called the whirlpool to the surface, but it gained power too quickly sucking them down with it.

Dougan loosed an arrow. It met its target, hitting Dealla square in the chest. She disappeared in a wisp of shadow, only to reappear in the Count's embrace standing on the deck of the Phantom. The Count smiled at Dougan and pushed Dealla overboard, into the churning sea.

She tumbled around and around in the swirling vortex. Dougan reached for her as she came close, but she turned to shadow and slipped through his fingers.

The Saoirse plunged down, floundering and spinning beneath the might of the water. The hull creaked under the pressure. Dougan stared into a blackness darker than anything he'd ever seen. Sea spray soaked his hair and clothes. He shivered violently with cold, but he couldn't look away. They raced toward the abyss. His heart hammered as the Phantom disappeared.

The song came from somewhere deep in the darkness. It didn't even sound like music at first, just a pounding, thrumming call. Down they fell, twisting and rolling, deeper into the endless pit. The sea churned and roiled, swallowing the ship and crew.

As the water claimed him, Ciara's face loomed in his mind. She smiled as she sang the song of death.

Dougan woke with a start, heart galloping as if he'd been running for his life. He sat up, swinging his legs off the side of the bunk. The dark void in his dream flooded his mind, and a shiver racked him.

He thought of Dealla tied to an anchor and sent to the depths. Panic seized him as he thought of her terror as the suffocating blackness pressed in on her. As a fae, she was difficult to kill and would have lasted much longer than a human, but even fae needed to breathe.

Sweat broke out on his forehead, and his hands shook. He couldn't breathe. He couldn't force air into his lungs, no matter how hard he tried. He tried to stand, but his legs buckled. His knees hit the planks, and he was just aware enough to break his fall. His vision blurred as he curled into a ball, biting the inside of his cheek as he fought his internal battle. Tears coursed down his cheeks as he struggled to claim a breath, to remember he wasn't a fathom down under the crushing water.

A pair of small hands slipped beneath his shoulders and hauled him up. As always, Tegan came when the terrors visited him. She propped him up against his bunk and straddled his lap so they were eye to eye. She held his face between her hands.

"Look at me, Dougan." She waited, holding him steady as he squirmed beneath her, fighting for air. He shook his head, but she held fast. "Open your eyes, Dougan. You're safe. You're here with me. Relax and breathe." She coaxed him gently, but firmly.

Dougan fought through the darkness, focusing on her voice, her solid presence. He pulled in a tight, wheezing breath.

"Good. Again. Take another breath."

He tried to, though the weight on his chest squeezed mercilessly. His lungs burned, demanding air. He wanted to breathe, but he'd drown if he did.

"Open your eyes." Tegan shook him, cracking his head against the bunk.

The sharp pain lanced through the haze of confusion in his mind, and he did as she said. Weak light from the moon streamed into the cabin. He concentrated on the pain, on the feel of the wood behind him, the feel of Tegan's warmth pressed against him. The vice around his chest eased a fraction, and he sucked in a desperate breath.

"That's right. Blow it out slow." Tegan coached him as he found his way out of the depths of panic. When he regained control, she stood up and turned away, giving him privacy to adjust his shirt and make himself decent.

"The whirlpool?" She asked as she bustled around, stoking the brazier and putting a kettle on top of it to heat.

Dougan nodded and got off the floor to sit in the straight-backed wooden chair. Weak and shaky, he buried his face in his hands and willed himself not to humiliate himself further by vomiting. Every rise and fall of the ship threatened to upend his stomach.

"Dealla knew the risks when she volunteered for the job," Tegan said, as she had dozens of times before.

"I shouldn't have let her talk me into it. Gods." Dougan berated himself, his heart squeezing painfully around the knot of grief for the loss of his crewmember and friend. "I let her do it because I was so damned sure that I'd be able to rescue her. I never thought twice that I couldn't. What kind of arrogant fool would think such madness would work?"

"It did work. Why do you always forget that?" Tegan pressed a hot mug of chocolate into his hands. She'd come across the concoction in Brazil, and it became a favorite with the crew. She kept a special stash for Dougan, for nights like this. "Fourteen humans, three fae, one mage, and two witches were saved by her information before she was caught."

"They can all rot." Dougan grumbled into his hot cocoa.

"Dealla wouldn't think so, and she wouldn't appreciate you moping around." Tegan dragged the other chair over and sat down next to him, pulling out her knitting needles and yarn from her apron pocket. "She gave her life doing exactly what she wanted to do—save others. Don't betray her memory by making this about you."

The witch's words cut deep. The weight of their truth pressed on his shoulders, and he slumped forward, staring down into the brown liquid in his cup.

The door opened and Colin slipped through. He helped himself to a mug of cacao and sighed.

"This magical brew warms me through." The bard trailed off, noticing Dougan's hunched posture. He heaved another sigh, this one laced with impatience and unspoken accusations.

"Do you have anything worthwhile to report, or is sighing like an old woman all you can do?" Dougan growled at his first mate without looking up.

"Folayan relieved Enya at midnight. They've kept the sails taut all night, calling the wind and pushing us hard. When the light comes, I believe we'll be in position, sir." Colin bit out his report and drained his cup.

Dougan didn't look up as his first mate stomped out the door. Another one of his failures. Colin counseled him against the relentless pursuit of the Count. They'd passed up several other opportunities to render aid in Dougan's mad dash to avenge Dealla, or ease his guilt, as Colin put it. The rift between them widened with every day of the pursuit. Perhaps after today he would be able to mend their broken friendship—if they all survived. He shuddered, hating the doubts that stalked his every decision.

"Did you hear the song?" Tegan asked, the needles clicking rhythmically as she knitted.

Dougan wanted to lie, to say he hadn't, but he knew Tegan wouldn't leave it alone.

"Aye. I heard it, but it doesn't mean anything. It's just my memory playing tricks."

"The Dark Siren sings in your dreams. Her song winds through the ocean, ever more powerful. I believe it means a great deal. I believe it means you will soon return to your original quest and turn the Saoirse toward the shores of Ireland."

Dougan scoffed and shook his head, straightening up and taking a deep drink of his cacao. "I'm beginning to think I'll never see my homeland again. The gods made it clear they did not have a future planned for us. I've spent my life fighting them, but maybe I'll just stay and be a pirate. It's all I'm good at anyway."

Tegan said nothing while she worked her needles. Dougan watched the steady rhythm of her hands. He remembered when Muirin tried to knit. She'd set Dougan and Ciara to pulling, carding, and spinning wool. They worked together in their small cottage an entire winter, while Muirin struggled to knit the lumpy thread they produced. In the end, they had three misshapen blankets and something Muirin insisted was a hat, though it had hung down to Ciara's chin when she tried to wear it.

The memory flashed through his mind unbidden. He tried not to think of the days of his youth, happy and free. They lasted but a moment, a blink of an eye. What he would give to be back in that tiny cottage without the weight of a crew and a quest hanging on his shoulders.

"Captain, Colin be askin' for ye." Jib stood just inside the cabin.

Dougan shook himself and blinked his eyes open, surprised to see the early rays of light filtering through the small porthole window. His metal cup rolled back and forth between his feet as the ship rocked. Next to him, Tegan knitted on, her rows of stitches straight and square.

Dougan stood and stretched. "I'm on my way, Jib."

The dwarf nodded and slipped out the door.

He grabbed his pants and shoved a leg in. "I told you no magic, witch."

Tegan lifted an eyebrow. "There's no magic when an exhausted man falls asleep. Now, let's close this chapter in our story, so we can all move on."

Joining Three Thumbs at the wheel, Dougan surveyed his crew. They worked seamlessly together, despite their weariness. Enya and Folayan stood at the bow, channeling the wind and current. Colin, the twins, and the myriad of other pirates worked the sails without need of instruction from him. He tried not to look, but he glanced at Dealla's empty post in the crow's nest.

Three Thumbs said nothing, but his mouth tightened in disapproval.

"Spit it out, old man, before you choke on it." Dougan glared at his helmsman as he worked the wheel with automatic motions of hook and hand.

"These uncanny winds and waters bode ill. You've forced your will on nature, gone against the will of the gods. You've got to stop plowing through things like a blinded bull." Three Thumbs never took his eyes off the sea, which grew more unsettled with every passing moment.

From the bow, Enya and Folayan chanted in unison, using more and more energy to keep the Saoirse rushing headlong before the wind. In the early daylight, the sails of the Phantom danced less than a mile in the distance. They'd closed the gap.

"We've come too far to turn back now." Dougan's guts churned with anxiety, but he hardened his heart and his resolve. He couldn't allow even a glimmer of doubt to surface.

He left Three Thumbs at his station and joined the women at the bow. He peered through his spyglass, pleased to see the Phantom had every available sail unfurled. They were feeling the pressure.

"It's time to move on to the next phase." Dougan said, watching the crew of the Phantom hustle around the deck, trying to coax every bit of speed they could out of their sails.

"Sails to port!" Bib's sharp call made Dougan spin and he staggard with the roll of the deck, still a little off kilter from his night terror.

Enya caught his arm and raised an elegant brow. The tails of the red bandana she wore to cover her bald head fluttered in the uncanny wind. He shrugged off her hand and moved to the side of the ship for a better look at the sails.

A single masted cutter approached them, riding hard on a wind that shouldn't be blowing from that direction. They rushed over the seas like a sigh on the wind. He knew the cut of those sails and recognized the way she moved. Dougan confirmed his suspicions through his spyglass and let out a short bark of disbelief and amazement. The Wayfinder charged through the sea on a direct intercept course.

"Is that who I think it is?" Colin asked, coming to stand next to him at the rail.

"Yep."

"What is Rolen up to, I wonder."

"The better question is—What is the Morrigan up to?" Dougan muttered and tried to decide if it was excitement or dread that leapt to life at the sight of their old crew.

As they watched the Wayfinder gain ground, a mist rose before them. They were so close to the Phantom, they'd run into her before they could see her at the rate they were going.

"Bloody Crax," Dougan groused. "Everyone stand down. It appears we'll be rendezvousing with the Wayfinder."

Enya and Folayan went quiet. The seas stilled, and the wind fell silent, like someone had closed the door on the world. A general grumble of discontent swept through the crew. They'd been pushing hard, and their quarry was finally in their sights.

"Come have breakfast, lads," Tegan called and headed below decks. Most of the crew followed. They knew to take advantage of a chance to fill their bellies because they didn't know when they'd get another one.

Folayan and Enya joined them at the rail. Folayan crossed her arms over her chest and narrowed her eyes.

"If they try to stop us, will you change your course?" The demigoddess pulled no punches. She and Enya were his main allies on his quest for revenge. They'd been close to Dealla and wanted her murderers to pay as badly as he did.

"No. We'll finish what we came here to do."

The women nodded and left him and Colin standing in a strained silence. In the end, his first mate shook his head and left him to wonder how much this vendetta would cost him.

Rolen sat with his arms folded over his chest, big and brooding as always. Crax stood next to him, fidgeting with excitement. He smiled and waved to Three Thumbs, who rolled his eyes and ignored him, though Bib and Jib hurried to embrace the druid.

Dougan leaned against the rail, waiting for Rolen to make the first move. Not trusting the giant, he'd insisted they come to the Saoirse to deliver whatever message they had. He fixed his mask of indifference firmly in place, but his nails bit into the wood where he gripped the rail. He dreaded crossing the Morrigan's will again, but he would if he had to.

"You may have heard that the Allasari clan has risen to power." Rolen began, breaking the tense silence.

Dougan raised a brow and shrugged his shoulders. "We don't keep up with fae politics. Some new clan is always rising and falling in the Otherworld."

"Well, you better pay attention now. The Allisari plan to unite the kingdoms under a single rule. The Otherworld is at war."

As intended, that got Dougan's attention, and he struggled to hide how badly the news of his family's rise to power rattled him. "Still, it means nothing to us. The Otherworld can rot for all I care."

"A war in the Otherworld isn't contained to the Otherworld. There will be casualties in this realm. I believe you've already felt the sting." Rolen raised a brow.

The blow landed exactly as Rolen intended. Dougan's breath caught as he understood the implications. "Dealla? That bastard, the Count, killed her. It had nothing to do with any war in the Otherworld."

"Fool. A decade riding the seas and you're still as naïve as the first day you washed up half drowned." Rolen shook his head in disgust.

Crax jumped in, always eager for a chance to lecture to a captive audience. "The Otherworld stretches far beyond the fae realm. You may not realize it, since you were so young when you were taken away, but the Otherworld is vast beyond comprehending. Worlds upon worlds exist and the fae tether to this realm is just one of many. Haven't you noticed an increase in creatures and magic users you've never seen before?"

Dougan nodded. In the last year, they had seen beings that no one in his crew could name. Most of them disappeared as soon as they were freed.

"The unrest is spreading, and the Otherworld's boundaries are being tested like never before. This Count and many others like him are capitalizing on the demand for magical reinforcement of various kingdom's armies." Crax paused, making sure everyone was follow-ing. Satisfied that they were all tracking his meaning, he added, "The shadow walker went too far this time, and the Morrigan is none too happy. He captured the Aziza."

Behind Dougan, Folayan gasped. "It cannot be," she said.

"I'm afraid it is, my dear." Crax nodded sympathetically.

"Who is the Aziza and why did the Count capture them?" Dougan asked, knowing he wasn't going to like the answer.

"You're still asking the wrong questions," Crax said, frowning at Dougan.

Dougan glared back, but before he could retort, Folayan answered his questions.

"The Aziza is a god among my people. He offers protection, wisdom, and benevolence. He sees the future and knows the past." Folayan's tone reflected her reverence. "I cannot even comprehend the amount of power it would take to capture and contain him."

"Exactly," Rolen said as he stood and scratched his ass. Colin rolled his eyes and Dougan smirked. Some things never changed. The giant rumbled on, "That's the trouble. Either the Count has increased his power to a terrifying amount, or the Aziza is collaborating with him."

"Never." Folayan's denial was instantaneous. "The Aziza would never harm his people. He is a source of light in the darkness, protecting the secret of the Lost Tribes."

Rolen shrugged his shoulders. "The gods are fickle at the best of times. Could be he got tired or bored. It happens to those who live long lives. Whatever the case, that's what we're here to find out." He paused and shifted his focus to Dougan. "You need to stand aside and let us take the Phantom. The Morrigan wishes the Aziza to be freed if he's being held against his will and if not, well, she'd like to speak with him."

"Your orders are not ours." Dougan pushed away from the rail and set his feet, crossing his arms over his chest. "The Count will answer for Dealla's death."

"I don't give a flying fuck what you do with the Count, though the world would be well rid of the bastard."

"Perhaps we could work together. Two ships are better than one," Crax interjected.

Dougan considered for a moment. He didn't want to work together. He wanted to ram the Phantom onto the rocks and turn the sea red with their blood. If he sent them to the cold depths, maybe he could sleep at night. Anything to lift the enormous burden of guilt from his shoulders. He sighed, knowing that Rolen wouldn't sit back and wait. If they didn't orchestrate their attack, they'd likely end up getting in each other's way and the Count might slip away.

"There will be no fire and no ghosts." Dougan waited until Crax and Rolen nodded. "Alright, then. What did you have in mind?"

"There is something more going on here than your friend is telling you." Folayan joined him at the rail where he stood staring into the dense fog.

He waited impatiently for the signal from the Wayfinder, which was overdue. After herding the Phantom through the narrow gauntlet of sea stacks and shoals, Crax was supposed to clear the mists just before they reached where the Saoirse blocked the only way out of the narrow channel. Dougan's faith in the plan eroded with every passing moment.

"Did you hear me?" Folayan's question pulled his focus back to the present.

Dougan turned to face her. "When you're dealing with Rolen, there's always more than he's telling you."

"The Aziza has not walked the mortal plane for eons."

"Neither have any other gods. That's why they call this plane godforsaken."

"You still live with a mortal's view of the world." Folayan sighed. "When the Aziza lived among the people, they thrived. Harvests overflowed with bounty, and they lived with enlightened minds and hearts. But the Aziza saw their future. He knew of the darkness that would come when the gods left, but he could not reveal what was to come to his followers, for if he did, all the grief and sorrow he foresaw would be visited on the earth tenfold. The Aziza knew his people to be strong and wise. He knew they had the chance to change what was to come. He also knew he could not stay silent as they struggled, so he imprisoned himself in the Otherworld, deep in a cavern behind guards too foul and fiendish to have names, sacrificing himself for his people."

Folayan looked at him expectantly.

"Spit it out, Folayan. I have no patience for riddles." Dougan's temper flared, aggravated with himself and the entire situation.

Her eyes flashed an ominous black, reminding him of her immense power. She leaned toward him, and her power buffeted him in waves. "You fool. It would take the power of ten gods to free the Aziza from his prison. The Count is no god. More than likely, the Morrigan had something to do with his release."

Dougan closed his eyes for a moment. Folayan stopped venting her magic at him and sighed.

"You've always meant well, Dougan. Until now, your heart has led you true, but we're stuck in a contest where we don't even know who is playing."

"What would you have me do? We're up to our necks in this mess." Dougan opened his eyes, fighting not to crumble under the weight of his poor judgment.

"I'd have you trust your heart, your true compass. Be the captain who fights for justice and liberty. Let your vision be clear of vengeance and be on your guard." With her typical abruptness, she walked away, disappearing back into the fog.

They floated in the mists. The rigging creaked, and the crew murmured in low voices, restless. Dougan paced the rail, keeping a keen eye for any sign of the fog lifting. Colin joined him on his second pass. They were just past midship when a dull glow penetrated the obscuring mists.

"Well, fuck." Colin muttered as the glowing intensified.

"Fire!" Jib called, and the crew launched to their feet.

Dougan stared at the brightening glow. For the love of Morrigan's beak, was it so hard not to set things on fire? He shook his head and shouted orders.

"Weigh anchor and lower the sails. Folayan, call the wind on my mark! We'll wait until the very last second and pray that we can come about in time."

Colin fell in right beside him. "Get water buckets and blankets at the ready. Enya, stand ready to control the flames. Tegan, you're only going to get one shot!"

Dougan joined Three Thumbs at the wheel. The fire ship took on horrifying details as the mists cleared. Along the port rail, the men uncovered the guns. With rehearsed movements, they packed the powder and loaded the chain shot and balls before wrestling the cannons into position. Tegan walked up and down the gun line, murmuring incantations to ensure each shot met its mark.

"Sweet Brighid." Three Thumbs whistled low and shook his head.

Two ships engulfed in fire bore down on them. The Phantom led the Wayfinder, but they were both burning. Flaming sails slapped in the wind as sailors ran pell-mell over the blazing decks. Dougan's skin prickled and tingled as magic swirled around them, thick and heavy. The energy clung to him, like a cloying sweetness. He'd never encountered any kind of magic that felt like that, and he was sure it wasn't a good sign.

He pulled out his spyglass and searched for their sorcerer or mage or whatever creature wielded such a powerful presence. If they had so much power, why did they not extinguish the flames?

The Saoirse rolled and pitched on the oncoming waves. Folayan called the wind, and the sails filled. The anchor chain clanged as the men turned the winch, pulling it from the depths. Dougan calculated the speed of the ships and the time it would take for the Saoirse to get moving from a dead stop. They'd never make it.

"Where's the smoke?" Three Thumbs sniffed the air and gestured to the clear blue sky.

Dougan paused in his desperate planning and cursed under his breath. Downwind like they were, they should be choking on smoke from a fire that size. You couldn't have fire without smoke. It was an illusion.

"That clever bastard," he muttered, but his mouth went dry at the thought of the magical firepower they were facing. The Count alone couldn't pull off an illusion of that magnitude. They were outgunned in every sense of the word.

"Secure the sails and let go the anchor!" Dougan left the old pirate at the wheel. The crew froze and turned to him, looking at him like he had lost his senses. "It's a deception. The fire isn't real! Stand down and be ready to board the Phantom when they heave to."

Like the well-trained group they were, the crew launched into action. Colin hurried to help refasten the rigging while Jib and Bib scurried along the yardarm, pulling up the sail they had just let out. The anchor whizzed back down into the water.

Dougan ran to where Enya and Folayan stood at midship. They fell silent as he approached.

"Is it the Aziza?"

Folayan shook her head, her big brown eyes full of concern and fear. That fear put a knot in Dougan's gut.

"Khuba."

The single word statement sent goosebumps running up Dougan's arms. The use in black magic over the years had continued to rise, but the use of something as powerful as Khuba was ambitious, not to mention deadly. Witches separated their soul, feeding it to a central churning mass of evil, in order to wield the power of Khuba.

"So that's how they trapped the Aziza? With Khuba?"

Folayan nodded. At least they knew that the god wasn't a willing accomplice. Maybe they had a shot after all.

"There are demons too. They give strength to the Khuba."

Spirit magic, demons, and necromancy were the pillars of Khuba.

It didn't surprise Dougan that the Count had demons among his crew, but it snuffed out his glimmer of optimism.

"Any other good news?"

"I sense the presence of the dead," Enya said and squinted toward the ships that would be on top of them in minutes. "Lots of them."

"Why did I think for a moment that this could work?" Dougan sighed.

It was too late to run. They'd make their stand and would hold up their end of the plan. He didn't know what was happening on the Wayfinder, but he doubted it was anything good.

He turned to the crew gathered around them, waiting for the command to board the Phantom. His gaze went to the crow's nest. Dealla stood with a wild grin on her face. He blinked, and the vision vanished, but a sense of purpose spread through him. He didn't second guess himself as he addressed his crew.

"Today is not about vengeance." The crew flicked uncertain glances at each other, but he ignored them. His first mate met his eye and nodded. "Today, we fight to survive. We fight to sail another day. Above all, we fight to protect and liberate! Now, let's burn these shadows once and for all."

On his mark, the cannons roared with an ear splitting blast. Dougan blinked and in that split second, the world exploded.

Chain shot ripped through the sails and rigging and sent the Phantom's crew diving flat against the deck. The second volley of solid balls punctured low on the hull, just above the water line. As the chaos spread, the fire illusion faded. Tattered sails flapped and lost the wind. The water rushed into the hold and the Phantom floundered.

Next to the helmsman, two men stood with their arms raised. They chanted furiously, but there was nowhere for them to go. The ship turned as much as it was able, but its momentum carried it into the side of the Saoirse. The deck shuddered beneath Dougan's feet as the crunch of timbers filled him with dread.

The Phantom scraped along their hull, and Dougan roared the order to board. Before he went over the rail, he turned to Enya. "Burn it—for real." The Count wasn't going to sail away this time. To Folayan he shouted, "Find the Aziza."

Dougan led the surge over the rail to the Phantom. He ducked to avoid a slicing sword and spun away, raising his blade to catch the next strike. Colin and the rest of the men were right behind him. They piled up as the handful of pirates who mounted a pitiful resistance were quickly dealt with.

"Where is everyone?" Dougan asked, standing back to back with Colin and searching for the Count.

The ship rocked and shook. They staggered, fighting to keep their balance. Another sickening groan of wood splintering filled the air. Dougan spun toward the sound. The Wayfinder plowed headlong into the Phantom's side, pinning it between the Saoirse and the rocks.

The Wayfinder's crew gave a battle cry and poured onto the deck, Rolen in the lead and Crax right behind him. They stumbled to a stop when no one met their charge.

"Where the devil is the crew?" Rolen demanded, as if Dougan had hidden them.

"Wrong question," Crax muttered. "You want to know—what are those gentlemen are doing?" The druid pointed a slender finger toward the two naked men standing on either side of the deserted helm. White, yellow, and red streaks painted their legs, arms, and chests. Their faces hid behind skulls with horns that curled back and down like a ram's.

The men in question let out a cackling laugh that made Dougan's blood run cold. They shook their whole bodies and screamed in five short shrieks. The ship groaned as it stretched and grew beneath them, like a dead cow in the sun. It burst, splitting the deck down the middle.

"Demons!" Folayan stepped forward, already chanting.

Five terrifying creatures erupted through the gaping hole. They shot into the air before landing with a thud. Huge, hulking brutes they glared at the raiding parties with swirling red eyes as their pointed ears that sat atop their misshapen heads twitched. Their glossy black skin stretched tight over their bare muscled torsos, and their tails coiled loosely at their feet.

The beasts bared their needle teeth and hissed before tipping back their heads and howling. Dougan raised his sword, flicking a glance at Folayan. She chanted and energy coiled around her. Before she could unleash it, another shudder shook the deck. The demons went quiet and for a heartbeat, silence reigned.

The stench of death rose like a geyser, and Dougan's stomach rolled. The crew gagged and retched. They fell back to the rail, trying to escape.

"The dead are rising!" Enya shouted and pointed to a hand reaching up through the fracture in the deck.

Dougan and the others could only stare as animated corpses clawed their way up from the bowels of the ship.

"Now we know what happened to the crew," Colin said, watching the horrors emerge.

Dougan and his crew pressed back against the rail, giving the abominations a wide berth. The Wayfinder crew did the same on the opposite side. With swords in hand, they set their feet and prepared to fight.

Dougan swallowed hard with his mouth dry as cotton. He'd led them to this impossible end. The walking dead regarded them with empty eyes, their decaying flesh hung loosely on their bones. How did one kill something that was already dead?

Enya roared an incantation, and a sizzle of magic snapped through the air. With a whoosh, all the dead bodies burst into flame. The demons shrieked while the witches danced, chanting in unison.

"Holy goddess and all her goodness," Colin pressed back against Dougan.

The corpses shuffled forward. Trails of fire chased along the deck. Jib stepped forward with his short sword and chopped off an arm of the nearest flaming pirate. It didn't break stride. Bib joined him and they hacked the creature to pieces until it lay in burning bits, only to have the next one walk right over the top of its fallen brother.

"Cut them up and toss them overboard," Crax yelled from across the ship.

The Saoirse crew glanced at Dougan. He nodded and raised his sword. As he swung, the nightmare before him dissolved, replaced by something far worse.

The melee on the deck went silent. The flaming corpses still marched forward and his crew rose to meet them, but no clang of steel or screeching incantations sounded. Dougan spun around, searching for him. He found him standing atop the mast, his shadow cloak and white hair streaming out behind him.

In a blink, the Count materialized next to Dougan on the deck.

"I must say, you keep the most interesting company. A giant and druid in the pay of the Morrigan. Hmmmm. You should be more selective about the men you choose to associate with."

Dougan scoffed. "Are you insinuating that associating with you would be an improvement?"

The Count laughed. "Oh Dougan. You entertain if nothing else. Dealla entertained me as well. I must admit, you are far more clever and calculating than I gave you credit for. I wouldn't have thought you'd sacrifice a member of your crew so easily."

The air left Dougan's lungs as fury claimed him. He swung his sword without thinking. It whisked through the incorporeal form with a swish. He turned with the momentum of his swing and re-centered himself, cursing himself for a fool. He tightened his grip on his weapon and ground his teeth together as he pulled in breath after breath.

His heart pounded, and cold sweat prickled across his skin. He struggled to contain the sudden surge of panic. Cold darkness closed around him. His hands shook, and a vice constricted around his chest. Desperately, Dougan focused on his breath, but shadow buffeted him, stealing his focus and feeding his fear. His sword clattered to the deck when his grip refused to tighten. On wobbly legs, he staggered, trying to find a breath of air, and caught himself on the rail, facing the Saoirse.

The dark veil cleared from in front of his eyes. Dealla stood in the crow's nest with her legs braced apart and arms crossed over her chest, scanning the horizon. It's not real. It's not real. He knew it for a deception, but it lanced pain through his heart.

The shadow blanketed him again, closing over his face with a cloying sweetness. Like a suffocating kiss, it stole what little air he had. The vision of Dealla faded.

"Weak. Human. Unworthy." Taunts from his childhood echoed in his mind.

"I expected more from you, Dougan." The Count's voice interrupted his downward spiral. "It only took a single mention of her to unravel you like an old woman's shawl. Come now. Where's that stubborn, righteous anger?"

Dougan leaned his forehead against the rail, clinging to it to keep from curling in a ball on the deck. Rage burned white hot in his belly. Blinding hatred consumed him, banishing the haze from his vision. He sucked in a ragged breath. His throat burned and his legs felt as solid as yesterday's porridge, but he pushed to his feet.

The Count laughed and clapped his hands, though they made no sound. "Very good. Oh, that's much better."

The shadow shifted, losing his corporeal shape, and slithered across the deck like a snake. With a sudden strike, the shadow swirled around Dougan with a cyclonic vengeance, tearing his hair and clothing. It lifted him in the air, whipping him around like a child's toy, before vanishing. He glimpsed the battle as he fell. Colin's sword severed a flaming head while Folayan pulled a magical blade across the throat of a demon. Gods protect them.

The gaping hole in the deck swallowed him and he landed with a thud in the dark hold of the ship. His shoulder cracked, the bones breaking. Pain lanced through him.

He groaned and sat up, searching for the Count. With a creak of timbers and a mighty shake, the deck knitted, sealing off light and leaving him in complete darkness.

"Fuck." He whispered and rolled off the crates that had broken his fall. He cradled his arm as he found his feet, sloshing in thigh high water. "Fuck, fuck, fuck," he roared into the darkness.

"Indeed," a deep voice said with a smooth, modulating accent Dougan had never heard.

"Who's there?" Dougan snapped and whipped around toward the sound. He winced with pain and the realization that he'd asked the wrong question. "What do you want?" He asked, gritting his teeth against the pain.

"In answer to your first question, I am the all and the nothing. And as to your second, I have no immediate desire for anything." The voice in the darkness swelled to fill the hold. It echoed and Dougan felt the vibrations running through him.

Dougan's eyes adjusted to the dim light provided by holes burned through the deck. Sounds of the battle from above, feet scuffling across the deck, thuds as people fell, penetrated his awareness. With every cry and clang, his heart hammered, worrying it was the final strike for one of his crew. He couldn't think about them. They had their fight to fight, just as he had his. He pushed them away from his thoughts and focused on the voice in the darkness.

"You're the Aziza, aren't you?" He asked, wading toward a set of floor to ceiling bars in the corner.

"I have been called that before." A small man, no bigger than Jib and Bib, sat cross-legged, floating on the water with his hands folded in his lap. His dark skin blended with the shadows and his hair frizzed out in all directions like a fluffy black cloud.

The Aziza opened his eyes and a flash of light blinded Dougan. He scrunched his eyes shut and looked away with a gasp. Holding his breath, he waited to see if the god with the blinding eyes would strike him down. After a count of three, Dougan cracked one eye open. The man sat as before, with his eyes closed.

Dougan opened his eyes and ran his hands up and down the bars. There was no door, no hinges, no locks. They must have built the cage around the Aziza.

"You have charted your course across difficult waters when you could have chosen a short, peaceful journey. You have done much good in this world, Dougan, Son of Daigle, of the House of Allisari in the realm of Fae. Your journey is far from over. I see—"

"I don't want to know," Dougan grumbled, cutting the Aziza off. Gods, he hated talking with gods. Nothing good ever came of it. "We have to get you out of there. How are you bound?"

The Aziza laughed. "You are the first man who ever silenced me."

"I already know more than I want to about my future." Dougan pulled on the bars with his good arm. Engraved runes twined around the steel. He sighed. "I can't make out these runes and I'm not very good with them, anyway."

"Those do not bind me. These do." The Aziza raised his hands to reveal manacles made of shadow encircling his wrists.

"I'm no good with shadows either," Dougan muttered. "I'll have to get my crew down here to set you loose. I'll be back."

He waded toward the hatch that led to the deck. The water swirled around his waist, having climbed several inches.

"Morrigan's beak," he growled. Nothing was going their way. At this rate, the Phantom would be on the bottom of the ocean within an hour.

Dougan pushed a nearby crate beneath the hatch. He scrambled up on it, hoping his weight would keep it anchored. Cargo floated throughout the hold, making movement that much more difficult. He pushed against the hatch, but it was wedged tight. With one arm, he had no chance of moving it.

When he hopped off the crate, it floated free and sloshed away with the movement of the boat. Dougan tamped down a surge of terror, noting the water was several inches higher. His hour estimation was probably far too generous.

In the flotsam, he found a ramrod and used it to hammer against the ceiling. The sounds of fighting had decreased. Maybe someone could hear his signal.

"The shadow holds great evil."

"Yes, he's a nasty beastie." Dougan kept up his relentless pounding as the water climbed to his shoulders.

"The shadow cannot exist in the presence of pure light."

"You don't say." His hammering took on a frenzied edge. The water kissed his chin and his feet no longer touched the floor.

"Remember, light exists not only around you, but within you as well."

"Good to know." Dougan said, pressing his face toward the last few inches of air. He gulped in air as fresh panic claimed him. He would drown, just like Dealla. The poetic justice in it gave him a sense of peace.

With a last frantic lungful of air, he drifted, focusing on that peace. The cool embrace of the water pressed against him. Dying at sea—every captain's hope and nightmare.

Ciara's song filled his mind, urgent and demanding. It beat within him, calling him to her. He jerked back to awareness. Strength infused him as realization dawned. This was all in his head. That fucking shadow was twisting his mind.

He searched for the Aziza and found him floating in his cage, his wild mane hovering around him. Dougan swam to him and pushed his arm between the bars. The Aziza grasped his hand and opened his eyes. Dougan didn't look away from the blinding light.

Ciara's song thrummed in his mind and the Aziza's light burned within him, but he refused to turn away. He didn't know this magic, but the Aziza's steady calm anchored him and showed him the way. Flooded with brilliant white light, he could see only the barest outlines and marveled for a moment at how light could be just as blinding as the dark. On instinct, he touched the shadows binding the Aziza. They recoiled and slithered away.

His heart thumped hard against his ribs, and his lungs screamed for air. Free from his bonds, the Aziza stood and walked through the bars. He flashed a grin at Dougan for a split second before everything went dark.

Dougan rolled on his back, sucking in great gulps of air. He stared up into the brilliant sky, focusing on the sun. Red spots danced in his vision until he looked away. He rolled on his side, groaning at the searing pain in his shoulder. He coughed as he struggled up and hissed when several sets of hands hurried to haul him to his feet.

"Easy on the shoulder, lads." He gratefully leaned on the rail and blinked away the lingering red spots. Dizziness spun the world around him in a slow circle and he dropped his gaze to the planks beneath his feet. When they steadied, he surveyed the deck, which was once again whole save for a few broken boards.

Both crews clustered together at midship, looking a bit scorched. A few areas still smoldered on the deck. White smoke rose in lazy wisps from them. There was no sign of the Count, but the Aziza on the yard arm of the mast, legs swinging in the breeze. The ship creaked and rocked as it took on more water. Dougan scrubbed his hand over his face.

"I said no fire and no dead people." He glared at Crax and Rolen. Rolen rolled his eyes and Crax shrugged.

"We didn't bring them." Crax sniffed and frowned at Dougan. "I would never create these abominations." He waved a hand to encompass the entire debacle.

"Someone want to tell me what in the Morrigan's black feathers just happened."

Everyone started talking at once, but eventually Colin prevailed, picking up the story at the point where Dougan collapsed on the deck.

"You went down, though no one was anywhere close to you. A shadow settled over you like a blanket. We kept the demons and the walking dead beat back, but nobody could get the shadow to budge. Folayan and Crax corralled the demons and sent them to the depths. Tegan hit the bullseye and took out the witches. Without their masters, the flaming dead men went back to being truly dead. They fell where they stood, so we had to hustle and get them over the side." Colin paused and Crax took over the conversation.

"The shadow had you in its grip, my boy. It grew darker, spreading to engulf the entire rear of the ship. We couldn't even see you anymore. I admit, I thought we lost you." The druid looked sincerely distressed at the thought. "But then, you started to glow and burned away the shadow."

"The power of the Aziza rose." Folayan said, looking up at the little man still sitting above them. "He saved you."

The Aziza laughed, a deep booming sound that shook the ship. Everyone froze, attention turning to the yardarm. The Aziza dropped from his perch, doing a little flip, and landed on the deck without a sound. His loose cream-colored robes billowed around him. He smiled at the assembly and reached out his hand. His eyes were scarred over, permanently sealed shut.

Folayan hurried forward and offered her guidance to the god. She led him to the group, walking steadily despite the worsening list of the deck.

"Hello, child," the Aziza said at her touch. "It has been a long time since I was among the people."

"Your presence brings us honor, Great One," Folayan replied and knelt next to him. Even on her knees, she was a head taller than the god.

The Aziza patted her cheek like a doting grandfather. "I did not save this one." He gestured with uncanny precision toward Dougan. "He brought us out of the shadows. His light within burns true, and I owe him a debt."

Folayan gasped, and several others joined her. Having a god in your debt was no small thing. Dougan studied the deck as everyone stared at him. Questions tumbled through his pounding head and he wished he could speak to the Aziza alone.

"Aye, he's a bleedin' paragon of brightness," Rolen grumbled. "The Lady Morrigan wishes to speak with you if you'd be agreeable to that." The giant lumbered through the cluster of men.

Folayan frowned, but Dougan shook his head, cutting off her retort. The Aziza didn't need any help from them and their interference would only incur more wrath from the Morrigan.

"The Mistress of the Dark wishes to know what I see in the light."

"We can't say what she wants, as we are only humble servants," Crax said, hurrying to Rolen's side. "We convey her wishes, nothing more."

"I must return to my place beyond and shadow my visions. I see too much, too clearly here on this plane. The suffering of my people stirs my soul to vengeance."

Folayan clutched his hand between hers, her grip tightening.

The Aziza rested his other hand on her head for a moment. "Fear not, child. I will not exact my justice this day, but one day, our people will rise, victorious and mighty. They will be free once again."

The words of prophecy reverberated around the ship. Magic stirred and power gathered. Dougan held his breath. He didn't know if he could handle much more magic.

"Take the Morrigan a message." The Aziza's voice suddenly thundered, and the sky clouded in an instant. Lighting chased across the heavens as the god continued, "I return to my slumber, but my sight sees far. She would do well not to cross it again."

He fell silent and stood unmoving for a moment. The skies cleared and the previously sunny day reinstated itself. Without further comment, the Aziza turned and walked off the deck. He strolled across the water and disappeared into the setting sun.

"You can deliver that message," Crax said to Rolen as they stood staring after the Aziza.

"Fuck off. The Wayfinder sails for the Otherworld. Anyone who isn't aboard when my feet hit the deck gets left behind." Rolen stomped off without another word.

"Take care, lads. I hope when next our paths cross, it will be under better conditions," Crax said with a slight bow and scurried after the giant.

"They're always such pleasant company," Colin said. "Well, what's next?" He and the rest of the crew looked to Dougan.

Water pressed up between the planks and crept across the deck. The Phantom wouldn't be above water much longer.

"Salvage anything worth keeping and get back to the Saoirse. I want to get some distance before she goes under."

The crew scattered to carry out his orders. He crossed to the Saoirse via the plank bridge Tegan extended between the rails. She wrapped him in a fierce hug, her wild curls tickling his nose. He winced, but hugged her back with his good arm.

She let him go and swiped away the tears that had escaped. "You beat the shadow. I knew you had it in you."

Dougan swallowed around the tightness in his throat. "Did I or did he just slither away once he knew he was beat?"

Tegan shrugged. "It doesn't matter. He has no power over you. Now, let's see to that arm."

He still didn't understand what had happened. How had he never left the deck but had soaking clothes and a broken shoulder?

"How—"

"Some things have no words," Tegan interrupted him. "I can't explain it any more than you can understand it. Just remember this– your light will never fail you."

"What's our heading to be then, lad?" Three Thumbs called from the helm.

"Take us north. It's time to go home."

BETRAYAL

CIARA

Grey skies blended with the grey sea that battered the grey rocks of her island. It was like the gods had forgotten to fill in the colors of the world. Ciara huddled in her cave, staring at the solid mass of monotony. Her only comfort lay in the lack of sails on the horizon. In the grip of winter, no one braved the unsettled sea to this far-flung corner of Erin.

Ciara pulled a thick wool blanket around her shoulders. She rubbed her cheek across the rough surface, thinking of the young woman who had left it for her. Ciara had sung a blessing on the day her daughter was born, and the new mother had made the blanket for her in thanks. How long ago had that been? The babe must be well along by now.

She curled into a ball and tucked the blanket around her feet. She had no fire, not that she needed any. The cold couldn't harm her, but for a moment, she thought it would be nice to feel the warmth. She didn't have the energy or the motivation to conjure one, though it would only take a few notes. Nothing could penetrate the gloom of the day—or her heart.

Ever since the Silent Wolfe left her shores, the siren's song plagued her. The moment a ship appeared, the urge to sing seized her. Even the fisher folk stirred the hated melody. Despite her best efforts, the song escaped more often than not and pulled the ships off course to her. Pirates, merchants, even small fishing vessels found themselves towed inexorably to her shores. They begged her to come to them. Their desires whipped to a frenzy by the siren's song. Even after she released them, they refused to leave, always wanting more.

She kicked the blanket off and pulled the hem of her gown up. Over the years, iridescent lines of scales climbed up to her mid-thigh. Memories of men, their faces obscured by shadow and time, slid through her mind. These men came to her island, seeking to take her as a prize. She tried to send them away. She released them from her song, but they had evil in their hearts. When they refused to take no for an answer, she defended herself with her most powerful weapon.

As Eulah had taught her, the goddess didn't care why a siren used her song to end a life. All life was precious to the great goddess—no matter how black hearted the villain was.

Ciara sighed and traced the lines. Not all of them had been men who'd tried to take her against her will. A few belonged to those she couldn't refuse and hadn't been strong enough to stop herself. They haunted her dreams, their faces in perfect clarity. She felt their kisses, their bodies twining with hers. Her song, dark and dangerous, rose and, lost in the grips of the siren's song, the darkness overcame them. In the wake of the storm full of lust and shadow, she'd held them in their stillness, mourning their beautiful souls as their deaths scarred her forever.

Restless, Ciara flopped on her back and stared at the ceiling of her cave. The memories served no purpose but to torment her. She hummed a single, low note to match the unrelenting monotone of the world. The cave reverberated, echoing it back. She closed her eyes and wished she could fade into the grey.

The blackberries are sweeter than ever and there are baby robins in the apple tree. Eulah is making Lanis build a rock wall—without song—for turning the garden vegetables to stone. You would have thought she'd tire of being so contrary, but she only seems to grow worse with every passing day. ~Bren

Ciara had no reply for Brennyn's sunshine in her world of gray. She walked along the cliffs, unable to stay in her cave. With a sigh, she sat on the rocks while the rain fell on her face, stinging as it hovered on the edge of freezing.

The Isle of the Silent Sisters seemed a lifetime ago. Brenyn sent her regular messages, but Ciara's replies were few and far between. She couldn't tell her sister about unleashing the Siren's Song, her failures to control it, or the melancholy that gripped her heart. Bren wouldn't judge her, but she could never understand.

The rain picked up, bringing howling winds from the north. Ice crusted over the rock and snow replaced the rain. Ciara sat up, brushing the snow from her chest and arms. She got carefully to her feet, her gaze pulled to the raging sea. A set of sails, a small ship, rode before the storm. What fools would be out in this?

The song claimed her with a vengeance. She clamped her lips shut, refusing it. Her throat tightened painfully as she swallowed the demanding melody. Furious at the betrayal of her own nature, Ciara fought every note as she hurried over the slippery path to her cave.

She huddled under the blanket, covering her head and pulling her knees to her chest. Tears streaked down her face as she wheezed in a breath around the notes that tried to escape. She didn't want this song.

Where was the song to calm the sea? She couldn't hear anything beyond the siren's call. There was nothing beyond the despised, insistent pull that made her hot with desire and cold with frustration.

Seductive shadows gathered in her mind. She was the Dark One. What did she expect? She didn't get to live with the other sirens and enjoy sweet berries and sisterhood or live peacefully, caring for her fisher folk. She got a song that killed, that twisted, that tainted everything around her.

As soon as she let her mind turn toward the darkness, she lost her battle and resigned herself to her fate. She sang. The siren's song came first, but untethered and drifting in the blackness of her heart, the hammering notes of death and destruction rushed out unchecked.

The storm and the sea raged, fueled by her song and pain. Her voice grew ragged and hoarse, but she sang on until her throat clogged with blood, choking her into silence.

Gagging, Ciara sat up, surprised to find herself on the floor of her cave. She crawled outside, scraping her hands and knees on the stone to retch and heave, spitting out blood. Tears dripped from her face, mingling with the bright red that stained the snow-covered ground.

Eulah's song rode on the wind. Ciara sobbed as she listened to the gentle tune.

"There is beauty in the darkness." The words whispered around her.

"There is nothing in the darkness save pain and evil," she whispered and on impulse sent the message hammering back to the Isle of the Silent Sisters, banishing Eulah's soothing words.

Weary to her core, she sat back on her heels and stared out at the thick blanket of snow. She remembered the ship and her heart broke at their fate. Would she be punished for once again interfering in the lives of man? The thought lightened her heart. Perhaps in their judgement, they would silence her forever. The thought left her cold and empty, but with a strange sort of peace.

She stood to return to her cave when she heard the call.

"Help me!"

A man's voice. Not one of the fisher folk. They were all safe and snug in their homes. Her heart hammered and a ray of hope shone through the bleakness of the morning. Perhaps all was not lost.

She waded through the snow toward the path that led down to the rocky beach. As she slid down the icy trail, she fought to keep her balance and stumbled out onto the ice encrusted rocks. Pieces of wood tangled with rope littered the small beach.

"Goddess, help me!"

Ciara spun toward the voice to find a man huddled against the cliffs. Not a man, a fae. No human would have survived a night in the frozen sea. He huddled against the cliffs. His dark hair frosted with ice and he raised his hand toward her. His green eyes pleaded for aid.

"Dougan?" She blinked as her heart stuttered. She stumbled toward him, her heart pounding. He'd come for her and she'd almost killed him. "Dougan! How did you—"

She stumbled to a stop just beyond the man's reach. This wasn't Dougan, though his resemblance was striking. His fae features were more prominent than Dougan's and this man's green eyes held more blue. She swallowed, her throat tight with disappointment.

"I am no goddess," she said, recovering herself.

"You are a goddess to me. Your song saved me. I thought I'd be swallowed by the darkness, but your voice kept me from letting go."

The fae looked at her with unfocused eyes. His shirt hung in tatters and his skin showed through the many holes in his breeches. He had only one boot and a gash that still oozed blood on his forehead. His fae magic had saved him from the storm, but he was far from unscathed.

Ciara took a deep breath and stooped to slide an arm behind the fae's back. She helped him stand, and they made their way slowly up the slippery slope. Her back ached from bearing his weight by the time they stumbled into the cave. His teeth chattered and shivers racked him.

She led him to the bed and pulled the wool blanket around him. As she considered what to do next, she twisted the fabric of her skirt in her fingers. She didn't want him here, but as the fisher folk said, that ship had already sailed.

"Don't worry," he said between fits of shivers. "I'm not going to die."

"It'd be much easier if you would." Ciara snapped, growing irritated with the whole situation.

The fae laughed. "My apologies for intruding on your hospitality. You just looked worried. I was attempting to reassure you."

"Save your reassurance for yourself. As soon as you've recovered your strength, you'll be on your way." Ciara sung a few low notes and a fire crackled to life in the center of the cave.

"Thank you, m'lady." The fae let his eyes drift closed.

Ciara backed away and sat just inside the entrance. She'd be able to run if he tried to catch her, though she had to admit he didn't look up to catching anything beyond a fever in his current condition. She stared out at the snow and tried to decide if she was lucky. On one hand, she hadn't killed anyone and therefore escaped the wrath of the goddess. On the other hand, she'd brought a potentially dangerous creature into her home. Mortal men didn't stand a chance against her song, but fae were far more resilient and had magic of their own. No, she was most definitely not lucky.

"Do you have a name?"

Lost in her thoughts, Ciara jumped at the question. "My name is Ciara."

The fae waited a beat, but when she said nothing more, he said, "My name is Oskari. Just in case you were wondering."

Ciara shrugged. "I wasn't. I don't care what you're called. Once you've rested, you'll be leaving."

"Who is Dougan?"

Her heart stopped. Pain squeezed like a vice around her chest. She forced a breath in and blew it out before she answered.

"A ghost." She waved the question away.

"I know who you are. I've heard rumors of the Dark One."

Ciara launched to her feet, but the fae hadn't moved from where he lay beneath the blanket. Her hands shook, and she fought with her mind to focus. She would not let him take her. Over the fire, she met his gaze.

"Did you come to hear the song? To test your bravery? Try to take me for your prize?"

"No. I wish I came in search of a song." The words came out in a whisper, and he trailed off for a moment before giving his head a small shake. In a stronger voice, he continued, "I was bound for the Otherworld, but the storm blew me far off course. Gods, I've never seen such a vicious storm. If your song hadn't brought me to you, I wouldn't have made it. Ciara, you saved my life."

She narrowed her eyes, untrusting the pretty words. She'd heard flattery before. Oskari's eyes held nothing but earnest gratitude.

"Well, I'm glad you're not dead." She looked away and sat back down by the entrance to the cave, her fingers nervously twisting the edge of her gown. "Is there anything I can get for you?" She asked, striving for basic hospitality. She wanted to know more about the Otherworld and how he planned to get there.

"Sing for me."

Ciara's mouth went dry. Dougan's green eyes flashed in her mind, and she was back in the village of her youth.

Dougan's thumb skimmed across her lower lip before he slid his hand behind her head to draw her down for a kiss. Her head swam with excitement every time he kissed her. Gods, she loved him.

All too soon, he pulled away and grinned. "Bet you can't catch me," he called as he launched to his feet and raced away.

She laughed and chased him across the hills and into the forest. Her feet barely touched the ground as they ran. The earthy smell of the old forest greeted her as she hid behind the massive trunk of a giant oak. He doubled back, looking for her.

"Where are you, Ciara?"

She sang, echoing the birds. She went silent and held her breath, peeking out from her hiding place.

"I'll always be able to find you." Dougan's voice came from behind her.

She jumped, startled, and spun around into his waiting embrace.

"Do you hear me? As long as you sing for me, I'll come to you."

His eyes darkened with desire as he lowered his mouth to hers. "That was lovely."

Ciara started, pulled back to the present by Oskari's words. She sucked in a deep breath and licked her lips, confused by the desire within her and the reality laying in her bed. She hadn't realized she'd been singing.

Oskari's eyes drifted closed again, saving her the burden of conversation. Night had fallen and the fire's light bathed the cave in shadows. Dougan's memory refused to leave her as she sat looking out over the moonlit snow. Things she hadn't thought of in years danced in her mind. She remembered laughing, happy and free. She remembered dreaming of a future, a simple future as Dougan's wife in a fishing village. Stupid dreams of an innocent child, but gods, what she would have given to have that life.

She sang all night. The healing song flowed easy and gentle, and she rested her back against the stone wall of her cave, watching the man in her bed. Dougan walked in her mind, his laugh as fresh as it had been so many years ago. This man was not Dougan. No matter how he looked, how uncannily familiar he seemed, this man was a stranger. By the time the dawn broke, he would be well enough to leave.

Ciara left the cave in the early morning light. The day promised to be warmer, and the snow would be short-lived. She didn't care how fine a day it was. Nothing would be right until the stranger in her bed was gone. She waded into the icy waters and stirred the currents with her message.

Muirin, Manannan's most trusted Selkie, daughter of the sea, come to me. I need you. Hurry.

She turned to head back to the cave, but hesitated. She sang a low, quick song and sent it on the wind to the Isle of the Silent Sisters.

Bren- I hope the baby robins are thriving and Lanis' wall topples into the sea. I miss you.~Ciara

Ciara hurried back to the cave. She chided herself for thinking about Brenyn and the others. The night had been full of memories and left her feeling lonesome and homesick, though for what home she didn't know. It did no good to dwell on something that could never be.

Oskari sat on the edge of the bed, staring into the low burning fire. He stood when she entered the cave. Fully recovered, his bearing was full of confidence and strength. She hesitated near the door.

"Are you afraid of me?" He asked.

She laughed and sang a handful of aggressive notes. Oskari winced and sat down hard on the bed, his hands covering his ears. When she was silent, he peeked up at her through dark lashes. His green eyes held hurt and confusion. Her heart thudded painfully. He looked so much like Dougan. She bit her lip and avoided his gaze.

"I'm not afraid of you." She twisted the fabric of her skirt around her fingers until she noticed him watching. Her cheeks reddened, and she smoothed the fabric down. "Do you need something to eat? I have some apples and carrots."

Oskari smiled. "I'm glad you're not afraid of me and, yes, an apple sounds delicious."

Ciara rummaged through the sack of fruit until she found one without too many blemishes. She hummed a few notes, and the imperfections vanished. She tossed it to him without comment.

He took a bite and flopped dramatically back on her bed. "You've ruined apples for me forever. I will never taste another as sweet or as crisp." He took another bite and groaned in pleasure.

The laugh escaped before Ciara could stop it.

"You have the most beautiful laugh, like the sound of bells on a cold winter's morning."

Ciara's cheeks blushed again. "I'm glad the apple meets with your approval." She edged back to the entrance to the cave.

"It's not just the apple that I approve of."

The words sent a shiver of pleasure through her. She glanced at Oskari. He regarded her steadily as he took another bite. His gaze roamed down her body and back up to meet hers.

Ciara hovered at the entrance. Goddess help her, but the ideas dancing in her mind tempted her. A few steps and she could touch him, feel his skin against hers. The thought stole her breath, but terrified her. This man, the way he stirred her memories, he was dangerous.

"I thought you weren't afraid of me," he said, standing and slowly closing the distance between them.

"I fear no man."

Ciara lifted her chin in defiance and stepped back, only to come up against the wall of the cave. She should turn, bolt out the door, but he held her transfixed, mesmerized as the fire cast dancing light on his face. In her mind, Dougan's memory rose. Those familiar features, shadows in the firelights. His quick grin and infectious laugh slid in and out of focus, confused with the temptation standing before her.

"I pity any man who crosses you."

Oskari stood face to face with her and Ciara thought—hoped—he would kiss her. The moment spun on, but instead of lowering his mouth to hers, he grinned and stepped outside, throwing the apple core across the snowy meadow.

The ever-present gulls wasted no time descending on the feast. Their screeches broke the early morning silence. Ciara pulled in a deep breath and tried to rein in her galloping heart. The song of the siren stirred in her blood. She clenched her jaws together and concentrated on the cry of the gulls, searching for a single note to focus on. With fierce concentration, she blew out her breath, matching that note.

A single note changes a song. Gods, how many times had Eulah told her that? She took another deep breath and sung the same note. Again and again, she hit that single tone and the urge to sing the song of the siren eased.

When she had command of herself once more, she asked Oskari to tell her about the Otherworld. "I've heard it mentioned many times, but I don't understand where it is."

The fae frowned in consideration for a moment. "The Otherworld is all around us. It's woven into the fabric of the entire world and stretches beyond comprehension. Mortals think of it as a place, but it's far more than just a single place."

Ciara thought about that for a moment. "How do you get there?"

"There are many portals all over the world that lead to different realms within the Otherworld. They don't open for just anyone and are very secret. There's one not far from here."

"Really?" Ciara peered out over the sea as if it would magically appear.

Oskari laughed, and she blushed. "Well, relatively near here. I'm surprised you didn't know. You should know about it at any rate."

"Why's that? It's never bothered me."

"The Otherworld is at war, Ciara." His expression grew serious and grim. "Clan Allisari is rising, conquering the rest of the realm. There are countless other realms and kingdoms and usually they don't mix, but the old boundaries are decaying as the magic that used to keep everything separate is losing its power. That's what I was hurrying home for. My father's kingdom has been invaded." He paused and blew out a long sigh. "You should come with me."

"No." Her reply was instantaneous, though in the same moment, she wondered why not.

"You've got so much power, Ciara. You could help us. Not everyone wants to be under Allisari rule."

"What's wrong with the Allisari?" She asked, seizing the diversion.

"On the outside, nothing. They say they seek to unify all magic users, to protect the 'weaker species' as they put it. They preach equality but exploit those who they claim to protect." Oskari balled his hands into fists. "It's why I left in the first place. I didn't want to stay in a world that only tolerated everyone being a certain way."

Ciara frowned. She knew little of war or politics, but she knew what it felt like to be outcast, thought of as other. She knew the sting of that label.

Oskari continued, "If you would come with me, your song could change so much. We could protect people, help the suppressed, and liberate the enslaved." His eyes took on a glossy fervor. He pulled in a breath, excitement animating his face. "We could bind ourselves to each other. I've heard it amplifies peoples' magic tenfold. Imagine that, Ciara! There would be no one who could stand against us."

Ciara shook her head, revulsion pulsing through her at the thought of tainting anyone else with her dark powers. "Never. I will never bind myself to another." She spun away, but Oskari grabbed her arm, turning her back. She yanked her arm free and glared at him, but her fury slipped away at the sorrow in his eyes.

"I'm sorry, Ciara. I got carried away." He sighed and scrubbed a hand over his face. "I just want to help people."

Ciara rested her hand on his arm and gave it a gentle squeeze. He glanced down to where she touched him and she jerked her hand away, blushing again. "We'll get you home soon. Muirin will know what to do."

"Who is Muirin?"

"She's the woman who raised me."

"Are you a prisoner here? Do you choose to live here all alone?" His eyes held challenge more than curiosity.

"I live alone because it is best that way." She spun away from him and marched across the meadow, leaving him to talk to the gulls.

The day passed with no word from Muirin. Ciara paced the cave as twilight descended. Oskari sat on the bed, tracking her with his gaze. She concentrated on her steps. Six steps, turn, six more steps, turn. The rhythm kept the call of the siren's song to a dull roar and her mind focused.

"Are you sure you won't come with me to the Otherworld?"

Ciara jumped. They hadn't spoken in hours. "Of course, I'm sure." She bit out the words, knowing them for the lie they were.

She'd thought of little else since their conversation. The temptation of the siren's song and the thought of changing her destiny left her raw and edgy. "I don't care who rules in the Otherworld. It has nothing to do with me." She hid behind the excuse.

"Ciara, I don't think they mean to stop with the Otherworld."

Oskari ran his hand through his hair when Ciara shrugged and resumed her pacing. Her breath caught. Dougan used to do the same thing when he was frustrated with her. The thought of Dougan brought the siren's call surging forth again. Gods, this man needed to leave. She focused on counting. Six steps, turn, six steps.

"You're naïve if you think you'll be able to escape." Oskari pressed.

Ciara gritted her teeth. Six steps, turn, six steps.

"If the Allisari come to the mortal realm, then you'll be swallowed up along with the rest. Your song in the hands of the Allisari is a terrifying thought." Oskari stood and blocked Ciara's pacing.

She stopped and glared at him. "You and I are no more significant than the grains of sand at the bottom of the ocean. This war will be fought and won without me."

He held up his hands in a placating gesture. "Alright. I won't bring it up again. Come sit down. You've been pacing for hours and honestly, it's making me tired." He grinned at her and his hair fell down across his eyes.

Ciara's stomach flipped. All her irritation evaporated under a burning desire. She bit her lip, tamping down the surge of verse that rose in response to her passion and stepped around him to sit on the edge of the bed. She twisted her skirt around her fingers and sat with her back stiff and straight.

Oskari joined her, sitting so close their shoulders touched. He took her hand and gently smoothed down her gown. Ciara didn't pull away. She wanted his touch, yearned for his heat. He traced his fingers up the inside of her arm. She shivered.

"Perhaps you're right." Oskari murmured, leaning closer to her. "Perhaps, for tonight, we can forget that there is anywhere beyond this cave on this island. Perhaps, for tonight, you and I can be the only ones in the world."

Ciara sighed and closed her eyes, yielding to gentle pressure from Oskari to lay back. His kiss pressed against her lips, hot and hungry. She answered, pulling him closer. The siren's call stirred, but as she gave into the raging desire beating through her, it fell silent. They came together and for a moment, Ciara knew peace.

Ciara snuggled closer to the solid warmth next to her. She smiled and pressed her body against him.

"Dougan." She breathed his name as his arms came around her.

The arms froze in place. Ciara wiggled closer, demanding more. She cracked her eyes open and gasped as she met Oskari's blue-green gaze as he pushed up on his elbow.

"For a ghost, Dougan seems to have a very tangible hold on your heart." His mouth twisted with a frown.

Ciara sighed. "I'm sorry. I was caught up in a dream." She pushed away, embarrassed and disconcerted. She'd been convinced Dougan was next to her.

"We cannot control our dreams." He sat up next to her and put his arm around her shoulders. "I feel pity for the man who claims your heart but is not here to hold you."

The night's passion echoed in her mind, but in the light of day, Ciara's heart hung heavy. She didn't know if she'd made love to the man beside her or the ghost in her mind. Either way, it left her with a gaping emptiness. She stood, needing space.

"I'm going to send another message to Muirin. She should have been here by now." Ciara said, slipping out of the cave.

The sun's early rays carried enough heat to melt the ice candles in a steady drip. The steady cadence played—drip, drip, drip—as she climbed to the high cliffs. There was no need to send another message. The sea would find Muirin, and she would come as soon as she was able.

She sat with her legs dangling over the edge of the cliff. The swords stood next to her. The once splendid waistcoat of Xavier Wolfe hung in a frozen mass on the hilt of his sword. She shivered as she reminded herself of the evil in a man's heart. They sought to control, to use others for their pleasure. She would do well to remember that.

Ciara studied the waves, searching for any sign of the selkie. The day wore on, but nothing broke the steady roll of the water. Eventually, Oskari joined her. At her warning glare, he kept his distance and said nothing. All day, she watched and hummed a single note, accompanied by the cadence of the melting snow and ice.

"Why don't you go back to the cave? I'll stay here. There's no need for both of us to sit out in the cold all night."

Ciara jumped at Oskari's words. She'd been lost in the rhythms of her island, concentrating on the symphony of sound around her and her single note. Anything but thinking about the disturbing desires and ideas Oskari's presence evoked.

"I don't mind the cold." She gritted out between clenched teeth.

"I don't either."

He moved to sit behind her. His body heat warmed her as he ran his hand up and down her arm. She closed her eyes. Gods, she wanted him to keep touching her, to warm her all over. With every pass of his hand, he swirled the dangerous melody pounding within her.

The single note she'd clung to all day deserted her, lost under the rush of the waves and thrumming of her heart. She pulled in a shaky breath as memories mixed with reality. Dougan's arms around her, sitting close to her as they watched the sunset. Dougan's touch, tickling, tantalizing. Gods, she couldn't get enough of his touch. He traced a pattern up her arm.

With a sigh, she leaned back into the comfort, tipping her head to give him access to trace along her neck. She hummed quietly. The siren's call skirted on the edge of her awareness. It beckoned her, but like a whisper instead of a shout.

In her mind, Dougan echoed her song. He laughed when he missed a note. Ciara frowned. His song was almost as perfect as hers. He sang another wrong note, and she shifted, suddenly uncomfortable. Her skin prickled with tiny stings running up her arm.

Dougan smiled and called to her, but something wasn't right. His voice. It grated on her ears, jarred with her melody. Irritated, she turned, pulling away from his beguiling touch. His hand clamped around her arm.

"Dougan. Let me go. Enough," Ciara snapped, yanking against his hold.

"Be still. We are almost done."

That voice. That wasn't Dougan. She struggled against his touch and shook her head, trying to clear her mind. She blinked, back in the twilight on the cliffs with Oskari. He wrapped his arm around her neck, pinning her back against him as he chanted and traced a pattern on her face. An icy burn trailed beneath his touch as magic flowed between them.

Disoriented, confused, Ciara thrashed against his hold. Song leapt to her lips, and she did nothing to check it. Hard, angry notes roared out of her. His hold tightened across her throat, strangling her, cutting off her song. Rage beyond anything she'd known erupted within her. Silently, she screamed her song as darkness descended over her mind.

Energy burst from her, shaking the stone beneath them. The vice holding her went slack, and she shot to her feet. She turned and towered over Oskari. He scuttled backward, murmuring low and fast. Magic rose at his call, but under her onslaught, he lost the thread of his spell. He stumbled over the phrases as she stalked him, step by step. She focused her song. Each note became a blow that stole his breath. His eyes went wide with terror as he clawed at his throat, fighting for air.

In desperation, he lurched to his feet. He lowered his shoulder and charged with his arms outstretched. Ciara waited until his hands grazed her before she twisted away. He surged past, heading over the edge of the cliff. She grabbed the back of his ragged shirt and pushed him forward, suspending him over the churning sea.

"Why?" Her chest heaved as she wrestled her song under control.

Oskari didn't answer. She shook him like a dog with a dead mouse. He raised his head and turned it slowly to look back at her. He blinked, trying to focus on her.

"Bound to me, we can rule the world and all the realms." His words slurred together. Up her arm, runes glowed and the prickling sensation returned. "We can make them all dance to your song."

Ciara let go.

She turned away but called to the sea, asking it to rise and catch the worthless creature falling to its depths. Ciara ground her teeth together and, with a growl of frustration at meddlesome gods and rules, she turned back to peek over the edge of the cliff. The ocean cradled Oskari on its surface. Tears streamed down her face as she sang the notes to deposit him on the shore, but not with her fisher folk. She asked the sea to carry him far away before releasing him.

Ciara made her way back to the cave in a daze. Walking through the dark, automatically shifting to miss rocks in the trail, tears coursed down her face. White symbols wound around her arms and blurred with her tears. Betrayal and grief warred within her. It had seemed so real, Dougan's touch, his taste, his heat. Even the pleasure of Oskari's body sliding over hers, the simple enjoyment of having someone to talk to, the tantalizing thought of a future. None of it had been real.

Fury rolled through her as she stood at the entrance to her cave, looking up at the clear, bright night sky. Stars twinkled, and the moon bathed the remnants of snow in silver. It was beautiful, and she hated it. She hated that there were creatures who lived in the world with others in happy lives, enjoying magical silver nights.

The scream started deep in her gut. It ripped through her as she tipped her head back and howled like a wild thing. Clouds rolled in, blocking out the moon, and darkness blanketed the land. Ciara wailed, and the ground shook beneath her feet. She poured her soul into her grief, challenging the great goddess, the very universe, for the burden she bore.

The sea rose in response to her call. Spray from the raging waves carried over the high cliffs, soaking her hair and plastering her dress against her. The wind shifted, swirling around her. On and on she cried until, like water being poured from a cup, she ran empty.

On shaking legs, Ciara turned and stumbled into her home. She collapsed onto the bed and burrowed beneath her blanket. Remembering who had recently vacated that blanket, she tossed it on the floor. With a sob, she curled into a tight ball and shut out the world.

"**W**ake up, Ciara."

Ciara groaned and rolled away to face the wall.

Muirin sighed and sat next to her. She rubbed her back and pulled the clumps of her hair from around her face.

"I came as fast as I could. You scared me when your song went silent. What happened?"

Ciara said nothing. Tears escaped under the weight of more pain than she could have imagined. How could the great goddess ever expect anyone to live with such torment?

"Enough of this. Sit up." Muirin snapped and pinched Ciara's arm, just like she used to when Ciara was slow to get out of bed and start her chores.

"Stop that," Ciara snapped back and jerked her arm away. She sat up and pulled her knees up to her chest.

Muirin's irritation vanished, replaced by concern. Ciara supposed she must look terrible to soften Muirin's sharp edges so quickly.

"No one is ever going to love me—just for me. All I am is this song. This horrible, hateful song."

"Did you know that in the depths of the ocean there are fish that create their own light?" Her mother paused and waited for Ciara to shake her head in answer to her question. Ciara didn't want to hear about fish but knew Muirin well enough to know that she had little choice in the matter. Muirin continued, "They are ugly, twisted creatures, but in the utter darkness, they are beautiful for the light they carry."

"I'm not a fish." Ciara retorted. She wasn't ready to stop wallowing in her bitter resentment for life and the lot it dealt her, but Muirin's words rang with the same truth, same power that Eulah's often did.

"Your destiny was never one of light and love. You've known this all your life. Stop looking outside of yourself for love. You are the only one who can brighten your darkness." Muirin gave her a sad smile and stood, her seal cape swirling around her. She left the cave without another word.

Ciara stared at the stone ceiling, turning her mother's words over in her mind. Easy for a fish. No one tried to manipulate them. No one wanted their song or their power. She gave herself a mental shake. She wasn't a fish, but she wasn't a victim either. She had to stop wanting to be something else. How many times had Eulah told her that? She had to be her own anchor in the storm or give up a let the darkness win.

She found Muirin sitting on the high cliffs where she and Oskari had sat the night before. The smooth seal fur slid under her fingers as she ran her hand over the selkie's cape that lay flared around Muirin. Ciara dropped down next to her. She twisted her gown around her fingers and followed Muirin's gaze.

"They love you. I hear their praises and prayers of gratitude in the currents. Their Benevolent Lady."

"I am not worthy of their praise." Ciara stared across the waves at the little village. Smoke rose from the chimneys, and she imagined them tucked away snug in front of the hearth. Part of her, deep within the dark corners of her soul, detested them. She hated them for their happiness and their insignificance.

"Then become worthy," Muirin snapped and got to her feet. "Stop this wallowing and focus your mind on finding your brightness. The only one who sees you as a dark, deadly, unlovable creature is you."

Ciara winced at the naked truth. She could always count on Muirin for that.

"Thank you," Ciara said. "Thank you for raising me, for giving up the sea for all those years. Thank you for telling me the truth."

Muirin smiled at her and tucked Ciara's hair behind her ear. "I will always come when you call, my daughter. Be well." She walked toward the path that led to the beach.

"Thank you—mother."

HOMECOMING

DOUGAN

The Isle of Erin
Almost 15 years after he and Ciara were separated

The crisp sea air stung Dougan's cheeks as he stood with his feet braced apart in the ship's bow. It whipped away the stray tear that escaped as the Land of Erin emerged from the fog. He blew out a long breath around a knot of emotion that clogged his throat. After so many years, he was home.

"Ciara, I'm coming for you, my love." The wind stole the words from his lips.

The port of Kinsale welcomed them, though a garrison stationed at a newly constructed fort told of troubled times. The town bustled with commerce and the Saoirse was forced to wait a day before a space became available in the harbor.

Too impatient to wait for a slip, Dougan took Colin and Tegan and went ahead in a john boat. He took the oars himself and rowed with the determination of a man who'd waited too long for the one thing his heart truly desired. He flipped a coin to the boy at the pier as he tied up the boat. The boy's eyes widened as he stared at Dougan. The color drained from his face, and he scampered away before Dougan could ask what was amiss.

"He's likely never seen a pointy-eared fae before," Colin said as he helped Tegan step up from the boat.

"Morrigan's beak," Dougan muttered. He'd lived on the sea and in pirate ports for so long, he'd forgotten the conventions of an all-human society. He shivered as the glamour descended over him with a tickling sensation. "Better?" he asked and looked to Tegan for confirmation.

The witch nodded. "You'll do."

"You don't want my opinion?" Colin asked as they walked toward the town.

"No."

The bard laughed, which made Dougan smile. Their friendship was not what it used to be, but it was healing.

"You look like a bear with all that black hair and beard. No one is going to talk to you. You should try clean shaven. It's much more approachable." Colin gestured to his own smooth jawline.

"Says the man whose beard grows as thick as a 12-year-old boy's." Dougan shot back, but shortened his hair and beard, taming the wild mass with a thought.

Tegan laughed and shook her head. Before Colin could retort, she said, "I'll meet you back here before sunset."

Dougan nodded. "Do you have enough money?"

"Aye. I've more than enough. You worry like an old woman. That's my job." She turned right and hurried toward a side street, walking with a strong, steady gait. The curls that hung down her back swayed and were more gray than brown.

"When did she get gray hair?"

Colin laughed as they waded into the crowd flowing up the main street. "Not all of us are suspended in time." He lifted his hat to show his own hair that bore flecks of gray.

Suspended in time. What would Ciara think when she saw him? Would she even recognize him? Would he recognize her? The questions and doubt that occasionally wandered through his mind had grown to a steady litany that ate away at his confidence. What if he came all this way, fought all these years, and she didn't even remember him?

Colin shouldered his way through the crowd, and through the door marked the Dead Duck. Dougan followed him past the duck carcass hanging on the wood door, shaking off his worries with an effort. One way or another, he'd find her, and they could claim the dreams of their youth.

"So she enchanted the sea to take them far west, naked and with half empty holds. They drifted into a French port, skin burnt to leather and mad with exposure."

The sailor told the now familiar story. Dougan had heard it three times since entering the pub. Ciara's encounter with a pirate captain had become legend. It bothered him. The girl he knew wouldn't strand a ship of men in the middle of the ocean with no food or clothing. Each telling of the story varied slightly, but they all ended the same. The Maid on the Shore may sing a sweet song but cross her at your peril.

They left the pub and waited in silence at the pier for Tegan. Dougan paced back and forth as the uneasy restlessness of land settled in. The excitement of being back in Ireland and hearing news of Ciara had kept it at bay for much of the day, but now, it gnawed at his belly. Just like any other ports, every time he stepped on land, he immediately felt the need to leave, to keep moving, keep searching, chasing that song that beckoned to him.

"You'll wear that plank out if you keep that up," Tegan said and Dougan spun around.

The witch emerged from the dwindling crowd with a sour expression on her face. "Let's get back to the ship. I have news."

"If you heard the story about the Silent Wolfe, so did we." Colin said as he took her basket. "What did you buy? Cannon balls?"

"Herbs and essentials—and information. Now, hurry up." She stepped down into the boat and cast off the lines before Dougan and Colin found their seats.

"Since when did sage and mugwort weigh as much as an anchor?" Colin grumbled.

"What's the hurry?" Dougan asked, suspicious of Tegan's haste.

She shrugged. "The apothecary is a narrow minded fool. He called me a pirate's whore and lied to me."

Colin cursed under his breath. "Tell me you didn't kill him."

"Of course not. I wouldn't kill a man for being an idiot. There'd be none left."

"If you didn't kill him, why are we running away like thieves in the night?" Dougan cut across Colin's retort.

"Because I may have used some magical persuasion to encourage him to tell the truth. He'll be mad as a wet cat when he wakes up and finds his staff won't harden until the next moon and the grimoire he lied about having is missing."

Dougan laughed despite himself as he put his back into his rowing. They'd have to make sail immediately and hope they could get in front of their reputation.

"What's in the grimoire that you'd risk being branded a witch? If anyone caught you with that book." Colin jumped in, fear sharpening his words. "You know all kinds of spells. What more could you need?"

Tegan shook her head. "I know the spells that are particular to my magic—healing, a few defensive spells, growing and cooking things. I was the green witch of my coven, so I never learned more beyond that. If I ever needed something outside my expertise, I would ask one of my sisters or consult our grimoire."

"That seems reasonable. So where did the apothecary get a grimoire? I don't suppose its something a coven willingly gives up."

"Of course they don't." Tegan's expression saddened. "They hung three of the witches a few months back and ran the rest out of town. That son of a goat apothecary led the mob that chased them away so he could get his hands on this book." She tapped the top of the basket. "There are more spells in here than I've ever seen." She leaned toward Dougan. "There's a locating spell."

Dougan didn't break his rhythm. "What are you trying to find?"

She rolled her eyes. "Gods. How did men ever come to rule over the world? I'm not the one looking for something you dolt, you are."

Dougan stopped rowing. They drifted as he stared at Tegan for a heartbeat. "Do you mean to say that there's something in that book that will tell us where Ciara is? We can just say some magic words and we'll know where to go?" Gods, could it really be that easy? Could they be on their way in mere hours, knowing exactly where she was?

Tegan scoffed. "You know enough about magic to know it won't be that simple, but yes, I think with a little preparation, we can do it."

"I'm sure Enya and Folayan will help you." Dougan said as he took up the oars once again to hide his disappointment.

"It's not Enya or Folayan that need to do this spell. It's you, Dougan. You're the only one who can find her."

"This is ridiculous," Dougan muttered and ground his teeth together to keep them from chattering. He stood in a tub of sea water in nothing but his nightshirt. The full moon hung brightly in a sky full of stars, and he felt sure they were all laughing at him.

Tegan planted herself in front of him with her hands on her hips. "If you'd rather try to say the incantation while keeping your head above water, I'll gladly throw you overboard. This will work if you have a bit of faith. Now, stop your whining and let's get on with it."

He took a deep breath and blew it out, pushing away his doubts and self-conscious worries. He desperately wanted this to work. It would take months of questioning at ports and harbors to find her, but if this worked, they'd have their heading within the hour.

The spell required a connection with the person or object being sought. The sea and Ciara's song linked Dougan to her. With a few well-chosen words and a little luck, they would be enough.

"You remember the words and what you need to do?" Tegan asked, retreating toward the hatch.

He had banished the rest of the crew to the hold. Even Three Thumbs left the wheel though to go below, though he complained bitterly about navigating the ladder with one hand and one leg. He usually slept on deck beneath the sails, when he slept at all. In the end, they got the old coot down below and Dougan had the deck and the starry sky all to himself.

"Aye." He bit the word out between clenched teeth. He'd memorized them over the last two weeks of waiting for the moon to come full as they drifted aimlessly on the currents.

"Remember Dougan. Believe with all your heart and might. The success of this lies solely on—"

"My will to find her. I know. Get below, witch. I'm freezing my balls off."

"Well, you best hurry then or you'll be no good to the lass when you find her." Tegan giggled as she disappeared below decks and pulled the hatch closed behind her.

"I must be mad," he muttered and took a deep breath.

Dougan stared up at the heavens. A sense of peace rose within him. He had missed these stars and their familiar shapes. These were the stars of his youth, the same stars he'd told Ciara stories about, the same stars that witnessed their love blossom. They would help him find her.

The words of the spell he had so carefully memorized deserted him. When he spoke, his heart supplied the words.

"Great Mother, hear me. Your beauty shines in the heavens above. Your power radiates from the earth and your love cradles us on the sea.

I search for my love, Ciara of the Dark Song. She is lost to me for many years, but never forgotten. I hear her song on the wind, in the sea, in my dreams. I know through you, we are connected. I know you can help me find her." He paused and his vision blurred as he stared into the starry sky. He ended his prayer with the last bit of the spell Tegan taught him. "I beg you. Light my way."

Dougan pulled the burning taper from the brazier beside him and lit the candle in the jar. It sat in a bed of dirt mixed with honey to increase the potency of the spell.

The flame leapt to life and burned straight toward the heavens. Dougan closed his eyes as the water sloshed around his legs. He hummed the song that accompanied his dreams every night. Energy swirled around him as he pictured Ciara in his mind. She laughed, racing him through the forest.

He chased her, but she disappeared among the trees. He turned around slowly, listening to the sounds of the forest. A whispered melody called to him. He crept toward her hiding spot and laughed when she jumped in surprise as his arms came around her.

"I'll always be able to find you. Do you hear me? As long as you sing for me, I'll come to you." He whispered the words as he pulled her to him. Her arms came around him and he sighed with contentment as they sang together.

The wind picked up, and the ship rocked. Dougan snapped his eyes open as the sails filled. The flame in the jar burned steady and pointed due north.

With a whoop of excitement, he hopped out of the tub and hurried to throw back the hatch.

"Get up here. We've got a heading, and the wind is true." He shouted as he ran back to the wheel, spinning it to match the candle's flame.

He hummed Ciara's song. The sea breeze blew full in his face, and he grinned up at the moon.

"I'm coming, my love. At long last, I'll be with you soon."

Enya and Folayan kept the sails full, and the Saoirse charged through the water. Their heading never changed. For three nights and two days, they sailed north, keeping the shores of Ireland just in sight to the east. On the morning of the third day, the candle went out.

Dougan stood in the crow's nest, a place he loathed. Dealla's presence still clung to the perch and, truth be told, he wasn't keen on heights. He turned around, slowly surveying the vast expanse of ocean and the distant shore. Ciara's song still burned within him, ceaselessly playing in the back of his mind. She was close, but he couldn't fathom where she could be. For a terrifying moment, he thought perhaps she lay in the depths, but that couldn't be. She was a daughter of the sea, truly a magical creature. The ocean held no danger to her.

"Where are you, my love?" He asked the wind.

Voices echoed across the water. A small cluster of fishing boats worked their nets close to the shore. He could barely make them out, but the wind carried their voices to him.

"She's been in a right state."

"Aye. Maggie made her a fresh loaf of bread, and she never came down for it. The gulls got it."

"I haven't heard her sing for weeks."

"Reckon we should go check on her?"

"Right and get ourselves turned into turnips? No, thank you. If the Dark Song wants to be left alone, we best leave her be."

"She'll not hurt us. She's our Benevolent Lady."

"Go on with ya, Malcom. She's not the same as she used to be. She hurt that fella that washed up in Killeree. The man barely knew his name."

"He did something to cross her, no matter what he says."

Dougan didn't wait to hear more.

"Make for that group of fishing vessels." He climbed down the rigging, though it took him an embarrassingly long time. Bib and Jib wisely didn't comment as they scurried up like squirrels to trim the sails and change their heading.

Dougan and Colin dropped the john boat and slid down in it. The fisher folk watched them approach, their nets drifting idle. Apprehension clouded their expressions as Dougan and Colin drew near.

"Hello, good fishers!" Colin called. He smiled at them but received only stoney-faced silence in response. "'Tis a fine day. Is the fishing good?"

The fisher folk glanced at each other. Finally, one of them spoke. "Aye. The nets are full, and we are blessed. Why are you here?" The man folded his arms over his chest and narrowed his eyes at them.

"We have no ill intent, I assure you." Colin said.

Dougan rolled his eyes. "That's exactly what a man with ill intent would say," he hissed in a whisper. He took over the conversation. "We seek Ciara, the Dark Siren." He had no patience for small talk and he doubted the men did either. Fisher folk were busy people. They didn't chat about the weather.

"What do you want with her?" The oldest of the group spoke up. His gray beard and hair were neatly trimmed, and his back was straight and strong, but years of hard living and fishing etched deep lines on his face.

"My business is my—"

"We just want to hear her song. I'm a bard of the old tongue and it's my greatest wish to hear her sing before I die." Colin cut across Dougan and shot him a warning look.

Dougan glowered but held his silence. Over the years, the bard's tongue had talked them into and out of more trouble than he cared to remember. He gripped the oars and blew out a long, slow breath, willing himself to have patience. She was close and he would be with her soon.

"Well, lads," the old man said, scratching his chin, "You're not the first to come to hear her song, but I feel I must warn ye—she's in a foul temper of late. You'd be wiser to sing your own songs and turn your rudder toward this place."

"We'll take our chances," Dougan growled. "How do we find her?"

The old man shook his head and glanced at where the Saoirse drifted. "Keep going due north. When she sees your sails, she'll call to you. At that point, you won't be able to turn away even if you want to and you'll be at her mercy."

"Thank you!" Colin called as Dougan was already rowing back to the ship.

"She'll sing to you from the cliffs," the old man called after them. "If you value your life, don't go ashore."

As they neared the Saoirse, a seal's head broke the water near them. Several others appeared, fanning out around the small boat. The creatures looked at them with somber eyes and a stillness that unnerved Dougan. He slapped the water with the oar, warning the creature to keep its distance. Seals weren't a threat, but he didn't want to slow down for anything. He just wanted to get to Ciara.

The seal barked and dove beneath the boat, jostling it with a hard slap of its tail.

"I guess it didn't like that," Colin said, searching the water for any sign the beast was coming back for another pass.

"I taught you better manners than that." A woman rose from the water, a silvery cape swirling around her shoulders. She frowned at Dougan and stepped inside the boat, sending Colin scrambling to give her space.

"Muirin?" A smile spread on Dougan's lips as he stared at the woman with wild gray curls and a frown of disapproval on her face.

"Hello, son of my heart. It has been a very long time." She cupped his face in her hand for a moment.

Colin cleared his throat behind her, and Dougan hurried to make an introduction.

"A pleasure, m'lady," Colin said, giving the best bow he could in the cramped space. "I thank you for doing your best to shape him into some semblance of a gentleman." He gestured to Dougan.

Muirin frowned at Colin. "He is nothing more than what he made himself to be. But I am not here to speak about him."

She turned back to Dougan, and Colin raised his eyebrows at her rebuttal. Dougan hid his smile. Muirin never had patience for idle words, which were Colin's specialty.

"You will find Ciara much changed, Dougan. She is not the girl who sang to you on the shores all those years ago. Darkness eats at her heart and claims her more each day." She sighed and pulled her cape around her.

Dougan's stomach clenched, and his grip tightened on the oars. "Take me to her. I have no doubt we can banish this darkness. I know she is close. Our connection endures even after all this time."

"Tread carefully, Dougan. She sees shadows and manipulations everywhere. The darkness twists her heart and mind. She will not be happy to see you."

The warning crushed Dougan's heart. He'd dreamed of a reunion with his love, full of joy and hope. With a deep breath, he banished the doubts creeping in. He hadn't come this far to fail. Ciara and he could conquer anything.

"I will help her see the light." His voice rang with confidence.

"You sound like a bard," Muirin retorted and flicked a glance at Colin, who wisely held his tongue. "I hope you're right, Dougan. If you cannot lead her back to the light, I fear she will be lost."

With that ominous statement, Muirin stepped out of the boat and into the water, slipping below the surface without a splash. After a flash of white light, a seal's head broke the surface. She gave the boat another shove with her tail before diving deep with her sisters right behind her.

"For not liking bards, she has a flair for the dramatic," Colin grumbled as the boat rocked.

Dougan laughed as he resumed rowing, but his heart hung heavy with dread.

The crew went still when the first notes reached the ship. Clear and ethereal, the song wound around them. Their eyes lost their focus as the call of the siren gripped their hearts. They turned in unison to stare at the lonely island.

Dougan spun toward the song, tears springing to his eyes. He searched for her on the cliffs, along the beaches, but couldn't see her. His heart pounded as he desperately sought a glimpse of her. The crew lurched into action of their accord, answering her summons.

Enya joined him at the rail, unaffected by the song. "You haven't seen this creature for many years and time has not improved her, judging by the stories we've heard. Are you sure you want to do this? She isn't the girl you remember."

"I've never been more sure of anything. If I don't return in three days, you know what to do."

Enya nodded, but a sour expression twisted her lovely features. "This crew needs you, Dougan. You do important work, saving lives, freeing the enslaved."

He sighed. They'd covered this ground countless times. "You will continue that work." He covered her hand where it rested on the rail and gave it a squeeze. "Gods help anyone who crosses you."

The song ended. The crew continued to move through their dazed motions, constantly looking toward the island. Enya shivered.

"The ability to steal a man's wits is a powerful and terrifying thing."

A new song followed, light and quick. Like the sun burning away the fog, the crew's expressions cleared. Their awareness returned, and they blinked as they came back to themselves. They looked at each other uneasily, wondering where they were and how they got there.

"I think that's close enough," Dougan said. "Drop the anchor and lower the john boat!"

The crew hurried to carry out the orders. They shot nervous glances at the island as they worked.

Dougan lowered himself over the rail but paused before descending the ladder. "Three days." He met Colin's gaze until the bard nodded. Enya came next and gave him a curt nod. Folayan's steady gaze met his, and she nodded solemnly. Finally, he met Tegan's eyes and grinned when she winked. They'd be alright. They had each other.

He lowered himself into the small boat, took up the oars, and rowed toward his destiny.

DARK HEART

CIARA

Winter is here, but we're snug inside the cave. I've been learning Glenys' hand language and splitting time with Marvina being her companion. Glenys doesn't mind how much I chatter. It's been so long since we've heard from you. I hope it's warm wherever you are. ~Bren

Ciara listened to the message that rode on the wind. How long had it been since she'd last heard from the Isle of the Silent Sisters? Not that she deserved a message. She had stopped answering Brenyn a long time ago. One more thing she had failed at.

She lay with her eyes closed and her face turned to the sun. Through the shade of her eyelids, the light flooded a bright red across her vision. She concentrated on it, watching patterns of light shifting within the brilliant haze. The stir of the Siren's Song alerted her a ship approached. She blew out a breath and sat up, opening her eyes and squinting against the bright light.

A frigate with all its sails deployed worked its way relentlessly through the fickle winds. They were in a hurry and were heading directly for her. Ciara lifted the spyglass that a sea captain gave her in exchange for a song. Even with the glass, the men were difficult to make out, but there was constant motion on the deck as the sails were trimmed and adjusted as they tacked across the wind. The captain stood on the deck with his dark hair loose and blowing free while the crew worked without the harsh shouting or arguing that so often accompanied crass men with ill intent.

Ciara sighed and lay back down, closing her eyes and wishing the sun would burn away the urge that swirled in her heart. She didn't want to sing or people to come to her island. She certainly had no desire to tangle with a bunch of surly pirates. Goddess help her, but she loathed pirates.

Truth be told, Ciara had no desire to see anyone. The fisher folk kept their distance these days, but she didn't blame them. She still sang to fill their nets when they fell on hard times and protected them from the worst of the storms, but she didn't sing to them from the rocks or bless their children. She hid in her cave most days, walking the shores at night.

Restlessness grew within her every day and she knew the time approached she would need to leave. She had to find something to calm the edges of her heart, something to settle her soul. This rock wasn't right for her anymore. Perhaps she should go to the Otherworld, even if it was unsettled. The thought excited her, though she had no notion of how to get there or what she would do there. In a realm as vast as the Otherworld, surely she could find a place to call her own.

She pushed to her feet, unable to lie still anymore. The seductive melody wound through her. She tamped it down and walked along the cliffs, imagining the freedom of the Otherworld. No humans to worry about. Maybe she could even escape the siren's call.

Ciara turned away from the ship, pacing back and forth across her meadow. The soft grass tickled her toes. She focused on that sensation, trying to block out the beat of the siren's call. Darkness tinged the edges of her vision. If she didn't sing soon, it would find its way out and that was so much worse. With a sigh of resignation, she sang softly, knowing that no matter how quietly she sang, the song would reach them.

Ciara watched through the spyglass as she sang. The captain's head whipped around toward her island when he heard the melody. He stood at the rail, staring in her direction, though he was still too far away to see her. There was something familiar about the way he stood listening with his head cocked to the side. She wondered if he had come to her island before.

The song played itself out, and Ciara sighed again. They would come now. They would wait out the wind, even if they starved in their boat. She sang another song, light and quick, releasing them from her thrall. Maybe they would sail away and leave her in peace.

Ciara prowled around her cave, surveying her collection of treasure. Perhaps that was why this ship had come. Perhaps they thought to conquer her and steal her things. She thought about the captain. He seemed so familiar. He must have visited before and seen her cave.

Ciara narrowed her eyes as anger burned in her gut. She ran a finger along the smooth surface of a dainty and exquisitely painted porcelain teapot. It sat with its cups and saucers overflowing with brilliantly colored glass beads, jewels, gold coins, and shells. A lace shawl that had been a present from a nobleman held a nest of baby gulls in the corner. Silks, bags of spices, and bottles of wine lay strewn about, waiting for Ciara to pass them along to the fisher folk. She had no use for any of it, but they came to take it from her and that she could not allow.

She left the cave and hurried up to the cliffs. The ship had dropped its anchor and sat bobbing off the lee side of her island. A single man climbed down a rope ladder into the waiting rowboat. She recognized the captain's wild, black mane and frowned. Captains did not leave their ships. There was something very different, very wrong about this whole situation.

Anxiety spiked through Ciara. He was coming for her, not her treasures. That had to be it. She glanced at the assortment of swords beside her. Others had tried. They come with pretty words and presents or with a group of thugs to overwhelm her. They'd all paid the price for their hubris to think they could control her.

Her thoughts spiraled downward and her darkness rose, ready to defend her. This man thought by approaching alone, she would not see him as a threat. He thought she would sing for him and do as he asked, but that would not happen. She blew out a long, slow breath, settling her nerves into an icy calm. Darkness swirled in her heart. This man would feel the wrath of the Dark Siren.

Rage pounded through Ciara as she pelted down the path to the rocky beach. She would send this villain to the depths before he could capture her. She scrambled up on the boulder that she once used to sing to the fisher folk. Now she sang to the sea, calling the waves to her. They rose, eager and full of strength.

The captain rowed with powerful, steady strokes, closing the gap between them. He peeked over his shoulder and his rhythm faltered for a beat when he saw her. He turned away and resumed his rowing, faster than before. Ciara waited. She wanted him closer so he would see her face before she unleashed her fury.

Her shoulders tensed as every stroke of the oars brought him closer, but an odd sensation tickled the back of her mind. A sense of knowing, of familiarity, of belonging grew as she watched the man in the boat. She pushed it away. She belonged to no one. She belonged alone, always drifting alone.

When the man chanced another look over his shoulder, Ciara smiled. His dark hair blew across his face, but she knew he could see her clearly. She sang a beautiful harmony before setting the seething waves free. They rose and bounded forward, rolling high with furious white caps.

The man shouted. "Ciara! It's me! Dougan!"

Ciara sucked in a breath, her heart stuttering in her chest. It couldn't be. She'd thought he'd come before, but it wasn't him. The waves bore down on the small craft and the man dove out of the boat just before it was crushed.

She held her breath, releasing the waves. Oh Gods. What if... No. There was no way it could be true, not after so long. She turned away, her vengeance stolen by the agony in her heart. Dougan... If only he would have come. Maybe she would have escaped the dark.

She slipped down from the boulder. Tears coursed down her face, but she didn't brush them away. The cold rocks slipped beneath her feet as she stumbled toward the path back to her cave. Why couldn't people just leave her alone?

"Sing for me."

The words were an echo from a lifetime past. Ciara whirled around to see the man with the dark hair staggering up on the beach. Green eyes and a face she knew as well as her own stared at her as sea water streamed down his face.

"Sing for me, Ciara. I've waited so long to hear it."

"Dougan?"

Tears sprang to her eyes, and songs suddenly streamed out of her. Melodies tripped over each other as she sang in so many voices at once, she couldn't even understand herself. Her head spun as she tried to contain her overflowing song. It had to be a trick. Ciara gritted her teeth and silenced her song. This could not be the man she once loved.

Dougan smiled encouragingly, but it faltered as she changed her song. Heavy, angry notes surged forth, and she stormed back down toward the beach.

"I will not be taken!" She poured all her fear, her pain into the song.

The man's knees buckled, and he splashed down into the rising water. He looked at her, pleading with her to stop. "Muirin was right, but at least I got to hear you sing one more time," he said before he collapsed face down in the water.

Ciara choked back her song. He knew Muirin. Sing for me. Only Dougan ever said that to her. Oh Gods. Oh no. She waded into the water, her heart hammering as she fought toward him.

"No, no, no, no." She cried over and over again. With a heave, she pulled him out of the surf and towed him onto the beach. She fell backward, tripping on the uneven rock. The impact knocked her breath from her but she kept hold of him. "Oh Gods. Dougan!"

He coughed and sputtered, pushing away from her and up on his hands and knees. He held his hand up to her as he coughed and retched. She held her silence, crouching next to him, just out of reach. She hummed a low, steady soothing tone, but wasn't sure if it was for him or for her. He sat back on his heels and brushed the hair from his face. He pulled in a shaky breath and blew it out again before locking his gaze with hers.

Ciara's world stopped. She knew those eyes, those slightly pointed ears that poked through his hair. She knew every inch of that face. Her breath left her as she realized what she'd almost done. Hiccupping sobs tried to escape, but she clamped her mouth shut. Her body shook with them and tears slid down her face.

"Is it really you?" She choked out the words, disbelief still feeding doubts in her mind.

Dougan nodded. "Aye. Your heart knows me, Ciara. Listen to your song, my love."

A familiar sense of connection, of belonging, flared to life. The last of her doubts evaporated, and she flung her arms around him. The songs of their childhood poured out of her as he pulled her close and held her against his chest. Ciara clung to him, humming low in her chest.

Water gathered around their legs. "Easy, lass. I've got you. I'm here now," Dougan murmured in her ear, rubbing his hand up and down her back. The waves crept higher as Ciara wrestled with her emotions. "Muirin would say it's bad manners to drown me twice in a day."

Ciara laughed out loud. She swallowed down her songs and

pushed to her feet. She offered a hand and pulled him up with her, leading him toward the path that led up to the cave.

When they reached the top of the path, Ciara pulled her hand free from his. She walked to the edge of the cliffs and looked down. The ship rolled and pitched on a storm-tossed sea even though there was not a cloud in the sky. Ciara took a deep breath and searched for the calming rhythm of the deep. No matter how many layers of songs lay on top of it, in the depths of the earth where the mother goddess anchored the world, the slow, steady hum of the harmony of all life flowed. She seized it and focused her mind. Soon her song blended with it, and the waves settled, as did her thundering heart. Once again, mistress of her emotions, she turned to face Dougan.

"I'm sorry. I..." Ciara's voice sounded small and strained. Her throat felt raw, and her lungs burned. Empty of song, she found she had no words and didn't know what to do next.

Dougan, her friend, her love, was a stranger, and as she thought back on that painful, long-ago day, she hadn't known him then. But, oh, how she had missed him. Over the years, she kept his memory tucked in a quiet, little thought of nook in her mind, never forgotten but rarely visited.

Dougan smiled at her, and her heart squeezed as she saw the mischievous boy from long ago. Time had changed him, of course, though his fae blood kept him looking young despite the years that had passed. No silver sparkled in his black mane, and his broad chest and back were straight and strong. His eyes reflected hardness and guile that had never been there before.

"Ciara, I'm the one who is sorry. I'm sorry it took me so long to find you. I'm sorry that I ever let them take you away from me." He paused for a moment, and his gaze dropped to his feet. He took a breath before continuing, "I'm sorry I lied to you all those years ago."

The sadness in Dougan's eyes pierced her heart. Ciara didn't know what to do or what to say. She wished she could tell him about every minute of every day since she saw him last and how much she missed him. She longed to hear about where he had been and what he had done. But it all got tangled up in her mind and heart, jamming the words in her throat. In the end, she only nodded.

Ciara beckoned him to follow her and led him to her small cave. She pulled a jug of sweet ale that the fisher folk had given her from the stone shelf and dumped the shells and gems out of two of the teacups. Dougan's eyes widened at the cascade of trinkets, but he said nothing. She handed him a cup of ale and gulped her own down in a deep swallow. She sat on the feather mattress, a prize from a pirate who crossed her, and looked at her long-lost love.

Finally, feeling in command of her voice, Ciara asked, "Why are you here?"

Dougan stared at her, shock and disbelief chasing each other across his features.

"I promised to find you, Ciara. I've been searching and searching, but the Old God of the Sea sent me so far away, it's taken a lifetime to find my way back." His words came out in a rush like he feared she would disappear.

Ciara's brows drew together. "The Old God of the Sea? Do you mean Manannan mac Lir? What does he have to do with anything?"

"He has everything to do with it. He made it so I couldn't find you and the Morrigan cursed me to stay away for ten years, and...." He trailed off and frowned at her. "Did you forget all about me, Ciara? Did you forget I was coming for you?" He looked wounded at the thought.

Ciara reflected his frown. "I never forgot you, Dougan, but I didn't think I'd ever see you again. You were a boy when you said those words." She paused, trying to push aside the old hurt that had festered for decades. She couldn't stop herself from adding, "Besides, you weren't who I thought you were, so why would I think your words held any promise?"

"Gods, Ciara. Manannan brought me to you as a child to be a companion, someone you couldn't harm with your songs. My mother was human, and my father was fae. He owed Manannan a favor. I was the payment of that favor. I never asked to be trapped in the human world." Dougan's wounded look hardened into anger. "You're not the only one whose path was charted by others."

His eyes blazed, and his smile twisted into a bitter line of resentment. Ciara's breath caught as she saw the man who replaced the boy she once knew. Hard edges and haunting pain reflected in his eyes. He'd lived a difficult life, and she'd seen many men like him over the years.

"Are you a pirate?" She blurted the question out as her heart went cold with dread. How could her tenderhearted Dougan, who used to braid her hair and chase her through the forest, turn pirate, plundering and pillaging without morals or regard for others?

"I've been on the sea since the day we parted. How else do you think I survived?"

Dougan's face flushed, and the full brunt of how much time had passed hit Ciara. This man was a stranger. Only a ghost of the boy she once loved remained. She bit her lip as her eyes filled with tears.

"Oh, why did you come here?" Ciara asked on a sob, tears gathering and spilling over.

Her heart shattered as she realized the dreams she had clung to for all those years would never come true. Dougan was here, and it was all so very wrong.

LOVE LIGHTS THE WAY

DOUGAN

Dougan gritted his teeth and forced himself not to pull her to him and hold her. Her tears shredded his heart. Ciara twisted the hem of her dress between her fingers. A memory gripped him. Ciara as a child, her tear-stained face a portrait of misery, twisting her skirt around her fingers as Muirin scolded her for singing in the village. He never could stand to see her cry.

"Ah, lass. Let's just slow down a bit, eh? Gods, it's been over a decade. Can you believe that?"

Ciara peeked up, eyes glistening, but a trace of hope creeping into her expression. She gave him a cautious smile.

Dougan smiled back and raked a hand through his hair. He'd dreamt of this reunion. Ever since he'd discovered where she was, he had thought of nothing but being in Ciara's presence. In his mind, she was the girl he'd left, sweet and innocent, but a woman, wise and wary, stood before him. The stories from the village ran through his mind. She was the Dark Siren, dangerous as she was beautiful.

All his doubts rose like specters in his mind. Why did he think she'd want him after all these years? They'd been separated before she recognized him as her mate. They'd never had the chance to complete that bond.

Enya was right. He didn't know this creature with her defiant glare and angry heart. She didn't want him here, that much was clear. The thought made his stomach clench. His entire life had been dominated by the single goal of finding her. If she sent him away, what would he have left?

Unwilling to consider that line of thought further, Dougan drained his cup and pushed to his feet. Ciara toyed with the fringe on the shawl she pulled around her shoulders. As he knew she would, she braided the loose threads, undid them, and braided them again. Maybe she wasn't so different from the girl he remembered.

She caught him watching her and, with a frown, dropped the threads, smoothing them straight against her lap. The shawl slipped off her shoulder, exposing the graceful line of her neck and womanly curves beneath her simple gown. He swallowed hard and looked away.

"You're even more beautiful than I remembered." He stood at the mouth of the cave, staring out over the small green meadow as he wrestled with the surge of desire that welled within him.

"Many men have called me that over the years."

Dougan's fist closed around the delicate teacup. He forced himself to relax, taking a deep breath and blowing it out. He had no claim on her past, just as she had none on his. This was a new beginning.

Ciara came to stand beside him. She looked him up and down, openly scrutinizing every inch of him. "You are more beautiful than I remember as well."

Dougan laughed, and she smiled. A glimmer of hope flared. The girl of his dreams was still here, beneath tangled layers of darkness and pain, the girl who ran in the forest and laughed in the sunshine still lived. If he could lead that girl through the shadows, they might still have a chance. He brushed her hand with his and gave it a gentle squeeze. She didn't pull away, though her shoulders tensed.

Dougan gave her some space and held his silence. She needed time and Gods knew after waiting so long, he had learned the value of patience.

"What does Manannan Mac Lir have to do with your story?" Ciara asked, returning to her perch on the bed and gesturing to the stone seat he had vacated.

"The old sea goat?" Dougan barked a harsh laugh and dropped back onto the rock. "He's the one who sent me to the end of the world. I tried to follow you the day Muirin took you away, but a mist so thick I couldn't see my hand before my face settled over the land."

Ciara's eyes went wide. "You really set out that day to find me? Muirin told you to return to the land of fae."

Dougan shrugged. "I was never very good at doing what I was told."

Ciara smiled, and the wariness in her eyes eased another degree.

Encouraged, Dougan asked, "Do you remember the tale Ol' Abey used to tell about the uncanny cove with the mists?"

Ciara nodded, leaning forward slightly, already ensnared by his story. Dougan smiled, and their eyes met. For a moment, they were back on the beach below the cliffs, and Dougan was entertaining her with a story. He launched into his tale about his encounter with the sea nymphs and the god of the sea.

Ciara gasped and covered her mouth, her eyes wide with horror when he said that Manannan flung him across the sea. Hard anger quickly replaced her shock.

"My father will have much to answer for when next I see him." In a smaller voice, she added, "You shouldn't have chosen me. You should have gone and lived your life." Tears gathered in her eyes.

Dougan knelt before her. She crossed her arms over her chest, closing herself off to him. He desperately needed her to understand.

"There was never any choice for me." His voice rasped around his rising emotions. "I've loved you since the first moment I saw you. You're my mate and nothing changes that. Every day since I washed up on that forsaken shore, I've been clawing my way across the world to find you."

Ciara bit her trembling lip. A tear escaped, and she brushed it away impatiently. She pushed to her feet and stepped around him, retreating to the edge of the cave. "I'm not your mate. I'm nobody's mate. I drift, always alone. You've wasted your life." She spat the words at him.

Dougan sat back on his heels. Each word cut him to his heart. She trembled where she stood, clutching her shawl around her. She hummed a heavy, angry song, visibly fighting to keep it contained. Misery and pain reflected in her eyes. He longed to take her in his arms. He longed to show her the fierce, strong woman he saw before him.

"I never doubted I would find you." His stomach churned, and he clenched his fists to keep his hands from shaking.

She sang another handful of notes, though she looked like she fought against every one of them. A swirling energy crackled through the air. Her power wrapped around him like a vice, but he held her gaze, steady and unblinking. He would not abandon her to her darkness.

"I could kill you with the wrong note." The words tumbled out in harmony, stabbing and aggressive.

Her eyes darkened from the bright blue of his love to twin black voids. Her power radiated over him, and the soulless look in her eyes chilled him to his core. Gods help him find her within all that rage.

"I'm not that easy to kill," he said. The vice tightened. Dougan forced himself to relax. He had to believe no matter how powerful she was, she would never hurt him.

"I'm not the little girl you knew." Ciara's words came through the thundering song in a desperate wail.

She wrapped her arms tightly around herself as if she was trying to hold herself together. The unnerving black eyes narrowed, and she went to her knees.

"Ciara!" Dougan struggled against the pressure squeezing the air from his lungs. He had to help her.

Ciara closed her eyes; her face a mask of agony. With a shuddering breath, she opened her eyes, revealing the clear green gaze he knew. Her song fell silent. The vice released him, and he fell forward, gasping in a breath.

"Leave, Dougan. Get away while you still can." She whispered, but her expression begged him to stay.

"I'm not a boy at the mercy of the gods." He crawled to her and knelt facing her, close enough to touch, but he pressed his hands flat against his thighs. He burned to touch her, but feared she would run away if he tried. "Neither of us is who we once were, but Ciara, my heart has always and will forever belong to you."

She bit her lip and dropped her gaze. Dougan held his breath, though his heart hammered in his chest. She leaned forward. The top of her head pressed against his chest, and she pulled in a deep, shuddering breath. A jangle of sobbing, discordant notes escaped her as she leaned into him.

His soul bled. She held so much hurt within her. Dougan sat back on his heels and brought his arms up around her. She cried harder, more jarring melodies flowed through her. He pulled her gently into his lap and held her as the music faded.

Ciara crumpled against him. He rocked gently, waiting, hoping. She pulled away from him and he let her go, though every part of him screamed to draw her closer. She traced his face along his hairline, down over his stubbly chin, and brushed a thumb across his bottom lip. He shivered at her touch, pleasure racing through him.

His composure teetered on the edge, like a string suspended over a flame, slowly burning until it snapped. He leaned down, resting her forehead against his. The world suspended for a heartbeat and that moment existed only for them.

Ciara pressed her hand flat against his chest and looked up at him with eyes as clear as the skies. She was his once more, wariness gone, trusting in him. Dougan covered her hand with his, anchoring her to him. She shifted to press her body against him. Passion and heat ignited at her touch and in the face of that inferno, his composure went up in flames.

Dougan wrapped his arms around her, crushing her against him. She clung to him as they found their way back to each other. His search was finally at an end.

Ciara hummed low in her chest. He loosened his hold on her as the melody found its stride. Smooth as a gentle breeze, the song flowed over him. He sang along, caught in the music's spell. When she stopped, Dougan fought to find his voice.

"What song was that?" He asked, tucking her wild curls behind her ear with a shaking hand.

"I think..." Her words trailed off as she stared into the distance for a moment. She blinked and raised her gaze to meet his. "I think that was the song of love. I've never sung it before."

Dougan's heart raced. He took a moment to master himself before trusting his voice. "You've sung that song every night in my dreams."

REUNION

CIARA

For the first time since leaving the Isle of the Silent Sisters, the darkness in her soul fell silent. Nothing stirred, tempting her, taunting her. Dougan's touch banished the darkness, filling in the gaps of her heart that gave the shadows places to hide.

His mate. She'd never considered that, but now that he'd said it, she knew it was true. This feeling of completeness, their connection, it ran far deeper than love and affection. They were one.

Ciara blew out an unsteady breath and leaned her head against his chest. "What do you mean you've heard that song before? I've never sung it."

Dougan shook his head. "I don't know, and I don't care. My long search is over. I know we still have things to say, stories to share, but let's just leave them for a bit. I just want to be with you."

Ciara nodded and took a deep breath. Passion and desire filled her, but it wasn't the same as the mindless lust that came with the siren's call. This was born of love. So many songs, so many thoughts rampaged through her. She stood and held out her hand.

"That sounds perfect."

They spent the day exploring her little island and sharing pieces of their stories. At sunset, they sat on the cliffs with their legs dangling over the sea.

"Tell me about these," Dougan said, running his finger down a blade driven into the stone.

The row of swords had grown over the years. She sighed as she looked at them. "In every man's heart, evil dwells. Some allow that darkness to rule them. Each one of those swords came from a man who tried to claim me as his prize."

Dougan's jaw tightened as she told him the story of the Silent Wolfe. "That's very different from the way they tell it in the ports," he said when she finished.

Ciara shrugged. "The truth is always told from the point of view of the teller. There should be one more," she added, gesturing to the blades. "A fae washed up on my shores and betrayed me. He had no sword to take, but his sins were the greatest of all."

Dougan raised a brow. "Why were his sins any worse than the others?"

She sighed and told him about Oskari.

"I kept confusing him with you and he used it to trick me." She closed her eyes and shook her head. The grief and anger still hurt. "I don't know if he was telling the truth when he said he had ended up here by accident. I guess it doesn't matter now." She shrugged.

"Your power will always make you a target. I've spent years fighting those who would enslave others and bend them to their will. Gods, the thought of you..." Dougan trailed off and looked over the sea toward his ship. He pulled in a shaky breath. "The world is changing, my love. I don't know what will happen if the unrest in the Otherworld continues to spill into this one."

"Oskari said there is an entrance to the Otherworld near here. Have you been there?" Her natural curiosity burned, and she was happy to change the subject.

"Nay, lass. Not since I came to you as a child." Dougan scratched his chin and put his arm around her, drawing her closer to him. "The Otherworld and this one, for that matter, can go to the depths. I've found you and nothing beyond this island matters anymore."

Ciara's stomach flipped. She leaned against him, savoring the warmth of his body. Their song rose to her lips, and she hummed it as the sun disappeared into the sea. Darkness crept over the land as they sat in silence. The waves rolled and with each rushing pass, her desire mounted. Restless, on edge, she fidgeted next to him, wiggling closer. His fingers skimmed over her shoulder. She shivered and sighed as Dougan's arms came around her and gathered her to him.

Excitement coursed through Ciara as Dougan's mouth found hers. Her passion rose in answer and a hunger she'd never experienced claimed her as she answered his kiss. Her fingers wandered over his face and explored the hard planes of his chest. She wanted to touch and taste every inch of him. He rumbled with pleasure as her hands ran over his skin. She echoed the sound, pressing her body against him. She kissed her way down his neck and tasted his skin with her tongue. Dougan groaned and pulled her face up to claim her mouth.

"Ciara," he murmured against her lips. "I've burned for you. So many times I've dreamed of touching you like this."

Ciara's breath caught. Her heart squeezed, and she kissed him, desperately trying to share all the things surging through her she could never put into words. Nothing but their song played in her mind. Neither the siren's call nor her dark song could penetrate it. A sense of freedom claimed her as she realized she could lose herself in him with nothing to fear.

Ciara stood, despite Dougan's unhappy growl at the separation. The moon rose over the land of Erin and, in its silvery light, she untied the ribbon that held her gown closed at the neck. Dougan's breath hitched as she tugged it loose, and it slid over her shoulders. The silky fabric whispered over her skin, causing goosebumps to break out and her nipples to tighten. She held Dougan's gaze as the gown slipped down to pool at her feet.

The iridescent tracings shimmered in the moonlight. They

covered her breasts and stopped just below her collarbones. They marched down her arms, ending at the elbows where they met Oskari's runes. Only her neck and face were unmarred. Dougan's brows knitted together as he studied the markings.

He skimmed his hand up her leg and traced his fingers over the pattern across her belly. "What are they?" His voice, husky and raw, made her shiver with desire.

"The mark of the ocean," she said, her heart hammering in her chest. She didn't want to say what must be said next. Would he still love her when she did? She swallowed hard and forced herself to say, "They appear when I..." Her words stumbled and she fought for courage. "They appear when I kill someone." She sucked in a breath, bracing herself for his horror.

"Oh, my love. I am so sorry." Dougan pushed to his feet and pulled her into a fierce embrace. "I'm so sorry I took so long to find you. I bear each of these on my soul. Can you ever forgive me?"

Ciara pushed away from him. He didn't understand. "What do I have to forgive you for? You didn't kill those men—not the ones I had to or the ones I wanted to." She glared at him. "Do you hear me, Dougan? I wanted to kill them. I used them for my pleasure and I didn't stop until I could..." She stopped, reining in her charging anxiety. The edges of her dark song rose in response to her emotions.

"Until you could what, my love?" Dougan asked, his voice a low whisper in the dark. He stared out over the moonlit waves.

Did he want to run back to the sea, run away from the monster he mistook for the woman he loved? So be it if he did.

"Until I could feel something, anything other than this void of nothingness that sits rotting me from the inside out."

She bit out each word as the yawning abyss that held her soul taunted her. She could never be free of it. Even now, it goaded her with her terrible song. Ciara pressed her trembling lips together, sealing away the rising darkness. She would not sing that song, not here, not with him. She would throw herself to the mercy of the sea before she directed those notes at Dougan.

"Do you feel that way now? Do you feel lost and empty?" He turned and pulled her gently to him until they stood face to face. His gaze held hers and his hands ran up and down her arms.

A brilliant warmth filled her, and the darkness died back. Like a creature being set free, a shimmer of light shuffled out from a deep recess of her heart. Ciara pulled in a shaky breath, unable to believe she had any light left to give. Maybe she'd been saving it just for him, hiding it deep within her so he could help her find it.

"No. I feel whole, complete with you." She closed her eyes, losing herself in the warmth of his touch.

"Lean into my light, Ciara. I'll burn away your shadows. You'll never be lost in the dark again."

Ciara slid her arms around his neck, pressing her body against him. Their song of love roared in her mind, scattering any traces of her dark song. She kissed him, begging for his light.

THE SONG OF LOVE

DOUGAN

With her kiss, the firestorm of desire and need consumed him. Dougan held her fast against him, feeling every inch of her body. Her kisses demanded more and she tugged at his breeches and then his shirt before moving back to his breeches.

He thought dimly that he should take them back to the cave, to her bed. What kind of man ravages his love on a cliff's edge? But she took the decision out of his hands as she pulled him down to the stone and rolled on top of him.

Dougan groaned as she rocked against his arousal. In the moonlight, the strange markings on her skin shimmered as she tipped her head back with a sigh. He cupped a breast and drew his thumb across its taut nipple, smiling when she shivered in response. Ciara opened her eyes and met his gaze.

"You're not the only one who dreamed of this," she whispered and leaned down to kiss him.

Her kiss came hot and hungry and he answered it with equal heat. Her body pressed against him and he burned to feel her skin sliding along his. He sat up, pushing her back with his motion. She rocked back as he pulled his shirt over his head and tossed it away.

In the next breath, her mouth was on his again. His hands settled on her hips as he drew her tighter against him. Her tongue delved into his mouth and he moaned with pleasure. She tasted and nipped her way down his throat. The stars blurred in front of his eyes when she took the lobe of his ear between her teeth.

Dougan lay back under her urgings and sucked in a breath of delight as she slid down his body. She made short work of his breeches and he helped her pull them down to free his aching cock.

Ciara wrapped her hand around his shaft and stroked until he squirmed away.

"Nay lass. That's not how this song is going to end," he growled against her ear as he rose to his knees, pulling her to him.

Ciara sighed and hummed low in her throat as he slipped his fingers between her moist folds. His mouth closed over hers, capturing the sounds of her pleasure as he skimmed his finger over her most sensitive spot. She rocked her hips against his hand and shuddered.

Dougan groaned when she picked up the tempo. The stone beneath his knees cut into his skin, but he wouldn't move for all the world. He watched her as she came undone in his arms and her cries of pleasure sent the nightbirds flapping away into the sky.

She sighed and sagged against him. Gently, Dougan lay her back on a bed of their clothes. Bare before him in the moonlight, she stole his breath. Her beauty, her power radiated from her. His cock throbbed with need. He stroked himself as she watched him through half-lowered lids.

"Come to me, Dougan. Let us be what we were always meant to be."

Ciara opened herself to him and Dougan's heart hammered as he lowered himself over her. Her skin slid across his, softer than any silk. Her sighs made his core clench with desire and as he sank into her hot, moist center, he trembled in the face of overwhelming bliss.

Dougan kissed her as they moved together in a song older than time. Her arms wrapped around him and she hummed their love song deep in her chest. Slowly, they stoked the fire burning within them. Each taste, each touch, added to the heat building.

Dougan slid into her, thrusting deep lost in mindless passion. Magic swirled around them, slipping along their skin, binding them together as one. Ciara arched beneath him with a cry of pleasure. He lowered his mouth to hers and captured her cries.

Power rolled through him as her song became his. His voice joined hers as she sang their song of love. The world stood out in sharp relief around them. The roll of the ocean sounded with infinite harmonies and the moonlight danced on the blades embedded in the stone.

Amazement blended with passion as Ciara's gaze locked with his. Her wonder and excitement mirrored his. She pulled him down for a fierce kiss, humming their song. His hips rocked harder, faster as she drove him to the edge of pleasure. He spilled himself inside her, deep and hot. The melodies of the world rose and echoed around them as he and his mate became one.

Dougan pulled her against him as he shifted from on top of her, careful not to scrape her skin on the stones. He didn't feel the bite of the rock beneath him as he wrapped his arms around her. Ciara sighed and relaxed against him. His head spun, trying to sort out what had happened. He'd sang with her voice, and heard the harmonies of the world. In the quiet aftermath, the silence seemed profound, broken only by the hammering of his heart.

"We should go to the cave, my love," he said, seeking something to focus his spinning thoughts on.

"We should, but not just yet. I never knew it could be like that." She whispered, threading her fingers through his.

A tension between his shoulders loosened. He'd hoped it had been as unique and special for her as it had for him.

"Me neither," Dougan said and squeezed her hand. He blew out a breath and pressed a kiss to her shoulder. "I love you more than anything, Ciara."

She shifted and rolled to face him. "And I love you." Her voice rang with harmonies, betraying her emotions. "You are the light in my darkness."

Dougan pulled her to him, kissing her with all the passion he could muster. The cave would have to wait.

NEW FRIENDS

CIARA

Dougan's stomach rumbled against Ciara's ear, challenging the sound of the sea.

"I'm hungry as a bear. Nuts and fruit might be enough for a siren, but I need a man's meal."

They lay in a bed of moss next to the warm bathing pool. The sun had burned off the morning's mists and warmed their skin. They had bathed together and flopped on the bank to dry. Their silence was easy, full of things unspoken, but not needed to put into words. Ciara's contentment washed over her like a comforting blanket.

Ciara frowned and pouted with mock severity. "Am I not enough to satisfy your manly appetites?"

She rolled on top of Dougan, pressing her body against him. She bent her knees to straddle his hips and rose up before him. Her nipples tightened as the sea breeze blew across her skin and she tilted her head back, feeling like a goddess rising from a dark slumber, alive and vigorous.

Dougan sat up, wrapping his arms around her. He nibbled along her neck, and Ciara sighed, even as his stomach growled another demanding summons. "My love, if I don't fill my belly, I'll not be filling you again anytime soon." His hands roamed over her until, with a lightning fast move, he found her ticklish spot.

Ciara giggled and squirmed away from his tickle, sliding off his lap. He launched to his feet and held out his hand.

"Come. Let me take you to my ship. You can meet my crew and I can get a proper meal."

Ciara hesitated, her merriment evaporating in a heartbeat. Her heart slammed against her chest and her stomach clenched with anxiety. The last time she left her island was when Xavier Wolfe had abducted her. Dougan waited patiently as she swallowed around the fear that surged within her. He was not a pirate with ill intent and she was not an innocent, naive young woman anymore. She put her hand in his and he pulled her to her feet.

Dougan pulled her to him in an embrace that stole her breath. "I'll kill that bastard one day for putting that fear in your eyes. I promise you, you're safe with me and my crew."

Ciara nodded and led the way back to her cave. She gathered several bottles of wine and pulled out her only gown other than the simple siren's dress she wore every day. Most of the gowns, silks, and trinkets given to her in exchange for her songs found their way to the fisher folk, but the gown she unfolded from the single chest that held her treasures was her one vanity.

Brought to her by a wealthy silk merchant, it was cut in the Eastern fashion and the silk slid along her skin in the most satisfying way. Ciara tied the indigo underskirt around her waist, admiring the tiny flowers sewn along the hem. The wide sleeves of the vibrant purple and white robe billowed out as she pushed her arms through them before wrapping the bodice around herself as the merchant had shown her. Using the bird pin the merchant told her was a peacock with its crystal tail and golden head, she held the robe in place. Finally, she turned to Dougan and pushed the bottles of wine into his arms. He didn't move to follow her from the cave.

She turned at the entrance. "I thought you were dying of starvation. It's too bad if you don't like my dress. It's the only one I have." She paused, insecurity sneaking in.

Dougan barked a laugh and shook his head as he rearranged the bottles in his grip. "You could dress in sail cloth and still steal my breath. Lead on, my beauty."

Ciara turned away and hurried down the path toward the rocky beach, hiding her blush and smile that stretched wide across her lips. On impulse, she sent a message to Brenyn.

I'm sorry for my long silence. I hope it's warming up there and spring is bringing flowers in abundance. I am well and my days are filled with sunshine. ~Ciara

She hopped into the rowboat and waited for Dougan to stow the bottles and push off. As he fell into rhythm with the oars, Ciara stole a glance over her shoulder at the ship riding the gentle swells of the sea. Her hands twisted in her skirt, leaving the silk crumpled and wrinkled. She smoothed it across her lap and wrestled with the songs that rose within her. The song of the sea, a silly song about goats that the fisher folk sang, and a hard hammering song of fear tangled in her throat. She clamped her lips shut as her short-lived confidence slipped away.

Dougan rowed and watched her struggle to master her song. "Do you want to hear about the time I met a monster named Shelia?"

"What a curious name for a monster," Ciara said, seizing the distraction.

Dougan launched into his story, and she was instantly transported by his words to a beach made of white sand that was so hot it burned. Just beyond the little strip of sand, a wild jungle of vegetation rose like an impenetrable wall. The image danced in her mind as Dougan told her about wild cannibals and the monster called Shelia.

Dougan stopped rowing and raised his arm to show Ciara the

thin bracelet of hair that encircled his wrist. She traced it with her finger and blinked away tears.

"Why are you crying?"

Ciara sniffed and stared into the sea. "Because she's just like me. A monster that brings chaos and death with her song."

Dougan sighed. "You're no monster, Ciara." He let the oars rest on their pins and raised her chin until she met his gaze. "The ciguapa is little more than a beast. She can't think or reason. She acts as nature has made her. She would never sing fishes into the nets or steer storms away from her fisher folk. You are the Benevolent Lady, the Maid on the Shore, and you're mine."

Ciara's stomach flipped at the heat in his gaze when he said 'mine.' Passion flashed through her and she wanted him all over again. She launched herself at him, knocking the oars out of his hands. He caught her as the boat rocked beneath them and pulled her tightly against him. She pulled his mouth to hers with a hungry kiss as they drifted in the waves.

"Shall I order the men below deck or do you plan to give us a show, Captain?"

A man's voice floated down to them and Dougan growled low in his chest. "I should turn this boat around and keep you all to myself." His words tickled hot against her throat, where he kissed her with delicious teasing nips.

Ciara shivered and, with a sigh, forced herself away from his embrace. She straightened her robes and pushed back to sit once more on her seat. As she shaded her eyes from the sun, she craned her neck to look up from where the voice came.

A man poked his head over the rail. He smiled broadly and said, "Welcome to the Saoirse, m'lady. Your beauty will fill my songs for years to come." He disappeared from view but yelled orders for the chair to be lowered and to secure the john boat.

In the flurry of activity, Ciara forgot to be nervous. A set of twins scurried down the rope ladder to take control of the wine and the boat. They said nothing, but nodded to Dougan and her respectfully. They held the little boat steady as Dougan situated her on the chair that had been suspended like a swing over the side of the ship. They pulled her up smoothly and the man who had greeted them helped her over the rail.

With a courtly bow, he pressed his lips to the back of her hand before raising his gaze and looking at her with an enraptured expression. "The Maid on the Shore. The Lady of Song. The Dark Siren." He breathed the names with reverence and bowed again. "I am honored to meet you."

Ciara's eyes went wide at his admiration. She swept her gaze around the deck, and the rest of the crew bowed their heads in respect. A song rose to her lips, a lilting melody that formed in the moment as she realized she had nothing to fear from these men. She smiled as she sang, careful to keep it a simple tune devoid of any hint of the siren's call. The sailors relaxed and raised their gazes, listening in rapt silence, though they tapped their feet in time with the music. Dougan appeared, pulling himself up over the rail as she finished.

"That'll do, Colin. The rest of you, as you were." Dougan's words broke the spell of her song and the crew lurched into action, each resuming his task.

Colin straightened, but his gaze never left her as he studied her with open curiosity and admiration.

"Put your eyes back in your head," Dougan snapped and cuffed him on the back of the head.

Colin glared at his captain. "You said she was beautiful, but you did not prepare us for exquisite perfection. You didn't say that her voice was the call of the angels or that her smile diminishes the sun."

Dougan rolled his eyes. "If I would have known how much you like the sound of your own voice, I would have fed you to the ciguapa myself," he grumbled, but his mouth twitched into a grin. "Ciara, meet Colin, bard of the old tongue, master of phrase, teller of stories, and singer of songs."

"I'll never sing another note now that I have heard the pinnacle of harmony." Colin's shoulder slumped, and he sighed dramatically.

Ciara looked at Dougan in dismay. "I only sang to please them." Her voice cracked with anxiety.

"Don't worry, lass. He'll be singing like a canary by nightfall. I can't count how many times he's vowed never to sing another song or tell another story." He grabbed her hand and gave it a squeeze. "He'll be fine. Come meet the rest of the crew."

After a flurry of introductions, the witch named Tegan ordered a trestle table set up on the deck and had the men scurrying back and forth, bringing out dish after dish heaped with food. Ciara watched it all with interest. The crew joked and laughed as they worked. She couldn't stop looking at the strange man at the wheel. Dougan had introduced him as Lucky Three Thumbs but had coughed and looked uncomfortable when she asked how a man who was missing more body parts than he had could be considered lucky.

Dougan spoke to two women, a fae princess and some kind of demigoddess. Their names escaped her, but they had stood apart from the activity, flicking occasional glances at Ciara. She got the distinct impression they didn't like her, though she had no notion as to why. She bit her lip and her fingers twisted the edge of her sleeve.

"Well. Is he everything you hoped he'd be?" Tegan sat down next to her and filled a cup with wine, taking a generous swallow before nodding with approval. "Gods, that's nice. Is it French?"

"I have no idea," Ciara answered her second question before returning to the first. "I never hoped he'd be anything other than he is."

Tegan smiled. "Very wise. You'll find him a bit moody when he gets hungry and when he gets an idea in his head, you won't get it out. But he's a good sort. I suspect he won't have any more attacks of the terrors now that he's with you." She looked toward Dougan with a maternal light in her eyes.

"Attacks of the terrors? What is that? Is he ill?" She'd heard the fisher folk speak of various attacks that set upon people leaving them incapacitated or dead. She raked her gaze over Dougan, searching for any sign of infirmity.

"Nay, child. He's fit as a fiddle, but the panic grips him now and again—particularly on shore. Did you see any sign of it these last two days?"

"No," she whispered, and her heart squeezed, knowing that feeling all too well. "He can hold to me if these terrors set upon him. I can be strong enough for the both of us."

Tegan looked at her over the rim of her cup as she drained it. She sat it down with a resounding thump and pushed back to her feet. "You'll do." She squeezed Ciara's shoulder. "Jib, if you sneak one more of those dumplings, you'll be borrowing Three Thumb's hook to scratch your ass."

The dwarf took two more dumplings and winked at Ciara as he threw one to his twin.

"Gather round lads! Let's eat!" Tegan called to the crew.

Dougan sat next to Ciara as everyone served themselves and settled in to enjoy their feast. As Dougan predicted, Colin recovered from his devastation and was soon retelling an adventure involving two women joined at the waist and a wind spirit called a jinn.

When the meal ended and was cleared away, Tegan handed round mugs of a steaming drink called cacao. Ciara sipped it, finding it strange and bitter. Dougan took a swallow and closed his eyes in appreciation.

"Keep sipping. It takes a little getting used to," he urged.

She did as he suggested, enjoying the warmth if nothing else. Night closed in on them and the night promised to be cool.

"Would you sing for us, m'lady?" Colin asked and strummed the strings of his lute.

Ciara hesitated and flicked a glance at Dougan. Uncertainty

made her wary. The entire day had passed without incident and she could ruin it all with one wrong note.

"Only if you want to," he murmured against her ear.

She sat for a moment with her eyes closed, listening to the melodies within her. She couldn't decide. With each song that crossed her mind, she worried it would be too fast or too powerful.

Dougan took her hand in his and started a song from their youth, a sea shanty about a man who had a wife below the waves. Ciara smiled. She was making it far too hard. She relaxed and joined in. The bard picked up the tune and the entire crew sang along. The next song was another classic about a wild hunt that ended in a bloody battle. They sang on and on until it was only Colin, Dougan, and Ciara left, everyone else having drifted off to their rest.

At the end of the song, Colin stretched and sighed. "I think I must write a song about this night, when I sang with an angel."

Dougan rolled his eyes and stood, holding his hand out to Ciara. "Hold off on writing your next legendary verse, I want to speak to you about some things," he said to Colin. "Let me get Ciara settled and I'll return."

Colin nodded and put his lute back in its case. "I'll put Georgianna to bed and be back in a little while."

"Who is Georgianna?" Ciara asked as she followed Dougan into his quarters.

"His lute." Dougan shook his head. "He dotes on it like a lover. Speaking of which," he pulled Ciara to him, "I've neglected my lover for far too long."

Ciara smiled wickedly as she closed the door behind her. "I agree." She unfastened the pin that secured her robe. She placed the pretty jeweled bird on the table and breathed in a shivering breath as Dougan opened the robe, sliding his hands along her bare skin.

He pushed the robe off her shoulders and laid it neatly over the back of a chair before turning back to her. His gaze roamed over her and her body flashed hot with desire. He reached for her, but she twisted away from him, just out of his reach.

"Take your clothes off, Captain." She loved hearing the crew call him that. He deserved their loyalty and respect. His strength and command excited her.

"I'm not your captain. I'm your mate and I'll do anything you ask."

Her mouth went dry as thoughts tumbled through her mind of all the things she wanted him to do. He pulled his shirt over his head, dropped it to the floor, and raised a brow. His arousal pressed against the front of his breeches, straining the laces. She licked her lips.

"Unlace your breeches." She watched every movement and her core clenched in anticipation when his hard cock sprang free. He kicked his boots off and stepped out of his pants, standing naked before as the ship rocked beneath them.

"Now what?" He hadn't moved, but Ciara could feel the coiling excitement in him. With a word, he'd devour her.

"Sit down on the bed," she instructed, and he eased himself back on the bunk with his legs dangling over the side. His cock jutted up against his belly and he closed his hand around it.

Ciara batted his hand away, riding high on the heady passion rolling through her. "That's mine," she said, and knelt before him, wrapping her hand around his hard shaft. He sucked in a sharp breath as she lowered her mouth to claim him.

As she pleasured him with her hand and mouth, she hummed deep in her throat. A sensual, beating melody that filled her with an intoxicating desire. He tore the ribbon from her hair and sank his fingers into her long tresses. His grip tightened and her toes curled as she felt him losing control. She drove him harder, excited by his gasps and moans. His body tensed and he groaned as he thrust up into her mouth with a desperate shove, filling her mouth and sucking in deep ragged breaths.

"Oh Gods, Ciara." Dougan flopped back on his bunk and shuddered when Ciara gave a final gentle stroke before releasing him.

Ciara stood and slipped out of the underskirt before climbing on the bed and straddling his hips. She lowered her mouth to his, kissing him with the taste of his pleasure still in her mouth. His eyes blinked open, and he brushed the hair back from her face.

"Oh my love. That was—"

"Only the beginning," she cut him off with a wicked grin. "It's my turn."

WICKED WOLF

DOUGAN

She might kill him after all, but he didn't mind a bit. Dougan's skin ran slick with sweat and Ciara's nails bit into his shoulders as he drove them to another climax. He pulled in breath after breath as if he'd run a mile as pleasure slid through him in dizzying waves. She drew tight around him and the melodies of her passion poured out of her. He would never tire of hearing that sound. Her heat seared him as the cliff to his own release beckoned. She kissed him as he came, hammering into her until he had nothing left.

He rolled off her, not wanting to crush her with his weight and having no strength left to hold himself up. She wiggled to her side, and they faced each other on the narrow bunk. A slow grin spread across her lips.

"Satisfied with yourself? I think we rocked the boat." He laughed, and he thought his heart might break with the sheer overwhelming joy that blossomed within him.

Ciara giggled. "I wonder how Colin got on with his lute? I hope he didn't break a string."

Dougan laughed and cuddled her to his chest. They stayed in

that heady aftermath until a knock at the door brought Dougan back to reality.

"I know it might have escaped your notice, but it's well past midnight and some of us haven't found our beds yet because their Captain wanted to talk with them. So, if the Captain could be so kind as to make himself available—"

"I'll be right there," Dougan hollered, cutting Colin off. He brushed a kiss across Ciara's lips as she blinked her eyes open, half asleep. "I'll be back in a bit. Just rest, my love."

Ciara's smile made him want to pull the covers over his head and ignore the rest of the world. He slipped out of bed before he could talk himself into staying longer, which wouldn't have been a long discussion. After tossing on his clothes, he stomped out on deck.

The cool night air cleared some of the hazy heat from his mind. He nodded at the crew stationed on watch. They wisely kept their faces set in a neutral expression. Gods only knew what they'd heard. He found Colin leaning on the rail, staring out over the waves.

"I can see why you spent your life seeking her."

Dougan sighed. "It's going to be hard to leave her, even if it is only for a few days."

"Have you told her yet?"

"No." Dougan hadn't found the right moment to tell Ciara he had to return to port one final time to sign over the Saoirse to Colin and settle up his final payments to the crew. Every time he thought of it, his stomach churned and a cold sweat broke out. "I'll row her to shore in the morning and come straight back. She doesn't need to spend the night thinking about it." He'd save that torment for himself.

Colin nodded. "I don't blame you. We really don't have to. I could—"

"We'll do as we planned. The world is far too uncertain to leave things undone. Besides, I always pay my crew."

"Alright. Don't twist your rigging." His first mate knew him well enough to know when his mind was set about something. "We'll sail as soon as you're back. Tilgary shouldn't take more than two days to reach."

Tense silence hung between them with things unsaid. Dougan looked at the deck, wishing he had the gift of words like his friend did. He would find some way to say all the things that filled his heart. Instead, he swallowed hard against the lump in his throat and rested his hand on Colin's shoulder for a moment.

Colin nodded and turned back to the sea. "There once was a maiden who lived all alone," he sang across the dark waves.

Dougan left him, echoing the tune as he returned to his cabin. Ciara sat perched on the edge of his bed. She wore her robes, hastily tied and her hair flowed down around her shoulders. Tears streamed down her face.

"What's wrong?" He hurried to her, dropping to his knees and clasping her hands in his. He searched her face as his stomach churned with anxiety.

Ciara swiped an impatient hand across her face. "You can't stay with me, Dougan." Her voice quivered and broke and more tears spilled over.

He smoothed her hair back from her face. "What are you talking about? I'll kill any man who tries to keep me from you."

She shook her head. "They all love you so much. Enya and Folayan just left. They told me how many people you've saved. They're fiercely loyal to you. Tegan loves you like a mother, and you couldn't be closer to a brother than you are to Colin. Your life is here, with them." She buried her face in her hands, humming a low, discordant note in her distress.

Dougan sat beside her on the bed and pulled her hands away from her face. "You're right, my love. They are my family and I'd die protecting every single one of them. I know it's been a far longer road than I ever thought possible to find my way back to you, but I didn't defy two gods and survive over a decade on the sea to walk away from the only thing I ever wanted."

Ciara's eyes sparkled with more tears as she slipped her hand in his and leaned against his shoulder. "Are you sure you won't end up hating me in a few years, wishing you were back out here on the high seas, righting wrongs and saving people?"

Her insecurity pulled at his heart. "Never think you are not enough for me." He kissed her gently and brushed the tears from her cheeks. "I have something to tell you."

His stomach clenched, and he wished he could take the words back. Why had he said them? Tegan was right—he was a dolt.

"What is it?" She asked, wariness creeping into her expression.

"I have to leave tomorrow."

Ciara gasped and jumped to her feet, struggling to contain her songs.

"Just for a few days," he hurried to add, and stood in front of her with his hands on her shoulders.

She avoided his gaze, chewed on her lip, and twisted the long sleeve of her gown around her hand. With each breath, a different song started. Dougan cursed himself for being a fool and pulled her to him, wrapping her in his arms. She stood like a statue, refusing his comfort. He released her and she stalked away, notes still escaping in a tangle of melodies.

"Did you hear me? It's only for a few days." Dougan held his breath as she stomped around the small cabin. The ship rocked beneath them, a testament to her growing anxiety.

Ciara stopped and leveled a glare of white hot anger at him. "You lied. Just like when we were children. You knew something and didn't tell me." The words hammered out, and the waves grew.

Dougan scrubbed his hand over his face. Gods, did the words even exist that could make this better? The deck pitched and rolled as Ciara's song overflowed. He had to make her listen to him.

With a flash of inspiration, Dougan grabbed her hands and began to sing. He sang their love song, the one she'd sung in his dreams, at the top of his lungs, bellowing and out of tune. His gaze locked with hers, willing her to believe him. He sang it over and over until she quieted, her chest heaving as she silenced her song.

"Now, you hear my words, Ciara of the Dark Song. I will always find you. I will always return to you. Do you hear me?" He squeezed her hands and held his breath.

She sang in answer, echoing their song in perfect pitch. She closed the distance between them and rested her head on his chest.

"Come back to me, Dougan. For without you, I fear I will lose myself in the darkness."

A shiver of fear ran through him. He kissed her gently and spent the rest of the night banishing the shadows that haunted her soul.

The crowd roared their approval as the pretty lass with bright coppery curls finished her song about a woman who was half fish and half woman. They laughed and slapped the table when she revealed the woman was the bottom half.

"Thank ye! I'll get me a drop and maybe I'll sing another!"

They cheered her off the stage and Dougan laughed as he hummed the silly song under his breath. Thanks to dirty weather, the port city of Tilgary took them almost twice as long as expected to reach, but, to Dougan's relief, it was big enough to have everything they needed.

He spent the day paying the crew and restocking the ship. His mood swung from bursting with excitement when he thought of spending the rest of his life with Ciara, to bitter sadness at spending the rest of his life parted from his crew.

He drained the rest of his beer as Colin, never able to resist a stage, climbed up and strummed his lute.

"Well, my friends, it is hard to follow such a lovely lady, but I'll do my best. Relax now and let me tell you a story of when a goddess stood naked before me."

The crowd jeered and whistled. Dougan shook his head. He'd

heard the song more times than he could count. He stretched and put several coins on the bar.

"For whatever he needs," Dougan jerked his head toward the stage, "and keep a tab for the rest of the crew. I'll settle with you in the morning."

The innkeeper nodded and swiped the coins up with a flash of his hand. The Cock and Boar was a step up from the establishments they usually frequented. Most of the crew had chosen to stay in the inn, or the brothel next door, but Dougan planned to sleep on the ship.

The old anxious feeling of being on land, stationary, had plagued him since they had arrived the day before. He found it interesting that he hadn't felt it at all when he was with Ciara. He had felt nothing but peace and happiness. But was that enough?

Melancholy gripped him as he shoved his hands in his pockets and nodded to Colin before slipping out into the night. In all the many years of searching for Ciara, he never considered what it would be like after he found her. What would he do with his days now that he didn't have to ride the seas?

His imagination was quick to supply images of the pleasures that awaited him with his mate, but he was in no mood to be tempted down that road. He pushed the images away and forced his mind to think rationally about his future. He couldn't form a clear picture beyond Ciara's lovely face. Would that be enough to keep him content forever?

Of course it was. He'd searched his entire life for her. When he was with her, he felt whole and grounded. He chided himself for letting doubts undermine his happiness.

"Let me go!"

The cry came from one of the many alleyways that ran off the High Street. Dougan kept his feet moving. It wasn't his problem. He didn't have to save every poor wretch he came across.

"I told you. They sing that song in my village. Our Benevolent Lady taught it to us."

At the name 'Benevolent Lady,' he stopped walking and listened.

"I like that song very much, Chickadee, though I've heard it sung better. Tell me more about your village. I think I visited there once."

The man's voice, cultured and smooth as glass, sent chills down Dougan's spine. He turned back toward the alley.

"I'm not telling you anything. Now let go of me." The woman's voice rang out, shrill with fear, but he recognized it as the woman who had just finished singing at the inn. Her cry of pain made him quicken his pace.

In the alley's gloom, he recognized the red hair of the singer. The blond-headed man was a stranger, but the vicious kick he delivered to her midsection left no doubt as to his character.

"Tell me where your village is," the man demanded and stomped hard on her hand.

The woman screamed and pulled her hand away, scuttling back into the shadows. The man followed her with lupine grace. He squatted before her, and she jerked away from his outstretched hand. But hemmed up in the corner, she had no place to go. The man grabbed her by the hair and pulled her back into the light.

"Sing your secrets, Chickadee, or I'll pull them from you one by one."

Dougan didn't break his stride as he tackled the man. They rolled in the filth of the gutter. The man squirmed free of Dougan's grip and sprang to his feet.

Dougan scrambled up and caught a meaty fist to the side of his head, opening a cut above his brow. Spots danced in front of his eyes in the gloom as he searched for his assailant. Dougan staggered away and blocked the next blow by sheer luck, but the one that followed connected with his gut and sent him to his knees.

Dougan wheezed and fought for breath. He sat back on his heels, blinking the blood out of his eyes and looking around wildly to find this attacker. A guttural, piggish breath gave him just enough warning to roll away from the kick that would have sent him face first into the mud.

He pushed to his feet, backing against the solid stone of the building that blocked the back of the alley. The girl thrashed against the blond man's hold while a massive brute shuffled toward Dougan. The giant stood, breathing hard through his mouth, and glanced toward the smaller man as if waiting for his next command.

"Is he your lover?" The smaller man asked and squeezed the woman's breast.

"I don't know who he is," she said as she struggled.

"Tell me where the Dark Song is and I'll let you both live. Though I'm not sure I'll let you go. Your song was so sweet. I could have a collection of beautiful songbirds who would sing just for me."

The man nuzzled the woman's neck, and she stomped hard on his foot. He flinched and flung her away from him, only to pull her back by her hair. She whimpered and clutched at his hand to keep him from ripping out a handful of her hair.

Songbirds. Realization dawned. When Ciara told him the story of the pirate captain who captured her, she said he called her his songbird. Wolfe. Dougan clenched his jaw as his heart hammered. He would not let this beast anywhere near Ciara, but first, he had to get the woman to safety. Dougan gauged the distance to where Wolfe held her tightly against him. The giant might not be quick, but his reach was long. He wouldn't make it.

"Let her go and I'll tell you what you want to know, Wolfe." He caught the woman's gaze and held it intently, willing her to understand. "I know where Ciara the Dark Song lives. This girl knows nothing, and you know her song is not worth listening to—not once you've heard the siren's perfection. You did hear her song, didn't you?"

Wolfe barked a laugh. "She sang for me and begged me not to leave. Alas, business carried me away." He narrowed his eyes at Dougan through the dim light. "I don't believe I've had the pleasure to make your acquaintance. I am Captain Xavier Wolfe, which you already seem to know. Who might you be?"

"You should ask better questions. The who doesn't matter,"

Dougan said, struggling to match Wolfe's icy detachment. Fury rolled through him. He wanted to rip the man apart.

Wolfe considered Dougan's reply with a frown. "Good point. No more questions then. Tell me where the Dark Siren is."

"I can do better than that. I'll take you there. You don't need that one." Dougan lifted his chin toward the woman.

Wolfe flicked a glance down at the redhead as if he'd forgotten she was there. He shoved her away and crossed his arms over his chest. The woman shot to her feet and ran. Dougan breathed a little easier.

"Tell me your name."

"Dougan, son of Daigel, second son of the house of Allisari, Captain of the Saoirse."

"That's quite a mouthful." Wolfe said, looking Dougan up and down. "You're fae. Why aren't you in the Otherworld?"

"You're still asking the wrong questions." Dougan channeled his rage and launched himself at Wolfe.

He landed a solid blow that rocked Wolfe's head back before the giant hauled him off, pinning his arms behind his back and holding him fast.

Wolfe got up from the dirt, dusting himself off and wincing slightly as he touched the eye that would be swollen shut before dawn. "How is this for a question? How do you know the Dark Siren?"

"Better, but that's two questions," Dougan said, struggling against the giant's hold.

Wolfe laughed. "I'm going to enjoy this." He nodded to the giant, who let go of Dougan's arms.

Dougan made it two steps when the giant's strike landed against the side of his head. He didn't make another before blackness claimed him and he knew no more.

THE WOLF'S BITE

CIARA

Ciara's gaze strayed again and again to the horizon. The fullness of the moon had come and gone, but Dougan still hadn't returned. She laughed at herself, thinking she must be like one of the fisher folk, waiting for her man to come back from the sea. Images of her and Dougan waking in each other's arms and whiling away their few precious days together floated in her mind as she tried to keep busy.

The sun was setting when a ship with sails unfurled riding fast on the wind crested the horizon. Ciara smiled. Dougan would soon be back, and they could start their life together, just him and her forever away from the world. Their love song rose to her lips, and she hummed it to herself as she gathered summer herbs.

As the sun dropped below the horizon, the ship took shape. Its single mast looked larger than she remembered it and the ship rode low in the water. She frowned. It wasn't the Saoirse, but Dougan had mentioned booking passage on a different ship to make a clean break from his crew.

The urge to sing her siren's call grew, distracting her from musings about sails and ships. Ciara paced up and down the rocky shore. She bit her lip. She didn't want to call Dougan with that song. Even though her melodies did not beguile him, she hated the thought of singing that dreaded song that ensnared every man, good or bad, willing or not. After what she and Dougan had shared, it felt wrong, shameful.

Eventually, the song escaped. With a sigh, she sat on the cliffs and waited. Melancholy settled over her. Living as a slave to the urge to lure men to her filled her with disgust and dread. Dougan would not like it. Would leave her one day unable to bear it?

Ciara gave herself a mental shake and sent a gentle melody fitting for the end of the day, releasing the ship from the spell. She stood and straightened her shoulders. It was folly to sit there, sinking into a miasma of self-doubt and pity. Dougan would be rowing toward her with the sunrise and she could face anything with him. She clung to that and let the night slip past her.

Sunrise broke over the small island with rosy light chasing away the morning mists. The day was calm, and the ship bobbed on the waves with its anchor deployed. Ciara frowned. They should have dropped their passenger and left. She searched the water for Dougan, but nothing stirred on the ship or among the waves.

Ciara paced along the high cliffs. The stillness bothered her. Where were the captain and crew of the ship? Why were they not making sail back to the mainland? Most of all, where was Dougan?

"Hello, songbird." A velvet voice sounded from behind her.

Ciara whirled around. Captain Wolfe stood with his hands on his trim hips and a wintry smile frozen on his lips. She took a step backward as her heart surged to a gallop. Even though years had passed since she'd seen the vile creature, the sound of his silky voice sent panic lancing through her.

Ciara mirrored his frosty smile. She wasn't the same ignorant girl Wolfe remembered. She was the Dark Siren, and Captain Wolfe was a fool to cross her a second time. Hammering notes of darkness rose to her lips with an intensity that shocked her. Ciara reined them in before speaking.

"You've replenished your wardrobe, I see."

Wolfe's head tilted to the side, and his smile turned from cold to evil. His silence unnerved her. Her song demanded release as unease shot through her. She sang the low lullaby, struggling to keep the melody gentle and slow. She would put him to sleep and take her time deciding how to punish him for setting foot on her island.

Wolfe laughed and crossed his arms over his chest. Ciara scowled. His eyes should have drooped closed. He should have slumped to the ground in a dead sleep. She sang louder, faster, but Wolfe shook his head, still laughing.

Pirates swarmed over the cliff. Not one of them looked the least bit sleepy. Desperately, she changed tunes to a darker, more dangerous melody. If she lost control, she could kill them all, though the notes didn't appear to have the slightest impact on them.

Wolfe signaled his men. They approached from all sides, surrounding Ciara before she could even think to run. A rough hand closed over her mouth and nose. She shook her head, trying to break free, but the vice-like hold refused to relent. She clawed at it, raking her nails over the leathery flesh, as fresh panic tore through her. Her lungs demanded air, and she thrashed wildly. Another arm locked around her waist, anchoring her against her assailant's chest.

Blackness closed in on her consciousness. Ciara desperately fought against the meaty paw smothering her, but it didn't loosen. As her awareness slipped away, she saw Wolfe's evil, twisted smile and knew that once again, her life was shifting.

The air hung hot and heavy, pressing on her like a stuffy blanket. Ciara groaned. Her head pounded as she came back to herself and pulled in a lungful of the fetid air. Her stomach rolled at the stench, and she blinked her eyes opened. Darkness greeted her, as did the realization that she was naked, lying on a rough wooden floor. She sat up and waited for her eyes to adjust.

In the gloomy light, the crisscross pattern of an iron cage emerged. The rocking motion of the floor confirmed she was once again aboard the Silent Wolfe. Fear, panic, rage, and despair all collided in her mind. Song roared to life, angry and full of vengeance, but a collar constricted around her neck. She clawed at it, unable to get any notes past it.

Piggish grunting sounded from the shadows. Ciara scuttled backward, only to meet the ship's bulkhead. A giant shadow emerged outside the bars. Keys jangled, and the door swung open. Ciara pressed herself against the wall, the rough wood scratching her naked back as she gathered her feet beneath her, ready to run if she got the chance.

The massive man loomed over her. She rasped out a few misshapen notes that held no power. The man slapped her viciously across the face. She fell silent and crumpled to the floor. Her vision danced with spots, and her cheek blazed with pain. Before her mind could clear, meaty fingers sunk into her hair and drug her from her prison. The brute plodded through the darkness to a ladder.

Ciara kicked and fought until another backhanded blow struck her face, and her legs buckled. She collapsed at the foot of the ladder while the giant pounded on the wooden deck above their heads. After a moment, the hatch swung open.

Sunlight streamed down on Ciara. She put her hand up to shield her eyes and blinked into the brightness. The giant prodded her with the toe of his boot and gestured that she should climb the ladder. Ciara grabbed a rung and hauled herself from the floor. With shaking arms and legs, she crawled out onto the main deck of the ship. Men clustered around the hatch. They pulled cotton and wax plugs from their ears as they watched her get unsteadily to her feet.

Ciara swallowed the song that demanded release. The magical collar burned her neck and threatened to strangle her. Dougan had told her about the creatures he'd saved over the years. He said they wore collars fashioned of shadows that stole the wearer's magic. Wolfe was working with the shadow walkers, which meant the devil had made a deal with something even more blackhearted than himself. The thought made her shudder.

The men crowded around her, making no effort to disguise their lust as they gazed at her naked body. Grinding her teeth in frustration, she kept her chin up and fixed her gaze on the horizon. Several of them adjusted themselves, stroking their arousal provocatively. She would not acknowledge it, though the thought of them touching her filled her with a blinding rage. The collar constricted slightly, stealing the song rising to her defense. She glanced at the rail. Too many men stood between her and escape to the sea.

"I don't think I've ever seen such a beautiful creature, though I cannot say I like these markings." Wolfe gestured to the shimmering, scale-shaped lines that traced from her feet almost to her neck. He looked her up and down as if appraising a prized animal. "No matter. I missed you, my songbird."

Wolfe's voice came from behind her, and she spun around to face him as the men parted to allow their captain to approach. Her vision swam as dizziness swamped her. She staggered, bumping into a barrel-chested man. He caught her eagerly, groping her breasts.

"Jones, if you touch her again, I'll break every one of your fingers," Wolfe snarled. He strode across the deck and jerked Ciara away from the pirate's embrace. He placed his arm tenderly around her shoulders. "Here, my dear, lean on me." His velvety voice purred in her ears.

Ciara twisted away from his touch, but his fingers tightened around her arm, holding her in place.

"Lefty! Come here," Wolfe barked.

The men shuffled around to allow a gangly youth to step forward. His pimple and pockmarked face broke into a leering grin that was missing most of its teeth.

"Sir?"

"Tell the lady what happens to members of this crew who do not obey." Wolfe sounded like he found the whole situation tedious.

Lefty's expression clouded, and he lifted his left arm. It ended at the wrist with his linen shirt twisted in a knot.

"And how did that happen?" Wolfe asked on a sigh.

"You cut it off when I stole an extra ration of bread," Lefty answered, dropping his gaze to the deck.

"And will you steal from me again?"

"No, sir!" Lefty's response was instantaneous.

"Do you see, my dear? I will not tolerate insubordination. Now, lean on me and come into my cabin and rest."

Ciara looked at Lefty, who stared back, his lecherous expression turned to one of pity. He slunk away as Wolfe steered her toward the cabin in the aft of the ship. Like it was yesterday, she remembered the last time he took her into that cabin. Her skin broke out in gooseflesh, and a sheen of sweat covered her face as her stomach clenched in fear.

Wolfe paused at the door of his cabin.

"I almost forgot. I must introduce you to someone. Bring me Mr. Thom!"

"Aye, sir!" A man with a sunburnt face answered promptly and scurried away.

Wolfe turned Ciara back toward the deck and traced a finger over the blossoming bruises on her face. "I do believe you've already met."

Ciara heard a familiar grunt and watched a giant, hulking shape heave itself through the hatch. Her heart stuttered as she saw her tormentor in the light of day. Straw-colored tufts of hair stuck out beneath a filthy cloth wrapped around his bull-like head. His uneven features appeared to be sliding off his face, like candle wax exposed to flame. His pallid complexion glistened with sweat as he sucked in noisy, rasping breaths through his mouth. He lumbered across the deck with ponderous, thudding steps. Ciara couldn't contain her revulsion and, though she hated it, drew closer to Wolfe.

"Yes, I understand completely, my dear. He's hideous. I found him in France." Wolfe made a motion with his hand, and the giant reached up and tugged the rag from his scalp.

Ciara's stomach rolled. The man's ears were gone. Only little nubs of angry red flesh remained.

"He's also completely deaf. I cut off his ears and poured the holes full of hot wax, making him immune to your songs. As you've seen, the crew all carry ear plugs as well. Even if you get this off somehow," he traced the shadow collar encircling her neck, "if you sing one note out of tune, Mr. Thom will silence you."

"Since when did you do the shadow walker's bidding? I didn't take you for an errand boy." The grip of the shadow collar bit into her skin. It burned cold against her throat, and she had to fight not to claw at it.

"I'm no man's errand boy." Wolfe's fingers dug into her arm as he turned her toward his cabin. "I don't care for this self-proclaimed Count of the Sea or his shadows, but they pay well and have powerful weapons. If you cooperate, I might not turn you over to him, but then again, what use do I have for a broken songbird?" He stopped walking and forced her around to face him. He leaned in, almost as if he wanted to kiss her. "I will break you. You know that, don't you?" Wolfe's blue eyes danced with malice and triumph.

Ciara glared at him and turned her face away as her stomach churned with fear and anger. The collar tightened, constricting at the rise of song in answer to the threat. Keeping her lips tightly sealed, she followed Wolfe into the cabin and glanced back to see the hulking form of Mr. Thom settling outside the door.

Fear gripped her. Wolfe had taken her one weapon and had silenced the Dark Siren.

TRACKING THE WOLF

DOUGAN

*D*ougan pulled Ciara closer to him. Snuggled in her cave, it was as if they were the only two people in the world. She pressed her body against him and he sighed, full of contentment and love.

Movement caught his attention, and he turned his head to see a fox with four tails stalk into the cave. Fuku jumped in the middle of the bed, but Ciara didn't seem to notice. The fox stood on his chest and licked his face.

"Get off," he said, turning his face away.

The kitsune pivoted and hopped down. She looked back over her shoulder as she walked away. On her way out of the cave, her tails flicked open a cage that stood along the wall.

The door swung open and a pack of wolves prowled out, each baring their teeth in a silent growl.

"Beware the silent wolf."

Dougan sat up with a jolt, only to groan and lay right back down when his head swam and body throbbed in pain.

"Easy, Captain," Tegan said. She dabbed at his forehead with a damp cloth.

Dougan batted her hand away. He wasn't a sick child with a fever. He sat up again, this time more cautiously.

"What the hell is going on?" He searched his memories and had a gaping black hole after hearing a woman's scream and running down a dark alley.

"We found you in an alley, beaten half to death. You're a tough one, that's for sure." Tegan hovered next to him as he swung his legs over the side of his bunk. "I know better than to say this, but I'll try anyway. You need to rest more. You're not ready...."

Dougan stood up and swayed on his feet. He steadied himself on Tegan's shoulder.

"I should learn to save my breath," she said, slipping an arm around his waist.

Together they staggered the few feet to a chair and Dougan dropped into it. He cradled his head in hands and stared at the planks beneath his feet. The ship rose and fell. At least they were at sea.

"Where are we?" He asked, without lifting his head.

"We left port this morning, but it took us most of a day to find you and get underway."

"So we're at least a day behind the bastard."

"If you're referring to the pirate captain, Xavier Wolfe, then yes, we are a day behind. We'd not be that close except the pretty little lass who you saved found Colin and told him what happened. He practically tore that harbor apart until we found you." Tegan pressed a cup of water into his hand and poked at the wound on top of his head.

"Ouch. Leave off," he growled and pulled his head away.

She tsked. "What did they hit you with? They almost caved in your skull."

"His head's far too hard for that," Colin said, catching Tegan's last comment as he pushed through the door. "Good to see you up."

"Thanks. What's our heading?"

"Straight for Ciara's island." Colin's grim expression confirmed what Dougan already suspected.

"He's going to beat us there, isn't he?" *Beware the wolf with no howl. His arrival will silence the Dark One forever.*

Colin nodded and rested his hand on Dougan's shoulder. "Don't go there, Dougan. She can take care of herself. He doesn't have any magic users on his crew. We can move twice as fast, and you can track her using Tegan's spell."

Dougan clenched his jaw against the roar of frustration building in his chest. He would rip Wolfe limb from limb when he caught him. He blew out a long, slow breath.

"Tell Folayan and Enya to give me every ounce of speed they can muster. We don't stop until the wolf's hide hangs on my wall."

It wasn't the silence or the empty cave that told him Ciara was no longer on her island. Dougan knew it in his gut the moment his feet hit the shore. He couldn't feel her, sense her song. It didn't stop him from racing up the path to the cliffs, hoping against hope he was wrong.

He skidded to a stop as he crested the rise. The swords jutted up from the stone and cast long fingers of shadows. A woman sat with her back to the path, looking out over the sea.

"Hello, Muirin," Dougan said as he sat down next to her. "How did you know?"

"Her song is silent." She turned to face Dougan, and the grim set of her mouth set his heart hammering.

"Does that mean she's..." He trailed off. He knew all too well that magical creatures could be killed in one way or another. Only the gods were truly immortal.

"It means that someone has silenced her, nothing more." Muirin's snappy reply refocused his thoughts.

"Right. Can you help me find her?"

"Of course. I will search the seas and if I hear anything, I will find you." She sighed and patted his leg. "I tried to save you from this. She is a hard creature to love."

"Aren't we all?" Dougan stood and offered his hand to the selkie.

She rolled her eyes and slipped off the edge of the cliff without another word.

THE SONG OF DESPAIR

CIARA

"I want my clothes. You've made your point and had your fun." Ciara stopped inside the door, refusing to sit in the chair Wolfe pulled out for her. She had no qualms about nakedness, but she didn't like the men's lecherous stares.

Wolfe lifted an eyebrow and let his gaze roam over her body. "My dear, I haven't begun to have fun. You'll sit, or I'll call Mr. Thom."

With the elegance of a queen, Ciara sat on the chair, seething silently.

"As long as you cooperate," Wolfe continued, "I will be generous."

Wolfe opened a chest, and Ciara stole a look around the cabin. The sword hooks hung empty. She thought of the blade embedded in the rocky cliffs. Too bad she hadn't run it through his black heart. The table, dresser, and bed were utterly barren. Wolfe had stripped the room of anything that could be used as a weapon, save the chair she sat on.

Wolfe straightened and turned, holding up her simple white gown. He laid it on the bed before returning to the chest to pull out wool stockings, a corset, and an elegant black gown. He spread the ensemble out, arranging it neatly and smoothing every pleat and fold.

"Now, songbird, for every song you sing for me, you will get a piece of clothing. After you've earned your clothes, you'll be able to sing for more privileges. I believe you'll find I am very generous to those who obey my wishes." Wolfe leaned against the table. He looked contemplative for a moment before announcing, "I would like to hear something happy. Perhaps a tune you would sing on a spring day. If you agree to sing for me, I'll remove the collar, but don't forget, Mr. Thom is right outside."

Ciara stared at him evenly and kept her lips firmly sealed. She would never sing for him. Wolfe stared stonily back.

"Prideful creature." He shook his head and studied her with a frown. "You will suffer the same humiliation you delivered to us, and I promise you, you will sing for me. Every creature, even the Dark Siren, has a breaking point. I've spent the last years finding out everything I could about you. I've talked to village elders and wise women on this side of the ocean and the other. I even found one of the fae hanging around a port not far from here who knew all about you. What was his name? David? Daniel? I can't say I recall."

Ciara tried not to react, though she knew Wolfe could see the pain in her eyes. He couldn't mean Dougan. There were plenty of fae in the world, and her story was far from a secret. Wolfe was goading her, but in the back of her mind, uncertainty crept in.

Dougan had lied to her before, and he should have been back weeks ago. Perhaps, his crew talked him into staying with them. The fae princess hadn't been at all happy with her. She may have told Wolfe how to find her.

Ciara reined in her unworthy thoughts. She would not allow fear to steal her faith. She and Dougan had written the song of love together. He would never betray her and his crew was utterly devoted to him. She lifted her chin and held her silence. Dougan would come for her. He would always find her.

Wolfe smiled his wicked smile, enjoying Ciara's discomfort. "I've learned much more than just where to find you, my chickadee. I know the gods have forbidden you from killing humans and that you've done a poor job obeying that rule." He traced a line of scales across her breast and flicked his finger against her nipple.

Ciara gritted her teeth, so hard she thought they might break. Darkness crept around the edges of her vision, but the collar seared her skin. She sucked in a breath and forced herself to relax.

Wolfe tsked and straightened. He stroked her hair as he stood beside her and she fought not to jerk away. "You'll want to be more careful, my dear. That collar's power is nothing to trifle with. The Count wants you for some army in the Otherworld, but I will have my song first. I've been dreaming about it for years."

Wolfe leaned over Ciara. She sat like a statue, staring into his ice-cold eyes. For a moment, pure evil, naked and hungry, regarded her. She struggled to breathe and gripped the edges of the chair, her nails biting into the wood.

He stood suddenly and paced back and forth in front of her. When he spoke, his voice flowed in a silky, hypnotic whisper, almost like he was speaking to himself.

"It took us weeks to find a port after you blew us to the edge of the world. The sun blistered our skin, and we had to sacrifice a sail to make something to protect ourselves from the elements. We ran out of fresh water and food. By the time we got to port, we were skeletons wrapped in leathery skin, half-mad with sun poisoning and hunger. I swore as we begged the townspeople for mercy, I would make you suffer every humiliation and pain you brought upon us."

Ciara smiled slightly. She didn't feel at all sorry for Captain Wolfe or his crew. They would have done far worse to her if she had allowed them to capture her.

He stopped pacing and looked down at her, mirroring her smile. He leaned down to whisper against her ear. "I will enjoy every minute of this. Last chance. Sing for me, songbird."

Ciara's smile faded as his breath tickled her neck. She raised her mask of indifference. She would never sing for him.

Wolfe stood, moving smoothly with the roll of the ship. "I rather hoped you would prove stubborn. Watching you break will be all the sweeter." He opened the door to the small cabin and tapped Mr. Thom on the shoulder.

The giant lumbered to his feet and shouldered his way through the door. He stooped under the low ceiling beams and seemed to take up every available inch in the cabin. His hand closed around Ciara's upper arm and jerked her roughly from the chair. She fought against him, but there was no room in the small cabin to maneuver. She struck her hip against the bed frame as she lunged against the bruising grip. Gods, but the man was strong. Her shoulder felt like it was being wrenched from its socket as Mr. Thom towed her out of the cabin.

The crew, busy with the business of the ship, all stopped to watch. They scrambled out of the way as Mr. Thom drug her behind him like a child with a toy. Ciara blinked back tears and focused on trying to keep up. Her shoulder blazed with pain, and her stomach heaved as she realized it was only a start.

An iron cage, just like the one below decks, sat on the bow of the ship. Engraved symbols wound around the bars. Another layer of protection from her song. Wolfe was taking no chances.

Mr. Thom shoved Ciara through the door. Splinters bit into her hands and knees when they met the deck. The cage was too short for her to stand up, forcing her to crawl to the corner. She wedged herself against the iron bars with her back to the ocean. The shadow collar burned white hot, but she gritted her teeth and hid the pain. Wolfe towered over her with his arms crossed over his chest.

"Until you sing for me, this will be your cage, songbird. Mr. Thom will keep you company." He turned to leave but paused after a step. Over his shoulder, he said, "In case you're harboring some hope of rescue, you should know I killed the fae. They're tough to kill, but not impossible. He'll not be coming to save you, and we're bound for someplace no one will ever find you."

Ciara's heart stuttered in her chest, but she glared at Wolfe in defiance. Only when the ship fell back into its rhythmic workings did she rest her forehead on her knees and let the tears slide down her cheeks. The collar strangled the song of her heart shattering, leaving her with silence. Dougan. Her love, her anchor, her heart. One day, she would release her song, and on that day, the wolf would be silenced for good.

The sun plowed through the sky, beating down on the deck of the ship. Ciara's porcelain skin turned crimson. She curled into a ball in the corner of her cage and refused to acknowledge Wolfe, who had his supper served outside where he could watch her. Mr. Thom sat beside her cage, propped against the rail, never more than an arm's length away.

When the sun dropped below the horizon, the night chill crept in. Ciara shivered under the constant shower of sea spray and the ever-present ocean breeze. Misery gripped her, blocking out everything until she listened to the ocean. The song had been there all day, but her discomfort kept her from hearing it.

She embraced it as the darkest part of the night settled around her. Only the occasional murmur from the crew and the rush of the ocean broke the silence. The rolling, steady beat of the song of the sea lulled her mind from reality. The cold ceased to bite, and her skin stopped burning. She slipped into the darkness of the fathoms of the deep.

The days passed, and Ciara survived by losing herself in the sea's song. She sat mute in her iron cage and stared unseeing as the men stood around her. Under orders not to touch her, they touched themselves instead. Her naked flesh, burned and blistered though it was, seemed to intoxicate them. They came to her, day and night, stroking themselves to climax while telling her all the foul things they wanted to do to her.

Ciara bore it silently, slipping into the melody of the rolling waters beneath the boat. When the rain came, she turned her face up as it washed away the salt of the sea and the stains of man.

She lost count of the days. The sun rose over the water, and Wolfe had an elaborate breakfast laid out on a table outside her prison. As he ate his meal, he looked out over the rolling waves.

"I must admit, songbird, I thought you would have sung by now. I know I would with these oafs ejaculating all over me while I burned in the sun. The sea spray is the worst of it, isn't it, Chickadee? The salt finds every little cut and opening, making it burn even more." He spread jam on his toast and took a bite. While he chewed, he raked his gaze over her. Her skin was a patchwork of healing blisters and raw sores that cracked and oozed. Thanks to the magic in her blood, she constantly blistered and healed. "I am a patient man. We have the rest of our days together to discover what it takes to make a silent siren sing."

"I thought you were supposed to take me to the shadow walkers. Isn't your master going to be angry if you don't fulfill his wishes?" Ciara asked.

Wolfe said nothing, but his fingers tightened on the spoon he held. He stirred his tea and slid her a sidelong look. "Be careful, my dear. There are worse evils than me in this world."

Ciara wondered if there could be anything more monstrous than the twisted heart of a man, but she held her tongue. She considered telling him she had decided to sing. If she were out of the cage, she had a better chance of escaping. Though while she wore the wretched collar, she couldn't sing even if she could get into the water. She would wait a while longer. Despite his words, Wolfe's patience seemed to be wearing thin. He would soon change tactics, and that might present an opportunity.

Distantly, Ciara caught the song of a whale swimming far below the ship. She listened and let her mind escape to swim in the deep cool depths of the ocean as the sun rose high in the sky, and her daily torture began.

Ciara receded further and further from reality, immersing herself in the whale's song. It had stayed with her day after day. The sound of the sea breeze, the snap of the sails, the never-ending sound of Mr. Thom's guttural breathing all wove together as background noise that she soon stopped hearing. She sat listlessly in the corner, and the men grew tired of her. Perhaps the elements had finally stolen her beauty to the point that even the most desperate pirate couldn't see anything more than a filthy animal in a cage.

The monotony of the ship marched on with nothing to break it. Wolfe made regular appearances to taunt and torment her. The weather turned colder the further north they traveled, and Ciara curled in a ball for warmth. Mr. Thom sat next to her, oblivious to the cold, staring at her with his mouth half-open and his mind devoid of thought.

The rains came and chilled Ciara to the very marrow of her bones. Later that day, weak sunlight broke through the clouds, but offered no warmth. Wolfe materialized from his cabin, looking well-rested and warm, and stood outside her cage as he did every day. Ciara didn't raise her gaze from the tops of his boots. Shivers coursed through her, and her teeth rattled as she huddled in misery. Even the whale's song was hard to hear.

Wolfe gestured to the giant and stepped away from the filthy cage. Ciara offered no resistance as Mr. Thom grabbed her ankle and pulled her along the deck. Her numb flesh didn't feel the dozens of splinters slicing their way beneath her skin. He dropped her in a heap at Wolfe's feet. She lay still, too cold and exhausted to do anything more.

"Get up." Wolfe nudged her with the toe of his boot. When she didn't move, he squatted down next to her, turning her face toward him with a vicious tug on her hair. "Look at me, songbird." He waited until Ciara's eyes focused on him. "I've been too passive in this approach. I had hoped you'd prove sensible, but I see I must be more active in my persuasion."

His words slowly penetrated the fog of Ciara's mind. Gradually, she let go of the whale's song. Like a fist unclenching, her thoughts synchronized with reality once again.

Wolfe smiled at the awareness in her eyes. "That's right, my dear. I want you to remember every moment of this."

He grabbed her arm and pulled her to her feet, trying to steer her to the chair he had brought on deck. Ciara's legs buckled under her weight, cramped with cold and weak from disuse. Wolfe dropped her with a disgusted sigh. He stood over her with his hands on his hips for a moment before he kicked her. Ciara grunted as the blow connected solidly with her ribs. Tears rolled down her face as she lay on the deck, trying to suck in a breath around the pain.

When Ciara didn't move, Wolfe motioned to Mr. Thom, who fisted a handful of her hair and hauled her up. She fought to get her feet beneath her, but her legs refused to cooperate. The giant manhandled her into the chair, but she slumped forward, sliding back to the deck. Another vicious kick connected with her back and brought a fresh round of anguish.

"If you cannot sit up on your own, I'll tie you to the chair. You will be upright and aware of what is happening." Wolfe's voice betrayed nothing.

Mr. Thom shoved her into the chair and fastened her tightly with rope. Ciara's head hung forward as her fuzzy mind cleared. Like coming out of a long, deep sleep, she processed the things happening around her.

Mr. Thom stood awaiting his next order, his expression and mind equally vacant. The men clustered about her, no longer looking at her with desire but with pity. They flicked uneasy glances toward their captain, who disappeared into his cabin humming loudly.

"If he doesn't give that shadow fucker what he wants, we're all going to die." One pirate muttered to another with a meaningful look at Ciara.

"He never intended to give her to the shadow walkers. He just wanted that collar so he could control her. All he wants is for her to be broken at his feet, singing her last notes. Poor lass. She can't win against a madman."

The pair moved away, finding something to be busy with when their captain returned. Wolfe approached her with a straight razor that gleamed wickedly in the sunlight. Excitement lit his eyes, and Ciara's guts clenched in anticipation of the agony his twisted mind contemplated.

A whale breached off the port bow. A rainbow flashed in the sea spray. More whales surfaced, and Ciara listened to their song. Had her plight called them to her, or had they just happened to cross paths in the vast expanse of the sea? With so many of the creatures, their song was easy to hear. She closed her eyes, losing herself once again.

Pain exploded in her cheek when Wolfe slapped her back to reality. The whales kept pace with the ship, rousing excitement among the crew. Wolfe seemed oblivious to both the whales and his men as he grabbed a fist full of her hair.

"Keep your eyes open, siren." Wolfe yanked savagely on her hair before sawing the razor through it. He dropped the ebony strands in her lap like macabre rain. He hacked the waist-long locks off to the scalp. "Not as pretty without your feathers, songbird." He murmured as he sprinkled the last of her hair over her bare breasts and shoulders. He sighed heavily, like a satisfied lover, as he ruthlessly began to scrape the razor over her scalp.

A flurry of activity broke out around them. Focused on his task, Wolfe shaved her head with methodical strokes, taking skin and hair alike in places. Ciara watched the men with growing unease. Tears mixed with blood running down her face as she realized the crew intended to fire upon the whales. They assembled a massive harpoon, and lookouts scurried up the mast, shouting instructions about the target.

Anger flared hot in Ciara's belly as blood dripped onto her breasts and trickled down her neck and back. They could do what they liked to her, but she would not allow them to harm these gentle creatures of the sea. She had to sing to warn the whales.

"I'll sing." Ciara's voice croaked with disuse. "Take the collar off and I'll sing anything you want."

Wolfe went still behind her and signaled Mr. Thom, who lumbered over from the rail. He encircled her throat with his hand. Wolfe disappeared for a moment and returned with a burning taper. He touched it to her neck, hitting the collar and her skin. She hissed at the burn. The shadow fell away from her neck and slithered like a snake seeking a dark corner in which to hide. Mr. Thom's hand flexed, reminding her she was far from free.

Wolfe flicked the burning taper over the side and faced her with a wide, wicked smile. "I'm pleased you've come to your senses, songbird. Sing," he demanded.

Ciara tried to find the notes. Her voice sounded like a rusty gate hinge as she sang a halting melody.

"I don't care for this tune. Sing something different." Wolfe leaned down next to her ear and whispered, "If any of us look drowsy or uncomfortable, Mr. Thom will squeeze."

Ciara drew in a deep, shuddering breath and cleared her throat. She flicked her gaze to the men working on the harpoon. They almost had it assembled. She sang again. This time, the notes sounded clearer. As her throat loosened, they found their perfect pitch. Amid the warning for the whales, she infused a light, lilting melody to placate Wolfe.

Wolfe rested his hands on her raw, bare scalp. Ciara forced herself not to shake them off. She focused her attention on her song, feeling stronger.

"Hurry up! They're scattering," the lookout called from the crow's nest.

The men rushed to heave the harpoon into position. Ciara's heart hammered as she kept singing.

"There's still one out there. Aim further aft."

The men adjusted the lethal spear, and Ciara's eyes filled with tears. The song of the lone whale played in her mind. It was the one that had been with her, singing to her, keeping her sane. It wouldn't leave her.

The darkness crept in as she watched the men draw the harpoon back to fire. Her song changed abruptly, coming out hard and angry. Wolfe's fingers tightened on her head, sending a fresh wave of pain through her, but she sang louder. The men slowed, disoriented by her song. Mr. Thom's fist closed around her throat. With her final breath, she told the whale to dive deep into the dark depths of the sea.

WOLF'S BANE

DOUGAN

Dougan paced the deck of the Saoirse. The spell that had guided him to Ciara before wasn't working, at least not very well. The candle flickered and floundered, but kept them heading on a northerly course. A day slipped by without a sail on the horizon and then another until they blurred one into the next.

Over and over, he spoke the spell and willed the candle to reveal her location. He spent hours in quiet meditation trying to feel his way to her, but nothing worked. He paused as he passed the candle, studying the tiny flame for any indication of a heading.

"It's a bloody big ocean. A little help would be appreciated," he muttered, before turning away and resuming his pacing.

"Who are you talking to?"

Dougan whirled around. Muirin sat on the railing of the ship, her seal cloak wrapped around her.

"Where did you come from?"

"Don't ask stupid questions," she said by way of answer.

Dougan couldn't help but chuckle as he got over his surprise. "You're not the first person to tell me that." In no mood for idle conversation, he moved straight to the question that mattered most. "Have you found her?"

"Aye, son of my heart. The whales swim with her, but she despairs and is in great pain. We must make haste."

His body vibrated with rage. He couldn't be still and paced up and down the deck. Enya and Folayan stood like grim angels at the bow. Their chant rumbled full of furious intensity, calling a storm and driving them toward their prey.

Dougan sighted the sails on the horizon that morning and had pushed the Saoirse hard to close the distance. Enya and Folayan had kept them hidden in a bank of fog as they stalked the Silent Wolfe. The storm coiled around them. Lightning flashed as the wind and sea rose. His heart hammered, and he curled his hands into tight fists. Every man on that wretched ship would answer for hurting Ciara.

Colin joined him. "The boarding party is ready."

Dougan nodded, but said nothing, his gaze fixed on the Silent Wolfe.

"Do you remember when the Morrigan told you that you'd find what you're looking for, but it wouldn't be what you were seeking?" His first mate glanced at him from the corner of his eye as they walked.

"Aye."

"Do you think this is what she meant?"

"How should I know?" His temper boiled over. "The fucking gods have manipulated my miserable life since the day I was born. I've been separated from her for years, only to find her and lose her all over again." His hands shook as he clenched them tighter. "I will not lose her. I would walk through fire, be dropped to the deepest pit in the ocean, thrown from the highest mountain, and I still wouldn't stop seeking her. If you don't want to help, you can get off here." He grabbed the front of Colin's shirt.

Colin held up his hands in a soothing gesture. "No one said we wanted to stop."

"Nothing matters past that."

"We'll get her back, Dougan. That's not what I meant." His first mate waited until he released his hold. Colin smoothed down his shirt.

Dougan ran a hand through his hair and blew out a long breath. "I'm sorry. You didn't deserve that."

"I wanted to know if you'd thought beyond the next hour. What happens after the battle?"

Unease churned in his guts. He didn't have an answer to that. He wanted to say that he and Ciara would return to her island and live there together forever, but the dream refused to form in his mind. Something waited on their horizon and he couldn't make it out.

His silence answered Colin's question. The bard sighed and for a moment, they stood watching the flashing lightning.

"Just be sure when you write the ballad of this day, you mention how dashing the captain was." Dougan clapped him on the back and on impulse hugged his best friend. He squeezed him tightly before letting him go.

Colin laughed and squinted toward the ship that grew ever closer. "Let's go get your siren back and silence this Wolfe once and for all."

VENGEANCE

CIARA

Cold, wet wood pressed against Ciara's cheek. She blinked open her eyes and found herself once again in her cage. Mr. Thom's guttural breathing told her he was close at hand. She lay still, dragging in breath after painful breath. The giant had crushed her throat, and it felt like she swallowed broken glass.

Boots thudded on the wooden deck, and the ship rolled erratically. Blood ran along the planks, zig-zagging a drunken path into Ciara's cage. She watched it run over her hands and stain her ivory skin. The crew shouted back and forth, and Ciara summoned the energy to look past her internal misery.

Parts of whale carcass littered the deck, oozing blood. The young whale, called a sharp snout by the local fisher folk, hung off the side of the ship, pulling it off keel. Several men, suspended on swings, hacked the carcass into pieces. Crew members hauled the meat onto the deck, and others ran about finding barrels for storage. The ship pitched as increasing waves buffeted it. Off-balance, The Silent Wolfe floundered, causing everyone to stumble and stagger as if in a blowing gale.

"We've got to cut it loose! It's no good to have meat if we all end up drowned!"

Several of the crew began to unwind the ropes that held the massive animal.

"Just a little longer! We've almost got the best bits!"

Another wave rocked them. One man fell out of his wooden swing but caught hold of a rope. The other men on swings shouted to be pulled up as their crewmate was hauled over the rail. Ciara closed her eyes, hoping the sea would swallow them all. Her heart turned cold and icy rage filled her. They would pay for this.

The wind whipped around, suddenly changing directions. The sails snapped as they spilled the breeze.

"Cut it loose!" Wolfe ordered, sprinting across the deck.

The ship pitched and rolled as the crew hurried to release the remnants of the whale. When the ropes let go, and the carcass slipped away into the ocean, the deck stabilized, but the wind still gusted and swirled.

"Get this deck cleaned up," Wolfe roared from the wheel. "Trim the foresail and tighten the main."

A chorus of "Aye, sir" went up, and the crew launched into motion. Buckets of water washed away the blood, and men hauled the meat below decks. The sails once again caught the wind, and the ship plowed forward into the rising seas.

Ciara watched it all through a red haze of anger and hate. Men, vile, hateful creatures, spoiled all that was good in the world. They tainted it with their desires and greed. They killed and used and wasted. She seethed silently, vowing they would all writhe in misery at her feet.

The troubled sea continued to rock throughout the day, but Wolfe ordered his meal served next to Ciara's prison, despite the deck's erratic pitch and roll. He smiled and bowed to her as if she were a lady at court and sat regally on his chair. He had dressed for dinner, wearing a fine waistcoat and a clean linen shirt. He wore a bright red cravat wrapped around his neck and his sandy blond hair tucked up in a neat queue. Ciara glared at him and curled into the corner.

"Now, now, my dear. There's no need for nasty looks. Come and join me for supper." He picked up a mug of ale and took a long draw before giving Mr. Thom a signal.

The giant grunted as he heaved himself to his feet and lifted the massive iron gate. Ciara didn't move.

Wolfe sighed heavily and flicked his fingers in another signal. Ciara waited until Mr. Thom shifted his enormous bulk to grab her and shot out between his legs. She ran for the mast, intending to scale it to the crow's nest where she could sing the crew into submission. A step away from her goal, Wolfe tackled her, tumbling them both to the deck. He landed on top of her, and the air left her lungs in a whoosh.

Wolfe's eyes reflected icy fury as he pinned her with his body. He backhanded her across the face, cutting her cheek open with his heavy signet ring. Another blow split her lip, and a third left her seeing stars.

Ciara drew in a breath and through the agony of her half-healed throat, she hissed out a single low note. Wolfe wrapped both hands around her neck, his eyes full of wild excitement, and squeezed ever so slightly as he bared his teeth in a snarl. She went still and silent, unwilling to let him destroy her only weapon. She leveled a glare full of hate and loathing and relaxed beneath him.

"You will obey me." Wolfe's velvet voice sounded like cold steel, and he squeezed her throat a little more with each word.

Tears filled Ciara's eyes as she nodded. It felt like a thousand knives were slicing through her throat. When Wolfe loosened his grip, she sucked in a painful breath and fought not to cough.

Wolfe rolled off her, stood, and straightened his clothes and hair. The crew lurched back to work under his furious stare. He offered her his hand, and though she would rather crawl than touch him, she forced herself to take it.

Wolfe helped Ciara up and led her back to the table, where a crewman brought a second chair for her. Her gown hung folded over the back of it. She almost ignored it, but the thought of wearing clothes, to have that simple barrier against him, was too tempting. She slipped it on and sat rigid in the chair.

"Very good. If you continue to behave, you'll earn more clothes and privileges. Do you understand?" Wolfe took another drink from his mug and looked at her over the rim.

Ciara nodded and kept her gaze fixed on the horizon, waiting for her opportunity.

"I will not ask you to sing today, as I'm sure your voice is still mending. Let us enjoy a simple meal together."

Wolfe nodded to the chef, who placed two covered plates on the table. He sat hers down and backed away, keeping his eyes averted. Ciara supposed she looked hideous. Fresh bruises covered her face. Her half-healed scalp oozed blood that she could feel running down behind her ear.

Wolfe smiled and, with a flourish, removed the covers from the plates. The smell of cooked meat wafted from his plate, where a seared whale steak sat with a side of cooked carrot. Nausea flooded Ciara, and she fought to keep from retching. She looked at her plate and pushed her chair back in horror. A raw chunk of whale flesh seeped blood across the white porcelain. Her stomach heaved, though it had long been empty, and she dropped to her hands and knees on the deck. She heaved violently, bringing nothing up but sending agony through her tender throat.

With tears streaming down her face, Ciara wiped a shaky hand across her mouth and climbed back into her chair. Wolfe looked at her with mock concern.

"You're lucky you didn't befoul my deck. I'd have to make you clean it up, but since you didn't, we can get back to our meal." He cut into his steak and took a bite. "My compliments, chef," he said before turning his attention to Ciara. "Take a bite, my dear," he coaxed.

Ciara shook her head and leaned back in her chair as far from the offensive meal as she could.

"For an immortal creature, you have an astoundingly short memory. Did you not agree to obey me, not just a few minutes past? I wish you to eat with me." Wolfe stood and cut off a bite-sized piece of meat on her plate. He stabbed it with the fork and held it out to her, like a mother offering a tidbit to a child.

Revulsion swept over Ciara, and she broke out in a cold sweat. Her stomach threatened another rebellion as nausea clutched at her insides. Frantically, she shook her head and clamped her lips together.

Wolfe signaled Mr. Thom. Ciara's heart hammered as the giant's hand grabbed her chin and tried to force her mouth open. She jerked her face away, and Mr. Thom changed tactics. He gripped her chin with one hand and pushed his filthy fingers between her lips. Ciara tried to pull away, but Mr. Thom held her in an iron grip. His empty gaze bored into hers as he mindlessly forced her mouth open and wedged his knuckle between her teeth. She bit down, but it was like biting a piece of wood. Mr. Thom just stood there, breathing through his mouth, and waiting for his next order.

Wolfe shook his head. "I wish you didn't make such a production out of every little thing. Now, take a bite like a good girl." He pushed the bloody meat past her lips and signaled Mr. Thom to withdraw his hand.

Ciara held the meat on her tongue with her mouth open, drool and blood running down her chin while tears coursed down her cheeks. To consume the creature who had comforted her during her long torment was the ultimate betrayal. She moved to spit it out, but Wolfe drew his hand back and raised an eyebrow.

With a glare, she closed her mouth and held his gaze as she swallowed. Instantly, she gagged and retched, but kept it down. Sucking down deep breaths, she clung to the sides of the chair with shaking hands and raised her chin in defiance.

Wolfe smiled and resumed his seat. "I believe that will do for now." He shooed Mr. Thom away. "I can't eat with that beast so close. Just the smell of him is enough to make me lose my appetite."

He sawed off another chunk of his steak and popped it in his mouth, chewing with relish.

Ciara watched him with a blank face, thinking of how he would look as his life drained away with her song. The wind blew spray up over the deck as the seas picked up. Wolfe said nothing for the rest of the meal, seemingly content with his victory for the moment. Ciara sat listening to the sea.

By the time Wolfe finished his meal, the plates were sliding around the table. The cook cleared the meal away quickly and stowed the table and chairs back in the captain's quarters. Wolfe turned to study the waves, and Ciara stood straight and strong for the first time in weeks. The wind whipped her dress around her, and she heard its message. Vengeance was coming.

The storm formed in a heartbeat. White clouds turned heavy and gray, and the wind slashed with aggressive icy claws. The waves crashed against the ship, and the day faded into the gloom of twilight.

"Get the mainsail in," Wolfe roared at the crew, who were standing flat-footed, watching in awe as the storm formed around them. The ship pitched and rolled violently as the wind and waves tore at it.

"Move!" Wolfe bellowed when the men didn't leap into action.

The crew launched themselves in all directions; everyone intent on his job. In the general melee, Ciara saw her opportunity. She made for the rail, but Mr. Thom's massive hand grabbed the back of her gown and jerked her to him. With as little effort as lifting a pillow, he carried her to the cage, shoving her in and dropping the gate in place.

Ciara crouched, watching the wind sling rain through the air and the waves thrash like a wild thing. She waited. The storm crackled with magic. Something uncanny was rising, and it would set her free.

From the grey wall of water that bore down on them, a ship emerged. Wolfe spun the wheel to avoid a collision. Floundering in the waves with no sail out to catch the wind, the ship responded slowly. The Saoirse plowed across the bow of the Silent Wolfe. The hulls scraped together as the two ships tangled among the waves. Timbers groaned, and water washed over the deck.

The crew of the Saoirse poured over the rail as the ships ground against each other. Ciara rattled the bars of her cage, humming a low, feral sound. The runes suppressed her song, but she couldn't stay silent. Swords clanged as the crew of the Silent Wolfe rose to meet the invasion.

The shifting mob of men blocked her view, but she caught glimpses of the Saoirse's crew. Enya, her face set in rage, followed by Folayan, who was truly terrifying to behold, lay waste to a group of men in a blast of fire and fury. The twin dwarves flashed in and out between groups, taking down opponents with quick slices across their legs. Lightning flashed as Ciara searched desperately for the one face she cared most about.

The storm tore the ships apart. The men stumbled and staggered as they fought. Wolfe abandoned the wheel and waded into the fray as men fell in pain and agony. A wave washed a pair of combatants away through a gaping hole in the rail, and chaos reigned.

Ciara caught her breath when she finally sighted his broad shoulders and wild black mane. She shook with excitement and dread, gripping the bars with a white-knuckle grip. Dougan fought his way toward her.

Dougan broke free of the scrum at mid-deck and ran toward her. Ciara reached through the bars, but Mr. Thom grunted and shuffled forward, standing between her and her salvation.

Dougan pulled up and craned his neck to take in the full measure of the giant. Mr. Thom drew the broadsword from the scabbard on his back, holding it in one hand like a short sword.

Dougan fell back a step and set his feet, raising his sword. The ship continued to buck and dive beneath them. With his ungraceful bulk, Mr. Thom staggered to keep his balance. Dougan didn't hesitate. He shifted with the movement of the ship and swept his sword toward Mr. Thom's ample midsection.

Mr. Thom deflected the blow, but his momentum, fueled by his size, carried him past Dougan toward the rail. Dougan lowered his shoulder and charged like a bull down the sloping deck. He rammed into Mr. Thom's back and sent him sprawling into the churning waves.

Dougan caught himself on the rail, and as the ship righted itself, he slipped and slid his way back to Ciara. He grabbed her hand through the bars and pressed a kiss to her palm.

"You found me." She choked out the words as tears ran down her face.

Dougan took in her ragged appearance, and his face hardened with fury. "It appears I took too long. Gods, why do they have you locked away like an animal?"

He heaved on the heavy iron gate. Mr. Thom never had any difficulty lifting it, but it strained Dougan's limits. He raised it high enough for Ciara to slip underneath before letting it go with a crash. Not that anyone noticed. Between the slashing swords and the thrashing sea, every man was intent on staying alive.

Dougan gathered Ciara to him and wrapped his arms around her in a crushing embrace.

"I'm never leaving you again." He murmured as he peered into the murky distance. The sea and the sky blended in the same churning grey. He held her hand as he scanned back and forth.

"There! Do you see her? The Saoirse is coming about. They'll come alongside in another pass. With the storm, they won't be able to tie on. Can you jump?" Dougan looked down at her and raised a brow.

Ciara smiled for the first time in what felt like an eternity. He looked just like the boy she loved all those years ago, daring her to jump from the sea cliffs. She nodded without hesitation.

"Flying the coop, songbird?" Wolfe asked.

Ciara whirled around with a gasp, and Dougan raised his sword, stepping in front of her. Wolfe stood relaxed, holding his short sword in one hand and a dagger in the other. His brows rose in surprise.

"This was the fae I was telling you about, my dear. The one who told me where to find you." Wolfe frowned slightly. "I thought I killed you."

"Turns out, I'm not that easy to kill," Dougan replied. Without taking his eyes off Wolfe, he spoke to Ciara. "I told him nothing he didn't already know. He had one of your fisher folk, a young girl, and tried to get information from her. The brave lass refused to talk. I offered to trade her life for information."

Ciara looked at the two men. Her blood boiled at the thought of Wolfe harming one of her innocent, hard-working fisher folk. She heard the truth in Dougan's words and hummed ominously as her anger blazed.

Wolfe shrugged. "Ah, well, even though I missed out on enjoying that lovely little morsel, planting the seed of doubt in the siren's mind was more than worth it."

Without warning, Wolfe launched himself at Dougan, both blades blurring through the air. Dougan caught the onslaught with his sword and spun to send Wolfe sliding past him. Agile and light on his feet, Wolfe controlled his momentum and pivoted to meet Dougan's counterattack. The two men slashed and stabbed as they moved with the rise and fall of the deck.

Ciara looked on, rage building within her and the deadly melody pressing against her lips. She longed to watch Wolfe lay on the deck and sing until the life left his eyes, but if she unleashed her song, she would not be able to stop. She would kill every man on board, even the ones who were fighting for her freedom, and doom herself to the sea.

Dougan stepped back to avoid a thrust of Wolfe's dagger and

tripped over the body of a fallen pirate. He rolled away, but Wolfe pounced on him. They wrestled on the deck. Dougan, larger and stronger, threw Wolfe off and lunged for his sword. He brought it up as Wolfe scrambled to his feet.

A towering wave rolled across the deck. Men cried out as the water knocked them off their feet. For a moment, everyone sloshed across the planks, grabbing on to anything they could. Ciara grabbed the rail and hung on as she searched for Dougan and Wolfe among the swirling water and tumult of men. They surfaced next to the mast, and Ciara's song died in her throat as Dougan ran his sword into Wolfe's chest with a final thrust. Wolfe's knees buckled, and he clung to the mast, staring down at the blade protruding from his body.

Dougan once again fought his way toward Ciara. She stumbled toward him. Dougan's eyes went wide, and he shouted something she couldn't hear over the roar of the sea. An enormous hand closed around her arm. Mr. Thom's labored breathing rasped as he jerked her to him. A piece of wood the size of her fist protruded from one of his eye sockets, and blood dripped from a dozen wounds on his shoulders and chest. Covered in gore, he bellowed in pain as he pulled Ciara toward the hated cage.

Ciara kicked and thrashed, but as always, his hold was unwavering. Song roared in her ears as she fought to control the growing darkness within her. The cage's gate was jammed, and Mr. Thom wrestled with it, loosening his grip on her slightly. She lunged against his hold as another massive wave rolled over them.

The tide pulled her out of the giant's hold. Ciara rolled away and scrambled to her feet, searching for Dougan. Mr. Thom snagged her ankle, pulling her off her feet. Ciara clawed at the deck, trying to find a handhold. She would not go back in that cage. Among the flotsam that sloshed across the deck, a meat hook snagged on a board. Ciara reached for it, and her fingers closed around the metal as Mr. Thom hauled her back toward him with a vicious pull. The hook slipped free from the wood, and she clung to it.

Mr. Thom dragged her to the mouth of the cage. Ciara rolled and kicked against his hand, fighting to stay out of the iron prison. Partially blind, wounded, and in pain, he thrust her toward the opening but misjudged it, losing his hold on her ankle as she flailed and fought.

Ciara surged to her feet. Mr. Thom howled with rage as he stumbled after her. Angry, vengeful notes rolled through her. They reverberated in her chest as she poured her wrath into a single powerful roar. Ciara slashed the hook across Mr. Thom's belly, opening a gaping wound and embedding it deep in his gut. Blood poured out like a waterfall, and the giant's hands closed over the hole, holding his guts in. He lurched toward her, his open mouth sucking in ragged breaths. Ciara backed away from the giant as blood spilled down his chin. His legs gave way, and he collapsed with a final grunt, falling face-first onto the deck.

Ciara stood frozen for a heartbeat as the crimson stain spread. Her rage, far from satisfied, thrummed through her. The storm's energy flowed within her, and power beyond any she had ever felt filled her. She turned to survey the fight. They would pay the price for every insult, every injury. Damn the consequences. She had been silent too long.

Searching for a target, ready to vent her fury, Ciara saw him. Her heart stuttered as she recognized the dark hair and broad shoulders. Her feet began running before her mind made sense of what she was seeing. She fell to her knees next to him. Wolfe lay a few feet away, his eyes staring unseeing at the sky.

"Dougan," she sobbed as she rolled him to his back and cradled his head in her lap. Blood soaked his upper chest, leaking from around the hilt of Wolfe's dagger. His eyes flickered open, and he smiled.

"I was too slow, again. Getting to be a bad habit." He tried to laugh, but it came out a choking gurgle. His eyes drifted closed.

Tears coursed down Ciara's face. She ground her teeth together as a keening cry built in her chest. She shrieked into the wind. She did not survive the brutalities of the past weeks to have Dougan stolen from her again.

The song of life rose to her lips, and she did not hesitate to sing it as she pulled the blade from his chest. She searched within the darkness and found the little flicker of light that burned deep within her. She seized it, thinking of Dougan's light, of his life. She poured every bit of it into the song as her tears dripped onto Dougan's face.

The scales crept up her neck, burning with warning. If she sang on, she would lose herself, become the creature who lurks in the depths for all eternity. Her voice never faltered. She emptied all her love and life into the song. Light exploded in her mind, blinding in its intensity. Ciara smiled as it blanketed her thoughts, washing away the darkness. Her awareness, her memories slipped away as she finished the song.

The urge to dive into the sea claimed her. She clawed her way across the deck toward the rail. Movement swirled around her, but she couldn't understand it. She must get to the sea. Her skin burned even in the low light and she craved the dark coolness of the depths.

"Ciara, come back!"

The words sounded familiar, like something she'd heard before, but she had to answer the summons of the sea. She had to get to the water. The iridescent lines on her body flashed and solidified, turning her skin into glittering dark purple scales. Her legs fused and a fish's tail grew. A fleeting melody tickled in the back of her mind. A song about a woman who was half fish. It was gone in a heartbeat and with the next, Ciara, the Dark Siren, paid the ultimate price and dove into the depths.

SECOND CHANCES

DOUGAN

"Ciara!" Dougan bellowed her name as he scrambled to his feet. He swayed. Weakness swamped him and his head swam. Colin and Tegan were by his side to catch him, and together they stumbled toward the rail where Ciara had disappeared. "Oh Gods. What did she do?" Dougan looked down at the hole in his shirt and the healed wound beneath it.

"She saved your life," Tegan said as she stared down at the rolling waves. "She burned with light and brought you back." She shook her head in awe. "The power she held."

The past tense of Tegan's statement felt like the knife plunging into his chest all over again. He couldn't bear it.

"She's not dead. She cannot be dead." He yanked himself free of their support and dove overboard.

The icy fingers of the water closed around him, stealing his breath. His mind spun as he kicked, diving deeper. He wouldn't let her go.

Dougan searched for any sign of movement as he swam, but his lungs burned with the need for air in a frustratingly short time. He broke the surface and sucked in a deep lungful of air. A seal surfaced next to him. Muirin.

Dougan's panic ebbed slightly. If anyone could find Ciara in the vastness of the ocean, it was Muirin. The selkie shook her head and slipped below the surface once more. Dougan tread water and watched for any sign of his love.

In the ship's shadow, movement caught his eye. A tail splashed and Dougan lunged after her. Ciara sped past him, spinning him in her wake. Her powerful tail moved her through the water in a blur. Dougan grabbed the end of her fish tail and hung on. Ciara looked over her shoulder and, with a wicked grin, dove deeper.

Dougan clung desperately to her even as darkness closed in on his mind. He didn't mind dwelling in the depths with her. Better to feed the fishes than lose her all over again. His fingers slipped as he fought for consciousness. With his final thoughts, he gave himself over to the sea.

Claws bit into his upper arms. A violent shake woke him and he blinked his eyes open, coughing up the water from his lungs. Even covered in iridescent scales, Dougan would know her face. His heart squeezed as strange black eyes regarded him. She cocked her head to the side, examining him as if she'd never seen him before.

"Ciara?" Dougan croaked her name in a raspy voice.

She blinked, but made no answer. Her grip on his arms loosened, and she floated away from him. Dougan wrapped his arms around her in a desperate lunge. He pulled her to him and pinned her to his chest. She thrashed against him, beating her powerful tail. They rolled and flailed in the water. Dougan sputtered and choked as they dipped beneath the surface.

Muirin, in her seal form, darted in and pushed them to the surface. Every time Ciara tried to dive, Muirin blocked her and forced them back above the water. Dougan clung to Ciara. If he lost her now, she would disappear into the darkness forever.

Splashes caught his attention. Folayan and Enya swam to his aid. Magic swirled and snapped as they commanded the water. Dougan and Ciara surged to the surface, and the sea thickened like porridge around them. Ciara fought and twisted in his grip until Enya, chanting a spell, soothed her.

Rage rose in Dougan's chest at the wild, terrified look in Ciara's eyes. She didn't know him. She'd been reduced to a beast, a creature without awareness beyond her instincts. As Enya's spell took hold, Ciara's eyes drooped closed, and she slipped into a dreamless sleep.

Pain constricted Dougan's chest. He wanted to howl in frustration. There had to be something, someone who could help. He would not allow her to spend an eternity haunting the dark waters, a wraith beneath the waves. She'd given her life for him, and that had to count for something.

As it had all those years ago, it always came back to the sea.

"Manannan!" Dougan roared.

He disentangled himself from Ciara, who lay still on the surface of the water with her tail glittering in the sunlight. Purple scales dotted the backs of her arms and covered her breasts and back. Tears filled his eyes as he pushed to his knees, kneeling next to his love. He took her hand in his and called to the sea god again.

"Manannan mac Lir, God of the Sea and Master of the Ocean, come to us! Ciara, the Dark One, needs you."

Muirin barked with her seal voice, adding her call to his, before transforming into her human shape. Her seal cape swirled around her as she knelt next to Dougan and pulled Ciara into her lap. Her tears added to the sheen of water on the scales that covered Ciara's face. The waves rocked gently around them and Dougan held his breath, praying to any god who would hear his plea.

Please let me save her. Please.

A glow rose in the water. Bright white light spread beneath the surface. Bubbles erupted and grew into a roiling fury next to them.

Dougan got to his feet, swaying on the unsteady surface. He waited, staring at the expanding disruption. Enbarr's head broke through the frothing ocean, and he emerged with a surge of water. Manannan sat on his back with his face set in a mask of thunder.

The god swept his gaze over the battle-worn ships and the small cluster of people waiting for him on the water. He rumbled low in his chest when he saw Ciara. Manannan swept off Enbarr's back and joined Muirin and Dougan next to Ciara. His eyes filled with tears.

"Why did she not listen?" Manannan whispered as he traced Ciara's shimmering scales.

Dougan glared at the sea god. "Why did you not help her? They had her in a cage like an animal. Where were you while they brutalized her?"

Manannan raised an eyebrow and shook his head, sadness etching deep lines on his face. "There is too much pain and suffering in this world to feel one creature out of millions, even if she is a beloved daughter. If I would have known...," he trailed off and looked over the sea.

"You know now. What are you going to do about it?" Dougan didn't look away when Manannan glared at him with anger and indignation.

"I can do nothing. This is the will of the Great Goddess. Ciara knew the repercussions of her actions. She is beyond all help." The god sighed as his shoulders slumped and a tear escaped to trek down his cheek.

Dougan pushed to his feet. He wouldn't accept it. "She shouldn't be punished for saving me." He turned his face to the sky and yelled, "Whatever gods might still exist in this wretched world, hear me now! Ciara gave her life for mine. She lived every day trying to live with the rules you set. Will you abandon her for being the creature you made her to be?"

He knew there would be no answer, but he had to say it. He could do nothing else. He would not allow her to go silently to the depths.

A brilliant light streaked out of the heavens, like a beacon centered on Ciara. The air grew thick with power and pressed Dougan to his knees. Folayan and Enya gasped and joined him. A grip like a massive invisible hand closed around him, but a sense of peace and comfort filled him. The grip tightened as the light grew brighter, flooding the area until Dougan could see nothing but pure white.

In the next heartbeat, the light dimmed and three women stood just behind Muirin, looking down at Ciara. A beautiful maiden with silvery white hair cascading over her shoulders stood next to a matronly woman whose hair wound around her head in a braid. On the maiden's other side, a stooped back crone with her white hair tied back in a bun and wrinkled skin looked with bleary eyes at the small group.

Dougan blinked as he realized they all wore the same face. The maiden, the mother, and the crone. The Great Goddess incarnate stood before them. He bowed his head and whispered in a shaking voice, "Mother Gaia, can you help her?"

The maiden knelt and touched Ciara's forehead. She smiled as Ciara blinked open her eyes, but they were the eyes of the creature, not Dougan's beloved. He bit his lip against the pain shredding his heart. The matron joined the maiden and kissed Ciara's forehead. Ciara didn't move, but her eyes tracked the movement like a cornered animal. No awareness flamed and Dougan's hope shattered.

Oh gods. If the mother goddess couldn't bring her back, then Ciara was truly lost. Dougan bit harder on his lip, focusing on the sharp pain like an anchor in the storm that threatened to consume him.

The crone shuffled forward and nudged Muirin out of the way. The selkie scrambled to Ciara's other side and picked up her hand. Ciara flicked her gaze to her mother and jerked her hand away. Muirin's lips trembled, and she bowed her head, her wild gray curls falling forward to hide her tears.

The crone cupped Ciara's face between her hands and fixed her gaze on Ciara's strange black eyes. Song floated in on the breeze and Manannan's head jerked toward the sound.

"Siren song," he murmured as the sound grew louder.

The crone smiled and nodded. She rocked side to side in time with the song, never breaking eye contact with Ciara.

Magic flowed with the melody, a complex harmony of the most beautiful voices Dougan had ever heard. He hummed along with it, knowing the tune, but not remembering where he'd heard it. Muirin joined in, and Folayan and Enya sang along. The crews on the ships, who had clustered at the rails, added their voices and the ocean vibrated with energy and power. The maiden sang, laying her hand over Ciara's heart and the matron hummed, placing another kiss on Ciara's forehead.

The song pulsed and beat while Dougan's heart hammered. He stared at Ciara's face, watching for any flicker of awareness. As the melody rose to a crescendo, a barely audible minor chord jarred against the perfect harmonies. Another followed, louder and grating against the soaring notes that surrounded them. Ciara scrunched her eyes shut against the blinding light as she sang.

Dougan wanted to go to her, wrap her in his arms, but the power surging around him held him in place. Energy and ancient magic roared forth. Dougan shook as the intensity grew. Enya and Folayan clung to each other and Muirin wrapped her seal skin tightly around herself. As the melody peaked to a deafening howl, it ceased to carry harmonies, blending into an agonized plea. Dougan poured every ounce of his pain and desperation into the cry, but in the back of his mind, he wasn't sure if he prayed for life or death.

With a start, Ciara sat up, breaking free of Gaia's grip. The beacon of light flashed once more, washing everything in a blinding white light. Dougan blinked furiously against the dancing spots obscuring his vision as the light faded.

His breath caught. Ciara sat with two legs, looking around her in bewilderment. Dougan crawled toward her, but she scuttled away, only to come up against the mother, who wrapped her arms around

Ciara. Ciara twisted, terror replacing confusion at the strange embrace. It was as if she didn't know anyone around her.

"Shhh. Sleep a little longer, Dark One." She passed her hand over Ciara's face and Ciara relaxed in her arms.

"She doesn't know me?" Dougan wanted to tear his hair out. "How can you be so cruel? She's done nothing but fight all her life to control the power you cursed her with. You gave her to me as a mate, only to tear us apart. We are stronger together. None of the years of pain or darkness needed to happen if you would have just let us be together."

The crone pushed to her feet. "You are correct. I was cruel." The old woman sighed and looked down at Ciara. "She was born of my fury and pain. I poured my wrath into her, wanting to use her to punish those who wounded me, but the wise god of the sea tempered my vengeance with the song of man. He created her with the power to overcome the darkness seeded deep within her."

"I did not know the struggle her life would be," Manannan said quietly. He bowed his head to the crone. "She sang the song of life, knowing it would be her final verse."

The crone nodded. "This is why I bless her with a second chance." She turned to Dougan. "I admire your devotion, your love, and your strength. You will need every bit of it if you are to save the Dark Song."

"I will do anything for her. She is my mate, my heart and soul. I will not be separated from her again." Dougan declared himself with his back straight and dared anyone to challenge him.

"Ciara's destiny remains cloaked in darkness, as today's events have set her on a new path," the maiden said as she joined the crone.

The mother laid Ciara gently on her back and kissed her forehead once again. She stood and stepped between the maiden and the crone. Divinity shone around them, forcing Dougan back a step. He shielded his eyes against the brilliance.

"You have one turning of the seasons, Dougan, son of Daigle." They spoke in a triple harmony. Their voices reverberated around them, shaking the ocean beneath their feet. "Ciara has not yet found the song she was meant to sing. Help the Dark Song discover her true melody or lose her to the sea forever."

They disappeared in a flash of light. The ocean liquified beneath them and Dougan lunged for Ciara. She thrashed against him and the waves rolled over them. Dougan fought to hold on to Ciara's arm as he kicked to the surface. He sucked in a quick breath of air before she pulled him under, humming a song to the sea.

The water rose, bearing them up. Dougan wrapped his arms around Ciara. She squirmed and fought, but he held on, pulling in another deep breath and bracing himself for what was to come.

Oh gods. Not again.

STARTING OVER

CIARA

The wave spat them out onto the rocky shore. She exploded out of his grip, desperate to get away.

"Ciara! Wait," the man cried, scrambling to his feet. He stumbled after her.

Hammering aggressive notes poured out of her. She didn't know this man. Ciara? Did she know that name? She sang, leveling her song at him until he fell to his knees under the onslaught of notes. She didn't know what was happening, but this man wanted to keep her. Every part of her rebelled against that.

Her mind spun with thoughts that wouldn't stay still long enough to make sense of. Water, dark and cold, washing over her. Pain, hot and searing, tearing along her scalp. Agony, tearing through her and a song blaring, roaring in her ears.

Songs tangled in her head. She pulled in a deep, shuddering breath. Terrified and confused, she glanced once more at the man. Why had he done this to her? What did he want?

"Ciara. It's me Dougan." The man pleaded, fighting against her harsh song.

Why did he not fall, silenced? He locked his gaze with hers. A strange connection drew tight between them, but she didn't understand it. She didn't know this man, didn't want to know him. She wanted to be alone, needed to be alone, but the pull toward him made her hesitate and silence the punishing melody. The man surged to his feet, and she stumbled away.

He didn't attempt to close the gap between them and held his hands up in a placating gesture. "Easy lass. Just slow down a moment."

Laughing in a forest with sunlight streaming through the leaves. Those green eyes flashed in her thoughts, filling her with warmth and desire. She shook her head to clear the whirling thoughts. More melodies and memories slipped and slid through her mind. A small woman with silvery hair turned into a tree and urged her to sing. Darting orange fish and a girl's musical laugh. A pair of wrecked ships and the stench of death.

She couldn't make any sense of it. Dozens of questions rose and stuck in her throat as a vortex of thoughts and notes claimed her mind. Like stumbling through a dense fog, she fought to form one clear question.

"Who am I?"

The second half of Ciara and Dougan's story is coming soon! Join A.C. Dawn's Newsletter to keep up to date on their journey. Final Verse is expected to release in 2023!

Myth Reimagined Series: Each book contains a stand alone story, but the series contains a myriad of reimagined myths and legends. Creative adaptations are utilized in the retellings while the major aspects of the canon are maintained. Let your imagination run wild and enjoy!

The Invisible Goddess: **Hestia's choices threaten to divide the gods, bringing them to the brink of war. Can she restore peace on Olympus and in her heart?**

From behind the scenes, Hestia, Goddess of Hearth and Home, runs the court on Mt. Olympus—invisible, unknown, and just the way she likes it. When Erebus, the primordial God of Darkness, interrupts her mundane existence, Hestia's head and heart spin as she is thrust into the spotlight. Two powerful gods ask for her hand, leaving Hestia with a choice that threatens to divide the gods and plunge the world into war. Can she maintain balance on Olympus without losing her chance at happiness?

The Invisible Goddess gives Hestia a chance to live life out of the shadows in a mythological retelling. Find out if she can embrace her power and preserve peace in the land—and in her heart.

This book is a PG-13 rating with some innuendo and adult themes.

With the Fury of Flame and Shadow: **He will bow or he will break...**

A goddess is nothing without respect.

As the Queen of the Dead, I wield the power of mortality, commanding homage from man and god alike.

All save one.

The God of War, Nergal. He refuses to bow—refuses my sovereignty over life. The arrogance! He makes a mockery of the Underworld.

If only he would bend. If only those jade green eyes didn't tempt my heart and see into my very soul. If only...

No! I cannot allow his insult to go unanswered. He will bow at my feet, or the armies of the dead will rise and consume the living. By the darkness, I swear.

Fans of Hades and Persephone will love this mythological retelling of the Marriage of Ereshkigal and Nergal from ancient Sumerian Mythology. This unlikely pair weaves a stirring tale of magic, longing, betrayal, lust, and love.

This epic love story includes adult situations and themes and is suitable for an 18+ audience!

www.ingramcontent.com/pod-product-compliance
Lightning Source LLC
Chambersburg PA
CBHW070238200726
48293CB00005B/1677